ALISON

Michel Larneuil

Si l'Adour avait voulu...

ROMAN

Albin Michel

ISBN 2-226-03277-0

A Suzette, qui est de moitié dans ce livre

J'ÉTAIS EXCÉDÉ, écœuré par mon milieu professionnel, ce panier de crabes, cette foire d'empoigne, cette cage aux folles, ce marché aux puces, à la criée, où tout le monde s'épie, se jalouse, s'engueule, se joue des tours de cochon, se file des coups de Jarnac, où l'on se fait la guerre entre collègues, confrères, soi-disant amis, où l'on se pousse du coude, s'allonge des crocs-en-jambe pour occuper la place, plaire au Public auquel on fait des clins d'œil, on le flatte, on le lèche, on se vend, se prostitue, où l'on est sans pudeur, sans vergogne, sans pitié, où le plus minable se prend pour un grand homme, un crack, une vedette, une star ! parce que sa binette imbécile paraît un instant sur le petit écran entre deux réclames de couche-culotte ou de détergent pour cabinets, où l'on est trop nombreux, c'est le métro à six heures du soir, on se bat les flancs, on se presse, on s'écrase, s'étouffe et se piétine, on est des parasites, des budgétivores, des médiocres alors qu'on veut se croire des champions, où l'on triche, chaparde, fauche, s'enfle comme la grenouille, où l'on ment, berne, trompe, fait prendre des vessies pour des lanternes — je veux dire la Télévision ! Oui, j'en ai eu assez. Alors j'ai demandé une audience à mon directeur de chaîne et je lui ai sorti tout ça d'un trait. Il m'a regardé avec des yeux exorbités, son cigare s'est éteint dans sa bouche pendant que je débitais ma tirade, son teint, déjà enluminé par un repas d'affaires chez Lasserre, est devenu rouge brique, je lisais ses sentiments sur son visage comme si je regardais un film du temps du muet, il se disait quel est ce fou, ce toqué, ce suicidaire, a-t-il attrapé la rage, quelque virus furibard, le voilà qui ose crier que le roi est nu ! Il n'a pas tort, mais je dois, je vais le flanquer à la porte — seulement avant qu'il ait pu prononcer un mot c'est moi qui me suis levé et qui l'ai claquée, la porte !

Dehors j'ai empli ma poitrine d'air au point d'en voir de petites étoiles, j'étais allégé, heureux, libre — formidablement jeune ! Et je me suis demandé : bon. Et maintenant, qu'est-ce qu'on fait ?

D'abord quitter Paris, car en cette fin d'août où les rues surchauffées se renvoyaient de mur à mur leur chaleur je n'avais nulle envie de me retirer sous ma tente, c'est-à-dire de me morfondre dans mon trois-pièces de la rue Raynouard en ruminant ma rancœur et mes ambitions déçues comme un héros de Balzac. Il me fallait bouger, prendre le large. Ayant un peu d'argent, je soupesai l'idée d'une croisière musicale en Méditerranée, mais la perspective de passer quinze jours à écouter les violoncelles de Brahms sur un paquebot peuplé de dames sexagénaires me fit reculer. Il n'était pas question d'aller me dorer sur les plages du Midi en compagnie de plusieurs millions de mes compatriotes que pour l'instant je ne pouvais plus souffrir. L'Égypte, l'Inde, le Hoggar, autant de rêves qu'il faut réaliser en hiver à moins de rissoler comme une tranche de bacon sur une poêle à frire La Normandie ? Mon meilleur ami avait une propriété entre Camembert et Livarot, mais par cette canicule je craignais les effluves. Je me souvins alors que l'an passé un vieil oncle m'avait légué dans les Landes une bicoque qui, étrangement, portait le nom napoléonien de Tilsit. L'oncle Eugène, je ne l'avais jamais vu, il ne m'avait jamais écrit, je savais seulement par mon père, maintenant décédé, que cet original vivait en solitaire dans son village, qu'il ne quittait jamais. Quant à la maison, ce devait être une de ces fermes landaises comme on en voit sur les cartes postales, avec des murs en torchis et en bois, et un toit en forme de béret qui penche sur le côté. Oui, pourquoi pas ? J'allais peut-être joindre l'utile à l'agréable, me payer une petite randonnée bucolique tout en faisant acte de propriétaire. Je devais cela à l'oncle Eugène qui, au moment de mourir, avait bien voulu penser à moi, ce petit neveu lointain dont lui non plus ne savait rien. La curiosité aidant, je me décidai. Le lendemain de mon esclandre, à six heures du matin, je partis en voiture pour les Landes.

Passé Bordeaux, je m'engageai dans l'immense plaine plantée de pins, et la folle du logis se prit à divaguer. Le voici donc, me disais-je, ce pays de Mauriac où derrière les volets clos brûlent des passions bourgeoises dignes des Atrides. Aurai-je une Thérèse Desqueyroux pour voisine ? Vais-je mettre le pied sur un nœud de vipères ? Et si je cédais aux charmes empoisonnés de quelque Circé des pinèdes ? Amusé, je rêvais... Je regardai la carte. Il fallait poursuivre vers le sud, passer sur la gauche une rivière qui s'appelle l'Adour, et c'était là, ce point minuscule entre Dax et Saint-Sever, le village de mon oncle, désormais un peu le mien, Poyanne ! Excité, j'appuyai sur l'accélérateur, avant Dax quittai la grand-route qui mène en Espagne, traversai Tartas — patrie des Tarusates, tribu longtemps réfractaire à l'autorité de Jules César, disait le guide — et soudain j'eus à lever le nez ! Car cela montait. Oh, pas beaucoup. Mais enfin il y avait devant moi comme un rempart de collines, les premières que je visse depuis Poitiers. Je franchis l'Adour, gravis la hauteur par une route tournicotante bordée de haies d'acacias et tout d'un coup vis sur ma gauche l'inscription qui annonçait le but de mon voyage : Poyanne, deux kilomètres. J'étais surpris, car cette région que j'abordais ce n'était plus du tout la grande lande porteuse de pins, mais un terroir de collines douces avec des fermes, des bouquets d'arbres et des champs de maïs. Le clocher d'une église pointa devant moi, disparut dans une descente. Une côte assez raide. Un panneau indicateur : Poyanne. Une courbe vers la gauche. Une rue de village serrée dans ses maisons. J'y étais.

Il était trois heures de l'après-midi. Le soleil incendiait la rue déserte. Je traversai le village, m'arrêtai devant le monument aux morts qu'ombrageaient des tilleuls. En inspectant les alentours je vis sur ma gauche l'église et un long mur au-delà duquel s'élevait la masse d'un château. Sur ma droite, de l'autre côté de la route, le terrain planté de marronniers descendait vers des arènes que dominait l'école communale. Venant de l'église, une forme noire s'approchait. Ce devait être le curé qui faisait les cent pas en lisant son bréviaire. Je sortis de ma voiture et l'abordai :

— Excusez-moi, pourriez-vous m'indiquer la maison nommée Tilsit ?

Il était grand, avec des cheveux blancs taillés en brosse, et portait des lunettes à monture d'acier :

— Tilsit est fermé, monsieur, depuis la mort de son propriétaire, le regretté Eugène Dubedout.

— Je le sais bien, monsieur le curé. Je suis son héritier.

Les yeux bleus brillèrent de curiosité derrière les lunettes :

— Ma foi, vous êtes le bienvenu, monsieur. D'autant qu'il

n'est pas bon qu'une maison reste aussi longtemps fermée. L'humidité la dégrade.

Il se tourna vers l'école et désigna le chemin qui, à sa hauteur, se détachait de la route :

— Passez devant l'école, poursuivez tout droit pendant un peu plus d'un kilomètre et, au bas d'une grande descente, prenez la troisième route sur la droite. Cela monte sec. En haut de la côte, toujours à droite, se trouve Tilsit. Vous ne pouvez pas vous tromper : un chemin creux mène par les champs jusqu'à la maison dont la porte est surmontée d'un auvent de tuiles. Mais avez-vous la clef ? Non ? Le notaire de Montfort, Me Poudenx, l'a confiée à notre épicier ; vous le trouverez au centre de la rue. Assurément vous êtes le bienvenu.

Il me salua et me quitta pour reprendre la lecture de son bréviaire. Faisant soudain volte-face il revint vers moi et me lança :

— Aérez, aérez la maison, monsieur ! Et surtout ne manquez pas d'astiquer la botte !

Il émit un petit rire et s'éloigna derechef.

Je restai interloqué, me demandant ce que signifiait cette référence à une botte, puis, estimant que j'avais mal compris, haussai les épaules et m'en revins à pied dans la rue du village. J'écartai le rideau de perles de l'épicerie et me trouvai en face d'une sorte de pilier de rugby massif, trapu, poilu, hirsute, dont les sourcils touffus se rejoignaient dans un mascaret noir de jais.

— Vous êtes l'épicier, monsieur ?

Les petits yeux noirs me dévisageaient, railleurs, rusés. Ils m'avaient jugé : j'étais l'étranger, le Parisien, celui dont on s'amuse, prétentieux et ridicule.

— Oui, monsieur, et je m'appelle Lanusse !

Il avait appuyé sur son nom, avec dans la voix une vibration joyeuse et narquoise. J'ouvris des yeux ronds et il enchaîna aussitôt, ravi de ma gêne :

— Lanusse, monsieur, Lanusse ! Lanusse comme trou du cul !

La provocation était si franche, ma surprise si entière, que j'éclatai de rire. Il éclata de rire aussi. C'était fait, j'avais ri, la glace était rompue. Je lui expliquai ce que je voulais. Il fourragea dans un tiroir et me tendit une clef, longue de vingt centimètres, qui aurait pu convenir à la serrure d'un château fort.

— L'épicerie est ouverte tous les jours, monsieur. Sauf le dimanche après-midi. Le boucher passe le mardi, le poissonnier le jeudi, l'un et l'autre à dix heures, et ils s'arrêtent ici. Dimanche prochain il y a un match de rugby (il prononça « rubi ») à Montfort.

Je remerciai et m'en allai. A peine avais-je fait quelques pas que la tête de Lanusse s'encadrait dans le rideau de perles. C'était étrange de la voir ainsi, séparée du corps, cocasse et grimaçante comme une gargouille de cathédrale.

— Et surtout, cria-t-il, prenez soin de la botte !

— La botte ! La botte ! rétorquai-je, qu'est-ce que c'est que cette botte ? Le curé me parle de la botte. Vous me parlez de la botte. Eh bien, expliquez-vous !

— La botte, monsieur, ça ne s'explique pas. Ça se constate. Et ça s'astique ! Voulez-vous du cirage ?

Je lui fis la grimace. Il rentra sa tête et j'entendis son rire enfantin résonner fort dans la boutique.

Intrigué par cette botte dont chacun me parlait comme d'une curiosité que j'allais découvrir, je regagnai ma voiture et partis pour Tilsit. Au-delà de l'école la route descendait, le paysage se vallonnait, prairies et champs dans le creux, chênes et pins sur les hauts. Suivant les indications que m'avait données le curé, je tournai à droite au fond du vallon et grimpai une forte pente. Je m'arrêtai au sommet. Deux bornes de pierre couvertes de mousse. Un portail qui se rouillait. Un chemin creux envahi d'herbes folles et, au bout, derrière un grand prunier dont j'apercevais les fruits mauves, un toit de tuiles précédé d'un auvent : Tilsit ! La campagne déserte grésillait sous le soleil. Non loin, une ferme isolée surgissait des champs.

J'étais ému. Je m'étonnais d'avoir, depuis un an, négligé de venir, méprisé en quelque sorte le don de l'oncle Eugène. Curieusement je sentais comme une connivence entre ce paysage mesuré, humain, cette maison modeste que je devinais, et moi. Je poussai le portail et pénétrai dans le chemin. A mesure que j'avançais, la maison se précisait derrière la vigne et les touffes d'osiers jaunes qui la précédaient. Elle se découvrait avec lenteur, avec une pudeur de bon aloi. Deux chênes imposants parurent sur ma droite. Et soudain la maison fut là, devant moi, sous mes yeux, menue mais de proportions charmantes, bâtie en pierres de taille enduites d'un crépi rose. Le gris des volets, dont la peinture s'écaillait, tranchait doucement sur la couleur des murs. Je levai les yeux. Au-dessus de l'auvent qui reposait sur deux piliers de bois, rudes et mal équarris, un nom était gravé dans la pierre : Tilsit. Et juste au-dessous une date : 1816.

J'eus quelque mal à tourner la clef et poussai la porte. Dans l'obscurité de la maison fermée je devinai un corridor d'où partait un escalier qui devait conduire au grenier et deux portes. Je poussai celle de droite et à tâtons ouvris les volets. C'était la pièce principale. Je ne pus retenir une exclamation. Les murs étaient tapissés de sabres, de baïonnettes et de fusils anciens. Une cheminée de pierre en occupait le fond et, sur sa droite, dans une vitrine posée sur un socle se dressait, imposante et mystérieuse, la Botte. Stupéfait, je regardais ces armes, qui me semblaient dater de l'Empire, la Botte, le mobilier rustique et touchant de l'oncle Eugène : un dressoir encombré de vieilles assiettes landaises — du Samadet, appris-je plus tard —, une table massive encadrée de deux bancs, un fauteuil Voltaire tourné vers la cheminée. Le sol était de gros carreaux rouges que l'usage avait crevassés. Une bibliothèque. Je m'approchai. Elle était pleine de livres sur Napoléon. Sur le manteau de la cheminée une lithographie populaire : les adieux de Napoléon Ier et du tsar Alexandre Ier à Tilsit, 9 juillet 1807. J'avais soudain, en 1985, l'impression d'avoir quitté mon siècle et de me retrouver lancé à rebours dans le passé, à l'époque napoléonnienne. La Botte surtout me fascinait. Pourquoi cette botte ? Pourquoi une seule botte ? Avec respect j'ouvris la vitrine et la pris. Elle était grande, de couleur noire et très fatiguée, mais la souplesse du cuir prouvait qu'elle avait été entretenue avec soin. A l'intérieur se trouvait un parchemin. Je le déroulai et lus : « Botte de Dieudonné Dubedout, commandant de la Garde Impériale, Campagne de Pologne, 1806. » Suivait un texte d'une belle écriture moulée : « Le lendemain nous partîmes pour gagner la grande route et prendre à droite, dans des sables et des bois. Et voilà la neige et la pluie : un temps affreux. Et voilà le dégel d'une force ! Voilà le sable qui plie sous nos pieds et l'eau qui surnage sur le sable, et nous voilà enfoncés dans le sable mouvant et d'enfoncer jusqu'aux genoux, et de prendre des cordes pour attacher nos souliers sur le cou-de-pied. Mais, en arrachant nos jambes qui étaient entrées dans ce sable mouvant, les cordes cassaient et les souliers restaient dans la boue détrempée. Il fallait prendre la jambe de derrière pour l'arracher comme une carotte et la porter en avant, et aller rechercher l'autre avec ses deux mains et la rejeter en avant, nos fusils en banderole pour pouvoir nous servir de nos deux mains. Et toujours la même manœuvre pendant deux jours. Mais le découragement commençait à se faire sentir dans les rangs de ces vieux soldats. Il y en eut qui se suicidèrent dans le transport des souffrances. Nous en perdîmes bien soixante dans le trajet de deux jours pour arriver à Pultusk, un mauvais village, couvert en pailles, et la chaumière que l'Empereur habitait ne valait pas mille francs. (Témoignage du capitaine Coignet.) »

Je roulai le parchemin et le replaçai dans la Botte.

C'était donc le trésor de l'oncle Eugène, l'objet de sa vénération, de ses soins, la seule botte restante du commandant Dieudonné Dubedout, que ce dernier avait pendant deux jours retirée à chaque pas des marais gluants de Pologne, tandis que ses soldats, les vieux grognards des campagnes d'Italie, d'Autriche, de Prusse y perdaient leurs souliers et se suicidaient de fatigue. Dieudonné avait assisté à l'entrevue de Tilsit et, après l'Empire, s'était retiré à Poyanne où il avait construit la maison. La Botte avait été transmise de père en fils jusqu'à Eugène ; il l'avait placée dans cette vitrine et chaque semaine il l'avait astiquée avec soin.

Drôle de bonhomme !

Dans la vitrine il y avait aussi une enveloppe. Je l'ouvris. Elle contenait une lettre écrite de la même écriture moulée : « Je prie mon neveu et légataire universel, Michel Dubedout, de prendre soin de cette Botte, souvenir de son ancêtre Dieudonné Dubedout, héros de l'Empire. S'il ne le peut, j'attends de lui qu'il la remette au musée de l'Armée, aux Invalides ; elle y sera proche du tombeau de l'Empereur. Eugène Dubedout. »

La lettre à la main, je m'assis dans le fauteuil Voltaire. J'étais seul dans cette pièce où tout appartenait au passé, à une certaine époque de l'Histoire déjà engloutie par le fleuve du temps. Comme j'étais loin de Paris, de son agitation, de son trafic, de ses voitures ! Le soleil pénétrait à flots dans la pièce. Tout était si calme. Dehors, sur le prunier, un oiseau se mit à chanter.

Je visitai la chambre d'Eugène qui faisait face, de l'autre côté du corridor d'entrée, à la salle commune. Dépouillée à l'extrême, il n'y avait qu'un lit recouvert d'un édredon rouge ; au mur étaient accrochés un crucifix et un rameau de buis. Je revins dans la grande pièce et ouvris les deux portes qui donnaient sur l'arrière de la maison. Là, j'eus une autre surprise : le paysage était ravissant.

La maison, qui ne présentait qu'un étage du côté de l'arrivée, en avait deux ou trois — je ne pouvais guère m'en rendre compte — à l'arrière. Bâtie à flanc de coteau, elle plongeait dans la pente et dominait la campagne. C'était un paysage de miniature médiévale qui s'étendait devant moi. Du pied de la maison les champs et les vignes déboulaient jusqu'au fond du vallon, coupé par la route que j'avais suivie tout à l'heure. Juste avant la route il y avait une prairie, petite, parfaite, sagement plantée de peupliers disposés en quinconce. Au-delà les pentes douces de la colline montaient jusqu'au village de Poyanne dont je voyais maintenant la ligne de crête : à gauche un grand bouquet d'arbres, puis les maisons aux toits de tuiles, le clocher de l'église et enfin le château aux cinq toits d'ardoises successifs. L'ensemble se découpait avec une netteté parfaite sur le ciel bleu.

Je me trouvais dans la cuisine de l'oncle Eugène : quelques meubles sommaires égayés de beaux cuivres anciens. Dans un coin, un seau et une corde près d'une trappe ronde. Je l'ouvris : elle plongeait dans les ténèbres de l'étage inférieur; l'oncle Eugène puisait l'eau dans un puits situé sous la maison au moyen du seau et de la corde. Pas d'eau courante. Pas d'électricité non plus, des lampes à pétrole, à longs manchons de verre, que je remarquais maintenant. Eugène vivait encore, en 1984, à l'époque de la marine à voile ! La deuxième pièce, adjacente à la cuisine, était une resserre pour les provisions et les fruits. J'y trouvai sur des claies ce qui avait été des pommes, des poires, des noix, une citrouille. A des bâtons accrochés au plafond pendaient encore des cochonnailles, bacon, saucisses et boudins. Un croc soutenait un énorme jambon.

Mais comment descendre aux étages inférieurs puisqu'il n'y avait pas d'escalier ? A force de chercher je trouvai sur la cheminée de la grande pièce une clef assortie d'un coquillage où était écrit : « Cave ». Je sortis de la maison et en fis le tour. Le terrain plongeait brusquement. En contrebas d'un muret de pierres, sur la gauche, une immense porte s'encastrait dans le mur latéral de Tilsit. Je l'ouvris. Devant moi s'étendait une pièce magnifique qui tenait lieu de chai, d'atelier et de remise à outils. Des poutres puissantes supportaient les étages supérieurs de la maison. Le long d'une paroi s'alignaient des futailles dont trois étaient pleines. Il y avait des instruments de toutes sortes et un établi avec sa collection d'outils. Un faisceau de tiges d'osier et des corbeilles commencées prouvaient qu'Eugène savait aussi tresser des paniers. Il y avait un tour et une provision de glaise ! Des oignons, des aulx pendaient en chapelets des poutres. Des champignons séchés, cèpes, girolles, rosés des prés, s'égrenaient sur des ficelles.

J'avais hérité de la maison d'un vieil original qui vivait encore sous Napoléon.

Je pris un verre près d'une barrique et tirai un peu de vin. Il était blanc, clair, léger, âpre à la langue.

Je levai mon verre, mirai le vin dans le soleil et, mi-intrigué, mi-ravi, m'écriai : « A ta santé, Eugène ! »

Je retournai au village où Lanusse, qui manifestement m'attendait, me lança sur un ton patelin :

— Alors, on revient pour un petit marché ?

Je négligeai de répondre et fis mes emplettes en me demandant si je préparerais mes repas sur la cuisinière à bois de mon oncle ou sur le trépied qui se trouvait dans l'âtre de la cheminée. En me servant, Lanusse soliloquait :

— C'était un original, votre oncle. Un fameux original. On en voit peu comme lui, de nos jours. Mais on l'aimait bien, M. Eugène. Il fallait le comprendre. Il y a des gens comme ça, qui veulent vivre dans le passé. Oui, on l'aimait tous. Il n'était pas fou et il n'a jamais fait de mal à personne. Vous voulez du pétrole pour les lampes, je suppose ? Je vais voir si j'ai encore ça quelque part. Et des bougies ? Voilà. De grandes bougies blanches. Vous vous ferez le dîner aux chandelles.

Je rangeai mes achats dans le coffre de ma voiture et me rendis au presbytère. On eût dit que le curé me guettait aussi, car il ouvrit la porte avant que j'y eusse frappé. Il m'introduisit dans une pièce qui tenait lieu à la fois de salon et de salle à manger, mais qui lui servait en fait de cabinet de travail. Le papier des murs tombait en lambeaux ; les meubles devaient provenir d'un brocanteur de troisième ordre ; il eût fallu recouvrir les fauteuils qui exhibaient leur crin et donner partout un coup d'encaustique. Un désordre extraordinaire régnait sur la table : un jeu de jonchets, un chapelet, des livres, des factures, un ballon de football, des bretelles, le bréviaire, une maquette de théâtre, des trognons de pommes, *Les Caractères* de La Bruyère, une barrette, et j'en passe. On respirait un parfum de buis et de fleurs fanées.

Le curé prit d'autorité une bouteille et deux verres dans le buffet, me fit asseoir :

— Alors, cher monsieur, vous avez vu la Botte ?

— C'est d'elle que je viens vous parler. Ou plutôt de mon oncle.

Il m'examinait avec curiosité et sympathie.

— Eugène Dubedout était un brave homme. Il est mort en chrétien. Je lui ai administré les derniers sacrements. Que voulez-vous savoir ?

— Pourquoi il vivait ainsi, réfugié dans le passé, tournant le dos au monde. Car j'ai constaté qu'il en refusait tous les progrès, même les plus simples comme l'électricité.

— Il refusait en effet le siècle. Il s'est fait enterrer dans l'habit de demi-solde de Dieudonné, le commandant de la Garde.

— Mais pourquoi cette vie en marge, ce rejet de la société ?

— Question d'éducation, peut-être. Son père, raconte-t-on, était ainsi et avant lui son grand-père et son arrière-grand-père. Ils s'étaient mariés, pourtant. Votre oncle est allé plus loin. Il a choisi de pousser le refus jusqu'à ses extrêmes conséquences. Il a vécu seul dans le passé. Dans son rêve. Il est mort seul.

— De quoi vivait-il ?

— Outre Tilsit, il n'avait qu'un bien, la ferme d'une douzaine d'hectares dont vous apercevez le toit depuis chez vous. Il la cultivait seul. Si vous étiez venu plus tôt à Poyanne, vous auriez vu Eugène Dubedout vêtu comme un paysan d'autrefois, la grosse chemise de laine grise sur le dos, la ceinture de flanelle lui ceignant la taille, les sabots pleins de paille et le béret sur la tête, vaquer aux travaux des champs. Il avait deux paires de bœufs — pas question d'acheter un tracteur —, des vaches, deux porcs, de la volaille. Il cultivait sa vigne, faisait pousser son blé, son orge, son maïs et quelques plants de tabac pour sa pipe. A l'exception du pétrole d'éclairage, du sucre et du café, du pain qu'il achetait une fois par semaine au village, il vivait en autarcie. Le soir, sa besogne terminée, il rentrait à Tilsit et retrouvait le mirage de l'Empire. Il ne lisait pas le journal, ignorait l'actualité.

— Pas une femme dans sa vie ? Pas une distraction ?

— Une femme ? Non. Mais quelques distractions. La lecture de ses livres sur l'Empire. Et son cheval. On le voyait le dimanche après-midi parcourir la campagne. Il allait jusqu'à Montfort,

Mugron, Lourquen, parfois jusqu'à Saint-Sever. C'était son grand plaisir. Il était courtois mais taciturne, réfléchissait beaucoup. Comme on dit de nos jours, il avait parfaitement programmé sa vie. A soixante-quinze ans, lorsqu'il a senti que les travaux des champs devenaient trop durs, car il n'a jamais songé à engager un aide, il a vendu sa ferme et placé l'argent. Ainsi a-t-il eu de quoi vivre jusqu'à l'an dernier, quand il est mort à quatre-vingt-cinq ans. Par testament il a laissé un capital aux pauvres de la commune et vous a légué Tilsit. Il vivait de façon frugale, tressait des paniers, fabriquait des poteries qu'il cuisait aux fours de la briqueterie de Saint-Geours et vendait au marché. Il a fait en sorte de ne dépendre de personne jusqu'à sa dernière heure. En mourant il a lancé Tilsit comme une bouteille à la mer, le léguant au seul parent qui lui restât, un inconnu, puisqu'il ne vous avait jamais rencontré, m'a-t-il dit.

— C'est exact. J'ignorais tout de lui. De quoi est-il mort ?

— D'urémie. Il a refusé l'hôpital. Il voulait mourir à Tilsit. Ses voisins et moi, nous l'avons entouré. Cela n'a duré que quelques jours. Il est mort calmement, pieusement, remettant son âme à Dieu. En fait, il n'a pas lutté pour vivre davantage. Il m'a dit : le jour se lève, il est temps d'éteindre la lampe. Cela m'a bouleversé. Nous l'aimions. C'était un original. Nous étions fiers de lui. Tant de constance, de dignité, c'est bien rare. Tout Poyanne était à l'enterrement. Même les membres de la cellule communiste.

— Mais pourquoi ? Je ne comprends toujours pas. On peut se passionner pour l'histoire de l'Empire et rester de son siècle.

Le curé hocha la tête :

— Poyanne a produit de nombreux originaux. Cette terre, pourtant mesurée, est fertile en extravagances. Voyez-vous, monsieur, je ne suis pas de Poyanne. J'ai soixante-dix ans, j'y vis depuis quarante ans, mais je ne suis pas et je ne serai jamais un enfant du pays. Je sais beaucoup de choses, mais combien d'autres m'échappent parce que je n'ai pas cette connaissance instinctive qui vient des racines. Pour connaître à fond un pays, il faut y être né, y avoir passé son enfance, le porter dans la moelle de ses os. Le Bon Dieu pourrait attester que je connais mes ouailles et que j'en entends beaucoup — pas toutes, hélas ! — en confession. Mais il me manque le sens inné, que l'on ne saurait acquérir. C'est pourquoi il m'est difficile de vous répondre au sujet de votre oncle. J'explique sa vie, son originalité par l'influence de son père et de ses ancêtres. Ce faisant, je me rends compte que cette explication n'est pas tout à fait convaincante. On comprend l'attachement passionné de Dieudonné à l'Empereur. Mais celui du fils de son arrière-petit-fils ? Pourquoi cette fidélité forcenée d'Eugène qui s'est muée en refus de tout ce qui était contemporain ? Il n'y a qu'un homme qui soit, peut-être, à même de vous répondre. Notre docteur.

— Comment s'appelle-t-il ?

— Le Dr Ducasse. Il a cent ans, ce qui est déjà une autre excentricité. Sa famille est l'une des plus anciennes du pays. Il vit avec sa fille adoptive. Allez le voir.

— Cent ans ! m'exclamai-je. Mais ne vais-je pas l'importuner ? A-t-il tous ses esprits ?

— Il se porte comme un charme. Quelle heure est-il ? Sept heures. C'est un peu tard, car en général il se couche avec les poules. Mais demain, vers les onze heures, frappez à sa porte. Il grognera sans doute. Mais ce sera pour la forme. En fait il sera ravi.

Elle fut étrange, ma première soirée à Tilsit. Il faisait beau, encore chaud. J'allumai pourtant un grand feu. Je voulais qu'en souvenir de l'oncle Eugène, mais aussi pour m'accueillir, la maison fût vivante, éclairée comme peut-être elle ne l'avait jamais été. J'avais besoin d'évoquer la présence de mon oncle, de le sentir près de moi. Maintenant je regrettais de ne pas l'avoir connu. J'avais ouvert les fenêtres sur la nuit. Je remplis les lampes de pétrole et les allumai ainsi que les bougies. Sous les étoiles Tilsit brillait de tous ses feux. Je préparai mon repas dans les récipients de cuivre. Pour rester fidèle à Eugène je confectionnai un dîner à sa manière : pas de conserves, rien de moderne, des plats traditionnels, une omelette, deux saucisses du pays, de la salade. Pour dessert j'avais les fruits du verger. Assis à la table où je pouvais voir les traces d'usure laissées par les assiettes, je regardais flamber le feu où les pignes de pin crépitaient comme des coups de fusil. Le couvert d'argent dont je me servais était déformé ; la fourchette avait les dents inégales et la lame du couteau avait perdu la moitié de sa largeur. A la cave j'avais rempli deux carafes de vin blanc ; je les vidai sans m'en apercevoir. Une douce excitation s'était emparée de moi ; j'étais un peu ivre ; je divaguais. Je me mis à parler à voix haute : « Eugène, appelai-je, mon cher Eugène, mon pauvre Eugène, où es-tu ? Là-haut, là-bas, as-tu retrouvé l'Empereur ? T'a-t-il appelé " mon brave ", pincé l'oreille comme à ses vieux grognards ? Dieudonné t'a-t-il serré dans ses bras ? Est-il pieds nus ou l'a-t-on chaussé de bottes célestes ? Dis-moi, que fais-tu au Paradis ? Car tu es un brave homme, un très, très, très brave homme (mes yeux se mouillèrent) et je suis sûr que saint Pierre t'a ouvert les portes toutes grandes. Défiles-tu avec la Garde au son des fanfares d'Iéna, de Friedland, de Wagram ? Eugène, Eugène, pourquoi ne m'as-tu jamais fait un signe, envoyé un petit mot ? Par fierté sans doute, car je suis certain que tu es fier, orgueilleux comme pas un ! Eugène, j'aurais voulu te connaître ! »

Qu'ils étaient loin les bureaux, les studios, les ateliers de la télévision parisienne ! Moi aussi j'avais quitté le siècle. Avec Eugène, je participais à l'épopée. La cavalerie impériale grondait autour de moi, faisait trembler la terre, s'élançait vers l'horizon en bandes mobiles aussi véloces que des arpèges. Jeunes tambours en tête, superbement harnachés, le défi à la mort durcissant leurs visages de gosses, des milliers, des centaines de milliers de grognards à la moustache grise m'enveloppaient, me dépassaient, forêts mouvantes de bonnets à poil, de buffleteries, de baïonnettes étincelantes. Murat caracolait sur un étalon noir, ses cuisses musclées serrant la peau de tigre jetée sur sa selle. Ney dégainait son sabre et montait à l'assaut. Mon regard soudain accrocha sur le plateau de la cheminée la forme alléchante d'une poussiéreuse bouteille. C'était un vieil armagnac. Avec jubilation je m'en saisis, remplis mon verre. Je le humai, le goûtai. Il était odorant, viril et savoureux. Je jetai du bois dans le feu. La flamme grandit, joyeuse, claire, radieuse comme le soleil d'Austerlitz. A mesure que le niveau de la bouteille baissait, je vivais l'épopée, j'étais en pleine gloire. Dans son abri la Botte luisait, éclairée par les flammes du foyer qui faisaient étinceler la vitrine. L'armagnac touchait à sa fin. Debout, vacillant sur mes jambes, je levai mon verre : « A toi, Eugène ! m'écriai-je. Vive l'Empereur ! » Et j'entonnai la mélodie :

Deux grenadiers suivaient le chemin,
Fuyant les prisons de Russie.

Quand furent sur le sol germain,
Penchèrent leur tête flétrie.
L'un dit alors...

Je répétai plusieurs fois « L'un dit alors » comme un disque rayé, une dernière gorgée d'armagnac m'acheva et je m'effondrai sur la table.

Il faisait jour lorsque je m'éveillai. L'air frais du matin entrait à force dans la pièce. Des oiseaux chantaient dans le prunier et les chênes. J'étais toujours assis à la table d'Eugène, la bouteille d'armagnac vide devant moi. Le feu était mort, les bougies s'étaient consumées, mais les lampes brûlaient encore. J'avais la bouche pâteuse, j'étais raide et courbatu, une vague migraine m'embrumait le cerveau. Je m'ébrouai et sortis de la maison. Des nappes de brouillard s'étendaient sur les champs, mais la chaleur du soleil montant les déchirait déjà en écharpes lumineuses. Poyanne surgissait de l'autre côté du vallon. Lavés de rosée, les tuiles du village étaient plus rouges, les ardoises du château plus noires, le clocher de l'église paraissait plus aigu. Un rouge-gorge se posa près de moi et me considéra avec impertinence. Je me demandai s'il avait connu l'oncle Eugène et me dis : à onze heures tu dois voir le vieux médecin ; auparavant tu iras au cimetière, sur la tombe d'Eugène ; c'est la moindre des choses, il t'attend. Je rentrai dans la maison et par la trappe de la cuisine tirai de l'eau pour me laver. Dieu, qu'elle était crue ! Ma gueule de bois se dissipait, mes gestes devenaient moins approximatifs. Le soleil me réchauffait. Une tasse de café acheva de me ragaillardir et de me rendre à moi-même. Animé d'une belle énergie, je fis la vaisselle, nettoyai l'âtre de la cheminée, mis un peu d'ordre. Je trouvai dans une armoire une pile de draps où l'oncle Eugène avait intercalé des brins de lavande et préparai le lit pour le soir. A dix heures j'étais prêt, à nouveau dispos, et je partis à travers champs pour le village. Cette marche me fit du bien. Je me renseignai et trouvai sans encombre le cimetière.

Un cimetière est toujours un endroit grave. Celui-ci était en outre charmant. Situé juste à l'écart du bourg et précédé d'une haie de lauriers, on y entre par un portail de bois à croisillons qui s'ouvre dans une sorte de maisonnette rustique à toit de tuiles naïvement peinte en bleu clair et blanc. Une statue de la Vierge, logée dans une niche, domine le portail. Pas de désespoir ni d'horreur comme l'exprime l'exécrable monument du Père-Lachaise, mais la bonté rassurante de la Médiatrice qui introduit auprès du Père. A l'intérieur de ce petit édifice se trouvent les tombes des curés du lieu. Deux allées, à l'intersection desquelles se dresse une croix, divisent le cimetière en quatre carrés. L'allée transversale mène du tombeau des marquis de Poyanne à la sépulture de jésuites espagnols réfugiés en France Dieu sait pourquoi. Silence et paix. Mais la vie est proche. La rumeur du bourg parvient au cimetière, filtrée par les champs de maïs qui l'entourent.

J'errai parmi les tombes et trouvai celle des Dubedout. Les noms des défunts sont gravés dans la pierre. Ils étaient tous là, Dieudonné et ses descendants accompagnés de leurs épouses. Et en bas de liste un nom récent, tout seul : Eugène Dubedout, 1900-1985.

Pourquoi ne s'est-il pas fait enterrer avec la Botte ? me demandai-je. Il y avait des fleurs sur la tombe voisine. Me promettant de les remplacer par des roses de Tilsit, j'en pris quelques-unes et les mis sur la tombe d'Eugène. C'étaient des glaïeuls mauves.

Il était presque onze heures. Je traversai le village où les femmes des environs faisaient leurs emplettes et trouvai la maison du Dr Ducasse au-delà de l'école, sur la route que j'avais empruntée la veille pour me rendre à Tilsit.

Elle a belle allure, la maison du docteur. A l'époque où elle fut construite, la richesse n'allait pas sans l'élégance. Une cour ornée d'orangers en caisses la précède, prolongée sur la gauche par une prairie bordée de chênes.

Dès que j'eus poussé tant soit peu le portail le bruit de la sonnette qui s'y trouve fixée déclencha le tumulte. Le calme des lieux vola en éclats. Un énorme chien blanc des Pyrénées se dressa devant moi, aboyant avec fureur tout en agitant la queue de façon amicale, ce qui me plongea dans la perplexité. Une jeune fille rousse passa la tête par une fenêtre du rez-de-chaussée et lança un vibrant : « Qui est là ? » Dominant le tout, j'entendis, venant de sous les chênes, une voix puissante, rocailleuse, majestueuse comme celle d'un Jupiter gascon, s'écrier :

— La paix, Rostand ! Et vous, jeune homme, que voulez-vous ?

— Pardon, dis-je, est-ce ici la maison du Dr Ducasse ?

— Oui, monsieur. Je suis le Dr Ducasse. Et c'est ici l'Oustaou, la maison en gascon, du latin *ubi stamus*, « ici nous demeurons ». Qu'y a-t-il pour votre service ?

Il se leva du fauteuil d'osier où il était assis et vint vers moi. Je le regardai, sidéré. Ah, il n'inspirait pas la pitié, le centenaire ! J'avais devant moi une force de la nature, un colosse. Deux mètres de haut, taillé en hercule, des épaules, des bras, des mains à faire pâlir d'envie un champion de catch. Le cou de taureau, à la Milon de Crotone, portait une tête superbe, aux traits alourdis par l'âge, mais puissante et bien modelée. Des yeux bleus, très clairs, et sur le crâne une toison blanche, drue, serrée, de cheveux taillés court. Avec cela élégamment vêtu d'un complet d'alpaga, cravate lavallière, boutons de manchette en or. Rostand, qui s'était calmé, se pressait contre sa jambe et tous deux, l'homme et le chien, formaient un couple à vous donner le sentiment d'être un avorton.

— Monsieur ? interrogea-t-il à nouveau de sa voix de basse.

Il m'observait, détaillait ma silhouette mince, mes lunettes et mon teint papier mâché d'intellectuel parisien.

Je déclinai mon nom et ajoutai :

— Je suis l'héritier d'Eugène Dubedout. C'est M. le curé qui...

Le sourire disparut de la face avenante, les yeux s'assombrirent, ce que sentant Rostand se mit à gronder.

— C'est donc vous ? dit-il en me toisant comme il aurait fait d'un galopin. Mieux vaut tard que jamais, n'est-ce pas ?

— Vous vous étonnez sans doute...

— Je ne m'étonne plus de rien, jeune homme, dit-il en me coupant la parole. De nos jours il faut s'attendre à tout. Ou plutôt si, je m'étonne encore. Je m'étonne de tout. A tout instant. Je m'étonne par exemple qu'il vous ait fallu un an pour vous décider à venir sur la tombe d'un homme, un homme vrai celui-là, qui vous a laissé son bien.

Je baissai la tête en détournant les yeux. J'étais évidemment dans mon tort. J'avais compris depuis la veille combien mon indifférence était répréhensible et me la reprochais.

— Je suis arrivé hier..., parvins-je à bredouiller.

— Je le sais.
— M. le curé m'a suggéré...
— Je le sais.
— Je suis allé au cimetière...
— Vous en venez. Je le sais.
Voyant ma stupéfaction, il ajouta :
— Je sais tout, jeune homme, de ce qui se passe à Poyanne. Mais rien de ce qui se passe ailleurs. Cela me suffit !
Son regard pesait sur moi, froid et sévère. La leçon était dure, mais je la méritais. Pourtant je sentais que nous ne pouvions en rester là ; cet hercule, je le devinais, était aussi bon que franc.
— Docteur, dis-je d'un trait, vous avez raison de me faire des reproches. Je n'ai pas bien agi. Je pourrais faire valoir que je ne connaissais pas Eugène, mais compte tenu de sa générosité envers moi ce ne serait pas une bonne raison. Que j'étais pris dans le tourbillon de Paris. (Il eut un sourire ironique et écarta l'argument d'un geste.) Cette excuse non plus ne serait pas valable, car on peut s'absenter deux ou trois jours. (Il opina de la tête.) La vérité, eh bien, la vérité c'est que je n'ai pas d'excuse. Je le sais. Et depuis que je suis à Tilsit je regrette de ne pas avoir connu mon oncle, je me repens de m'être conduit comme un sagouin. Et si vous voulez tout savoir, hier soir, en son honneur je me suis saoulé !
Le visage du mastodonte s'éclaira. Ses yeux pétillèrent. Un large sourire détendit ses lèvres.
— Saoulé, dit-il, intéressé. Cela, je ne le savais pas.
— J'ai bu deux carafes de son vin blanc et la moitié de sa bouteille d'armagnac.
Un rire formidable, gai comme celui d'un jouvenceau, sortit de la monumentale poitrine. Rostand se mit à geindre de plaisir.
— Hil dou diable ! Venez me raconter ça ! Gaisha, hurla-t-il en direction de la maison, ma chérie, donne-nous donc un siège ! Monsieur s'est saoulé en l'honneur d'Eugène !
Une poigne formidable me happa et me transporta sous les chênes. Gaisha, la jolie rousse que j'avais entrevue tout à l'heure, survint avec une chaise longue. J'eus à peine le temps de la détailler avec un étonnement ravi que le docteur reprenait :
— Donne-nous du vin blanc, celui de la lune. Et si on me demande, à moins d'extrême urgence, je ne suis pas là. J'ai affaire.

Les branches des chênes formaient au-dessus de nous une voûte admirable. La prairie s'étendait au loin jusqu'à se confondre avec les champs. Rostand s'était couché aux pieds de son maître et, le museau sur les pattes, fermait les yeux. Le jeu mobile de ses oreilles montrait toutefois qu'il était aux aguets. Au-delà du vallon la deuxième vague de collines s'amorçait et, tout en haut, bien visible, j'aperçus ma maison. Le docteur suivit mon regard.

— Oui, c'est Tilsit. D'ici je pouvais voir Eugène vaquer à ses affaires et hier après-midi (il désigna du menton une paire de jumelles sur la table de jardin) j'ai observé que quelqu'un ouvrait la maison. Que voulez-vous, j'ai maintenant du temps libre. Avec ces jeunes médecins qui s'installent partout — ils tirent le diable par la queue, les pauvres — je suis moins sollicité. C'est heureux, car mon activité me posait un problème de conscience. Je n'ai jamais — enfin, disons rarement — fait payer mes malades. C'est ce que l'on appelle de nos jours une concurrence déloyale. Et ce n'était pas bien vu.

Il me surveillait du regard.

— J'exerce depuis plus de soixante-dix ans, monsieur (il étendit ses mains) et, croyez-moi, ces mains ont touché, palpé, tourné et retourné bien des malades.

Je regardais avec respect ces mains puissantes et je pouvais imaginer en effet qu'elles avaient accouché un nombre impressionnant de femmes, tenu des milliers de nouveau-nés, réduit maintes fractures, fermé les yeux à je ne sais combien de morts.

— J'ai le privilège de vivre de mes rentes, c'est-à-dire de mes fermes, encore que de nos jours leur revenu ait bien baissé. J'ai donc pu m'offrir le luxe de soigner pour rien. Mais l'âge est venu et je ne suis plus aussi disponible ; il m'est désormais pénible de me lever en pleine nuit. Et puis, il faut céder la place. Je n'interviens plus que pour des amis, des gens que je connais depuis toujours ; la famille, pourrait-on dire.

Il marqua une pause et me demanda tout à trac :

— Êtes-vous communiste, socialiste, capitaliste, trotskiste, papiste, antipapiste, nihiliste, écologiste, ou quelque chose d'autre en iste ?

— Non, répondis-je, interloqué. Disons... disons que j'ai des idées sociales. En fait, je ne sais pas ce que je suis. Je n'adhère à aucune doctrine.

— Les doctrines ! tonna le docteur. Les doctrines ! Est-ce que la vie a une doctrine ? Pas que je sache, monsieur ! En tout cas nous ne l'avons pas encore découverte. Méfiez-vous des doctrines, jeune homme. Elles sont le fait de révolutionnaires illuminés qui s'en servent pour vous couper la tête ou de politiciens qui les mettent au service de leur ambition. Et que faites-vous dans la vie ?

— J'écris. Je suis scénariste pour la télévision.

Une expression d'incrédule commisération apparut sur le visage de mon interlocuteur.

— Vous voulez dire que vous travaillez pour les étranges petites lucarnes ?

— Vous ne semblez pas apprécier la télévision, repartis-je, vexé. D'ailleurs, vous ne l'avez pas.

— Comment, je ne l'ai pas ? Et qu'est-ce qui vous le fait dire ? demanda le docteur surpris de mon aplomb.

— Vous n'avez pas d'antenne sur votre toit.

— J'ai disposé cet objet disgracieux sur le faîte de ma grange. Ainsi on ne le voit pas d'ici. Mais vous remarquerez dans mon salon un parallélépipède recouvert d'une housse rouge. C'est elle.

— Vous la regardez tous les jours ?

— Dites donc, je ne suis pas un téléguidé, moi ! Je ne suis pas de ceux qui, le cul dans un fauteuil, restent des heures à regarder passivement gigoter les petits messieurs. J'aime la lecture, moi. J'enlève la housse pour les matches de rugby (il prononça « rubi » comme Lanusse) et quand les Américains vont sur la Lune. D'autres fois aussi, pour être franc. Mais jamais sys-té-ma-ti-que-ment. Non. L'âge aidant, je puis enfin me consacrer à la lecture des Classiques. On ne s'en lasse jamais. On y revient toujours. La qualité, par Dieu ! La qualité !

— Montaigne ? demandai-je en désignant le livre posé sur la table avec l'espoir d'orienter la conversation loin de la télévision.

— Oui, le bonhomme Montaigne. A vingt ans on n'y comprend rien. A quarante ans on croit le comprendre. En vérité, pour l'apprécier, il faut atteindre la vieillesse. L'âge de l'intelligence, ajouta-t-il avec un clin d'œil malicieux. Dites, que pensez-vous de mon vin de la lune ? Je le tiens en barrique pendant trois ans et puis je le mets en bouteille à la lune rousse d'octobre. Cela lui donne ce goût un peu fou. Intéressant, n'est-ce pas ?

Je le regardais, sidéré. Sa vitalité me pétrifiait. Malgré mes trente-deux ans, il me semblait que c'était moi le vieillard et lui l'homme jeune. Par comparaison je me sentais faible et tout pâlot.

— Vous vous intéressez donc à la littérature ? demandai-je sottement.

Sa stupéfaction fut réelle :

— Si je m'intéresse à... Mais qui, monsieur, ne s'y intéresserait pas ? (Sa voix monta d'un ton, il prit un air faussement outragé qui me fit lever la main en signe de protestation.) Parce qu'on est un petit médecin de campagne doit-on rester illettré ? Les Classiques ! Les Classiques ! cria-t-il, saisissant le Montaigne et visiblement ravi de jouer sa scène. Ah, monsieur, il fut un temps à Poyanne où tous, enfin presque tous, nous nous passionnions pour la littérature. Nous vivions pour elle. Mais votre télévision tue tout cela, conclut-il sèchement.

— Il en est de la télévision comme de tout, protestai-je. On peut faire de la bonne et de la mauvaise télévision. Comme on peut écrire de mauvais livres.

— Vous marquez un point, concéda-t-il. N'empêche que notre époque est mal partie. On promet aux gens de leur raconter de belles histoires, jour et nuit, sur vos petits écrans. C'est prendre les adultes pour des enfants et préparer les enfants à ne point devenir adultes. On les endort, on les crétinise avec des contes. Mais admettons — et je l'admets dans une certaine mesure — que les hommes aient besoin de belles histoires. Après tout, depuis Homère, que sont les grands écrivains sinon de grands conteurs ? Mais à moins de porter la littérature universelle à l'écran, où les trouverez-vous ces belles histoires ? Où les pêcherez-vous ? Qui les écrira ? De bonne qualité ? En nombre suffisant pour remplir vos lucarnes vingt-quatre heures sur vingt-quatre, sur des centaines de chaînes et dans le monde entier. *Panem et circenses.* Les Romains y parvenaient à peine avec leur cirque. Encore ne s'agissait-il que d'amuser une ville. Mais à l'échelle de la planète... Cinq ou six milliards d'hommes... Bon courage, monsieur, vous avez du pain sur la planche ! Et en avant la production industrielle !

— Cette question trouvera sa réponse, dis-je en riant. Un

immense effort de création s'impose en effet. Mais qui vous dit qu'il ne sera pas fait. Ne soyez pas indûment pessimiste.

— Je ne suis pas pessimiste, me répondit le docteur avec noblesse. Je me pose des questions, voilà tout. Et je suis étonné. Oui, étonné ! répéta-t-il en s'enflammant subitement sur ce mot. Parmi les santons de Provence il y a le Ravi. Il est ravi de voir l'Enfant dans la crèche. Alors, de ravissement, il lève les bras au ciel. Nous n'avons pas de santons en Gascogne — nous avons bien d'autres choses — et donc nous n'avons pas de Ravi. Mais nous avons un Étonné. C'est moi. Oui, cher monsieur, je suis l'Étonné. (Il vida tout sec un verre de vin de la lune pour se ragaillardir avant de poursuivre sa tirade.) Étonné de la constitution physique que mes parents m'ont donnée. C'est étrange, voyez-vous, d'être toujours le plus robuste, de ne jamais rencontrer plus fort que soi. Je m'appelle Ducasse. Vous comprenez ? Non. Ducasse, en gascon, cela veut dire le chêne. Je suis fort comme un chêne. Pendant la dernière guerre, les SS qui occupèrent Poyanne (foutue période que celle-là !) me respectaient, bien qu'ils connussent mes sentiments, parce qu'ils savaient que d'un coup de poing je pouvais leur enfoncer le casque jusqu'aux fesses. Étonné de ma propre santé, moi, le médecin, qui sais que notre équilibre physiologique est un quasi-miracle qui ne tient qu'à un fil ! Étonné de tout ce que j'ai vu, entendu en un siècle. Deux guerres mondiales. Les guerres coloniales. D'innombrables gouvernements. D'innombrables politiciens avides et sots. De monstrueuses erreurs, répétées à satiété : impréparation militaire en 1870, en 1940. En 1914 des uniformes d'abord rouge et bleu qui sont autant de cibles ; pas assez d'avions de reconnaissance, d'artillerie lourde, pas d'obusiers géants ; ça nous a coûté des centaines de milliers d'hommes. Il a fallu un héroïsme fantastique pour tenir le coup. Et nous savions que notre adversaire était le champion du monde de l'organisation et de la logistique... Étonné que l'ancien chef de nos services secrets publie ses Mémoires, que pour un oui ou pour un non nos aiguilleurs du ciel et nos pilotes fassent la grève, que nos professeurs ne soient plus fiers de leur métier. Étonné que nos dirigeants — à quoi pensaient-ils donc ? — s'avisent soudain que notre tissu industriel s'en va en lambeaux, alors que nous devons avant tout créer, produire, exporter ! Spectacle étonnant de nos hommes politiques myopes et légers. Oui, ici ou là, je le reconnais, un homme. Un vrai ! Mais pour combien de petits ambitieux sans envergure ! La Bible dit qu'il n'y avait pas deux justes dans la ville. Parole terrible ! Et pourtant elle tourne, elle continue à tourner, notre terre ! Et nos responsables, équipés de leurs cervelles de moineau, poursuivent leurs sauteries, leurs manigances. Ce sont des ludions ! Ah, j'en ai vu ! C'est pour cela que je suis l'Étonné.

Il me regarda fixement, avec une expression à la fois bougonne et méprisante qui, en fin de compte, étant donné l'évidente bonhomie du personnage, était plutôt comique.

— Vous ne savez pas le gascon, n'est-ce pas ? Eh bien, monsieur, écoutez quand même le poète gascon :

Quouan bedi lous homis coum soum
— disem le caouse coum s'apperen —
Qu'en souy estat coum un estroun
Tout esmoustat den le cantere.

Ce que je traduis pour vous :

Quand je vois ce que sont les hommes
— appelons les choses par leur nom —
J'en reste comme un étron
Tout aplati sur le chaume.

Gaisha ! Une autre bouteille !

Je restai partagé entre deux sentiments : l'appréciation littéraire du quatrain naturaliste que je venais d'entendre et la crainte de devoir vider une autre bouteille. Ce vin de lune me montait à la tête. Ne dessaoulerais-je donc pas tant que je serais à Poyanne ?

Aussi rousse que la lune d'octobre, Gaisha apportait la bouteille. J'admirai à nouveau les formes efficaces de cette fausse maigre tandis qu'elle venait vers nous. Le docteur remplissait mon verre. A cet instant les douze coups de midi sonnèrent au clocher. Le docteur releva brusquement le goulot de la bouteille.

— Il est midi, jeune homme. Vous déjeunerez avec nous.

L'idée de poursuivre au vin de la lune m'impressionna :

— Je ne voudrais pas être indiscret, bredouillai-je. Je...

— Allons, pas de façons ! Il y a des magrets de canard. C'est tout. Nous partagerons. A la fortune du pot. Les repas improvisés sont les meilleurs. Gaisha, mets un troisième couvert, ma chérie. Monsieur déjeune avec nous. Et un pour la route ! ajouta-t-il en vidant son verre.

Je fis de même sous son regard bienveillant et me levai, les jambes molles.

Le déjeuner fut délicieux. Outre les magrets annoncés, il y avait des melons, une quantité de hors-d'œuvre, dont une salade de piments verts pour laquelle je fis des folies, du fromage des Pyrénées et une tarte aux mûres, cueillies par Gaisha. Nous restâmes fidèles au vin de la lune pour les hors-d'œuvre, puis ouvrîmes deux bouteilles de bordeaux. Le café était excellent. Nous conclûmes sur l'armagnac.

La salle à manger était fraîche et reposante. On y sentait la pièce de dilection d'un célibataire (j'appris plus tard que le docteur était veuf depuis très longtemps et qu'il n'avait pas eu d'enfant, c'est pourquoi il avait adopté Gaisha). Des livres ici et là, des pipes, des cigares. Le chêne des vieux meubles luisait doucement. Comme à Tilsit, une belle cheminée de pierre occupait un côté de la pièce. Le docteur y faisait de grandes flambées l'automne venu.

Il parlait beaucoup. Il m'expliqua qu'il avait dû se mettre au régime et que, le soir, il se contentait souvent d'une soupe de légumes et d'une omelette aux pommes de terre. Ou de quelques œufs au plat. Je restai sceptique. Chaque année, en juillet, comme son père, il allait désormais faire sa cure à Barbazan.

— Vous connaissez ?

— Non.

— Cela ne m'étonne pas. C'est charmant, mais c'est un trou. Et bien qu'il soit proche de Saint-Gaudens je vous assure qu'on ne s'y amuse pas tous les jours. Je sais que Pierre Benoit a illustré son casino, mais je n'ai même pas le droit d'y boire un verre en l'honneur du grand Barbazan, le chevalier-sans-reproche, qui fut enterré à Saint-Denis sur l'ordre de Charles VII. Ceci dit, c'est excellent pour les tripes.

Peu à peu le champ de son discours s'élargit et il me parla de la Gascogne. Il avait une façon inimitable de prononcer ce mot ; la première syllabe était douce, fluide, légère comme un gaz précisément ; et puis la seconde éclatait, impérieuse, virile, pleine de force, de morgue et de terroir : elle cognait.

— La Gascogne, voyez-vous, disait-il, c'est l'un des plus beaux pays du monde. Nous avons tout, les champs, les forêts, l'océan. L'océan Atlantique qui bat nos dunes de ses lames, avec les redoutables tempêtes du golfe de Gascogne, puisque tel est son nom. Ah, ce n'est pas la mare à canards méditerranéenne ! L'océan, donc, et les Pyrénées avec, au-delà, l'Espagne, l'Afrique. Qui dit mieux ? Ah, terre illustre, s'attendrit-il, qui a donné à la France le plus grand de ses rois, notre Henri IV, l'un de ses plus grands saints, Vincent de Paul, et Montaigne, l'honnête homme, le sage par excellence, Cyrano de Bergerac, d'Artagnan, et j'en passe !

Gaisha nous avait quittés. Nous sirotions notre armagnac quand il me dit enfin :

— J'apprécie votre visite, mon cher ami, et vous souhaite la bienvenue à Poyanne. Soyez des nôtres ! Mais notre curé, ce brave Lagardère — un toqué de La Bruyère, celui-là, il vous récite *Les Caractères* tout d'un trait — m'a fait savoir que vous aviez un renseignement à me demander. De quoi s'agit-il ?

— D'Eugène. La Botte m'intrigue. Tilsit m'intrigue. Eugène plus que tout m'intrigue. Je regrette sincèrement de ne pas l'avoir connu et je sens — c'est un peu ridicule à dire puisque je ne suis ici que depuis un jour — que je me suis pris pour lui d'une grande affection. J'hésite entre l'étonnement, le respect et l'admiration. Il devait avoir du caractère.

— Vous l'avez dit ! Il était droit et fier comme une lame. Pas de compromission. Seul l'absolu comptait. Les résultats ont été surprenants. Regrettables d'un certain point de vue puisqu'il ne s'est jamais marié, s'est muré dans la solitude. Mais il avait de la grandeur.

Le Dr Ducasse se leva soudain, son verre ballon frôlant les poutres du plafond.

— A ta santé, Eugène Dubedout ! s'écria-t-il.

Je me levai aussi et, Pygmée à côté de ce colosse, jetai, sur le mode mineur, le même cri vers les solives. Nous éclusâmes nos verres et les remplîmes.

— Ce que je souhaiterais savoir, poursuivis-je, c'est pourquoi Eugène Dubedout s'est ainsi retiré du monde. Pourquoi cette sauvagerie dès l'enfance ?

— Dès l'enfance ? releva le docteur, étonné. Qui vous a dit cela ?

— Ma foi, personne. J'imaginais...

— Tu-tu-tu... Vous errez. Eugène fut un enfant, un adolescent comme les autres. Je le vois encore, étudiant. Car il fit sa licence de droit à Bordeaux. Certes, son ascendance le prédisposait à la décision qu'il a prise. Son grand-père et son père l'avaient élevé dans le culte napoléonien. Mais, quitte à cirer la Botte de temps en temps, il aurait pu mener une vie normale comme ses ancêtres. Ses ancêtres... des passionnés de l'Empire. Dieudonné fut un grand soldat. Blessé plusieurs fois, il fut privé de son cuir chevelu à Borodino. Scalpé par un éclat d'obus comme par un Iroquois. Il s'acheta une perruque. On raconte que, jusqu'à sa mort, chaque fois que l'on prononçait devant lui le nom de l'Empereur, il le saluait à sa manière, levant sa perruque comme on donne un coup de chapeau, offrant au regard des tiers les nobles cicatrices qui labouraient son crâne.

Une vague d'émotion empourpra son visage déjà enluminé et je craignis que, se levant derechef, il ne portât une santé à Dieudonné. Mais il poursuivit :

— Assurément la dévotion d'Eugène pour l'Empereur n'eût pas suffit à changer de façon aussi radicale son existence si ne s'était produit un certain événement.

— Lequel ? m'exclamai-je.

Le docteur me regarda gravement :

— C'était son secret. Je suis désormais le seul à le connaître. Aurait-il voulu que je vous en parle ? Et puis, jeune homme, comprendrez-vous ? Je ne veux pas être injuste pour votre génération, mais êtes-vous capables d'apprécier certaines exigences ? Le sens de l'absolu, n'est-ce pas pour vous un sentiment tant soit peu démodé ? N'irez-vous pas penser à Don Quichotte ?

— Non ! protestai-je avec énergie. Ne nous faites pas injure. Je puis comprendre une exigence d'absolu. Autant que quiconque ! Autant que vous ! Je puis l'accepter et la respecter.

— Soit, dit le docteur avec un sourire. Je prends acte de votre réaction et l'apprécie. Eh bien, la vérité est toute simple. Eugène aimait. Il aimait follement. Absolument. La jeune fille — peu importe son nom — est morte. C'est alors qu'il a changé. Subitement il s'est retiré du monde. Il n'a plus vu personne. Il a cultivé sa terre, s'est réfugié dans le rêve de l'Empire et a attendu la mort.

— C'est donc cela...

— Ne soyez pas déçu. Votre oncle était une âme d'une pureté admirable. Et un original. Comme d'autres, à Poyanne, à cette époque.

— Je sais, dis-je pensivement. Votre curé m'a dit que Poyanne a produit de curieux caractères.

— Il vous a dit cela ? interrogea le docteur dont les yeux brillèrent d'amusement.

— A peu près, oui... Il a parlé d'extravagances.

— D'extravagances ? Je n'emploierais pas ce mot-là. Mais des personnages curieux, ardents, pris, dominés par la passion.

Il se tut et je vis qu'il me quittait, que les souvenirs affluaient, que la marée du passé l'emportait. Les yeux perdus dans les lointains de la campagne, il m'avait oublié. Il rêvait.

Brusquement je sentis que j'avais devant moi un témoin exceptionnel, une de ces mémoires vivantes comme l'étaient autrefois les poètes de tradition orale. Qu'avait à me révéler le docteur ? Il me semblait que les portes du passé se dressaient devant moi, que je voulais pousser, ouvrir. Pénétrer dans le jardin d'autrefois et, tel Dante, interroger les ombres. Questionner ces hommes et ces femmes qui avaient vécu, étaient morts à Poyanne, ce petit village de modeste apparence, mais dont je pressentais qu'il pouvait me livrer des richesses insoupçonnées. Seulement, pour ouvrir les portes redoutables, il fallait que j'apprivoise Cerbère ; et Cerbère, c'était le Dr Ducasse, ce géant formidable dont la main, en pesant sur mon épaule, l'eût aisément brisée.

J'étais décidé. Je voulais connaître ces « extravagances » dont avait parlé le curé. Mon verre d'armagnac était vide. Je le tendis au docteur :

— Buvons, dis-je. Et racontez-moi.

— Pardon ? demanda-t-il en sortant brusquement de son rêve.

— Je veux connaître Poyanne, dis-je nettement.

Il leva à demi les bras :

— Poyanne... Vous aimeriez connaître Poyanne... Mais, dites-moi, cela a-t-il un sens ? Je peux vous le montrer, notre Poyanne. Vous verrez des fermes aimables, de beaux champs, des gens, ma foi, spirituels et avenants. Et après ? Connaîtrez-vous l'âme de

Poyanne ? Qu'en saurez-vous ? Rien. Vous repartirez pour Paris croyant connaître Poyanne. Et vous ignorerez tout de ce qu'il a été vraiment, son passé, son âge d'or.

— Son âge d'or ? relevai-je.

Sans doute y avait-il quelque ironie involontaire dans ma voix, car le docteur rentra sa tête dans ses épaules et me lança le regard le moins amène qui fût :

— Oui, monsieur ! Son âge d'or ! Y trouvez-vous à redire ?

Il me fixait durement et je voyais, à la coloration excessive de son teint, que la fureur le gagnait. Je l'avais blessé.

— Je n'ai rien à redire, me hâtai-je de répondre. Mais ces deux mots — âge d'or — me paraissent, voyez-vous, un peu impressionnants.

— Si je vous parle de l'âge d'or de Poyanne, c'est qu'il y a eu un âge d'or ! tonna-t-il. Athènes a eu celui de Périclès, Rome celui d'Auguste. A Poyanne nous avons eu plusieurs âges d'or et j'ai vécu l'un d'eux ! N'êtes-vous pas d'accord ?

— Si ! si ! Eh bien, je veux connaître cet âge d'or. Racontez-moi !

— Racontez-moi ! siffla le docteur en me contrefaisant d'un air moqueur. Comme ça ! Tout de suite ! On met en place ce machin qui s'appelle une cassette, on appuie sur un déclic et on écoute ce que ça débite... Mais en êtes-vous digne, monsieur ?

— Je...

— Pourquoi voulez-vous savoir ? Pour le raconter à votre tour dans un journal ? Pour le donner en pâture à un canard quelconque ? A la télévision ?

— Mais...

— Pour le divulguer, le vulgariser, le diminuer ?

— Non, non et non ! me gendarmai-je. Pour savoir ! Et puis, après tout, je suis de Poyanne !

— Vous...

Il me regarda avec commisération :

— Il se croit de Poyanne parce qu'il s'appelle Dubedout, qu'il est ici depuis moins d'un jour, qu'il est propriétaire de Tilsit et qu'il s'est saoulé hier soir la gueule au piquepoult ! Mais pour être de Poyanne il faut y être né, monsieur, y tutoyer tout le monde, connaître le moindre chemin, chaque arbre, chaque buisson. Il faut savoir l'histoire de chacun, des ancêtres de chacun et des ancêtres de ses ancêtres...

— Votre curé me l'a déjà dit ! m'écriai-je, excédé. Mais comment pourrais-je les connaître, moi qui ai eu le tort de naître loin d'ici, moi qui suis un métèque, qui n'ai pas droit de cité, si vous refusez de m'en parler ! Vous me claquez la porte au nez et me reprochez de ne pas l'avoir franchie !

Le Dr Ducasse accusa le choc :

— Je n'ai jamais fermé la porte à quiconque, jeune homme, dit-il avec dignité. Eh bien, vous voulez connaître Poyanne ?...

— Oui !

— Vous voulez savoir...

— Tout ! Et en particulier tout de cet âge d'or !

— Soit, dit le docteur en secouant sa belle tête blanche. J'y réfléchirai. Je ne mets personne à la porte, mais on n'entre pas à Poyanne comme dans un moulin. C'est l'heure de ma sieste. Revenez demain à dix heures. Je vous donnerai ma réponse.

J'ÉTAIS INQUIET lorsque, le lendemain à dix heures, je me présentai chez le docteur. Pendant toute la nuit je m'étais retourné dans mon lit en me demandant si j'allais essuyer un refus. Ma nouvelle connaissance était versatile, susceptible à l'extrême, prompte à passer de la cordialité au soupçon, de l'aménité au courroux. De mon côté, plus j'y pensais, plus je voulais connaître l'histoire de Poyanne. Ce n'était pas un caprice, mais un besoin qui au fil des heures tournait à l'obsession.

Comme la veille — et comme Saint Louis — le docteur était assis sous ses chênes. Il me regarda venir sans bouger, puis, d'un geste bénin, m'indiqua un siège :

— Eh bien, mon ami, y tenez-vous encore ?

— Davantage, répliquai-je. J'y tiens. Je le veux. Et si vous ne me parlez pas de Poyanne, si vous ne m'entretenez pas de cet âge d'or que vous avez vécu, je serai malheureux comme les pierres et vous en voudrai durablement.

Je crus saisir un éclair de contentement dans ses yeux, mais ce fut si fugace que je n'aurais osé l'affirmer.

— J'ai réfléchi, soupira-t-il. J'accède à votre requête. Comme on dit chez nous : *Deban un ta broy parlemen, n'ey pa sounque a respoune : Amen !* A un aussi beau plaidoyer je n'ai qu'une chose à répondre : Amen ! Mais à trois conditions. Premièrement, la description et le récit que vous me demandez seront longs. Je prendrai mon temps. D'où ma question : avez-vous l'intention de rester à Tilsit ?

L'idée d'un séjour prolongé à Poyanne ne m'avait pas encore effleuré. Elle me vint soudain à l'esprit et ce fut comme une révélation. Sans me l'avouer je n'avais aucune envie de rentrer à Paris. J'oubliai tout, la télévision, mon métier, mes camarades.

— Cela va de soi ! m'entendis-je répondre. Je n'ai aucune envie de partir !

— Bien, opina le docteur, visiblement satisfait. Deuxième condition : vous n'interrogerez pas les gens du pays. Ils vous raconteraient n'importe quoi. C'est moi, et moi seul, qui mènerai le récit.

— Soit.

— Troisièmement, vous n'irez pas au cimetière fureter parmi les tombes de mes amis. Je vais les évoquer. Vous vivrez avec eux. Je ne veux pas qu'avec un sourire en coin vous veniez tout d'un coup me dire : ah oui, je sais, celui-ci est mort à telle date, et cet autre à telle autre. La mort, hélas ! viendra à son heure. Vous n'avez pas à anticiper.

— Je dois porter des roses sur la tombe d'Eugène, protestai-je.

— Vous me les remettrez. J'irai pour vous.

— Accordé, dis-je, contrarié. Vous êtes en position de force et je ne puis refuser. Mais vous lancez le bouchon un peu loin !

Le docteur sourit :

— Le fervent pêcheur à la ligne que je suis ne connaissait pas cette expression. Il l'apprécie. Et maintenant, en route ! Allons-y !

— Où cela ? demandai-je, surpris.

— Vous verrez bien.

Il sortit sa voiture du garage et, cinq minutes plus tard, nous nous arrêtions devant la porte du château de Poyanne.

— Longueur : soixante mètres, hauteur : vingt, plus huit mètres cinquante pour le dôme, me dit-il en me désignant l'édifice. Construit de 1624 à 1627 par l'architecte Gratien de Lern. A lui seul le plomb des toitures coûta 22 349 livres, ce qui était considérable. Admirez la noblesse de ces proportions qui font de cette demeure l'un des joyaux de notre architecture nationale, l'élégance majestueuse de ces toits, la couleur délicate de ces pierres mûries par le soleil. D'aucuns prétendent que Cheverny, qui singe Poyanne, lui est antérieur. C'est faux. Cela serait-il, je dirais que Cheverny fut l'ébauche et que Poyanne est le chef-d'œuvre. Mais foin de ces querelles de clocher ! Il reste, mon ami, que ce château est maintenant un couvent de bénédictines. Vous avez devant vous l'abbaye Saint-Eustase et, croyez-moi, il n'est pas facile d'y entrer !

Nous gravîmes le perron. Le docteur sonna la cloche. Le tour s'ouvrit. Mon mentor se mit presque à quatre pattes pour se trouver à la hauteur de l'orifice et murmura quelques mots. Le tour se referma et nous attendîmes. Quelques instants plus tard, la porte s'entrebâilla et une religieuse haute comme trois pommes nous introduisit dans un parloir. Une femme parut, imposante, la supérieure.

— Révérende mère Gertrude, dit le docteur en s'inclinant avec la grâce d'un petit maître, je vous présente un ami parisien qui est en état de péché mortel : il ne connaît pas la Chalosse. Le laisserons-nous dans ce péril ? Nous permettrez-vous de monter au belvédère ?

Mère Gertrude sourit au docteur avec un soupçon de tendresse. J'étais impressionné. Bien qu'elle naviguât certainement dans la soixantaine, sa beauté me faisait penser à Greta Garbo.

— Que puis-je refuser à notre docteur ? répondit-elle d'une voix chantante. Mais je vous demande, mon ami, de ne point folâtrer dans nos couloirs. Point de prétexte. Aucune de nos jeunes sœurs n'est malade. Grâce à vous, nous sommes en parfaite santé.

— Nous serons une ombre qui passe, promit le docteur.

Il s'inclina de nouveau. Je l'imitai. La mère supérieure nous gratifia d'un autre sourire, fit un signe de tête et s'éloigna dans le bruissement de sa lourde robe.

— Un grand nom de France. Cette femme a dû être bien belle, chuchota le docteur d'un air songeur. En avant, Dubedout ! Nous devons gravir cent douze marches. Mais on doit mériter son bonheur.

Quelque peu essoufflés, nous atteignîmes le belvédère et je ne pus retenir un cri d'admiration. De toutes parts mon regard embrassait un paysage grandiose. Le docteur m'observait, ronronnant de plaisir.

— Nous voyons d'ici quarante-sept clochers, observa-t-il. Les gens de Brassempouy se targuent d'en avoir cinquante et un ; mais personne n'a jamais vérifié. Et voilà, reprit-il, la vue célèbre de Poyanne. Tournez-vous vers le nord, je vous prie. En bas de notre colline, l'immense plaine des Landes s'étend à vos pieds, à l'infini, en fait jusqu'à Bordeaux, plate comme une sole, parée de sa toison de pins.

On ne voit, en passant par les Landes désertes,
Vrai Sahara français poudré de sable blanc,
Surgir de l'herbe sèche et des flaques d'eau verte
D'autre arbre que le pin avec sa plaie au flanc.

C'est de notre ami, ce coquin de Théophile Gautier. Aucune éminence, aucun accident de terrain n'altère la parfaite horizontalité, la totale régularité de cet océan sylvestre dont l'uniformité confond l'esprit. Rien ne trouble jamais cette sérénité sinon, parfois, au cœur de l'été, la colonne de fumée d'un incendie de forêt s'élevant au ciel en spirale de cyclone. Étendard sinistre, oriflamme de souffrance et de deuil, car à sa base les hommes combattent et meurent. D'ici vous pouvez voir les flammes, féroces animaux de feu, courir, sauter, bondir, dévorer les pins comme autant d'allumettes. Quelques jours plus tard, le feu éteint, vous irez sur place constater le passage du dragon. Vision funèbre ! Où s'élevaient les fûts des pins égaux et fraternels, dont les têtes se frôlaient dans le soleil et dans le vent, il n'y a plus qu'une plaine de cendres d'où émergent des troncs calcinés. Un silence de mort pèse sur ces étendues. Tout est désert. Ne subsiste plus un genêt, une fougère. Les oiseaux se sont envolés, les lièvres ont fui, les sangliers, grognants et terrifiés, se sont hâtés vers d'autres terres. A vos pieds, le squelette d'un écureuil carbonisé. Ce morceau de pays est mort. Il faudra déblayer, replanter, attendre qu'une nouvelle forêt pousse et grandisse. Tournons-nous à présent vers le sud. Contraste étonnant ! Disparue, la plaine uniforme ! De douces collines montent jusqu'à l'horizon. C'est l'approche du Béarn. Et voici — ce n'est malheureusement pas le cas aujourd'hui — que notre ciel atlantique s'épure. Tout devient net, précis. Surgit alors devant nous la chaîne pyrénéenne. C'est notre fierté, notre joie. Nous guettons son apparition, nous délectons de sa magnificence. Les voilà, ces pics superbes dont nous connaissons depuis l'enfance les silhouettes et les noms : le Vignemale, Anie, le pic du Midi... Et au-delà, Dubedout, c'est l'Espagne. L'Espagne ! L'Espagnol, pour nous, c'est un cousin, presque un frère. Ah, il y aurait beaucoup à dire sur nos affinités et nos différences. Avec lui nous sommes en famille. Nous aimons l'Espagne, sa fierté, sa sainteté, sa passion, sa joie, sa tristesse. Ses complexes ? Ils ne viennent que du sentiment d'être mal aimée. Quart de tour à droite ! A l'ouest, derrière les forêts et les dunes du Marensin, l'océan, les houles puissantes du golfe de Gascogne. Demi-tour ! A l'est, le Gers, qui produit l'armagnac. Cela suffit à sa gloire. Entre les deux extrêmes de la lande et de la montagne, s'insère, limitée au nord par l'Adour, notre Chalosse. Pays de transition où les pins se mélangent aux chênes, cèdent le pas aux cultures, terroir complexe qui tient de la lande expirante et du Béarn naissant, tout en étant foncièrement original. Divers, alors que la lande est uniforme, souriant quand pour un peu le Béarn serait austère et s'assombrirait d'esprit protestant. Pays de passage entre le Nord et le Sud. En avons-nous vu des étrangers ! Jules César. Les Barbares. Les Arabes ; nous avons un village qui s'appelle Castelsarrasin ; on y a l'œil noir et le poil frisé. Au Moyen Âge les pèlerins de Saint-Jacques-de-Compostelle franchissaient l'Adour aux gués de Laurède, à deux pas d'ici. Les Anglais. En 1287, Édouard Ier, roi d'Angleterre, duc d'Aquitaine, s'embarque sur l'Adour et visite ses terres de Chalosse. Il fait ses dévotions dans nos églises, leur offre ornements et nappes d'autel. Il reçoit à Saint-Sever une ambassade mongole. Mystères de la diplomatie ! Que venaient faire ici, dites-moi, ces descendants de Gengis Khan ? Les Armagnacs. La guerre de Cent Ans. Hil dou diable, la liste est longue ! Les guerres de Religion : manigances des Espagnols, la France à feu et à sang, le pape qui souffle sur la braise, chevauchées d'Henri de Navarre, la Ligue se dresse contre Henri III, catholiques et huguenots se massacrent dans tout le Sud-Ouest. En 1814 Wellington franchit les Pyrénées, atteint l'Adour, campe à Saint-Sever. En 1940, les Allemands. Depuis lors nous sommes à peu près tranquilles ; ne défilent plus chez nous que les amateurs de foie gras et les touristes en mal de soleil. La nature et l'histoire, mon cher Dubedout, ont modelé notre esprit. Nous sommes ouverts, fins et accueillants. Il se vante, il se rengorge, pensez-vous. Que non ! Nous avons aussi nos défauts ! Notre dilection pour la bonne chère est connue et la pente de nos gosiers fort raide. En outre la position où nous sommes ne laisse pas de nous inspirer une superbe qui, pour ne pas s'exprimer ouvertement — nous sommes trop discrets pour cela — n'en est pas moins réelle. Ces gens de la lande que nous dominons du haut de nos collines, nous les regardons avec condescendance. Qu'était-ce donc autrefois que cette Grande Lande, sinon des paluds stériles, lugubres et porteurs de fièvres, parcourus par des êtres dépenaillés montés sur des échasses ? Eh bien, en généralisant la plantation du pin maritime, Napoléon III a enrichi ces loqueteux. En vérité, ils sont plus riches que nous, Dubedout ! Or que font-ils ? Rien. Ils plantent leurs pins, les regardent pousser pendant trente ans, les coupent, les vendent, en plantent d'autres, qu'ils regarderont aussi pousser pendant trente ans. Leur vie passe au goutte-à-goutte de la résine qui tombe silencieusement dans les pots ; et d'ailleurs, à présent, on ne se soucie même plus de la recueillir, cette résine ! Et nous, ainsi que l'ont fait nos ancêtres, nous nous échinons à cultiver notre terre, belle et riche certes, mais qui exige, comme toutes celles du monde, rude travail et sueur. Voilà pourquoi nous portons un regard narquois sur nos voisins du Nord. Inutile de vous dire que nos Landais de la Grande Lande ont une vénération pour Napoléon III. En 1867, lorsque l'impératrice Eugénie s'en revint de Biarritz à Paris par le train, nos bergers lui firent une garde d'honneur. Ils coururent à côté du train sur leurs échasses et l'accompagnèrent ainsi jusqu'à Bordeaux.

— Voyons, docteur, c'est impossible ! On ne peut aller aussi vite que le train sur des échasses !

— C'est pourtant ce que l'on raconte... Vis-à-vis des Béarnais notre attitude est plus subtile. Comment pourrions-nous les critiquer alors qu'ils nous ressemblent tant ? Nous devons même nous défendre de certains complexes : leur territoire est plus vaste que le nôtre ; leur capitale, Pau, plus imposante que Dax ou Saint-Sever ; ils peuvent se targuer d'avoir donné Henri IV à la France ; et ils sont si fins, si rusés, si matois, voyez-vous, qu'ils en arrivent à s'emberlificoter eux-mêmes. Alors, pour ne pas céder aux idées déprimantes, nous nous présentons comme l'introducteur, le parrain du Béarn. Nous sommes sa marche frontière, sa porte ; son inspirateur aussi puisque toutes les influences de France doivent nous traverser pour l'atteindre. De là à penser que nous l'avons élevé, instruit, que sans nous il ne serait pas ce qu'il est, il n'y a qu'un pas et nous l'avons franchi.

Sentinelle de la Chalosse, campé sur sa colline, Poyanne. Du vieux mot *pouy* qui désigne une éminence arrondie. Sur sa droite, Laurède, du latin *laurus*, le village des lauriers. Sur sa gauche,

Cassen, de « casse », mon nom, le pays des chênes. Saint-Geours-d'Auribat dont je vous parlerai. Et Préchacq, patrie de La Hire.

Jusqu'à une date récente ce château sur lequel nous nous trouvons a été le centre de l'intense vie poyannaise. Au Moyen Âge un fort s'élevait ici, car il fallait défendre les gués de l'Adour, y percevoir les taxes. Des demeures plus amènes lui succédèrent, au gré des marquis de Poyanne successifs qui menaient grand train et recevaient les Illustres. Henri de Navarre, qui n'était pas encore Henri IV, fréquentait Poyanne. Il y vint, au moins une fois, passer la nuit avec Corisande. « Grand pendard, écrit-il à son " compaing " Bernard, seigneur de Poyanne, j'arriverai demain soir chez toi avec Mlle Corisande pour planter tes allées de lauriers. Bon feu et bon vin ! Henry. » Rafraîchissante saveur du dialogue d'Henri et de ses compagnons ! Mais « Mlle Corisande » surprend sous sa plume, car Diane d'Andoins, mère de deux enfants, est à vingt-cinq ans la veuve de Philibert de Gramont, comte de Guiche, tué au siège de La Fère. Quant à ces fameux lauriers, je vous montrerai ce qu'il en reste. Il m'arrive d'en cueillir quelques feuilles quand nous avons un civet au menu. J'ai l'illusion, en le humant, de recueillir le fumet du passé, du temps où le noble Henri aimait d'amour fou Corisande. Survolons les siècles. Napoléon, furieux que son frère Joseph ne parvienne pas à dompter l'Espagne, l'assigne à résidence dans ces murs. Au coin, Monsieur le Roi d'Espagne ! Encore un saut dans l'histoire. Une sombre nuit de l'année 1940, de mystérieux camions, tous feux éteints, apportent ici les trésors de la Couronne de Belgique, que l'on mure dans une salle secrète du château. Ainsi échappent-ils aux Allemands qui, à cent mètres, occupent les dépendances. Mais ce ne sont là qu'épisodes isolés dans le fleuve du Temps. L'histoire du château, c'est avant tout celle de la très illustre lignée des Baylenx, seigneurs de Poyanne.

Je ne vous en donnerai pas la liste, ce serait fastidieux. Sachez seulement qu'ils sont chambellans de Charles VIII et de Louis XII. Bretteurs sans vergogne, les voici mousquetaires, capitaines ou colonels dans le régiment du Royal Étranger, guidons des gens d'armes de la garde du Roi. Pendant les guerres de Religion ils lèvent trois mille hommes. Bertrand prend d'assaut Mont-de-Marsan, que tiennent les huguenots. Son fils

Bernard se réconcilie avec Henri. Un Poyanne — les registres de l'état civil vous jouent de ces tours ! — porte on ne sait comment le nom d'Anonyme. On corrige le tir en le baptisant Philippe. Il se marie en 1710 et Louis XIV, le dauphin, Mme de Maintenon signent son contrat. L'immense domaine des Poyanne s'étend sur la Chalosse. Ils s'allient aux Montmorency, aux Béthune, aux Talleyrand-Périgord, aux Pardaillan. L'un d'eux devient cardinal. Ils sont sénéchal des Landes, lieutenant du Roi en Navarre et Béarn.

C'était au XVIIe siècle, Dubedout. Depuis lors Poyanne a changé. Autrefois, voyez-vous, le village se trouvait en bas de la colline, près de l'Adour. On devine, dans les champs de la métairie de Salle, les traces du cimetière et de l'église Saint-Jean. Mais le château, comme un aimant, l'a attiré ; il a gravi la côte et s'est installé près de lui. Du coup il se plaçait sur la route des crêtes qui, dominant l'immensité des landes, court de Cassen à Saint-Sever. Le château lui-même n'est plus ce qu'il était. Les champs, les jardins potagers ont mordu sur ses vastes parterres. Il est aujourd'hui silencieux, presque vide. Pour suivre mon récit il vous faudra faire effort, l'imaginer tel qu'il était au début de ce siècle. A la simplicité rigoureuse d'un couvent vous devrez substituer le train d'une grande maison, à la discrète présence des nonnes les pas sonores du marquis qui claque les portes et réclame son cheval. Vous devrez orner ces pièces de tapisseries, de tableaux, d'armes, de meubles anciens, de livres, les peupler de parents, de visiteurs, de domestiques, y allumer de grands feux. Vous devrez semer les parterres de fleurs et remplir les écuries d'équipages. Il vivait alors, notre château. Ah, diou biban, il vivait ! Pour vous, mon ami, je tenterai de le faire revivre.

Maintenant, à nos pieds, le village. Allons à l'essentiel. L'église, qui dresse son clocher là où se trouvait la chapelle du château, le presbytère, l'école où s'usèrent tant de fonds de culottes remarquables, les arènes où nous fîmes les fous, le cimetière, où je rejoindrai les miens. Une seule rue, avec quatre cabarets naguère — il n'en reste plus qu'un — stratégiquement disposés à l'entrée, au milieu et à la sortie du bourg ; une fois dans la nasse, pas moyen d'en sortir ! Et l'Oustaou, au fond à gauche, dont vous apercevez le toit.

Enfin, dernier haut lieu de Poyanne, mais de taille, l'Adour !

Notre rivière naît bergère et finit reine. D'abord torrent, comme les gaves, elle devient avant Bayonne fleuve de majesté royale. A Poyanne, qui est à mi-parcours, elle hésite encore entre ces deux états. Allez à la Gravière : ses eaux peu profondes roulent les galets, fuient dans une course blanche d'écume. Soudain, à cet endroit que nous appelons la Conque — la Counquie en gascon — elle creuse son lit, s'élargit, se fait calme et puissante. Elle va son train de sénateur jusqu'à la digue d'Onard, et de nouveau la voici vive, étincelante, espiègle. Particularité remarquable, ses deux rives sont fort dissemblables. Du côté nord, des champs, peu d'arbres, un écran de saules. Du côté sud, une forêt de chênes magnifiques borde son cours : les bois de Laurède et de Poyanne. Attachées à des souches, de robustes barques à fond plat permettent de passer l'eau.

Les hindous ont leurs montagnes et leur fleuve sacrés, l'Himalaya et le Gange. Nous avons les nôtres, les Pyrénées et l'Adour. Et ne rions pas, s'il vous plaît !

Il y a vingt ans l'Adour était poissonneuse. Aux abîmes de la Counquie je pêchais de somptueuses carpes, qui s'accommodent excellemment avec une sauce aux raisins. Les brochets, les perches chassaient parmi les roseaux des rives, les anguilles par milliers croisaient dans les eaux de la nuit. Des lamproies remontaient la rivière, s'ancraient aux pierres par leur ventouse et se laissaient bercer par le courant ; l'alose venait y frayer. Nos bois regorgeaient de cèpes, de bolets, de chanterelles ou girolles, dites chez nous lacassines, de trompettes-des-morts, hydres, lactaires délicieux, morilles. Parfois, ô rareté ! une divine oronge, l'amanite des Césars.

Eh bien, ils nous l'ont salopée, notre Adour ! Nos responsables — ah, le beau mot ! — ont permis aux entrepreneurs d'y draguer le gravier ; il n'y a plus que vase au fond de la rivière et le poisson n'y fraie plus. Survivent quelques anguilles, de coriaces poissons-chats et, à la Counquie, une colonie de vieilles carpes ultra-méfiantes qui, dans leurs cavernes, doivent méditer du Platon. Aux jours de sécheresse les fermiers riverains pompent sans retenue cette eau qui nous est commune. On a construit près du moulin d'Onard une prétentieuse centrale électrique qui a coûté un œil, mais ne fonctionne pas car le courant produit est trop cher. A Tartas une papeterie déverse le poison de ses produits chimiques. Les sentiers ne sont plus entretenus, la forêt est exploitée à outrance. Il faut une pissotière pour la salle des fêtes ? Et hop ! on vend un hectare de bois ! Hil dou diable de hil dou diable ! Voilà ce qu'est devenue la rivière vivante de notre jeunesse ! Elle n'intéresse plus personne, votre rivière, me direz-vous, puisque d'un coup de voiture on se projette maintenant à Hossegor ou à Biarritz. Je répliquerai qu'il ne faut pas comparer l'océan à l'Adour. Le premier a sa grandeur, la seconde sa grâce. Et j'enrage que les hommes ne puissent voir la simple beauté qui se trouve à leur porte et la salissent par esprit de lucre ou sottise. Le plus souvent, c'est affaire d'éducation. Que n'apprend-on aux enfants à couper le lierre qui dévore nos arbres ? Nous sauverions ainsi des forêts entières. Oui, pourquoi ne leur apprend-on pas ? La réponse, Dubedout, est terrible : par incurie ou imbecillité. Mais quittons ces pensées déprimantes et allons déjeuner.

— Je ne saurais abuser...

— Taisez-vous et venez !

Nous restâmes silencieux sur le chemin du retour. Le docteur paraissait perdu dans ses souvenirs. Quant à moi, je ressassais la leçon de géographie et d'histoire qu'il venait de m'assener.

Gaisha — dont la grâce me donnait des distractions visibles — nous attendait. Je notai que mon couvert était déjà mis et lui en fus reconnaissant. Un muscadet acheva de me mettre d'excellente humeur. Nous passâmes à table.

— Ce melon est une merveille ! m'écriai-je en dégustant le fruit placé sur mon assiette.

— Vous aimez les melons ? interrogea le docteur.

— J'en raffole ! m'exclamai-je en notant, sans d'ailleurs comprendre pourquoi, que les yeux de Gaisha devenaient plus brillants et qu'une douce hilarité rosissait son visage — et celui-ci est délicieux !

— De modestes melons de l'Oustaou, susurra le docteur.

— Il est succulent, docteur. Et c'est vous qui êtes modeste.

— Modeste ! s'écria le docteur en levant les bras au ciel. Entends-tu cela, Gaisha ? Modeste, moi ? Surtout quand il s'agit de melons ! Ah ! non, jeune homme. Je me compare à Babar.

Voyant mon air surpris, il demanda :

— Vous savez, n'est-ce pas, qui est Babar ?
— Bien sûr, répondis-je. Qui ne le sait ? C'est un délicieux éléphant qui...
— Mais non ! tonna le docteur en levant derechef ses immenses bras. Babar. Ou Baber. Ou encore Babour. Ou Babur selon la transcription phonétique que vous adoptez du turc ancien. L'un des plus grands guerriers, des plus formidables conquérants du monde. Il conquit l'Afghanistan, le Penjab, tout le nord de l'Inde. Jusqu'au Bengale. Et il fondit l'Empire moghol de Delhi. Eh bien, je rivalise avec Babar. Que dis-je ! Je le défie, je le nargue, je l'écrabouille sur son terrain de prédilection. Je lui rive son clou et je l'escagasse.
Me voyant interdit, il me mit la main sur l'épaule :
— Venez !
Je le suivis tandis que Gaisha pouffait de rire, le visage dans ses mains.
Nous traversâmes un jardin potager de belle ordonnance. De l'autre côté se trouvait un mur percé d'une porte. Le Dr Ducasse l'ouvrit :
— Voici, dit-il avec fierté.
Devant moi s'étendait un champ divisé en de nombreux carrés dont chacun était couvert de melons, des petits, des gros, des oblongs, des sphériques, des jaunes, des verts, des lisses, d'autres à la peau striée, de toutes les formes, de toutes les sortes, par centaines.
— A droite, là-bas, les courges et les courgettes. A gauche, au fond, les citrouilles. Un peu en deçà les concombres et les pastèques, ou melons d'eau. Et pour la décoration des coloquintes et coloquinelles. Tout le reste, des melons, dit solennellement le docteur.
Il resta un moment silencieux, admirant sa melonnière, puis reprit :
— Alexandre aimait les chevaux, Louis XIV l'architecture, Laurent le Magnifique se passionnait pour les arts. Babar, lui, était fou de melons. A chaque étape de ses fulgurantes conquêtes, lorsque son armée avait tué, pillé, ravagé, incendié — car c'était un homme terrible — il s'asseyait sous sa tente et disait : maintenant, apportez-moi les melons du pays. Je ne prétends pas qu'il étendit son empire du sud de la Caspienne à la mer du

Bengale pour le seul plaisir de goûter à toutes sortes de melons, mais il est de fait que la pensée du melon ne le quittait jamais. A côté d'un melon savoureux la plus belle des captives lui paraissait, assure-t-on, insipide et les oriflammes prises à l'ennemi de peu de valeur. Il les savourait, ces melons de ses conquêtes, les étudiait, les comparait dans leurs plus infimes nuances. Il pouvait, disait-on, se fourrer le nez dans un melon et rester ainsi à le humer pendant une heure. Malheur à qui l'aurait alors dérangé ; il y laissait sa tête. Ses généraux, ses courtisans savaient d'ailleurs comment lui plaire ; ils avaient compris qu'un bon melon lui était plus cher qu'une victoire, que celle-ci n'était complète que si elle lui permettait de découvrir de nouvelles sortes de melons, et ils se battaient entre eux pour lui apporter des pièces superbes. La faveur et l'avancement suivaient. Eh bien moi, Alphonse Ducasse, je peux rendre l'empereur Babar fou de jalousie et de rage. Je suis le champion hors catégorie des cucurbitacées et le Grand Moghol n'est qu'un rikiki auprès de moi ! J'ai tous les melons d'Espagne, du Portugal, d'Italie et de France ; j'ai bien entendu tous ceux d'Asie Mineure — la patrie d'origine du melon, saluons-la ! — et du Proche-Orient. J'ai tous les melons d'Amérique, d'Afrique et d'Asie. J'en ai de partout, sauf de l'Arctique et de l'Antarctique, puisqu'il n'en pousse point dans ces lieux terribles. J'en ai à peau réticulée, dont le melon brodé sucrin de Tours, d'autres à côtes marquées comme les cantaloups, d'autres à peau lisse — les melons d'hiver. J'ai un faible, je vous l'avoue, pour les afghans. Mais un bon cavaillon... Quant aux courges, voici la *Cucurbita maxima*, ou potiron, ou encore citrouille, la courge alive, la courge baleine, la courge giraumont à tige traînante, au fruit souvent énorme — regardez-moi celle-là ! — et la moschata, courge pleine de Naples, celle musquée de Provence, et la *Cucurbita pepo* aux mille formes et couleurs. Ah, Dubedout, admirez-moi le galbe de ce simple melon : avez-vous jamais vu architecture aussi parfaite ? Et cette citrouille, n'est-elle pas splendide ? Vous ne sauriez la soulever... Quant à l'intérieur de ces fruits, qui va du blanc nacré au rouge le plus vif en passant par l'orange éclatant ou le vert tendre, et toutes les nuances du jaune et du rose, il défie la description, l'évocation. Van Gogh et Monet eux-mêmes ne s'y sont pas frottés. Melon, hors-d'œuvre divin, et vous, soupes, purées de citrouille, vous, délicieuses courgettes... Savez-vous que j'ai failli me battre en duel pour un melon ?

— Ah bah ?

— J'étais à Paris. Je déjeunais chez Vagenende, boulevard Saint-Germain. Pour commencer je commande un melon — en précisant que je n'admets pas la médiocrité — avec du jambon de Bayonne. Je coupe ma première tranche de melon et y ajoute un brin de sel. Je m'aperçois alors que l'un des clients qui me faisaient face — un homme brun, trapu, presque chauve mais muni de fortes moustaches — me regarde d'un air furibond. Étant de naturel pacifique, je décide de n'y point prêter attention et commence à manger mon melon. Il se lève, se campe devant moi et me dit avec un accent étranger :

« Monsieur, on né salé pas les mélons. »

Je le regarde. Il n'était pas content du tout. Le dédain et la fureur lui fumaient des narines. La moutarde me monte au nez :

« Et pourquoi, monsieur, ne peut-on saler un melon ? »

« Parcé qué, monsieur, lé mélon est oun frouit soucré et qu'on né salé pas lé mélon pas plous qué lé mellicoton. »

« Et les Chinois, lui dis-je, ce grand peuple de cuisiniers, ne mélangent-ils pas le doux et le salé ? »

« Lé mélon n'est pas oun frouit chinois, monsieur. »

« Ce n'est pas non plus un fruit espagnol. »

Qu'avais-je dit ! Il est devenu aussi rouge que l'intérieur d'une pastèque de Tripoli et j'ai cru qu'il me sautait à la gorge.

« Le melon vient d'Asie Mineure, précisai-je. En tout état de cause il me plaît, à moi, de saler mon melon. »

« Yé souis espagnol, monsieur. Vous injuriez oune dé nos spécialités. »

« Je suis français, dis-je. Et j'entends, en France du moins, traiter le melon qui est dans mon assiette comme il me plaît. »

« Monsieur ! »

« Monsieur ? »

Je m'étais levé. Nos regards se bravaient. Il y avait un attroupement autour de nous, le patron et les serveurs du Vagenende étaient aux cent coups. L'Espagnol — il était crâne — sortit sa carte. Je compris à temps le ridicule de la situation et, dominant ma fureur, lui dis :

« Allons, vous êtes ici dans mon pays. Il ne sera pas dit que nous nous étriperons pour un melon. Je vous invite à en déguster quelques-uns avec moi et, pour vous faire plaisir, je ne les salerai pas. »

Il eut un grand sourire :

« Vous êtes oun caballero, monsieur. J'accepte ! »

Nous mangeâmes quatre ou cinq melons en échangeant nos impressions. Il était, lui aussi, fanatique de ces divins fruits. Nous sommes devenus amis. Je suis allé le voir en Andalousie, il m'a fait visite ici, et ensemble nous nous sommes gavés de melons. J'y ajoutais mon grain de sel. Il ne protestait plus. C'est un ami fidèle. Nous échangeons nos vœux chaque année.

Nous revînmes à la salle à manger où Gaisha, rieuse, nous attendait.

— Eh bien, qu'en pensez-vous ? me demanda-t-elle.

— C'est superbe, dis-je. Surprenant. Étonnant ! Je n'ai jamais vu ça de ma vie !

— Nous en vendons, nous en donnons. Et il y en a toujours trop. S'il vous plaît, remplissez-en une brouette, une voiture, emportez-en à Tilsit.

— Parfaitement, dit le docteur. Un tombereau, si vous voulez. Et si vous aimez la soupe à la citrouille, je vous en donnerai une qui vous tiendra la marmite pendant un mois.

Nous continuâmes notre succulent déjeuner. Lorsque nous en fûmes à l'armagnac, nous allâmes nous asseoir dans le jardin et le docteur reprit la parole :

— Eh bien, mon cher Dubedout, je m'exécute. Mais avant d'entrer dans le vif du sujet je vais prendre deux précautions. J'affirme d'abord que ce que je vais vous dire est l'exacte vérité. Je ne m'écarterai en rien du respect scrupuleux des faits qui est de règle pour tout rédacteur d'annales. Je ne modifierai pas mes personnages, car, outre qu'il est malhonnête de farder la vérité, ils furent à des degrés divers mes amis et j'aurais, s'il m'arrivait de retoucher leur caractère, le sentiment de les trahir. Bien que certaines des situations que je vais évoquer puissent vous paraître étranges, voire peu croyables, sachez que je ne forcerai jamais le trait ; je dirai les choses telles qu'elles furent et elles parleront d'elles-mêmes. En bref je ne modifierai, ne minimiserai et n'exagérerai rien. Prenons tout de suite un exemple de ce qu'il ne faut pas faire et que je ne ferai pas. Du haut du belvédère vous avez contemplé la Chalosse. Dites-moi, qu'avez-vous vu ?

— Une campagne vallonnée, quadrillée de champs, de prairies, et semée de bouquets d'arbres.

— Et quelle impression, s'il vous plaît, en avez-vous retiré ?

— Celle d'une terre heureuse, diverse, harmonieuse, à la mesure de l'homme.

— Rien d'abrupt, de sauvage, de repoussant ?

— Certes non.

— Avez-vous lu *Le Capitaine Fracasse ?*

— Oui, autrefois, répondis-je, interloqué.

— Vous rappelez-vous les deux premières lignes du livre ?

— Ma foi, non.

— C'est dommage, dit le docteur, dépité. Eh bien, au tout début de ce livre — pour le reste admirable — Théophile Gautier situe le château de la Misère, dont il trace le magistral tableau, sur le sommet de la colline de Poyanne, ou d'une colline voisine. Le saviez-vous ? Et voici ce qu'il dit du paysage : « Sur le revers d'une de ces collines décharnées qui bossuent les Landes, entre Dax et Mont-de-Marsan... » Hein ? Ne rêvons-nous pas ? Est-ce là cette campagne harmonieuse, doucement vallonnée, que vous avez vue ? La vérité, mon cher, est que ce brave Théophile — Dieu ait son âme ! — cherchant un cadre romantique au château de la Misère, a écrit n'importe quoi. Des collines décharnées ? Voyez-vous ça ! Pourquoi pas des pics, des falaises, des précipices, des burgs ? Hil dou diable ! Se croyait-il dans les Météores, les Dolomites ou les monts du Tibesti ? Le plus fort, c'est qu'il la connaissait, notre Chalosse, puisqu'il était de Tarbes. De nos jours, c'est le laxisme par ignorance qui l'emporte. Parce qu'ils ont passé quinze jours en Chine, certains voyageurs se permettent de pondre un pavé sur l'Empire Céleste. Tel autre auteur, qui s'est promené entre Delhi et Agra, commet sur l'Inde des nababs un livre involontairement désopilant. Peu importe d'être vrai ; il s'agit de vendre... Mon souci est inverse. Je dirai la vérité, rien que la vérité. Qui plus est, je n'adopterai jamais le ton épique. Sur ce point je veux crever un abcès, celui de la prétendue outrance gasconne. Nous ne sommes pas des Marseillais. Chaque Gascon est un être de mesure qui hait l'excès et la forfanterie ; en chacun de nous un Montaigne sommeille. Certes, plusieurs auteurs nous ont fait une réputation de jactance au point que nous passons pour des fols. C'est le seul défaut du *Cyrano* de Rostand — tout beau, mon chien ! —, œuvre immortelle au demeurant, où les mousquetaires gascons ne savent que jurer, proférer des milledious, des mordious, des cadedis, et tiennent pour un traître M. de Guiche « parce qu'il est froid », refuse de se payer de mots et ne dit pas de folies. Facilité regrettable d'un grand écrivain qui charge trop sa palette. Mais voyez le personnage de Cyrano luimême : son éloquence, son délire verbal ne sont qu'un stratagème, une défense contre sa propre laideur et les quolibets du vulgaire. En profondeur, c'est un être raisonnable, sensible, et qui paraît bien tel aux heures de vérité, quand la souffrance le point ou que la mort approche. Hil de pute de hil de pute ! — pourquoi souriez-vous ? — le masque tombe et il n'a plus rien d'un bravache, d'un *miles gloriosus,* d'un va-t-en guerre ! Quant à ce personnage si bien dessiné, le d'Artagnan de Dumas, s'il manie fort bien l'épée, il n'a rien d'un traîneur de sabre. Il est froid, calculateur, voire dissimulé. N'entre-t-il pas dans le lit de Milady et n'y reste-t-il pas toute la nuit — réalisez bien cela, je vous en prie — en se faisant passer pour un autre ? Quel sang-froid au fond de l'alcôve, jusque — c'est étonnant — dans le paroxysme du plaisir : se surveiller à ce point, jouer si bien la comédie... En fait, nous trouvons notre idéal dans ces trois Illustres dont je vous parlais hier : Henri IV, Vincent de Paul et Montaigne. Trois êtres de raison. Trois réalistes. Et pourtant l'âme gasconne est complexe. Notre amour de la mesure, notre mépris du fauxsemblant, qui excite notre raillerie, notre refus de prendre des vessies pour des lanternes n'excluent pas le goût de l'aventure et du geste. Henri IV fut d'une bravoure folle, d'une témérité provocante. Mais quel empirisme, quelle continuité dans l'action, jusqu'à surmonter tous les obstacles, réduire toutes les oppositions — et Dieu sait que la Ligue, l'Espagne et la papauté lui étaient fanatiquement hostiles — jusqu'à concilier tous les contraires, résoudre la quadrature du cercle en somme. Il y fallut quarante ans ! M. de Paul, ce forcené de la charité, brûlait de soulager toutes les misères de France, et elles étaient légion à l'époque. Mais il agissait avec l'habileté, le sens de l'organisation d'un administrateur hors pair. Quant à Montaigne, il a voulu tout savoir, tout comprendre... pour atteindre à la sagesse. Admirable ambition qui débouche tout bonnement sur la condamnation de l'excès, le *meden agan* des Grecs, l'équilibre et le sens de l'humain. Voyez-vous, cher ami, nous sommes les voisins de l'Espagne ; il y a en nous un peu de Don Quichotte ; nous avons nos visions, nos élans. Mais nous reconnaissons les moulins à vent. Nous gardons les pieds sur terre. En tout cas un sur terre et l'autre pas loin, comme dit l'excellent Panurge.

Ah, n'est pas gascon qui veut, Dubedout ! s'écria soudain mon hôte. Et landais plus particulièrement ! Il ne suffit pas de s'apiter un béret sur la tête, tiré en pointe sur le nez ou plaqué sur l'oreille comme une galette, d'arrondir la bouche en cul-de-poule et d'aplatir les *r* pour imiter l'accent, d'allumer si possible dans ses yeux une lueur matoise et de faire le goguenard. Non, ce n'est pas suffisant pour être de chez nous. D'abord, les Gascons étant après tout des hommes, il y en a de toutes sortes. Des grands — j'en suis — et des petits — d'une façon générale nous sommes moyens ; des gras à lard et des maigrelets — mais l'obésité n'est pas notre fort ; des beaux à faire chavirer les femmes et des laids à donner la colique aux poules ; il y en a des bons comme le pain et des méchants comme une vache landaise ; en voici qui rêvent à la lune et d'autres qui comptent leurs sous jour et nuit. Il y a des nerveux qui ne tiennent pas en place et des paresseux pour lesquels le plus noble des sports est celui de dormir ; à croire qu'ils se feraient ours dans les Pyrénées s'ils pouvaient changer d'existence, sommeillant tout l'hiver et gardant la sieste pour l'été. Des froids et des amènes ; des philosophes et des jeunes loups ; des superbes qui font la roue et d'autres plus timides que des mulots. *La Comédie humaine* en somme. Mais pour être un vrai Gascon, un Gascon réel, pour tout dire un Gascon gascon, il faut avoir trois qualités majeures : l'individualisme chevillé au corps qui vous fait pousser des cris d'orfraie si l'on veut vous embrigader ; une tendresse pour les entreprises un peu folles ; et un brin de finesse. Qui a ces qualités-là est gascon ; qui ne les a pas, qu'il se fasse breton ou basque ! Vous me rétorquerez qu'à ce compte il y a beaucoup de Gascons dans le monde ; c'est parfait, nous les acceptons. Quant aux Gascons qui ne les ont point, nous les récusons, ce sont de faux Gascons.

Suis-je un Gascon ? me demandais-je en écoutant ce discours péremptoire.

Mais déjà le Dr Ducasse enchaînait sans reprendre souffle.

Il parla très longtemps, jusqu'au crépuscule. Je dînai avec lui. Il parla fort avant dans la nuit. Lorsque je le quittai pour rentrer à Tilsit, alors que je m'éloignais sur la route obscure, il me cria de sa voix de stentor :

— Hé ! nous approchons de septembre ! Surveillez donc le talus, sous les pins, au bas de votre vigne. Chaque année Eugène y ramassait des cèpes. Ne les abandonnez pas aux limaçons !

Je l'appris plus tard, pour un homme de Chalosse livrer un secret sur les cèpes, c'est donner plus que sa chemise. J'étais adopté.

Chaque jour ou presque je revins voir le docteur et il me parlait. Parfois il me rendait visite à Tilsit et nous buvions ensemble le vin d'Eugène. L'automne survint. Il y eut la saison des vendanges, le temps des châtaignes. Nous fîmes des repas mémorables. L'après-midi, nous passions des heures au coin du feu à manger des tartines de saliade et grignoter du maïs grillé. Le docteur parlait.

Pour mon plus grand bonheur Gaisha était souvent avec nous. A la demande de son père elle s'asseyait parfois au piano et chantait. Sa voix était chaude, prenante, à la façon de Joan Baez.

Cela dura des mois pendant lesquels, le foie gras aidant, le mien prit le volume d'un chou-fleur.

Les pages qui suivent rapportent, avec son autorisation, les propos du docteur.

Je les dédie à ces hommes et à ces femmes de Poyanne dont il est question ici. Le docteur excepté, ils ne sont plus.

— JE COMMENCERAI mon récit en 1896 parce que cette année-là j'ai eu dix ans, en même temps d'ailleurs que mes deux grands amis, François, le puîné du marquis de Poyanne, et Gérard, le fils du notaire Batbedat. Dix ans, c'est l'âge où l'enfant commence vraiment à écouter, à réfléchir, à comprendre. Il est aux aguets des adultes, les épie, les surveille, cherche à les deviner. Déjà les femmes l'émeuvent. Ah, mon cher, quels diables nous étions ! Nous ne tenions pas en place, il n'y avait pas moyen de nous garder à la maison, nous étions partout sauf là où nous aurions dû être, nous connaissions tout le monde à Poyanne, et avec tous nous étions à tu et à toi. On nous appelait — en serez-vous surpris ? — les Trois Mousquetaires, car nous étions inséparables. J'allais tous les jours au Château où le marquis m'accueillait avec bienveillance, Gérard et François venaient chez moi, avec François j'envahissais la maison de Gérard où nous avions comme une autre famille ; j'adorais Yvonne, sa sœur aînée. Aussi différents qu'il est possible de l'être, je dirai que François était de taille moyenne, racé, nerveux, autoritaire, sarcastique, du vif-argent ; Gérard, c'était déjà notre noblesse d'âme, l'intellectuel, l'idéaliste du trio ; et moi, placide et massif, je me musclais, j'annonçais l'hercule que j'allais être à l'image de mon père, le médecin.

Nous lisions Jules Verne et Louis Boussenard, les aventures de Lagardère et de Pardaillan, servions la messe à l'église (espiègles dans nos robes rouges, nous nous disputions l'encensoir et le panier pour la quête), partagions nos cachettes, nos alphabets secrets, nos mots de passe, et complices dans le vol chapardions aux vergers les mirabelles et les poires. Poyanne était notre monde, immense, inégalable, irremplaçable. Nous en connaissions la moindre touffe d'herbe. Dans les landes et les champs nous jouions aux coureurs des bois, sur l'Adour aux pirates. Nous explorions les greniers du Château qui nous révélaient leurs merveilles, bâtissions des repaires dans les arbres, faisions de l'escalade au bois du Tyoy où quelques à-pics de terre ferrugineuse prenaient à nos yeux des allures de Hoggar. Nous aidions aux travaux des champs, menions les bœufs, faisions les foins, la moisson, les vendanges. Déjà nous montions à cheval. L'Adour nous offrait ses proies et ses mystères. Nous plongions dans les eaux sombres de la Counquie, dans les bouillonnements de la digue, fabriquions des radeaux, posions cordeaux et filets. Chaque saison nous apportait ses bonheurs : les champignons, les châtaignes, les noix, les feuillages roussis par l'automne, la pureté du gel, les grands feux de bois, l'éveil du printemps et les primevères, les noisettes, les mûres, les figues, tous les fruits de l'été. Et nous fréquentions assidûment, en comptant nos sous, la boutique de notre ami, M. Cocoynacq, épicier de Poyanne.

Tout homme qui évoque son enfance se doit de décrire l'épicerie où s'éveillèrent ses premières convoitises. Telle est la loi du genre. Vous n'y couperez pas, Dubedout !

Cette boutique, dont celle de Lanusse, moderne, aseptisée, ne saurait vous donner l'idée, était garnie d'une infinité de petits tiroirs en bois, chacun portant un numéro et muni d'un anneau de cuivre, qui recelaient mille trésors. Des rouleaux de fil de fer ou de laiton, des souricières, des pièges à taupes, des cordes, des sabots, des chaînes, des scies, des rabots, des instruments aratoires étaient accrochés aux solives. Il y avait sur le comptoir deux énormes bocaux, obsession de tous les enfants de Poyanne, remplis de bonbons multicolores, de réglisse, de sucettes, de dragées, de pralines et de caramels. C'était pourtant les couteaux et les briquets qui nous fascinaient le plus. Des couteaux de toutes sortes, avec deux, trois ou quatre lames, tire-bouchon, ouvre-boîte, scie et poinçon ; et les plus beaux, les plus simples de tous, ceux à lame courte en forme de serpe, avec lesquels nos hommes pouvaient tout faire, couper une bouchée de pain, égaliser le sabot d'un bœuf, sculpter un bâton, modeler une bonde de bois. Quant aux briquets, nous n'avions d'yeux que pour ceux à mèche d'amadou ; c'était merveille d'en faire jaillir l'étincelle et de souffler sur le cordon jusqu'à l'incandescence. M. Cocoynacq vendait de tout, des clous, des pantoufles, des bougies, du sucre et de la cassonade, du fromage, de l'huile, de la morue salée en baril, des haricots, des lentilles, des amandes, des raisins secs, des olives dans leur saumure, des raisins de Corinthe, des pruneaux d'Agen, des figues et des abricots secs, des dattes, des tisanes, des cahiers, des plumes, des cartables, des cartouches, des hameçons et des lignes, de la ficelle, que sais-je... Il emballait l'épicerie dans un papier rugueux, dont je vois encore la couleur kaki, sur lequel il calculait l'addition, à moins que le client ne fût porteur d'un carnet — tout le monde se connaissait et se faisait confiance à Poyanne — dont il honorait les sommes à la fin du mois. Une odeur composite de café, d'épices, de cire, de cuir, d'encre, de jambon fumé vous accueillait dans la boutique ; on dilatait ses narines, on était surpris, intrigué par cet assaut de senteurs mélangées qui, les yeux fermés, nous auraient fait reconnaître ce lieu entre tous.

Les épices me faisaient rêver. Je ne suis pas un grand voyageur, sinon par les livres, je ne connais guère que la France et l'Espagne, mais j'avoue qu'à cette époque les clous de girofle, les grains de cardamome, les poivres noirs, verts ou blancs de M. Cocoynacq me tournaient la tête, m'inspiraient de brusques désirs d'évasion. Je sautais sur ces tapis volants et, de retour chez moi, le nez dans mon atlas, rêvais des Indes et de la Chine. Bien qu'il n'en eût vraiment pas les traits, M. Cocoynacq m'apparaissait alors comme une sorte de génie ou de mage qui détenait les clefs de la caverne d'Ali Baba. Je le regardais avec un infini respect, mais aussi de l'affection, car il nous offrait souvent un sucre d'orge. Il était jeune alors, trente ans peut-être. Petit, fluet, un toupet de cheveux couleur filasse sur l'avant du crâne, ce qui le faisait surnommer Riquet à la Houppe, il aurait pu sembler sévère, car son visage était maigre, anguleux, il s'exprimait avec une sobre précision et portait des lunettes à monture de fer. Mais il avait un sourire lumineux et ses yeux brillaient de gentillesse. Il portait une blouse grise qui lui tombait jusqu'aux pieds, des manchettes de lustrine tenues par un élastique, des sabots, et avait toujours le crayon sur l'oreille. Il ne sortait presque jamais de sa boutique et de l'appartement qui se trouvait derrière son comptoir, au-delà d'une porte dont la partie supérieure était faite de verres jaunes et bleus. Qu'y avait-il derrière ces verres colorés, d'autant plus mystérieux qu'ils étaient translucides ? La cuisine, sans doute, où s'affairait Mme Cocoynacq, une grosse et sympathique dame toujours en noir, car aux heures proches des repas nous parvenaient des effluves de vendrèche grillée, de boudin, de confit mijotant dans sa graisse d'oie ou de bœuf bourguignon. Chaque matin, M. Cocoynacq surgissait dans la rue avec un seau et un balai, regardait à droite et à gauche comme pour s'assurer que Poyanne était toujours à sa place, lavait à grande eau sa portion de trottoir et refermait sur lui la porte de son magasin à la sonnerie aigrelette. Actif comme une fourmi, il travaillait sans désemparer jusqu'au soir, finissant la journée à la lueur de sa lampe à pétrole. Il vérifiait, comptait, organisait à sa façon l'incroyable désordre où lui seul se reconnaissait. Le dimanche il allait à la messe de huit heures avant d'accueillir ses premiers clients. On le voyait aussi à la fête de Poyanne. Il faisait alors toilette, portait un costume noir et un col blanc empesé ; son épouse, épanouie dans une robe à fleurs, lui tenait le bras. Pendant cinquante ans il a été notre épicier, usant quelques blouses grises, les manchettes de lustrine se succédant. Il changea à peine. Un cheveu après l'autre, le toupet disparut ; les verres des lunettes grossirent ; et un jour ce fut la révolution au village : le père Cocoynacq fermait boutique. Il s'installa dans une petite maison sur la route de Laurède. Par beau temps il lisait le journal dans son jardin, allait à la pêche et à la cueillette des champignons. Lorsque sa femme mourut, nous craignîmes que la solitude ne lui devînt trop pesante ; ce fut le cas, il disparut peu après. Il est mort sans bruit — je lui ai fermé les yeux — et avec le sourire. J'ai adopté son chien.

L'expérience montre, Dubedout, que certains d'entre nous ne peuvent survivre à la disparition de l'être aimé. J'ai vu des hommes et des femmes s'en aller peu après leur conjoint, des chiens, des chats, des oiseaux se laisser mourir à la mort de leur compagnon ou de leur maître. On dirait qu'une vie s'est entée sur une autre et que sans ce support elle ne saurait durer. Tel fut le cas de Cocoynacq ; tel fut aussi celui de Maître Saubolle, notre tailleur. Il était long comme une asperge et avait, de même que les girafes, une tension artérielle surprenante, qui s'explique par la nécessité de propulser le sang dans les hauteurs de la tête. Excellent tailleur, il faisait la plupart des habits de cérémonie du canton (il ne s'abaissait pas à des bagatelles de rapiéçages de culottes) et le marquis lui-même, à l'occasion, ne dédaignait pas de lui commander un costume. Il se tenait très droit, marchait avec un air de dignité, était toujours d'une élégance extrême. Chaque soir, à six heures trente, un jonc à la main, il se promenait dans le village, allant d'un bout à l'autre de la rue, indifférent au temps, à la saison, qu'il ventât ou qu'il plût, au soleil ou par nuit noire. On l'eût dit aux Champs-Élysées ou sur le cours de l'Intendance, à Bordeaux. Il regardait droit devant lui, solennel, empesé, répondant à ceux qui le saluaient par un infime hochement de tête. Il habitait une maisonnette, à l'orée du village, du côté de Laurède, et y vivait en solitaire. Comme Cocoynacq, c'était un hyperactif qui ne s'accordait pas un instant de repos, car, outre son travail qui lui prenait la journée, il s'occupait de son ménage, nettoyait, briquait, cirait, lustrait, lavait, astiquait lui-même. L'intérieur de sa maison luisait comme un sou neuf ; le jardin regorgeait de fleurs et il eût fallu le microscope de notre instituteur pour y trouver une herbe folle. Les femmes lui avaient fait la cour car il était bien tentant d'avoir un mari aussi beau, aussi propre, aussi distingué et délicat, aussi travailleur, et sobre par surcroît. Mais, résolu à défendre sa chère indépendance et à n'avoir chez lui d'autre gouvernement que le sien, il les avait découragées d'un regard hautain. Son seul compagnon était un perroquet, nommé Jacquot, rapporté du Brésil par un marin, son neveu, qui depuis lors n'avait plus reparu pour la raison que le triangle des Bermudes lui avait été fatal et qu'il dormait dans les goémons verts. A ce perroquet surdoué le tailleur hyperactif enseignait des chansons diverses, en particulier *Le Temps des cerises* dont le volatile chantait le premier couplet à la perfection. A la sortie de l'école les enfants venaient prier notre ami : s'il vous plaît, monsieur Saubolle, demandez à Jacquot de chanter *Les Cerises*. Et les petits écoutaient, ravis et sidérés. Jacquot mourut et, trois jours après, Saubolle ne fit pas sa promenade. Mû par un même pressentiment, tout le village se porta chez lui : il était mort, les ciseaux à la main, comme si, se substituant aux Parques, il eût décidé de trancher lui-même le fil de ses jours. Il légua un joli magot à la commune, à fins d'entretenir les arènes et de financer nos activités sportives. Voyez-vous, quand je vais au village et que six heures trente sonnent au clocher, je regarde malgré moi le bout de la rue, comme s'il allait venir. Il me manque.

A l'inverse, et cela est bien triste à dire, il y a des destinées qui, par quelque malédiction, s'excluent.

Grand gaillard taciturne, à la mine triste, aux moustaches tombantes, Vincent le forgeron cognait tout le jour sur son enclume cependant que son neveu Rémi apprenait le violon. Je ne saurais décrire, Dubedout, la cacophonie produite par ces duettistes qui empoisonnaient leur quartier. L'un tapait comme un forcené, l'autre montait et descendait ses arpèges avec rage. Mon père eut, en ce temps-là, à soigner plusieurs cas de dépression et d'hystérie dans cette partie occidentale de Poyanne ; les nerfs lâchaient. Il n'était pas rare de voir un homme ou une femme, jusque-là sensés et bien portants, surgir soudain de leur maison et se mettre à danser de folie sur la route, les mains plaquées sur les oreilles, en tenant des propos déments. Mais qu'y faire ? Vincent devait gagner sa vie et Rémi, qui ambitionnait de devenir premier violon au Grand Théâtre de Bordeaux, avait le droit d'étudier la musique. Ils étaient d'ailleurs les premiers à souffrir du mal qu'ils infligeaient à leurs voisins. Célibataire, Vincent avait recueilli son neveu orphelin et l'aimait tendrement. Tout alla bien jusqu'au jour où Rémi déclara sur un ton péremptoire qu'il voulait être musicien. Ce fut une déception pour Vincent qui voyait déjà son neveu lui succéder à la forge. Mais il était homme de cœur et de devoir. Il arrêta de tirer sur la poignée du grand soufflet avec lequel il attisait les braises, essuya ses mains à son tablier, et dit : « Fort bien. Tu veux faire danser les gars et les filles ? Tu iras de mariage en fête et de fête en mariage ? Soit. C'est une bonne vie. »

« Non ! s'exclama Rémi, vexé. Je veux jouer du violon au Grand Théâtre de Bordeaux ! »

« De Bordeaux ? Fichtre, tu te mets bien. C'est dit. Je vais t'acheter un violon. »

Ce qui fut fait. Et les exercices commencèrent. Mais le son criard et traînant des cordes raclées par une main encore inexperte révulsa le forgeron qui, pour ne plus l'entendre, frappa encore plus fort. Ne percevant plus ce qu'il jouait et devant dominer le tumulte de l'enclume, Rémy donna dans le « molto espressivo ». Ainsi atteignirent-ils les paroxysmes qui faisaient bégueter les chèvres et vêler avant terme les vaches d'alentour. Mais la nature humaine n'est pas assez forte pour supporter de telles tensions. De l'oncle et du neveu, ce fut le premier, bien que robuste, qui céda. Vincent eut un ulcère à l'estomac ; il cessa de battre le fer et passa le reste de ses jours à boire du bouillon de légumes. Alors le chant du violon monta, pur, limpide, triomphant, vers le ciel. Le plus fort est que ce diable de Rémi a tenu parole. Il est devenu, comme il se l'était juré, premier violon à l'orchestre de Bordeaux.

Nous avions d'autres amis auxquels nous rendions, pendant leur travail, des visites admiratives et silencieuses. Il y avait Raoul, le maréchal-ferrant, trapu, fort comme un Turc. Ses avant-bras musculeux, son tablier de cuir, sa voix de stentor nous impressionnaient. Il connaissait tous les chevaux des environs et leur parlait, en les ferrant, comme à des personnes : eh bien, Coquette, on fait la fière aujourd'hui, on secoue gaillardement la tête ? Hil de pute, ma belle, vas-tu rester tranquille ? Il était aussi tonnelier et charron. De précieuses barriques faites de planchettes de chêne exactement ajustées, de grandes roues de charrette aux rayons jaunes, au moyeu noir, sortaient de ses mains expertes. Il nous expliquait l'usage de ses outils, le bec-d'âne, la châsse, la plane, la gouge et la chèvre.

Mon père excepté, qui surclassait tous les autres, Michel le charpentier était avec Raoul l'homme le plus fort du village. Comme Vincent il avait de grandes moustaches tombantes, qui à l'occasion se coloraient de vin rouge ou de lait, mais à cette différence près que les moustaches du forgeron étaient brunes alors que celles du charpentier étaient du roux le plus ardent. Ses yeux bleus, son teint blanc, son visage franc et hardi en faisaient le type même du Gaulois. On eût dit un guerrier échappé de *La Marseillaise* de Rude. Des vastes poches de son pantalon bleu émergeaient quantité d'objets, un mètre, une règle, une pelote de fil à plomb, quelques équerres. On l'appelait Michel le Pieux, car il était l'un des rares hommes de Poyanne à ne jamais manquer la messe du dimanche et l'on disait qu'au repos il récitait le chapelet. Il chantait à tue-tête en construisant ses charpentes. Michel le Pieux se défendait mordicus d'être un guérisseur, encore moins un rebouteux, vocables qu'il détestait, mais il ne pouvait nier le pouvoir de ses mains qui soulageaient de certains maux, en particulier le zona. Mon père avait le mérite de l'admettre et n'hésitait pas à lui envoyer ceux de ses patients qui en étaient atteints. Si on le lui demandait avec beaucoup d'insistance, Michel acceptait à son corps défendant de vous soigner. Il levait son regard bleu vers le ciel, disait une prière, vous passait une couronne de laurier autour du cou et, vous prenant sur son dos, faisait trois fois le tour de son atelier en courant et en beuglant un cantique à Notre-Dame de Buglose. Puis il vous renvoyait chez vous en vous assurant qu'avec la grâce de Dieu, et si vous récitiez votre chapelet, la douleur disparaîtrait dans les vingt-quatre heures. Ce qui arrivait le plus souvent en effet.

Nous portions de l'affection à ces hommes et les respections. Nos relations avec Lalanne, le braconnier, se fondaient au contraire sur une fascination où l'effroi se mélangeait de répulsion.

Il habitait, à flanc de coteau, une bicoque d'où il dominait les bois de l'Adour, théâtre majeur de ses entreprises. C'était un homme maigre et musclé dont tous les mouvements révélaient l'extraordinaire souplesse. Il parlait peu et ne s'exprimait qu'en gascon. Sauvage, il venait rarement au bourg, où il n'achetait que du tabac à rouler, du pain et du vin, la chasse, la pêche et ses larcins couvrant le reste de ses besoins. Il avait un côté fuyant qui lui faisait raser les murs, était méfiant, soupçonneux, ne vous regardait jamais en face. Ses yeux, qu'il avait verts, étaient pourtant admirables, encore qu'inquiétants : on y lisait un réalisme glacé, une cruauté sans faille. Cet homme, qui eût fait un reître parfait dans les armées de la Renaissance, n'avait jamais goûté au lait de l'humaine tendresse. Il était né d'une pauvre ouvrière agricole, sans famille elle-même, qui eût été bien en peine de désigner le père. Elle avait accouché dans un abri à bestiaux, seule au fond des champs, avait nourri, on ne saurait dire élevé, l'enfant jusqu'à sa propre mort, quand il avait huit ans. Il avait survécu grâce à la charité publique. M. Pédamous, notre instituteur, avait exigé qu'il allât à l'école, mais ç'avait été un échec patent, le plus grave que notre maître eût jamais subi. Autant vouloir garder un courant d'air entre deux portes ouvertes, interdire à l'anguille de nager entre deux eaux. Lalanne n'avait rien appris, strictement rien. Il fut le seul enfant de Poyanne à quitter l'école communale sans savoir lire ni écrire ;

aucune exhortation, aucune punition n'en vint à bout. La mairie lui confia des petits travaux dans l'espoir d'en faire un cantonnier. Mais il était rebelle à toute application, à toute contrainte, à quoi que ce fût de régulier ou d'imposé. A treize ans, il disparut. Des chasseurs le retrouvèrent, un jour d'hiver, brûlant de fièvre et mourant de faim dans les bois de l'Adour. En désespoir de cause, la commune lui loua pour rien — une semaine de travail par an, pour le principe — la masure croulante où il avait toujours vécu depuis lors. Il avait grandi et il était devenu braconnier. A dix-neuf ans les gendarmes étaient venus le chercher pour son service militaire ; le règlement sanctionnant les défaillances sans trop se soucier de psychologie, il avait passé la moitié de son temps aux arrêts et les militaires eux-mêmes s'étaient lassés : insaisissable, inutilisable, disait son dossier. Pour Lalanne l'adieu à la caserne avait été le plus beau jour de sa vie. De retour chez nous, il n'avait vu, n'avait salué personne, s'était rué dans les bois. Il n'en était plus ressorti. On ne l'y rencontrait jamais, mais il y était toujours. Le seul moyen de l'y surprendre était de se tapir dans un fourré, de ne plus bouger, de retenir son souffle et d'attendre ; avec quelque chance vous pouviez alors le voir passer, comme cela m'arriva un matin, à l'aube, alors que je me trouvais à l'affût. Vision presque irréelle : Lalanne ne marchait pas dans la forêt, il y glissait, léger, presque immatériel, tel un fantôme, à croire qu'il ne touchait point terre. Rien ne bougeait sur son passage, ni branche, ni fougère, ni herbe ; la mousse elle-même ne semblait pas se creuser sous son poids. Il se coulait dans les halliers, au plus fort des ronces, là où vous auriez pensé qu'un renard ne pouvait pas pénétrer. Et de tout son être se dégageait une impression d'extraordinaire concentration, qui-vive de tous les sens en alerte portés à leur degré d'acuité le plus extrême. Il appartenait au monde animal plus qu'à celui de l'homme. Comme le carnassier il chassait. Il ne se servait jamais d'une arme à feu — il n'en avait pas. Ses armes, c'étaient le silence, la ruse, la connaissance innée du comportement des animaux et tous les accessoires du braconnier. Il pouvait s'approcher sans l'inquiéter d'un lièvre blotti dans l'herbe et, se laissant tomber sur lui, le saisir de ses mains. Il pillait les œufs dans les nids et les gobait, forçait lièvres et lapins dans leur terrier avec son furet, tuait les renards pour leur fourrure et les blaireaux pour la prime. La rivière était son second domaine. Il avait appris tout seul à nager et se mouvait dans l'eau avec l'aisance d'une otarie, traquant à la main les poissons dans leurs refuges, les trous de la berge, les interstices des pierres. On prétendait qu'il était le seul homme à avoir exploré les fonds de la Counquie, qui atteignent les douze mètres, et qu'il s'y emparait des carpes somnolentes. Aucun des gardes-chasses que les Eaux et Forêts nous envoyèrent ne put jamais le prendre sur le fait. Plus d'un, qui rôdait la nuit sur les berges de l'Adour dans l'espoir de l'arrêter, fut projeté dans la rivière par une force inconnue. L'un d'eux, qui s'acharnait, fut estourbi d'un coup sur la tête. Attention délicate, le bâton avait été entouré de paille ; il s'agissait d'un avertissement. En quelque sorte on s'était incliné. Les Eaux et Forêts le passaient par profits et pertes, feignaient de l'ignorer. La commune se résignait à abriter ce sauvage et, à sa façon, l'utilisait. Il était connu que, si vous désiriez régaler un ami d'un faisan ou d'une carpe, le plus facile était de passer commande à Lalanne qui vous les faisait porter la veille du repas. Il n'apparaissait jamais. Un enfant, un voisin livrait le colis. Ainsi vivait-il de son braconnage, s'en nourrissant et gagnant grâce à lui quelque argent.

Cet homme barbare avait longtemps vécu en solitaire, puis il avait rencontré Félicia, la sorcière, qui l'avait enveloppé de ses rets. Il n'habitait pas chez elle, dans l'infâme tanière des marais, car pour rien au monde il n'eût aliéné la moindre parcelle de son indépendance, mais il lui rendait souvent visite, lui offrant le produit de sa chasse, ou des escargots dont elle raffolait. Elle l'utilisait. Pour elle il traquait les araignées, lézards, salamandres, cafards, corbeaux, serpents et autres bestioles nécessaires à ses décoctions, ramassait des herbes diverses et les champignons vénéneux. Je n'ose imaginer, Dubedout, le grouillement de ces paniers ! Il l'observait dans ses infâmes cuisines, dans l'agencement de ses objets à jeter le mauvais sort, dont le plus rudimentaire était un bouquet de tiges d'aulx rassemblées par un morceau de crêpe noir. La vue de ce bouquet maléfique, placé à proximité de leur maison, terrorisait de nombreuses gens qui se hâtaient de le brûler à un carrefour de routes, afin que le mauvais sort s'éparpillât aux quatre vents. Ensemble ils exhalaient leur haine commune pour les gens du village, buvaient et faisaient l'amour. Comment se peut-il, Dudebout, qu'un homme sain comme Lalanne, qui avait alors trente ans, ait eu quelque plaisir à caresser les chairs verdâtres de cette sorcière éminemment crasseuse et beaucoup plus âgée que lui ? L'explication est que Félicia le dominait par son intelligence, le captivait par ses mystères, ses philtres peut-être, l'entortillait dans sa ruse et son savoir. Il retrouvait en elle ce goût du sauvage qui était son élément naturel, et les cérémonies, les incantations, les formules, les odeurs, les chaudrons aux liquides immondes agissaient sur cet esprit simple, lui ouvraient le monde de l'invisible qui pour lui ne pouvait être que démoniaque.

M. d'Eslancouat, qui était curieux comme une canule, et M. de Nazagut, au nez pointu, voulurent un jour les observer et s'approchèrent de la cabane de Félicia. Ils tombèrent dans un trou de vase et Lalanne les y laissa mijoter quelques heures avant de les en retirer.

A l'inverse du pauvre Lalanne, nous allions à l'école et y travaillions beaucoup sous la férule de notre instituteur. M. Pédamous portait sur le visage et affichait dans sa tenue l'importance et la dignité de ses fonctions. Il était vêtu d'une redingote noire comme, en ce temps-là, la plupart des instituteurs de la République ; son col cassé, ses manchettes empesées, ses bottines vernies ajoutaient au respect que lui valait sa profession et témoignaient des tendres soins dont l'entourait Mme Pédamous, brave femme à la voix émue et tremblotante qui vénérait son époux comme les Tibétains adorent le dalaï-lama. S'il en fût jamais, M. Pédamous était un idéaliste. Il croyait à l'Humanité, à son avenir radieux, à la morale, au civisme, au caractère sacré du travail, aux promesses de la science et aux vertus de l'éducation. Il estimait aussi et surtout qu'il était responsable du développement intellectuel et moral des enfants que l'État et les parents lui confiaient. A cette tâche, qu'il tenait à juste titre pour l'une des plus nobles du monde, il consacrait toutes ses forces et tout son temps. La paresse, la bêtise crasse, les sournoiseries enfantines, rien ne le rebutait. Ah, pensait-il, passez-moi cet âne, ce loir qui ne sait que dormir près du poêle, cette graine d'abruti qui ne pense qu'à poser des lacets, ce cancre, ce malotru, passez-le-moi que je vous en fasse un homme et un citoyen responsable ! Il ne lésinait pas sur les moyens. S'il le fallait, c'était la fessée, ou le bonnet d'âne, ou la dure chiquenaude sur l'oreille du récalcitrant, ou encore le coup de règle sur les doigts tendus. Et cela marchait ! La discipline des cours était parfaite, on aurait entendu voler une mouche, ses élèves savaient lire, écrire et compter, ce qui n'est pas si mal après tout, même de nos jours. J'y passerai des heures, Albert, mais tu sauras ta table de multiplication ! Et tu auras ton certificat d'études ! Tel était l'objectif en effet, auquel il se targuait d'avoir conduit presque tous ses élèves, *nolens volens*, contre vents et marées, fussent-ils têtus comme les mules du Marensin ou paresseux comme les couleuvres de la Chalosse. C'est dire la tragédie intime que fut pour lui l'échec retentissant de Lalanne. C'est dire aussi combien de parents l'admiraient, le vénéraient, cet invincible, avec quelle dévotion l'on affichait ledit certificat, encadré et sous verre, donc à l'abri des injures des mouches, en disant : ça, c'est encore une réussite de notre Pédamous ! Quant aux bons élèves, qui étaient sa joie, son orgueil, il les aimait comme s'ils eussent été ses propres enfants. Il poussait les plus brillants vers une bourse, les suivait dans leurs études ultérieures ; il restait le mentor qu'ils venaient revoir et consulter ; et leurs lauriers, leur réussite étaient les siens. A ses moments de loisir, qui étaient peu nombreux car il corrigeait chaque copie avec des scrupules de conscience qui eussent honoré le confesseur d'un monarque, il continuait à apprendre et à se perfectionner, parce qu'il estimait qu'il se devait à lui-même, mais surtout devait à ses élèves d'être un homme complet. On admirait son herbier, sa collection d'insectes, de minéraux ; il se passionnait pour les fossiles et la préhistoire. Sur ses maigres émoluments il payait un abonnement à *La Revue Bleue*, la revue scientifique de l'époque, et empruntait *La Revue des Deux Mondes* au marquis. L'astronomie, les mathématiques, les sciences naturelles, la philosophie, rien ne lui échappait. A le voir s'échiner de la sorte, on aurait pu croire qu'il était chargé de conduire ses enfants jusqu'à Polytechnique. Agnostique ou athée, je ne sais, en tout cas laïque, il n'aimait pas l'Église, évitait le clergé. Mais la courtoisie et le respect du prochain lui interdisaient les propos fielleux et les remarques acides. En fait, il partageait l'affection des Poyannais pour leur curé, l'abbé Dumas, qu'il avait d'abord mis en observation, comme un insecte sous son microscope portatif, avant de constater qu'il n'y avait rien à redire et que de cette soutane ne se dégageaient ni les relents de l'Inquisition, ni les vapeurs délétères de l'obscurantisme. Poyanne avait ainsi le privilège — qu'à vrai dire d'autres communes partageaient avec nous en cet heureux temps — de posséder à la fois un instituteur et un prêtre exemplaires. Lors de leurs rencontres ils esquivaient les sujets épineux, parlaient du temps ou de littérature. Celle-ci pouvait donner lieu à friction, l'un lisant Renan, l'autre saint François de Sales ; mais ils se rejoignaient en Montaigne. M. Pédamous avait d'ailleurs une manie, que l'abbé Dumas n'avait pas manqué de noter tout en se gardant bien d'en parler : lorsqu'il était ému, notre instituteur citait une pensée de Pascal, et une seule, celle du roseau pensant. Il susurrait d'une voix chantante, en écrasant les *r* et en allongeant certaines syllabes : « L'homme est un roseau...o...o, le plus faible de la natu...u...u...ure, mais c'est un roseau...o...o... pens...sang... » Sans s'apercevoir qu'il rendait ainsi hommage à un auteur ultra-chrétien, M. Pédamous s'enivrait de cette phrase, qu'il trouvait la plus belle du monde, et notre curé se régalait de cette savoureuse contradiction. Ardent républicain, M. Pédamous n'en fréquentait pas moins le Château et jouait du cor anglais dans l'orchestre du marquis. Jouer au Château était en fait l'une de ses plus grandes joies, surtout lorsque l'ami Aristide tenait la baguette. Avec une application touchante il s'acquittait de sa partition, égrenant les pop-pop-pop avec componction et jouissant de l'ineffable bonheur de servir Beethoven et Bach qu'il plaçait à l'empyrée des génies.

Ferme dans sa foi, assuré dans son idéal et ses certitudes, M. Pédamous eût été heureux si sa modestie, qui était l'une de ses qualités dominantes, n'avait souffert du caractère flamboyant de son fils unique, Aristote Pédamous, que tout le village appelait Piou. Voici qui mérite explication. M. Pédamous avait donné à son rejeton le prénom d'Aristote parce qu'il tenait celui-ci pour le plus illustre des philosophes. Il rendait ainsi hommage au grand homme, mais nourrissait aussi l'espoir secret que ce nom, de par son influence propre, aiguiserait l'intellect et illuminerait la vie de l'enfant. Quant au sobriquet de Piou, c'est dans le bébé Aristote lui-même qu'il faut en trouver la raison. D'un homme qui a la langue bien pendue et possède l'art de l'éloquence, nous disons en gascon qu'il a un beau pioulet, c'est-à-dire qu'il piaule bien. Or, dès le berceau, Aristote fit preuve d'une puissance verbale incontestable. Il gazouillait sans arrêt, émerveillant les bonnes femmes qui l'écoutaient. A trois ans il parlait comme père et mère. A dix ans il n'arrêtait plus de bavarder. A quinze ans il clouait le bec à tout un chacun par sa rhétorique abondante et précise. Et lorsqu'il entra au lycée de Mont-de-Marsan — car de toute évidence son père ne pouvait le placer au collège de Dax tenu par des prêtres — il réduisit ses professeurs au silence, ce qui provoqua une inspection d'Académie et posa un problème inédit à nos autorités de l'Instruction publique. Plus tard, à la Chambre des députés, où il fut notre Cicéron-Juvénal, notre redresseur de torts, notre pourfendeur de privilèges... Mais n'anticipons pas. Bref, les débuts oratoires du jeune Aristote furent tels que le surnom de Pioulet lui resta, ce qui en abrégé donna Piou. Et c'est ce don extravagant de la parole qui effarouchait son instituteur de père. M. Pédamous se réjouit d'abord d'avoir un nouveau-né si bien-disant. Il déchanta quelque peu lorsque les bavardages incessants de son fils l'empêchèrent de travailler. Par la suite il s'efforça de le convaincre qu'il importait de réfléchir, et donc de prendre son temps, avant de parler. Mais Aristote — pardon, Piou — pensait si vite (le grand sage de l'Antiquité manifestait ainsi son influence) qu'il avait déjà répondu à son père avant que celui-ci eût achevé de formuler la question. M. Pédamous songea un temps qu'il aurait dû choisir pour parrain Démosthène ou Cicéron. Mais il dut se rendre à l'évidence : si Piou était bavard, il était assez intelligent pour ne pas ridiculiser son prénom. Il fallait quand même beaucoup de patience pour supporter un gamin qui dans la rue apostrophait les passants, les tutoyait, se mêlait de leurs affaires, leur posait des questions indiscrètes, ajoutait son grain de sel, jugeait et décidait de tout, qui à la maison transformait les repas en joutes oratoires ou en monologues démesurés, qui à l'école — car M. Pédamous fut évidemment l'instituteur de son propre fils — savait tout, condamnait ses condisciples au mutisme en pérorant sans arrêt, et coupait la parole au maître son père pour expliquer la leçon mieux que lui. Il eût fallu lui mettre un bâillon !

Piou était donc bavard. Et il était heureux. Enfançon, il tétait le sein de sa mère avec un appétit vorace — c'était le seul moment avec les heures de sommeil indispensables où il n'ouvrait pas la bouche pour jacasser — et se réjouissait de tout, d'un rayon de soleil, d'un miaulement du chat, d'une mouche, d'une paille en croix comme on dit. Cette prédisposition s'accentua avec l'âge. Il était joyeux de vivre, le monde lui paraissait beau, les hommes drôles sinon sympathiques toujours. Tout lui réussissait. Doué d'une mémoire remarquable et d'une vive intelligence, il ne bâclait pas, non, il dépêchait vite mais excellemment son travail et pouvait consacrer à la caricature verbale des autres et au goût du discours tout le temps qu'il enlevait à l'étude. Il bondissait là où les autres écoliers ahanaient ; c'était un lièvre chez les tortues, un pur-sang chez les haridelles. Il aimait la nature, il aimait l'humanité, il aimait la vie. Écolier, c'était merveille de le voir parcourir la rue du village en chantant à tue-tête *Jean de la Lune*, sa chanson préférée :

Par une belle nuit de printemps,
Il y a bien de cela cent ans,
Que sous un brin de persil fleuri,
Tout menu, naquit,
Jean de la Lune, Jean de la Lune...

Les Poyannais levaient la tête, souriaient et disaient, attendris : notre Piou est heureux. Seul notre curé soupirait avec mélancolie. Il eût tellement aimé que Piou chantât le Credo à la messe ; sa voix de baryton souple et bien timbrée le ravissait. Mais, les choses étant ce qu'elles étaient, il ne pouvait en être question. A ces moments, l'abbé Dumas commettait un péché d'envie.

Cette joie constante s'expliquait par un exceptionnel pouvoir de sympathie qui le faisait s'intéresser aux autres et à tout, et en retour lui valait la sympathie de tous. A vingt ans, grand, maigre, échevelé, le visage ouvert, les yeux rieurs, il plaisantait, riait, chantait ; c'était un torrent d'irrésistible gaieté. Le marquis, le curé et quelques notables exceptés, il tutoyait tout le monde, appelait chacun par son prénom, entrait dans la boutique de M. Cocoynacq en lançant un claironnant : « Bonjour, Tonton », chatouillait, si d'aventure il la rencontrait, la sorcière Félicia sous le menton en l'appelant « ma toute belle », et prenait dans ses bras Alfred, dit le Croque, qui était le fossoyeur du village, en le traitant de « petit farceur ». Populaire ô combien, on l'invitait partout, aux repas de cochonnailles, de battages, de vendanges, de premières communions et de mariages, car il était toujours prompt à raconter une histoire, à pousser la chansonnette, à prononcer un discours d'une telle cocasserie que l'assistance se tordait de rire et, comme dit notre bon Rabelais, s'en compissait les braies. On s'abstenait toutefois de le prier aux repas de funérailles de peur qu'ils ne se terminent en explosions d'hilarité. Personne ne l'intimidait. L'évêque venait-il à passer, ou le député, ce qui était plus rare encore, il était au premier rang, questionnant, dialoguant, objectant, prêt à discuter avec l'un de l'argument ontologique de saint Anselme, avec l'autre du statut des questeurs de l'Assemblée nationale, au grand dam de son père qui, rouge de confusion, ne savait plus où se fourrer. Quant aux réunions électorales, elles étaient son terrain de chasse favori ; il en raffolait. Posté à l'un des points stratégiques de la salle de classe qui nous servait de lieu de réunion, il attendait l'orateur avec une impatience carnassière en aiguisant ses couteaux. Le candidat à la députation venu de Mont-de-Marsan débitait sa harangue et sollicitait le dialogue. Ah l'imprudent ! Soutenu par tout Poyanne narquois, Piou se levait, bousculait l'étranger de questions, le malmenait, le coinçait, l'assassinait en quelque sorte, en fait lui enlevait la parole et, de sa place, discourait avec mille fois plus de brio, de pertinence et de bonne foi que le malheureux impétrant. Celui-ci protestait, chicanait, ergotait, bafouillait, suait à grosses gouttes, s'épongeait le front d'un mouchoir qui avait valeur de drapeau blanc, enfin se taisait, médusé, vaincu, se demandant comment il était venu se fourrer dans cette galère et s'interrogeant sur ce jeune homme, cet olibrius, ce diable à quatre, qui lui tenait ainsi tête et le réduisait à quia. Il ressortait de la salle étrillé, humilié, fourbu, sous les quolibets de Poyanne qui, le patriotisme local aidant et tous partis confondus, se claquait les cuisses et s'exclamait : ah, ils ne savent donc pas que nous avons notre Piou ! Lorsque cette mésaventure leur fut advenue plusieurs fois, nos hommes politiques se le tinrent pour dit et, au risque d'être taxés de couardise, renoncèrent à prendre la parole à Poyanne qu'ils fuirent comme la peste. Ce que voyant, et encouragé par tous les Poyannais, Piou se rendit dans les villages voisins, ainsi qu'à Montfort et Mugron, chefs-lieux de canton, pour y porter la contradiction, escorté d'un solide contingent de ses compatriotes. Il y obtint, bien qu'il ne fût pas du cru, un égal succès. Et peu à peu c'est la conscience de cette supériorité dans les débats qui lui donna l'idée d'embrasser la carrière politique. Mais attention ! N'allez point penser, je vous prie, qu'invincible dans la rhétorique et souverain dans la dialectique, il objectait *a priori*, à tout propos et sur tout sujet. Non, mon cher Dubedout, il était trop honnête. Mais, puisque les hommes politiques ne disent jamais toute la vérité, il concentrait ses attaques sur ce qui était faux, tendancieux ou dissimulé. Là il triomphait. De nos jours les jeunes verraient en lui le Zorro de la politique et en raffoleraient. Voilà, mon cher Dubedout, l'un des fils de notre village. Ne nous attardons pas. Mais ajoutons, puisque cela relève de notre propos, que, formidable dans les joutes pour les législatives, Piou ne l'était pas moins dans les luttes municipales, ce qui posait de tout autres difficultés. Dans ces affrontements-là, en effet, tout le monde se connaît, on est en famille et, la passe d'armes terminée, on continue à vivre ensemble et à se voir tous les jours. Cette promiscuité, cette intimité forcée de nos villages — qui expliquent l'acharnement des haines dans les cités de la Grèce antique — sont terribles. Car, si vous vous souciez peu du candidat député qui ne passe que trois heures à Poyanne, enlève son chapeau, débite son boniment, remet son chapeau et s'en va pour toujours, c'est une autre paire de manches que de contrecarrer et malmener en public un homme qui est votre voisin, que vous connaissez depuis quarante ans, qui, si vous êtes l'épicier, est votre client, et que, de toute façon, vous rencontrerez plusieurs fois la semaine, au cabaret, à la poste, chez un commerçant, ou à la chasse — et alors il aura un fusil à la main. M. Pédamous suait donc des sueurs d'agonie avant, pendant et après ces réunions électorales où chaque candidat à la mairie s'adresse aux Poyannais pour leur dire : « Votez pour moi. » Qu'allait faire Piou ? De quel drame, de quel scandale allait-il être la cause, qui empoisonnerait la vie du village et plus particulièrement les relations de l'instituteur avec une personnalité connue ? Piou était conscient du problème. Aussi choisissait-il une tactique très différente de celle qui menait à l'humiliante déroute des candidats députés. Adoptant un profil bas, il s'asseyait au premier rang de l'assistance et posait sur l'orateur qu'il avait décidé d'écarter un regard d'une affectueuse ironie. Tout se sait, voyez-vous, dans nos villages. On connaît les qualités et les défauts de chacun. On sait qu'Alexandre du Hougra est un adepte de la bouteille, que Léon du Parren tuerait père et mère pour dix sous, et que la vue du moindre jupon transforme Paul de Lolom en toupie. On est au fait des intérêts, des ambitions, des manigances. Il est inutile de formuler accusation ou reproche. Tout se comprend à demi-mot. Une interrogation, une phrase dubitative, une remarque à la cantonade, une simple interjection, et l'assistance éclate de rire, le candidat rougit comme une tomate, pâlit, pique du nez, il a perdu. Ainsi agissait Piou. Mine de rien, sans avoir l'air d'y toucher, il laissait tomber un mot, un bout de phrase, qui mettait l'orateur tout nu, sans feuille de vigne, et provoquait l'explosion. C'en était fini. Il en résultait que chaque candidat se demandait à l'avance quelle serait la position de Piou, qu'en prononçant son discours il ne regardait que lui, guettant ses réactions sur son visage, et se gardait de tout propos susceptible d'exciter son ironie. Ne se présentèrent plus que des candidats sûrs de son aval. Par ce pouvoir de dissuasion Piou régissait les élections ; il était devenu la conscience politique et le grand électeur de Poyanne. Logiquement on lui proposa, lorsqu'il fut adulte, de prendre lui-même la mairie. Il refusa. Je suis le fils de l'instituteur, répondit-il. Je n'ai qu'un seul bien, mon indépendance et mon esprit critique. Je joue les garde-fous. Pour administrer Poyanne, pour s'occuper de vous, il faut un homme qui ait des terres, qui les cultive lui-même. Et qui soit honnête. Cela existe. Choisissons-en un. Mais ne me demandez pas de faire ce pour quoi je ne suis pas fait. Je ne suis pas meneur de meute, mais chien de berger.

Après chaque élection municipale M. Pédamous poussait un soupir de soulagement en se disant qu'une fois de plus Piou s'était tiré à son honneur d'une situation délicate en écartant de la mairie qui devait l'être sans trop causer de dégâts. En certaines occasions toutefois on avait frôlé le désastre ; ainsi le jour où le marquis se mit en tête de briguer notre magistrature suprême. Il avait fallu l'en dissuader par mille détours et arguments biaisés, car il était certain que Piou eût jugé cette situation par trop féodale et l'eût combattue au prix d'un conflit majeur. Bien sûr on s'était gardé de mettre cette considération en avant. Le marquis eût éructé le plus violent anathème contre le blanc-bec qui prétendait lui opposer son veto. On avait fait valoir qu'il n'était pas de son rang de s'occuper de voirie, de fossés, de coupes de bois et de bascule publique, que son influence serait plus efficace si elle continuait à s'exercer, pour le bien de tous, de loin et de haut. On lui avait tendu le piège de la vanité, sachant que c'était son défaut dominant, et il y était tombé. La volonté de Piou de n'accepter pour maire qu'un agriculteur écartait en fait de cette charge tous les notables de Poyanne. Pour le bien de la commune, pour la concorde générale, il était en effet préférable qu'une communauté largement paysanne fût dirigée par un paysan. Prudence remarquable chez un jeune homme qui voulait éviter qu'une classe dominât l'autre et qu'à la fortune qu'elle détenait déjà, celle des notables ajoutât les honneurs. Agriculteur, M. le maire de Poyanne était de plain-pied avec les agriculteurs ; et sa dignité de maire lui permettait de traiter d'égal à égal avec les nobles et les bourgeois.

Nous ne connûmes pas l'illustre Piou à l'école communale car, plus âgé que nous de quatre ans, il nous y avait précédés. Il venait de partir pour le lycée de Mont-de-Marsan, nouveau théâtre de ses hauts faits, lorsque pour la première fois nous posâmes nos culottes sur les bancs luisants d'usure qui avaient, pendant un siècle, porté les postérieurs d'une multitude d'enfants poyannais. Il nous sembla que les murs de la salle de classe bruissaient encore de ses tirades et de ses envolées. Mais il n'était plus là, et si nous étions sensibles à l'honneur de lui succéder, nous n'en percevions pas moins, avec l'intelligence naïve de nos sept ans, qu'une très grande chose venait de se produire en ces lieux et que nous l'avions manquée de peu. Aussi portions-nous sur ces murs, ces tables, ces cartes murales, ces vitrines où lézards et serpents s'enroulaient en spirales dans des bocaux étiquetés, un regard de mélancolique respect.

Pendant quatre ans nous ânonnâmes notre alphabet, nous psalmodiâmes nos tables d'addition et de multiplication, nous reniflâmes et tirâmes la langue sur les pleins et les déliés des lettres que nous tracions à l'encre violette et à la plume Sergent-Major sur notre papier quadrillé, nous suâmes sur nos calculs et nos dictées, nous écoutâmes dans un silence religieux M. Pédamous qui nous décrivait les merveilles de la nature, nous apprenait les grands principes de la morale qui distinguent l'homme de la bête, nous parlait de l'histoire de France et nous inculquait les vertus du citoyen. Sur quoi nous passâmes haut la main notre certificat d'études et, quittant pour la première fois nos foyers, entrâmes en sixième au collège de Dax, comme nos pères et nos grands-pères avant nous l'avaient fait.

Parvenu à ce point, le Dr Ducasse marqua une pause et me dit :

— J'aborde ici, Dubedout, un sujet délicat, propre à heurter les sentiments de notre jeunesse actuelle. Vos réactions, mon cher, n'en seront que plus intéressantes.

A cette époque, c'est-à-dire, je le rappelle, en 1896, le collège n'était pas là où il se trouve maintenant, un peu à l'écart de la ville, sur la bucolique éminence de Peyrouton, et ne portait pas le nom charmant de collège Cendrillon, que je ne saurais d'ailleurs expliquer. Il était situé dans le quartier Saint-Vincent, presque en face de l'église, et ses bâtiments, qui évoquaient un casernement de l'Empire, étaient aussi sévères que ceux d'aujourd'hui sont avenants. Il était dirigé par des prêtres du diocèse d'Aire et de Dax, et la discipline, sur laquelle veillait un préfet choisi pour son esprit de rigueur, s'apparentait à celle d'un petit séminaire, c'est-à-dire qu'elle était chatouilleuse et serrée. Nous nous levions en silence à cinq heures trente du matin, faisions notre toilette et notre lit, descendions à la chapelle pour écouter la messe, passions ensuite à l'étude pour y réviser nos leçons et à huit heures quinze prenions notre petit déjeuner, premier moment où nous pouvions échanger quelques mots. Après une récréation de vingt minutes pour nous dégourdir les jambes, venaient trois heures de cours qui nous menaient au déjeuner. Celui-ci était suivi d'une nouvelle récréation jusqu'à deux heures. Après quoi les cours reprenaient jusqu'à cinq heures trente, coupés d'une pause d'une demi-heure pour le goûter. C'était ensuite l'étude où l'on apprenait ses leçons, faisait ses devoirs. La cloche du dîner sonnait à sept heures trente. Lui succédaient encore trente minutes d'étude, la prière du soir à la chapelle, et à neuf heures nous étions au lit. Cet horaire se répétait chaque jour avec une régularité mécanique, sauf le samedi après-midi qui, de deux à cinq heures, était réservé à une promenade hors les murs, et le dimanche où tout le collège assistait à la grand-messe et chantait les vêpres l'après-midi. Comme vous l'imaginez, cet emploi du temps avait un objectif : il visait à nous encadrer étroitement pour nous inculquer les vertus du silence, du recueillement, de la prière et du travail.

A des garçons de dix ans qui pour la première fois quittaient le logis familial cette règle de vie pouvait paraître rude. Il était dur de se lever de si bon matin et de respecter l'obligation du silence jusqu'au petit déjeuner, pendant presque trois heures ; non moins dur de rester muets pendant le déjeuner et le dîner, où l'un des nôtres nous faisait une lecture édifiante que M. le supérieur n'interrompait d'un coup de timbre qu'au moment du dessert. Elle nous surprenait, l'interdiction, dictée par un grand souci de pudeur, d'enlever notre chemise de nuit pour nous laver. Nous eûmes à oublier l'eau chaude, qui n'existait pas au collège, et à nous contenter, tous les quinze jours, d'un bain de pieds collectif dont j'hésite à évoquer les crasses et les senteurs. Mais Henri IV ne se vantait-il pas de ses odeurs de chausses et de gousset, qu'il tenait pour éminemment viriles ? Nous dûmes apprendre que le coiffeur ne connaissait que la technique du bol posé sur la tête et coupait ce qui dépassait ; que l'infirmerie était sinistre et qu'il valait mieux ne pas tomber malade ; nous dûmes accepter les séances de vaccination, à la queue leu leu comme à la caserne, sans savoir de quoi il s'agissait. Il nous fut, la première fois, pénible de ne pas rejoindre nos familles à la Noël, qui devait être célébrée au collège, et de ne les retrouver que le 26 décembre. Quant à la nourriture, servie sur de grandes tables de marbre gris, il fallut bien s'en accommoder. Elle consistait surtout en ragoûts de haricots, pommes de terre et lentilles ; en semoule, riz au lait ou fruits secs pour le dessert. La viande, s'il y en avait, se repérait mal dans la sauce. De temps à autre, — jour faste ! — une omelette aux pommes de terre jetait un coup de soleil sur nos menus. La soupe et le pain étaient bons ; le goûter — un morceau de pain et une barre de chocolat — succulent. Naturellement l'interdiction de fumer était totale. Les lettres que nous écrivions à nos parents devaient être remises ouvertes au préfet de discipline qui pouvait en examiner le contenu. L'introduction d'un livre dans le collège était subordonnée à l'autorisation préalable du licet. Surtout, il était dur, à nous qui allions à pied à l'école de Poyanne, cartable sur le dos et musant en chemin, à nous les fils des champs et de la lande, de vivre dans ces corridors tristes, de nous mettre au lit dans ces dortoirs aux cinquante lits identiques, de manger par groupes de dix sur ces marbres gluants, de ne sortir qu'une fois la semaine, en rangs de deux que nous n'avions pas le droit de rompre avant le coup de sifflet du surveillant, arpentant les routes des environs de Dax jusqu'à Saint-Pandelon ou Narosse.

Pourtant, hil dou diable ! nous n'étions pas malheureux. Nous nous pliions de bon gré à la discipline, mettions sans rechigner nos tabliers noirs et nos sabots, et pour les sorties l'uniforme du collège, de drap bleu à boutons de cuivre. Tenaillés par la fringale de l'adolescence, il nous était toutefois plus difficile d'accepter qu'au réfectoire, alors que nous ingurgitions nos médiocres portions, le supérieur, le préfet, l'économe et MM. les professeurs, dont les tables nous cernaient, perchées sur des estrades, dégustassent un menu bien différent du nôtre, dont les effluves délectables nous chatouillaient le nez quand les garçons de cuisine leur apportaient poulets rôtis et entremets savoureux. Ah, vous protestez !

— Je suis offusqué ! m'écriai-je. Comment ces adultes, ces professeurs, pouvaient-ils se régaler devant ces garçons réduits à la portion congrue !

— Je m'attendais à votre réaction, jeune homme. Eh bien, moi, je les approuve, oui ! Ils nous enseignaient, comme il se doit, l'inégalité foncière de la vie. Le secrétaire général du Parti communiste de l'Union soviétique est-il l'égal du mineur de Severoouralsk ? Le président des États-Unis celui du docker de Wilmington ? Notre président, le pair du cantonnier de Plougastel-Daoulas ? Aux yeux de Dieu, oui. Au regard de la vie des hommes, non ! Nous avalions donc cette dure leçon de réalisme, quitte à succomber parfois à l'esprit de rébellion. C'est ainsi que tenté par mon condisciple Latapie, dit Tapinois, qui avait subtilisé la clef de la cambuse où M. l'économe serrait ses provisions, je me levai une nuit bien résolu à faire bombance. Le surveillant ronflant dans son alcôve aux rideaux clos, nous descendîmes à pas de loup l'escalier, traversâmes à tâtons le réfectoire (il n'était pas question d'allumer une bougie) et parvînmes à la cambuse. Salivant de convoitise, nous pénétrâmes dans la caverne d'Ali Baba et en aveugles commençâmes à nous empiffrer. Mais le jambon de Bayonne absorbé à haute dose ne saurait s'ingurgiter sans liquide et j'étais sur le point d'étouffer lorsque ma main rencontra une bouteille. Je m'en saisis, la débouchai et bus hardiment au goulot. Horreur ! C'était de l'encre, lourde, visqueuse et sentant le rat crevé ! Le cœur me leva, je crachai de dégoût, maculai ma chemise. Cette déconvenue provoqua notre retraite ; je regagnai le dortoir tout penaud. Le lendemain une rapide enquête conduisit M. l'économe à mon lit : les traînées d'encre, ma chemise et mes draps m'accusaient. Je fus condamné à copier cinq cents fois les sept premiers vers de *L'Énéide*. Ne soyez pas surpris que je les sache encore par cœur !

En fait nous aimions nos professeurs qui dans leur majorité étaient le dévouement incarné et nous n'avions pas vraiment l'idée de leur reprocher d'ingurgiter sous nos yeux un salmis de palombes, don d'un ancien élève à un retour de chasse, parce que c'était là leur seul luxe, que presque tous ils étaient pauvres et que le traitement de l'évêché leur permettait au plus de s'acheter chaque année une soutane neuve et des souliers. Ils n'avaient qu'une richesse, leur foi et leur dévouement. Une seule perspective terrestre : quarante ou cinquante ans d'enseignement et, pour beaucoup, la maison de retraite proche du cimetière de Buglose. Ils nous aimaient, ils étaient fiers de nos éventuels succès et, comme M. Pédamous, recevaient à bras ouverts, avec des émotions de père, les anciens qui avaient la délicatesse de leur rendre visite. D'une façon générale nous avions le sens de la hiérarchie. Nous comprenions que les élèves fussent répartis en quatre catégories : les grands, les moyens, les petits-moyens et les petits, chacune avec ses responsabilités et ses devoirs ; les grands protégeaient les petits, les petits admiraient les grands. Le système féodal en somme ! Nous avions nos joies : celle d'éclater en rires et en cris après des heures de silence, de nous déchaîner dans nos jeux, celle, inouïe, de rentrer chez nous, de retrouver nos parents, nos champs et nos forêts au temps des vacances. En récréation nous jouions aux billes, à la balle au chasseur, aux barres, au ballon, à la pelote basque, à la pala. Une fois l'an, à la Saint-Joseph, qui était la fête de notre supérieur, nous avions nos Jeux olympiques. Il y avait une multitude de compétitions ; les classiques : la course, le saut, le lancer du poids, du javelot, le trapèze, la barre fixe, la boxe même, les matches de pelote et de pala ; et les burlesques : la course dans un sac, celle par deux avec un pied lié, les mâts de cocagne ; et pour chaque vainqueur la récompense d'une tarte à la crème, chef-d'œuvre de Maria, la cuisinière, dont le métier était de nourrir tous les jours vingt-cinq prêtres et leurs deux cents garçons. Si le cinéma n'existait pas encore, s'il n'y avait aucun théâtre à Dax, eh bien, le théâtre, nous le faisions ! Joie des répétitions, joie du spectacle pour ces pièces sublimes : *Le Secret de Pardailhan, Les Fourberies de Scapin, Oliver Twist* d'après Dickens, *Les Enfants d'Édouard* de Casimir Delavigne (effrayant ! terrible ! plus fort que Shakespeare !), *Le gendarme est bon enfant, Roncevaux Roncevaux, Le Voyage de Monsieur Perrichon.* On tremblait, on riait.

Oh, tout n'était pas simple. Avec l'adolescence surgissaient les problèmes. Nous rêvions des filles. Nous les dévorions du regard quand nous les croisions lors de notre promenade hebdomadaire, nous guettions les sœurs de nos camarades quand elles venaient au parloir, les comparions, les exaltions, prenions feu et flamme pour nos élues. L'obligation du licet, un tampon apposé par le préfet de discipline sur la page de garde du livre, nous heurtait. François passa en conseil de discipline pour avoir introduit en cachette *Le Roman d'un spahi* de Pierre Loti et Gérard reçut un blâme pour *Les Noces de Figaro* : pensez donc, une histoire de droit de cuissage et cet affreux libertin de comte Almaviva ! Aux cours d'apologétique nous ressentions un malaise à la condamnation totale de l'islam, du bouddhisme, de l'hindouisme, pour ne point parler de Luther, cet hérétique, cet antéchrist ! Ces exclusives dépourvues d'intelligence et de charité nous déroutaient. Nous avions du mal à comprendre que d'immenses pans de l'humanité pussent vivre et mourir dans l'erreur la plus complète. Oui, nous avions nos problèmes de sexe et de liberté. Mais, dominant tout, recouvrant tout, il y avait, d'abord, le travail.

Je vous ai dit la part du lion que notre emploi du temps donnait à l'étude. Nous étions enfermés dans un réseau de leçons, de devoirs, de compositions, auxquels nous ne pouvions échapper. Jamais livrés à nous-mêmes, nous étions l'objet d'une attention, je dirai plutôt d'une surveillance, qui ne se relâchait jamais. Dans ce monde clos où nous vivions, chaque professeur nous connaissait personnellement, découvrait nos difficultés, s'acharnait à les résoudre, encourageait nos progrès. Les devoirs écrits se succédaient sur un rythme régulier et rapide ; ils étaient corrigés avec minutie. Pas d'échappatoire. Pas de laisser-aller. La compétition était de règle. Compétition pour chaque devoir, chaque composition mensuelle ou trimestrielle. Compétition pour les prix de fin d'année. Au début de juillet, juste avant le départ en vacances, avait lieu la remise de ces prix en présence de tout le collège assemblé, des parents d'élèves, parfois de l'évêque et du maire de Dax. Moment solennel, aboutissement d'une année d'efforts, où nos cœurs battaient la chamade sous la veste d'uniforme strictement boutonnée. Les notabilités s'installaient sur une estrade dressée dans le parc, couverte de tapis qui nous paraissaient somptueux, et les discours commençaient, celui du supérieur, de l'évêque, du maire, celui, en grec, du meilleur élève de lettres, auquel, il faut le reconnaître, la plupart des auditeurs ne comprenaient rien.

Les résultats étaient remarquables. A chaque session du baccalauréat le collège obtenait quatre-vingts à quatre-vingt-dix pour cent de succès. Bien sûr, tout n'était pas parfait. L'enseignement de l'histoire laissait à désirer ; il nous suffisait d'apprendre notre manuel par cœur pour obtenir la meilleure note ; la réflexion n'y entrait pour rien. De même l'apprentissage des langues était-il trop livresque. Nous pouvions traduire Dickens, Shelley, Goethe ou Cervantes, mais nous aurions été incapables de demander une assiette de porridge en Angleterre, un verre de bière à Munich et le chemin de la Puerta del Sol à Madrid. Ou alors avec un tel accent qu'il eût découragé les interlocuteurs les plus bienveillants. En revanche les études en sciences étaient bonnes et celles en lettres classiques supérieures. Là triomphait le collège, dont la renommée s'étendait jusqu'à Bordeaux. Nos professeurs formaient de bons latinistes, de bons hellénistes. Nous avions la mémoire bourrée d'Homère et de Virgile, de Démosthène et de Cicéron ; nous récitions par cœur les *Dialogues* de Lucien et des chapitres entiers du *De bello gallico.* Pour le français, le XVIIe siècle régnait, comme Louis XIV, en maître absolu. On nous enseignait à aimer le vrai et le fort, on exaltait Corneille, Racine et Molière, Pascal, les *Fables* de La Fontaine (pas les *Contes,* bien sûr !), La Bruyère et Boileau, surtout Bossuet. Une ombre planait sur Fénelon. Le Moyen Âge retenait peu l'attention. La Renaissance se réduisait à Montaigne, aux pages les moins crues de Rabelais, à Ronsard et Du Bellay. Pour le XVIIIe siècle il fallait bien parler de Voltaire et de Rousseau, mais c'était d'un air pincé. Beaumarchais, Marivaux, Diderot, les encyclopédistes, juste un mot. Venait le romantisme. On admettait la grandeur de Hugo, de Lamartine, de Musset, de Vigny, de Balzac. Et puis c'était le silence. On s'arrêtait là. Rien sur Stendhal, rien sur Flaubert. Rien sur la suite.

Nous avions l'esprit assez bon pour aimer les Classiques et nous toquer de Bossuet, dont, en vacances, nous déclamions les *Oraisons funèbres* dans nos greniers. Mais nous constations que de nombreuses couleurs manquaient à la palette qui nous était présentée. En lisant nos manuels nous pressentions, pour le Moyen Âge par exemple, qu'au-delà de nos morceaux choisis il y avait un immense champ de création, le plus important peut-être, qui nous échappait. Quelles étaient ces légendes celtes dont l'existence n'était mentionnée qu'en passant, ces personnages : le roi Arthur, la reine Guenièvre, Lancelot, Perceval, que nous aurions aimé connaître ? Cette *Quête du Graal* dont nous ne savions si c'était un roman d'aventures ou la recherche de la vérité ? Nos professeurs, étrangement, n'en disaient presque rien. Notez, mon cher Dubedout, que nous ne sommes pas plus avancés de nos jours. Notre République cartésienne, laïque, encore éblouie par le soleil de Rome, se méfie comme de la peste du cycle d'Arthur et de la *Quête du Graal* qui pourraient donner aux jeunes esprits le goût du rêve, de l'idéal et du mystère. Ne mettez pas ces textes à la portée des enfants, ils y puiseraient des idées ! Lamentable ostracisme, vraiment — et c'est un Gascon sans une seule goutte de sang celte qui vous parle ! Les Anglais, les Gallois, les Écossais ne tombent pas dans un piège aussi médiocre. Ils nourrissent leurs enfants des aventures de Perceval, de Lancelot et du pur Galaad qui leur enseignent l'esprit de dépassement, le courage et la loyauté. Les fils d'Albion ont sur ce point des maîtres plus avisés que les nôtres, une éducation plus ouverte qui tend à leur présenter le monde non point comme un domaine fini, villa romaine ou jardin à la française, où les perspectives sont claires, nettes et immuables, mais comme une forêt dense et mystérieuse, aux mille surprises, aux richesses insoupçonnées, dans laquelle il faut se frayer un chemin par l'effort, à coups de machette, sans savoir ce que l'on y trouvera.

Que penser, Dubedout, de tout cela ? Je dirai que nos

professeurs, qui étaient de saints hommes, portaient les œillères de leur époque et de leur milieu — qui ne les portait ? qui ne les porte de nos jours ? — et que, voulant passionnément notre bien, ils s'acharnaient à nous ancrer sur les valeurs qu'ils jugeaient sûres, les auteurs éprouvés. La plupart de nos condisciples, d'ailleurs, ne s'en trouvaient pas plus mal ; ils n'avaient qu'un souci, rentrer chez eux le baccalauréat en poche pour diriger l'entreprise familiale, devenir comptables, vétérinaires, postuler un emploi dans l'administration. Mais une minorité, dont les Trois Mousquetaires de Poyanne, souffrait de ces interdits. Heureusement pour nous, nous pouvions nous en ouvrir aux deux professeurs que nous admirions le plus. Nous les surnommions Bossuet et Fénelon tant ils étaient dissemblables et nous faisaient penser, l'un à l'évêque de Meaux, l'autre à Monsieur de Cambrai.

Ils avaient trente ans et étaient tous deux de haute taille. Sec, tout en os et en muscles, l'abbé Labarrère incarnait la puissance rigide de l'Église. C'était un travailleur forcené qui, sa tâche de professeur terminée, se plongeait jusqu'à une heure avancée de la nuit dans d'austères travaux de théologie ou de droit canon, d'où la colère de M. l'économe qui prétendait que sa lampe à pétrole le ruinait. L'abbé Labarrère souriait peu et ne riait jamais. Il se gardait dans une réserve constante dont il ne se départissait que pour commenter Bossuet. Alors une rougeur montait à ses joues, ses yeux étincelaient, sa voix tremblait, s'autorisait des accents de violoncelle. N'y tenant plus, il se levait, arpentait la salle de classe, déclamant l'oraison funèbre d'Henriette d'Angleterre ou du Grand Condé. « Splendide ! s'exclamait-il, splendide ! Écoutez-moi ces vastes résonances ! Appréciez la grandeur du propos qui ne s'exprime pourtant qu'avec des mots très simples ! Voyez l'intime, l'indissoluble alliance de la pensée et du verbe ! » Il nous enseignait la littérature française en rhétorique et insistait à chaque cours sur l'excellence du Grand Siècle : « C'est une littérature de raison, fondée sur l'analyse de l'âme humaine, où l'auteur doit être vrai. Être vrai, messieurs, être vrai ! Fi des paillettes du saltimbanque ! Fi des contorsions de l'acrobate ! Pour écrire, il faut avoir quelque chose à dire (sur ce point, ma foi, il n'avait pas tort) et rien ne mérite d'être dit qui ne soit vrai. Méfiez-vous, messieurs, de ceux qui ne veulent que plaire.

Détournez-vous du superficiel, de ce qui est creux, de ce qui est vain. Méprisez la folle du logis ! La vérité, messieurs ! La vérité et la raison ! » Suivait un cours sur la vérité dans Molière, la profondeur d'une pensée de Pascal. Il était sur son terrain et y excellait. Mais nous avions notre idée en tête. Nous voulions qu'il s'exprimât sur Rimbaud, sur Baudelaire. Nous voulions, parce que nous l'admirions, lui faire partager notre passion ; ou alors exiger qu'il motive et justifie ses refus. « Mais " Le Bateau ivre ", monsieur ! " Le Bateau ivre " ! » Il nous regardait. « " Le Bateau ivre "... " Le Bateau ivre ", murmurait-il. Je l'ai lu, en effet. La puissance verbale qui s'y étale — avec quelle complaisance, mon Dieu ! — ne saurait être niée. Mais je n'y vois qu'un mérite au regard de la raison et de la vérité : l'adjectif du titre. C'est un homme ivre qui a écrit cela. » Nous étions outragés. « Mais " Les Fleurs du mal ", " Les Fleurs du mal ", monsieur ? N'est-ce point sublime ? Cette poésie douloureuse, bouleversante, n'a-t-elle pas sa vérité ? Ne dit-elle pas ce qui n'avait jamais été dit ? » Cette fois le regard se durcissait, nous transperçait. Tranchante, la réponse tombait des lèvres serrées : « " Les Fleurs du mal ? " Je ne le vous fais pas dire, messieurs. »

L'abbé Danthez, dit Fénélon, ne s'exprimait jamais avec une rigueur si abrupte. Il était trop diplomate pour cela. Mais nous pouvions déduire de ses remarques, de son enseignement, qu'il n'était pas loin de partager — sans qu'il s'en félicitât pour autant, car les deux hommes, s'ils s'estimaient, ne s'aimaient pas — les opinions catégoriques de Labarrère-Bossuet. Tout d'élégance et de finesse, il cachait sous une apparence de souplesse, sous un sourire mélancolique et indulgent, une forte volonté, un jugement clair et précis. Son austérité, qui était grande, s'enveloppait des voiles de la bonhomie. Mais nous le savions ardent, sensible, et, puisque nous le voyions tous les jours, il nous était possible, quels que fussent ses efforts pour présenter un masque parfait, de deviner à d'infimes variations du regard, de la voix, du visage, les tourments d'un être trop racé pour être simple et trop idéaliste pour s'accommoder d'un facile bonheur. Pardonnez ces comparaisons, Dubedout : Labarrère se carrait dans sa foi et ses certitudes, poussait dans le sens de l'Église avec la puissance d'un troisième ligne dans la mêlée de rugby ; Danthez jouait les trois-quarts aile ; sa course était nerveuse, aérienne ; elle pouvait être meurtrière, triomphante, ou se terminer par un plaquage qui le laissait sur le carreau. Sa fragilité ne venait point d'un défaut de volonté, mais d'une sensibilité trop vive. Il le savait, il en souffrait, et c'est pour la cacher qu'il peaufinait son apparence, d'une aménité parfaite teintée d'un peu d'ironie. Il avait une passion pour la musique et un goût prononcé pour le grec, qu'il nous enseignait. Nous lui devons d'avoir compris et aimé les beautés de cette langue, dont il nous faisait saisir la clarté et la nerveuse élégance, sans peut-être se rendre compte que c'étaient ses propres qualités. A l'occasion de ces cours il montrait parfois le bout de l'oreille. Nous traduisions un jour le passage de *L'Iliade* où Hector, pris de panique, s'enfuit sous les murs de Troie, poursuivi par Achille. Le récit est rapide comme la course des deux guerriers, et l'adéquation des termes si parfaite que l'on entend, que l'on voit cette poursuite haletante, le combat et la mort d'Hector trompé par les dieux. L'abbé Danthez nous le faisait observer et ajoutait : « Or, ouvrez *La Légende des siècles* ; prenez-y, dans " L'Aigle du Casque ", un sujet similaire, la poursuite du jeune Angus par Tiphaine. Cela se veut épique, mais ne l'est point. Les adjectifs s'enflent et s'amoncellent comme les nuées sur l'Olympe, le trait s'épaissit au point de s'alourdir, l'exagération prolifère. C'est trop, c'est boursouflé, l'émotion se dérobe et c'est raté. Constatez, messieurs, la différence. Il y a là deux niveaux de qualité. » Et devant nos mines contrites d'ajouter avec un sourire : « C'est aussi, je le reconnais, affaire d'appréciation personnelle. »

Ainsi grandissions-nous dans nos bâtisses sombres, avec nos blouses noires et nos sabots, nos odeurs de pets et de gousset, nos chevelures rases, corsetés par la discipline, tenus devant Dieu par l'exercice de la prière, conviés à la vénération des Classiques, cependant que bouillonnaient en nous les forces de notre âge, qui explosaient dans l'ardeur irrépressible de nos jeux, dans nos rêves aussi vagues que fous. Nous vivions dans l'absolu et l'enthousiasme. La mort nous paraissait dérisoire et nous étions prêts à mourir sans barguigner, pour toute noble cause qui nous eût enflammés. Aux hommes nos frères nous portions un amour aussi passionné que théorique. A mesure que nous approchions de nos dix-sept ans, l'esprit critique s'éveillait en nous ; s'exacerbaient, nous tourmentaient nos pulsions sexuelles qui, les soirs de printemps et d'été, nous brûlaient le corps à crier. Et soudain, un jour, les portes du collège s'ouvraient toutes grandes ; notre liberté surgissait ; une main invisible écartait le voile — et la vie devant nous.

La vie ! s'exclama le docteur d'une voix forte, la vie ! La vie ! La vie multiple, la vie sauvage, la vie splendide. Avec ses joies et ses deuils. Ses rires énormes et ses souffrances. Ses enfants et ses grabataires. La vie de nos peines, de nos échecs, de nos cris. La vie de nos amours, de nos folies, de nos jouissances. La vie de nos désirs, de nos victoires. La vie du sang craché, de la défaite. La vie qui nous force à rester debout. La vie jubilante, triomphante, la vie lasse et blessée. Celle qui fouaille, celle qui fait pleurer. La vie de lutte. Celle d'illusion. La vie ou la mort me suit pas à pas pour me poignarder comme Patrocle. La vie prodige. La vie solaire. La vie stellaire. La vie cosmique. La vie j'aime, la vie je crois. La vie qui naît, qui danse, qui meurt et qui revit ! La vie ! La vie ! La vie c'était cela. Et d'abord c'était la liberté. C'était le moment d'ouvrir nos ailes, de monter à Bordeaux et, de là, peut-être, à Paris, dont les lumières là-haut nous fascinaient, nous appelaient comme un gigantesque gyrophare.

— NOUS AVIONS dix-sept ans, poursuivit le docteur, de grandes ambitions et un début de barbe. Nous étions tristes de quitter nos professeurs favoris, nous nous promettions de les revoir, mais la perspective de la vie d'étudiant que nous allions mener dès l'automne à Bordeaux nous faisait piaffer d'impatience, cependant que, dans l'immédiat, Poyanne nous attendait. Nous retrouvâmes notre village tel que nous l'avions quitté à Pâques. De Saubolle le tailleur à Michel le charpentier, tous nos amis étaient fidèles au poste, Lalanne écumait toujours la forêt de l'Adour et la moisson s'annonçait excellente. Quand je dis excellente, il faut s'entendre, Dubedout. Dans le monde entier, au Bangla Desh comme en Patagonie, vous ne trouverez jamais (à une exception près dont je vous parlerai) un agriculteur pour reconnaître que tout va bien et qu'il est satisfait. Si le maïs est beau, c'est la vigne qui flanche ; si le tabac est bon, c'est à désespérer des haricots ; quant aux lentilles, c'est la déroute. Disons donc qu'en ce mois de juillet 1903 la récolte de blé était superbe, ce que voyant nous nous ruâmes au Yaou, à Bertrick, à Samson, au Pin, au Lanot, au Bouillic, au grand Pastissé, au petit Pastissé, au grand Hémat, au petit Hémat, à Maisonnave et à Vendôme pour donner la main aux travaux de battage et déguster ces délicieux repas que femmes et filles de la maison servent en ces occasions sous le chêne de la cour. Et c'est en bavardant autour de ces tables plantureuses, où les plats se succèdent gaillardement pour requinquer les travailleurs, que nous apprîmes la nouvelle : un incident venait de relancer la tension entre le marquis et le baron. Lorsque je vous ai parlé des marquis de Poyanne, c'est volontairement, Dubedout, chaque chose devant venir en son temps, que j'ai tu le plus important. Vous saurez maintenant que depuis plusieurs siècles une farouche inimitié dressait l'une contre l'autre les deux nobles maisons de Poyanne et d'Onard.

J'écarquillai les yeux :

— Vous n'allez pas, m'exclamai-je, me raconter une histoire d'antiques rivalités familiales ! Roméo et Juliette, les Montaigu et les Capulet, c'est dépassé ! De nos jours...

— De nos jours ?... Le cœur humain aurait-il donc changé, jeune homme ? répliqua le Dr Ducasse en colère. Inimitiés individuelles, rancunes familiales, rivalités communales, compétitions entre nations, dites-moi, qu'est-ce qui a changé ? Le besoin de se croire meilleur est la base du comportement humain comme la lutte pour la vie régit les espèces animales. Le lion s'abstient-il de tuer la gazelle ? L'araignée de tisser sa toile pour capturer le papillon ? Le gros poisson d'avaler le petit ? Au niveau des États, les États-Unis contre l'Union soviétique, cela ne vous rappelle-t-il pas les Grecs contre les Mèdes, Rome contre Carthage, la France contre l'Angleterre, la France contre l'Espagne, la France encore contre l'Allemagne ? Voyez la compétition des pays industrialisés. Même dans nos bonnes démocraties les hommes politiques et leurs partis s'étripent et se patafiolent. Prenons notre Sud-Ouest : Bordeaux et Toulouse sont rivales. Prenons notre département : il y a jalousie et compétition entre Mont-de-Marsan, préfecture, et Dax, sous-préfecture, qui n'a jamais accepté d'être subordonnée à cette plate bourgade de la lande. Ce fut encore un coup de la Révolution de 1789 ! N'avez-vous jamais entendu parler des rivalités de Saint-Cricq et de Saint-Cracq, de Saint-Crocq et de Saint-Crucq ? De la querelle qui a opposé pendant cinq cents ans, tout près de nous, en Gabardan, la ville de Gabaret à la seigneurie d'Estigarde ? Croyez-vous qu'à l'heure actuelle Hossegor ne nourrisse point un sentiment de supériorité sur Cap-Breton, qui le lui rend bien ? Eh bien, en 1903, je le répète, la rivalité séculaire qui a toujours opposé le marquis de Poyanne au baron d'Onard atteignait un nouveau paroxysme.

— Soit, admis-je, accablé par cette avalanche. J'ai dit une sottise, je le reconnais. Ne vous fâchez pas et dites-moi qui est ce baron d'Onard que vous me sortez sous le nez comme un lapin du chapeau.

— Si vous descendez jusqu'à l'Adour, dit le docteur dont la

voix tremblait encore, et si vous tournez à gauche en longeant la forêt, avant d'atteindre le village d'Onard vous tombez sur un petit hameau de rien du tout. Moins que rien, quatre maisons groupées autour d'une mare où s'ébrouent des oies et des canards. Mais si vous franchissez le pont minuscule qui enjambe l'Adourotte, dérivation de l'Adour, vous découvrez le moulin d'Onard. *Hic jacet lepus !*

Ici le docteur fit silence.

— Un moulin ? m'étonnai-je sur un ton faussement conciliant. Intéressant. Tourne-t-il encore ?

— De même, poursuivit le docteur avec dignité et sans relever mon impertinence, de même qu'à Poyanne il y avait un marquis, à Onard il y avait un baron. Et le moulin d'Onard, c'était la demeure du baron. Quant à l'origine lointaine de leur inimitié, la voici. D'abord une donnée évidente, simple comme bonjour, mais qui, à mon sens, est lourde de conséquences : Poyanne est en haut, Onard est en bas. Ne riez pas ! Ce n'est pas une lapalissade. Poyanne est en haut, cela signifie que Poyanne surplombe Onard et qu'Onard, mon cher ami, est surplombé par Poyanne. D'où un complexe de supériorité pour Poyanne, d'infériorité pour Onard. D'où encore la volonté de Poyanne de dominer Onard, politiquement cette fois, et la réaction naturelle dudit Onard qui refuse la vassalisation, la sujétion, l'annexion, l'assimilation. Comme ces hommes petits qui ne veulent pas perdre un pouce de leur taille et se cambrent, jarret tendu, la colonne vertébrale étirée à craquer, le menton levé, dans leur tête-à-tête avec l'homme grand — je suis bien placé pour le savoir ! — Onard s'est toujours rebiffé contre Poyanne. La plaine a refusé l'autorité de la colline, le petit l'ascendant — c'est bien le mot ! — du grand.

Mais creusons davantage, voulez-vous. L'orgueil et l'ambition des hommes aggravaient l'inégalité créée par la nature. Sur la colline régnait le marquis, dans la plaine vivotait le baron. La Maison de Poyanne, je vous l'ai dit, était superbe. Les honneurs et les charges pleuvaient sur elle, la monarchie récompensait ses services éminents. En contrebas, le sire d'Onard faisait figure de... triste sire. N'ayant pas assez d'argent pour se présenter à la cour, sa renommée n'excédait pas les limites de la province.

L'ombre de ses forêts le dissimulait au soleil, c'est-à-dire au roi. Car le marquis était riche et le baron pauvre. Au premier, à perte de vue, les étendues moelleuses de nos collines, les fermes, les riches moissons, les revenus des bénéfices. Au second la solitude humide de ses bois, quelques chétives métairies, un peu d'élevage. Étonnez-vous que la vie fût différente ici et là ! A Poyanne, le vaste château qui dresse ses pentes d'ardoises vers le ciel, la vue sans limite, le parc superbe, les soupers dans l'immense salle à manger où rugissent les feux des cheminées, les fêtes champêtres, la musique, les bals, une nuée de domestiques, les écuries, la chasse, les grands mariages et les nobles alliances. A Onard — ah, moun Diou ! — la gentilhommière a belle allure, mais elle est combien plus modeste et le plus souvent décrépite ; le pauvre hobereau gascon y mène une existence plus proche de celle du paysan que de la condition du seigneur. L'argent qui fait défaut, les garçons qu'il faut élever, pousser dans la vie, l'impossibilité de doter les filles. La ration tous les jours de purée de maïs et de vendrèche, les vêtements qui rendent l'âme. Peu de serviteurs, et souvent trop vieux, comme les chevaux. En haut, la richesse, l'élégance ; en bas le château de la Misère. Alors le baron d'Onard lève les yeux vers le sommet de la colline et il croit voir, debout sur son balcon qui domine la plaine, vêtu d'un pourpoint broché d'or, une plume de paon tenue au chapeau par une agrafe de diamant, rotant d'avoir trop mangé et se curant les dents, le marquis de Poyanne abaisser sur Onard un regard de condescendance insultante. Un nœud de fureur et de haine se gonfle dans son cœur et il s'écrie : hil de pute de hil de pute de hil de pute, ça ne peut pas durer !

Pendant des siècles ce fut la guerre. Les soldats du marquis lançaient des rezzous sur Onard (ils n'avaient qu'à descendre la colline), qui fut occupé plusieurs fois. Tapis dans leurs bois, où ils égorgeaient leurs ennemis qui s'efforçaient de les débusquer, les gens d'Onard harcelaient les lignes de communication de l'adversaire, pratiquaient la guérilla avant la lettre, reprenaient un jour leur domaine. Le castelet d'Onard fut brûlé plusieurs fois, toujours rebâti ; l'édifice actuel date du XVIIe siècle. De son côté le baron d'Onard essaya de prendre Poyanne par surprise ; ses tentatives furent déjouées par les oies — et Dieu sait si elles cacardent en Chalosse — que le marquis d'alors, féru d'histoire romaine, disposait autour de son château. Les moyens militaires faisant long feu, on recourut à l'intrigue et à la procédure. Le marquis utilisa ses relations à la cour pour se faire donner un droit de suzeraineté sur Onard. Le baron se trouva des protecteurs parmi les ennemis du marquis. De part et d'autre on exhiba chartes, parchemins, traités et grimoires. Le Parlement de Toulouse, puis celui de Bordeaux furent saisis. Les études, rapports, expertises, libelles et contre-libelles, plaidoiries et dossiers s'empilèrent jusqu'à remplir des armoires. Rien n'y fit. Le baron d'Onard se défila, se faufila, esquiva avec la souplesse d'une anguille. Deux lignées de marquis, deux lignées de barons épuisèrent leurs forces dans cette lutte. D'aucuns moururent les armes à la main, embrochés par leurs adversaires, la colère apoplectique en tua d'autres. Il fallut se rendre à l'évidence : après neuf ou dix siècles de combats, expéditions, embuscades, intrigues, calomnies et procès, Onard maintenait son indépendance et l'orgueil de Poyanne était abaissé. On abandonna la guerre et la chicane pour s'installer dans des relations de voisinage exécrables.

Puisque Poyanne ne pouvait annexer Onard, il lui restait à l'humilier. On vit le marquis conduire sur l'Adour, qui à l'époque était entièrement navigable, de superbes trains de bateaux où ses hôtes se prélassaient sous des tentes luxueuses, prenant leur collation au son des pipeaux. Ces navires chamarrés défilaient sous les yeux des gens d'Onard honteux de leurs guenilles et qui n'avaient à se mettre sous la dent que leur rage et leur indignation. On ne compte plus les incidents de chasse où les chevaux du marquis piétinèrent les récoltes du baron, les rixes qui opposèrent les jeunes gens des deux villages. Et puis le temps passa et ces tracasseries aussi. Ce furent alors l'ignorance et le dédain réciproques. On ne se faisait plus de mal, on n'en venait plus à l'insulte, mais on ne se saluait, ne se parlait pas. De chaque côté les enfants apprenaient à haïr et mépriser l'autre ; ils s'évitaient, se fuyaient quand il leur arrivait de se rencontrer sur les rives de l'Adour. On s'opposait sur des sujets divers dont on aurait tort de minimiser l'importance. Saluons ici le génie de Swift, qui raconte la guerre que se firent deux pays sur la façon de décalotter les œufs à la coque. Admirable connaissance de l'âme humaine ! Poyanne et Onard se dressèrent l'un contre l'autre sur le foie gras, Onard restant fidèle au foie d'oie, Poyanne soutenant désormais — et avec raison, croyez-moi ! — le foie de canard, plus léger, plus fin, touché d'un infime goût d'amertume. On s'affronta sur la façon de cuisiner les cèpes ; le Château décréta qu'ils n'étaient bons qu'en sauce, le Moulin riposta — et cette fois, milledious, il voyait juste ! — que c'était hérésie, qu'il fallait les poêler à l'ail et au persil. Sujets brûlants. Dangereux. Terrains minés. Tabous. Vous touchez là au nerf sensible, au tréfonds de l'âme chalossaise, à ces goûts intimes, précieux, essentiels, qui constituent notre art de vivre et pour lesquels nous nous ferions tuer. On en débattit dans nos auberges et plus d'un y laissa ses dents. Dans ce climat des incidents surgirent. On s'envoyait du plomb — par mégarde — lors de la chasse à la palombe. A l'aube incertaine un chercheur de cèpes se faisait estourbir dans un bois. Une fille d'Onard giflait un galant de Poyanne. Nos vendeuses d'œufs et de légumes se lançaient leurs produits à la tête sur les marchés de Tartas et Montfort. On en faisait des gorges chaudes. Mais tout cela, qui n'arrivait qu'une fois par semaine, était l'exception. La trame ordinaire des relations était d'acrimonie et de dédain. Les ans passèrent ; la situation évolua encore. On en vint à se saluer avec distance, à se parler un peu tout en restant méfiant. Ce n'était plus la guerre ou la petite guerre ; il n'y avait plus d'affrontements, de mépris affiché ; seulement un préjugé latent, fondé sur les souvenirs, et le fait que, tout simplement, l'un se trouvait toujours en haut et l'autre en bas. Le marquis et le baron restaient seuls à s'exécrer et à se fuir comme la peste. Et de temps en temps, pour une raison ou pour une autre, le baromètre montait brusquement entre les deux Maisons. C'est ce qui venait de se produire en ce début d'été 1903.

Pour vous l'expliquer bien, je dois vous parler de ces messieurs.

Arthur, Richard, Alexandre, Philippe, marquis de Poyanne, était d'un tempérament colérique et hautain. A la moindre contrariété son visage glabre se colorait, ses yeux bleus devenaient durs. Il avait le nez long et pointu, les narines pincées, l'oreille mignonne, et niait la progression de sa calvitie en se faisant raser le crâne. Plutôt petit, il se tenait très droit, marchait d'un pas volontaire, plantant ses talons dans le sol comme s'il eût voulu y prendre racine, ce qui faisait le désespoir de ses parquets, serrait sa taille, qu'il avait fine, dans une redingote ajustée. Au reste il brillait d'un éclat de propreté et son élégance était parfaite. Ce pète-sec n'était guère aimé au village ; on lui reprochait d'être orgueilleux, fier comme un turban, disaient nos braves gens qui n'avaient pas lu La Calprenède et ne connaissaient pas le bouillant Artaban.

Le marquis avait trois passions, dont la première était les chevaux. Excellent écuyer, sachant que deux de ses ancêtres avaient dirigé l'école de cavalerie de Saumur sous la Restauration et la monarchie de Juillet, il entretenait à grands frais — en vérité trop grands pour sa bourse — une remarquable écurie, la première du département. Son cheval préféré, de couleur noire, portait le nom de Quadragant, en souvenir du célèbre cheval d'Henri II. Tous les matins, bombe sur la tête, une écharpe de soie blanche nouée autour du cou, en tenue de cavalier aussi noire que la robe de Quadragant, il allait se promener dans les pinèdes de Lourquen, les solitudes des bois d'Arthous, ou descendait la colline pour galoper dans les vastes prairies qui jouxtent la forêt de l'Adour ; il lui arrivait alors de se rapprocher d'Onard, mais il prenait garde de ne jamais pénétrer sur les terres de son ennemi. Pour se rendre à Mugron, à Dax, à Saint-Sever, il se servait d'un cabriolet qu'il attelait d'un trotteur. Ganté, rênes en main, les poignets à hauteur de la poitrine, il excitait son cheval d'un continuel claquement de langue et poussait dans le fossé qui ne se rangeait pas assez vite. Il avait installé dans le parc du château un manège pour le dressage et un parcours pour s'entraîner au saut d'obstacle.

Sa seconde passion était l'histoire. Il s'y intéressait par égocentrisme, cherchant dans l'exaltation des vertus et des hauts faits de la monarchie autant de raisons de condamner ce qu'il appelait la veulerie des temps démocratiques. Comme nombre de ses pairs, il considérait que l'histoire de France s'était arrêtée en 1830 et pleurait le paradis perdu. Ses velléités politiques n'ayant, du fait de sa morgue, suscité qu'un silence gêné, il avait resserré ses horizons et centré son attention sur l'histoire de la Gascogne, puis de la Chalosse, dont il s'estimait le plus remarquable représentant ; elle était devenue pour lui le centre du monde et l'objet exclusif de ses travaux. Il avait rassemblé sur ce sujet une excellente bibliothèque en latin, gascon et français, et s'efforçait de réunir autour de lui un cénacle de beaux esprits férus d'histoire locale. En fait son ambition portait plus haut : il rêvait de faire du château de Poyanne le foyer des lumières gasconnes. Sa passion de posséder historiquement la Chalosse le conduisait à s'intéresser à toutes les époques, depuis la préhistoire jusques aux temps modernes, c'est-à-dire jusqu'à l'abdication de Charles X. Comme ses ancêtres s'étaient réclamés autrefois de leur privilège de cuissage, il estimait qu'il jouissait d'une sorte de droit de préemption sur tous les sujets concernant la Chalosse et prenait fort mal que d'autres pussent les lui disputer. En bref, il se considérait comme le maître historien du pays, sans conteste son meilleur spécialiste. Poussant ses pions, le marquis avait adhéré à la Société de Borda, la société savante de Dax, du nom du célèbre mathématicien, physicien et marin Charles de Borda, que cette ville tient pour le plus illustre de ses fils, car, entre autres bagatelles, il mit au point l'emploi du pendule pour mesurer l'intensité de la pesanteur, substitua les relèvements astronomiques aux anciennes méthodes magnétiques de détermination d'un point et participa à la mesure de l'arc méridien pour l'établissement du système métrique. Le marquis briguait la présidence de la Société, mais les membres de cette docte assemblée, émus par la rugosité de son caractère, avaient jusqu'alors opposé une sourde résistance à ses desseins. Il avait redoublé de zèle, ne manquait jamais une réunion, multipliait les communications et invitait chez lui ceux qu'il pensait pouvoir gagner à sa cause. Il les cajolait, les encensait, réservait aux autres une hargne solide, leur gardait comme on dit un chien de sa chienne. De son fait un clivage s'était produit dans la Société. On s'y divisait désormais en deux camps d'égale importance numérique, l'un formé de conservateurs sensibles à ses avances, l'autre, de tendance nettement républicaine, irrité par ses prétentions et résolu à le contenir dans son statut de membre bienfaiteur. Entre ces deux camps un troisième larron pouvait faire pencher la balance : le baron d'Onard, membre de la Société de Borda lui aussi, mais qui négligeait le plus souvent d'assister aux séances. Peu avant le vote décisif, le baron, se réveillant soudain, avait sellé son bidet, quitté son désert pour Dax, fait les couloirs, influencé quelques connaissances, voté, et le marquis avait manqué son élection de trois voix. Tel était l'incident qui depuis dix jours empoisonnait à nouveau les relations de Poyanne et d'Onard. Le marquis jurait, fulminait, bouillait de rage. Ses mains s'ouvraient et se fermaient comme s'il eût pensé les nouer autour du col de l'insolent.

Le marquis était veuf. Sa femme, Angéline de Faizensac, issue de l'une des plus anciennes familles du Sud-Ouest, était morte après lui avoir donné trois fils. On la décrivait comme une personne charmante et bonne, férue de poésie, mais encline à la mélancolie. J'ai vu jadis son portrait au Château. Ce visage long, sensible, encadré de rouleaux châtains, au regard voilé, attirait, mais inspirait aussi la pitié, car le peintre avait saisi la tristesse qui le minait. De tels visages reflètent une inappétence au réel. Angéline était trop vulnérable pour garder ses capacités de bonheur. Elle mourut, dit-on, de consomption ou de langueur, notions bien vagues qui ne donnent pas la clef de l'énigme. Je dirai pour ma part que, sujette à la nostalgie, elle comprit l'inanité de ses aspirations et de ses rêves, et ne put en supporter le naufrage.

M. de Poyanne n'avait pas éprouvé une passion pour sa femme, dont la douceur et ce qu'il appelait le vague à l'âme l'exaspéraient. Mais il portait un sentiment très fort à ses fils, qu'il aimait toutefois de façon inégale.

L'aîné, Gaston, dont le nom avait été choisi en souvenir de Gaston Phébus, cet Alexandre du Béarn, tenait de son père. Il était emporté, prompt à la colère, capable pourtant de dissimulation, voire d'une certaine ruse matoise pour parvenir à ses fins. Râblé, musclé à l'extrême, il était d'une grande force physique, s'amusait pour la montrer à soulever un baril de cent litres plein, mis debout, en le saisissant des doigts par l'extrémité des douves. Adolescent, il raffolait des exercices physiques, excellait à la pelote basque, nageait plusieurs heures de suite dans l'Adour. Comme son père il adorait les chevaux, et encore plus la chasse, tirait le canard sauvage sur les étangs de Tosse et de Soustons, le sanglier du côté d'Aureilhan. Il avait un visage assez bien dessiné, mais brutal, des yeux bleus, et tenait de son aïeul maternel une superbe tignasse blonde. La ville lui faisait horreur, où il étouffait de se sentir emmuré. Ses études au collège de Dax terminées, il avait refusé de monter à Bordeaux pour y faire son droit, ainsi que le marquis l'exigeait. L'affrontement du père et du fils avait été violent, mais Gaston avait tenu bon et était resté au Château. Il ne lisait rien, se souciait du passé et de l'histoire comme d'une guigne. Être physique, vivant dans le présent, il se levait avec le soleil et, actif, remuant, semblait obsédé par le besoin de se dépenser. Peu à peu il s'était intéressé aux propriétés de son père et c'était lui, désormais, qui les visitait, discutait avec les métayers, surveillait la moisson, les vendanges, présidait aux partages. Il jouait en fait le rôle d'un régisseur en chef. Les propriétés du marquis étant nombreuses et dispersées sur une trentaine de kilomètres à la ronde, depuis Saint-Sever jusqu'à Peyrehorade, il partait souvent à cheval pour plusieurs jours, sans que l'on sût où il allait et quand il reviendrait. Cette liberté vagabonde lui convenait à merveille, car elle lui permettait de courir les filles, qui l'obsédaient, sans vergogne ni souci du qu'en-dira-t-on. On le connaissait désormais ; villageois, paysans et bourgeois se méfiaient de lui et, à son approche, garaient leurs filles et lâchaient leurs chiens. Le marquis s'était d'abord diverti de ces frasques, mais il y avait eu des filles enceintes, des scandales, et il n'avait pu fermer les yeux plus longtemps. Il avait tancé son fils, qui avait répondu avec morgue. En fait le marquis savait que ses admonestations et ses conseils seraient de peu d'effet. Il connaissait le tempérament de Gaston et ne se faisait guère d'illusions sur le résultat de ses prônes. Sa réaction profonde était d'ailleurs complexe. S'il déplorait les excès de son fils qui lui valaient des scènes pénibles avec les parents des victimes, ces péripéties amoureuses n'en flattaient pas moins sa vanité et le chaud lapin qu'il avait été. Certains soirs d'hiver, à des moments de détente et de confiance, lorsque le père et le fils bavardaient, les pieds sur les chenets, une bouteille devant eux, il arrivait que Gaston fît à son père le récit de ses aventures galantes. Le marquis se délectait de ces histoires, savourant les détails, souvent fort crus, que son fils lui servait, et se réjouissait dans ses entrailles de père des prouesses sexuelles de son rejeton. Gaston était conscient du plaisir qu'il procurait et surveillait dans les yeux qui le fixaient la montée de la libido paternelle. Ils partaient tous deux de grands éclats de rire, se tapaient sur les cuisses, émettaient des sarcasmes coquins. Gaston savait alors qu'il était compris et, sans que ce fût dit, pardonné. L'excitation tombée et le bon sens revenu, le marquis soupirait, se disait qu'il fallait bien que jeunesse se passe, et songeait à marier Gaston pour le brider. Il rêvait d'une bru qui fût à l'opposé de sa propre femme, une fille solide, énergique et bien en chair, ayant le tempérament d'assouvir Gaston, peut-être même de le dominer, et de faire de beaux enfants. Le marquis regardait autour de lui pour découvrir, comme il se disait, « cette splendide pouliche ». Il n'en avait pas encore trouvé qui fût digne de son fils. En tout état de cause celui-ci, qui avait vingt-trois ans, ne souhaitait nullement se contenter d'une seule femme alors qu'il en avait plusieurs, et sacrifier une liberté qui était son bonheur.

Sans qu'il soit pour autant nécessaire d'évoquer Caïn et Abel, et autres exemples illustres, il arrive souvent que la nature, dont les voies sont mystérieuses, ménage un vif contraste, voire une opposition, entre deux frères. Tel était le cas de Gaston et de François, son puîné. Si le premier était vulgarité et force, l'élégance et la finesse du second, manifestes dès l'enfance, s'étaient confirmées. François donnait une impression de distinction virile qui attirait et charmait. De tempérament vif, nerveux, il s'emportait facilement, mais ses colères n'étaient jamais méchantes. Incapable d'une pensée mesquine ou basse, sensible, il se protégeait des coups et des laideurs de la vie par un humour qui le faisait passer pour moqueur, sceptique, futile même. Ces allures désinvoltes se corsaient d'une élégance savante et recherchée ; il se voulait dandy. Sous cette apparence à première vue irritante se dissimulaient une bonté réelle et une dévotion entière à ses amis. Il détestait les grands mots, et il fallait dépasser l'impression première pour découvrir qu'il avait l'aristocratie du cœur. Il aimait ses amis et les brocardait, adorait les femmes en les persiflant, tournait la culture en dérision mais se passionnait pour la poésie. Nous qui savions, nous ne le prenions jamais au pied de la lettre, mais l'interprétions *a contrario,* exercice assez fatigant mais qui en valait la peine. Bien qu'enclin à des engouements subits tournant parfois au feu de paille, il avait le goût sûr et le jugement subtil. Spirituel, courageux en diable, impatient mais capable d'une remarquable obstination, il nous subjuguait, Gérard et moi.

Lorsqu'il considérait son aîné et son cadet, le marquis éprouvait des sentiments bien différents. Il pouvait déplorer chez

Gaston des aptitudes intellectuelles à peu près nulles et une brutalité qui parfois l'effrayait, mais il était ému par cette énergie vitale qui paraissait irrépressible. Elle le ragaillardissait et le flattait. En François s'annonçait l'homme qu'il eût voulu être. M. de Poyanne l'admirait, se rengorgeait de ces qualités qui faisaient de son cadet un jeune seigneur humaniste, l'homme de la Renaissance comblé de dons. En même temps il le jalousait. Il le voyait plus complet, plus harmonieux que lui-même et s'en dépitait. Subissant le charme de François mais viscéralement plus proche de Gaston, il soupirait après l'amalgame impossible qui eût donné l'être parfait. Et il pensait moins à François qu'à Gaston, qu'il aurait voulu endiguer pour son bien et celui de la Maison de Poyanne, puisque c'était lui, l'aîné, qui porterait un jour le titre et régnerait sur le Château.

Quant à son benjamin, c'était une autre affaire ; il l'irritait et l'humiliait. M. de Poyanne avait du mal à admettre que ce dernier-né fût le fruit de ses génitoires et rejetait sur sa défunte femme la lourde responsabilité d'avoir modelé celui que, dans le secret de son cœur, il appelait « l'Innocent ». En 1903 Gilles avait quinze ans, deux ans de moins que François. C'était un garçon grand et mince, aux cheveux bruns que son teint très blanc faisait paraître presque noirs. Il avait des yeux verts dont la douceur lumineuse, donnant à son visage une expression naïve et enfantine, suggérait qu'il ne mûrirait jamais. Comme nous tous il avait étudié à l'école communale de Poyanne et M. Pédamous avait dû lui prodiguer des soins infinis pour qu'il obtienne de justesse son certificat d'études. Au collège, le marquis l'avait confié à un vieux prêtre, ami de la famille, qui l'avait surveillé, entouré, gavé de leçons particulières, choyé comme une mère poule. Peine perdue, Gilles ne faisait rien, strictement rien, sinon collectionner les zéros. Après une expérience de trois ans, il avait fallu le retirer du collège.

Physiquement présent, mais l'esprit ailleurs, Gilles rêvait en classe, en récréation, à la chapelle, au réfectoire. Il rêvait à Poyanne, aux champs, aux bois, à la rivière qu'il aimait. Au collège tout lui était odieux, les murs sévères, les cours étriquées, la discipline, l'odeur nauséeuse des salles d'étude, le vacarme du réfectoire avec ses cliquetis de fourchettes, les livres eux-mêmes, monotones recueils de petits caractères sans vie. Alors il s'enfuyait en lui-même. D'un bond, tel Pégase, son esprit sautait par-dessus les murs, les règlements et les horaires ; il s'évanouissait du contexte, de l'insupportable et continuelle promiscuité de ces élèves et de ces surveillants. Il était le poulain sauvage pris au lasso, le jeune éléphant chargé de chaînes que deux vétérans conduits par leurs cornacs enserrent de leurs masses pour le contraindre à l'obéissance. Désespérément il se défendait par l'absence, niait ce qui le blessait. Il s'endormait en rêvant à ses campagnes, à la vie presque sauvage qu'il y menait pendant les vacances. De l'aube à la nuit, quand ce n'était pas pour plusieurs jours de suite, il courait les champs et les bois, suivant le braconnier Lalanne qui d'abord l'avait fasciné. Celui-ci, qu'une telle admiration flattait, lui avait appris à connaître la vie des animaux, leurs habitudes, les vertus des champignons et des plantes. Rien ne rebutait Gilles ; il n'éprouvait ni répulsion ni peur. A l'exemple de Lalanne, sans la moindre hésitation, il plongeait le bras jusqu'à l'épaule dans les trous des berges de l'Adour pour en extraire de force une anguille qui se lovait, se tordait avec furie sur son bras (pour éviter qu'elle ne glisse et lui échappe il avait subtilisé à son père un gant de soie qui assurait sa prise) ; il prenait les serpents à la main, se saisissait d'un crapaud pour caresser sa peau verruqueuse, d'une araignée velue qu'il s'amusait à faire courir sur ses mains. Et puis, un jour, il avait fait une découverte qui devait tout changer. En ramassant un lièvre agonisant, pris au lacet, il s'était penché sur les yeux de l'animal et y avait lu un reproche. Seul dans la forêt de l'Adour, ce petit cadavre à ses pieds, de toute son âme il avait pleuré et, sa passion se retournant soudain, il avait rompu avec Lalanne qu'il s'était pris à haïr. Dès lors son affection pour les animaux n'avait plus connu de bornes. On pouvait le voir se planter devant un bœuf sous le joug et lui parler, le caresser comme une personne humaine. Les chiens, les chats du village étaient ses amis. Il faisait une scène aux fermiers qui se servaient de l'aiguillon et déroba plusieurs fois les cravaches de son père et de Gaston qui s'étonnèrent de ces disparitions répétées. A douze ans, il se jeta, un gourdin à la main, sur un paysan qui, pour punir son chien de manger les œufs dans le poulailler, lui avait présenté une coquille d'œuf contenant un charbon ardent et lui avait maintenu la gueule fermée avec une corde. L'homme faillit être assommé par cet enfant dément. Une autre fois il attaqua un chasseur qui avait brisé les incisives de son chien avec des tenailles pour qu'il n'abimât point le gibier. A l'époque des cochonnailles, il se terrait chez lui, craignant d'entendre les cris des porcs, liés sur une table dressée, que l'on saignait à blanc dans les fermes. Ces tueries le faisaient vomir. Il refusa de manger de la viande.

Vivre dans ces dispositions d'esprit à la campagne posait évidemment problème. On en vint à des situations dangereuses ou comiques. Avant l'ouverture de la chasse il disparaissait, battait inlassablement la campagne ; il parlait à ses amis, les avertissait du danger qui les menaçait, leur enjoignait de s'enfuir ou de se blottir dans leurs terriers. Plus efficacement il précédait une battue, s'interposant entre les chasseurs et le gibier. Nos Nemrods enrageaient ; il y eut des coups de feu tirés, pour lui faire peur, dans sa direction ; on le prit à partie. Il n'en avait cure, il sauvait ses amis. Au Château ses récoltes de champignons provoquaient des drames avec le cuisinier Joseph, qui acceptait volontiers cèpes, oronges, girolles et morilles, mais refusait avec horreur de toucher aux trompettes-des-morts, vesses-de-loup, coprins noirs, langues-de-bœuf, pourtant comestibles. Gilles avait beau brandir son livre de mycologie aux planches en couleurs, lire le commentaire scientifique et même la recette, proposer de faire office de goûteur, Joseph levait les bras au ciel, secouait son grand nez dans un geste de protestation véhémente et refusait avec la dernière énergie de contaminer ses poêles avec ce qu'il prenait pour d'effroyables poisons. Gilles en était réduit à enfiler ses trouvailles sur des cordelettes pour les faire sécher, ou à confectionner des conserves qu'il mangeait ensuite tout seul en vantant la qualité de sa marchandise.

Vous imaginez dans ces conditions combien la traduction de Tite-Live et les problèmes d'algèbre pouvaient intéresser notre sauvageon ! Le jour où la décision fut prise de le retirer du collège, il crut — comme Lalanne jadis à la fin de son service militaire — mourir de joie. La semonce pourtant avait été rude. M. de Poyanne l'attendait dans sa bibliothèque, debout, et le fouettait de son regard.

« Que fera-t-on de vous ? disait-il, les lèvres tremblant de colère. Que deviendrez-vous ? Un sans-culotte ? Un vagabond ?

Un parasite ? Car, dites-moi, ne sachant rien, comment gagnerez-vous votre pain ? De quoi vivrez-vous ? Prétendez-vous, lorsque je ne serai plus là, manger, vous habiller, vivre en un mot, en cajolant les libellules ? Vivoterez-vous aux crochets de vos frères ? Un jour, vous marierez-vous ? Comment nourrirez-vous votre femme et vos enfants ? Dites ! Dites-le-moi ! Vous êtes un paresseux ! Un rêveur ! Mais je vais vous secouer et vous apprendre combien la terre est basse ! »

Gilles avait écouté cette algarade d'un air faussement contrit, cependant que son cœur cognait dans sa poitrine et qu'il aurait voulu hurler de joie : « Je suis libre ! Libre ! Libre ! »

Il s'était rué vers ses bois, qui — il en était sûr — le reconnaissaient, l'accueillaient avec des frôlements de branches. Il caressait l'écorce des arbres, sifflait avec les merles, les rouges-gorges, les verdiers, saluait les putois, les loutres, les renards, jouait avec les écureuils qu'il apprivoisait. Étendu au fond d'une barque, il passait des heures à observer la fuite des nuages, le balancement des saules sur les rives, les remous de l'eau, suivant du regard le vol du milan, la nage du serpent d'eau ondulant comme un fouet, devinant à d'infimes frissons la chasse du brochet.

Deux événements survinrent, décisifs.

Gilles trouva dans la bibliothèque du Château les œuvres complètes de Buffon et les dévora. Depuis le martin-pêcheur jusqu'au lézard ocellé en passant par la hulotte, tous ses amis étaient là, décrits avec une précision scientifique qui n'excluait pas — oh, non ! — la beauté du style. Et tous les animaux du monde y étaient aussi, dessinés en couleurs sur les planches. Il y avait le pécari ou tajacu, le polatouche (ou rat volant, ou écureuil volant, ou loir volant), le tamanoir, le pangolin, et les tatous dont le cachicame ou tatou à neuf bandes, le kabassou ou tatou à douze bandes, et le cirquinçon à dix-huit bandes ! Il y avait aussi le paca, la sarigue ou opossum, le cayopollin, et cent pages sur l'éléphant avec ce jugement : « Le chien n'a que de l'esprit d'emprunt ; le singe n'en a que l'apparence ; le castor n'a du sens que pour lui seul et les siens. L'éléphant leur est supérieur à tous trois : il réunit leurs qualités les plus éminentes. »

Il emporta ces livres dans sa chambre, ne s'en sépara plus. Il lisait jusqu'à une heure avancée de la nuit, s'endormait en rêvant aux oiseaux des pays lointains, le coriacas huppé, l'arc-en-queue, le rollier de Madagascar, le choucas-moustache, le blanche-coiffe, le cassique jaune et vert du Brésil, le cassique huppé et le petit-cul jaune de Cayenne, le carouge olive de Louisiane, l'hoamy de Chine, la grivelette de Saint-Domingue, le rollier d'Abyssinie, et tous les moqueurs.

Buffon lui ouvrit le monde immense de la faune et lui donna le goût du langage. Et un jour, par chance, il eut dans les mains *Les Jeux rustiques et divins* d'Henri de Régnier. Il lut l'odelette « Un petit roseau m'a suffi » et ce fut l'autre révélation. Ce petit roseau qui fait chanter la forêt, et la prairie, et les doux saules, et le ruisseau qui chante aussi, c'était la source vive que sans le savoir il cherchait. Il trembla, exulta. A la connaissance et à l'amour de la nature il ajouta le sentiment poétique de la nature. Il sentit que désormais il la comprenait, l'aimait mieux, communiait plus intimement avec elle. Il dialoguait avec le ciel, les arbres, la lune, la pluie, le soleil. Un matin il eut un grand bonheur. Quelqu'un frappait à son volet. Il l'ouvrit et se trouva devant un pivert qui en trouait le bois. Cet oiseau, d'ordinaire si farouche, le regarda de son œil rond et se percha sur son épaule.

Il poussait comme une plante sauvage, hâlé, les cheveux fous, furtif et souple tel un renard. Il courait les landes en sabots, petit paysan, poulain échappé, mais aussi jeune dieu des forêts, merveille de pureté et de joie.

Parvenu à ce point de son récit, le docteur dut s'arrêter. Un pas léger comme celui d'un chat glissait sur les carreaux :

— Savez-vous l'heure qu'il est ? demanda Gaisha.

Le docteur sursauta :

— Minuit ! Ah, excusez-moi, Dubedout ! Quand je plonge dans le passé, il m'arrive de ne plus refaire surface !

Il marqua un temps et m'interrogea avec une certaine anxiété :

— Je ne vous ai pas encore ennuyé ?

— Oh, non, non ! répondis-je.

Je ne bougeais pas, inexplicablement heureux entre ces deux êtres.

— Puis-je revenir demain ?

— Bien sûr !

Ils faillirent le dire d'une même voix, mais Gaisha se mordit la langue.

Je me levai enfin et partis sans hâte, avec l'idée naïve que le sommeil abrégerait les heures passées loin d'eux, comme les enfants la veille de Noël.

MES VISITES chez le docteur devinrent quotidiennes. Mon impatience de le retrouver ou plutôt de les retrouver était telle qu'il me fallait faire effort pour me présenter à une heure décente. J'étais toujours accueilli par Gaisha. Son sourire en me voyant était sincère, mais si réservé qu'il accroissait ma timidité. Nous échangions des banalités et très vite elle disparaissait. J'étais chaque fois déçu, vaguement irrité. Comment se fait-il, me demandais-je, qu'une fille aussi charmante et aussi fine puisse se contenter de faire la cuisine et de tenir la maison du docteur avec Mariette, la petite voisine ? Un jour que Gaisha était au village, je m'enhardis :

— Puis-je, docteur, vous poser une question indiscrète ? Ce prénom de Gaisha me surprend. Je ne m'attendais pas à le trouver en Chalosse. Est-ce le vrai prénom de... Gaisha ?

Le docteur me jeta un coup d'œil incisif.

— Non, mon ami, répondit-il. Ma fille s'appelle en réalité Gachua, mais j'ai transformé ce prénom basque, qui signifie « gracieuse », en Gaisha, par amusement et pour m'offrir un peu d'exotisme. Pur enfantillage de ma part, je l'avoue. L'essentiel est que l'intéressée n'y fasse pas objection. Ses parents — elle est née d'un père basque et d'une mère irlandaise — vivaient à Ustaritz ; ils ont été tués dans un accident de voiture. Basque et celte, c'est un alliage détonant, Dubedout. Cela explique sans doute sa magnifique chevelure rousse et la vigueur de son tempérament. C'est une passionnée.

— Vous l'avez recueillie ?

— Pardon, adoptée. Et je l'ai formée, ajouta-t-il avec fierté. Je suis son Pygmalion, à cette différence près que Pygmalion devint amoureux fou de sa statue tandis que Gaisha est ma fille bien-aimée — et cette autre différence que Gaisha n'est pas une statue, mais un être de chair et de sang. Ah, que oui ! elle a son caractère, la tigresse ! Elle ne prend pas de gants pour me morigéner si bon lui semble et va jusqu'à me confisquer ma bouteille d'armagnac au nom de mon équilibre et de ma santé. Intraitable, elle peut être intraitable, gémit-il avec un accent d'adoration. Elle est fort instruite, savez-vous. Elle a fait ses études secondaires au collège de Dax qui maintenant — *horresco referens !* — est mixte, puis a passé deux licences, l'une de psychologie et l'autre d'espagnol — langue magnifique, Dubedout ! — à Bordeaux. Elle a lu, elle lit beaucoup. Non, elle ne lit pas, elle dévore. Je voulais qu'elle allât jusqu'à l'agrégation d'espagnol, mais elle a tout laissé tomber.

— Et pourquoi ?

— Pour moi, dit le docteur sur un ton de regret, pour moi qui ne le mérite guère. Il y a deux ans, en me souhaitant mon quatre-vingt-dix-huitième anniversaire, elle m'a fait part tout de go de sa décision de rester avec moi. J'ai eu beau protester, refuser, interdire, tempêter, tonner et tonitruer, finalement commander, rien n'y a fait. Irlandaise et basque, il n'y a pas plus têtu, impossible de se faire obéir. Et elle m'a prévenu que chaque fois que je lui reparlerais de départ, d'agrégation, de Paris ou de Bordeaux, elle pousserait l'irrintzina. Ce qu'elle a fait plusieurs fois. Alors vous comprendrez que...

— L'irrintzina ?

— Évidemment, cela non plus vous ne le savez pas. C'est le cri que se lancent les bergers basques de montagne en montagne. Un cri sauvage. Préhistorique. Effrayant. Inhumain. Ça vous secoue l'encéphale, y compris le cervelet, le bulbe rachidien, la protubérance annulaire, les pédoncules cérébraux et cérébelleux, vous glace le liquide céphalo-rachidien et vous tétanise le tympan. Quand vous l'entendez vous n'en dormez plus de la nuit.

J'allais d'étonnement en étonnement.

— Et Gaisha pousse l'irrintzina ?

— A merveille. Mais que ne sait-elle faire ? Depuis cette algarade elle tient ma maison, me cuisine des plats dont vous avez constaté qu'ils sont parfaits, et pourrait, s'il existait, et il est dommage qu'il n'existe pas encore, mais cela ne saurait tarder, présenter un doctorat d'État en œnologie. Elle en sait maintenant sur les vins autant que le grand maréchal de l'ordre du Taste-Vin, et encore bien plus car celui-ci — le pauvre ! — ne connaît que ses bourgognes. Son seul défaut : il lui arrive de laisser brûler un plat quand elle tombe dans un bouquin. Or donc, après avoir essuyé six ou sept irrintzina qui m'ont quasiment fêlé le crâne, je me suis abstenu. Mais à ma mort elle ouvrira ses ailes. Ah ! Dieu...

Il me semblait que deux vrilles d'acier pénétraient dans mes oreilles, détruisaient ma cervelle, s'infiltraient jusqu'à mon cœur, s'y enfonçaient en tournant. Je portai mes mains à mes tempes.

L'irrintzina cessa.

— Je vous avais prévenu, père, dit la voix douce de Gaisha que nous n'avions pas entendue rentrer. Excusez-moi, monsieur Dubedout, mais mon père et moi avons passé contrat.

Elle s'éloigna.

— Elle me défend aussi de parler de ma mort, dit le docteur tout blême.

Il éleva soudain la voix :

— De grâce, Gaisha, ma chérie, apporte-nous un verre d'armagnac. Ce pauvre M. Dubedout est vert comme une laitue. De grâce, mon amour !

Gaisha apporta le plateau. J'étais médusé, le docteur penaud. L'alcool et le silence nous ragaillardirent.

— Il faut maintenant, reprit le docteur, que je revienne au marquis, car, sous l'apparence, il avait son mystère, comme tout le monde.

Arthur avait porté le deuil de sa femme et puis le sort avait voulu qu'il tombât absolument, définitivement et désespérément amoureux. Il se rendait une fois l'an à Sorde-l'Abbaye, dans le pays du Gave, où il possédait une ferme qui l'intéressait d'autant plus qu'elle se trouvait bâtie sur le site d'une villa gallo-romaine ; la charrue de son fermier y bousculait des fragments de poteries et de mosaïques, des pièces de monnaie, et il avait l'intention d'y pratiquer une fouille archéologique qui, avec un peu de chance, ferait un tabac parmi les érudits. La beauté du site de Sorde s'allie à la grandeur de l'histoire et à la magnificence des monuments humains. Ne manquez pas d'y aller, Dubedout. Le Gave presse ses eaux à travers les prairies, atteint un ressaut et le franchit en bouillonnant. Sur la berge, au ras de l'eau qui en lèche les ouvertures inférieures, se dresse le mur de ce qui fut jadis une abbaye célèbre, halte et refuge pour les pèlerins à la coquille qui se rendaient à Saint-Jacques-de-Compostelle. Maintes fois dévastées lors des guerres de Religion, puis par les sans-culottes, cette abbaye et ses dépendances sont maintenant en ruine ; il n'en reste que les murailles et quelques voûtes. Mais dans le vaste rectangle délimité par les murs du bâtiment principal se trouvait en 1903 la plus jolie roseraie que vous puissiez imaginer. Et si vous descendez juste au-dessous de ce terrain envahi désormais par les herbes folles, vous trouverez un corridor qui, desservant d'un côté le cellier des moines, s'ouvre de l'autre sur le Gave par de grandes arcades affleurant le niveau de l'eau. Ainsi passiez-vous, à l'époque où se situe ce récit, d'un plaisir délicieux à l'autre : dans la roseraie, c'était la vibration du ciel et le soleil exaspérant le parfum des fleurs ; en dessous, la fraîcheur au cœur même de la canicule, la paix et la mélancolie de ces eaux fuyantes tempérées par la force et le recueillement des vieilles pierres. Près de l'abbaye vous verrez l'église et ce qui fut la ferme de notre marquis, un élégant bâtiment du XVIe siècle, la dernière hostellerie des moines sans doute, flanquée d'une tour hexagonale. Sur la place du village se trouve une maison de maître, qui était la demeure de la comtesse Irène de Fonjuzan, veuve charmante et cousine du marquis.

Née de Castelbazac, Irène de Fonjuzan avait connu bien des vicissitudes. Brune, le port altier, le teint d'une incomparable blancheur, intelligente et fière — une merveille, vraiment ! — elle s'était à dix-huit ans toquée du comte Louis de Fonjuzan, bel homme, d'esprit aventureux, mais pauvre et peu doué pour les affaires, qui habitait Sorde-l'Abbaye. Elle l'avait épousé et pendant quelques années ils avaient vécu un grand amour, oui, un grand amour, ma foi, mais sans doute trop imbibé d'eau fraîche. Irène s'accommodait de leur pauvreté ; elle chaussait de gros sabots, mangeait de la méture de maïs et de la mâche ; il lui suffisait d'avoir son Louis et les roses de l'abbaye dont ils étaient propriétaires. Mais Louis, qui aimait moins, souffrait de cette médiocrité. « Je suis fort riche, disait-il sur un ton amer, j'ai la plus belle femme du monde, des roses incomparables, une abbaye en ruine et de vastes ambitions, mais il me faudrait aussi un peu, un petit peu d'argent. » En fait il en voulait beaucoup. On lui avait parlé de l'Indochine, des fortunes qu'on pouvait y bâtir. Il avait convaincu Irène et ils étaient partis. Ils avaient traîné au

Tonkin, en Annam, en Cochinchine. Louis montait des commerces qui s'effondraient, des combines qui tournaient mal. Son caractère s'aigrit. Il se mit à boire, chercha querelle à sa femme, eut la cruauté de lui reprocher de ne point lui avoir apporté de dot. On le retrouva, une nuit, poignardé dans une maison close de Cholon à l'enseigne des « Étages Bleus ». Irène s'était retrouvée sans un sou. Elle avait alors trente ans. De retour en France, elle s'était installée à Sorde où elle menait une existence de recluse. Vêtue de noir, elle partageait son temps entre les soins de la maison, l'église et surtout la culture des roses. Ironie du sort, trois ans après son retour, elle avait hérité d'un vieil oncle d'Albi une fortune considérable. Mais, brisée par la vie, elle n'avait rien changé à ses habitudes. Elle donnait plus aux pauvres mais ne sortait pas davantage.

Pensant ne s'acquitter que d'un devoir de politesse, le marquis lui rendit un jour visite. Il s'attendait à rencontrer une cousine quelconque dont la seule originalité était d'avoir vécu en Extrême-Orient. Or il s'était trouvé devant une jeune femme très belle et qui le regardait, distante et grave, debout dans un parterre de roses Talisman. Ç'avait été le coup de foudre. Il avait alternativement pâli, rougi, et n'avait plus trouvé ses mots, ce qui chez lui était un comble. Inutile de vous dire que les fouilles archéologiques furent entreprises aussitôt, lui donnant le prétexte pour venir à Sorde aussi souvent qu'il voulait. Cet homme de quarante-six ans aimait pour la première fois. Avec une fougue d'adolescent il le lui avait dit, l'avait priée de l'épouser. « Mon cher Arthur, lui avait-elle répondu, votre amitié est la seule douceur à laquelle je puisse désormais aspirer. Mais je ne saurais vous encourager à nourrir des sentiments autres que fraternels. J'ai aimé trop jeune, et sans doute trop fort, un homme sur lequel mon inexpérience m'avait abusée et je suis bien incapable d'aimer à nouveau. J'ai voulu, de retour en France, entrer au couvent. Ma faiblesse, qui est grande, et le conseil de quelqu'un qui me connaît mieux que moi-même, m'en ont détournée ; je ne peux pas vivre entre quatre murs, renoncer au grand air, à la lumière, à la beauté des choses. J'ai dû reconnaître, humblement, n'être qu'une paroissienne ordinaire qui se consacre un peu à Dieu et — ajouta-t-elle avec un sourire — beaucoup à la culture des roses. Soyez mon ami, Arthur, venez me voir souvent, je vous en prie. Mais ne me parlez plus d'espoirs auxquels je ne saurais répondre. Une certaine Irène est morte que personne ne peut ressusciter. Passez-moi ce sécateur, s'il vous plaît. »

Le marquis en avait eu le souffle coupé. Malheureux comme les pierres et par tempérament incapable de s'incliner, il avait fait valoir d'abondance que son amour était aussi noble qu'ardent, que toutes les eaux du Gave ne suffiraient pas à l'éteindre, que cette affection sans bornes et son éternel dévouement guériraient les blessures qui l'avaient atteinte, qu'en vérité elle était trop jeune, trop belle, pour se cloîtrer comme une nonne, que la vie était devant elle, riche, féconde, qu'il fallait la prendre, la saisir. Enfin, ne sachant plus quoi dire, il s'était écrié : « Cueillez ! Cueillez dès aujourd'hui les roses de la vie ! » A son grand dépit Irène avait été prise de fou rire. Mais les années avaient passé et il s'était rendu à l'évidence. Irène ne quittait pas ses habits de deuil, ne sortait jamais, à sa seule exception ne voyait personne. Elle l'accueillait avec bonheur, se montrait gaie, affectueuse, mais sans plus.

Il souffrait d'autant plus que la passion déçue lui surchauffait l'esprit. Il voyait en elle une autre Corisande et s'imaginait lui-même sous les traits d'Henri IV se glissant entre deux batailles et au prix d'une épuisante chevauchée dans les chemins creux de Chalosse vers Hagetmau où Corisande l'attendait. Il eût voulu affronter pour elle mille dangers et souhaitait des embuscades, des mousquetades. Oh, paraître devant Irène couvert de sang, s'abattre, défaillir d'épuisement et d'amour dans ses bras... Mais nos routes des années 1900 étaient sûres, on n'y risquait que la charge d'un chien hargneux ; il s'en désolait.

Ses pensées prenaient parfois un tour plus riant. Il l'imaginait marquise de Poyanne, illuminant par son intelligence et sa beauté la vie du Château qui deviendrait le point focal de toute la Gascogne. Il attendait de sa Corisande qu'elle fît de Poyanne mieux qu'un Hagetmau, un autre Nérac, un paradis gascon où la fleur de la noblese s'assemblerait autour de nouveaux Montaigne, haut lieu de la poésie, de la musique et de la danse où ressusciteraient les cours d'amour d'autrefois. Il projetait ici des allées de cyprès, de lauriers-roses, des bouquets de pins parasols, là des tentes superbes, des serres de citronniers, de grenadiers, d'orangers, d'amandiers. Surtout des parterres de roses, des profusions de roses, car c'était la gloire d'Irène qu'il faudrait exalter dans sa nouvelle demeure. Sur la rive de l'Adour aménagée s'élèverait comme à Nérac un pavillon de bains pour se rafraîchir dans la rivière, et à côté une tortuaire, bassin pour l'élevage des tortues. Dans son emportement M. de Poyanne ne se demandait pas où il trouverait assez d'argent pour payer tous ces fastes. Le rêve contient ses propres richesses.

Hélas, il tombait bientôt de ses nuages et ne savait quels subterfuges inventer pour endormir sa douleur. Il n'avait point, se disait-il, de rival à jalouser puisque celui qu'Irène lui préférait était Dieu lui-même. Il ne pouvait donc se sentir humilié ou offensé. Que son amour-propre fût épargné lui était toutefois de faible consolation. Alors il tentait de magnifier son désespoir. Victime d'un destin cruel, il aimait sans retour et rejoignait la cohorte des amants malheureux de l'histoire, se trouvait de pair avec Oreste et Ruy Blas. Mais si le romantisme lui donnait la sensation délicieuse de rajeunir, la douleur n'en était pas moins là, avec ses nausées et son goût de fer. Par amour d'Irène cet homme égoïste et vaniteux passait par le feu. Il devait y gagner beaucoup, comme nous le vîmes plus tard.

Le docteur observa une pause dont il profita pour allonger la main vers la bouteille :

— Je reprends souffle, Dubedout, car j'ai maintenant à vous parler de l'adversaire, de l'ennemi intime du marquis, Gaspard, Armand, Dieudonné, Hercule, baron d'Onard. En cette année 1903 le baron Gaspard avait comme le marquis quarante-six ans. Mais là s'arrêtait l'analogie, car les deux hommes étaient aussi différents qu'il se peut. Au marquis tout nerfs, sanglé dans sa jaquette et droit comme un « i », chauve et imberbe, aux jambes arquées par l'usage du cheval, ce qui l'amenait à se remonter constamment les testicules dans un mouvement précurseur de celui d'Eric von Stroheim, s'opposait un baron de haute taille, un peu voûté, dont le visage lunaire, sillonné de rides verticales, s'ornait de moustaches longues et tombantes qui lui donnaient l'air d'un épagneul malheureux. Ses cheveux gris flottaient sur ses épaules à la manière des Chouans. Il se mouvait avec lenteur, comme s'il eût été lymphatique, et ouvrait rarement la bouche, voué au silence par un effort spéculatif constant. Mais cette figure mélancolique était transformée par des yeux gris magnifiques qui éclairaient tout ce que le reste pouvait avoir de terne et d'abattu. Alors que les yeux bleus du marquis étaient ronds, mobiles et perçants comme ceux des pies, le regard du baron illuminait un visage touchant, rayonnant de douceur et d'intelligence nostalgique comme celui d'Albert Einstein. Rien de comparable non plus dans leurs habits, de belle étoffe et bien coupés chez le marquis, qui en changeait chaque jour, usés, avachis chez le baron, dont la garde-robe ne comprenait — à l'exception d'une redingote noire pour les enterrements et les fêtes — qu'un complet en velours côtelé vert, fané par les soleils, délavé par les pluies, taché d'encre râpé jusqu'à la trame. D'un côté des escarpins, de l'autre des vieilles bottes dont le cuir jadis brun se colorait d'auréoles blanchâtres, témoins de l'humidité des marais onardiens.

Le baron était triste. La présence insultante du marquis sur le faîte de sa colline lui était comme une écharde dans la chair. De surcroît il était veuf et n'avait pas un sou. Enfin, s'il était père de trois filles, la Providence lui avait refusé un fils, ce qui signifiait que sa lignée allait s'éteindre et qu'après lui il n'y aurait plus de mâle à Onard pour déjouer les manigances d'en haut.

Dans leur jeunesse, le sort avait pris un malin plaisir à réunir constamment les deux hommes. Ils s'étaient retrouvés au collège de Dax, à l'université de Bordeaux, à la garnison de Tarbes pour leur service militaire. Au collège en particulier ils s'étaient côtoyés pendant six ans, avaient étudié dans la même classe, mangé dans le même réfectoire, joué dans la même cour, dormi dans le même dortoir. Mais ils ne s'étaient jamais parlé.

Ils étaient transparents l'un pour l'autre, jusque dans les jeux d'équipe, ce qui n'empêchait pas entre ces deux fantômes une compétition acharnée. C'était à qui aurait la meilleure note, courrait le plus vite, sauterait le plus loin. Mais pas un regard, un mot, un bonjour ou bonsoir. Leur tradition les avait dressés, et ils appliquaient ses consignes à la lettre, avec une rigueur spartiate.

Ils avaient dû aussi se supporter dans les bals où se retrouvait la jeunesse dorée de Chalosse. A vrai dire le baron s'y sentait mal à l'aise et y allait peu, car il était de tempérament timide et taciturne, et préférait la compagnie de ses livres et la solitude de ses bois aux girandoles des salons et aux minauderies des boudoirs. Et pourtant c'est dans ce monde futile qu'il avait remporté sur le marquis la grande victoire de sa vie.

Alors qu'Arthur ne manquait pas une valse et invitait les demoiselles d'un regard qui se voulait irrésistible, que Gaspard restait le plus souvent dans son coin en regardant avec son air de chien battu les autres danser, c'était le baron qui, à la stupéfaction générale, avait été distingué par la belle des belles, Aliénor, jeune Toulousaine qui venait chaque été passer des vacances chez sa tante, la comtesse de Saint-Cracq. Le marquis brûlait pour Aliénor. Il avait pour lui son audace, son titre, son château. Le baron était timide, pauvre, effacé. Il nourrissait dans son cœur un amour violent pour la jeune fille, mais n'osait lever les yeux vers cette étoile et comptait, déchiré, les danses qu'elle accordait à son rival. Or, un beau jour, l'assistance sidérée avait vu Aliénor refuser gracieusement une valse au marquis, lui tourner le dos, traverser le salon, saisir le baron par la main et l'entraîner dans la danse. Le marquis en avait été cloué au sol, le baron figé de stupeur et de bonheur incrédule. On prétendit que, sa timidité rendant sa déclaration inintelligible, ce fut en fait Aliénor qui se déclara. Quoi qu'il en soit, les deux jeunes gens convolèrent trois mois plus tard en justes noces et l'étincelante Aliénor s'en alla avec son époux habiter le moulin d'Onard.

Qu'avait-elle deviné chez Gaspard, dites-moi, Dubedout, qui justifiât cette décision surprenante ? Probablement la passion qu'elle recherchait elle-même et qu'elle avait décelée dans ce regard grave et doux. Cette amazone blonde apportait à son mari un corps de Vénus scandinave, un teint de lait, de magnifiques yeux verts. Mais de fortune pas la moindre : ses vêtements, ses robes de bal, un luth, quelques bijoux hérités de ses ancêtres, touchants par leur ancienneté mais de peu de prix, car au cours des siècles les pierres en avaient été remplacées. C'est assez pour être heureux, me direz-vous, et le fait est que le jeune couple le fut, splendidement. Le baron était en adoration devant sa femme, il ne la quittait pas, la couvait du regard et ne pensait qu'à se mettre au lit avec elle, aussi vif à en saisir l'occasion que la mangouste à sauter sur le serpent. Comme le tempérament d'Aliénor était aussi chaud que le sien, ils s'entendaient à merveille. On en parle encore dans nos campagnes et nos paysans disent : amoureux comme Aliénor et Gaspard. On raconte que, sitôt mariés, ils prièrent leurs deux vieux domestiques de prendre un congé indéterminé, s'enfermèrent dans leur chambre et ne reparurent plus d'un an. Le Moulin garda ses volets clos ; la seule trace de présence humaine fut la fumée qui, en hiver, montait de la cheminée. Pendant un mois on respecta l'intimité du couple ; puis on s'inquiéta, on les crut morts. Les voisins vinrent à pas de loup jusqu'à la porte, tendirent l'oreille. Du fond du Moulin leur parvinrent des gémissements, plaintes, exclamations, objurgations, râles et feulements dont la nature amoureuse ne laissait aucun doute. Hommes et femmes, les voisins se regardèrent et, hochant la tête, repartirent rêveurs. On vint du village d'Onard et des environs. Puis ce furent le brigadier et les quatre gendarmes de Montfort, ceux-ci deux par deux, avec leurs bicornes. Ils entreprirent de dresser procès-verbal comme quoi il y avait signe de vie dans le susdit Moulin, mais leurs chevaux, qui étaient entiers, d'énervement se cabrèrent, multiplièrent sauts-de-mouton et ruades, finalement les démontèrent et s'enfuirent dans les bois de l'Adour où il fallut une battue pour les retrouver. Cette année-là, il y eut double de naissances dans le canton. Les curés n'arrêtaient pas de baptiser ; les sages-femmes étaient sur le flanc, plus dolentes que leurs accouchées. On appela les nouveau-nés de cette cuvée les enfants d'Aliénor.

Dans son château le marquis écumait. C'est alors que de dépit il épousa Angéline de Faizensac.

Un an passé, Gaspard et Aliénor ouvrirent leurs volets. C'était le début de l'été. Gaspard, qui n'avait pas eu le temps de se raser, portait une grande barbe. La merveilleuse chevelure d'Aliénor ruisselait jusqu'à ses hanches. Ils regardèrent la campagne, clignèrent des yeux comme des hiboux éblouis par la lumière, puis, la main dans la main, se prenant sans doute pour Adam et Ève, ils s'en allèrent tout nus visiter leur domaine. Ils marchaient dans les champs, les bois, les landes, humant la brise, s'émerveillant de tout, d'une fleur, d'un lézard, d'une abeille. Il leur fallut tomber sur le vieux garde-champêtre Nestor, qui s'enfuit effaré en bredouillant des excuses, pour se rendre compte qu'ils avaient réintégré la société des humains. Ne croyez pas, mon cher Dubedout, que je me complaise à vous conter tout cela par libertinage sénile. L'un et l'autre étaient en dehors du commun, ou des extravagants comme l'a dit notre curé.

Aliénor s'adapta à sa nouvelle vie. Cette fille, citadine et mondaine en dépit de sa pauvreté, devint la reine des bois sombres et des eaux vives. Elle se vêtit rudement, chaussa des bottes, jeta l'hiver une peau de bique sur ses épaules. Partageant totalement la vie de son époux, elle en adopta les passions.

A son retour du régiment, où il avait crapahuté avec les zouaves alors que le marquis se pavanait dans la cavalerie, Gaspard, qui était fils unique, avait enterré son père et sa mère, emportés d'un même coup par un mal mystérieux. D'aucuns parlèrent d'un empoisonnement par les champignons, mais c'était méconnaître le vieux baron qui, mycologue averti, n'eût jamais commis erreur aussi grossière. Il s'était retrouvé seul dans son château de la Misère avec ses deux vieux serviteurs, François et Françoise, qui avaient pour caractéristiques majeures de n'avoir jamais perdu de vue le clocher d'Onard, de ne parler que le gascon et d'aimer leur jeune maître comme s'il eût été leur propre fils. Pour meubler sa solitude et oublier son chagrin, il s'était plongé dans les livres, manuscrits, grimoires, palimpsestes et boustrophédons, car il tenait de son père la passion de l'histoire et possédait une bibliothèque impressionnante encore qu'entamée par les rats.

Eh oui, Dubedout, le marquis et le baron avaient au moins un point commun. Mais ce goût de l'histoire s'expliquait chez chacun par des raisons bien différentes. Pour le marquis, c'était surtout matière à vanité. La passion du baron, en revanche, était désintéressée. Dès son jeune âge son père lui avait mis dans les mains les œuvres de Michelet, avec quelques réserves pourtant : « Ne croyez pas un mot, mon fils, de ce qu'a dit ce grand homme ; c'était un visionnaire lyrique et un esprit partisan. Mais sa puissance de travail, son flair, son style surtout, car il est l'un de nos meilleurs écrivains, vous seront des exemples. » Le vieux baron ne s'était pas trompé, cette lecture éveilla chez son fils un goût qui ne devait jamais se démentir. Il dévorait tous les livres, sommes, récits, annales, chroniques, journaux, mémoires, vieux bouquins ou publications récentes. C'était un mordu, un insatiable dont l'appétit n'était pas sélectif : préhistoire, protohistoire, civilisations anciennes, monde moderne, histoire politique, sociale, économique, militaire, celle des idées et celle des arts, celle de la Gascogne bien sûr, tout était bon à cet opiniâtre.

La fièvre de l'histoire allait de pair chez lui avec ce que j'appellerai sa passion mousquetaire. Maigre, moustachu et l'accent rocailleux, Gaspard aurait pu figurer, je l'avoue, parmi les Mousquetaires de Cyrano, au quatrième acte de la pièce. Là s'arrête la comparaison, car il n'avait rien d'un va-t-en guerre ou d'un fanfaron. Mais ce silencieux vouait une admiration sans bornes à nos gloires régionales — universelles par leur renommée ! — fussent-elles de fiction littéraire, et connaissait sur le bout du doigt tout ce qu'on en avait écrit. Rien ne lui était étranger de Gaston de Foix, d'Henri IV, des *Trois Mousquetaires* et du *Capitaine Fracasse.* Comme Don Quichotte se repaissait des romans de chevalerie, il se nourrissait de leurs exploits, les tenait quasiment pour des membres de sa famille et tirait gloire de leurs hauts faits. Jeune homme, il lisait à haute voix, avec l'accent bien sûr, mais surtout une inégalable ardeur, des pages entières des *Trois Mousquetaires,* son roman préféré, ou l'admirable récit par Michelet de la mort de Gaston de Foix, duc de Nemours, à la bataille de Ravenne. L'humeur le prenait parfois de revêtir l'une des armures que lui avait léguées ses ancêtres et de parader, flamberge au poing, cliquetant comme dix casseroles entrechoquées, dans le désert de son grand salon. Ses solerets d'acier à la poulaine crevèrent un jour le parquet vermoulu et il se retrouva au cellier dans un chaudron de confiture. Mais ce n'étaient là que foucades dues à la chaleur du sang. Les lectures sérieuses occupaient le plus clair de son temps.

Aliénor se plongea par amour dans les études historiques et, ce qui fut plus facile, lut les romans de cape et d'épée. Comme celui de son époux, son cerveau s'enfiévra. Aux déclamations solitaires de Gaspard elle substitua le dialogue et l'action. Ils jouèrent aux couples célèbres. Il fut Henri IV, elle fut Gabrielle ; il fut Fracasse et d'Artagnan, elle fut Isabelle ou Madame Bonacieux. On dénicha dans le grenier des pourpoints mités et des robes surannées ; le salon servit de scène, les rideaux et les paravents de décors. Le feu rugissait dans la cheminée, des chandelles éclairaient les coins d'ombre. L'intrigue était toujours la même. Un danger terrible menaçait l'héroïne, et le héros — Henri, d'Artagnan, Sigognac — surgissait, écrasait le monstre, confondait le traître, débusquait l'infâme. Suivait un duo d'amour. Gaspard clamait sa passion, jurait un amour éternel, se jetait aux pieds de sa belle. Aliénor chantait, jouait du luth, faisait la prude, la coquette, se refusait en rougissant. Mais le dénouement — ah, pardon, décente Madame Bonacieux, pardon, rougissante Isabelle ! — était lui aussi toujours le même. Une plume au chapeau (car les héros ont toujours une plume à leur chapeau), Gaspard-Henri IV, Gaspard-Gaston Phébus, Gaspard-Sigognac, enlevait Aliénor dans ses bras et la fiction historique se poursuivait encore derrière les rideaux de l'alcôve dans les murmures des deux amants.

Évidemment la passion de l'histoire et le goût du panache ne pouvaient résoudre les problèmes financiers du couple. La pauvreté au moulin d'Onard était une habitude, un état normal encore que regretté. Pendant des siècles, les ancêtres de Gaspard avaient tiré le diable par la queue. Ils avaient vécu en seigneurs paysans, comme ces nobles bretons que l'on voyait naguère poser leur épée sur le talus du champ pour empoigner les manches de la charrue. L'idée pourtant ne serait jamais venue à Gaspard de s'exiler pour trouver ailleurs du travail. Non point par paresse. Mais partir ? Hors de son domaine, où il vivait comme un poisson dans l'eau, l'asphyxie eût été certaine. Quant à tirer de ses terres un revenu important, il n'y fallait pas songer ; elles suffisaient à peine à faire bouillir la marmite, à nourrir un peu de bétail et quelques chevaux ; les forêts fournissaient en outre bois à chauffer, gibier et champignons en abondance. Comme ses ancêtres, Gaspard n'en rêvait pas moins de faire fortune pour redorer son blason et damer le pion au marquis. Or voici qu'au cours de ses lectures frénétiques, penché sur des cartes et des manuscrits qu'éclairait la nuit une fumeuse chandelle, il s'était persuadé que la région de Poyanne, et plus précisément le lit de l'Adour, recelait des filons aurifères. D'abord vague l'idée s'était précisée peu à peu jusqu'à s'imposer avec une clarté d'évidence. Car les indices, sinon les preuves, étaient là ! Il y avait d'abord l'histoire troublante du Dahier : quelque vingt ans plus tôt, le tenant de cette métairie avait choisi l'un des canards qui s'ébattaient dans sa mare pour le mettre au pot. L'ayant ouvert pour le vider, il avait — stupéfaction ! — trouvé une pépite d'or dans l'estomac du volatile. Une seule explication était possible : la pépite était remontée, on ne savait comment, des roches souterraines et le canard, qui de son bec fouillait la vase, l'avait gobée. Du coup notre homme avait mangé du canard tous les jours. Il avait encore trouvé deux pépites, puis la veine s'était tarie, définitivement. Il avait vidé la mare, creusé sur dix mètres de profondeur, mais en vain. Deuxième indice : le village situé juste à l'ouest de Poyanne porte le nom de Saint-Geours-d'Auribat. Or personne n'avait encore remarqué que ce nom d'Auribat vient manifestement du latin *auri*, génitif d'*aurum*, or, et *bat*, altération de *val*, du latin *vallum*, vallée. Auribat, la vallée de l'or. Il fallait y penser ! Il y avait eu de l'or à Saint-Geours-d'Auribat, ce qui expliquait pourquoi, bien plus tard, le roi de France et le roi d'Angleterre s'étaient âprement battus pour la possession de cette mince bourgade. Mais voici que, jamais en reste en matière d'étymologie, Gaspard avait fait une autre découverte : Adour, venant du latin *ad aurum* : vers l'or ! Pas de doute possible : les Romains, qui fréquentaient assidûment la Chalosse et les sources chaudes de Dax, savaient que la région de Poyanne contenait de l'or et l'avaient exploité. Le secret du gisement s'était perdu par la suite.

Cette révélation fit trembler Gaspard d'émotion. L'or... Seul à en connaître l'existence, il serait le seul à le trouver ! Depuis lors, soit deux années environ avant son mariage, on le vit se promener du côté de Saint-Geours-d'Auribat une baguette de coudrier à la main, répondant à ceux qui l'interrogeaient qu'il s'initiait à l'art du sourcier. On le vit surtout accroupi sur les rives de l'Adour, s'acharnant, semblait-il, à laver sa vaisselle. Les barons d'Onard passant pour des originaux, on ne s'en émut guère. Et puis, à force, ce manège intrigua. Car ce n'était pas de la vaisselle qu'il lavait, mais toujours un même tamis à blé. Jusqu'au jour où un Gascon grand voyageur, qui revenait du Klondike, s'arrêtant à Poyanne, s'écria : « Parbleu ! Le baron d'Onard cherche de l'or dans l'Adour ! »

Cette nouvelle ne déclencha pas une ruée vers l'or dans notre canton. Nos populations en ont tant vu au cours des siècles qu'elles sont devenues quelque peu sceptiques. Certes, on se souvenait de l'affaire du Dahier, qui n'avait pas laissé de troubler les esprits. Mais on avait estimé que par le jeu complexe des eaux souterraines une pépite peut fort bien voyager, se détacher des Pyrénées par exemple pour surgir tout à coup, un canard aidant, dans l'assiette d'un paysan chalossais. Quant aux étymologies d'Auribat et d'Adour, tout le monde les ignorant, elles n'étaient pas susceptibles d'influencer l'opinion. Après un temps de réflexion on écarta l'idée d'un filon d'un haussement d'épaule et on pensa que décidément le jeune baron était un peu toqué. De tous les rieurs le plus féroce fut M. de Poyanne, qui se tapait sur les cuisses en s'exclamant que l'ahuri d'Onard avait le crâne fêlé.

Indifférent aux quolibets, Gaspard continua à laver les sables de l'Adour, à sonder les roches, à retourner les pierres, avec une activité de castor. Et lorsque, un an après son mariage, il émergea avec Aliénor de sa lune de miel monstrueuse, il glissa son secret — celui des étymologies — dans l'oreille de son épouse transportée. Aliénor qui, vous l'avez deviné, avait l'esprit romanesque, enfourcha elle aussi la chimère. Du coup ils furent deux à passer au crible les sables de l'Adour. Ils réunirent tous les tamis à blé, orge et maïs, qui se trouvaient dans la grange, les bricolèrent et se mirent au travail. Au grand énervement de nos martins-pêcheurs, poules d'eau et merles siffleurs qui fréquentent ces rivages, à l'irritation des anguilles dérangées dans leurs repaires, des brochets perturbés dans leurs roseaux et des perches troublées dans leur chasse, ils lavèrent des tonnes de sable et de gravier. Ils se levaient à l'aube, travaillaient tout le jour, se couchaient harassés mais cependant friands d'amour, et s'endormaient en rêvant qu'ils conquéraient le fabuleux métal que Cipango mûrit dans ses mines lointaines. Rien ne les arrêta, ne les lassa.

Huit ans passèrent cependant sans que le couple conçût un enfant malgré ses innombrables assauts amoureux. Le baron s'en inquiétait d'autant plus que, sur sa colline, M. de Poyanne avait eu trois fils en huit ans. Il n'en disait mot à Aliénor de peur de la peiner. Mais celle-ci souffrait autant que son époux de cette absence de progéniture et elle s'acharna à y remédier. Je ne pense pas seulement aux incessantes invites qu'elle faisait à Gaspard de la féconder, j'évoque ici, surtout, les secours qu'elle chercha dans la sorcellerie locale et la science mycologique particulière à notre peuple gascon. La médecine classique avouant son impuissance, elle se résolut à consulter l'effroyable Félicia et lui acheta des philtres qui, selon les antiques traditions de la sorcellerie landaise, avaient pour bases médicinales l'œil de lamproie, le testicule de blaireau prélevé au printemps, saison où ce mammifère carnivore pue le plus, et la glande salivaire du crapaud. Elle avala ces décoctions et en gava son mari. Voyant leur effet nul, elle se plongea dans les anciens traités de mycologie qui, accumulés au cours des siècles, remplissaient un rayon de la bibliothèque du Moulin. Elle composa des mélanges d'amanites phalloïdes, de bolets satan, de russules émétiques, d'amanites tue-mouches, les assaisonna de poivre rouge d'Espagne et les servit à son docile époux. Grâce à Dieu celui-ci avait des tripes en acier trempé de Tolède et il en fut quitte — en tant que médecin je puis vous assurer que c'est étonnant, lesdits champignons étant hautement vénéneux — pour force diarrhées, fièvres et incoercibles nausées qui en auraient achevé d'autres. Or, non seulement le baron survécut à ce traitement, mais encore — ô miracle ! — Aliénor se trouva enceinte. L'enfant naquit, qui était une fille. Le couple exulta et le vieux moulin, qui n'avait pas accueilli de nouveau-né dans ses murs depuis la naissance de Gaspard, fut ému jusqu'au fond de ses caves. Le bébé reçut le nom d'Hildegarde, car avant l'accouchement Gaspard et Aliénor, qui avaient interrompu leurs travaux de chercheurs d'or et repris leurs lectures historiques, s'étaient toqués de l'épouse de l'empereur Charlemagne. Il fallait pourtant faire mieux en assurant par un rejeton du sexe mâle la continuité de la lignée. Aliénor se remit au travail, conviant chaque jour Gaspard à plusieurs étreintes amoureuses et, pour mettre tous les atouts de leur côté, le nourrissant de ragoûts de champignons plus corsés que les précédents. Notre baron se comporta bien, sauf dans les occasions où les philtres mycologiques lui nouaient par trop les viscères, et un deuxième enfant naquit deux ans après le premier. Ce fut une autre fille ! Le baron ne dit rien, serra les dents et s'apprêta pour de nouvelles joutes. Aliénor eut un instant de découragement. Mais elle n'était pas femme à en démordre. On baptisa l'enfant Hildegonde, car le père du baron avait consacré à cette célèbre mystique allemande une monographie qui, en son temps, avait été couronnée aux Jeux floraux de Toulouse. Abrégeons. Un an plus tard, les mêmes causes produisant les mêmes effets, une troisième fille vit le jour. Du coup, Aliénor et Gaspard se regardèrent dans les yeux. Ils décidèrent de modérer leurs efforts, d'abandonner philtres et piments, et de s'en remettre au destin.

Si l'on excepte le regret lancinant, mais énergiquement refoulé, de ne pas avoir d'héritier mâle, alors que là-haut trois garçons jouaient sur les pelouses du Château, les années qui suivirent furent heureuses. Les petites filles grandissaient, différentes mais également adorables.

Hildegarde ne ressemblait en rien à celle dont elle portait le nom, cette princesse alamane qui donna neuf enfants à Charlemagne. Elle était petite, menue, nerveuse ; sa chevelure était d'un noir de jais. Son visage, d'une exquise finesse, avait ce teint délicatement bronzé que l'on voit aux plus belles filles de Carthage. La beauté de cette tête fière et si parfaitement dessinée était rehaussée par l'éclat des yeux gris bordés de longs cils noirs. Tout chez elle était délicat. Et pourtant, très tôt, cette petite fille donna une impression d'orgueil et de force. Elle pouvait se raidir dans des refus, piquer des colères épouvantables qui laissaient ses parents sur les genoux. « Hildegarde ne sera pas commode », disait parfois le baron en couvant sa fille d'un regard d'adorant ; et il se mettait à siffloter d'un air entendu en pensant aux hommes qu'elle plierait à sa volonté.

Aliénor était très fière de sa fille. D'abord intriguée par son apparence, elle résolut l'énigme.

« Je suppose, dit-elle à son mari, que vous n'avez pas souvenance d'une beauté brune, aussi menue, aussi frêle et pourtant aussi indomptable, chez vos ancêtres ? »

« Ma foi non, mon amour, répondit le baron. Qu'elles fussent grandes ou petites, nos femmes étaient d'une autre charpente et je ne crois pas qu'aucune d'elles ait eu ce teint de fille des sables et ces cheveux aile-de-corbeau. »

« Il en est de même chez moi. Eh bien, il n'y a qu'une explication possible : les Maures sont passés par là. »

« Que voulez-vous dire ? s'écria le baron, surpris. »

« J'entends, dit Aliénor en riant, qu'à travers vous ou moi nous assistons à une résurgence de l'Islam. Il y a mille ans les Sarrasins sont venus chez nous. Vous constatez dans notre fille, qui n'a évidemment rien d'une Hildegarde, le souvenir lointain de leur passage... Et que cela vienne de vous ou de moi, peu importe. »

« Parbleu, s'exclama Gaspard, je n'y avais pas pensé ! Mais vous avez raison, j'en jurerais ! »

Il était ravi. Cette intrusion de l'Islam et des pays du soleil dans son univers de bois marécageux l'enchanta. Comme il ne faisait jamais rien à moitié, il se plongea incontinent dans la lecture des philosophes et historiens arabes. Mais Aliénor continua d'étudier sa fille. Un jour elle lui tira les cheveux en arrière et la coiffa d'une sorte de toque plate faite d'un morceau de carton recouvert de tissu bleu, légèrement relevée vers l'avant, qu'elle avait fabriquée ; elle doubla les tresses de son propre collier de cuivre autour du cou de la petite, l'amena au baron et la plaça de profil devant lui. Gaspard leva les yeux de son livre et contempla l'enfant immobile. Une rougeur subite envahit son visage :

« Mais, murmura-t-il, elle ressemble à une Néfertiti enfantine... »

C'était à s'y méprendre : la pureté du front, l'arc du sourcil, la netteté de la ligne du nez, le modelé de la joue, la suprême délicatesse des attaches du cou, tout y était. Aliénor écarta de la main les objections historiques de son époux et décida qu'un de leurs ancêtres devait descendre d'un émir du désert et d'une reine du Nil. Ils en conçurent une grande fierté et estimèrent que leur fille était promise à une destinée supérieure. Dès lors on abandonna le nom d'Hildegarde qui lui allait aussi bien qu'un chapeau à un canard. On appela l'enfant Néfertiti et, comme c'était un peu long, tout simplement Néti.

Ses parents n'avaient pas été plus judicieux dans le choix d'un prénom pour sa sœur. Hildegonde, la puînée, ressemblait aussi peu que possible à sa mystique patronne, la bienheureuse Hildegonde qui, en bonne cistercienne, mena une vie de pénitence avant de s'éteindre dans la paix du Seigneur en l'an 1181. C'était une petite fille dense et musclée, au teint de lait, dont la profusion de cheveux blond vénitien venait à bout des brosses les plus robustes. Des taches de rousseur criblaient son visage, particulièrement denses sur le nez qu'elle avait le plus retroussé du monde. Une bouche un peu grande, toujours prête à rire, dénotait une propension irrésistible à la joie ; s'il n'existait pas de raison visible de gaieté, elle ne tardait pas à en découvrir une ou à l'inventer. Cette gaillarde pétillait comme du champagne. Robuste, toujours en mouvement, elle exténuait son entourage, séduit et médusé par ce lutin infatigable. Il arrivait pourtant — mais de telles occasions étaient rares — que subitement ce djinn, ce diablotin devînt rêveur. Hildegonde pouvait alors passer des heures sans remuer ni ouvrir la bouche, assise au coin du feu qu'elle regardait fixement, ou blottie entre deux branches d'arbre, le visage caché dans les bras. Plus de fusées de rire, plus de courses, de sauts, de niches, de polissonneries, d'escapades. Le Moulin sombrait dans la mélancolie. L'écureuil s'était tassé sur lui-même, perdu dans des pensées que l'on ne pouvait deviner. Et le baron disait, attendri : « Notre écureuil se recueille. » Ou bien : « Notre ourson hiberne. » Il était alors inutile de lui parler, d'exiger une réponse, de la persuader de manger. Hildegonde était absente, comme somnambule, et il fallait la laisser à elle-même. Son père hochait la tête et disait : « Notre écureuil refait ses forces ; il a ses secrets ; il nous surprendra, vous verrez. » La crise finie, Hildegonde retrouvait une énergie décuplée.

« Mon ami, dit Aliénor à son mari, je sais d'où nous vient ce lutin, cette flamme, ce chat-tigre, cette barre d'or. »

« Assurément de votre lignée, mon amour, répondit le baron, car Hildegonde est blonde autant que vous et je ne sache pas qu'aucune de nos femmes ait eu ce nez retroussé, ce teint de lait et ces yeux verts. »

« Elle ne vient pas de chez nous, répondit Aliénor en secouant la tête. Nous n'avons pas cette nuance rousse et ces yeux verts ne sont pas du Midi. Voici, assurément, une autre résurgence de l'histoire. C'est le sang du Nord, des Barbares, qui par vous ou moi parle chez notre fille. Les Vikings autrefois ont remonté l'Adour et pillé nos belles plaines. Gaspard, vous avez devant vous une descendante de ces hommes du Nord. »

« Parbleu ! s'écria le baron en contemplant sa femme avec admiration, vous avez derechef raison ! »

Aliénor habilla sa fille en Viking et la présenta à son époux dont l'excitation fut extrême. Il est vrai que dans sa robe de grosse laine, avec ses cheveux relevés sur le sommet du crâne, sa ceinture de cuir et son collier de fer, l'enfant était adorable. Et lorsque, en éclatant de rire, Hildegonde se saisit d'un petit arc et décocha une fléchette sur la poitrine de son père, ce grand émotif en manqua défaillir d'amour paternel, de jouissance historique et d'émotion poétique. L'Éros viking l'atteignait en plein cœur. Il se promit de lire les grandes légendes scandinaves.

On prit la première syllabe du mot Viking, on la redoubla et on en fit Vivi. Hildegonde, dès lors, fut appelée Vivi.

La troisième fille naquit le jour de la fête de l'archange Gabriel, ce pourquoi elle reçut le nom de Gaby. Les deux époux jugèrent en effet que c'en était assez des prénoms d'origine germanique, qu'un tribut suffisant avait été payé au Moyen Âge et qu'un nom hébreu et chrétien, lumineux comme les terres méditerranéennes, devait rétablir l'équilibre avec ces patronymes du Nord. Comme ses deux sœurs, la petite Gaby surprit grandement ses parents. A quatre ans, on devinait à sa minceur l'adolescente à venir qui serait maigre, un peu osseuse, avec la gaucherie délicieuse d'un jeune poulain. Comme Vivi elle avait un teint très blanc, comme Néti des yeux gris, mais aussi des pommettes hautes assez fortes qui faisaient s'interroger sa mère sur cette hybride de Française et de femme de l'Altaï.

Gaby était de nature réservée et songeuse. Elle parlait peu, écoutait, se livrait rarement. Très vite on s'aperçut qu'elle considérait les humains — ses parents et ses sœurs exceptés — comme phénomènes d'importance secondaire. Son domaine était la rivière, la forêt, les marais, où elle s'échappait pour des fugues si longues que le baron et la baronne passaient par de mortelles frayeurs. Lorsqu'on l'appelait, fût-elle à portée de voix, elle n'entendait pas. Accroupie sur le sol, elle s'absorbait dans la contemplation d'une fourmilière, caressait la tête d'un lézard, fabriquait un pont d'herbe pour la chenille en difficulté. Elle ne pouvait supporter que l'on agaçât une bête ; un jour que Vivi s'amusait à retourner un capricorne sur le dos pour lui voir agiter les pattes, elle lui sauta au visage, griffes dehors, comme un chat furieux. Les animaux ne se trompent pas sur l'amour qu'on leur porte, beaucoup venaient à elle : nous sommes du même sang toi et moi. Rien n'était plus cocasse que de voir chiens et chats du Moulin, qui la préféraient à tout autre, lui faire escorte, tous différends abolis. Les chevaux l'aimaient et, la voyant, frottaient leur chanfrein contre son épaule. Le coq se pavanait devant elle, les dindons gloussaient, les jars, d'ordinaire coléreux, muaient leur sifflement en un caquètement doux. Dans la forêt c'eût été trop dire que les mulots, les lapins, les serpents, sortaient pour l'accueillir de leurs cachettes, mais le fait est qu'elle ne les effrayait pas et qu'ils se laissaient approcher. Elle parlait aux bêtes, les ramenait à la maison et les installait dans sa chambre. Elle eut ainsi pour invitées d'inoffensives couleuvres dont les escapades semaient la panique au Moulin. Il arriva plusieurs fois qu'au cours de ses veilles studieuses le baron vît une tête triangulaire paraître sur son parchemin ; là-haut, Gaby dormait du sommeil du juste, inconsciente des frayeurs qu'elle causait. Le baron, qui s'adaptait facilement à l'insolite, s'y habitua, mais Aliénor, Néti et Vivi poussaient des cris de terreur : les filles d'Ève n'aiment pas les serpents. Aliénor trouvait au matin un crapaud philosophiquement installé sur un coussin dans la chambre de sa fille, un écureuil sur l'oreiller, blotti contre son cou. L'écureuil c'était bien, personne n'y trouvait à redire, on s'extasiait au contraire sur sa grâce et la splendeur de sa queue ; mais serpents et batraciens posaient problème. Il fallut interdire et sévir. Il y eut des scènes et des pleurs. On choisit pour finir dans les dépendances une pièce qui fut réservée aux commensaux de Gaby. Elle y passait des heures ; on lui interdit d'y dormir. Peu à peu cette salle devint un hôpital. On pouvait y constater des cohabitations curieuses : un geai à la patte cassée, muni d'une attelle rustique fabriquée par l'enfant, un hérisson froissé par la roue d'un chariot, une grenouille malade, un canard asthmatique, un renardeau perdu. La dilection de Gaby pour les animaux la conduisait aux pires imprudences. Toute petite, à l'époque des crues, elle se jeta dans l'Adour pour sauver un chaton voué à la noyade ; les escalades les plus risquées ne l'effrayaient pas s'il fallait remettre un oisillon au nid. Elle ne détestait que les pies, ces assassins en habit de soirée, qui dévastent les couvées et crèvent les yeux des nouveau-nés.

Cependant, courir les bois, jouer et rire n'ont jamais passé pour apporter aux enfants une éducation suffisante. A cette époque, mon cher, qui n'avait pas encore oublié tout à fait les principes édictés par Fénelon, revus par l'Empereur dans un esprit militaire, les éducateurs de nos provinces se souciaient d'abord de faire de nos filles de bonnes épouses, des mères aimantes, des maîtresses de maison accomplies. C'est dire qu'on leur apprenait assez de français pour écrire de jolies lettres (souvent, il faut le dire, avec succès), assez de calcul pour tenir les comptes du ménage, la couture qui présente le triple avantage d'être utile, d'occuper et d'imposer silence et retenue, un peu de piano, de chant et d'aquarelle pour l'agrément du foyer, un peu d'histoire pour éclairer le patriotisme, et par-dessus tout la religion, mère des vertus et frein des emportements. Mais ce schéma classique ne pouvait recevoir l'adhésion du baron et de la baronne, qui avaient, vous vous en doutez, des idées très personnelles sur ce problème. Constatant que leurs trois filles étaient dotées d'une forte personnalité, ils estimèrent que leur devoir était de les laisser se développer à leur aise ; la nature porterait alors ses plus beaux fruits. Ils auraient abhorré, s'ils l'avaient connue, la phrase de Renan : l'arbre produit de beaux fruits dès qu'il est en espalier, c'est-à-dire qu'il n'est plus arbre. On laissa donc aux filles une grande liberté tout en leur inculquant les rudiments des connaissances nécessaires. En avance sur nos pédagogues modernes, Gaspard sut leur apprendre à lire et à écrire sans larmes. Puis il entreprit bien sûr de leur donner le goût de l'histoire. Ah, merveilleux spectacle ! Imaginez la grande pièce du Moulin, un soir d'hiver, quand le gel étreint les murs et les fenêtres et qu'un feu de troncs d'arbres brûle dans la cheminée. Elles sont là, les trois petites, sur leurs tabourets bas, genoux au menton. Gaspard est assis dans son fauteuil en cuir de Cordoue déchiré ; une fumée odorante monte de sa pipe ; il y a des chiens qui dorment devant l'âtre, le museau entre les pattes, des chats en boule un peu partout sur les divans. Gaspard raconte une histoire, Roland, ou saint Vincent de Paul, ou Henri IV, ou Charlemagne à la barbe fleurie, ou Néfertiti, pourquoi pas ? Les petites ouvrent de grands yeux, boivent les paroles de leur père. Et, comme les enfants savent le faire, elles ont peur ou s'excitent, se désolent ou triomphent, se fâchent ou béent d'admiration, éclatent de rire. « Alors, dit le baron, qui sait ménager ses effets, Roland se traîna sous un pin, sa brave Durandal à la main. Le sang coulait de sa blessure. Il saisit son olifant et... » Des ruisseaux de larmes coulent sur les trois petits visages.

Aliénor leur enseigna le calcul et, comme l'âme des troubadours toulousains l'habitait, leur apprit à jouer du luth, à dire et chanter des poèmes. Il y avait des soirées charmantes où, devant leurs parents attendris, Néti, Vivi et Gaby, vêtues de robes longues, une couronne dans les cheveux, divertissaient la maisonnée par leurs récits et leurs chants. Aliénor leur enseigna aussi mille choses indispensables : dresser la table, coudre une robe, tresser un panier, planter des légumes, cuire un gâteau, le tout sans contrainte ni sévérité.

Vint l'âge où elles furent initiées aux secrets familiaux. On leur parla du château de Poyanne, qu'elles voyaient sur la colline, mais où elles n'iraient jamais. On leur conta l'antagonisme des deux familles, les cruautés, perfidies et tricheries des gens d'en haut, dont il fallait encore se méfier comme de la peste, car le marquis actuel était aussi méchant que ses devanciers. Il leur fut recommandé de ne jamais monter à Poyanne et d'éviter toute rencontre avec les gens du Château lorsque d'aventure ils descendaient à l'Adour. On peut penser que, pour s'assurer de leur obéissance, Gaspard força parfois le trait en leur décrivant le marquis comme un ogre et ses fils comme des chenapans. Dieu sait pourtant que notre baron n'avait point l'âme basse. Mais comme tout un chacun il avait ses pesanteurs et ses aveuglements.

De toute façon les trois filles ne sortaient guère du domaine et n'en avaient pas envie. Elles connaissaient les fermes voisines, le dimanche elles allaient avec leurs parents à l'église d'Onard et le jeudi à la foire de Mugron. Parfois, en fait rarement, car Aliénor et Gaspard vivaient en solitaires, on attelait la voiture à cheval et l'on partait chez un cousin pour un mariage ou un baptême. Enfin, une fois par semaine, Aliénor et ses filles s'en allaient goûter chez Eudoxie.

La tante Eudoxie, croyez-moi, Dubedout, était un personnage. Cette grande dame russe était la fille aînée du prince Bogalioubov, ce qui en toute simplicité signifie « amour de Dieu ». Le prince, qui jouissait à la cour de Saint-Pétersbourg d'une position considérable, était honnête, strict et fort pieux, cette dernière qualité expliquant sans doute qu'il ait donné à sa fille le nom d'Eudoxie, qui surprend chez une jeune princesse pétersbourgeoise et siérait mieux à la fille d'un prêtre de l'Église orthodoxe russe. Eudoxie, née Bogalioubov, s'était à dix-huit ans toquée d'un Français, oncle à la mode de Bretagne de Gaspard, qui dans les années 1850-1860 se trouvait à Saint-Pétersbourg pour y faire fortune. Le comte Adolphe de Brassempouy était un fort bel homme — les miniatures conservées par sa veuve en témoignaient —, grand, élancé, dont les yeux noirs avaient, si l'on en juge par le nombre de ses conquêtes, des qualités magnétiques éminemment efficaces. Fuyant sa gentilhommière croulante de Brassempouy où canards et poules étaient les seuls à lui rendre visite, il était monté à Paris et de là s'en était allé écumer les grandes villes d'Europe. Il y avait laissé des dettes de jeu, des cœurs brisés et la trace sanglante de ses duels, car sa lame était d'une vivacité redoutable. L'espoir de plumer au jeu la noblesse de Saint-Pétersbourg l'avait conduit dans cette capitale, la seule où il ne fût point encore brûlé ; il y végétait, gagnant au jeu de quoi payer sa chambre, menant la vie d'un pique-assiette et s'interrogeant sur l'avenir. Il avait quarante ans et songeait à faire une fin. Il fréquentait donc les salons et y lorgnait les héritières. Eudoxie, qui en fait de beauté n'avait guère que la fraîcheur de la jeunesse, mais dont le père possédait des terres immenses et quelques mines d'or, s'était prise pour lui d'un amour violent. Mais le prince Bogalioubov avait deviné notre oiseau et excluait absolument toute idée de mariage. Il ferma sa porte au prétendant. Pour forcer le destin il ne restait plus à Adolphe qu'à enlever Eudoxie, ce qu'il fit avec la mise en scène la plus romantique, une nuit, par une tempête de neige, dans une troïka jonchée de fourrures, dont les chevaux noirs semblaient sortir des écuries de l'enfer. Placé devant l'irréparable, le prince s'inclina. Il consentit à sa fille une pension modeste, mais la pria de quitter à jamais la Russie. Le couple vint à Paris. Adolphe y tomba malade. Faute d'argent, il fallut se réfugier à Brassempouy. Mais la gentilhommière était à ce point insalubre qu'ils décidèrent de s'installer dans une maison plus modeste que possédait le comte sur les hauteurs de Laurède. Adolphe y vécut, morne, affaibli, soigné par Eudoxie dont le dévouement fut sans faille. Lorsqu'il mourut, la famille invita Eudoxie à regagner Saint-Pétersbourg. Elle refusa en rappelant qu'elle avait été chassée de chez elle, que son mari n'y avait jamais été admis, et annonça sa décision de rester définitivement en France, où pendant vingt ans elle avait été si heureuse. Et elle l'avait été, en effet, cette passionnée, qui avait vécu ces deux décennies de soins et de servitude comme un merveilleux roman d'amour. Sa famille eut l'élégance de lui envoyer une part de l'héritage sous la forme d'une très forte somme d'argent. Bien conseillée, administrant à merveille les maigres biens de son défunt mari, elle pouvait désormais joindre le superflu au nécessaire, jouir même d'un certain luxe.

Eudoxie vivait donc seule dans la maison de Laurède. Veuve inconsolable, elle exaltait le souvenir de son époux, le seul homme qui lui eût jamais dit qu'elle était belle, l'eût prise dans ses bras et lui eût fait l'amour. Ses portraits, répartis dans la maison et soigneusement époussetés, la suivaient du regard de pièce en pièce. Elle célébrait ses anniversaires, naissance et mort, faisait dire des messes pour le repos de son âme, briquait le marbre de sa tombe, allait, suivant la coutume orthodoxe, prendre ses repas auprès du défunt en lui parlant à haute voix, ce qui étonnait fort les populations. Femme d'intérieur exemplaire, elle avait fait de sa maison de Laurède un chef-d'œuvre de l'art ménager. Tout y était propre, net et dans un ordre parfait. Les murs extérieurs étaient régulièrement recrépis, aucune tuile ne manquait au toit, la peinture des volets, à peine écaillée, était refaite. A l'intérieur, les vieux carreaux rouges de l'entrée, les parquets des chambres et du salon, les marches de l'escalier brillaient d'encaustique. La moisissure, la rouille étaient bannies. Les serrures bien huilées obéissaient en silence. Horloges et pendules étaient à l'heure et sonnaient à l'unisson. La lavande embaumait les armoires, les pots de confiture s'alignaient en rangs serrés comme les soldats du tsar à la parade, et dans le bûcher le bois, brindilles, fagots, bûchettes, bûches moyennes et grandes, s'ordonnait strictement selon ses dimensions.

La comtesse Eudoxie avait trois chiens des Pyrénées, Igor, Oural et Azor, qui lui tenaient compagnie tout en lui servant de garde personnelle ; elle comptait sur ces molosses à l'épaisse fourrure blanche pour la protéger dans sa solitude. Ventripotente, affublée d'une perruque rousse aussi flamboyante que les cuivres de sa cuisine, elle parlait haut, tutoyait tout le monde. Cette familiarité aurait pu choquer, car chez nous les gens apprécient et pratiquent un certain formalisme. Mais on la savait franche et généreuse, toujours prompte à rendre service et d'un bon sens qui avait apaisé bien des querelles. Sa truculence, accrue d'un accent russe prononcé, faisait rire.

Eudoxie consacrait à la lecture ses soirées solitaires. Ce cœur romanesque adorait les grands romanciers et, au coin du feu l'hiver, sous un arbre l'été, elle lisait et relisait les romanciers russes, Balzac et Stendhal, Walter Scott et Dickens. Chez les Russes, Tolstoï était son favori ; Dostoïevski l'impressionnait et à vrai dire lui faisait un peu peur. Pourtant l'auteur qui la comblait le plus ne figurait point parmi ces noms illustres. Elle devait à la bibliothèque de son défunt mari la découverte de Rabelais qu'elle mettait au pinacle. Cette nature robuste, généreuse et gaie, se gorgeait de la prose succulente du Docteur François qu'elle savourait avec gourmandise. Elle en dégustait chaque trait, s'esgaudissoit, s'esclaffoit, rigoloit à s'en faire péter la rate ou crever la bedaine. Notre amitié, Dubedout, naquit de notre amour commun pour Rabelais. « Mon petit poulet, me dit-elle un jour, Tolstoï c'est le plus grand, le plus achevé des artistes. Mais il est petit, petit, tout petit à côté de ce diable de Rabelais. » Et d'ajouter, en veine de confidence : « Je le prends le soir avec moi, ce cher ami, si j'ai des cloches lugubres dans la tête. Il me fait tant rire que mon lit saute comme s'il était secoué par la tempête de Panurge, je m'endors en rigolant, mais — Dieu lui pardonne ! — il m'a fait pisser dans mes draps ! »

A la mort de son mari, Eudoxie s'était retrouvée très seule dans notre province. Elle n'y avait qu'un parent, Gaspard, baron d'Onard, qu'elle appelait son neveu. Avant qu'il ne se marie ils avaient échangé des visites, mais leurs relations s'étaient tendues, car si le jeune baron ne pouvait souffrir, lorsqu'il allait chez sa tante, de chausser des patins qui lui donnaient l'air d'un palmipède et de devoir surveiller les points de chute des cendres de sa pipe, Eudoxie, de son côté, n'entrait pas au Moulin sans éprouver un sentiment d'horreur. Elle avait envie de tout balayer, laver, nettoyer, brosser, ce qui représentait d'ailleurs une tâche surhumaine, des générations de barons et de baronnes ayant par tradition négligé de fourbir leur intérieur. Elle ne savait où mettre les pieds, déposer gants et chapeau, asseoir son imposant postérieur, et, narines pincées, en équilibre instable sur le bord de son siège, jetait sur le spectacle qui l'entourait un regard de réprobation dégoûtée. Un jour, ayant décidé de passer à l'action, elle tança vertement son neveu : « Enfin, Gaspard, vous êtes épouvantable ! Vous vivez dans la merde, mon cher ! Ne sentez-vous pas que chez vous ça cocotte ? Un peu de raison, s'il vous plaît. Je vais vous sortir de là ! » Gaspard avait eu la faiblesse d'accepter. Arrivée dès sept heures du matin avec quelques jeunesses de Laurède qui étaient ses disciples, et qu'elle avait armées de balais, seaux, brosses, grattoirs, têtes-de-loup, serpillières, fauberts, vadrouilles et écouvillons, elle avait ouvert toutes grandes portes et fenêtres, mis le baron à la porte par une pluie glaciale, et devant Françoise et François refoulés dans un coin, la danse avait commencé. Si les meubles moisis, les draps jaunis, les parquets gras avaient pu parler, on eût entendu monter de la maison un lamento intense. Chiens et chats s'étaient enfuis en rasant les murs ; les chouettes, chauves-souris, oreillards, pipistrelles et rhinolophes qui nichaient dans les pièces vides avaient décampé à tire-d'aile, et le grand-duc lui-même, qui logeait à l'intersection des poutres maîtresses du grenier, avait jugé prudent de déguerpir. Eudoxie et ses amazones avaient travaillé toute la journée, s'arrêtant à peine à midi pour manger un morceau sur le pouce. Ça lavait, brossait, grattait, aérait, dépliait, battait, tapait, dégraissait, frottait, récurait, à se croire dans les forges de Vulcain. Lorsque la nuit arriva, le dixième du travail était fait. On réintroduisit le baron dans la maison. Il était gelé et mort de faim. Entourée de ses aides épuisées mais triomphantes, Eudoxie d'un geste royal lui montra ce premier résultat. Le baron eut les larmes aux yeux. Eudoxie ne s'y trompa pas. Ce n'étaient pas des pleurs de reconnaissance, mais le désespoir de l'homme devant son logis dévasté. D'un geste non moins royal elle rejeta sa serpillière et ne reparut plus chez le baron. Ils s'envoyèrent leurs vœux au nouvel an et campèrent sur leurs positions.

Lorsque Eudoxie apprit que Gaspard allait épouser une jeune fille qui, disait-on, était aussi énergique que belle, elle se berça d'un grand espoir et pensa que la nouvelle fée du logis allait débarrasser le Moulin de sa crasse séculaire. Elle se para donc de ses plus beaux atours, fit le voyage de Toulouse pour assister au mariage, serra Aliénor dans ses bras et, n'y voyant pas malice, offrit au jeune couple un arsenal de brosses et de balais divers. Le présent rendit perplexes les jeunes mariés, mais ils avaient d'autres soucis en tête. La réclusion du couple pendant une année sidéra Eudoxie, la stupéfia, la choqua, la vexa, l'emplit aussi, bien sûr, d'une jalousie inconsciente. Mais, incapable d'aigreur, elle en vint à considérer que son cher Rabelais eût hautement apprécié l'énormité de l'exploit et prit le parti d'en rire. Le Moulin rouvrant ses portes, elle fit annoncer sa visite. Le spectacle la bouleversa. C'était pire qu'avant, ce qui, pour elle, relevait de l'Apocalypse. Elle serra les dents, resta cinq minutes et s'en fut. Aliénor fut classée comme une créature dépourvue de culture, à peine civilisée. Les deux femmes se virent pourtant, mais toujours à Laurède ; c'était la paix armée.

Tout changea avec la naissance des filles. Les défenses d'Eudoxie tombèrent d'un coup. Et comme elle ne lésinait jamais sur le sentiment, elle passa aussitôt de la fureur au ravissement attendri. Elle revint au Moulin. Comptant pour rien les odeurs de lait brûlé (on ne peut pas jouer du luth et surveiller la casserole), de poires pourries et de chiens mouillés, elle se ruait vers la chambre des petites, bousculant au passage Aliénor et Gaspard incapables d'endiguer ce torrent. Là, elle oubliait tout : l'horloge qui ne marchait plus depuis cinquante-six ans, les tapis troués, ces quignons de pain négligés par les chiens, et la délicate odeur d'urine de chat qui émanait des coussins. Bouleversée d'amour maternel inassouvi, elle se penchait sur les lits, les berceaux, débordait de mots câlins et de gloussements de joie : mes colombes, mes poulettes chéries, mes petites courgettes !

Lorsqu'elles eurent grandi, les trois sœurs allèrent une fois par semaine à Laurède, ce qui tenait pour un tiers de la corvée et pour deux tiers de l'enchantement. Il fallait d'abord s'essuyer les pieds sur le paillasson, chausser les patins et s'asseoir sagement sur une chaise en subissant l'inspection muette d'Eudoxie qui regardait si les mains étaient lavées, les ongles nets, les oreilles propres, les cheveux bien coiffés, les souliers cirés, les robes sans pli et sous les robes les chaussettes tirées. Mais Eudoxie n'était pas dupe de la contrainte qu'elle imposait. Très vite, ses yeux riaient, elle levait le doigt et disait : « Mes enfants, les chiens vous attendent ! » Les trois fillettes détalaient, se ruaient dehors, se jetaient au cou d'Igor, d'Oural et d'Azor qui, effectivement, assis devant la porte, les attendaient. C'étaient des embrassades, des courses, des sauts, des parties de lutte feutrées et pataudes. Les molosses, qui les adoraient, gambadaient, folâtraient, les poussaient du museau, se laissaient tirer la queue et les oreilles, se couchaient pour se faire caresser le ventre. Et puis la porte de la maison s'ouvrait, Eudoxie paraissait sur le seuil et criait : « Mes petites poulettes, le goûter est prêt ! » On se précipitait dans la cuisine étincelante et c'était le régal : des blinis pleins de crème à s'en mettre jusqu'aux oreilles, du chocolat chaud et quatre, cinq, six sortes de confitures qui étincelaient, rubis, topaze, dans leurs bocaux.

Les filles vivaient dans un monde limité au nord par les eaux vives de l'Adour, au sud par les champs qui s'étendent jusqu'aux pentes de Poyanne, un monde où tout leur était connu, familier, fraternel. Et au centre, entouré de chênes magnifiques, demeures des oiseaux et des écureuils, il y avait la maison, le Moulin aux aubes disloquées, où les cœurs des deux parents et des trois enfants battaient au rythme lent de l'Adourotte qui en léchait les murs. Ils y vivaient une existence heureuse rythmée par les saisons et les travaux des champs.

On se levait le matin quand bon vous semblait, pourvu que ce ne fût pas après neuf heures ; un bol de lait, du pain et du beurre, produits du Moulin, vous attendaient sur la table de la cuisine dans un désordre familier. Chacun vaquait ensuite à ses affaires. La cloche qu'Aliénor agitait d'une main vigoureuse rameutait pour le déjeuner ses diablotins de filles toujours envolées. On mangeait dans la cuisine au milieu des poules qui picoraient entre vos jambes, des lapins et des écureuils apprivoisés de Gaby (l'un des écureuils avait élu domicile dans un pot de confit posé sur le haut de l'armoire, d'où il sortait la tête pour observer ses amis). L'après-midi était consacré à l'étude ; ensuite c'était la totale liberté. Chacun s'habillait à sa guise pour le dîner qui devait être beau. On pouvait tout oser, se déguiser en danseuse tonkinoise, en maharani ou en guerrier touareg, pourvu que l'on fît preuve d'imagination et de goût. C'est après le dîner qu'avaient lieu les récitals de poésie et de musique, à moins que le baron ne contât une histoire ou que chacun se plongeât dans son livre. On se couchait tard, mais jamais après onze heures.

Certains soirs on allait se promener dans la forêt, en silence, se tenant par la main pour rester bien ensemble. C'était au premier qui verrait les yeux jaunes et ronds d'un hibou. D'autres fois la famille prenait une barque et Gaspard ramait sur l'Adour. Pour les petites filles ces modestes embarquements étaient un bonheur fou. On écoutait les saules chuchoter leurs secrets dans l'obscurité mystérieuse des berges, on admirait les reflets de la lune dans le scintillement du courant. Si les ténèbres étaient profondes, Gaspard plaçait un fanal à l'avant de la barque et c'était merveille d'avancer ainsi dans le noir que l'on fendait d'une proue lumineuse au battement régulier des avirons. Il arrivait qu'Aliénor emportât son luth et jouât. La musique planait sur la coulée des eaux, semblait se fondre en elle jusqu'à donner l'impression que l'on glissait sur une rivière de musique fuyant on ne sait où, dans la nuit. D'une voix grave Gaspard racontait des histoires, dont celle du poète chinois Li Tai Po qui était tellement amoureux de la lune qu'il se noya dans le Yang-Tseu en voulant y saisir son reflet.

Le cadre de leur vie pouvait à première vue paraître quelque peu borné, mais la passion de l'histoire et de la poésie en reculait les limites. Pour le baron les grandes ombres du passé et les civilisations disparues étaient plus réelles que ses contemporains. Les événements du monde qui l'entourait le laissaient à peu près indifférent. Il s'intéressait davantage à la condition des scribes sous la Troisième Dynastie qu'à la politique intérieure de la Troisième République. Jules César, Cléopâtre, Richelieu ou Louis XIII étaient pour lui infiniment plus présents que le préfet des Landes, dont il ignorait le nom, ou le président de la République, un inconnu lui aussi. Ce détachement des réalités et vicissitudes contemporaines donnait aux habitants du Moulin une liberté d'esprit et une sérénité dont les futilités et les tracas d'une vie davantage dans le siècle les auraient privés.

Il y avait cependant une exception à ce dédain du présent, et c'était cette méchante querelle avec le Château.

Brusquement les relations du baron et du marquis se tendirent à nouveau. Eudoxie en fut la cause innocente. Mais, avant de vous conter cela par le menu, je dois, Dubedout, vous rappeler qu'alors toute la France se passionnait pour les études paléontologiques et préhistoriques. Ce goût était singulièrement vif dans le Sud-Ouest et, en Chalosse, il n'y avait pas un instituteur, y compris notre Pédamous, pas un curé, pas un notable tant soit peu féru de science, qui ne s'adonnât à la chasse aux fossiles et à l'étude de l'*Homo sapiens.* Tous ces amateurs traquaient la pièce rare ou significative, rêvaient de découvrir la cache préhistorique qui leur vaudrait la célébrité. On grattait les berges des fleuves, les flancs des falaises, les talus des chemins de fer, on scrutait les chemins creux, fouinait dans les terriers, les grottes, les cavernes. Il y eut des découvertes étonnantes et des erreurs à pleurer. Se prenant pour Cuvier, d'aucuns élaborèrent sur un vieil os de dinde des théories aussi fantaisistes qu'absconses. On confondit les âges et les époques. Il y eut des fouilles bâclées et désastreuses. De tout ce désordre naquit pourtant un mouvement réel, une incontestable avancée. Comme les autres, le baron d'Onard et le marquis de Poyanne s'enthousiasmaient pour ces recherches. Or, un beau jour qu'Eudoxie était venue voir « ses petites colombes » au Moulin, elle raconta que son mari lui avait jadis parlé des grottes de Brassempouy ; et elle venait d'apprendre par son régisseur que des ouvriers qui ouvraient un chemin d'exploitation près de ces grottes avaient mis au jour des silex taillés. Le baron bondit sur ses pieds :

« Des silex taillés ? Mais où donc, tante Eudoxie ? »

« Sur une propriété du comte de Poudenx. Pas loin du village. »

Elle n'en savait pas plus.

Gaspard n'en dormit pas de la nuit. A l'aube il sella son cheval et partit pour Brassempouy. Il y arriva vers les huit heures et se rendit à l'auberge. On lui apprit qu'en effet, non loin du village, plusieurs cavités s'ouvraient au flanc d'un coteau calcaire qui domine le ruisseau du Pouy ; et parmi ces cavités il y en avait une plus grande que les autres, la grotte du Pape, ainsi nommée parce qu'elle se trouve sur le territoire de la métairie du même nom ; une semaine plus tôt des ouvriers avaient trouvé, près de cette grotte, des silex taillés qu'ils avaient déposés à la mairie.

Gaspard alla les voir et fut impressionné par leur qualité. Tout excité, il remonta à cheval et se rendit au Pape, où — surprise ! — le métayer n'était autre que Pascal Cazenave, joyeux luron avec lequel il avait fait son service militaire à Tarbes, dans les zouaves comme on sait. Ils burent une bouteille pour célébrer ces retrouvailles et le baron expliqua à Pascal la raison de sa présence. Pascal l'emmena à travers prés jusqu'au coteau. Ils pénétrèrent dans un taillis et, en écartant les fougères et les ronces, parvinrent à la grotte. C'était une cavité d'environ huit mètres d'ouverture, profonde de quatre à cinq mètres. De plus en plus excité, Gaspard, sans toucher à la grotte elle-même, creusa avec Pascal le sol devant le taillis, près du chemin où les ouvriers avaient fait leur découverte. A moins de deux mètres de profondeur il tomba sur un gisement de silex taillés.

Gaspard était un esprit honnête, conscient de ses limites dans un domaine dont il n'était pas spécialiste. Aussi alerta-t-il M. Dubalen, le conservateur du musée de Mont-de-Marsan, en l'adjurant de tenir l'affaire secrète jusqu'à ce que les fouilles officielles puissent effectivement commencer. Il craignait en effet que le marquis n'eût vent de l'affaire et qu'avec l'aplomb qui le caractérisait il ne demandât au comte de Poudenx, qui était de ses amis, l'exclusivité de la fouille du site. Par mesure de précaution il recommanda à Pascal d'être vigilant et, si le marquis se présentait, de le décourager. Pascal cligna de l'œil et l'assura qu'il pouvait compter sur lui.

Or M. de Poyanne ne tarda pas à apprendre les deux découvertes, celle des ouvriers et celle du baron. A son tour il éperonna son cheval, galopa jusqu'à Brassempouy, s'enquit à l'auberge, à la mairie, se rendit au Pape où il tomba sur Pascal. « Salut, mon brave ! lui dit-il. Je viens voir les grottes qui sont dans ton champ. Mène-m'y ! » La bouche grande ouverte et les yeux fous, Pascal tourna vers lui une tête d'idiot de village, simula une grande frayeur, se mit à bégayer et s'enfuit dans sa maison où il se claquemura. « Imbécile ! » grommela le marquis et, tenant son cheval par la bride, il s'avança dans les prés. Il n'alla pas loin. Passé la deuxième haie, son cheval hennit de peur et se cabra. A dix mètres d'eux un taureau furieux grattait la terre de ses sabots et s'apprêtait à charger. Le marquis n'eut que le temps de sauter en selle et de s'enfuir à bride abattue.

Pascal s'esclaffait derrière sa fenêtre et se disait que M. Gaspard serait content.

Le marquis revint dans l'après-midi à la ferme. Pascal naturellement ne s'y trouvait pas, l'huis était clos et le taureau lâché. Avec toute l'astuce dont il était capable, le marquis multiplia les manœuvres d'approche, en biais, de côté, en zigzag, mais la formidable bête était en alerte et ne se laissait pas tourner ; dès qu'elle apercevait le marquis, à pied ou à cheval, elle fonçait, à croire que la vue de M. de Poyanne lui était vraiment insupportable. De guerre lasse le marquis renonça.

Il réapparut à l'improviste deux jours plus tard, et somma Pascal de retirer son taureau. Il n'en tira que des bredouillements inintelligibles et, comme il le houspillait, deux voisins postés près de là surgirent avec des fourches. L'affaire faillit mal tourner. Tout cela était louche. Le marquis se renseigna, apprit que Pascal n'avait rien d'un idiot, qu'il était au contraire fort malin et tenait toujours son taureau enchaîné en raison de son naturel irascible. M. de Poyanne resta songeur : n'y avait-il pas là quelque tour du baron ? Son visage tourna soudain au rouge brique, il saisit sa cravache et s'en revint à la ferme, décidé cette fois à exiger le passage. Mais ce ne fut pas Pascal, ce fut le taureau lui-même qui le reçut dans la cour. Son cheval fit un brusque écart, le désarçonna et s'enfuit affolé dans la campagne. Le marquis n'eut que le temps de sauter sur une barrique, de là sur le toit de la grange où il resta jusqu'à la nuit. Feignant d'être fin saouls, Pascal et ses compères arrivèrent enfin et le délivrèrent en faisant rentrer, non sans mal, le taureau à l'étable. Le marquis s'en fut à pied, blême de rage, et ne revint plus.

On en fit des gorges chaudes. Une ombre de ridicule ternit le blason de Poyanne. Le marquis eut la certitude que le baron avait inspiré cette ruse et jura de se venger. Mais le but immédiat se trouvait atteint : il était évincé et les fouilles sérieuses pouvaient commencer. Dans son moulin le baron se délectait de sa déconfiture.

Or, Dubedout (ici la voix du Dr Ducasse se mit à ronronner), les fouilles ne furent pas seulement fructueuses, elles furent exceptionnelles. Dubalen trouva des silex magdaléniens et plusieurs œuvres d'art : une gravure de tête de cheval sur os, une autre tête de cheval au contour découpé et une baguette à incisions géométriques ; des objets en os et en bois de renne, dont un harpon à un seul rang de barbelures et une tête d'animal traitée en champlevé sur os. J'en passe...

L'émotion fut générale. Le marquis écumait. Mais Dubalen tomba malade et la fouille fut interrompue. Le comte de Poudenx autorisa M. de Laporterie et le Dr Léon-Dufour à la reprendre. Ils y mirent peu d'ardeur, trouvant toutefois des silex solutréens du type de la Madeleine, d'autres objets en os, en bois de renne, en ivoire, notamment une amulette à décor onduleux, une autre à encoches et la sculpture dite « la fleur en bouton ». Ils s'arrêtèrent à leur tour.

M. de Poyanne, qui guettait toute défaillance, vit le moment de sa revanche. Le congrès de l'Association française pour l'avancement des sciences se réunissait à Pau. Il s'y rendit, cria au scandale, accusa Dubalen, Laporterie et Léon-Dufour de négliger leur tâche, de dérober à la communauté scientifique, par leur manque de rigueur et leur défaut d'esprit de suite, les trésors que recelait Brassempouy. Bref, il ameuta le congrès et obtint du président de la section d'anthropologie, le Dr Magitot, qu'il organisât à Brassempouy une excursion agrémentée de fouilles collectives. Et ce fut le désastre! Ladite excursion tourna au pillage, à la razzia préhistorique. Avec des outils inadéquats et dans le plus grand désordre chacun travailla pour son compte. La jalousie s'en mêla. On se cacha ses découvertes. Le soir venu, certains se montrèrent furtivement leurs trouvailles. Le Dr Magitot était aux cent coups. M. de Poyanne se voyait déshonoré. Il fallut l'autorité du Dr Magitot pour que tous les objets — on pouvait l'espérer du moins — fussent rendus. Il y avait notamment deux pièces remarquables en ivoire de mammouth : l'une était une sorte de fuseau délicatement sculpté, l'autre, plus curieux encore, représentait la partie inférieure d'une statue humaine. Mais personne ne put dire dans quelle position stratigraphique elles avaient été trouvées.

Ce fut un beau scandale. Des accusations furent portées, de violentes polémiques se déchaînèrent dans la presse. Le marquis de Poyanne, penaud, se réfugia dans ses terres; il interdit à quiconque de prononcer jamais devant lui le nom maudit de Brassempouy. Tout le monde lui obéit, sauf le baron qui, gloussant de plaisir encore qu'il fût scandalisé par ce vandalisme, lui envoya le mot suivant :

« Monsieur, la sagesse des nations a toujours recommandé de ne pas se mêler des affaires qui ne nous regardent pas. Vous avez négligé ce précepte et, en dépit d'une incompétence notoire, vous êtes intervenu à Brassempouy. Ce fut un autre Azincourt. Vous êtes responsable, monsieur, d'un désastre scientifique et du fait que le nom de notre Chalosse bien-aimée y est tristement et irrémédiablement associé. Oserai-je espérer que cette catastrophe vous servira de leçon pour l'avenir?

« Je suis, monsieur, votre

Gaspard, baron d'Onard. »

M. de Poyanne, qui était à table et mangeait du poisson quand on lui apporta cette lettre, s'étrangla et manqua mourir. Il fallut sur-le-champ lui forcer la bouche et enlever avec une pince l'arête qui obstruait son gosier. Il se retira dans sa chambre écumant de rage et pendant huit jours refusa de sortir du Château.

A la suite de ces malheurs l'éminent préhistorien Édouard Piette, qui s'était déjà illustré dans les fouilles de Gourdan, Lortet, Arudy et du Mas-d'Azil, accepta de reprendre le travail avec Laporterie. Et ce furent d'autres découvertes dans la grotte du Pape et, un peu plus loin, dans la galerie des Hyènes. Pointes à cran, racloirs carénés, poinçons en os et en ivoire, flèches à biseau, que sais-je... Enfin les joyaux, les statuettes humaines, dont le chef-d'œuvre, Dudebout, le plus ancien visage de femme qui soit connu, sculpté par un artiste génial il y a vingt-cinq mille ans, la Dame de Brassempouy !

— La... Dame de Brassempouy ! dis-je. Mais je l'ai vue ! Je n'avais pas fait le rapprochement. Une petite figurine...

— La taille ne fait rien à l'affaire, coupa le docteur avec emportement. Elle est exquise, parfaite. Mystérieuse. Envoûtante. Elle vous fascine ! A côté d'elle, croyez-moi, la Joconde, qui n'a pas quatre cents ans, c'est du flan, de la gnognote. Ne pas la confondre avec la Vénus de Brassempouy, une autre statuette en ivoire de mammouth qui, elle, n'a pas de tête. Ne pas utiliser non plus le nom de « Dame à la capuche » qui lui a été donné par des sots. Car cette sorte de résille qui encadre son visage, non, ce n'est pas une capuche, ce sont bel et bien ses cheveux. On nous l'a prise. Elle se trouve désormais au musée des Antiquités nationales de Saint-Germain-en-Laye. Je m'en console en me disant que tous les Parisiens, ces chanceux, peuvent la voir à loisir. Mais attention ! Sachez ce qui vous attend. Quand on a vu une fois la Dame de Brassempouy on ne peut plus l'oublier. Néfertiti, la Vénus de Milo, la Joconde, bernique en comparaison ! Le pouvoir de cette statuette de quatre centimètres de haut est immense : c'est Ève qui vous regarde. Elle est belle, elle est blonde. Elle est la Femme. Elle vous ensorcelle à jamais !

J'étais ému par l'enthousiasme de mon vieil ami et me gardai de modérer ses transports. La situation exigeait toutefois que nous ouvrions une autre bouteille que le docteur alla chercher derrière ses fagots. Nous bûmes à la gloire immortelle de la Dame de Brassempouy.

Un silence s'installa, inhabituel et si long que je demandai au docteur de reprendre son récit.

— Je n'aime pas la période que je vais aborder, poursuivit-il avec un soupir. Mais il le faut bien ! Gaspard et Aliénor étaient préoccupés. Ils voyaient grandir leurs trois filles et se demandaient comment, le moment venu, ils parviendraient à les doter.

A cette question il n'y avait qu'une réponse : découvrir enfin l'or que recelait l'Adour. Ils reprirent donc leurs recherches, mais sans pouvoir les cacher à leurs filles qui étaient maintenant en âge de s'étonner et de s'interroger. Gaspard dut livrer son secret. On fabriqua trois petits tamis supplémentaires et toute la famille se mit à laver sables et graviers. La maisonnée n'en fut que plus heureuse ; rien n'est plus excitant qu'une chasse au trésor. Des trois sœurs, Vivi était la plus active ; Aliénor dut la tempérer. Mais, peu à peu, ce fut en elle que la passion de la recherche s'exaspéra de façon alarmante. Elle devint nerveuse, fébrile, mangea de moins en moins, ne dormit plus. Elle se levait la nuit pour aller à la rivière, ayant l'idée que sous l'effet du clair de lune le trésor enfoui dans les eaux se mettrait à briller. Gaspard s'en inquiéta, s'efforça de la raisonner. Une nuit, alors qu'il dormait, elle se leva, se rendit à l'Adour, détacha la barque. A l'aube elle n'était pas revenue. Le baron, en se réveillant, trouva la place froide près de lui et pressentit un drame. Il courut comme un fou à l'Adour, appela Aliénor, battit et fouilla les berges. Lorsqu'il atteignit la Counquie, dont les sombres eaux étaient immobiles comme à l'ordinaire, il vit la barque vide. Les fermiers le rejoignirent et explorèrent la rivière. Ce fut deux jours plus tard seulement que l'on retrouva le corps dans les roseaux.

Aliénor avait-elle vu de l'or au fond de la Counquie et plongé pour s'en saisir ? Le scintillement de la lune sur l'eau l'avait-il abusée au point de la persuader qu'elle apercevait une pépite ? Attirée par la beauté des reflets, s'était-elle noyée comme le poète Li Tai Po en voulant saisir un rayon de lune ? Aliénor était bonne nageuse. On ne comprit jamais ce qui s'était passé.

La mort d'Aliénor fut pour le baron un désastre total qui le laissa anéanti. Lorsque les fermiers ramenèrent le cadavre de sa femme, il ne le toucha pas, ne dit pas un mot. Il le regarda un moment puis se détourna, le laissant aux mains des voisines qui devaient faire sa toilette. Mais ceux qui l'observaient virent dans ses yeux une lueur égarée. Ses cheveux grisonnèrent en quelques jours et son caractère changea. Il devint morne, sauvage, chercha la solitude. Les traits de son visage s'affaissèrent d'un coup. Au cimetière il fut digne. Mais l'assistance comprit, en le voyant debout devant la fosse, qu'il était un homme fini qui demandait à ne pas survivre. Aliénor la belle, la victorieuse, était entrée dans sa vie avec fracas, un certain soir de bal chez la comtesse de Saint-Cracq, quand elle l'avait invité à danser. Elle lui avait donné le bonheur. Sa mort le frappait comme la foudre. Il se retrouvait meurtri, cassé, désespéré.

Entre la découverte du cadavre et le jour des obsèques, il avait refusé de se nourrir et s'était enfermé dans sa chambre, fixant le vide devant lui. Il oubliait tout ce qui l'entourait, jusqu'à ses filles. Il se fût laissé mourir et les eût abandonnées si Eudoxie n'était survenue. Dès qu'elle apprit la nouvelle, elle revêtit sa robe de deuil et descendit au Moulin. Elle contempla le corps d'Aliénor et pleura d'autant plus amèrement qu'elle ne l'avait jamais comprise. Elle passa dans le salon où les filles étaient assises, muettes, hébétées comme leur père, leur caressa les cheveux et monta chez le baron. Elle le regarda avec pitié. Après un silence elle dit : « Gaspard, il faut s'occuper des filles. » Et cette grande dame prit alors la deuxième grande résolution de sa vie. Elle redescendit, embrassa doucement les petites, sortit et monta dans son coupé. D'un coup de fouet — elle qui ne fouettait jamais — elle lança le cheval vers Laurède. A dix-huit ans, pour le bel Adolphe, elle avait quitté sa famille, Saint-Pétersbourg, et choisi le chemin de l'exil. Maintenant, à soixante-huit ans, le cœur aussi jeune, prête à tout donner pour qui elle aimait, elle décidait de biffer d'un trait ce qu'elle avait créé et qui était son univers. Cette femme qui tenait de toutes ses fibres à sa maison et à son jardin, dès qu'elle fut arrivée chez elle empila vêtements, draps et victuailles dans sa voiture, y attacha ses trois chiens avec une corde afin qu'ils puissent courir derrière, ferma les portes de la maison et, sans un regard par-dessus l'épaule, quitta Laurède pour toujours. En descendant, suivie de ses chiens, la côte qui mène à l'Adour, elle ne voyait rien, ni les oreilles mobiles de son cheval, ni la route, ni la Grande Lande qui s'étendait devant elle comme un nouvel avenir. Elle ne pensait qu'à ses trois petites à qui il fallait donner ce qui lui restait de forces et de vie.

Très lentement, comme la végétation meurtrie se prend à renaître après le gel, la vie revint au Moulin. Ce ne fut plus jamais la même chose. Aliénor n'était plus là avec son opulente chevelure, son port de reine, ses idées géniales et son luth. Chez le baron la sève resta pauvre, juste assez de quoi vivre, se souvenir et pleurer. Mais elle resurgit peu à peu chez les filles. Leur regard était pourtant différent ; elles avaient rencontré la mort. Il y eut en elles comme une lenteur dolente, un étonnement scandalisé et navré. Eudoxie observait la lutte entre la pulsion de la vie et ce désespoir qui tardait à guérir. D'avance elle en connaissait l'issue ; elle savait que la jeunesse l'emporterait. De fait, si elles n'oublièrent jamais, les petites réapprirent à vivre.

Cinq mois s'écoulèrent ainsi ; on approchait de la mi-septembre. Un jour Eudoxie monta dans la chambre du baron et s'assit devant lui. Gaspard leva les yeux et posa son livre. Sa main tremblait. Ils se regardaient en silence.

« Je sais, dit Gaspard. Il le faut. »

« Oui », dit-elle.

Après un moment elle ajouta :

« Aliénor l'eût voulu. »

Dix jours plus tard les filles partirent pour l'institution Notre-Dame, à Pau. Néti avait douze ans, Vivi dix et Gaby neuf. Elles comprenaient que, leur mère n'étant plus de ce monde, il leur fallait faire comme les autres et s'en aller étudier au couvent. Il n'y eut ni crises ni pleurs, mais ce fut un déchirement. Gaby passa les trois dernières journées avec ses animaux ; elle les serrait contre elle, lèvres dures et regard fixe. Puis elle les porta dans la forêt et leur dit adieu. Ils ne comprenaient pas. Son écureuil favori s'obstinait à la suivre. De guerre lasse, elle le ramena à la maison et Eudoxie promit de s'en occuper. Vivi parcourut le Moulin, le jardin, la forêt, les champs ; elle voulait les graver dans son cœur pour les emporter avec elle ; des trois c'est elle qui souffrait peut-être le moins. Néti la volontaire ne dit rien. Elle se tenait encore plus droite, le défi brillait dans ses yeux, mais on la sentait tendue et prête à fondre en larmes. Elles devaient partir, ces trois filles qui n'avaient jamais quitté le Moulin, qui n'avaient jamais imaginé qu'elles pussent même s'en éloigner. Mais elles ne faiblirent pas et furent braves. Ce fut dur pourtant de monter dans la voiture et de s'arracher au domaine sans se retourner. Et ce fut plus dur encore lorsque, sur le quai de la gare de Dax, le train s'ébranla et que décrurent ces deux pauvres silhouettes qui agitaient la main, cassées par le chagrin. Lorsqu'elles disparurent au tournant de la voie, alors, enfin, les petites purent pleurer.

Six années passèrent, poursuivit le docteur, pendant lesquelles

les trois sœurs grandirent et devinrent, comme on dit chez nous, des demoiselles. Le pensionnat Notre-Dame était l'un des meilleurs de Pau et de la région. Il était cher aussi et je crois que le baron n'eût jamais pu le payer sans l'appui financier d'Eudoxie. Mais les religieuses qui avaient la charge des trois enfants s'acquittèrent bien de leur tâche. Elles leur donnèrent une solide instruction religieuse, leur apprirent à maîtriser quelque peu leur impétuosité naturelle, leur enseignèrent, outre les matières du programme scolaire, la couture, la broderie, le piano et le chant. Avec tout cela elles étaient parées pour la vie, c'est-à-dire, pensait-on communément, capables de se comporter décemment en société et prêtes à épouser un brave garçon, à particule de préférence et possédant quelques milliers d'hectares de pins. Mais sur ce point les bonnes âmes se faisaient peut-être quelques illusions.

Leur départ jeta sur le Moulin un voile de tristesse que rien ne put dissiper. Le baron s'abîma dans ses lectures et, s'il poursuivit sa quête de l'or malgré les sourcils froncés d'Eudoxie, ce fut davantage en souvenir d'Aliénor, ou par une sorte d'obstination mêlée de défi, que par conviction ; le cœur n'y était plus. Quant à Eudoxie, elle se morfondait. Elle s'interdisait de penser à sa maison de Laurède, où, songeait-elle avec effroi, les araignées s'en donnaient à cœur joie, et reportait son besoin d'affection immédiate sur ses chiens qui, en revanche, s'adaptaient parfaitement à la vie au Moulin. Elle ne voyait guère le baron qu'aux repas, qui étaient silencieux et d'autant plus tristes que Gaspard avait exigé, dès le lendemain de l'enterrement d'Aliénor, que son couvert fût mis à tous les repas. Cette chaise vide, ce verre, cette assiette que personne n'utilisait étaient d'une éloquence terrible. Eudoxie ne s'y habitua jamais. Chaque fois qu'elle s'asseyait à côté de cette chaise, il lui semblait qu'une main froide lui serrait le cœur. Mais elle respecta la volonté de Gaspard de maintenir cette présence fictive et, les dimanches et jours de fête, quand les domestiques se reposaient, c'était elle qui mettait le couvert d'Aliénor. Heureusement pour elle le travail ne lui manquait pas, le linge, la cuisine, les conserves et les confitures, le confit à mettre en pots, les jambons à saler, l'entretien de la maison et du jardin, les métairies. Cette activité qui lui prenait tout le jour ne l'empêchait pas de penser à ses petites qu'elle retrouvait chaque soir, lorsque, dans la solitude de sa chambre, elle leur écrivait la lettre quotidienne. Elle ne leur passait rien, ni le temps, ni les occupations les plus familières et les plus banales, sachant que pour l'absent rien n'est plus précieux que le détail, insignifiant pour d'autres, qui lui fait vivre la vie du foyer. « Mes chéries, écrivait-elle, il a gelé si fort cette nuit qu'en me réveillant j'ai trouvé des stalagmites (elle voulait dire des stalactites) sous mon nez. Nous en sommes tous mal foutus. Votre père a la colique et les chats se tiennent si près du feu qu'Aménophis a brûlé sa queue. Igor, Oural et Azor, au contraire, sont très heureux. Ils jappent comme des chiots. Mais leur pisse gèle dès que sortie. »

Ces lettres, les filles les guettaient, elles se les arrachaient, se les chipaient, les dévoraient, les commentaient, en savaient des passages par cœur. Elles avaient pour elles une telle importance que la mère supérieure en prit ombrage. « Vous abusez, dit-elle à Eudoxie qui était venue à Pau. Je conçois et j'approuve que vous mainteniez ferme le lien entre les filles et leur famille. Mais cette correspondance quotidienne, d'une régularité absolue, les empêche d'appartenir vraiment à notre couvent. Vos filles ont une double vie, le corps ici, l'esprit là-bas. Vous me les confiez pour que je les forme, mais vous m'ôtez mes possibilités d'influence, puisque vous gardez le plus important, leur cœur. »

Eudoxie ne céda pas. Elle fut superbe d'éloquence, faisant valoir l'éducation originale que ses nièces avaient reçue de leurs parents, leur vie solitaire au Moulin, le traumatisme de la mort de leur mère. « Les couper du Moulin, dit-elle, ce serait trancher leurs racines, opération aux conséquences incalculablement néfastes compte tenu de leur particulière sensibilité, inopportune au demeurant puisque c'est au Moulin qu'elles allaient revenir, leurs études terminées, qu'elles allaient résider et vivre — pour longtemps qui sait ? Au reste, étaient-elles de bonnes élèves ? La mère supérieure avait-elle à s'en plaindre ? » Mère Ursule accepta le plaidoyer et, avec un soupir, laissa faire. Ainsi advint-il que, grâce à leur tante, Néti, Vivi et Gaby vécurent six ans à Pau sans jamais perdre de vue le Moulin. Le spectacle de cette noble ville, la foule élégante, les mille commodités et distractions d'une cité, enfin la vue superbe et toujours présente des montagnes ne leur firent jamais oublier la vieille gentilhommière tapie dans les bois et les marais. Elles vivaient de cœur avec elle et attendaient avec impatience les vacances pour la retrouver. Au Moulin et à Pau on comptait les jours, on effeuillait le calendrier, le dernier mois paraissait sempiternel, la dernière semaine était fébrile, le dernier jour se vivait dans une tension d'insupportable impatience.

Il faut, mon cher ami, avoir été comme moi pensionnaire pendant six ans (ne vous vexez pas, mais quelque chose me dit que vous ne l'avez pas été) pour savoir ce qu'il en est. Ah, l'avant-veille et la veille, que chaque minute comptait ! Et j'imagine bien les trois filles se rendant à la gare, montant dans le train, s'énervant de vingt secondes perdues sur l'horaire, comptant sinon les tours de roues, du moins les kilomètres, s'exaspérant des stations innombrables jusqu'à ce qu'elles entendissent enfin le mot dont elles rêvaient depuis trois mois — Dax ! — claironné par la voix vibrante du chef de gare. Et ils étaient là tous les deux, fidèles au rendez-vous, un peu plus vieux au fil des ans, mais bien là, le baron blanchi et voûté, Eudoxie aussi forte, aussi majestueuse et péremptoire que jamais, qui les inspectait déjà du regard, à l'affût d'une mauvaise mine, d'un rhume, d'une maigreur trop prononcée. Et si tel était le cas on pouvait deviner au mouvement de ses lèvres qu'elle grommelait : « Par saint Basile, je m'en vais vous remettre tout ce petit monde d'aplomb ! »

Et c'étaient les vacances. Oh, trop courtes toujours. Mais chaudes et délicieuses au point de vouloir qu'elles s'éternisent, engrangées pour surmonter plus tard le silence de l'étude et la solitude du dortoir. Nos trois sauvageonnes retrouvaient le Moulin, la girouette qui grinçait sur le toit, l'eau de l'Adourotte cascadant sur les aubes géantes à jamais immobiles, la mousse verte des pierres léchées depuis des siècles par le courant, ce renfoncement mi-ombre mi-soleil près de la porte latérale où chaque année une colonie de pieds-bleus s'obstinaient à pousser ; dans la cour le cadran solaire avec l'image d'Hercule et, au-dessus de l'entrée, le blason d'Onard, une rivière d'argent en champ d'azur surmontée d'un saule, avec la devise : *Aqua fugit, tempus fugit, maneo :* l'eau fuit, le temps s'écoule, je demeure. Elles plongeaient dans ce monde familier comme dans le sein maternel. Souvenir d'Aliénor, souvenir de ces instants où ils étaient ensemble, heureux, vies d'enfants gorgées de tendresse, pulpeuses de rires doux, suaves d'innocence. Elles retrouvaient les eaux claires de leur rivière, les frondaisons des chênes, les marais, les champs, tout leur espace de bonheur et de liberté. Chacune renouait avec son propre style, émondé par la discipline du couvent. Dans sa chambre, au milieu de ses livres, Néti pouvait laisser libre cours à son goût pour la solitude et le rêve. Vivi la blonde, toujours affairée, partout présente, épuisante d'exubérance, comblait Eudoxie qui raffolait de cette nièce hyperactive et respectait ses crises inopinées de désœuvrement et de vague à l'âme. Sitôt la voiture entrée dans la cour, Gaby sautait à terre, légère comme une plume, embrassait d'un coup d'œil la maison, le jardin, la forêt. Elle courait partout pour s'assurer que rien de son domaine n'avait changé, puis disparaissait sous les arbres. « Elle va embrasser ses enfants », disait Eudoxie. Pendant toute la durée des vacances les trois sœurs savouraient leur bonheur, avec une intensité presque douloureuse, trop conscientes de son terme proche, se jurant qu'après le couvent elles reviendraient au Moulin et qu'alors elles ne le quitteraient plus jamais. Jamais. Jamais. Arrivait le dernier jour, lugubre, et il fallait partir. Elles ignoraient encore que plus tard, au travers des chagrins et des cahots de la vie, des échecs et des deuils, son souvenir jetterait sur les heures les plus sombres une lumière inoubliable, irremplaçable, qui serait leur refuge et leur réconfort.

JE DÉJEUNAIS et dînais souvent chez le docteur et me régalais chaque fois. La cuisine de Gaisha était succulente. Elle choisissait elle-même les vins, qui avaient cette faculté de me faire voir la vie en rose et de me convaincre que j'avais de l'esprit ; je m'efforçais de briller à ses yeux. Fourchette en main, le coin de la serviette passé dans le col de sa chemise, le docteur commentait, opinait, approuvait ; je joignais mes louanges aux siennes et je crois que Gaisha les accueillait avec plaisir. Le docteur était intarissable sur le chapitre de la cuisine et il me dit ce jour-là :

— En toute chose, Dubedout, il faut viser à la simplicité. Sur ce point les classiques ont raison, sans la simplicité pas de salut. Je ne nie point la grande cuisine, ses recherches savantes, ses trouvailles parfois géniales, et lorsque je vais à Paris en passant par le Bordelais ou le Périgord, je m'arrête dans les bonnes maisons. Je tire mon chapeau aux grands cuisiniers ; certains d'entre eux me connaissent et reçoivent mes compliments avec bonheur. Mais ce sont là circonstances exceptionnelles. Pour tous les jours — et la vie est faite de chacun de ces jours — vous ne sauriez déguster de la cuisine savante. Votre taux de cholestérol atteindrait des sommets himalayens et votre foie crierait grâce. En revanche, dites-moi, quoi de meilleur qu'une viande grillée et de savoureux légumes ? Un œuf à la coque assorti de mouillettes beurrées peut être une merveille. Le cuisinier a trois devoirs : composer un menu appétissant, se procurer les meilleurs produits, les accommoder à la perfection. Voilà le grand art au quotidien. Dans tous les cas soyons modestes. N'habillons point nos plats de noms prétentieusement poétiques qui ne sont que des attrape-nigauds, n'imitons point ce restaurateur dont le menu annonçait un œuf aux épinards sous le titre : « Soleil couchant sur la forêt d'Amazonie ». Et autres calembredaines. Surtout ne philosophons point dans nos marmites. De la modestie, hil dou diable ! Et puis, en matière de cuisine comme ailleurs, évitons l'excès. J'ai la fourchette solide, le gosier raide, mais je n'ai jamais pu supporter ces repas monstrueux qui durent des heures, vous ratatinent l'esprit et vous mettent sur le flanc pour deux jours. Dans ma jeunesse je redoutais les invitations de M. de Bâfreton, qui se voulait le plus gourmet, mais était en fait le plus glouton de tous les gourmands de Chalosse.

M. de Bâfreton ne pensait qu'à bien boire et bien manger. Son teint vermillon, ses yeux striés de veinules pourpres, son bedon déjà imposant à quarante ans, ses cuisses dodues témoignaient de son obsession gastrique. Les mauvaises langues disaient que sa cuisinière, Anaïs, petite fée Carabosse vive et spirituelle, cordon-bleu prisé dans toute la région, lui était plus chère que sa femme Mathilde. Celle-ci, géante moustachue à la voix gravissime, grenadier de la Garde, ne pensait pour sa part qu'aux chevaux. Elle les accouchait, les nourrissait, les dressait, les montait, les faisait courir dans des compétitions hippiques qui l'amenaient à se déplacer jusqu'à Pau et Bordeaux. Elle avait déclaré la guerre à son époux, le rudoyait, lui reprochait sa gourmandise et son ventre. En un mot elle lui menait la vie dure, ce qui altérait la qualité de ses jouissances digestives. Aussi s'ingéniait-il à attiser le feu de sa passion équestre en lui signalant tous les concours hippiques trente lieues à la ronde, ce qui lui permettait de se retrouver en tête à tête avec Anaïs, sa complice, toujours prête — et c'était sa fierté — à lui mitonner des petits plats. Et le fait est que l'on mangeait divinement bien chez M. de Bâfreton. Ah ! ces aloses de l'Adour, ces carpes moelleuses, ces foies frais aux raisins, ces plats de cèpes poêlés à l'ail et au persil, ces palombes, ces vanneaux, ces cailles, ces ramiers rôtis à point ; ces gâteaux sublimes, dont le plus célèbre, le « Roi Soleil », était sans rival de Toulouse à Paris ! Les flots d'une cave amoureusement choisie, régie avec une rigueur scientifique sinon maniaque, arrosaient ces agapes. Il faut ajouter que M. de Bâfreton ne mangeait pas seul, enfin le moins possible, il adorait la compagnie, estimant à juste titre qu'en gastronomie comme en amour le plaisir s'exacerbe d'être partagé. Il se fit élire au conseil général pour participer à ses banquets, dont il rectifia l'ordonnance, et adhéra pour la même raison à quantité d'associations, depuis l'Amicale des coureurs cyclistes de Morcenx jusqu'au Club des pêcheurs de crevettes, sis à Capbreton. « Je m'en vais à mes affaires », disait-il à Mathilde qui n'en croyait pas un mot, et il partait festoyer avec ses compaings. Le temps des lamproies, la saison des cèpes, l'ouverture de la chasse, tout lui était occasion de bombance. C'était d'ailleurs un charmant convive. Il riait, plaisantait, racontait avec bonheur. Mais toute sa conversation tournait autour des plaisirs de la table et les plats se succédaient avec une telle abondance qu'au milieu du repas nous déclarions forfait. Lorsque nous dégustions des ortolans, il insistait pour que nous nous recouvrions la tête de notre vaste serviette afin de mieux nous concentrer sur les jouissances de ce régal ; nous avions l'air de membres du Ku Klux Klan. Avec les adjuvants du café, de l'alcool, du second alcool et du cigare, un déjeuner finissait à six heures du soir. M. de Bâfreton nous stupéfiait par son allant et son appétit, puis nous irritait à l'extrême.

Il avait l'ambition, et il eut la persévérance d'écrire sur les truffes un ouvrage intitulé *La Truffe, ses mœurs, ses amours, ses excellentissimes saveurs, et les façons de la trouver,* qui fut publié à compte d'auteur chez Castagnac, obscur éditeur de Tartas.

Grand connaisseur en armagnacs, il avait, en vue des libations futures, muré dans une pièce trois mille bouteilles du meilleur Ognoas, promises à un long vieillissement. Le malheur est qu'il mourut d'indigestion sans avoir le temps de faire sauter le premier bouchon.

Mais laissons cela et revenons à nos moutons.

Notre baccalauréat en poche, nous montâmes donc à Bordeaux, François, Gérard et moi, pour y continuer nos études. En ce qui me concerne, mon choix était fait, je voulais être médecin et je pris mes inscriptions à la faculté. Quant à nos deux amis, faute de mieux, ils entamèrent leur licence en droit. A cette époque, Dubedout, on faisait sa licence en droit pour l'une des deux raisons suivantes : ou bien pour devenir avoué, notaire, avocat, magistrat ; ou bien parce que l'on ne savait quoi faire. En attendant que la vie décide, ou que l'on chausse les pantoufles paternelles, on acquérait une peau d'âne et des connaissances qui, se disait-on, ne seraient pas entièrement inutiles. Tel était le cas de François, ce dilettante, qui n'avait pas la moindre idée de ce qu'il ferait plus tard. Bordeaux n'était pour lui qu'un tremplin pour Paris et sa licence une introduction à des activités qu'il aurait été bien en peine de définir, mais dont la lecture assidue de Balzac l'avait persuadé qu'elles seraient en tout cas supérieures. Nous le plaisantions sur ces aspirations aussi grandioses que vagues, mais il n'en avait cure. Quant à Gérard, déjà fou de littérature, il apprenait le droit pour complaire à son père qui souhaitait ardemment lui transmettre un jour son étude. Cette perspective lui faisait horreur ; la vue du *Journal des notaires* en quatre-vingt-douze tomes reliés le révulsait, les histoires de succession lui donnaient la nausée. Il rêvait lui aussi de Paris et tenait Bordeaux pour le dernier sursis avant la décision finale. Que celle-ci dût meurtrir son père le tourmentait ; il était sensible et haïssait le non qu'il lui faudrait prononcer.

Un matin d'octobre 1903 nous débarquâmes donc en gare de Bordeaux-Saint-Jean, excités de nous installer dans la grande ville, chargés de conseils, de livres et de valises, plus lourds encore d'idéal et de naïveté, et d'autant plus fanfarons que nous étions timides. Nous restâmes béats d'admiration devant la cathédrale Saint-André, les allées de Tourny, le Grand Théâtre, les navires à quai dans le port, perdîmes notre chemin et manquâmes de nous faire écraser en nous retournant sur les jolies femmes. Nous finîmes par trouver des chambres dans le quartier de la Grosse Cloche et ouvrîmes en soupirant nos manuels, moi d'anatomie, Gérard et François de droit civil et de droit romain. La vie d'étudiant nous happa.

Nous nous pavanions sur le cours de l'Intendance, allions au théâtre, retrouvions nos amis dans les cafés à la mode. Il nous plaisait de plastronner sur des banquettes de velours rouge, de tutoyer le garçon, de commander un Lilet ou un bock de bière, de taper la carte et de nous retrousser les manches pour jouer au billard. Nous posions sur les femmes un regard qui se voulait blasé (alors que nous nous enflammions pour le moindre trottin !), jetions un coup d'œil négligent aux titres des journaux. En fait, mon cher, nous étions paumés ! Car pour une époque c'était une époque qui, télévision ou pas, alunissage ou pas, valait bien celle-ci ! Mettez-vous à notre place, je vous prie. Autour de nous le monde se transformait à une vitesse prodigieuse. En une génération naissaient le phonographe, la cinématographie, la télégraphie sans fil, l'automobile, la navigation sous-marine, l'aviation. En 1895, les frères Lumière projettent *L'Arroseur arrosé*. En 1903, les Wright volent sur deux cent soixante mètres. La physique, la chimie, la biologie, la médecine progressent à pas de géant. Le chemin de fer envahit l'Occident. En 1903 il enjambe la Sibérie et atteint Port Arthur. Après Suez l'isthme de Kiel est percé. On creuse des tunnels sous les Alpes. Le navire à vapeur évince la marine à voile. L'agriculture se transforme, l'industrie explose. Les paysans se ruent sur les villes. Des krachs, des crises ébranlent l'économie mondiale. Les rivalités coloniales, commerciales, financières s'exaspèrent. C'est la montée du socialisme, la naissance du syndicalisme, la perversion de l'anarchisme.

Nous, on regardait tout cela, sidérés. Évolution, progrès, ou tradition ? Positivisme, scientisme, ou religion ? Nous en avions le tournis.

En France, le défunt mouvement boulangiste, le scandale de Panama, l'affaire Dreyfus nous laissaient un goût d'amertume. La politique anticléricale du père Combes nous irritait. C'était petit, mesquin.

Nous étions patriotes. Nous pensions à l'Alsace et à la Lorraine, calculions que l'isolement diplomatique de la France face à l'Allemagne s'était atténué depuis l'alliance franco-russe, en attendant l'Entente cordiale, qui intervint en 1904 et fut chaleureusement accueillie à Bordeaux.

Les médiocrités de la politique intérieure française nous écœuraient d'autant plus que les perspectives nous paraissaient immenses, l'horizon sans limites. Avec quelque naïveté sans doute, la Science se targuait d'apporter la solution à tous les problèmes, la réponse à toutes les questions que l'homme peut se poser, de détenir la clef du paradis futur. Elle avait toutes les ambitions et toutes les certitudes. L'empire colonial français, qui achevait de se faire, appelait les énergies, les dévouements, les convoitises ; de Bordeaux, tourné vers le grand large, nous regardions vers l'Afrique, l'Amérique du Sud, le monde anglo-saxon. Et puis, phénomène extraordinaire, malgré la Science, le positivisme et l'essor prodigieux de l'industrie, la Poésie triomphait. La Poésie, oui, Dubedout ! 1903 : Victor Hugo était mort depuis dix-huit ans. Mais chacun de nous connaissait et récitait ses vers. Il était l'Écrivain immense, celui qui avait dompté l'Idée et le Mot, possédé toutes les puissances, poète, romancier, dramaturge, penseur, visionnaire. L'Esprit soufflait à travers ses pages ; la beauté, la grandeur y rayonnaient ; nous y buvions le lait de l'humaine tendresse. Baudelaire, Verlaine, Rimbaud avaient repris le flambeau. Les symbolistes lançaient leur manifeste. Nous saluions en Rodin le nouveau Michel-Ange.

Cent ans plus tôt, l'Empereur avait incarné le génie ; mais le rêve s'était brisé. Après lui Hugo et Pasteur bousculaient à nouveau les bornes, ouvraient la voie d'autres conquêtes, nous proposaient l'infini de la connaissance et de l'art. Nous brûlions de marcher sur leurs traces.

Nous fréquentions des jeunes gens de talent. Le peintre Jean Dupuch et le pianiste Aristide Vielle brillaient parmi les artistes. Petit, d'une finesse extrême, Dupuch, que nous surnommions Aramis, avait un profil d'Apollon. Il visait l'École de Rome et, follement porté sur la bagatelle, ne quittait son chevalet que pour courir le jupon. Né d'une famille de petits employés bordelais, sans un sou mais richissime en ambition, il dépensait des trésors d'ingéniosité pour survivre, acheter des couleurs, s'habiller. Passionné de Chopin et de Liszt, le romantique Aristide se déchaînait au piano au point d'en enrouer les cordes ; cette violence surprenait d'autant plus qu'une exquise douceur se dégageait de son visage. Intelligent, rusé, extraverti, doué d'un flair de chien de chasse, Pierre Marquebielle, futur député et maire de Bordeaux, dominait le clan des jeunes loups de la politique, suivi comme une ombre par Augustin Borde, son ami et disciple, d'une âpreté moins canine, plus humain, moins retors aussi. Nous apprenions des uns la dure leçon de l'artiste qui pour créer a faim, a froid, vend une œuvre pour un bifteck ; nous observions chez les autres la montée des talents qui font l'homme dit politique, le goût de l'intrigue, le sens du compromis, l'oubli des scrupules, le pouvoir de persuasion qui tient largement de l'habileté à flatter. Piou, qui se trouvait aussi à Bordeaux, nous rejoignait parfois. Il rompait des lances avec Marquebielle, qui le qualifiait de rêveur de clair de lune et s'écriait en le voyant : « A vos moulins, messieurs, voici Don Quichotte qui passe ! »

Il y avait aussi Théo, le fils du buraliste de Poyanne, épanoui, tout rond, le teint rose, vif et curieux. Dès l'enfance il s'était fait remarquer par son esprit d'invention. Il construisait des moulins, des machines à vapeur, lançait des trains miniatures sur des réseaux compliqués. Ses bateaux à hélice sillonnaient nos mares au grand émoi de nos canards, ses montgolfières traversaient le ciel de Poyanne. Il avait ébloui M. Pédamous qui, grâce aux bourses de la préfecture, l'avait poussé jusqu'à une école d'ingénieurs. Il bricolait, inventait. Un moulin à café, une baratte, une longue-vue, tout objet lui lançait un défi personnel : il devait l'améliorer. Parfois ses expériences tournaient mal : sa douche ultramoderne, mais difficile à régler, le transforma en homard cuit ; il ne put retirer sa tête de la lunette de la guillotine qu'il perfectionnait pour adoucir le sort du condamné et il fallut le délivrer. Le pire advint quand il se mêla de pyrotechnie pour corser le feu d'artifice de Poyanne : il réapparut en bandelettes comme la momie de Ramsès. En fait Théo fut un ingénieur remarquable auquel nous devons un grand nombre d'inventions. Féru de modernisme, c'est lui qui introduisit dans notre village la première bicyclette, puis la première automobile. En 1903, c'était un camarade charmant. Nous aimions aller le surprendre dans sa chambre où s'entassaient les appareils les plus étranges. Nous l'observions du coin de l'œil : il était avec nous, discutait, jouait aux cartes, riait ; et puis tout d'un coup, hop ! il n'était plus là. Le génie de l'invention, la trouvaille, l'idée venaient de nous l'enlever. Il enfourchait son Pégase mécanique.

Fin juin, les examens passés, nous revenions à Poyanne pour d'immenses vacances qui s'achevaient le 15 octobre. En août certains de nos camarades, invités par François, venaient nous y rejoindre. Les plus assidus étaient Aristide et Dupuch. Celui-ci faisait un tabac dans la population de Poyanne en croquant les gens et les scènes du village ; on se disputait, on s'arrachait ses pochades. Il séduisit le marquis en faisant son portrait. On vit grand, la toile avait trois mètres sur deux. Le marquis posa, vêtu d'un costume de chasse, son chien favori à ses pieds, la noble silhouette de Quadragant formant l'arrière-plan. Le résultat fut superbe, le marquis comblé et Dupuch sacré le plus grand peintre du temps. Le portrait fut placé dans la grande galerie. Chaque matin le marquis venait se regarder, se féliciter d'être lui-même. Il surveillait le chef-d'œuvre de près et à la moindre chiure de mouche ameutait toute sa maison. Aux nouveaux venus il disait avec simplicité en désignant le tableau : « Me voici. » Dupuch eut dès lors vivre et couvert assurés à Poyanne : c'était le peintre de Monsieur. Plus timide, moins calculateur, Aristide s'imposa par sa gentillesse et son efficacité. Il fut promu chef d'orchestre, responsable des soirées musicales du marquis. Ces messieurs les musiciens — mon père et M. Pédamous, entre autres — furent flattés d'obéir à la baguette d'un jeune homme, aimable au demeurant, qui était lauréat du Conservatoire de Bordeaux. L'aspect romantique d'Aristide, sa haute taille, sa chevelure qui dansait dans les moments de fougue, son visage inspiré par la musique, les transportaient. C'était charmant de le voir taper à petits coups sur le pupitre en disant : « Pas assez d'âme, pas assez d'âme, voyons, vous n'y mettez pas assez d'âme, messieurs ! Reprenons ! » Et mon père, M. Pédamous, dans un sursaut, y mettaient un supplément d'âme. Ou de l'entendre susurrer : « Diminuendo, diminuendo, diminuendo... Mais... mais... je ne vous entends plus, messieurs ! » Il réussit à discipliner cet ensemble hétéroclite, fertile en couacs, en fit un orchestre présentable. Les répétitions avaient lieu — sage précaution — dans une cave du Château. On s'acharnait, on suait, on reprenait, on recommençait encore. Et finalement la mélodie pure, presque sans faute, se levait avec l'aube, qui pourrait être livrée sans déshonneur, le soir même ou le lendemain, aux invités du marquis, parfois à la population de Poyanne. Le marquis constata la différence et apprécia. Aristide lui aussi fut sacré grand homme, mais sans détrôner Dupuch de son piédestal.

Ces résultats, Dubedout, étaient d'autant plus remarquables que les Gascons sont peu musiciens. On ne saurait avoir tous les talents. Autrefois, nos bergers jouaient du pipeau, du fifre, de la flûte.

Écoutez, les Gascons... Ce n'est plus, sous ses doigts,
Le fifre aigu des camps, c'est la flûte des bois !
Ce n'est plus le sifflet du combat sous ses lèvres,
C'est le lent galoubet de nos meneurs de chèvres !...
Écoutez... C'est le val, la lande, la forêt,
Le petit pâtre brun sous son rouge béret,
C'est la verte douceur des soirs sur la Dordogne,
Écoutez, les Gascons : c'est toute la Gascogne !

Hélas, bergers et pipeaux disparaissent ; vous ne les trouverez plus, les pauvres, que sur les pentes des Pyrénées. Nous avons certes nos orphéons, nos fanfares, nos cliques, les Bugles de l'Océan à Mimizan, les Sirènes de l'Adour à Dax, les Trompes du Marensin, les Airains du Tursan, les Cornets d'Aire-sur-l'Adour, les Pistons de Biscarosse — nous excellons dans les cuivres — mais pas d'orchestre philharmonique départemental. Deux noms connus, toutefois, Francis Planté, le grand pianiste, qu'Orthez nous dispute d'ailleurs, et Duboscq. Nos sculpteurs en revanche...

Parfois, une folie nous prenait. L'un de nous regardait soudain les autres et disait : « On y va ? » Ce n'était pas la peine de demander où ! Le lendemain, à l'aube, nous sellions nos chevaux et partions. L'Angleterre, mon cher Dubedout, a son district des lacs. Nous avons nos étangs. Parallèles à la mer dont ils sont coupés par les dunes, ils se succèdent depuis Hourtin au nord jusqu'à Tosse. Ce sont des étendues calmes cernées de pins et de plages de sable blanc, désertes, immaculées, où les racines des arbres tordent leurs bras noueux et noirs. Aucun mouvement, aucun bruit sauf la rumeur du vent. La fumée d'une chaumière invisible, une barque attachée à une souche, sur les eaux quelques pilotis de chasseurs rappellent seuls l'existence de l'homme. Nulle trace de pas en ces lieux loin de tout. Immuables et sereins, nos étangs virent aux reflets du ciel, bleus au soleil, gris sous les nuages de l'Atlantique, verts sous la pluie, noirs dans l'orage, à l'aube irisés comme l'opale miellée, s'enflammant le soir aux feux du couchant. Nous allions de préférence à Tosse, où se trouvent deux étangs jumeaux, le Noir et le Blanc. Nous laissions nos chevaux dans une ferme et, chauds encore de notre course, plongions dans ces eaux pures. Nous prenions des barques, ramions jusqu'au centre, et là, loin du monde, sous le soleil qui crépitait, nous abandonnions à une torpeur béate. A l'automne des grues passaient en vols triangulaires et puissants, scandés parfois de cris rauques.

Nous dînions à la ferme, dormions dans le foin ou sur la grève. Le lendemain nous repartions vers la mer. De loin nous la sentions à ses odeurs d'iode. Nous parvenions enfin aux dunes. Derrière elles l'océan respirait et cognait à grands coups. C'était plus fort que nous ! Nous sautions de nos chevaux, ôtions nos vêtements à la diable, nous ruions sur la dune, la gravissions, haletants, insensibles aux piqûres des œillets sauvages... et il était là. Lui, l'éternel, l'immuable, image de l'infini et de ces forces inouïes que nous sentions alors en nous. Nous restions à le contempler, deux, trois secondes peut-être, et tout d'un coup, répondant à son appel, nous dévalions la dune en hurlant pour nous jeter en lui.

C'est à la Noël 1905, alors que nous étions en vacances à Poyanne, que se produisit un événement de conséquence.

Je vous ai dit qu'ayant quitté le collège de Dax où il ne faisait rien, Gilles grandissait au Château comme une plante sauvage, lisant Buffon et courant la campagne. Cela durait depuis deux ans. Sans une ride. Sans un nuage. Il était heureux et voyait à peine son père, car sa tenue ne lui permettait pas de se présenter devant lui et il avait pris l'habitude de manger à l'office. M. de Poyanne l'observait de loin, rongeant son frein. Et, soudain, la foudre tomba.

Le marquis convoqua son fils dans sa bibliothèque et, le dos au feu, le toisa. Il détailla du regard ce jeune homme dégingandé et hirsute, hâlé par tous les temps, vit ses braies effilochées, sa veste déchirée par les ronces, scruta cette face naïve. La colère le prit et il lui dit :

« Vous êtes heureux ? »

« Oui, père. »

« Vous aimez donc la terre ? »

« Oh oui, père ! »

« Eh bien, je vais vous donner l'occasion de la mieux aimer. Vous savez que les vieux de Barrès sont morts ? »

« Oui, père. »

« Allez vous installer à Barrès. Je vous le prête. Vous y serez chez vous et vivrez du produit que vous en tirerez. Je vous fais grâce de toute redevance. Dès demain vous quitterez le Château. Vous viendrez m'y voir le dimanche. »

Ce dialogue lapidaire décida de la vie de Gilles. Sur le coup, qui était aussi brutal qu'inattendu, celui-ci fut indécis. Il ne savait s'il fallait rire ou pleurer, et je crois qu'il fit les deux à la fois. Il comprenait que son père l'exilait et l'idée de quitter le Château, qu'il aimait, le peinait. Il craignait d'autre part de voir moins souvent son frère François, auquel le liait une affection profonde ; mais celui-ci, à vrai dire, ne venait plus à Poyanne que pendant les vacances depuis qu'il étudiait à Bordeaux. Quant à Gaston, peu lui souciait de s'en séparer, bien au contraire, car il n'en recevait que moqueries et sarcasmes. En revanche, on lui donnait Barrès, c'est-à-dire la liberté de vivre comme il l'entendrait, de se lever dès l'aurore, de se coucher avec le soleil, d'avoir chiens, chats et animaux divers, de fuir les étrangers, les cérémonies, les corvées familiales, d'être enfin lui-même. La terre que son père lui prêtait était bien modeste, six hectares de cultures diverses, blé, maïs, avoine, fourrage, betteraves et un peu de vigne, juste de quoi vivre. Les bâtiments étaient petits, vétustes : un logis comprenant salle commune, deux chambres et cuisine, une grange pour la récolte, une étable, un poulailler et une soue à cochon. Mais la ferme était située sur un éperon qui, se détachant de la colline de Poyanne, surplombait la plaine de l'Adour ; les champs étaient en contrebas. Cette position donnait l'impression de se trouver à la proue d'un bateau. Gilles pouvait observer de chez lui la course complète du soleil, qu'aucun obstacle ne lui dérobait, et caresser des yeux la plaine qui s'étendait à ses pieds. C'est donc à Barrès qu'il s'installa, à l'âge de dix-sept ans, pour y commencer sa vie d'homme.

Gaston accueillit la décision de son père par un éclat de rire ; il la trouvait excellente. L'ahuri — ainsi appelait-il son frère — allait donc se trouver confronté avec cette nature dont il se gargarisait à tout propos et se trouver dans la nécessité de l'exploiter pour ne pas mourir de faim. On allait s'amuser. François, au contraire, fit de vifs reproches au marquis : Gilles n'avait des travaux agricoles qu'une connaissance sommaire, il s'installait à Barrès au cœur de l'hiver, une fois les récoltes vendues, ses greniers étaient vides, il n'aurait rien à semer ni à se mettre sous la dent. Il fallait lui avancer de l'argent. Mais M. de Poyanne fut inflexible. Gilles méritait une leçon et l'avait. S'il venait à Canossa, la porte du Château lui serait ouverte, mais cela supposait qu'il acceptât de se comporter comme tout le monde, d'apprendre un métier et de gagner sa vie. François lui reprocha sa dureté. Le ton monta. Le père enjoignit au fils de sortir. François repartit pour Bordeaux, révolté. Il écrivit régulièrement à son frère et lui envoya de l'argent. Gilles le remercia, mais retourna l'argent, par fierté.

L'hiver de l'année 1905 fut rigoureux. Gilles n'avait qu'une seule ressource en abondance, le bois mort qu'il ramassait dans la forêt de l'Adour et hissait jusqu'à Barrès sur son dos. Il se nourrissait de pommes de terre, de lentilles et de haricots, les seuls aliments qu'il pût acheter. Sa vitalité et peut-être aussi son orgueil l'aidèrent à surmonter le froid et la faim. Il ne demanda rien à son père, n'accepta aucune des aides que nous voulûmes lui apporter. Sur un point seulement il désobéit au marquis, en s'abstenant de lui faire visite le dimanche. Lorsque le printemps arriva, il était maigre comme un clou. J'allai le voir dans ses champs. Sabots aux pieds, la mine famélique, il portait un pantalon et une chemise déchirés et troués. Mais il ne me parut nullement abattu, au contraire galvanisé par l'épreuve.

Tout cela était bel et bon, mais nous comprîmes, François, Gérard et moi, qu'il fallait à tout prix lui donner le moyen de cultiver ses six hectares, à moins de le laisser succomber aux rigueurs d'un second hiver. Trouver l'argent fut en définitive moins difficile que de le faire accepter à cette tête de mule. Il céda à la condition que ce fût un prêt et acheta une paire de bœufs, un joug et des courroies de cuir (mais pas d'aiguillon !), une charrue, des instruments et des semences. Au début de ses épreuves Robinson Crusoé était plus riche que lui !

Il se mit au travail avec une énergie incroyable. La première récolte fut médiocre. Il put toutefois moissonner quelques quintaux de maïs et de blé, faire un peu de vin, vendit le tout aux marchands de Mugron. En outre, il agrandit le potager, auquel il consacra des soins infinis, car c'est de lui que dépendait surtout sa subsistance. Il se révéla un excellent jardinier et put tous les jours faire bouillir sa marmite. Un an après son entrée à Barrès, il avait de quoi manger. Il n'était plus question de mourir de faim ni de venir à récipiscence.

Son aventure, vous pouvez l'imaginer, faisait jaser dans les chaumières. La tendresse pour les animaux de celui qu'ils appelaient Moussu Gilles agaçait les fermiers — leurs épouses beaucoup moins — car les paysans sont plutôt durs aux bêtes. On avait tendance à penser qu'il était un peu simple d'esprit, son refus de manger de la viande était d'autant moins compris qu'à cette époque un simple ragoût était un mets de luxe dont il paraissait insensé de vouloir se priver. En revanche l'amour de Gilles pour la terre flattait ceux qui la travaillaient et en faisait un des leurs. L'épreuve que lui infligea son père fut accueillie avec surprise. Comment un Monsieur du Château pouvait-il accepter de vivre comme l'un de ses métayers les plus pauvres ? Au début il y eut des sarcasmes, des paris le plus souvent moqueurs. Mais lorsqu'on le vit relever le gant, s'obstiner, la situation se renversa en sa faveur. Les voisins d'abord, les autres paysans de la commune ensuite, lui offrirent de quoi améliorer l'ordinaire et lui proposèrent de lui prêter la main. Gilles déclina gentiment ces secours, mais demanda et accepta des conseils. Cette simplicité acheva de lui conquérir les cœurs. En dépit de ses singularités il fut sincèrement et définitivement adopté.

Chez les hobereaux, bourgeois et propriétaires de Chalosse, l'attitude du marquis fut approuvée par beaucoup. C'était un épouvantail que les pères pouvaient brandir pour effrayer leurs rejetons paresseux. Partisans de l'ordre et de la discipline louèrent cette énergique façon de mater un vaurien de fils. Mais la réaction de Gilles stupéfia l'opinion et suscita des jugements plus nuancés. Le marquis fut taxé de dureté et eut moins de rieurs de son côté. Il en fut d'abord déconfit, puis, sans qu'il en montrât rien, ne put se défendre d'une certaine admiration pour cet enfant qui lui avait tenu tête.

M. de Poyanne en avait d'ailleurs vu d'autres. Quelques années plus tôt, la déplorable affaire de Brassempouy avait dangereusement humilié son orgueil. Mais il n'était pas homme à se laisser abattre pour autant. Faisant preuve d'une belle énergie, il avait su dominer l'épreuve, rassemblé autour de lui sa cour un instant chancelante dans sa dévotion, et repris les rênes de son gouvernement.

Vous vous étonnerez peut-être, Dubedout, que ce caractère difficile pût réunir autour de lui tant de gens dont beaucoup, croyez-moi, n'étaient pas des sots. Voyons les choses d'un peu près. Son titre de marquis de Poyanne, illustre en Chalosse, ne laissait pas d'impressionner. Il avait d'autre part, comme on dit de nos jours, la logistique pour lui. Son château, vaste et commode, se prêtait aux réceptions, aux banquets, aux bals, aux soirées musicales et poétiques. Il y avait d'autres châteaux à la ronde, mais les comtes, vicomtes ou barons qui les possédaient ne jouaient aucun rôle social pour des raisons diverses : l'un était plus avare qu'Harpagon, l'autre n'avait pas un sou vaillant, tel autre se débattait dans les pires difficultés familiales depuis que sa fille unique avait épousé un marchand forain spécialiste de la barbe à papa ; quant au baron d'Onard, seule la contemplation des grandes perspectives historiques lui permettait de survivre à son malheur. Enfin le marquis était présent toute l'année à Poyanne. A la différence de ces notabilités qui partagent leur vie entre Paris et leur propriété de province, il était toujours là, en éveil, observant tout, se mêlant de tout, ô combien ! Et puisque les absents ont toujours tort, il faut croire qu'il avait toujours raison. Il était là l'hiver au moment des cochonnailles et des salaisons, à la Noël et au premier de l'an pour les vœux et les fêtes ; à Pâques, où il communiait ; l'été pour les moissons ; l'automne pour les vendanges ; et pour la chasse, la pêche, les champignons. Il était présent aux baptêmes, aux mariages, aux noces d'argent et d'or, aux enterrements. Il était là, toujours là ; trop peut-être, mais enfin là ! Et pendant les vacances le charmant François était là aussi, qui attirait les intellectuels, les artistes, et par son intelligence, sa gentillesse, faisait oublier ce que le caractère de son père pouvait avoir de rugueux. Ainsi tous, jeunes et vieux, sots et malins, hobereaux et plébéiens, jolies femmes et vieilles commères, trouvaient-ils avantage et plaisir à figurer parmi les commensaux de Poyanne. Le Château était le seul endroit où l'on pût se retrouver, se pavaner, se régaler, cancaner, et rencontrer toute la société de Chalosse. C'était le centre des potins, des discussions, des réjouissances, mais aussi le haut lieu de la musique et de la poésie.

Cette cour n'excluait personne, tout le monde y pouvait paraître, depuis le baron de Cauna jusqu'au simple cantonnier. Mais elle avait sa hiérarchie, qui était fonction du degré d'intimité avec le marquis. Celui-ci se trouvait au centre de cercles concentriques qui allaient s'élargissant autour de lui, comme les rides de l'eau cernent le bouchon du pêcheur. Et dans le premier cercle, outre ses trois fils, il y avait son frère Oscar, la fille de celui-ci, Agate (sans « h » je le précise), et le cousin Hadrien.

Oscar était le frère aîné du marquis. Vous êtes surpris ? Vous vous demandez comment il se peut qu'à l'encontre de toute règle le cadet ait hérité du titre et du château de Poyanne ? Vous avez raison, et pourtant ce fut ainsi. Oscar, qui était un fieffé original, abandonna l'un et l'autre à Arthur. Nous y reviendrons. Disons tout de suite qu'Oscar était un être surprenant, déroutant, extraordinaire à maints égards. Plus encore que le baron d'Onard il avait le physique du Gascon selon Rostand : sec et maigre comme un échalas, jarret d'acier et jambe de cigogne. En 1903, il avait la soixantaine. Son visage long, ridé, tanné par les soleils des Tropiques, se recommandait à l'attention par un grand nez crochu, de vastes oreilles en éventail et un toupet de cheveux blancs perché sur le sommet du crâne. Un regard perçant, accrocheur, animait cette face ingrate ; on y lisait de la curiosité, de l'ironie, une énergie qui tenait du prodige et un amusement quasi enfantin, qui expliquait peut-être son adoration pour les enfants. Il était mis comme un as de pique, portait hiver comme été le même complet en alpaga fané, un col cassé très haut d'où pendait une cravate qui avait été rouge, aux pieds des souliers jaunes coiffés de guêtres blanches, sur la tête un panama effiloché et déformé. On ne le voyait pas pendant deux ou trois ans, puis il survenait à Poyanne sans crier gare, muni d'un simple balluchon qu'il balançait par la portière de la diligence quand elle passait devant la grille du Château ; il en descendait lui-même vingt mètres plus loin, en face de l'école. Un cri fusait aussitôt dans tout le village : « M. Oscar est dans la diligence ! M. Oscar est arrivé ! » Il ramassait son barda dans le fossé et, canne de jonc à la main, se dirigeait vers le Château. Il poussait la porte et allait tout droit à sa chambre qui l'attendait depuis sa dernière apparition. Après avoir fait un brin de toilette, il descendait à la bibliothèque pour y voir le marquis. Là il s'installait, le séant sur un fauteuil, les jambes sur une chaise, une bouteille d'armagnac sous la main, et commençait à parler. Son débit était puissant, intarissable. Au marquis, à tout un chacun, il racontait par le menu ses voyages — c'était l'éternel voyageur —, ses projets, ses travaux, ses espoirs, ses déboires surtout car je ne crois pas qu'il ait jamais réussi dans une seule de ses entreprises. Il abondait en idées, en plans mirobolants, en intuitions géniales, mais tout se soldait par un échec. Il vous suivait pour vous narrer ses aventures, vous pourchassait, vous bloquait dans un coin, vous agrippait par la cravate ou le col du veston, vous parlait à travers la porte si vous étiez aux toilettes, s'asseyait auprès de votre lit pour vous entretenir jusqu'à cinq heures du matin. Et puis, tout d'un coup, c'était fini. Il fermait son clapet, devenait songeur, tombait dans un profond mutisme. Oscar rêvait, échafaudait de nouvelles combinaisons. Comme Théo, il n'était plus là.

C'était le scientifique de la famille. Il avait un sens aigu de l'observation, une indéniable aptitude à la cogitation — et l'irréalisme de l'hurluberlu. De même que Gilles parcourait les campagnes de Poyanne attentif à toutes les manifestations de la vie animale et végétale, de même Oscar avait-il passé sa jeunesse à arpenter la Chalosse, un petit marteau à la main, en quête de roches intéressantes. Cette passion s'était épanouie à la faculté des sciences de Bordeaux, où il était devenu un géologue de premier ordre. Et puis, en 1876, l'invention du téléphone par Gray et Graham Bell l'avait bouleversé. Pressentant l'immense importance de ce qui allait être la télégraphie sans fil, il s'était passionné pour les découvertes de Hertz, les travaux de Branly, Lodge, Richardson et Popov. En 1902 la liaison, réalisée par Marconi, des côtes de l'Irlande et du Labrador par la télégraphie sans fil avait été l'une des grandes dates de sa vie ; il n'en avait pas dessoûlé de trois jours. Partagé entre le monde des roches et celui des ondes, entre le plus solide et le plus subtil, disait-il, il vivait une existence mi-souterraine mi-éthérée, mais nullement terrestre en ce sens qu'il n'avait pas les pieds sur terre. Du moins avait-il eu, tout jeune encore, le mérite et le courage d'une certaine logique. Constatant que le sous-sol de la Chalosse ne pouvait plus lui réserver de surprises, il avait compris que son activité de géologue aurait à s'exercer ailleurs. Révélation douloureuse, car il aimait Poyanne. Mais une décision universitaire l'aida à rompre le cordon ombilical. A la demande du Bey, l'université de Bordeaux envoya une mission de géologues en Tunisie. Il fut choisi. Ce fut le coup de foudre. Il découvrit l'outre-mer, une civilisation différente, un autre monde, une autre géologie.

L'histoire de ce premier voyage, que de fois lui ai-je demandé de me la raconter ! Car sachez, Dubedout, que si les adultes fuyaient ses interminables récits hérissés de détails techniques sur les composants du gneiss, le feldspath, le quartz, le mica, et ses éléments variables, l'amphibole, l'apatite, la cordiérite, la hornblende ou le grenat, nous, les jeunes, nous ne demandions qu'à l'écouter. Oscar était un conteur excellent qui savait se mettre à notre portée. Nous le regardions bouche bée, il nous captivait, nos sentiments se peignaient sur nos visages juvéniles. C'était l'époque où je rêvais de parcourir le monde et l'évocation de tous ces peuples, de ces pays me fascinait. Oscar jouissait du spectacle des passions que ses récits éveillaient en nous. Il cédait parfois à la tentation de forcer la dose, mais se reprenait en voyant une lueur d'incrédulité s'allumer dans nos yeux. Il nous avait pris en affection. De notre côté, nous nous languissions de lui, nous l'attendions, et lorsque le cri M. Oscar est dans la diligence ! M. Oscar est arrivé ! fusait dans le ciel de Poyanne, nous nous précipitions, Gérard et moi, au Château pour y retrouver notre ami. Avec Gilles et François nous guettions sa porte, elle s'ouvrait, Oscar paraissait sur le seuil et nous nous jetions dans ses bras. Il nous embrassait en riant : « Ah, mes lascars, disait-il, que vous avez grandi ! Hil dou diable de hil dou diable ! Voici de fameux gaillards ! »

A dix ans il nous impressionnait et nous passionnait ; à vingt ans il nous amusait ; un peu plus tard il nous attendrit.

Ce fils de l'Atlantique avait donc découvert la beauté méditerranéenne, qui n'était pas encore bétonnée, polluée — je parle des côtes françaises — comme elle l'est à présent. Avant de prendre le bateau à Marseille, il avait visité les calanques de Cassis. Le ciel et la mer bleus, les rochers rouges l'avaient ébloui. Il s'étonnait de l'intensité de ces couleurs si différentes du vert et de l'ocre discrets de nos terres, s'émerveillait de cet éther azuré où les ondes hertziennes devaient batifoler à leur guise, de ces paysages minéraux qui recelaient, à n'en pas douter, des trésors. Il s'était embarqué sur cette mer qui lui paraissait irréelle dans son apparente placidité, n'avait pas fermé l'œil de la traversée, buvant des yeux la pureté de la lumière, scrutant les ténèbres, la nuit, à l'affût des phosphores chanteurs. Le navire avait atteint la côte tunisienne. Il avait frôlé le promontoire de Sidi Bou Saïd avec ses maisons blanches aux portes bleues, pénétré dans le golfe de Carthage. Spectacle fabuleux pour notre jeune Gascon ! Sur sa gauche il voyait la longue ligne du cap Bon, les murailles verticales du djebel Ressas, le chapeau à deux pointes du Bou Kornine, ami de Salammbô ; sur sa droite s'élevaient les collines de Carthage, et il lui semblait que les grandes ombres d'Hamilcar, d'Hannibal, de Scipion l'Émilien, de saint Augustin, de Saint Louis se levaient pour le saluer. Et au fond il y avait Tunis, avec ses mosquées, ses palais, ses souks, les surprises et les beautés de l'Orient. Un autre bateau l'avait amené à Gabès où, monté sur un chameau, il avait pris la piste. Pendant deux ans il avait prospecté le Sud tunisien de Gafsa à Foum Tataouine. Il avait eu faim, soif, le soleil l'avait tanné et brûlé, il ressemblait à un pruneau d'Agen. Mais il s'était pris d'amour pour le désert. Il aimait ces étendues cruelles où des massifs de roches noires crèvent la mer de sable, où le soleil est royal, l'ombre toute divine, où aucun emmerdeur, disait-il, ne se pointe jamais à l'horizon de l'absolu. Il avait vu des aurores à croire à la paix des anges, des crépuscules qui lui avaient percé le cœur. Il avait bivouaqué au pied de falaises sculptées par les hommes de la préhistoire, traversé des champs de silex taillés et de roses des sables. Sa prospection terminée, la mission avait plié bagages. Quoi, il fallait partir, abandonner tout cela ? Quitter cette beauté, cette rigueur exigeantes ? Quitter Gafsa aux eaux bondissantes, ses maisons de terre et ses ruelles fraîches, ses gamins rieurs, les femmes en noir près des puits, ses hommes denses et taciturnes ? Ne plus voir les méharis dégingandés qui traversent les sables, ne sachant où ils vont, mâchant stoïquement leur fatalisme et leur dédain ? Non, c'était impossible ; et il n'avait pas pu. Il était resté un an de plus à Gafsa, toléré par la police du Bey, vivant sur ses derniers sous, et à Bordeaux, à Poyanne, on l'avait cru mort. Un jour, malgré tout, il avait fallu s'arracher et il était parti, à pied, seul, vers le nord. A son passage le colisée d'El Djem avait surgi de la plaine, il avait vu Kairouan la Sainte, traversé les terres onduleuses de Béja qui furent le grenier de Rome, longé le grand aqueduc de Zaghouan, revu Tunis, Carthage, campé à Utique. Il avait atteint Bizerte, à l'extrême nord, et trouvé à l'ouest de la ville une côte semblable aux calanques de Cassis. Il s'installa dans un village, devint pêcheur. L'infini de la mer le consolait d'avoir perdu l'infini du désert. Il resta là une année encore, se nourrissant du poisson qu'il prenait, de coquillages et de semoule. La police beylicale le surveillait toujours de façon débonnaire, il était inoffensif. Il apprenait l'arabe, errait dans le pays. Et c'est lors d'une de ces promenades solitaires qu'il fit la découverte de sa vie.

Ce qui suit, Dubedout, ne fait point partie des histoires

qu'Oscar nous racontait quand nous étions enfants. Je reçus cette confidence bien plus tard, à l'âge d'homme.

Derrière le lac de Bizerte, communiquant avec lui par l'oued Tindja, se trouve un autre lac aux eaux salées, l'Achkeul. Il est vaste, quinze kilomètres sur sept dans ses dimensions extrêmes, mais de faible profondeur. C'est un lieu peu fréquenté. Ses rives étroites et sablonneuses sont assez tristes ; il y règne en été une redoutable chaleur. Le djebel Achkeul le domine de ses cinq cents mètres, recouvert de taillis où abonde le gibier. Un sultan peupla autrefois ce djebel d'animaux sauvages pour en faire une réserve de chasse ; un troupeau de buffles y vit toujours. Le visiteur non averti s'interroge sur la présence de cette grande étendue d'eau saumâtre à l'intérieur des terres ; mais Oscar le géologue eut vite fait de trouver l'explication : il y a très longtemps, l'Achkeul était un bras de mer. Il communique encore avec elle par l'intermédiaire du lac de Bizerte. Mais le goulot est étroit, les pluies fort rares, et il s'assèche lentement.

Oscar se promenait donc un jour sur la rive de l'Achkeul, torse nu et un mouchoir sur la tête pour prévenir une insolation. Il longeait un escarpement lorsque son regard fut attiré par des taches sombres qui sortaient à demi du sable calciné. Il s'approcha de l'un de ces objets, l'empoigna, tira, tira encore, s'arc-bouta pour tirer plus fort, finalement arracha à la berge une lourde coquille. Il l'examina. Aucun doute, c'était une coquille d'huître, la moitié d'une huître plus exactement, mais longue de trente centimètres, large de quinze, épaisse de dix et pesant facilement ses cinq kilos. Il sembla à Oscar qu'un silence total s'abattait sur le lac, que le globe terrestre s'arrêtait de tourner, que le temps lui-même devenait immobile. Instant solennel, unique ! Il réfléchissait. Il posa la coquille sur le sable avec autant de précaution que s'il se fût agi d'un nouveau-né, la contempla, l'admira. Et soudain il se mit à genoux. On prétend, Dubedout, que les Japonais aiment tellement certaines plantes qu'ils les saluent dévotement, leur font la révérence. Oscar, lui, vénéra son huître. Agenouillé sur la rive du lac Achkeul, sous le soleil brûlant de la Tunisie au mois d'août, il la caressait du regard, lui parlait à voix basse, la cajolait, la dorlotait, en un mot la mignotait et l'aimait. Car il venait de comprendre que cette huître provenait de l'ancien bras de mer, qu'elle datait du miocène et avait donc... plus d'un million d'années ! Il resta ainsi un grand moment, perdu dans son extase scientifique, ou poétique, je ne sais. Un très long moment, m'a-t-il dit, une heure, peut-être deux. Sans doute y serait-il encore s'il n'avait senti soudain un souffle puissant sur sa nuque, qui le fit bondir sur ses pieds. Un âne passant par là avait flairé cette chose humaine immobile, comme pétrifiée, et, sa curiosité satisfaite, s'éloignait en jouant des oreilles. Ramené à la réalité, Oscar reporta son regard sur l'escarpement de la berge où d'autres coquillages étaient incrustés. Il se jeta sur le talus, arracha d'autres huîtres, d'autres encore : aucune hésitation possible, il était tombé sur un banc d'huîtres préhistoriques ! Elles étaient énormes et pesantes, striées, creusées par les millénaires. Alors, il se tourna vers le lac. L'intuition géniale jaillit. Il se déshabilla en toute hâte, piqua une tête dans l'eau. On ne vit plus rien, sinon un bouillonnement de surface qui témoignait d'une intense activité en profondeur. Tout d'un coup, tel Poséidon surgissant de l'abîme, il émergea tenant à la main un objet qui, je le précise, n'était pas un trident. Il le déposa sur le sable, revint au lac et plongea à nouveau. Il fit ainsi plusieurs plongées dans un état de surexcitation extrême. Quand il n'en put plus, il regarda autour de lui d'un air soupçonneux, vérifiant qu'il était bien seul dans le paysage, et s'assit devant son trésor. En dépit de sa fatigue ses yeux luisaient, ses lèvres tremblaient, les traits de son visage bougeaient d'émotion. Devant lui il y avait un tas d'os de tailles et d'aspects divers, des courts, des longs, des épais, des méplats, certains polis comme de l'ivoire, d'autres pris dans une gaine de calcaire, ou verdis par le contact des algues. Et il les contemplait, les admirait avec une émotion indicible. « Un diplodocus, murmurait-il, un tigre géant, à moins que ce soit un gros chat tigre, un mammouth, un ptérodactyle... Peut-être un rhinocéros laineux. » Le soleil amorçait sa course déclinante. Oscar se leva, inspecta à nouveau les alentours, cacha les os dans une crique peu profonde qu'il marqua d'une pierre et s'en fut.

Il revint le lendemain et les jours suivants, élargit le champ de ses investigations. S'aidant d'un radeau qu'il avait fabriqué et qui lui servait à la fois de bouée et de réceptacle, il avança peu à peu vers le centre du lac et trouva d'autres ossements. Et enfin, un beau jour de septembre, d'une plongée au milieu du lac, il ramena une huître entière. Non point la moitié d'une huître, l'écaille supérieure ou inférieure comme il en avait trouvé dans l'escarpement de la berge, mais une huître intégrale, pesant dix kilos et verrouillée comme un coffre-fort. Ce fut bien dur de la remonter à la surface et de la déposer sur le radeau, mais, l'enthousiasme aidant, il y parvint. Il tira son couteau de sa poche et voulut l'ouvrir ; la lame se brisa. Il cacha l'huître dans l'eau et revint le lendemain avec un burin. Il cogna comme un forcené ; l'huître s'effrita ; il redoubla ses coups ; la coquille massive céda au niveau de l'attache interne. Le cœur battant, Oscar souleva le couvercle. S'offrit à lui un spectacle magnifique. L'huître était pleine, oui, pleine et VIVANTE. Au-dessus du pédoncule la chair était d'un splendide violet qui tournait au vert profond, cerné de liserés d'un noir de jais. Il n'en croyait pas ses yeux. Un sentiment de respect sacré, mais aussi un orgueil immense l'envahissaient. Pour la première fois dans l'histoire de l'humanité, un homme se trouvait devant un coquillage VIVANT correspondant à la période géologique du miocène. Par un prodigieux concours de circonstances, une huître d'une espèce vieille d'un million d'années s'offrait dans son intégrité parfaite à un homme — et c'était lui ! — du XIXe siècle finissant ! « Ceci mérite une communication à l'Académie des sciences », se dit-il.

Mais comment ? Il ne pouvait traverser en toute hâte la Méditerranée et les deux tiers de la France, arriver à Paris et frapper à la porte de l'Institut en s'écriant : « Oyez ! Oyez ! Voici une huître fraîche et sentant l'algue, un miracle de la nature, un spécimen unique qui doit être sur-le-champ soumis à l'examen le plus poussé ! Et le découvreur, l'inventeur, c'est moi, Oscar de Poyanne ! » Il le pouvait d'autant moins qu'avant d'atteindre Tunis, pour ne point parler de Marseille ou de Paris, l'huître n'eût plus existé ; elle aurait, tout simplement, pourri. Pourri ! Ce mot fatal, ignoble figea Oscar sur place. Il regardait son huître et le désespoir le gagnait. De cette merveille il ne pouvait rien faire. Extraite des eaux de l'Achkeul qui l'avaient enfantée et nourrie, l'huître devenait atrocement éphémère, elle était condamnée, dans une heure, une demi-heure à peine elle deviendrait un amas de chair nauséabonde. Que faire ? Et ce fut alors que brilla le second éclair de génie : il allait la manger. Oui, il la mangerait, car c'était le seul acte scientifique qui lui fût encore ouvert, le seul qui lui permît de compléter et préciser la portée de sa trouvaille par l'adjonction d'un autre qualificatif : comestible ou non. Il allait donc la manger, mais en prenant un risque, car avec une telle huître, sait-on jamais ? Au cours des millénaires et des millénaires cette race d'huîtres n'avait-elle point sécrété des substances dangereuses, voire mortelles ? Il ne pouvait cependant reculer, son honneur et son devoir de savant ordonnaient. En cette année 1865 il allait être le premier homme à vérifier au péril de sa vie si une huître de l'époque du miocène pouvait être consommée par un homme des temps modernes. Oscar prit son nouveau couteau, glissa la lame sous le corps de l'huître et coupa l'attache. Il souleva la chair et évalua qu'elle pesait environ un kilo, l'équivalent de trente, de quarante huîtres normales peut-être. Il tailla cette chair en morceaux et, recommandant son âme à Dieu, mangea. L'huître était délicieuse, fraîche à point, iodée à point, consistante à point. Le regard fixé sur les grands idéaux de la Science et de l'Abnégation, il la dégusta. L'attache elle-même — car il ne se fit grâce de rien — avait un goût de noisette extrêmement savoureux. Il attendit quelques secondes, quelques minutes, à l'écoute de ses intestins, surveillant l'apparition d'un hoquet, d'une nausée, d'un vomissement, d'une explosion. Rien ne se produisit. Il regagna son village en serrant les deux coquilles de l'huître sur son cœur. La soirée se passa fort bien. Il dîna légèrement, car il n'avait guère faim, s'endormit du sommeil du juste, fier d'avoir accompli son devoir. Le lendemain il se réveilla en état... disons... d'émotion. A vingt-cinq ans la chose est bien normale et il n'y prêta pas attention.

Jusqu'à ce point, mon cher Dubedout, me dit le Dr Ducasse en me dévisageant avec quelque insistance, les événements que je viens de vous conter sont certains ou au moins fort plausibles. Je m'explique : il est sûr que le lac Achkeul contient de nombreux ossements, et quantité de coquilles d'huîtres très anciennes. Sachez en effet que, bien des années après qu'Oscar m'eut narré cette histoire, voulant en avoir le cœur net, j'ai demandé à un jeune militaire de mes amis, le capitaine Dupouy, de Saint-Vincent-de-Tyrosse, qui partait en garnison à Bizerte, de se rendre à l'Achkeul et de vérifier sur place l'exactitude du fait, c'est-à-dire l'existence des huîtres. Eh bien, non seulement Dupouy m'a confirmé leur existence, mais il m'en a rapporté une. La voici.

Le docteur me montra sur le manteau de la cheminée une grosse coquille, la prit et me la mit dans les mains. Je l'examinai avec attention. C'était bien une moitié d'huître, géante, et qui pesait fort lourd. Comme Oscar autrefois, je la regardai avec respect, car elle me paraissait chargée de millénaires, que dis-je ! de centaines de milliers d'années.

— L'existence d'huîtres entières avec leurs deux coquilles est également avérée. Dupouy en a rapporté une pour lui-même, je l'ai vue. Mais il n'a pas établi la réalité d'huîtres vivantes, car, médiocre nageur, il n'a pas poussé ses recherches au fond du lac. On peut se demander toutefois pourquoi, leur milieu naturel n'ayant pas sensiblement changé, les huîtres géantes de l'Achkeul ne vivraient pas encore ? Si tel est le cas, et si Oscar en trouva une, je suis certain, vous m'entendez, je suis certain qu'il la mangea. Je l'ai bien connu, il se fût senti déshonoré de ne point éprouver toutes les vertus de son huître.

Ceci dit, poursuivit le docteur, je ne me sens pas en droit de garantir absolument la suite de l'histoire. Le lendemain du jour où il ingurgita l'huître, il se trouva, je vous l'ai dit, figé au garde-à-vous et il eut beau se plonger dans l'eau froide, courir dix kilomètres avec un sac de cailloux sur le dos, ou faire le poirier, tête en bas et pieds en l'air, rien n'y fit et il y resta. Cela dura un an. Un an, mon cher, faut-il le croire ? Avait-il, sans le vouloir, absorbé le plus puissant des aphrodisiaques, auprès duquel la corne de rhinocéros ne serait que roupie de sansonnet ? Je ne vous conterai pas le détail de ses aventures, je l'ai d'ailleurs oublié. Sachez seulement que cet état, si positif soit-il en soi, lui causa dans sa permanence de multiples tourments. La décence lui commanda de porter une vareuse apte à dissimuler son émoi, cependant que son esprit ne pouvait s'abstraire du besoin qui le lancinait. Les nuits les plus folles n'y firent rien, il était toujours sous les armes, épuisant des partenaires ébahies qui demandaient grâce. Obsédé, obnubilé, il se repentit de sa conscience professionnelle, se jura de ne plus jamais toucher à une huître de l'Achkeul. Le temps seul porta remède au mal. Il y fallut, m'assura-t-il, douze mois. Après quoi le premier abattement normal lui parut la plus suave des délivrances. Je n'étais plus qu'un étalon, me dit-il, je redevins un homme.

Oscar se demanda alors s'il n'était pas de son devoir de

compléter sa communication à l'Académie des sciences en ajoutant à la description de sa découverte : vertus aphrodisiaques phénoménalement efficaces, en décrivant les symptômes et les étapes de son calvaire. Or, non seulement il ne le fit pas, mais encore il s'abstint de toute communication. Comme je m'étonnais d'une négligence si peu conforme à sa conscience professionnelle, il me dit : « Ah, mon petit, tu mets le doigt sur la plaie ! Il est de fait que j'ai trahi, que je trahis chaque jour la Science. Je ne saurais être pardonné. »

« Mais pourquoi ? » insistai-je étourdiment.

« Parce que, me répondit-il d'une voix accablée, parce que j'ai voulu garder le secret pour moi ! Oui, ajouta-t-il sur un ton piteux, je suis retourné à l'Achkeul. J'y retourne pour manger une huître. Mais tous les cinq ans seulement ; une absorption annuelle m'aurait tué depuis longtemps. Ce qui t'explique qu'à plus de soixante ans je sois encore d'une telle verdeur. Mais tu m'as juré le secret ! »

Avec le récit de ses aventures et ses fantastiques élucubrations sur ses projets d'avenir, la seconde occupation d'Oscar, lorsqu'il venait à Poyanne, était donc de courir après les femmes. Je n'ai jamais rencontré personne sur qui le sexe faible exerçât un tel pouvoir. Il ne voyait pas un jupon sans lui sauter dessus. Je l'ai vu s'arrêter au milieu d'une phrase et planter là ses interlocuteurs pour courir après Paulette qui traversait la rue du village ; quitter soudain la table au milieu du repas pour aller lutiner les soubrettes dans la cuisine. Il lui arriva maintes fois d'abandonner son attelage sur la route et de s'élancer dans les champs à la poursuite d'une bergère ; le cheval s'étant lassé d'attendre, il revenait seul, à pied et crotté, au Château. D'un égalitarisme total en la matière, il trouvait que toutes les conditions sociales se valaient et, ne considérant que le minois et l'éloquence des formes, troussait aussi bien la fille de ferme que la comtesse empanachée. Il y avait dans sa façon de regarder les femmes un abandon à la fois ridicule et touchant : il était tout entier dans le regard qui les enveloppait, les palpait, les effeuillait, les dégustait d'avance ; rien d'autre n'existait plus. Il allait vite au fait, s'embarrassait peu d'entrées en matière et surtout pas de convenances. Ses mains, qui ne lui appartenaient plus, voltigeaient, s'égaraient à la recherche d'un corsage, d'une taille ou d'une croupe. Mi-chasseur, mi-gibier, il reçut d'innombrables soufflets, subit de nombreuses défaites, remporta des victoires. A soixante ans, il risquait encore sa vie en grimpant sur un toit donnant accès à une chambre ; il se battit plusieurs fois en duel, se rompit le cou dans des escalades, effectua des retraites précipitées avec les crocs d'un mâtin plantés dans les fesses, essuya des coups de feu qui le criblèrent de petit plomb, passa des nuits dans des caves glaciales ou plié dans une cheminée. On s'esclaffait dans le pays. Peu lui importait. La difficulté, le danger l'excitaient, pimentaient l'aventure. Il était le Don Quichotte de l'amourette, le Conquistador du jupon, le Chevalier de l'échelle de corde. Ses cheveux de grison ne le découragèrent pas, il était constamment, maladivement amoureux. S'il ne respectait personne, en revanche sa discrétion était totale ; ses lèvres ne s'ouvrirent jamais sur un nom. Les femmes se sentaient assurées du secret. Certaines l'aimèrent de tant les aimer. D'autres se jouèrent de lui, l'attirèrent dans leurs pièges, le tournèrent en ridicule. Il n'en avait cure, d'autres coups de cœur l'appelaient. Cette passion des femmes fut le handicap de sa vie. Sans elle peut-être fût-il devenu un vrai savant. Il aimait la science. Mais sa passion pour les femmes était plus forte encore.

Quelques mois après son retour de Tunisie, Oscar sentit le sol lui brûler sous les pieds. Il avait pris le goût du grand large ; sa qualité d'ingénieur du télégraphe le vouait d'ailleurs aux longues distances. Il tremblait donc — le mot est de lui, je lui en laisse la responsabilité — de s'enterrer en Chalosse. De son côté, Arthur s'effrayait de subir le destin traditionnel du cadet de Gascogne et de quitter ce coin de terre qui lui était plus cher que tout le reste du monde. L'un et l'autre se désespéraient donc, chacun dans son coin. A mesure que les échéances devenaient pressantes, c'est-à-dire qu'une décision s'imposait, ils pâlissaient, maigrissaient, s'observaient à la dérobée. Oscar étouffait ; il semblait à Arthur que tous les fils qui l'attachaient à Poyanne se rompaient douloureusement un à un. Le silence n'était plus supportable. L'explosion définitive ne pouvait plus tarder.

C'était un soir d'hiver. Les deux jeunes gens buvaient leur armagnac dans la bibliothèque en contemplant le feu. Oscar pensait au soleil de Gafsa. Arthur songeait qu'un jour il ne serait plus assis à cette place, qu'il errerait, esseulé, dans un affreux quelque part étranger. C'est lui qui le premier rompit les chiens :

« Mon cher Oscar, as-tu l'intention de faire un autre voyage ? »

« Des quantités, soupira Oscar. La terre est vaste et la vie est courte. Et comme je ne puis me transporter à la vitesse d'un message télégraphique, il y faudra, je le crains, beaucoup de temps. »

« Tu viens de nous quitter pendant trois ans. Dieu me pardonne, mais nous te croyions mort. Pendant tes absences que deviendront Poyanne et nos métairies de Chalosse ? Qui prendra soin de nos gens ? »

Oscar jeta un coup d'œil incisif à son frère. Le moment était venu de parler. A brûle-pourpoint, il lança :

« Aimerais-tu me remplacer ? »

« Que veux-tu dire ? »

« Je suis l'aîné et tu es le cadet. Imagine que nous changions. Je deviens le cadet et toi l'aîné. Qu'en penses-tu ? »

Le cœur d'Arthur se serra. Il suffoquait d'une joie inquiète, craignant de mal comprendre.

« Mais encore ? »

« Je dis ce que je dis. Si tu en es d'accord, tu es, dès maintenant, l'aîné. Acceptes-tu ? »

Arthur n'osait en croire ses oreilles. Il avait le sang à la tête et la gorge serrée. Il bredouilla :

« Précise... précise, je te prie... Je ne comprends pas... »

Oscar le fixait avec une attention d'épervier, guettant son visage pour mieux le deviner ; il se dérobe, pensait-il, il joue les imbéciles, il va refuser, hil dou diable de hil dou diable, vais-je m'engluer à jamais dans ce trou ?

« Tu aurais, dit-il d'une voix insinuante, tu aurais le titre, le château, les métairies... »

« Tout ? »

« Ma foi, oui. Tout. »

« Et toi ? »

« Comment, moi ? »

« Toi, qu'aurais-tu, toi, Oscar ? »

« Moi ? Euh... J'aurais ma liberté ! »

Ils se regardaient, saisis tout d'un coup d'un bonheur indicible. Ils s'offraient mutuellement ce que l'autre désirait plus que tout.

« Comment vivras-tu ? » demanda Arthur d'une voix cassée.

Oscar eut un geste vague :

« J'ai dans la tête de quoi faire deux cents fois fortune. A condition que je sois libre. Veux-tu te charger de Poyanne ? »

« C'est mon vœu le plus cher, le plus fort », bégaya Arthur.

Oscar se leva. Un énorme fardeau venait de glisser de ses épaules. Sa voix se voila d'émotion :

« Arthur, à compter de cette heure, nous inversons à jamais l'ordre chronologique consigné par l'état civil. Tu es l'aîné. Tu es le marquis de Poyanne. Je suis ton cadet. Demain, libre, je partirai de par le vaste monde. »

« Je suis l'aîné, répéta machinalement Arthur. Tu es... le cadet. »

Il se leva à son tour. Leurs mains tremblaient tandis qu'ils trinquaient. Soudain, ils ne surent comment, ils furent dans les bras l'un de l'autre.

« Demain, déjà ? » balbutia Arthur.

« Demain. J'attendais. J'attends depuis si longtemps... »

« Tu seras toujours chez toi ici, murmura Arthur. Cette demeure est la tienne. Reviens vite. Reviens souvent. Ta chambre sera prête. »

Ainsi, pour la première fois dans l'histoire des hommes, un frère aîné offrit à son cadet son droit d'aînesse, de grand cœur, en toute lucidité. Il n'avait même pas fallu un plat de lentilles.

L'acte fut passé devant le jeune notaire de Poyanne, Jean-Baptiste Batbedat. Oscar fit donation irrévocable de tous ses droits et biens à Arthur. Celui-ci voulut que cette volonté s'exprimât sur un papier fileté d'or avec ruban et sceau de cire.

Oscar envolé, le nouveau marquis de Poyanne réfléchit à ses devoirs. Ils lui ordonnaient de lever haut le drapeau de Poyanne, alors que le baron d'Onard restait tapi dans son terrier, de faire briller son blason, tandis que celui de son ennemi se mangeait de rouille, en bref de recevoir, de donner bals et soirées, de tenir table ouverte avec franche lippée. Mais cela impliquait domestiques, cuisine raffinée, cave choisie, chevaux de prix, et coûtait fort cher. Or les revenus des métairies du Château étaient relativement modestes. Il lui fallait donc choisir entre compter ses sous ou les jeter par les fenêtres. Arthur, Richard, Alexandre, Philippe, marquis de Poyanne, n'hésita guère. Il repoussa dédaigneusement le parti de l'économie et décida de se ruiner. Il menait donc grand train et vendait ses propriétés l'une après l'autre. L'avenir de ses fils ? Sa réponse était franche et cynique : ils se marieraient richement. D'ailleurs il les y aiderait en attirant au Château la haute société du Sud-Ouest. M. de Poyanne éblouissait donc la Chalosse par son faste. Le notaire Batbedat, qui réalisait les transactions, était le seul à savoir qu'il mangeait gaillardement sa fortune. Il lui en faisait le reproche, l'adjurait de gérer ses biens en bon père de famille, mais Arthur n'en avait cure. L'important était d'affirmer la primauté de Poyanne et de léguer un jour le Château à Gaston, qui aurait pour mission d'y engloutir la fortune de sa future femme.

Le temps passa. Oscar prospecta le Chili, Java et la Papouasie, où il faillit être mangé, puis s'installa à Bordeaux. Il devint le satyre des allées de Tourny et du quartier Mériadec, alors très malfamé. Ses mœurs dissolues lui aliénèrent la société bordelaise, on lui battait froid, personne ne l'invitait. Il souffrait de cet ostracisme, dont il comprenait d'ailleurs la raison. Mais allez vaincre la nature ! Sa réputation pourtant n'était point telle qu'elle débordât les deux départements de la Gironde et des Landes ; au-delà de ce périmètre de réprobation son nom ne semait pas encore la panique. Ainsi advint-il que, lors d'un séjour à Agen, il fut convié par la jeune baronne Frédéricque de Saoutebouc à visiter son exploitation agricole d'Escarbougna, qui était un modèle du genre. Le dynamisme étonnant de cette jeune femme le subjuga ; il en devint amoureux. Depuis qu'elle était orpheline, cette Cérès de vingt-sept ans dirigeait d'une poigne de fer un domaine considérable. Le fait est trop rare à l'époque, mon cher Dubedout, pour ne pas être signalé. Alors que, vous le savez, les jeunes femmes de son âge s'adonnaient à la pratique des arts d'agrément — et non pas des arts martiaux comme de nos jours — Frédéricque, avec un aplomb qui devançait son siècle, était tout simplement un chef d'entreprise redoutable. Elle excellait et exultait dans l'action. Dès le saut du lit, c'est-à-dire à l'aube, elle mettait au point un ordre du jour sans battement ni pause. La première aux champs et dans les granges, elle houspillait ses contremaîtres et ouvriers agricoles, faisait valser son monde, lui imposait son rythme et sa volonté. Sa propriété de quatre cents hectares, l'une des merveilles de la région, affichait des rendements records pour le blé, l'orge, le tabac et les fruits, dont naturellement les prunes qui, séchées à l'étuve ou dessiquées au grand air, devenaient les célèbres pruneaux d'Agen. Il faudrait la plume de Balzac pour décrire par le menu une journée de cette maîtresse femme et détailler les rentes qu'elle tirait de son exploitation. Disons seulement que le domaine d'Escarbougna était une fourmilière où chaque élément, encadré, programmé et d'ailleurs bien payé, car Frédéricque savait que les mouches ne s'attrapent pas avec du vinaigre, travaillait comme une machine avec une époustouflante efficacité. Nos Japonais d'aujourd'hui ne font pas aussi bien. Oscar fut donc invité à examiner ce chef-d'œuvre de précision et en resta sur le cul. Quelle femme ! Quelle femme ! se disait-il en la quittant au terme d'une journée épuisante. Quelle Junon ! Quelle Minerve ! Ô divine énergie, surprenante puissance, abasourdissante activité ! Il en était bleu. Il revint et revint encore à Escarbougna. Non point que Frédéricque l'attirât particulièrement par ses attraits physiques. Trapue et musclée, elle n'avait ni la démarche onduleuse, ni la taille fine, ni le pied mignon ; son visage solide et tanné ne pouvait passer pour le miroir des Grâces ; mais elle le subjuguait par son éclatante santé, son équilibre et sa force. Par amour il passa avec elle des journées qui le laissaient sur le flanc, fauchant, fanant, ramassant fruits et légumes que de forts percherons emportaient à l'aube au marché de Bordeaux. Il était rompu, divinement las et béait d'admiration devant sa belle. Enfin, un dimanche, le seul jour de repos que Frédéricque s'accordât moyennant une inspection générale menée tambour battant de six à neuf heures du matin, il se déclara. A peine eut-il fini sa phrase que la jeune baronne, d'un geste expéditif de maquignon, lui tapa dans la main en s'écriant : « Tope là ! » Ils se marièrent — et ne furent pas heureux. Très vite apparurent des sujets de dispute. Frédéricque, qui ne s'intéressait qu'à ce qui poussait sur le sol, ne pouvait comprendre la passion de son époux pour ce qui se trouvait en dessous. Le temps des extases passé, Oscar se rebiffa contre ce qui lui paraissait désormais tenir des travaux forcés. A Escarbougna, l'horaire ne laissait guère de place à l'amour. Ils se couchaient à onze heures du soir, exténués par les travaux du jour, donc peu enclins aux jeux de la nuit, et se levaient dès cinq heures pour une autre journée aussi dure... Éros, qui entend ne point se presser, ne résiste pas à de tels rythmes. En outre les réactions de Frédéricque déconcertaient Oscar. Elle l'accueillait sans mot dire, appréciait passivement sa valeur, et l'affaire se terminait par une sorte de reniflement chevalin signifiant qu'elle était satisfaite. De quoi, avouez-le, couper les élans de n'importe quel mari amoureux. La réserve d'Oscar vis-à-vis des travaux des champs s'accrut. Frédéricque comprit qu'elle n'avait pas choisi le mari idéal. Elle se disait : il aime bien, mais ne travaille pas ; il se disait : elle travaille trop et ne sait pas aimer. On en vint aux reproches. Oscar fit grief à sa femme d'une âpreté au gain qui, selon lui, expliquait son goût maniaque du travail. Frédéricque qualifia géologie et télégraphie sans fil de fariboles. Elle calcula les rendements agricoles de son époux et constata qu'ils approchaient de zéro. Il y eut des querelles. Sur ces entrefaites un enfant s'annonça, ce qui réjouit et rapprocha le couple. Frédéricque voulait un fils qui pût travailler au domaine ; Oscar souhaitait trouver chez une fille la féminité qui manquait au logis. Ce fut une fille. Oscar exigea qu'elle s'appelât Agate (sans « h », je l'ai déjà précisé), du nom de la pierre semi-précieuse qu'il préférait. Frédéricque se sentit flouée. Pour ne point voler des heures précieuses à son travail, elle mit l'enfant en nourrice. Oscar s'en indigna. Il devint la nourrice *bis*, c'est-à-dire qu'hormis l'allaitement il s'occupa entièrement de l'enfant. Les relations du couple s'aigrirent. Oscar s'indignait que Frédéricque fût si peu maternelle ; elle lui reprochait sa paresse et ses mômeries. En fait il rongeait son frein, sentait à nouveau l'appel du grand large. Mais il y avait Agate. Il examina longuement le problème et trouva la solution idoine. Agate, qui avait deux ans, fut confiée à la baronne de Musimusac, cousine des Poyanne, qui languissait à Bordeaux dans un veuvage doré. Elle se désolait de n'avoir pas eu d'enfant et offrait toutes les garanties requises. Agate fut pour elle un don des dieux, elle l'accueillit comme si elle eût été sa propre fille. Oscar se frotta les mains : Agate ne deviendrait pas une fille de ferme, mais, sous l'égide éclairée de Mme de Musimusac, une jeune fille du monde accomplie. Quant à lui, il était libre !

Ce fut bien dur de quitter Agate. Mais personne, pas même un enfant, ne pouvait retenir durablement ce vagabond. En revanche ses adieux à sa femme se passèrent comme il se doit entre gens bien élevés. Il fut entendu qu'Oscar trouverait toujours gîte et couvert à Escarbougna ; que Frédéricque recevrait de temps en temps une lettre d'Oscar. Au moment des adieux il n'y eut ni récriminations ni larmes : « Au revoir, ma chère », dit Oscar. « Où vous en allez-vous ? » demanda Frédéricque. « En Amérique du Nord, je suppose », fut la réponse. Une lueur d'intérêt brilla dans les yeux de la jeune femme : « Renseignez-vous, je vous prie, sur les hybrides de maïs ; il y en a, paraît-il, d'excellents. »

Je ne vous raconterai pas, poursuivit le docteur, les voyages d'Oscar. Ils furent innombrables et je n'en connais pas le détail. Il visita les cinq continents, sans compter, tous les cinq ans, le pèlerinage régénérateur à l'Achkeul. Admirateur dévot de Ferdinand de Lesseps, il fut engagé par la Compagnie du canal de Panama en tant que géologue. Il passa deux années dans l'isthme et en revint couleur jaune citron, maigre comme un clou, sans un sou, mais vêtu d'un splendide costume en alpaga qu'il ne quitta plus jamais. Il partageait ses séjours en France entre Escarbougna, où il allait baiser la rude main de sa femme, Poyanne où il nous contait des histoires et s'imbibait d'armagnac, Bordeaux surtout, qu'habitait Agate. Ainsi vieillissait-il, toujours alerte, bouillonnant d'idées farfelues et de projets irréalistes, ne quittant le rêve que pour l'illusion, et courant après tous les jupons avec un acharnement achkeulien. Nous l'appelions le Vert Galant.

Son Agate, Oscar la déroba longtemps à nos regards et puis, un beau jour de l'été 1901, il l'amena sans crier gare à Poyanne. Elle avait dix-huit ans. Elle était menue, délicate, moulée comme un tanagra, avait les yeux du plus beau vert et le nez impertinent. A se demander vraiment comment cette merveille avait pu naître des œuvres d'Oscar, cet épouvantail à oiseaux, et de sa puissante fermière. Et ses manières... La baronne de Musimusac avait bien fait les choses. Agate avait une diction parfaite, de jolis gestes et s'habillait à la dernière mode de Paris. Nous en restâmes ébahis. A table nous n'osions plus manger, fascinés que nous étions par sa façon de boire le potage, de déguster un poisson ou de peler un fruit. L'air stupide, je le crains, nous ne nous lassions pas d'admirer ces mains aux doigts fuselés quand elles maniaient délicatement la fourchette ou couraient sur le clavier du piano. François lui-même se sentait un lourdaud. De surcroît Agate avait de l'esprit. Elle eut la courtoisie de ne pas remarquer que ses traits nous laissaient le plus souvent sans repartie. A quinze ans le bien-parler paraît affecté et la vigueur de la parole s'apprécie chez les garçons aux grossièretés dont ils l'émaillent. François et Gérard ne s'en tiraient pas trop mal, mais les autres potaches (dont moi) avaient l'air de niais devant ce chef-d'œuvre d'élégance et de goût. En deux jours, nous sachant observés et jugés, nous fûmes propres. Attentifs à nous bien tenir à table. Plus de gros mots. Nous voulûmes parler avec distinction. En quête de beau style, je plaçai quelques citations latines, bien pesantes et hors de propos. Agate me regarda avec stupeur, rougit et détourna la tête pour cacher son fou rire. Je ne m'y risquai plus. D'ailleurs, comment plaire alors que l'acné juvénile fleurissait encore sur nos visages ? Certain bouton me fit souffrir mille morts. Comment s'affirmer charmeur, élégant, brillant, quand votre nez bourgeonne ? Et si La Rochefoucauld ou Pascal n'ont pas écrit une maxime là-dessus, ils ont manqué le coche. Je voyais bien qu'Agate ne regardait jamais mon nez et cette discrétion m'ancrait dans la certitude qu'elle ne pensait qu'à lui ; je me sentais frère de Cyrano. Elle était notre Roxane et nous lui dûmes beaucoup. En cet été de 1901 elle révéla aux garçons mal dégrossis que nous étions le raffinement et la grâce féminine.

M. de Poyanne fut autant que nous subjugué. Il n'en croyait pas ses yeux, la perfection de sa nièce flattait sa vanité, il la montrait à tout le monde, se pavanait avec elle. Ma nièce, disait-il sans arrêt, ma nièce-ci, ma nièce-ça. Il donna un bal en son honneur. En valsant avec elle il jetait des regards triomphants à la ronde. Lorsqu'il vit qu'elle montait fort bien à cheval, son enthousiasme fut à son comble. Faveur inouïe, il lui prêta Quadragant. Agate l'en remercia en faisant exécuter au cheval quelques pas de danse ponctués d'une croupade. Le marquis faillit en tomber à genoux. Il ne jurait, ne voyait que par elle, conçut alors, pour la première fois de sa vie, le regret de n'avoir eu que des fils. Mais peu importait, la fille d'Oscar serait aussi la sienne ! « Ce château est tien, nous sommes à tes ordres », lui dit-il. Agate lui fit la référence et, se haussant sur la pointe des pieds, l'embrassa. Il rougit d'émotion. « Divine, balbutiait-il, elle est vraiment divine. » Cet adjectif lui resta. Comme nous, M. de Poyanne était agatisé.

Oscar n'avait pas le triomphe modeste. Il nous observait d'un air narquois et semblait dire : oui, c'est moi, le farfelu, le mal fagoté, le satyre, le vagabond, l'excentrique, c'est moi qui, comme ça, mine de rien, vous présente un miracle féminin, une petite princesse qui a tous les charmes et devant laquelle vous pliez le genou ! Et un jour sa vanité éclata :

« Eh bien, mes lascars, nous dit-il, on en est bleu, hein ? Voilà ce que c'est, une femme ! Il faut se rendre dignes de ces bijoux-là, voyez-vous ! Au travail ! Finis la morve au nez et les ongles en deuil ! Dépouillez-moi ces dégaines de culs-terreux et devenez des gentilshommes ! »

La Divine nous quitta. Ce fut le vide. Il nous sembla tout à coup que l'été déclinait, que le soleil se voilait d'ombres. Les parties de pêche, les battages dans les métairies, les fêtes de village, les baignades dans l'Adour dont nous rêvions au collège nous parurent fades et sans attraits. Agate avait mis fin à ce qui persiste de l'enfance chez les adolescents. Nos jeux, nos horizons, nos désirs en furent transformés.

La Divine revint à Poyanne les deux étés suivants. Elle nous éblouit chaque fois. Mais notre admiration perdit de sa candeur première. Nous perçûmes chez elle une tendance à la préciosité. A mesure qu'elle s'affirmait dans ses études et ses connaissances, car la baronne de Musimusac voulait qu'elle fût, sinon savante, du moins instruite et cultivée, elle ne dédaignait pas de faire état de son savoir et de nous mettre à l'épreuve, raffinant sur les notions et les nuances, fronçant le sourcil lorsque la réponse était inadéquate ou s'effarouchant d'un comportement trop abrupt. Elle était moins naturelle. Mais que ne lui aurions-nous pas pardonné ? François était fou de sa cousine germaine, Gérard impressionné sinon plus, Théo n'avait jamais vu mécanique aussi subtile, je l'admirais comme un clair de lune, Gilles la contemplait, ébaubi. Quant au marquis, ce soupçon de préciosité la lui rendit encore plus chère. Il rêvait pour Agate d'un grand mariage, se plongeait dans l'almanach de Gotha, y cochait les noms les plus illustres. Il se rendait à Bordeaux tous les deux mois, faisait visite à Mme de Musimusac, apportait des cadeaux à Agate. En fait il se substituait à Oscar absent, couvait pour la Divine un sentiment paternel.

L'apparition fantastique de la Divine relégua dans l'ombre Yvonne, la sœur de Gérard, notre amie à tous. Nous l'aimions et la respections. Grande et svelte comme son frère, elle avait un visage franc et hardi, dont l'expression volontaire était tempérée par la douceur de son regard. On ne pouvait dire qu'elle fût belle ou jolie, mais de ce regard, de son sourire se dégageait une impression d'intelligence et d'équilibre qui forçait la sympathie. Il n'y avait en elle aucun soupçon de futilité, d'afféterie. Yvonne minaudant, Yvonne faisant un caprice, Yvonne basse ou mesquine, c'était impensable. Ses études terminées, elle menait chez ses parents la vie tranquille des jeunes filles de Chalosse qui attendaient le mariage. Réservée, secrète, se souciant comme d'une guigne des mondanités et des toilettes, elle aidait sa mère à la maison et notre curé à l'église. Elle pouvait rester silencieuse pendant des heures, absorbée, semblait-il, par sa tâche, ou s'en aller soudain pour une promenade solitaire dans la campagne, d'où elle revenait le regard plus haut, plus vif.

Elle nous intriguait un peu, mais nous la connaissions depuis toujours, elle avait grandi avec nous, faisait partie de notre monde, calme, solide, sûre, prête à nous écouter, à nous aider, et nous l'acceptions comme telle, sans nous poser de questions. Agate et ses charmes, Agate et ses sortilèges nous la firent soudain oublier. L'une nous séduisait, nous tournait la tête par sa féminité, son élégance et son esprit. A l'opposé, Yvonne qui parlait peu, qui ne cherchait ni à plaire ni à séduire, qui n'imposait pas sa volonté, était simple, trop simple. Agate, c'était la magie du raffinement et de la ville ; Yvonne la simplicité provinciale. Elle nous parut terne, nous la jugeâmes sans mystère ni secret. Elle le comprit, j'en suis sûr. Nous bourdonnions, grisés, autour d'Agate ; elle nous observait. Elle n'eut jamais un regard de reproche, un geste de colère ou de dépit. En fait, elle était l'indulgence même et nous dominait tous. Et nous, pauvres benêts, éblouis par la Divine, nous ne nous apercevions pas que, tout en gardant ses distances, Agate, plus avertie que nous, la respectait.

A Bordeaux, l'un de nos premiers soins fut de rendre visite à Agate dans l'hôtel particulier de Mme de Musimusac, près de la place des Quinconces. La baronne nous examina et nous accepta avec un sourire amusé. Elle nous invita à revenir chez elle le dernier jeudi de chaque mois, où elle recevait. Nous nous annoncions par des bouquets de fleurs, mettions notre meilleur costume, nous efforcions de prendre un air supérieur. Mais il fallut nous rendre à l'évidence, l'accueil que nous réserva Agate fut aussi affectueux que frustrant. Elle embrassait ses amis de Poyanne, avait un mot gentil pour chacun de nous, puis nous abandonnait pour rejoindre le cercle des hommes plus âgés qui lui faisaient la cour. On y voyait des Chartrons dont la richesse était le principal mérite, de jeunes étoiles du barreau de Bordeaux qui n'oubliaient pas leurs effets de manches sur le seuil du salon, des aristocrates de la Gironde plutôt bornés. Agate, dressée par la baronne, était dans son élément. Elle s'y mouvait avec grâce, régentant les esprits et les cœurs, exerçant sur tous le pouvoir que nous subissions nous-mêmes. Nous étions ulcérés. Comment pouvait-elle prêter de l'intérêt à ces sots vaniteux, ces outres sonores, ces dégénérés archaïques ? Nous avions envie d'étrangler ces bellâtres affadis et ces paltoquets, nous étions pris de rages meurtrières. Sitôt quitté l'hôtel de Mme de Musimusac, nous nous réunissions au café, et là, affalés sur nos banquettes de velours, nous exhalions notre rancœur. Ah, les soupirants du jour en prenaient pour leur grade ! François, surtout, les imitait avec un talent et une férocité qui nous arrachaient des éclats de rire. Mais qu'ils fussent grotesques importait peu dans le fond. Ce qui nous navrait, c'était qu'Agate pût se plaire en leur compagnie. Peu à peu nos yeux se dessillèrent. Le dessein de la baronne était à l'évidence de marier Agate à un grand nom assorti d'une grande fortune. Et Agate se prêtait à ce calcul parce qu'elle aimait plus que tout le monde et le luxe. Telle était la dure, la triste vérité.

Le jour où nous fîmes ce constat, nous étions, François, Gérard et moi, attablés au café du Régent. Nous sortions d'une réception chez Mme de Musimusac où la suffisance et le snobisme avaient atteint des sommets, et nous étions atterrés. Le regard morne, nous tirions sur nos cigares.

« Venons-en au fait, dit soudain François. Nous sommes tous les trois amoureux d'Agate, ce qui fait de nous des rivaux. Mais en l'occurrence... »

François avait la gorge serrée. Il ajouta avec peine :

« Il ne faut pas se leurrer. Aucun de nous n'est dans la course. »

« Elle se meut dans un monde factice et faisandé, approuva Gérard sur un ton lugubre. Et le pire, c'est qu'elle s'y plaît. »

« Elle n'est plus notre Agate, laissai-je tomber avec lourdeur. Agate de Poyanne. C'est une mondaine et une intrigante. »

Nous n'osions nous regarder. Nous venions d'enterrer Agate.

« Trois armagnacs ! » criai-je au garçon.

Nous bûmes en silence. Chacun de nous souffrait pour soi et aussi pour les autres. Car si inconsciemment nous avions été rivaux, le rêve qui venait de s'évanouir était commun et c'était notre prime jeunesse qui s'achevait. La bulle de savon crevait à notre nez. La princesse n'était plus, ni la Divine. Et nous nous sentions également abandonnés, trahis, désemparés.

L'un après l'autre, nous partîmes. Je restai le dernier, pour la raison que j'avais commandé un autre armagnac. Lorsque je me levai à mon tour, je me vis dans la glace. Les divines princesses ne sont pas pour toi, me dis-je. Tu es un bon gros garçon de Gascogne et, si Dieu le veut, tu seras plus tard un bon gros médecin. Après tout, ce n'est pas rien, ça ! Tu n'es pas fait pour les clairs de lune. Ton domaine, c'est la terre, les arbres, les parties de pêche, la bonne vie — et des tas de pauvres gens à soigner. Allons, Alphonse, quitte cette mine lugubre. La vie est belle. Haut les cœurs !

Hil dou diable, mon brave Dubedout, ce n'était pas une mauvaise réaction que celle-là ! A vingt ans Agate m'a vacciné contre les beautés évanescentes et les préciosités de boudoir. Je m'en suis bien porté. La femme que j'ai épousée plus tard n'était ni sophistiquée ni ambitieuse. Nous avons été très heureux. Je me suis donc sorti de cette affaire sans y laisser trop de plumes. Gérard et François, qui étaient plus fins, ont souffert davantage. Et puis, après moi, ils ont tourné la page. Nous ne parûmes plus chez la baronne. Après deux ou trois rappels elle comprit et se garda d'insister. Agate non plus ne nous relança pas. Seulement — et c'est là que la vie vous fait un pied de nez — le dépit amoureux aidant, nous nous étions trompés. Notre Divine était certes précieuse, mondaine et ambitieuse, mais elle avait de l'envergure. Elle rencontra dans les salons de la baronne une sorte de Mirabeau gascon et en devint folle sur-le-champ. Un Mirabeau mâtiné de Danton, vous dis-je, car du premier il tenait sa face grêlée, son éloquence et son pouvoir sur les femmes, du second sa carrure et sa voix de stentor. Agate vit entrer ce monstre sous les lambris de Mme de Musimusac et le reste du monde disparut à ses yeux. Elle entendit sa voix. Et elle fondit. Il s'appelait Gédéon de Tonnencour, il avait trente-sept ans, quinze ans de plus qu'elle, et il était l'étoile montante du barreau girondin. On lui prédisait une grande carrière, le public se pressait au palais de justice pour l'entendre plaider dans les procès d'assises où il excellait. Lors de cette première rencontre — je tiens ces détails d'Agate elle-même — elle ne lui adressa pour ainsi dire pas la parole — et pour cause, l'amour rend coi. Lui non plus ne parla guère. Mais il tomba en arrêt devant elle comme un labrit devant une poule faisane. Ils étaient pris. Agate se rendit au prétoire et le spectacle de Gédéon plaidant — sa manière de rejeter en arrière sa tête léonine auréolée d'une superbe crinière, ses effets de manches, sa technique imparable pour renverser l'adversaire cul par-dessus tête, l'art souverain avec lequel il passait du sentiment à la logique, de l'émotion à la démonstration, son sens de l'effet, du retournement, du coup de théâtre, enfin sa voix chantante où par un miracle se retrouvaient à volonté toutes les tonalités du baryton et de la basse-taille — il eût fait un prodigieux chanteur d'opéra — firent tomber ses dernières hésitations. C'était lui, ce ne pouvait être que lui. Gédéon fut invité à nouveau et il se confirma que la fascination était réciproque. Elle brûlait pour son Gédéon-Mirabeau-Danton ; il se consumait pour Agate la féerique. La baronne, qui visait plus haut, eut des velléités de résistance. Agate les balaya de quelques mots définitifs. Quant à Oscar, revenu d'un voyage en Tasmanie qui lui avait pris deux ans, il toisa son futur gendre et, se tournant vers la baronne, lui dit à l'oreille : « Couple étrange ! J'ai du mal à imaginer ce monsieur entre les cuisses de ma fille. » Mme de Musimusac tourna de l'œil et on lui administra des sels. Jamais, en effet, on ne vit couple aussi disparate. Les contraires s'étaient très exactement attirés. D'un côté la force taurine, la puissance par l'écrasement ; de l'autre, l'extrême pointe de la finesse, le charme, une suprême distinction. Agate nous invita à ses fiançailles, à son mariage. Et je dois dire que l'aspect de son fiancé, de son époux nous ahurit. A notre tour nous allâmes au prétoire pour admirer Gédéon dans ses œuvres. Impossible de nier ; il nous impressionna. Emphatique, grandiloquent certes, un accent du Bigorre, mais on ne pouvait le qualifier de sot, de snob ou de paltoquet. Il était puissant. Nous regardâmes Agate avec de nouveaux yeux. Parmi tous les invités de la baronne elle avait choisi le plus ardent, le plus sanguin, le plus poilu. Elle nous administrait une autre leçon.

M. de Poyanne prit très mal ce mariage. Les hautes ambitions qu'il fondait sur Agate s'effondraient. Il trouvait Gédéon tonitruant et vulgaire ; surtout l'avocat bordelais lui coupait la parole, finissait ses phrases à sa place, prenait en l'écoutant des airs dubitatifs et le contredisait ; il le reléguait dans l'ombre, pis, l'imprimait en creux. Contrarié, vexé, M. de Poyanne fit une scène à Agate, lui reprocha de se mésallier : ce garçon n'était qu'un butor, un avocaillon vide et bruyant, qui plus est le rejeton d'un obscur hobereau de province. La Divine réagit comme une vipère. Elle cambra sa petite taille, ses yeux lancèrent des éclairs. Elle assena au marquis quelques vérités cinglantes et claqua la porte en jurant de ne plus revenir. Le marquis ne fut pas invité au mariage et Agate n'eut de lui aucun cadeau. Cette brouille mortelle dura deux ans. Gédéon, en effet, vola de succès en succès. Il gagna plusieurs causes difficiles, qui devinrent célèbres, fut élu à la députation, monta à Paris où il siégea au Parlement, ébranlant — autre Samson — les colonnes du Palais-Bourbon par ses tempêtes oratoires. Un enfant naquit, qui fut un garçon. Comme Gédéon était friand d'équitation, laquelle lui permettait de prendre des airs de centaure, le bébé fut appelé Philippe et les fées se penchèrent sur son berceau pour lui prédire un grand destin fondé sur la beauté de la mère et la puissance du père. M. de Poyanne fut ébranlé. La gloire naissante de Gédéon l'impressionnait d'autant plus que le nouveau tribun siégeait à l'extrême droite de l'hémicycle. N'était-il point navrant d'exclure de la famille pareil talent ? Il se résolut à écrire à Agate, fit amende honorable, demanda pardon. Il fut absous et le couple, accompagné de Philippe vagissant, réapparut à Poyanne. Dès lors M. de Poyanne s'égosilla à chanter les louanges de Gédéon et d'Agate, couple étonnant, couple modèle, qui réunissait tous les dons. Un deuxième fils naquit, qui fut nommé Arthur. Le marquis, sincèrement touché, tint l'enfant sur les fonts baptismaux.

Avec Oscar et Agate, le cousin Hadrien — avec un H comme l'empereur romain, s'il vous plaît ! — complétait le cercle de la famille immédiate du marquis. Il habitait Dax et venait souvent à Poyanne. C'était un homme maigre, à la calvitie distinguée, dont le visage blafard paraissait d'autant plus pâle que ses traits s'ordonnaient autour d'un nez proéminent et violacé. Fort riche, il ne faisait rien, sinon courir le guilledou et pratiquer la radiesthésie. Après avoir écumé Dax et ses environs, où il était désormais connu comme le loup blanc, ce qui rendait ses conquêtes plus aléatoires, ce célibataire endurci lançait des rezzous foudroyants jusqu'à Pau, Bordeaux, même Paris. On prétendait qu'il entretenait une danseuse à Bordeaux, une sage-femme à Tarbes et une comédienne dans la capitale, mais on ne prête qu'aux riches. On le voyait aussi au casino de Biarritz où il jouait de fortes sommes. Il portait monocle, arborait une rose jaune à sa boutonnière, se parfumait abondamment et changeait deux fois par jour ses guêtres et ses mocassins en peau de serpent afin d'être d'une propreté parfaite. De retour dans sa villa de Dax, dont les tourelles normandes se donnaient des airs de château fort, il se saisissait de sa baguette de coudrier, de son pendule en or, et répondait aux nombreuses sollicitations dont il était l'objet. Son don de sourcier était incontestable. Si vous désespériez de trouver de l'eau sur votre terrain, si votre puits s'asséchait sans que le puisatier pût y porter remède, vous alliez quérir Hadrien. Il arrivait dans son cabriolet, ôtait ses gants, ajustait son monocle, examinait les lieux d'un œil de stratège, les arpentait en tenant devant lui sa baguette magique. Si elle frémissait ou tressautait, au point parfois de lui échapper des mains, il s'arrêtait net et s'écriait, en frappant la terre du talon avec l'autorité de Napoléon ordonnant d'engager les réserves : « C'est là ! » On creusait et c'était là. Mais Hadrien ne s'en tenait pas à la découverte des nappes d'eau et des sources. Il s'était persuadé qu'il avait aussi un pouvoir de magnétisme et le don de déceler et guérir les maladies. Il s'asseyait alors devant le malade ou prétendu tel et le priait de le regarder dans les yeux pendant cinq minutes sans ciller. Il saisissait alors son pendule en or et le plaçait au-dessus du patient. L'objet oscillait, tournoyait, tournait, vrombissait parfois. Hadrien hochait la tête et s'abîmait dans une méditation d'où sortait un diagnostic délirant qui mettait le malheureux dans tous ses états. S'il s'agissait d'une jolie femme, la séance d'hypnotisme s'accompagnait d'une chanson, toujours la même, susurrée d'une voix blanche et les yeux dans les yeux :

Saye aciou prave arrécoutyic,
Saye aciou prave et tant hardit
Saye aciou et sus mon cor demeure...

Viens ici, pauvre roitelet,
Viens ici, pauvre et si hardi,
Viens ici et repose-toi dans mon cœur.

En vérité, les patients n'accordaient pas toujours foi à ces calembredaines, mais ils étaient impressionnés par les qualités de sourcier d'Hadrien. Pourquoi, se disaient-ils, un homme qui est capable de découvrir une source cachée à vingt mètres sous terre, et dont personne n'a jamais soupçonné l'existence, ne pourrait-il repérer un mal présent sous deux centimètres de chair ? Les médecins, bien entendu, l'abhorraient et le dénonçaient de façon véhémente. Hadrien, certain de son génie, répondait par le mépris en disant : les pauvres, ils n'ont, eux, que leurs diplômes. De tous ses détracteurs Oscar était toutefois le plus forcené. Il le traitait de farceur et affirmait, ce en quoi il avait sans doute raison, qu'Hadrien n'avait jamais guéri personne. Mais il ne pouvait nier ses découvertes de sourcier, ce dont il enrageait. Il voyait aussi en lui un rival auprès du sexe dit faible. Hadrien lui rendait la monnaie de sa pièce en le qualifiant de géologue stérile et piteux, de Don Quichotte des ondes hertziennes et de Don Juan des barrières. A Poyanne les deux hommes ne se parlaient pas, s'ignoraient avec ostentation. S'ils venaient à se croiser, la moustache d'Oscar se hérissait de hargne tandis que le sourcil droit d'Hadrien se crispait sur le monocle. Nous nous amusions de ces manèges et prenions un malin plaisir à provoquer leurs rencontres. Le cas de figure le plus réjouissant consistait à réunir dans un salon, sous un prétexte quelconque, Hadrien et une coquette, puis d'y introduire Oscar (ou vice versa), et de les enfermer. Après quoi on écoutait à la porte. Ce tour nous paraissait de la plus haulte graisse.

TROIS MOIS s'étaient écoulés depuis mon arrivée à Poyanne lorsque le facteur m'apporta un télégramme de Paris. Je lus :

« Dans quel désert te caches-tu, bougre d'âne ? Pour obtenir ton adresse, j'ai dû graisser la patte à ta concierge et elle en a profité, crois-moi ! J'ai besoin de toi pour un travail fantastique, urgentissime et foutument bien payé — le pactole ! Dès réception — je répète — dès réception de ce télégramme, appelle-moi. J'attends. Je compte sur toi. Salut. »

Signé : André.

André, c'était mon directeur de programmes à la télé.

Je posai le télégramme sur la table et, sans me presser, offris un verre de vin au facteur. Nous bavardâmes. Lorsqu'il fut parti, je relus le message. Dans le calme et le silence de Tilsit il me parut incongru. D'un coup me revint le souvenir du tourbillon dans lequel j'avais vécu, jacasseries, coups en vache, agitation futile. Quitter Tilsit pour cette danse de Saint-Guy, cette foire d'empoigne ? Mon premier réflexe fut de jeter le télégramme au feu. Et puis, prenant mon temps, je partis à pied pour la poste.

André aboyait au téléphone. Je craignis une attaque et promis de monter sur-le-champ à Paris.

Je n'étais pas très fier en poussant la porte de l'Oustaou pour annoncer mon départ à Gaisha et au docteur. L'amitié chaleureuse avec laquelle celui-ci m'accueillit augmenta ma gêne :

— Je dois... hum... Je dois partir pour Paris, avançai-je d'une voix blanche.

Le docteur eut un haut-le-corps :

— Paris ? répéta-t-il comme si je lui parlais de la lune.

— Oh, quelques jours seulement...

Il plongea brutalement son regard dans le mien :

— Seriez-vous déjà repu de Tilsit ? demanda-t-il avec perfidie.
— Oh, non...
— En avez-vous assez de Poyanne ?
— Certes non, je...
— Nos conversations vous lassent-elles ?
— Non ! Non ! Non ! m'exclamai-je, exaspéré. Mais...
— Gaisha ! cria-t-il en me coupant derechef la parole, Gaisha ! M. Dubedout nous quitte ! Il s'en va à Paris !

Il y eut un silence, puis une voix d'une grande froideur nous parvint de l'étage supérieur :
— Eh bien, bon voyage, monsieur... Dumollet.
— Mais enfin, dis-je, ulcéré, je ne pars que pour trois jours, quatre peut-être ! Je ne peux pas faire autrement !
— Mais oui, mais oui, dit le docteur, conciliant. Les étranges petites lucarnes vous appellent. A bientôt, mon cher ami.

Je partis, furieux contre le docteur, contre Gaisha, contre moi-même. J'avais l'impression de trahir et me jurai de revenir au plus vite.

Lorsque j'entrai dans le bureau d'André, je constatai que sa calvitie naissante avait fait un bond en arrière et que les valises qu'il portait sous les yeux s'étaient transformées en malles-cabines. Il se jeta sur un dossier et me le fourra dans les bras :
— Lis et agis ! rugit-il.

Il m'était demandé de reprendre un scénario qu'un olibrius avait complètement raté. C'était une intrigue policière banale agrémentée de coups de feu toujours au but, de poursuites échevelées en voiture, hélicoptère, hors-bord et tricycle, de jolies filles qui montraient leurs seins et de suspenses éculés. J'avais huit jours pour retaper ce magma et lui donner un minimum de tonus et d'intérêt. Je me mis à la tâche et, les genres imposant leurs lois, je fis mijoter mon histoire dans un bouillon de violence en la corsant d'un grain de cynisme, d'un zeste d'humour, le tout assaisonné de quelques scènes érotiques.

Je me relus. C'était nul. Je jetai le tout au panier.

A cet instant le téléphone sonna :
— C'est toi ?
— Oui.
— Tu as fini ?
— Oui. C'est fini.

Sans doute André perçut-il mon arrière-pensée, car il répéta d'une voix angoissée :

— Donc, c'est fini ?

— Oui. Complètement fini. Fini. Dans la poubelle !

J'entendis un gargouillis d'homme qui se noie et raccrochai en me demandant s'il était bon pour l'hôpital, Charenton ou le Père-Lachaise.

Le lendemain j'étais à Poyanne et me rendis chez le docteur.

— Vous voilà ! dit-il en sursautant. On ne vous attendait plus !

— Je n'ai qu'une parole, observai-je d'un ton sec.

Je me radoucis et repris :

— Paris est assommant. Une seule chose m'intéresse : Poyanne. Quand reprenons-nous ?

— Oh, oh, tout doux, tout doux, susurra-t-il, secrètement ravi. Auriez-vous oublié, mon ami, que demain c'est Noël et que nous dînons ensemble ? Qu'ensuite nous irons à la messe de minuit ? Que vous réveillonnerez avec nous le premier jour de l'an ? Tout cela se prépare, se déguste et se digère. Eh bien, rendez-vous au 3 janvier. Voilà, le 3 janvier ! Mais à dix heures. La journée sera rude. J'ai des tas de choses à vous révéler.

Je le regardai en m'efforçant de rester impassible. Je n'étais point dupe de son air bonasse et comprenais son intention : tu es parti huit jours, se disait-il ; eh bien, tu vas attendre huit jours ! C'était de bonne guerre.

— Que c'est gentil à vous de me gâter ainsi, psalmodiai-je d'une voix suave. J'accepte de grand cœur. Et nous reprendrons le 3 !

Une lueur d'ironie dansa dans ses yeux. Il savait que j'avais compris la leçon.

Nous passâmes les fêtes ensemble et ce fut charmant. Gaisha choisit d'extraordinaires bouteilles et cuisina des plats mirobolants. Nous fîmes de grandes promenades dans la campagne. Lorsque nous passions devant une ferme les gens sortaient sur le pas de la porte et s'écriaient :

— Hé, docteur ! Vous allez prendre froid par ce gel ! Rentrez donc un peu pour vous chauffer ! Venez boire une goutte près du feu !

Il déclinait l'invitation en riant :

— Allons donc, Tortigue ! Viens plutôt avec nous ! C'est bon pour les poumons de marcher par ce beau froid !

L'exaltation du melon par le docteur, son plaidoyer pour la *Quête du Graal* et bien d'autres tirades que je n'ai pu rapporter ici m'avaient amusé et surpris. C'est au cours d'une de ces promenades, alors que nous longions une mare où des canards s'ébattaient comiquement sur la glace, qu'il fit de ce volatile l'éloge impromptu que voici :

— Ah, mon cher, il faudrait que j'écrive un article, mieux encore un poème — une ode au moins serait de mise — à la gloire de ce remarquable oiseau. Non point que j'aie l'idée de vanter ses qualités gastronomiques certaines, qu'il soit à l'orange ou laqué, aux olives ou aux navets ; ce sont là des avatars qui lui sont imposés par l'espèce humaine et dont le malheureux préférerait se passer. Non ! Je chanterai ses vertus originales et intrinsèques, constitutives de son génie de canard. Voyons un peu. Au berceau, il nous touche par sa grâce délicieuse et pataude, au point que nous appelons l'enfant que nous aimons tendrement « mon petit canard ». Adulte, il est l'arbitre des élégances : admirez ce costume strict, noir ou gris, à peine rehaussé d'une touche de vert, de blanc, de bleu ; c'est la distinction classique par excellence, qui condamne comme excessives et trop voyantes les diaprures irisées du paon et les couleurs criardes du faisan. Mais passons au plan moral où cet oiseau racé n'est pas en reste. Il est gai : la joie est tapie dans cet œil allongé, divinement dessiné, à l'opposé de l'œil stupide et rond de la poule, digne en vérité de la grande peinture égyptienne. Il est discret. Voyez-le voguer sur cette mare. Qui penserait que sous la surface de l'eau ses pattes palmées, chefs-d'œuvre de la construction navale, rament avec force, aussi efficaces que des hélices ? A l'extrême pointe de sa vitesse notre ami reste impassible ; il jugerait impudique d'afficher le rictus douloureux de nos coureurs cyclistes. Son sang-froid est étonnant : les injures, les quolibets glissent sur lui comme les gouttes de pluie sur ses plumes. Le plus remarquable est sans doute sa curiosité scientifique : pour un oui, pour un non, le besoin de la recherche le saisit et il plonge à la verticale, investiguant de son bec l'univers biologique que constitue le fond de sa mare ; prudent, il signale alors sa position de plongée en pointant le triangle de son postérieur vers le ciel. Enfin il est tout simplement extraordinaire que le canard soit devenu chez nous le symbole de la liberté d'expression. Comme lui nous cancanons. Et lorsqu'il nous sera défendu de cancaner, c'est-à-dire d'échanger des cancans, lorsque nous ne pourrons plus lancer un canard, ou si vous préférez un bobard, alors nous serons enchaînés et nous aurons perdu notre liberté. Ajoutons à tout cela que le canard est un grand comique : il n'y a rien de plus drôle qu'un canard qui en admoneste un autre ; que trois canards qui discutent avec véhémence ; que dix canards — regardez ! — qui s'efforcent de marcher sur la glace (sans adopter pour autant le ridicule pas de l'oie ou verser dans l'excentrique french cancan) ; qu'une théorie de vingt canards philosophant ; que trente culs de canards émergeant, frétillants, de l'élément liquide. Les Américains l'ont compris, qui ont inventé Donald Duck. Tel est, mon cher, le remarquable volatile que nous devrions adopter pour emblème national à la place de notre coq vulgaire et vaniteux !

Gaisha et moi échangeâmes un regard complice et ravi.

De retour à l'Oustaou, nous prenions le thé et Gaisha se mettait au piano. Ballades irlandaises et chansons basques, son répertoire favori s'inspirait de son ascendance.

Je n'avais peut-être jamais été aussi heureux.

Le 3 janvier, je m'en souviens avec une netteté particulière, il faisait très froid. Dès neuf heures et demie, surexcité par la perspective des révélations que m'avait promises le docteur, je partis pour l'Oustaou en prenant garde de ne pas glisser sur le verglas. Le temps était radieux. Il gelait à pierre fendre. Les arbres étaient gainés de givre et les champs couverts de glace miroitaient au soleil. Je respirais à pleins poumons, jouissais du silence de la campagne que le froid rendait encore plus profond, rompu seulement par quelques croassements de corbeaux. A l'Oustaou on devait me guetter, car je n'avais pas encore frappé à la porte que Gaisha l'ouvrait toute grande, me happait par mon cache-nez, m'enlevait en un tournemain mon manteau et me poussait dans la salle à manger où le docteur, debout devant le feu, me tendait le verre d'armagnac qui m'attendait.

— Déjà ! dis-je. Mais il est à peine dix heures !

— Regardez-vous donc, pauvre ami, vous avez l'air d'un boudin blanc importé de Sibérie !

Et il but cul sec son propre verre, bien qu'à ma connaissance il n'eût pas encore mis le nez dehors et que son teint fût déjà d'un rose agréable.

Je m'assis avec un soupir d'aise et, sirotant mon Ognoas, tendis mes pieds vers les flammes.

— Vous ne remarquez rien ? demanda le docteur.

Je regardai autour de moi et vis une vingtaine de livres posés sur la table.

— Vos lectures d'hier soir, je suppose ? dis-je avec un brin de moquerie.

— Nos lectures d'aujourd'hui, cher ami, dit-il en appuyant sur le « nos ». Car, ajouta-t-il avec gourmandise, nous allons parler poésie.

Et c'est ce qu'il fit, avant, pendant et après le déjeuner, jusqu'à la nuit, brandissant soudain un ouvrage, déclamant, merveilleux comédien, grandissime interprète, avec une verve, une fougue, une fraîcheur d'émotion étonnantes chez un homme de cet âge.

— Juste après la famille, commença-t-il, les poètes formaient le deuxième cercle de la cour du marquis. Les poètes, oui, monsieur, car à cette époque on savait honorer les poètes. Et je vous ai déjà dit que dans le Poyanne des années 1900 nous, les jeunes, nous étions fous de poésie.

— Nous ? relevai-je.

— Oui, nous, dit-il avec embarras, car moi aussi je taquinais la muse. Oh, péché de jeunesse... Par la suite je n'ai plus taquiné que le goujon. Nous rêvions tous d'écrire — et d'écrire des vers. Et, dans ce domaine aussi, nous regardions vers Paris qui était pour nous le centre de la création, l'empyrée des poètes, le lieu où souffle l'esprit. Je vous l'ai dit, nous lisions furieusement les grands du romantisme et plus que tout autre Victor Hugo, qui était pour nous l'incarnation du génie. Nous savions par cœur ses poèmes les plus admirables — et Dieu sait s'ils sont légion ! Le zèle de certains d'entre nous allait jusqu'à se nourrir de *La Légende des siècles*, cette jungle à vous faire perdre le nord. Sigismond Lamolit eut même le courage — je devrais dire l'inconscience — d'apprendre par cœur le poème intitulé « Dieu ». Vous ne l'avez pas lu ? Non ? Eh bien, essayez et vous comprendrez son audace. Personne ne le lit plus. Dans l'une de ses intuitions géniales Hugo avait d'ailleurs pressenti qu'il en serait ainsi, puisque ayant achevé ses cent pages de méditation prophéto-métaphysico-poétique, il les chapeauta des cinq vers suivants :

Que ce poème au vol de feu
Effleure le siècle où nous sommes,
Qu'il passe vite et brille peu,
Et qu'à travers l'oubli des hommes,
Sombre, il s'en retourne vers Dieu.

Comme vous voyez, il n'avait peur de rien, le gaillard, et à défaut de retenir l'attention des hommes, il se contentait de prendre Dieu pour lecteur !

Nous récitions ses vers lors des soirées poétiques que, l'été venu, le marquis organisait dans le parc du Château. François, qui n'écrivait pas, mais assurait les fonctions de meneur de jeu et de critique, en était l'ordonnateur. Ah, les belles soirées ! L'air était doux, le ciel étoilé, la nuit suave. « Une immense bonté tombait du firmament. » Le public était assis dans une pénombre propice à l'émotion poétique ; deux chandeliers éclairaient l'estrade où se tenait le récitant. Nous déclamions « Les Djinns », « A Villequier », « Waterloo, Waterloo, morne plaine... » Nous parcourions l'immense clavier, passant de l'élégiaque à l'épique, des *Orientales* aux *Chansons des rues et des bois.* Parfois Gérard ou moi prenions un malin plaisir à évoquer « les soldats de l'an II, ô guerres ! épopées ! contre les rois tirant ensemble leurs épées », ce qui agaçait fort le marquis. L'une de ces soirées consacrées à Victor Hugo fut d'ailleurs l'occasion d'un scandale. Nous avons tous ici, peu ou prou, l'accent gascon, et nous en sommes fiers ; mais enfin, lorsque vous interprétez un grand auteur, il y a des limites à ne pas dépasser. Un soir, Gédéon de Tonnencour, dont je vous ai dit qu'il avait la voix de Danton et un accent à couper au couteau, se projeta d'enthousiasme sur l'estrade et déclama « L'Aigle du Casque » :

Alorrss commennça l'âprrre et sauvage pourrrsuite,
Et vous ne lirrez plus ceci qu'en frémissannng...

Les *r* roulaient comme des tambours, les nasales trompetaient, les *s* qui auraient dû rester muets sifflaient comme les serpents d'Oreste. C'était difficilement supportable. Gédéon attaqua la finale :

Alorrsss l'aigle d'airainng qu'il avait sur son casque
Et qui, calme, immobile, et sombrrre, l'observait,
Crrria...
Je vous preng à témoing que cet homme est méchannng !
Et, cela ditt, ainsi qu'un piocheur fouille un channng,
Comme avec sa cognée un pâtrrre brise un chêne,
Il se mit à frrraper à coups de bec Tiphaine ;
Il lui crrreva les yeux ; il lui brrroya les dennng ;
Il lui pétrrrit le crrâne en ses ongles ardennng
Sous l'armett d'où le sannng sortait comme d'un crrrible,
Le jeta mort à terrre, et s'ennnvola, terrrible !

Des murmures s'élevèrent du public. Il le foudroya du regard. Les murmures grossirent. Il nous apostropha. Nous le huâmes. Fou de rage, il partit, tirant après lui la Divine qui nous injuriait et nous traitait de Béotiens. A croire que l'amour n'est pas seulement aveugle, qu'il est sourd aussi bien ! Le marquis fut d'autant plus contrarié qu'il venait de se réconcilier avec le couple et comptait sur Gédéon pour lui faire gagner un procès où il était dans son tort. Mais, s'agissant du Grand Homme, nous ne pouvions supporter ces *alorrss*, ces *airainng*, ces *témoing*, ces *dennng* et ces *sannng*... Victor Hugo, attention, c'était sérieux, très sérieux. C'était sacré. Si sérieux que l'un de nous en devint fou.

— Ah bah ! m'exclamai-je. Vraiment fou ?

— Écoutez plutôt. Il s'agit de ce Sigismond Lamolit qui savait « Dieu » par cœur. C'était un de nos instituteurs à la retraite qui, imprudemment sans doute, se piquait de métaphysique. Il avait d'ailleurs un certain penchant au masochisme. Il lut un jour dans *La Légende des siècles*, section LX, « Hors du Temps », le poème sur la trompette du Jugement dernier, et tomba sur ces vers :

Pensif, je regardais l'incorruptible airain...
Une obscure Babel y tordait sa spirale.
Sa dimension vague, ineffable, spectrale,
Sortait de l'éternel, entrait dans l'absolu.
Pour pouvoir mesurer ce tube il eût fallu
Prendre la toise au fond du rêve, et la coudée
Dans la profondeur trouble et sombre de l'idée.

Il se prit la tête dans les mains et voulut évaluer la trompette. Mais il n'avait pas la géniale vision de Hugo. Cela le hanta, le tortura. Il s'épuisait à concevoir cette dimension vague qui sortait de l'éternel pour entrer dans l'absolu, s'acharnait à sonder le fond du rêve pour y trouver la toise, scrutait la profondeur trouble et sombre de l'idée pour y découvrir la coudée. En vain. On le voyait errer dans nos campagnes, marmonnant : « ... la toise... la coudée... dimension spectrale... l'absolu... » Il ne dormit plus, ne mangea plus. Se butant à ces vers comme la mouche à la vitre, il devint hargneux et violent. On dut l'enfermer à l'asile de Mont-de-Marsan. Serré dans sa camisole de force, il sanglotait : « la toise... la coudée... » Il en est mort.

— Votre histoire est pénible, dis-je, choqué. Et vous exagérez.

— Vous croyez ? Bon, si vous y tenez, j'admets qu'il y ait eu chez Sigismond d'autres facteurs pathologiques à sa démence. Mais avouez que le torrent hugolien a de quoi vous ébranler le crâne quand vous l'avez déjà fêlé. C'est le Niagara, cet homme-là, les chutes du Zambèze, d'Iguaçu, une Amazone poétique, immense, multiforme, souveraine. Il a joué de tout, du terrible et du serein, du clair et de l'obscur, du gai et de l'atroce. Les parnassiens sont à l'inverse ; pas question chez eux de logorrhée, de diarrhée verbale ; ce sont des constipés. Des tâcherons de la perfection formelle, des ciseleurs de vers, des orfèvres, des diamantaires qui travaillent, le nez sur la loupe, au centième de millimètre près. A toute *La Légende des siècles,* voie lactée d'images, ruissellement cosmique de mots, mais défigurée par d'énormes boursouflures, ils préfèrent un sonnet parfait. Nous leur dûmes beaucoup, car si nous n'étions pas sûrs d'avoir le génie de Hugo — nous allions être bientôt fixés sur ce point ! — il ne tenait qu'à nous de suivre leur exemple, et de faire court en visant au parfait. Nous lisions Leconte de Lisle, Heredia, Mallarmé. Ils furent nos maîtres de rigueur. A la même veine, mais plus riches, plus profonds, émouvants infiniment, se rattachaient Baudelaire et Verlaine. Surgissait le génial Rimbaud. Et le symbolisme naissait... Nous étions nés, mon ami, à l'époque où la poésie française venait d'enfanter ses plus grands chefs-d'œuvre. A moins d'être des butors, des macaques ou des ânes bâtés, pouvions-nous rester indifférents ?

Et puis, en 1897, s'était produit un événement stupéfiant : Edmond Rostand faisait jouer *Cyrano de Bergerac.* Vous ne pouvez imaginer, mon cher ami, ce que fut le triomphe de *Cyrano.* Rostand secouait une France morose, encore blessée par l'ignominieuse défaite de 1870, meurtrie par l'amputation de l'Alsace et de la Lorraine, une France qui s'enlisait dans les intrigues politiciennes, l'affaire Dreyfus, le scandale de Panama et tutti quanti. En prenant pour héros un Gascon bien de la Gascogne, il disait à la France que l'esprit, le courage, la fougue, la noblesse du cœur sont des vertus françaises. Comme Henri IV autrefois il lui rendait son panache. La bataille d'*Hernani,* voyez-vous, fut une grande affaire ; mais c'était une bataille, on s'opposait, on se battait, il y avait désaccord. *Cyrano* fit l'unanimité. La France tout entière fut reconnaissante à Rostand de lui rendre l'idéal de sa jeunesse. On l'acclama, on le porta aux nues. Et nulle part plus qu'en Gascogne, vous vous en doutez. Quelle fierté pour nous, les Gascons, de rappeler au pays, par la voix de Rostand, son obligation de courage et de grandeur. Nous savourions chaque vers de la pièce, nous nous en délections. Il n'y avait pas un seul poète en Gascogne qui ne brûlât de rencontrer le maître. Nous allâmes lui faire acte d'allégeance au pays basque, dans sa maison de Cambo. Il nous accueillit de bonne grâce, reçut notre hommage avec plaisir. Nous lui empruntâmes son air pensif, sa lavallière, soignâmes notre moustache et à vingt ans — oh, folle et influençable jeunesse ! — jaloux de ce front vaste aux golfes imposants, trouvâmes vulgaire d'avoir encore tous nos cheveux. En même temps nous rêvions d'être laids, d'être fiers, d'en découdre. Nous prîmes des leçons d'escrime. Roxane, un moment incarnée dans la Divine, devint notre idéal féminin. Nous écrivions des vers à la Rostand. Un trait, mon cher, pour vous montrer notre enthousiasme : sitôt *Chantecler* joué, l'un de nous, Joseph Larribau, dit Jean Poyanne, se jeta sur sa plume et écrivit...

Le Dr Ducasse saisit un livre sur la table, l'ouvrit et déclama d'une voix claironnante :

Ballade des Coqs
En l'honneur de Chantecler, le coq basque.
A Edmond Rostand.

Certes, on en signale en Galice,
On en cite chez le Huron,
Le Flamand s'orne pour la lice
D'un sanglant et courbe éperon,
Le Redcap sous son chaperon
Plastronne aux miroirs de la vasque
Comme un paon sur le clair perron :
— Mais il n'est coq qu'au pays basque !

Sur le Wallikiki trop lisse
Le Gascon darde un œil luron
Où Montaigne a mis sa malice ;
Le Bentam porte habit marron ;
Carnavalesque et fanfaron,
Le Houdan s'affuble d'un masque
Que hausse une crête à fleuron :
— Mais il n'est coq qu'au pays basque !

Le Sultan a blanche pelisse,
Le Minorque a noir coteron ;
Une splendeur cardinalice
Marque le Pile à l'aileron ;
Le Padouan, en vieux baron,
D'un heaume floconneux se casque ;
L'York est sec comme un héron ;
— Mais il n'est coq qu'au pays basque !

Envoi.

Nombreux sont d'Ur à Sisteron
Les meneurs d'amoureuses frasques,
Prince, et les sonneurs de clairon :
— Mais il n'est coq qu'au pays basque !

Pas mal, hein ? Qu'en dites-vous ?

Un autre nom nous fascinait, celui d'un poète venu des Pyrénées, Francis Jammes. Ah, je l'aime beaucoup, celui-là ! C'est un cœur pur, une âme noble et souriante. Il revint à la foi de son enfance, conçut la très difficile entreprise de saisir l'âme secrète des êtres et des choses les plus simples. Si je m'écoutais, je vous dirais « L'Ane », la « Prière à la Vierge », et combien d'autres de ses poèmes ! Sa présence à Paris nous y appelait. Mais il nous donna une jolie leçon en revenant dans le Sud-Ouest alors que nous rêvions d'aller le retrouver sur les bords de la Seine. Il s'installa à nos portes, dans le Béarn, à Orthez. C'est là que nous allions le voir. Il nous recevait, selon la saison, au coin du feu ou sous ses platanes, vieillard bienveillant et barbu, vêtu d'un lourd costume de drap bleu. Il était innocent, timide. L'art oratoire lui était aussi étranger qu'insupportable : comme Verlaine il eût voulu lui tordre le cou. Sa vie retirée, effacée l'inclinait à ce silence où il entendait ce que nous ne pouvions percevoir. Il fallait parfois beaucoup de temps avant qu'il se décide à parler. Le brusquer l'eût fait rentrer dans sa coquille. Il s'exprimait alors dans une sorte de recueillement, choisissant les mots les plus usuels, les plus simples, ceux-là mêmes qui venaient sous sa plume quand il écrivait. Une joie latente irradiait son discours. Nous l'écoutions en buvant un verre de vin blanc, bien frappé, qu'il mettait à rafraîchir au fond du puits, dans un seau pendu à une corde. Il était simple. Il était pauvre. Il était gai. Dans ma longue vie j'ai rencontré quelques hommes saints ; ils m'ont fait penser à Francis Jammes. Ces visages usés par l'âge, les travaux et les peines, éclairés par le feu intérieur de la compassion, étaient gais. Je n'oserais dire que Jammes fût un saint. Mais il en avait la bonté et la joie. Il est mort à Hasparren en 1938. Nous l'avons porté sur nos épaules au cimetière. Nous avions perdu plus qu'un maître, un ami.

Vous allez rire et nous traiter de girouettes, mais, comme nous avions singé Rostand, nous décidâmes, à l'exemple de Jammes, d'interroger l'âme des choses. A force de sympathie et d'amour, pensions-nous, nous capterions cette parcelle d'absolu qui est en chacun et en tout, questionnant d'abord le plus banal, car c'est là que la réalité essentielle et dernière affleure à l'état le plus pur. Tenez, moi, par exemple, je me suis planté un jour dans une étable devant un seau de lait — sujet éminemment bucolique pour des raisons évidentes — et j'ai voulu le faire parler. J'ai voulu saisir son âme. Eh bien, mon cher, de lui et de moi le plus sot ne fut pas celui qu'on pense et ma feuille de papier resta d'un blanc immaculé. Une autre fois, je me mis en tête d'écrire un poème sur l'âme de la bêche. Sujet prodigieux si vous pensez à tout ce que cet instrument contient de labeur, d'espoir, d'effort, de courage, de bonheur, de sueur, de détresse ou de joie — d'humanité, enfin ! — accumulée au cours des millénaires. Or j'étais en train de contempler vainement ma bêche, fichée dans un carré de radis, lorsqu'un rossignol se posa à l'extrémité du manche et, me regardant, se lança dans une brillante improvisation sur ce qui ne pouvait être que mon sujet. Ce trait m'acheva. Je ne pouvais mieux dire que cet oiseau, et en plus il se foutait de moi ! Je tentai cependant une dernière expérience. J'invitai l'un des innocents du village (nous en avions plusieurs), que l'on appelait Biberonette car il était porté sur la boisson, à prendre un verre chez Alexandre, l'un des quatre cabarets dont s'enorgueillissait alors Poyanne, et plongeai mes yeux dans les siens, avide de saisir l'Être dans cette âme naïve. Il soutint mon regard le plus tranquillement du monde. Il avait des yeux magnifiques, violets — je m'en souviendrai toute ma vie — et je me disais intérieurement : l'oméga de tes yeux ! L'oméga de tes yeux ! Mais j'avais beau y plonger, m'y noyer, poser à mon invité de douces et insinuantes questions, j'avais beau le câliner, je ne tirai rien de ces yeux violets, aussi impénétrables que ceux d'un chat, je n'enregistrai pour toute réponse que des hum ! des macareou ! des grognements, des hil de pute ! et des jets de salive au jus de chique. Plus l'entretien durait et plus le mystère s'épaississait. Mais notre homme n'était peut-être pas aussi naïf qu'il me semblait. Je lui payai une dizaine de chopines et nous descendîmes le perron d'Alexandre bras dessus, bras dessous, fin saouls et chantant à tue-tête : « Les Montagnards, les Montagnards sont là ! »

Et puis, mon cher, et puis, s'exclama le docteur en se levant d'enthousiasme, il y avait Toulet. Cette fois-ci nous n'y couperons pas et je ne vous parlerai pas de lui sans boire un verre, et du jurançon pardi ! Gaisha, mon petit, apporte-nous un flacon de jurançon, et du meilleur !

En attendant ledit flacon, mon vieil ami marchait à grands pas, se frottant les mains d'impatience. Quand il eut la bouteille en main, il la mira dans le joli soleil qui venait de la fenêtre, remplit nos verres et, levant le sien, récita d'une voix émue :

Un Jurançon 93
Aux couleurs de maïs

Et ma mie et l'air du pays
Que mon cœur était aise !

Diable de Toulet ! Il menait à Paris une vie de bâton de chaise. Il se couchait au matin, se levait à quatre heures de l'après-midi. Et les nuits étaient trop courtes ! Les femmes, l'alcool, l'opium ramené de l'Extrême-Orient... C'était un conteur éblouissant, un écrivain touché parfois par le génie. Un mondain. Il connaît le Tout-Paris. Debussy, Curnonsky sont ses amis. Maurras, Valéry, Ravel ; mais ces deux derniers, je ne sais pourquoi, lui tapent sur les nerfs. On le voit partout, au théâtre, dans les bars célèbres, le Vachette, le Bar de la Paix, le Weber. Il sert de nègre à Willy, car il a dilapidé son patrimoine. En 1902 il plaque tout et part pour l'Asie avec Curnonsky. Il séjourne en Indochine, aux Philippines, en Chine, en Inde, à Ceylan, au Japon où il croque l' « aérien bicorne » du « noble Fujiyama ». De retour à Paris, sa santé flanche. Il était né à Pau, dans le Béarn « aux belles pierres ». Il y revient, se marie et s'installe à Guéthary, dans la villa Etcheberria. C'est là que nous le rencontrâmes, attirés par sa réputation de dandy et le succès de ses romans. Coiffé d'un béret basque, la barbe broussailleuse, il nous recevait avec amitié : il aimait la jeunesse, sa naïveté et ses rêves. Il nous parlait de tout, de sa vie à Paris, de l'Asie, du Béarn, du jurançon nouveau, des moissons, de poésie, de politique.

Mais il fallait mourir.

Ce n'est pas drôle de mourir
Et d'aimer tant de choses
La nuit bleue et les matins roses
Les fruits lents à mûrir.

Sa mort fut discrète :

Je meurs, comme les oiseaux
Sans laisser de cadavre...

Sa véritable gloire littéraire, nous ne la connûmes que plus tard, avec la publication de son chef-d'œuvre, les *Contrerimes* :

Dans Arles, où sont les Aliscamps,
Quand l'ombre est rouge sous les roses,
Et clair le temps,

Prends garde à la douceur des choses,
Lorsque tu sens battre sans cause
Ton cœur trop lourd ;
Et que se taisent les colombes :
Parle tout bas, si c'est d'amour,
Au bord des tombes.

Ce sont peut-être les seuls vers dont le souvenir reste à quelques-uns, car la postérité fut injuste avec lui. Les critiques, qui sont, dit-on, des gens sérieux, n'aimeraient pas les dilettantes.

Ces aînés nous étaient des exemples. Chacun de nous avait son dieu et s'escrimait à rimer avec plus ou moins de bonheur. Nous discutions métrique, rythme, inspiration, esthétique. Parfois nos débats s'envenimaient et, la mèche en bataille, nous étions prêts à nous sauter à la gorge. Joseph Larribau, qui se targuait de revenir à un certain classicisme sous l'influence d'Horace et des parnassiens, monta un soir sur l'estrade pour lire un conte de Musset, *Histoire d'un merle blanc.* Il s'agit d'un merle blanc qui, méprisé de tous, décide de conquérir la gloire en composant sur lui-même un poème en quarante-huit chants.

La charge était lourde. Elle équivalait à une déclaration de guerre. Un silence de mort suivit cette lecture. Émile Despax, notre ami de Dax, était livide. Gérard Batbedat se leva, indigné : on insultait Hugo, Lamartine, tous les grands ! Allait-on jeter « Les Feuillantines » au panier ? Je grondai moi-même de colère. On s'expliqua. Larribau se défendit d'attaquer le lyrisme, il s'en prenait aux seuls excès de l'égotisme. On se calma. On s'embrassa, et tout se termina autour d'une bouteille de piquepoult.

— De piquepoult ? relevai-je. Que voulez-vous dire ?

Le Dr Ducasse piqua une de ses crises de stupéfaction :

— Comment, s'écria-t-il en roulant des yeux exorbités, vous êtes en Chalosse depuis quatre mois et vous ne savez pas ce que c'est que le piquepoult ? Mais vous êtes, mon cher, comme M. Jourdain qui faisait de la prose sans le savoir ! Du piquepoult, vous en buvez tous les jours, à Tilsit, chez moi, chez tous ceux de Poyanne qui vous invitent à boire un verre ! Le piquepoult, c'est notre meilleur vin blanc de Chalosse, celui que l'on récolte sur les coteaux. Clair, léger, et qui tient son nom de ce qu'il pique délicieusement la langue. Surtout ne pas le confondre avec le pichebernat — ou pisse de cafard — ce détestable vin blanc d'une région voisine que j'aurai la charité de ne pas désigner, tout juste bon à distiller. Au XVIIIe siècle, pour avoir mélangé du pichebernat à du piquepoult, l'un des ancêtres de Labeyrie, le marchand de vin de Mugron, fut condamné par les jurés de Dax à une peine terrible.

— Et à quelle peine, mon Dieu ?

— Il avait mélangé quatre barriques de pichebernat. Il fut condamné à en boire autant.

— Douce punition, ce me semble.

— Malheureux ! Il mourut avant d'avoir fini le premier tiers de la première barrique. Depuis lors personne n'a plus triché. Mais revenons à Joseph Larribau. Il était né à Poyanne, mais habitait Confolens, dans les Charentes, où il enseignait le latin et le grec au collège. Il revenait chaque été parmi nous passer les vacances dans la maison que lui avait laissée son père, juste au milieu du village. C'était une vieille maison toute simple, qui avait cette particularité qu'un cep de vigne poussait dans la salle à manger et traversait le mur pour épanouir ses feuilles et ses grappes sur la façade. Cette maison charmante, hélas, vous ne la verrez pas ; elle a été détruite, il n'y a plus à sa place qu'un vide béant transformé en jardinet. Larribau vivait avec sa sœur, Marie, une souris discrète et menue, qui avait une voix mélodieuse comme une flûte, mais il fallait beaucoup de temps pour s'en apercevoir car elle n'ouvrait presque jamais la bouche. Le poète a évoqué sa « robe bleue usée aux deux genoux » et sa piété : « vous avez découvert le puits qui désaltère... » Mlle Larribau avait une admiration fervente pour son frère, qui était sur cette terre sa préoccupation constante et son absolu. Elle l'appelait « le poète » ; il la nommait « ma flûte enchantée ». Le bureau du poète, qui donnait sur le jardin derrière la maison, était rempli de livres et d'objets qui lui étaient chers. Mais les initiés savaient que pour Larribau cinq objets seulement avaient une valeur particulière : aux murs, une reproduction du *Don Quichotte* de Daumier et un portrait dédicacé d'Edmond Rostand ; sur la table de travail, un petit buste de l'Empereur, une abeille en cuivre, symbole du minutieux travail de poésie, et surtout un magnifique Virgile « *ad usum serenissimi Delphini* — M. DC. LXXXII », qui contenait un œillet rose séché, souvenir d'un amour passé. De qui s'agissait-il ? Larribau gardait jalousement son secret et aucun de nous n'osa jamais l'interroger.

De belle taille, les épaules carrées, la moustache drue, le menton volontaire, Larribau, en dépit de son aspect massif, donnait une grande impression de douceur qui tenait à son regard, parfois malicieux, le plus souvent rêveur. Son élégance nous plaisait. Il variait à plaisir ses cravates, jetait une cape sur ses épaules, utilisait pour canne un makhila gainé d'argent et portait un chapeau à large bord. Il s'exprimait lentement et méritait d'être écouté : comme Jammes il n'employait que des mots simples pour dire des choses graves. Modeste, il resta vingt-neuf ans professeur de rhétorique à Confolens sans accepter d'avancement, record que n'égalera jamais aucun énarque. Il ne songea pas à publier son œuvre. Ce fut son ami Gérard qui, à sa mort en 1928, s'efforça de rassembler et de sauver de l'oubli ses écrits ; tâche ardue, car Larribau, se fiant à sa mémoire remarquable, composait la plupart de ses poèmes de tête ou les couchait en désordre sur n'importe quel papier. Je vous prêterai, si vous voulez, les *Poèmes de Jean Poyanne*, puisque ce fut là son pseudonyme. En revanche, la poésie ne cessa jamais, un seul jour, de lui donner la joie : le 28 avril 1928, au seuil même de son agonie, il trouvait la force de dicter un poème pour une petite fille, l'enfant d'un couple ami.

N'allez pas croire, Dubedout, que nous cultivions la morosité. Nous n'étions pas des empaillés du sublime, oh non ! Nous aimions rire et les occasions ne nous manquaient pas. Larribau nous en fournit une, mémorable. En se promenant dans le parc du château de Poyanne il avait composé un poème dont, en toute innocence, il nous régala lors d'une de ces soirées poétiques que présidait le marquis :

Plus de marquises dans le parc. Plus de marquis.
Les Grammont, où sont-ils ? Où sont-ils, les Créquis ?
Où sont les seins fleuris d'une rose, la lèvre
Dont la mouche a piqué les coins, taquine et mièvre ?
Perrons pompeux, où sont les robes à paniers ?
Il a plu. J'erre seul sous les hauts marronniers
Qui jadis écoutaient de tendres confidences.
L'épinette inspirait de son âme les danses,

Mais les couples cherchaient votre ombre, arbres cléments!
Le deuil flotte aujourd'hui par le gris firmament;
Il a plu ce matin et dans le soir j'écoute
Sous les branches pleurer le Passé, goutte à goutte.

Le marquis commença à s'agiter dans son fauteuil. Bafouillant de vagues bravos, il tenta de mettre fin à ce qui lui semblait être sa mise à mort. Mais Larribau, emporté par son élan, continuait, imperturbable :

> *Oui, sont morts les marquis et mortes les marquises,*
> *Mais dans le parc jauni où nous vous évoquons...*

C'était trop ! Le marquis explosa. Il n'était donc plus qu'un Passé qui pleure goutte à goutte ? On l'enterrait, lui, son château et les siens ! Il exigea des excuses. Larribau, outré lui aussi, se drapa dans sa dignité de poète et refusa tout net. François, qui mourait de rire, s'interposa, joua les bons offices, calma les adversaires. Il fit valoir à son père, indigné de nos faces hilares, que Larribau était l'un des piliers de son cénacle poétique et qu'à trop le secouer il irait dire ses vers chez le baron (l'argument porta). Au poète il remontra qu'il enterrait un peu vite son père. On fit un pas de chaque côté et les deux hommes se réconcilièrent.

Bien sûr, nous nous prenions aussi pour des poètes maudits. Mais notre vin blanc n'était pas de l'absinthe et les passions de nos vingt ans ne recelaient pas le poison des *Fleurs du Mal.*

Ils chantaient donc, les rossignols de la Gascogne. Leurs voix s'élevaient de la colline sacrée de Poyanne, de la Chalosse, de tous les pays de l'Adour et des Landes. A Dax, Émile Despax, le poète des glycines, Antonio Aparisi, le spirituel parnassien ; à Talers, l'élégiaque Victor Doussy ; à Gouts, Eugène Capdevielle ; à Onesse, Claude Duboscq ; à Léon, Loys Labèque. Et puis, à côté des poètes en langue française, il y avait l'autre chœur, celui des fidèles, le chœur des poètes en langue gasconne... Je ne vous en parlerai pas, ignorant Dubedout, puisque vous n'y comprendriez rien. Sachez seulement qu'ils sont juteux et émouvants.

Et là-bas, à Paris, se faisait entendre, sur un rythme de contrebasse, mais quelquefois avec des fausses notes, la voix qui se voulait grandiose du prétendant au titre de Prince des Poètes de Gascogne, Jean Rameau.

Étrange figure que celui-là, Dubedout ! Fils de paysan, élevé à la dure, instruit par le curé du village, puis de bric et de broc par lui-même au point d'accumuler un savoir faramineux. Fou d'ambition et d'appétit de gloire, il avait résolu d'être à la fois Hugo, Michel-Ange et Raphaël. Seule la musique lui échappait ! Ne riez pas ! En 1903, il était la coqueluche du Tout-Paris. Les salons se l'arrachaient, les journaux se battaient pour l'afficher dans leurs colonnes, les jolies femmes lui tombaient dans les bras. Chevelu comme un archange, solide comme un lutteur turc, ardent et beau de visage, dévoré par la soif de créer, il propageait autour de lui une sorte de frisson magique ; il attirait et fascinait. Il était capable d'écrire des vers parfaits à la Théophile Gautier ou d'immenses envolées hugoliennes, pondait au moins un roman chaque année. Il tenait Paris dans le creux de sa main, le couvait du regard, le savourait avec une satisfaction de propriétaire. Mais le succès le grisa. Il voulut escalader les cieux et reléguer Homère et Dante aux oubliettes en composant des poèmes fantastiques qu'il crut brûlants de génie. Ce fut la chute verticale. Il l'a reconnu lui-même :

La Gloire aussi je la perdis
Car j'ai voulu, fouettant la croupe à ma chimère,
Aller plus haut qu'Homère
Et je tombe au puits noir des poètes maudits.

— Racontez-moi cela ! m'exclamai-je.

— Mon pauvre ami, vous ne savez pas à quoi vous vous exposez.

— Il s'agit d'un poème, n'est-ce pas ? Eh bien, j'écoute !

— Ne me tentez pas.

— Docteur, j'y tiens !

— Vous le voulez vraiment ? Vous avez l'épigastre solide, l'estomac bien accroché ? Oui ? A vos risques et périls. Jean Rameau réserva donc la primeur de ses poèmes fantastiques à l'une de ses protectrices, la jeune, spirituelle et ravissante comtesse de Saint-Gerboisy, qui était la coqueluche de Paris. La présentation du recueil eut lieu dans ses salons, en son hôtel particulier de la rue Saint-Dominique, devant le faubourg Saint-

Germain rassemblé. Jean Rameau darda son œil de feu sur l'auditoire et de sa voix éclatante dit le poème intitulé « Le Repas d'un cyprès ». Il s'agit d'un cyprès de cimetière qui, en veine de gourmandise, demande à la Mort de le régaler. Bonne fille, celle-ci accepte et lui sert tour à tour un colosse de foire, un roi, une courtisane célèbre. Il y en a trois pages... Des plus crues. Mais le cyprès reste sur sa faim. En désespoir de cause la Mort lui propose une comtesse :

— A merveille ! j'ai votre affaire : une comtesse
Dont Paris jasa fort, jadis, en carnaval ;
Morte, hier, dans les bras d'un gendarme à cheval.
— Passe-moi la comtesse !

Une fois enterrée,
Fraîche, grasse, alléchante avec sa chair marbrée,
Le cyprès se jeta dessus, gloutonnement,
L'enserrant dans un réseau de tubes, l'entamant
De tous côtés, avec ses mille spongioles,
La disputant aux tas grouillants de bestioles
Qui venaient de partout, comme pour un régal.
C'était exquis. Il s'en reput comme un chacal,
S'attardant en gourmet dans les glandes visqueuses,
Pompant sa chair, buvant le pus vert des muqueuses,
Se gorgeant, se saoulant sur ce corps de Phryné...

En trois jours, le cyprès fut sec — empoisonné.

Le poète extatique revint sur terre et abaissa son regard sur son public. Ces dames étaient évanouies ; les critiques littéraires du *Temps* et du *Figaro* vomissaient dans un coin ; M. de Calonnes, garde des Sceaux, et Son Éminence le cardinal archevêque de Paris luttaient contre un irrépressible hoquet. Livide, au premier rang de ce champ de bataille, les lèvres serrées sur sa nausée mais ses yeux dardant des éclairs, Mme de Saint-Gerboisy d'un doigt véhément lui indiquait la porte. Il était banni de Paris.

Hil dou diable de hil dou diable ! Après ça il faut se réchauffer un coup ! Gaisha ! Un double armagnac ! Et en vitesse, ma chérie, je t'en supplie ! Voilà. Voilà. Ah, cela va mieux. Mais ne soyons pas injustes. Je vous ai lu l'exécrable. Il y a aussi de beaux accents dans l'œuvre de Jean Rameau.

Si vous relisez nos œuvres d'alors, Dubedout, vous constaterez que nombre de nos poèmes ont vieilli. On y parle trop d'idéal, de rêve, d'azur, d'amour sublimé, d'absolu ; leur rhétorique est parfois lourde ; nous avions du mal à nous sortir du carcan de la phrase latine. De nos jours on supporte mal le bel canto en poésie. Ces réserves faites, et avec le recul du temps, je ne puis qu'admirer et regretter une époque où chaque bourgade avait son rossignol, un jeune homme un peu fou, la tête dans les étoiles et la lyre au côté, qui déplorait, le pauvre, de ne pas être poitrinaire. Moquez-vous d'eux, si vous voulez, et comparez-les aux grenouilles d'Aristophane dans leurs marais. Pour moi leur fougue, leur pureté et leur talent changeaient notre monde et faisaient chanter notre pays.

Il y eut un silence. On n'entendait plus que le crépitement du feu qui dévorait des pignes dans l'âtre et, au-dehors, le souffle du vent nocturne qui tourmentait les chênes.

— Ils sont tous morts, dit le Dr Ducasse.

Et dans sa voix il y avait tant de nostalgie que j'en fus bouleversé.

Mais le docteur se reprit vite :

— Hil dou diable de hil dou diable, s'ils étaient ici, ils auraient soif ! Gaisha, ma chérie, une bouteille de champagne ! Et du brut !

Tous les trois nous levâmes nos coupes.

— A leurs âmes, dit le docteur. C'étaient de bons petits.

Nous bûmes. Le Dr Ducasse rêvait. Les reflets rouges du foyer dansaient sur son visage. Il était magnifique, ainsi, vieillard herculéen au beau visage pensif. Je respectai son recueillement, puis lui demandai doucement :

— Et vous, docteur ? Ne réciterez-vous pas quelques-uns de vos vers ?

Il rit :

— En voici quatre, les seuls dont je me souvienne :

Quand donc sur les flots verts de l'océan rageur
Pourrai-je m'en aller vers l'île de mes rêves ?

Quand donc verrai-je au loin se dresser sur la grève
Les cocotiers riants qu'habite le bonheur ?

Affreux, n'est-ce pas ? C'était le temps où je rêvais de faire le tour du monde, moi qui en fin de compte ne connais bien que ma Gascogne. C'est assez, d'ailleurs. Regarde mes chênes, petit, ils sont heureux !

J'ÉTAIS HEUREUX de vivre à Tilsit. Chaque jour je m'étonnais de l'impulsion irrésistible qui m'avait poussé à larguer les amarres et à partir pour le Sud-Ouest. Moi, l'enfant de Paris, fleur du bitume et de l'asphalte, l'intoxiqué des cafés de la rive gauche et des cinémas du quartier Latin, j'aurais dû, après quinze jours de retour à la terre, m'ennuyer ferme, rêver au tournoiement des voitures et à la foule pressée des piétons. Or la brève plongée que je venais d'effectuer dans la fébrilité des salles de rédaction m'avait paru la pire des abominations. A Tilsit je me sentais au contraire apaisé, allègre dans un monde qu'auparavant j'avais à peine entrevu à travers la vitre d'un train ou le pare-brise d'une voiture : la campagne, la nature, la vie d'un village. Somme toute je faisais la même expérience que le voyageur de commerce du film italien *Quatre pas dans les nuages*. Lui aussi, un matin, quitte la ville, les encombrements, le bruit, l'agitation, pour se rendre ailleurs, où il vendra sa camelote. Son autobus tombe en panne et il couche dans une ferme. Ce n'est plus la pétarade des motos qui l'éveille, mais le chant des oiseaux. Il n'avale plus son espresso en vitesse sur un coin de comptoir, il prend son temps et se délecte d'un grand bol de café au lait et d'immenses tartines. Il se promène et pour la première fois de sa vie regarde les arbres, les fleurs, les animaux, toutes choses qu'il ne connaissait pas. Il n'a plus de but précis, flâne, fait la sieste, trempe une ligne dans la rivière, donne un coup de main à ses hôtes. La nuit vient et il découvre le silence, seulement coupé d'un aboiement lointain. Il lève les yeux vers les étoiles.

Moi aussi je faisais quatre pas dans les nuages, mais il n'était pas question que mon rêve dure si peu. A la simple idée de rentrer à Paris je perdais pied. J'apprenais à vivre avec le soleil, à pressentir le temps, à observer la lune. Je me réjouissais d'un froid sec qui me faisait découvrir le Grand Opéra des Pyrénées à l'horizon du sud, contemplé du pas de ma porte. J'observais les oiseaux, surveillais les terriers des lapins à l'orée de ma lande, je surprenais, immobile derrière une haie, le renard, flamme rousse et grise, qui maraudait dans mes parages. Je ne songeais pas à cultiver mes champs, qui resteraient en friche ; mais j'apprenais à travailler de mes mains qui jusqu'alors n'avaient su que tenir un volant, un stylo, ou tapoter sur un clavier de machine : couper le bois, remonter un mur qui s'écroule, laver le linge qui, pincé à la corde, claque au vent et sent l'herbe quand on le lève. Joie d'aérer la maison, de l'ouvrir au grand air, au soleil, pour qu'elle respire et vive, de préparer ma pitance, d'allumer un grand feu, de lire dans la nuit, les pieds sur les chenets. Tout m'était plaisir : acheter un pain de campagne, y tailler des quignons, fatiguer une salade, cuire mes pommes de terre sous la cendre, rouler mes cigarettes. Je mis deux jambons dans un baril de cendres et, avec l'aide de Gaisha, préparai six pots de confit. Je voyais très souvent Gaisha, je bavardais, plaisantais avec elle ; son amitié formait mon univers féminin. Et je me disais : que ce rêve dure ! Qu'il me soit donné de rester longtemps à Tilsit ! Je comptais ce qui me restait d'argent, je serrais mon budget, vivais de rien par volonté de durer.

J'aimais cette vie qui m'enlevait au monde moderne. De l'électricité je n'avais que la vue des fils qui longent la route pour alimenter les fermes d'alentour. Chaque soir, j'allumais les lampes à pétrole ou m'offrais un dîner aux bougies. Je puisais l'eau du puits avec le seau et la corde, me chauffais, cuisais ma nourriture au feu de bois. Gentiment on se moquait de moi. Au pétrole, aux bougies qu'il me vendait Lanusse ajoutait, sans me les mettre en compte, quelques remarques malicieuses en me voyant compter mes sous, choisir du savon de Marseille pour ma lessive et ma toilette, mégoter sur le prix des spaghettis et des lentilles. Je m'observais moi-même avec surprise, me traitais de rétro, me répétais qu'il ne faut regretter ni la marine à voile ni la chandelle à suif. Mais qu'y faire ? Je n'allais pas me plaindre d'être heureux. Le docteur prétendait que je jouais à Robinson sur son île et se demandait, j'en suis sûr, combien de temps cette foucade durerait. J'allais le voir presque tous les jours et il reprenait son récit :

— Le troisième cercle de la cour du marquis était formé non point de ses égaux — M. de Poyanne n'avait point de pair en Chalosse — mais des nobles et hobereaux d'alentour, porteurs de particule, héritiers de traditions anciennes et propriétaires de châteaux, gentilhommières et manoirs plus ou moins décatis et croulants. Ils étaient souvent de noblesse fort ancienne et conservaient dans leurs coffres des parchemins et grimoires prouvant que leurs ancêtres s'étaient croisés, avaient suivi Jeanne la Pucelle dans sa lutte contre l'Anglais (certains s'enorgueillissaient d'avoir participé plus tard à la bataille de Castillon), attestant qu'ils avaient soutenu ou combattu Henri IV, mais en tout cas qu'ils avaient fait la noce avec lui. Ils avaient pour traits communs d'être assez pauvres pour que la réparation d'un pigeonnier leur fît problème, d'aller à la messe, de confier l'éducation de leurs fils aux prêtres, de leurs filles aux religieuses, de fulminer contre ces petits messieurs de la République qui dépouillaient le clergé, d'être fiers de se dire Gascons et de pratiquer envers et contre tout le système du cadet. Pauvreté oblige. Le partage des quelques métairies qui constituaient leur maigre fortune eût provoqué l'éclatement du patrimoine et réduit chaque enfant à la portion plus que congrue. Écartant la Révolution française et le Code Napoléon, ils s'en tenaient donc à la tradition et, avec l'accord des frères et sœurs puînés, ce qui est un trait assez remarquable pour qu'on le souligne, privilégiaient le fils aîné. Celui-ci restait sur le domaine, où il menait le plus souvent la vie étriquée d'un gentilhomme campagnard pauvre et paresseux, surveillant ses fermages, tirant la palombe et mangeant force confit d'oie (ce qui écourtait sa vie puisque la cuisine quotidienne à la graisse de ce volatile élevait son taux de cholestérol à des hauteurs phénoménales), cependant que les filles se mariaient et que les cadets s'exilaient. Admirable persistance du cadet de Gascogne ! Sitôt le clocher du village disparu au tournant du chemin, il était seul ; sitôt épuisé le maigre viatique économisé sou par sou par le père, il n'avait plus rien. D'aucuns se reconnaissaient la vocation religieuse et entraient dans les ordres ; leur facilité de plume en conduisait d'autres à courir les hasards de la carrière journalistique ; épris d'aventure, beaucoup épousaient la mer ou l'armée. Ils allaient se battre quelque part dans l'Empire, en Afrique, en Indochine, à Madagascar. S'ils échappaient à la malaria, à la fièvre jaune ou au choléra, survivaient à leurs blessures ou n'étaient point dépecés, ils revenaient au pays avec une retraite de capitaine, de commandant, rarement de colonel, et s'installaient dans une ferme qu'ils aménageaient pour leurs vieux jours ; dans l'autre cas les familles recevaient des autorités militaires un avis imprimé leur apprenant que l'enfant du foyer avait succombé au Tonkin, dans le Sud marocain ou en Casamance. Faute d'argent et compte tenu de la lenteur des transports, le corps n'était pas rapatrié. Ainsi, dignes successeurs de leurs ancêtres, nos cadets portaient la gloire des armes gasconnes jusqu'aux confins de la terre. La tradition s'est maintenue, Dubedout, et ils furent nombreux, il y a de cela trente ans à peine, à se battre au Vietnam et à mourir dans le delta et les montagnes du Tonkin.

Nos sires, barons et vicomtes affluaient à Poyanne, où les attendaient, l'hiver, grands feux de bois et bonne chère, l'été, repas champêtres et bals sur les terrasses du Château. Ils venaient en voiture à cheval, parés de leurs plus beaux atours, se régalant à l'avance des plaisirs qu'ils allaient savourer et qui, contrastant avec leur maigre ordinaire et l'économie forcée de leur ménage, leur donneraient un temps l'illusion qu'ils étaient encore importants, que leurs privilèges n'avaient pas été abolis et que le monde tournait autour d'eux. Les hommes se serraient dans des jaquettes que tendait le ventre du gentilhomme campagnard enclin à trouver des consolations dans son garde-manger, les femmes minaudaient en jouant de l'éventail et gloussaient d'excitation à la perspective de piquants commérages. M. de Poyanne les recevait avec autant de faste que de grâce. Il les appelait par leur prénom, les tutoyait, les traitait comme ses enfants. Son rang l'autorisait à les conseiller, à leur faire, si besoin, des remontrances. Il se réjouissait de leur plaisir (s'attendrissait de leur maintien compassé dans la danse), de leur appétit, de leurs bavardages : on parlait d'une lettre de Cochinchine, de Pierre, missionnaire à Fianarantsoa, du troisième fils de Clothilde, exilée à Montauban. On dénombrait les absences et les deuils, on commentait les fiançailles récentes et les mariages à venir ; les papotages s'étendaient jusqu'aux voisins de la Grande Lande et du Béarn. Il était le plus délicat et le plus chaleureux des hôtes. Bien sûr sa vanité et son penchant dominateur y étaient pour quelque chose. Mais il portait une réelle affection à ces amis qui étaient tout ce qui restait de son monde. Parfois, lorsque la soirée battait son plein, que les plaisanteries, les bons mots fusaient sous les lourds candélabres, il allait discrètement à la grande cheminée, et là, le dos au feu, les observait. Son visage si souvent gâté par la morgue ou la colère se détendait alors. Ils étaient ses protégés, ses féaux, ses commensaux, les derniers témoins de la gloire de Poyanne. Une ombre de mélancolie passait sur ses traits. François me poussait du coude et murmurait : « Mon père rêve ; il aurait dû vivre sous Henri II. » Et il y avait dans sa voix de la tendresse pour cet homme qu'il jugeait parfois avec sévérité. Mais M. de Poyanne réagissait. Il chassait d'un brusque mouvement d'épaule son humeur mélancolique, cambrait la taille, et, l'œil en feu, se jetait à nouveau dans la mêlée. Il allait vers l'une de ces femmes dont il connaissait le destin modeste et la jolie voix, et, galamment penché sur elle, lui baisait la main en disant : « Lucie, ma toute belle, chante-nous quelque chose, je te prie. » Et elle ne se débrouillait pas mal, Lucie, même dans Fauré qui n'est pas facile. Il faut dire aussi que dans l'assistance se trouvaient quelques personnages peu exigeants sur l'harmonie et le contrepoint : M. d'Espelat, qui avait la gale, M. de la Pilule, qui se bourrait de médicaments, M. d'Espelhoundrat, toujours en guenilles, M. de la Petouse, confus et honteux, M. d'Estourneguet, qui éternuait sans arrêt, M. de Cayèque, sinistre comme une chouette, M. de Passemoisac, le cleptomane, M. de Graterre, qui avait des démangeaisons, Mme de Houhou, toute décrépite, M. d'Argoufit, plein de lui-même, M. de Mahutre, sale et dégoûtant, M. de Goutic, toujours prêt à boire la goutte, M. d'Estarit, sec comme un os de sèche, M. de Pontifiac, le vaniteux, M. d'Abeya, qui bâillait d'ennui, M. de Goufit, qui était tout bouffi, M. de Bechigue, qui urinait vingt fois par jour, M. de Bernicque, le grincheux, M. de Brounzina, qui avait une voix de stentor, M. de Faribole, le fantaisiste invétéré, M. de Hoou, le fol, M. de...

— Oh ! oh ! Comme vous y allez ! Arrêtez cette litanie !

— Et aussi M. de Cordédesac, le plus grand des filous, M. de Ahumat, qui ne sortait jamais de peur de s'enrhumer, M. de Malestruc, le roi des maladroits, M. de Chagottes, qui craignait les chatouilles plus que la mort, M. de Flambergeac, notre bretteur, M. de Lagamèque, collant comme une teigne, M. de Chirpoux, sale comme un peigne, M. d'Esquilha, qui disait toujours son chapelet, M. d'Escuzepet, cancanier et rapporteur, M. de Sangarline, qui aimait se chauffer au soleil comme le lézard, M. d'Esgannura, qui s'égosillait à parler, M. de...

— Mais c'est impossible ! Qu'est-ce que c'est que cette cour des miracles ? Étaient-ils donc tous fols, sales ou pituiteux ?

— C'est bon, c'est bon, grommela le docteur. Je m'arrête. Et si cela m'amuse, moi, de prendre le trait le plus saillant de chacun et d'en faire une caricature ? Nous, au moins, on est originaux ! Et certains petits estomacs parisiens digèrent mal cette pléthore d'excentriques. Eh bien ! pour vous ménager, je vais vous en choisir trois ou quatre plutôt caractéristiques.

M. de Courtebraies, par exemple, qui était d'une avarice extrême. Célibataire, il vivait en hibou dans sa tour, avec la seule pensée d'amasser des gros sous. Petit, non point maigre mais décharné, quasiment squelettique, car manger coûte cher, il sautait avec voracité sur les invitations de M. de Poyanne afin de compenser une abstinence de six mois, s'empiffrait alors au point de vomir. Il portait un complet noir, le seul qu'il eût pour sortir dans le monde, luisant d'usure, un col rigide jauni par le temps et une ficelle pour cravate ; des points de suture, œuvre de sa main, empêchaient ses chaussures de bayer aux corneilles. On disait qu'une seule bûche de bois lui suffisait pour se chauffer pendant dix ans, car, s'il avait froid, il la jetait du haut de sa tour, se précipitait en bas pour la reprendre et la remonter dans sa chambre, ce qui, précisait-il, le réchauffait tout en lui activant la circulation du sang ; mais l'âge rendait cet exercice difficile. Il ne voyait personne, sinon ses métayers dont il discutait les redevances jusqu'au dernier liard. Il ratissait la campagne en quête d'une nourriture qu'il n'eût pas à payer, champignons, fruits, baies et châtaignes, glanait pommes de terre et maïs dans les champs ; le frêne lui donnait sa boisson et le tilleul sa tisane. La viande lui était fournie par son seul compagnon, le porc logé au rez-de-chaussée de la tour, qu'il engraissait de trognons et d'épluchures, et dont, éternel affamé, il surveillait les formes croissantes avec une convoitise d'anthropophage. Un jour d'hiver il dut se rendre à Bordeaux — dépense excessive ! — pour y rompre des lances avec le fisc et prit le train à Dax. Seul dans son compartiment de troisième classe, il cassa la croûte, un morceau de pain et une tranche de lard, but un verre d'eau, mais en renversa la moitié sur son pantalon. Pour le faire sécher, il eut l'idée de l'enlever et de le secouer par la fenêtre du wagon. Le pantalon lui échappa et il se retrouva en caleçon. Ne pouvant se résoudre à en acheter un autre, il fit ses visites aux administrations jambes nues et bannière au vent. Pour une fois celle du fisc se laissa attendrir car ses préposés n'avaient jamais vu un contribuable si calamiteux qu'il dût venir plaider sa cause en caleçon. M. de Courtebraies fut donc satisfait de son voyage, d'autant qu'il dénicha dans les poubelles bordelaises quelques objets qui manquaient à sa maison.

Passons à M. de Caupenne qui avait la passion de la chasse et ruinait sa famille pour satisfaire à cette tyrannie. A peine pouvait-on se faufiler à l'intérieur de sa demeure, pourtant l'une des plus vastes de Chalosse, tant elle était encombrée de ramures, bois, cors, andouillers de cerfs, défenses et hures de sangliers, trophées qu'il ramenait de ses expéditions personnelles ou recevait de ses amis. Ces monuments funèbres du culte cynégétique surgissaient des murs, pendaient du plafond, couvraient les guéridons et les tables. Vous accrochiez votre manteau à une patère en pied de chevreuil ; la cave à liqueurs s'insérait dans une patte d'éléphant. Pas un seul tableau qui ne fût de chasse, pas un panneau qui ne fût décoré de fusils, carabines et couteaux. Chaque année la fermeture de la chasse sonnait l'hallali de la vie active de cet homme souple, bien proportionné, au visage de belette, aux yeux mobiles et fureteurs, qui, désœuvré, errait alors dans son château, broyant du noir, relisant des récits de chasse, se pénétrant pour la centième fois des préceptes du *Manuel du parfait chasseur* qu'il avait fait relier en peau de lézard, s'entraînant au tir, nettoyant ses armes, s'exerçant à imiter le chant des oiseaux, bref attendant l'automne comme d'autres attendent le Messie. A l'approche de la saison l'impatience le rendait insupportable, des tics nerveux déformaient son visage, il ne tenait plus en place et prenait la mouche à tout propos. Le grand jour venu, tout rentrait dans l'ordre, c'est-à-dire qu'on ne le voyait plus. Levé avant l'aube, il partait à cheval dans les forêts et dans les landes, s'aventurait dans des marais dangereux, rentrait à la nuit tombée et vidait sur la grande table de la cuisine ses gibecières bien garnies. Il s'en allait souvent tirer le canard sur les étangs d'Aureilhan, de Tosse ou de Soustons, passant des jours à l'affût dans ces cabanes de roseaux que les chasseurs y dressent sur pilotis. La Grande Lande lui offrait le sanglier et le chevreuil, nos campagnes le renard, le blaireau, le faisan, la caille, la perdrix, le vanneau et tout le gibier à plume. A l'époque de la palombe il grimpait dans les cahutes édifiées au sommet des chênes ou se cachait dans un abri souterrain de la côte de Seignosse, surveillant le ciel, agitant ses leurres et ses appeaux. Pour lui la littérature française se réduisait à une phrase, la lettre que notre roi Louis XIII adressa à sa femme : « Il fait grand froid, Madame, et j'ai tué trois loups » ; la musique au son du cor de chasse ; la gastronomie à la venaison ; et le florilège des saints au seul saint Hubert. Vous me direz que cet homme était heureux puisqu'il vivait dans un pays alors giboyeux et donnait tout son temps à sa passion. Eh bien, non. Sommes-nous jamais satisfaits, Dubedout ? M. de Caupenne, qui rêvait d'habits rouges, de chevaux, de trompes et de meutes glapissantes, enrageait de ne pouvoir s'offrir le luxe d'une chasse à courre. Il souffrait plus encore de n'aller point chasser en Afrique ou en Asie. Il rêvait du Kumaon, cette contrée peuplée de tigres à la frontière du Népal, des lions du Sahel, des rhinocéros monstrueux de l'Assam. Il tua toutefois un ours dans les Pyrénées — ce fut son plus beau titre de gloire — et sa femme dut accepter que la dépouille de la bête lui serve de descente de lit. Aussi montait-il souvent à Bordeaux, port lié à l'Afrique, pour y acheter, parfois fort cher, des défenses d'éléphants, des carapaces de tortues géantes, voire des dentitions de crocodiles, dont il ornait avec délectation sa maison. Sa femme gémissait, qui ne pouvait s'acheter des chaussures. Mais il y avait pire : M. de Caupenne aimait ses chiens plus que ses enfants et, négligeant la rougeole de l'un, l'asthme de l'autre, passait des nuits auprès d'une chienne malade ou blessée par un sanglier. Voici Nemrod, soupirions-nous lorsqu'il arrivait à Poyanne, car nous savions que la conversation ne porterait plus que sur ses prouesses cynégétiques. En fait, sa présence nous glaçait. Il était l'exemple du tyranneau domestique qui, pour assouvir sa passion, écrase un entourage et ruine un foyer. Je vous ai dit qu'il était difficile de pénétrer à l'intérieur de sa maison. Il l'était plus encore d'en traverser les approches sans guide, car ils étaient truffés, on se demandait pourquoi, de pièges à loups, dont les mâchoires se refermaient sur le pied du visiteur imprudent. Le marquis s'y fit prendre. Alertés par ses hurlements, nous dûmes le délivrer et le soigner. Depuis lors il ne reparut plus à Caupenne.

Sur l'assemblée de nos aristocrates pesait la rude férule de notre héraldiste, M. de Nobleprépuce. Grand, maigre, solennel, il avait une figure chevaline encadrée d'épais favoris qui lui donnaient l'air d'un procureur de Charles X. Il était toujours vêtu de sombre et son austère dignité trouvait un renfort permanent dans la présence de sa femme, créature massive à l'expression sévère et soupçonneuse, qui ne le quittait jamais. On ne disait pas « Voici Nobleprépuce », mais « Voici les Nobleprépuce qui arrivent » (formule qui me ravit si je pense à l'épouse). M. de Nobleprépuce était une autorité en matière d'héraldisme. Il avait rédigé un armorial des Landes et s'attaquait désormais — ambition immense ! — à celui de la Gascogne. A cette œuvre qui devait être son chant du cygne il consacrait sa vie, travaillant jour et nuit, plongé dans ses archives, écumant les sacristies et les mairies, écrivant à toutes les familles titrées du Sud-Ouest pour établir ses fiches. Ces travaux de bénédictin et sa manie de l'exactitude donnaient à son teint la couleur jaune de la coloquinte et cerclaient ses yeux de cernes violets. « Le blason est une langue, a dit Victor Hugo, ce sont les hiéroglyphes de la féodalité. » M. de Nobleprépuce avait l'air d'un Grand Scribe abruti par l'étude. Mais attention ! ce grotesque était aussi un fanatique. Car cet homme qui ne pensait qu'emblème, écu, écusson, gueules et champ, se considérait comme le gardien — j'allais dire le Saint-Just ! — des traditions de l'aristocratie. La mésalliance était pour lui le pire des péchés mortels. Il jugeait de tout et de tous en termes de fidélité au passé, de rang à tenir, de position sociale à défendre. Lorsqu'il débarquait à Poyanne escorté de sa redoutable moitié, drapé dans sa rigueur et sa morgue qui s'accusaient avec l'âge, un courant d'air froid passait sur l'assistance. On le fuyait, on s'ingéniait à ne pas se trouver près de lui à table. Il était glacial, lent de mouvements, avare de paroles. Se voulant le confesseur de nos hobereaux, lorsque la conduite de l'un d'entre eux lui paraissait suspecte ou blâmable au regard de ses devoirs de classe, il l'agrippait par l'épaule et le fustigeait en quelques phrases qui étaient autant de couperets. Ainsi avait-il véhémentement reproché à Oscar d'avoir cédé à Arthur son droit d'aînesse, ce qui était pour lui sacrilège. Comme les autres, M. de Poyanne le craignait. C'est le Cerbère de notre honneur, soupirait-il en l'invitant. Mais il le respectait. Et puis M. de Nobleprépuce avait contre Onard pris le parti de Poyanne ; pour le marquis, c'était assez.

Féru d'étiquette, M. de Nobleprépuce ne tolérait aucune entorse au protocole. Un regard circulaire, lorsqu'il s'asseyait à table, lui apprenait aussitôt si tous les paramètres — rang, âge, fonctions, circonstances particulières — avaient été pris en compte et respectés. Un coup d'œil assassin aux maîtres de maison leur signifiait qu'ils avaient enfreint l'ordre voulu et les malheureux tremblaient jusqu'à la fin du repas, moment où la foudre tomberait sur eux dans une admonestation dure et sèche. Il arrivait que M. de Nobleprépuce, lui-même mal placé, refusât de s'asseoir et quittât la maison qui l'accueillait, méprisant, furieux, au bras de son écumante épouse.

A sa manière, c'était un grand chasseur qui s'adjugeait la haute fonction de débusquer et dénoncer les fausses particules. Vous devez savoir, mon ami, que, chez nous tout au moins, les invasions barbares eurent pour effet de détruire le système de noms de famille hérité de l'époque gallo-romaine. Au Moyen Âge il n'y avait plus que des Jean, des Paul, des Pierre, des André. Comment s'y reconnaître pour les actes juridiques et administratifs ? On prit l'habitude de distinguer un Jean d'un autre en lui adjoignant le nom de sa maison ; il y eut un Jean de Villenave, un Jean de Loupret, un Jean de Saintes. Dans tous ces cas le « de » n'était pas une particule de noblesse. Il tomba le plus souvent, par exemple lorsque les personnes déménageaient. Mais des petits futés gardèrent leur « de » et se prétendirent de sang bleu. M. de Nobleprépuce pourchassait ces faussaires, les clouait au pilori. Il y eut des algarades violentes ; beaucoup de faux nobles le haïssaient. Il poursuivait ce qu'il appelait son œuvre de salubrité publique avec une constance et une hargne qu'il pensait admirables, mais dont l'objet nous semblait bien futile.

Nous adorions en revanche M. de la Soieblanche et lui rendions souvent visite. Il habitait la maison de notable qui se trouve près de l'église de Laurède ; je vous la montrerai. C'est la vieille maison landaise au toit asymétrique, dont la porte de pierre et les poutres tranchent sur le crépi blanc des murs. Elle date du XVe siècle et compte dans ses souvenirs de grands moments de l'histoire. Les pèlerins de Saint-Jacques-de-Compostelle venaient s'y reposer ; Henri IV — toujours lui ! — y a dormi plusieurs fois ; des nobles pourchassés, des prêtres réfractaires se cachèrent pendant la Révolution dans sa cave secrète. M. de la Soieblanche était un petit homme d'une grâce sautillante, aux yeux couleur de myosotis, d'une candeur irrésistible. La même douceur vulnérable se dégageait de sa femme qui avait été une beauté. Nous les appelions Philémon et Baucis. Lorsque nous allions les voir en été, nous ne restions guère à l'intérieur de la maison, fraîche derrière ses volets clos, où battait le cœur d'une vieille horloge, car notre hôte coiffait bien vite son chapeau de paille et chaussait ses sabots pour nous entraîner au jardin, qu'il cultivait lui-même et dont il était plus fier encore que de sa maison. Oh, ce n'était pas Versailles, plutôt un jardin de curé où éclatent les couleurs en un savant désordre. Les massifs débordaient de dahlias, de lupins, de pivoines et de pensées ; les groseilliers, les cassis, les framboisiers blancs et rouges poussaient à l'envi ; les carrés de piments, d'aubergines, de radis, de tomates, d'artichauts étaient de tenue parfaite, clairs de pourpier et de chiendent. M. de la Soieblanche nous décrivait ses travaux, sa lutte contre les pucerons et les courtilières, avouait le mal qu'il avait, l'âge venu et ses reins protestant, à retourner la terre. Après le jardin venait le rucher. Apiculteur passionné, M. de la Soieblanche avait une cinquantaine de ruches qui lui donnaient chaque année une abondante récolte de miel d'acacia et de bruyère, le premier fluide et translucide, le second solide, aux grumeaux couleur de feu. Je ne saurais, Dubedout, vous rapporter le dixième de ses explications, je n'entends rien à l'apiculture. Je me souviens seulement qu'il cajolait ses abeilles, les appelait « mes petites chéries », les encourageait, les félicitait, les grondait, je crois, si elles allaient butiner les arbouses, dont elles sont folles, mais qui gâtent la qualité du miel. C'étaient de délicieux moments. Le soleil chauffait et exaspérait les odeurs du miel, de la menthe et des roses. Sur le muret les chats se prélassaient, l'œil mi-clos, à l'affût du lézard. Deux chiens, l'un presque aveugle, l'autre tout jeune et folâtre, suivaient leur maître pas à pas. S'abritant d'une capeline, la jupe protégée par un grand tablier bleu à fleurs, Mme de la Soieblanche passait entre les parterres et emplissait des paniers, car nous ne repartions jamais les mains vides de Laurède en dépit de nos protestations. Il y avait entre ce vieux gentilhomme et sa femme une harmonie très simple. Ils n'étaient pas riches et comme souvent dans ce cas ils savaient donner. Le temps qui leur restait, ils le consacraient à faire rendre à la terre ce qu'elle peut produire de plus beau. Ils nous offraient l'exemple rarissime d'une vieillesse sans aigreur, sans anathème, capable d'adorer la vie, même si celle-ci doit vous quitter bientôt. Je ne sais pas, à la réflexion, si la vie leur avait été douce. Dans la négative ils avaient la courtoisie, bien proche du courage, de n'en rien laisser paraître. Ils nous invitaient parfois à déjeuner, nous régalant alors des succulences de leur jardin : un plat d'asperges chez eux devenait un chef-d'œuvre. Ils recevaient non par désir de paraître, mais par inclinaison naturelle à faire plaisir. M. de la Soieblanche pouvait parler beaucoup, surtout de ses passions. Mais il écoutait aussi bien, notamment les jeunes qu'il semblait préférer aux gens de son âge. Jamais je ne l'ai vu agacé, sentencieux ou péremptoire devant nos outrances. Il se contentait de rire ou de nous désarçonner par un bon sens bienveillant. Le temps passait sans qu'il y parût et il fallait partir. Toujours à regret.

Vous imaginez la corvée assommante qu'étaient par comparaison les repas chez M. de Nobleprépuce auxquels nous ne pouvions pas toujours nous dérober. Son irascible femelle et lui trônaient aux deux bouts de la table, rigides, dominateurs, nous surveillant avec une attention si pointue qu'auprès d'eux le préfet de discipline du collège de Dax nous paraissait un polisson. La moindre faute d'étiquette, le plus léger faux pas étaient sanctionnés par un regard outragé suivi d'un claquement de langue *t-t-t-*, voire d'un choc du couteau sur le verre (en cristal, d'où des prolongements infinis). D'énervement j'eus un jour le malheur de renverser mon verre de vin sur la nappe. Un silence de mort accueillit ce méfait. Je devins aussi rouge que l'objet du délit ; j'aurais voulu plonger pour rejoindre mes pieds sous la table. Nous étions d'autant plus tendus que le menu n'était pas de nature à nous décontracter l'épigastre: quelque oison bien sec assorti de patates, de parcimonieux fromages et de lugubres compotes qui nous poissaient la langue. On se serait cru au collège les jours fastes. Il est vrai que M. de Nobleprépuce nous nourrissait du suc de son érudition. Cela devait suffire à ses yeux et le bien-manger lui paraître du dernier vulgaire.

Une autre sorte de macération nous attendait chez M. de Caupenne dont, à table, l'obsession cynégétique atteignait des sommets. Il ne nous servait que du gibier, tué par lui bien entendu. Il n'était pâté que de grive, de caille ou de merle, de rôti que de chevreuil ou de sanglier. Le lapin domestique était banni, il fallait un lièvre foudroyé par le fusil du maître de maison. Jamais non plus de poulet, de dinde ou de pintade, mais le faisan, la perdrix, la bécasse abondaient. Nous ne prêtions guère attention aux récits de notre hôte, attentifs que nous étions à ne point nous casser une dent sur un plomb. Lorsqu'il en trouvait un sous sa langue, M. de Caupenne l'extrayait aussitôt et l'exhibait à la compagnie d'un air fat en disant : « On ne saurait prétendre qu'il est passé loin, celui-là ! » Il mangeait d'ailleurs son gibier avec attendrissement en lui donnant des noms doux, ne nous épargnait rien de la marinade du chevreuil ni de la suspension des perdreaux par les pattes jusqu'à ce qu'elles cèdent. Les couverts avaient des manches de corne, les candélabres étaient en bois de cerf, des cornes montées sur trépieds d'argent nous servaient de gobelets. Sur la table, en guise de jardinière, une tête d'ours (le fameux ours des Pyrénées) et une autre de sanglier ouvraient leurs gueules, réclamant leur part du festin. Au dessert, M. de Caupenne servait le champagne, qu'il décapitait à coup de sabre. C'était son moment de triomphe. Concentré, les yeux fixes, il regardait la bouteille comme jadis le bourreau Samson la nuque du condamné, portait le coup fatal. On applaudissait, les femmes surtout. Il ronronnait de suffisance. Le repas terminé, il nous montrait ses armes. Faute énorme, il fit un jour partir un fusil à l'oreille de Mme de Nobleprépuce qui s'en pâma d'émotion. A l'encontre de Victor Hugo, nous regrettâmes que le coup passât si près. En vérité, il fallait être aux aguets dans ce bric-à-brac cynégétique. Il m'arriva de m'asseoir sur un kriss malais coincé dans un fauteuil.

Et puis il y avait les frères Coudelicoude, qui marchaient à la queue leu leu par rang d'âge, M. de Bahurle, turbulent en diable, M. d'Acoudilha, qui malgré son âge avancé et son chef branlant courait les filles, M. de Misensac, qui faisait fortune dans le commerce des grains, M. de Pachoc, le lourdaud, M. de Hourbut, qui jouait des tours et couillonnait tout le monde, M. de Bergougne, toujours honteux, M. de Gaouyous, primesautier, M. de Cornichac, qui était vert et acide, M. de Farfoulha, qui cherchait sans arrêt dans ses poches, M. d'Arrecusa, qui soulevait les robes des dames, M. d'Agreou, piquant comme un houx, M. de Chimourrit, tout décati, M. d'Azoulade, le plus bête de tous, M. de Peguesse, un nigaud toujours empégué, M. de... ça va, ça va, je vois que je vous énerve. Vous en savez assez sur les hobereaux qui entouraient le marquis. Passons maintenant aux bourgeois. Je commencerai par la famille à laquelle j'étais le plus attaché, les Batbedat.

Jean-Baptiste Théodore Batbedat, dont la maison à toit d'ardoises se trouvait à l'orée du village dans un parc exigu mais planté de beaux arbres, était, vous le savez, le notaire de Poyanne, mais aussi de Montfort, le chef-lieu de canton, où il se rendait une fois par semaine. C'était un petit homme maigre et sec, au visage sévère, à la silhouette fine d'officier de cavalerie. Il s'habillait d'une redingote grise ou noire, parlait peu, souriait moins encore, mais le lorgnon qu'il portait en permanence ne parvenait pas à dissimuler la douceur de son regard qui trahissait une vive sensibilité. Fils d'un propriétaire terrien de Poyanne, dont le modeste domaine se trouvait sur les pentes méridionales du village, face à l'horizon de Montfort, il avait étudié le droit à Bordeaux, puis acheté l'étude et la maison du notaire de Poyanne et Montfort, Me Guichemère, dont il était le successeur. Après quelques inévitables frasques de jeunesse, il s'était rangé et avait épousé une grande et belle jeune fille, Joséphine Guillemois, dont le père habitait depuis peu la région. Il en avait eu trois enfants, Yvonne, Madeleine et notre ami Gérard. Homme d'ordre et de devoir, il menait une existence laborieuse, réglée comme une horloge, dont les joies étaient professionnelles et familiales, et les seules distractions de fréquentes promenades à cheval qui l'amenaient à rencontrer souvent le marquis. Connu pour sa probité et la pertinence de ses conseils, il était le parfait notaire de province, estimé et respecté.

Jean-Baptiste parlait peu de ses ancêtres car dans leur lignée s'était ouvert un intermède qui l'offusquait, en fait le révulsait. Pour ne point risquer d'évoquer cette fâcheuse parenthèse il préférait faire silence sur le tout. Il y aurait eu d'ailleurs peu à dire. Aussi loin que les registres de la paroisse remontaient, les Batbedat avaient toujours été de Poyanne moyennant quelques divagations que je ne saurais expliquer. Avant la Révolution ils pratiquaient le commerce des vins à Bayonne. En 1780 Jacques Batbedat, l'ancêtre direct de Jean-Baptiste, achetait une maison en Chalosse près de Saint-Sever. Son frère Samson l'y rejoignait, ce diable de Samson d'où allait venir tout le mal !

Disciple de Rousseau, ardent républicain, jacobin, ami de Robespierre, Samson Batbedat s'était découvert une âme de révolutionnaire et de tribun. Représentant de la Convention dans les Landes, il y avait appliqué les ordres de Paris, exaltant les esprits, mobilisant les courages, surveillant les réquisitions, traquant les ennemis du peuple. Était-il, comme d'aucuns le prétendaient, un prêtre défroqué ? Avait-il, de mèche avec Dartigoueyte, qui passe pour avoir été le pourvoyeur de la guillotine dans les Landes, fait tomber des têtes d'aristocrates ou de religieux sous le couperet ? En 1795 la réaction antimontagnarde avait destitué Samson de ses fonctions de commissaire du peuple à Saint-Sever. Le Directoire l'avait rétabli dans sa charge. En 1797 on l'avait attaqué de plus belle. Finalement il n'avait plus été inquiété et avait paisiblement terminé sa vie en Chalosse, ce qui donne à penser qu'aucune charge majeure n'avait été retenue contre lui. Mais en 1815 les pamphlétaires, libellistes, folliculaires, journalistes et historiens de la Restauration s'étaient acharnés sur son nom, l'avaient couvert d'opprobre et traîné dans la boue. Jean-Baptiste n'osait ouvrir les livres d'histoire et dictionnaires biographiques de cette époque où l'on traitait pêle-mêle son grand-oncle d'apostat, de régicide, de tigre altéré de sang, de Tamerlan et d'Attila. Il n'y manquait que l'épithète de vipère lubrique, qui n'avait pas encore été inventée. En fait Samson n'était pas un prêtre défroqué, mais un ancien séminariste qui n'avait pas prononcé ses vœux ; et s'il avait défendu avec fougue l'ordre révolutionnaire, ses relations personnelles avec les dirigeants de la Convention lui avaient permis d'adoucir les peines et de sauver des vies. Mais allez conter cela aux milieux bien-pensants des années 1880 alors que ce seul nom de Samson faisait encore dresser les cheveux sur les têtes ! Les serpents de mer ont la vie longue. Il se trouve encore de nos jours des esprits chagrins pour entretenir la légende, forcer le trait et perpétuer l'anathème. Que voulez-vous, il y aura toujours dans nos provinces des polygraphes ou historiens amateurs pour plier la vérité historique au caprice de leurs propres passions. Ainsi de M. Adagroun, féru de sanskrit, qui voulait à tout prix associer l'histoire de notre Gascogne à celle de l'Inde classique. Pour lui le mot Chalosse venait de Chalukya, nom d'une dynastie qui domina la partie occidentale de l'Inde du VIe au XIIIe siècle ; d'où une théorie saisissante sur les relations de l'Inde et de la Gascogne au Moyen Age, lesquelles, évidemment, n'ont jamais existé. Et dans Ognoas, le nom de votre armagnac préféré, il fallait voir à l'évidence *agni,* le feu védique, et la racine indo-européenne *as* (ou *ar*), la brûlure : *ognoas,* la brûlure du feu. De quoi donner la colique à tous nos sanskritistes sorbonnicoles ! Mais revenons à ce damné Samson qui gênait et humiliait tant Jean-Baptiste. L'honnête notaire eût souhaité pouvoir effacer ce stigmate familial de son sang. Cet épisode révolutionnaire était en outre un élément d'ambiguïté dans ses relations avec le marquis. Celui-ci l'estimait, lui confiait ses affaires, l'invitait au Château, se promenait à cheval avec lui. Mais il y avait entre les deux hommes un sujet tabou, une plage minée. Le marquis avait le tact de ne jamais souffler mot du « régicide », ce dont Jean-Baptiste lui savait un gré infini ; mais l'ombre du révolutionnaire n'en était pas moins présente et il avait parfois l'impression, lorsqu'ils trottaient ensemble sur les chemins de l'Adour ou de Lourquen, que certains silences de son compagnon en disaient long.

Jean-Baptiste avait eu le pire des malheurs : il avait perdu un enfant, la petite Madeleine, à l'âge de six ans. Sa femme excepté, qui le connaissait, tout le monde s'était étonné de l'intensité de son chagrin. Cet homme froid d'apparence, comme le sont souvent les timides, avait sangloté devant le corps de sa fille. Tous les soirs, l'étude fermée, il traversait la route et le champ qui séparaient sa maison du cimetière et par-dessus le mur, juché sur un monticule qu'il avait façonné de ses mains, il regardait la tombe ; de retour chez lui, il récitait le chapelet en faisant les cent pas dans le jardin. Sa foi, quelque peu extérieure et sociale, avait été marquée au fer rouge de cette séparation. Et c'est dans la prière profonde qu'il cherchait et retrouvait son enfant. Mais il n'avait plus jamais prononcé son nom et ne pouvait que très rarement plaisanter et sourire.

Un quatrième personnage vivait sous son toit, son beau-père Louis Guillemois. Ce bonhomme-là, je l'ai bien connu, et il me tient à cœur, Dubedout ! Il était breton. Physiquement, c'était l'antithèse du notaire. Grand, massif, il tenait de sa race celtique un masque large, une crinière abondante et d'admirables yeux bleus. Gérard, je vous l'ai peut-être dit, lui ressemblait. Louis était né en 1828 à Lamballe. Son grand-père était armurier à Saint-Malo, mais il avait dû quitter la cité des corsaires à la suite d'un événement tragique. Dans les années 1800 en effet la France et l'Angleterre étaient en guerre, les côtes bretonnes n'étaient pas sûres et, pour se prémunir contre un coup de main, les autorités malouines fermaient les portes des remparts au coucher du soleil et lâchaient des chiens sur la grève. Un soir, les enfants de l'armurier qui, en jouant sur la plage, s'étaient trop éloignés des remparts, furent surpris par le couvre-feu et la fermeture des portes. Ils entreprirent d'escalader la muraille, mais l'un d'eux lâcha prise et fut mis en pièces par les chiens. Mme Guillemois refusa de rester à Saint-Malo et c'est ainsi que la famille se transporta à Lamballe. Louis étudia les sciences exactes et devint professeur de mathématiques au lycée de Nantes. Il y resta peu. Comme Samson Batbedat, c'était un ardent républicain. Lorsque Napoléon III devint empereur des Français en 1852, il refusa de prêter serment — les fonctionnaires, Dubedout, savaient encore démissionner à cette époque — et se retrouva sur le pavé. Libre mais sans un sou, il monta à Paris dans l'intention, qui ne fut pas suivie d'effet, d'y faire fortune, travailla dans l'imprimerie et la mécanique. Il épousa une jeune fille du Sud-Ouest, née Raillard, et le couple eut une fille, Joséphine. En 1870, Louis se battit contre les Prussiens. Vint la Commune, qu'il adopta par idéal mais dont il abhorra les excès. Puisqu'il était fort en mathématiques, ce qui impliquait qu'il savait compter, il fut nommé ministre des Finances de la Commune et le resta exactement deux jours, assez du moins, prétendait-il, pour sauver les bijoux de la Couronne, qu'il déroba à l'émeute ; mais je n'ai jamais pu vérifier ce point-là. Pourchassé par les Versaillais, menacé d'être fusillé ou déporté, il s'enfuit avec les siens à Bruxelles, où il vécut d'expédients jusqu'à l'amnistie. Il revint alors à Paris, puis, à l'âge de quatre-vingts ans, se retira chez sa fille.

Tel était l'homme qui finissait sa vie à Poyanne, entouré de l'affection de Joséphine et de ses petits-enfants. Chez Jean-Baptiste les sentiments étaient plus mitigés : la passion républicaine de son beau-père lui rappelait fâcheusement celle de Samson, et l'idée d'abriter un communard sous son toit ne pouvait lui plaire. Mais il n'en disait rien pour ne point peiner sa femme, et aussi parce que envers et contre tout il ne pouvait s'empêcher d'aimer son beau-père, qui était aussi noble que l'indiquait son visage et bon comme le pain. L'oncle Louis, comme nous l'appelions, devint l'une des figures les plus populaires de Poyanne. Il adorait les enfants et nous accueillait dans sa chambre, celle du rez-de-chaussée qui donne sur le jardin, nous montrait ses livres et nous gavait de sucreries. Il venait avec nous chez le tailleur Saubolle pour écouter Jacquot chanter *Le Temps des cerises*, ces cerises « tombant sous la feuille en gouttes de sang », dont les rescapés de la Commune ont fait une référence à leur drame. Pour l'oncle Louis aussi ce souvenir était une plaie ouverte, un immense espoir déçu.

Je n'oublierai jamais le temps des cerises,
C'est de ce temps-là que je garde au cœur
Une plaie ouverte,
Et Dame Fortune en m'étant offerte
Ne pourra jamais calmer ma douleur.
J'aimerai toujours le temps des cerises
Et le souvenir que je garde au cœur.

C'était un idéaliste impénitent et un infatigable rêveur. Jusqu'à sa mort il voulut le bonheur du genre humain. Il proposa au gouvernement un nouveau système d'éducation qui ferait de tous les petits Français des hommes parfaits et des citoyens accomplis ; les bureaux accusèrent réception mais ne donnèrent pas suite. Toujours à l'affût d'une grande découverte scientifique, observateur attentif de la nature — la pomme de Newton le hantait —, un jour, alors que Joséphine faisait frire des beignets dans une marmite, il s'écria : « Eurêka ! » La ronde et les chassés-croisés des beignets dans l'huile bouillante venaient de lui révéler le vrai secret de la gravitation universelle. Il envoya télégrammes, lettres et rapports à l'Académie des sciences. On ne lui répondit pas. Sa fille l'entendait murmurer, déçu : « Et pourtant elle tourne ! »

Jean-Baptiste n'avait qu'indulgence pour ces naïvetés. Mais un autre aspect de la personnalité de son beau-père le scandalisait : l'oncle Louis était franc-maçon et professait violemment son anticléricalisme. Joséphine, qui était très pieuse, en souffrait plus encore. Elle voyait son père adoré voué aux flammes de l'enfer, pensée insupportable à laquelle elle ne pouvait se résigner. Aussi conçut-elle un stratagème pour disputer au diable une âme aussi noble. Considérant que notre excellent curé, l'abbé Dumas, était de première force aux échecs, le jeu favori du vieux professeur de mathématiques, elle l'invita à prendre le thé. A l'apparition de cette soutane, l'oncle Louis se sauva dans sa chambre en pestant contre les fréquentations et les bigoteries de sa fille. Mais quelques réflexions à table, d'apparence innocente, laissant entendre que l'abbé Dumas se morfondait de ne pouvoir trouver dans tout le département un adversaire qui pût lui tenir tête aux échecs, lui firent dresser l'oreille. Une pensée l'effleura, qu'il repoussa. A vrai dire le combat intérieur fut intense. Il hésita, tourna autour du pot, faillit céder, renâcla, refusa. Et puis, Joséphine ayant finement observé que la réputation de l'abbé ne venait peut-être que du défaut d'adversaire, Louis tomba dans le piège. « Amenez-moi ce petit curé que je n'en fasse qu'une bouchée ! » s'écria-t-il. Ce fut, me raconta Gérard, une rencontre piquante, un après-midi, dans le salon du notaire, sous le regard anxieux de Joséphine. L'oncle Louis grommelait, pestait à mi-voix, jetait sur l'abbé Dumas des regards flamboyants. Celui-ci, qui était dans la confidence, se montrait au contraire tout sourire. On parla sciences, mathématiques, et finalement on prononça le mot d'échecs.

« Hélas ! se plaignit l'abbé, le malheur veut qu'il n'y ait pas un seul bon joueur en Chalosse ! Je me morfonds ! J'en suis réduit à jouer contre moi ! »

L'oncle Louis devint rouge brique :

« Mordieu ! explosa-t-il à la grande confusion de sa fille, pas un seul joueur en Chalosse ? Voulez-vous, mon petit abbé, que je vous donne une leçon ? »

« Sauriez-vous jouer ? » susurra l'abbé, mimant la divine surprise.

« Si je sais jouer ? explosa Louis. Joséphine, apporte-moi ce f... échiquier ! Je vais montrer à monsieur comment on joue aux échecs ! »

Ils jouèrent. Et le curé gagna. Il gagna, vous dis-je !

« La revanche ! criait Louis, déshonoré d'être battu par le clergé. La revanche ! Et tout de suite ! »

« J'ai mon bréviaire à lire, cher monsieur, protesta l'abbé. »

« Le bréviaire ! s'exclama l'oncle Louis tandis que Joséphine se bouchait les oreilles, mais je n'en ai rien à f... de votre bréviaire ! »

« Monsieur, dit l'abbé, modérez-vous. Merci pour cette partie. Je vous promets de revenir dès que je le pourrai. »

Il s'inclina devant l'oncle Louis et le laissa bouillant de rage.

L'abbé revint et perdit. Noblement l'oncle Louis lui offrit la revanche, mais l'abbé Dumas la déclina, alléguant quelque occupation. Il réapparut trois jours plus tard. Chacun gagnait tour à tour, ils s'équilibraient étant de force égale. Louis attendait l'abbé avec impatience, rêvait de prendre sa revanche s'il avait perdu la partie précédente, d'écraser définitivement « le clergé » s'il l'avait gagnée. Ces parties d'échecs, et par conséquent la présence de l'abbé, lui devinrent nécessaires. On ne s'abandonne pas impunément à la passion. Il supputait ses coups à l'avance, étudiait les combinaisons des grands maîtres, préparait des traquenards diaboliques. L'oncle Louis déclara bientôt qu'il trouvait l'abbé « exceptionnellement passable » pour un ecclésiastique. Si celui-ci ne pouvait venir en raison des devoirs de son sacerdoce, s'il devait porter les sacrements à un mourant ou confesser le village avant Pâques, Louis sombrait dans la mélancolie. Il n'en pouvait plus d'attendre, non seulement sa partie d'échecs, mais l'abbé lui-même. Et lorsque celui-ci arrivait, fourbu d'avoir écouté les péchés de trois cents paroissiens ou d'avoir fait une longue trotte sous la pluie jusqu'à une ferme lointaine, il lui disait royalement : « Vous avez failli me faire attendre, jeune homme ! », mais ne pouvait s'empêcher de s'inquiéter devant les traits tirés et la fatigue de celui qu'il n'appelait plus le curaillon. Louis pourtant s'interrogeait. Soumis à ces absences, il réfléchissait, constatait l'ampleur de sa dépendance. « Ce petit abbé me tient par les échecs, se disait-il. Même si nous ne jouions pas, je crois que ses visites me manqueraient. Et lui, que me veut-il ? Il aime les échecs, soit, et je lui donne du fil à retordre ; il ne trouverait pas un autre joueur comme moi de Dax à Mont-de-Marsan. Mais… ce ne peut pas être son seul but. Il veut… mais oui, c'est cela… il veut me convertir ! Ah, le diablotin ! Voyez-vous ce tartufe ! Et ma fille est de mèche ! Eh bien, je vais leur apprendre à vivre ! »

Et il ordonna à Joséphine, consternée, de décommander les parties. La vie devint insipide, insupportable pour Louis. Il maigrissait, dépérissait ; Joséphine était aux abois. Enfin il n'y tint plus : « Fais-le revenir, Joséphine. Mais ne me prends pas pour un sot. Vous avez gagné. »

L'abbé revint, on tourna les cuillères dans les tasses en silence, puis, sur un signe de Louis, Joséphine s'éclipsa.

« Monsieur, dit Louis, vous êtes parvenu à vos fins. Au vieil homme que je suis votre présence, votre amitié, vous le savez, sont devenues nécessaires. Eh bien, posez vos conditions. Ma fille voudrait que vous me baptisiez, n'est-ce pas ? »

L'abbé Dumas le regarda bien en face.

« Louis, dit-il, nous sommes devenus amis. Mais imaginez-vous un seul instant que je puisse me prévaloir de ce sentiment pour vous imposer une décision ? Votre fille et moi nous avons conspiré, je l'avoue. C'était le seul moyen pour moi de vous voir et de vous parler. Pardonnez-nous ce stratagème. Il reste que l'adhésion à Dieu ne peut être que personnelle et intime. Jouer de notre amitié pour vous séduire me paraîtrait infâme. Dieu nous a voulus libres et violer votre liberté serait violer la volonté divine. N'en parlons plus, voulez-vous ? Et jouons. Prenez garde, je me sens d'humeur à vous écraser en six coups. »

Ils jouèrent et Louis gagna. Ces parties d'échecs, désormais régulières, durèrent des années. Une amitié profonde unissait les deux hommes. L'abbé avait autant besoin de Louis que Louis de l'abbé. Et ce qu'il en advint vous le saurez plus tard. Ne protestez pas, je vous prie. La chronologie a ses lois.

L'abbé Dumas, qui fut un très saint homme, a vécu cinquante ans avec nous. Quand monseigneur l'évêque nous l'envoya pour seconder notre vieux curé, l'abbé Lassabe, qui perdait la vue, il avait vingt-cinq ans à peine et tout le village, à commencer par les mountchourdines, nos vieilles filles, s'écria d'une même voix : « Monseigneur se rit de nous ! Il nous envoie un enfançon ! Regardez-moi ce poulet déplumé ! Il a tout l'air d'un innocent ! »

Effectivement notre jeune abbé ne payait pas de mine. Il venait d'une famille pauvre de la Lande, quelque part du côté de Gabarret, et l'on sentait qu'il avait eu faim trop souvent. Il avait une tête de citrouille, un crâne semé de cheveux follets, ce qui lui ôtait le souci de la tonsure, un nez en pied de marmite, une immense bouche aux lèvres rouges et humides qui lui coupait le visage comme d'un coup de serpe, des pieds de pingouin et des mains rougeaudes de séminariste monté en graine. Mais le regard était vif et doux, et le langage clair, précis, malicieux. En fait, l'abbé Dumas était fort intelligent. Sa niaiserie apparente cachait de la pénétration, une forte volonté et surtout une extrême bonté. On ne se jette pas au cou des gens dans nos villages, on les observe avant de les adopter. Passé un an, nous avions compris toutefois que monseigneur ne s'était pas moqué de nous et que nous avions un vicaire en or. Et lorsque notre vieux Lassabe nous quitta pour la maison de retraite de Buglose, nous envoyâmes une délégation à l'évêque pour lui demander de nous donner l'abbé Dumas pour curé. Monseigneur, qui avait saisi notre première réaction, se fit prier pour la forme, puis se rendit à nos instances, non sans souligner avec malice la valeur de son cadeau. L'abbé Dumas resta avec nous.

Je ne saurais vous dire, mon cher ami, le bien que cet homme fit à Poyanne. Il s'occupait de tout le monde, riches et pauvres, grands et petits, les considérait tous comme ses brebis. Le marquis le snoba d'abord, le trouvant peu représentatif et d'étrange apparence ; il eût voulu un abbé de cour. Mais il ne fut pas le dernier à s'apercevoir de l'intelligence et de l'extrême charité du bonhomme ; il l'adopta lui aussi et le respecta. L'abbé pourtant avait son franc parler, rien ne l'intimidait et il ne mâcha pas ses mots pour reprocher au marquis sa dureté envers Gilles. Mais comment lui en vouloir, même si l'on est le marquis de Poyanne ? Cet homme n'avait rien à lui, il donnait tout, vivait comme le lys des champs. Il était heureux, rayonnait d'une joie intérieure qui nous donnait le sentiment d'être nous-mêmes bien obscurs. Nous étions subjugués par cette joie, par sa franchise et sa modestie. Hil dou diable, je n'ai jamais vu un homme aussi modeste ! Je le soupçonne de s'être réjoui de sa laideur, d'avoir remercié Dieu de ses disgrâces physiques qui le prémunissaient contre toute tentation d'orgueil contrairement à Lucifer qui était le plus beau des archanges. Nos paysans appréciaient sa finesse, son sens de la terre, son naturel. Son refus d'admettre une hiérarchie parmi ses ouailles en faisait l'ami, le curé de tous. Il allait au Château, chez le notaire, chez mon père le médecin, puis rendait visite à la ferme la plus pauvre, et il était le même, absolument, dans le salon du marquis et la masure de l'ouvrier agricole le plus déshérité. A une différence près : à M. de Poyanne il disait par politesse monsieur le marquis, tandis qu'il tutoyait l'ouvrier en l'appelant par son prénom. Mais il y avait autant de prévenance, de respect dans les deux cas, et sans doute davantage d'amour dans le second. Il aimait tous les gens de Poyanne, particulièrement les hommes, car, disait-il, ces chenapans le faisaient endêver ! Il leur reprochait de rester le dimanche devant l'église à discuter de leurs affaires et de n'y entrer qu'au Jour des Morts et à la Saint-Barthélemy, pour la fête de Poyanne. En ces deux occasions, du haut de sa chaire, il leur lavait la tête. « Ah, leur disait-il, le Jour des Morts, vous êtes tous là, aujourd'hui, en rang d'oignons, comme les légumes dans le jardin. Et pourquoi ? Parce que vous avez peur de la mort, pauvres imbéciles que vous êtes ! Vous n'avez pas encore compris qu'elle n'existe pas, qu'elle n'est qu'un passage difficile comme la naissance, mais dans l'autre sens, et que le Seigneur vous attend, là-haut, là-bas, en famille ! Il vous aime, hil dou diable ! Et parce que vous voyez un trou dans la terre, vous qui passez votre vie à faire des trous dans la terre, vous qui passez votre vie à mettre des graines dans ces trous, et à les voir germer vers l'air et vers la vie, donc, parce que vous voyez un trou dans la terre, vous avez peur et vous n'arrivez pas à comprendre, imbéciles que vous êtes, qu'il en est ainsi exactement de vous, que le jour où je vous mettrai dans la terre — ça y est, je les vois qui tremblent ! — le jour où vous me mettrez dans la terre — moi, hil dou diable, grâce à Dieu, je ne tremble pas — nous serons vous et moi des graines à germer. Et nous germerons — mais attention ! selon nos mérites et nos œuvres. Là, je vous tiens, mes bons amis, n'est-ce pas ? Et nous germerons dans un champ auprès duquel les terres maraîchères du Grand Hemat ne sont qu'une lande de broussailles, sous un ciel auprès duquel le ciel de la Chalosse n'est qu'un maussade pot de chambre, pas pour une saison, non ! mais pour l'éternité, et pour un bonheur dont nous ne savons qu'une chose, c'est qu'il dépasse tout ce que nous pouvons essayer d'imaginer. Parce que vous avez peur vous venez aujourd'hui à la messe et vous irez au cimetière sur la tombe de vos morts. Mais vos morts, là où ils sont, ils sont heureux. Heu-reux ! Et ils se disent : mais qu'est-ce qu'ils ont à sangloter sur nous ? Faut-il qu'ils soient aveugles ! Les pauvres ! Ils ne peuvent pas comprendre notre bonheur ! Allons, puisque vous êtes incapables de prier par vous-mêmes, vous allez répéter après moi le texte de l'épitaphe de l'abbé Gassiat, qui fut le plus spirituel de tous les curés de Chalosse. Vous pouvez le lire sur sa tombe, à Estibeaux. Allez-y. Peut-être ce saint homme vous influencera-t-il et deviendrez-vous plus malins. Allons, répétez, d'abord en gascon :

Counfiat a la caou
Lou grand parèch mouri.
Mé ne mou pa, que drom.
Ou printèms que s rébeilhe.

Ataou lou cos cretien
Coum u ségnte soumi,
Dou ségrat èn tou ceou
Réflourèch é cabéilhe.

Credo

Phrase après phrase, le chœur des hommes répétait docilement, d'une voix grave et penaude, l'épitaphe de l'abbé Gassiat.

— Bien ! Et maintenant, pour ceux qui ne sont pas assez délurés pour savoir le gascon, en français :

Confié à la terre,
Le grain paraît mourir.
Mais il ne meurt pas, il dort.
Au printemps il se réveille.

Ainsi le corps du chrétien,
Comme une semence sainte,
De la tombe vers le ciel
Refleurit et donne son épi.

Credo.

Et le jour de la Saint-Barthélemy, il était aussi direct. « Ah, vous êtes tous là aujourd'hui, avec vos cols qui vous coupent les joues et vos cravates qui vous étranglent ! Pourquoi ? Parce que M. le receveur-percepteur va jouer du violoncelle et le docteur de la flûte ? Parce qu'à l'élévation la clique de Laurède va souffler dans ses cuivres ? Parce que les femmes sont encore plus belles que d'habitude et que les petits sont sur leur trente et un ? Parce que vous voulez vous faire admirer ? Ça ne fait rien, vous êtes les bienvenus. Et pour une fois soyez généreux à la quête ! » Les hommes avaient la désagréable impression d'avaler leur cravate. Ils faisaient ceux qui ne voient rien, n'entendent rien. Leurs regards se perdaient dans les voûtes de l'église, avec autant de fixité que s'ils y eussent vu apparaître l'apôtre saint Barthélemy en personne. Seul le mouvement d'ascenseur de leur pomme d'Adam laissait deviner combien cette mise au pilori froissait leur amour-propre. Mais ils reconnaissaient à leur curé le droit de leur dire leurs quatre vérités, même devant les femmes. Ils savaient que, de retour au logis, ils seraient l'objet des sarcasmes de la gent féminine qui en ferait des gorges chaudes jusqu'à l'an prochain. Mais ils tenaient l'abbé Dumas pour leur père et, au fond d'eux-mêmes, savaient que ses admonestations étaient méritées. Le respect qu'ils lui portaient s'accrut lorsque son secret fut éventé. Une fois par mois il disparaissait. Où diable allait-il ? Il nous fallut plusieurs années pour le découvrir. Il quittait son presbytère avant l'aube et parcourait à pied vingt kilomètres jusqu'au hameau — nous disons ici le berceau — de saint Vincent de Paul, juste avant Dax. Vous ne connaissez pas, naturellement ? Il y a là une très vieille maison en bois, où est né Vincent, et à côté un chêne quatre fois centenaire, énorme, renforcé de ciment, étayé de poutres, qui existait déjà de son temps. L'abbé y passait la moitié de la journée en prières. De là il se rendait à Buglose pour y prier Marie. Il revenait de nuit à Poyanne. Cette dévotion spéciale à saint Vincent nous donna une clef du personnage. Et c'était vrai que par son intelligence, son esprit, sa modestie, sa charité rayonnante, il ressemblait à Vincent ! Nous l'appelions entre nous « lou petit Bincent ». Le bienvenu partout, il aimait surgir à l'improviste dans une ferme et parler à tous. Si c'était l'heure du repas, il s'asseyait sur le banc pour partager la soupe. « Attendez, monsieur le curé, on va vous tirer une aile de confit ! » « Je n'en veux pas. » « Mais si ! C'est l'affaire de deux minutes ! » « Je veux de la soupe. Oh, qu'elle sent bon ! Et si tu sors du confit, je m'en vais ! ' On était heureux de l'avoir chez soi.

Sans plagier pour autant l'Évangile, je passe maintenant du saint homme au collecteur d'impôts.

Notre receveur-percepteur, M. Dubrocas, n'était pas de Chalosse ; il nous venait, par l'intermédiaire des services du fisc, des hauteurs arides du Lannemezan. L'exercice de son métier, qui consistait à prendre de l'argent aux gens, ce qui requiert une ténacité remarquable, avait renforcé les traits fonciers de sa nature, qui était sèche et vindicative, au point d'en faire un être malveillant. Peut-être souffrait-il aussi de sa très petite taille et de son visage peu engageant, au teint jaunâtre de coing blet. Lorsque lui échut la recette-perception de Poyanne, poste qu'il jugeait inférieur à ses talents, les Poyannais comprirent vite. Que voulez-vous, quitte à être rançonnés, les gens de chez nous préfèrent l'être avec le sourire. J'y vois un trait de civilisation. Ils essayèrent donc de dérider ce sinistre. Mais rien n'y fit. Leurs avances furent vaines et M. Dubrocas les rabroua sans façon. Il ne savait pas sourire, était imperméable à toute plaisanterie, ce qui ne pardonne pas en Gascogne, estimait en outre qu'il était de son devoir de représentant du ministère des Finances de ne souffrir aucune familiarité de ses administrés. Il se comportait en pète-sec, ce qui révulsait tout le monde. On l'appela donc M. Ducobra. Son épouse, Mme Ducobra — pardon, Mme Dubrocas —, était une fourmi prétentieuse et avare, qui mettait son nez sur l'aiguille de la balance quand elle s'approvisionnait chez un marchand et dardait sur le vendeur un regard de vipère, ou plutôt de cobra, si un gramme venait à manquer. Le couple, qui habitait la gracieuse maison Directoire que vous voyez à droite de la poste, exigeait en outre qu'on lui marquât les plus grands égards. M. Dubrocas se tenait pour un notable, un représentant du pouvoir, un fonctionnaire à appointements fixes, bien au-dessus de ces citoyens mineurs dont la subsistance dépend des fantaisies du soleil, du gel ou de la pluie. Tout cela était d'une morosité qui obscurcissait le ciel de Poyanne ; qu'allait-on faire de cet olibrius si son ministre décidait de nous le laisser pendant vingt ans ? Le salut vint du Château. Bien que le bougre ne lui plût guère, le marquis, conseillé par le notaire Jean-Baptiste, jugea en effet politique d'inviter les Dubrocas à dîner. Ils attendaient cette invitation comme un dû, crevaient de dépit qu'elle tardât à venir, mais elle vint et ils s'y rendirent. Le marquis fut aimable, on bavarda de tout, donc de musique, et M. de Poyanne dit son souci de n'avoir point de violoncelle dans son orchestre. Cette remarque fit dans le cœur de M. Dubrocas l'effet d'une pierre tombant au fond d'un vieux puits : elle y réveilla des échos puissants. Le receveur-percepteur bredouilla qu'il avait joué du violoncelle, autrefois. D'un œil d'aigle, le marquis vit le parti qu'il pourrait tirer d'un receveur-percepteur violoncelliste dans son orchestre. Il tenait notre homme, avait trouvé le moyen d'amadouer l'irréductible. Dès lors M. Dubrocas se remit à jouer du violoncelle. Les passants l'entendirent, la nuit, s'exercer derrière ses volets. Il fut assidu aux répétitions. Vint le jour où l'orchestre se produisit dans la grande salle du Château. Étreignant son instrument de ses petites jambes, la sueur au front, M. Dubrocas joua avec passion, scandant la mesure avec sa tête, les yeux mi-clos de jouissance, l'air extasié. On l'applaudit. Doublement. Par la suite on lui demanda de jouer en solo ; l'abbé Dumas le réquisitionna pour les fêtes. Il changea. Sans se départir de la plus extrême rectitude dans son office de receveur-percepteur, il cessa d'être acide et devint presque humain. Sa constipation chronique disparut, son foie s'allégea, son visage se colora de rose. On vit apparaître des teintes pastel dans les toilettes de son épouse. Poyanne respira. Les Dubrocas s'inséraient enfin dans la grande harmonie locale, donc universelle. Et dites-moi maintenant que la musique n'adoucit pas les mœurs !

Il y avait aussi mon brave homme de père, le médecin de Poyanne avant moi. Brave homme, s'il en fut. Je lui dois tout, ou presque tout, Dubedout. Je tiens de lui pour le physique. Il était du type Grand Ferré. Il était si fort que, lorsque son cheval n'était pas sage, il appuyait sur l'arrière de la charrette et le pauvre animal s'élevait au bout de ses brancards, battant l'air de ses pattes et hennissant d'effroi. Quant à ses qualités morales, il a bien essayé de m'en inculquer quelques-unes, mais je fus un mauvais disciple. En dépit de sa taille, ou peut-être à cause d'elle, il aimait tout ce qui était petit. Ma mère était menue. Il adorait les enfants. Épris de musique, il jouait du pipeau dans l'orchestre du marquis. Il raffolait des jonchets et je regardais, fasciné, ces mains puissantes soulever les bâtonnets enchevêtrés avec des grâces de dentellière. Ma décision de devenir, moi aussi, médecin fut l'une des plus grandes joies de sa vie. Il ne dit rien, rougit et me serra contre lui. J'avais dix-sept ans. Dès lors, quand je me trouvais à Poyanne, il m'emmenait avec lui dans ses visites. Je vis avec quelle délicatesse il prenait un malade ou un blessé dans ses bras pour le déposer sur son lit, avec quelle intelligente douceur il s'entretenait avec la famille. Il tutoyait ses patients, plaisantait avec eux, leur parlait gascon. Cette intimité venait de leur appartenance commune à ce village, à la Chalosse qu'hormis ses études de médecine à Bordeaux il n'avait quittée que deux fois, lors de son service militaire et, en 1900, pour visiter l'Exposition universelle de Paris. Il était indulgent ; il en avait tant vu... Il savait que lutter contre la maladie, l'adversaire de tous les jours, est un combat inégal et que la Mort a finalement le dernier mot. Et c'est cette conscience qui, sans lui enlever une once de foi et de détermination, l'inclinait à l'humilité. L'orgueil est-il possible quand, chaque jour, vous devez accepter une diminution, une infirmité, une mort ? Il haussait les épaules quand on le félicitait d'une guérison remarquable, car a contrario cela lui rappelait trop d'échecs. Ma mère était une demoiselle Vive, de Poyartin. Elle fut la femme idéale du médecin de campagne ; elle savait accueillir et rassurer. Mon père ne lui a guère survécu ; il avait perdu sa moitié, il ne vivait plus qu'à demi. N'avoir pu la sauver, elle entre toutes, lui porta un coup dont il ne se remit jamais. Le Mal qu'il avait tant combattu le tenait à sa merci, il prit plaisir à achever cette victime de choix, cet obstiné, ce champion de la vie. Mon père repose auprès de ma mère dans ce cimetière où vous êtes allé.

Il se passait un phénomène étrange. Après chacune de mes conversations avec le docteur, je m'asseyais à ma table et notais ce qu'il m'avait dit. Je tentais de reproduire son récit dans ses moindres méandres, jusqu'à ses respirations, ses à-coups, ses explosions d'humour ou d'indignation. Dehors tout était silence, je n'entendais que le bruit du vent musant autour de mes quatre murs. La maison avec ses vieux meubles, ses objets désuets, devenait un décor qui, le silence aidant, m'imposait le sentiment d'un temps immobile où se glissaient sans heurt les personnages dont le docteur me contait l'histoire. Ils étaient venus à Tilsit, leurs yeux s'étaient posés sur cette cheminée, sur ce bahut. Mon oncle leur avait servi à boire de ce carafon de cristal, dans ces tasses à filets dorés, seuls objets raffinés qu'il possédât. Et à la faveur de cette nuit tranquille où j'écrivais, ils revenaient, s'asseyaient dans le vieux fauteuil, tendaient leurs jambes vers le feu, s'accoudaient près de moi à la table où luisait la lumière de la lampe à pétrole. Ma maison se peuplait d'ombres bien-aimées. Je leur disais bonsoir en m'endormant et au réveil ma première pensée était pour elles.

Au Poyanne où je me rendais presque chaque jour pour y faire mes emplettes s'en substituait un autre, où les routes n'étaient pas goudronnées, où la maison du poète Larribau existait encore, un Poyanne sans pylônes ni fils électriques, sans cabine téléphonique, sans antennes de télévision, sans pompe à essence, d'où les automobiles et les tracteurs avaient disparu comme par enchantement, laissant la place aux chars à bœufs, aux voitures à cheval et aux premières bicyclettes. Les vêtements clairs des femmes s'allongeaient soudain en robes noires, des moustaches poussaient aux visages des hommes, les ceintures de flanelle se nouaient à leurs reins. Les bruits, les odeurs changeaient. Aux pétarades, aux ronrons des moteurs, aux cacophonies des radios et des télévisions succédaient les claquements des sabots, le heurt des fers à cheval sur la pierre, les coups chantants du marteau sur l'enclume ; aux vapeurs d'essence des senteurs de cuisine forte et des odeurs de crottin. Des visages, des silhouettes se transformaient ; l'épicier était M. Cocoynacq et non plus l'ami Lanusse ; le curé se métamorphosait en abbé Dumas, et l'instituteur, M. Capdevielle, prenait l'apparence de M. Pédamous. Le marquis traversait le bourg à cheval. Impassible, raide, sa canne de jonc à la main, le tailleur Saubolle faisait sa promenade. Du côté du Château brillaient les yeux verts d'Agate. Et ces trois jeunes gens qui venaient vers moi, fraternels dans leurs rêves et leur identique innocence, c'étaient Gérard, François et mon ami le docteur ; ils avaient presque mon âge.

Lorsque je relevais mes yeux de ces pages que j'écrivais, rien autour de moi, ni dans cette campagne sereine, ni dans cette maison figée, ne venait me contredire et me rappeler au réel. Le lendemain je m'éveillais encore dans ce Poyanne d'autrefois et il fallait, au village, le tintamarre d'un camion ou le vacarme d'un transistor pour me ramener sur terre.

Je regardais alors autour de moi et constatais combien Poyanne avait changé. Non point tant du fait des machines ; mais parce que les personnages d'antan, mes compagnons de rêve, n'existaient plus. Le Château était toujours là, mais la présence des bénédictines le retranchait du monde, l'enfermait derrière une clôture spirituelle et matérielle qui interdisait toute intrusion, en fait tout mouvement, tout bruit. Il n'y avait plus de recette-perception, elle avait émigré à Mugron ; plus de facteur à pied ou à bicyclette, une voiture distribuait le courrier à partir de Montfort. Plus de forgeron, de charron, car désormais réparer une pièce de tracteur ou de remorque coûte plus cher que d'en acheter une neuve. A l'antique épicerie mon ami Lanusse avait substitué un magasin ultramoderne au néon blême. Il n'y avait plus de tailleur. Plus de poètes : deux plaques de marbre apposées sur le mur de l'école indiquaient seulement que Joseph Larribau et Gérard Batbedat avaient existé. M. Pédamous ne citait plus Pascal ; dédaignant l'entomologie, son jeune et déjà lointain successeur partait tous les dimanches sur la côte pour y pratiquer la planche à voile. Le rire du grand Piou ne résonnait plus sous les marronniers et les arènes avaient été modernisées. A l'orée du village la maison des Batbedat était close ; le moulin d'Onard — je m'y étais rendu — était fermé aussi. En définitive, de ce monde, du Poyanne des années 1886-1906, ne survivait guère que le docteur, solitaire comme le chêne que n'a pu rompre la tempête, massif, impressionnant comme ces dolmens que l'on voit encore en Bretagne et qui parlent d'une époque à jamais passée.

Cher docteur Ducasse ! Je n'étais pas le seul à l'aimer. Les gens de Poyanne avaient pour lui une sorte de vénération très pudique. Je me demandais parfois si l'auditeur captivé que j'étais lui faisait du mal ou du bien. Lorsqu'il évoquait un visage disparu, je sentais que l'émotion le gagnait et j'admirais qu'il parvînt à se maîtriser. Il savait que tout croît et meurt, mais la fuite du temps n'affectait pas sa sérénité. Et pourtant il vivait dans ses souvenirs. Il entretenait avec ceux d'autrefois — sa femme en premier lieu, je l'avais constaté à plusieurs reprises — une sorte de communion spirituelle qui les mêlait à sa vie en attendant des retrouvailles dont il n'eût pu préciser le mode ni le moment, mais qu'il tenait pour absolument certaines. Pour lui ils avaient existé, ils existaient et existeraient toujours. Évoquer ceux qu'il portait en lui pouvait l'émouvoir et le peiner ; mais je crois que pour moi il les faisait revivre avec encore plus de force et en était heureux. Médecin, il savait qu'un jour cette mémoire lui ferait peut-être défaut ; qu'elle céderait lentement, brin à brin, comme un tissu usé ; ou qu'elle disparaîtrait soudain, occultée, abolie. Il me transmettait ce don précieux, le souvenir de ceux qu'il avait aimés.

— De Joseph Dubedout, le père de votre oncle, je vous dirai seulement que c'était un homme honnête et courtois qui cultivait lui-même ses terres, celles qu'Eugène a vendues quand il n'a plus eu la force de les travailler. Il était de ces petits propriétaires exploitants qui sont la colonne vertébrale de notre région. En eux se perpétuent les qualités de notre peuple, l'ardeur au travail, le sens de l'humain et de la mesure, le goût du rire. Ils tiennent à leur terre par toutes leurs fibres. Certains sont gâtés par l'âpreté qui les fourvoie dans l'avarice ou par l'obsession d'agrandir leur domaine. Ils peuvent convoiter le champ voisin avec une passion qui réduit celle de David pour Bethsabée à un amour d'opérette. Mais la plupart, peut-être parce qu'ils sont du peuple qui a enfanté Montaigne, savent ajuster leur vision et modérer leur élan. Lorsqu'ils vous reçoivent, ils vous offrent un verre de piquepoult, assorti parfois d'un morceau de pain et de saliade, et vous parlent avec finesse de l'important comme du futile. Allez-y, vous verrez. Mine de rien, ils vous apprendront mille choses, et surtout la plus importante : une certaine sagesse. Mais la leçon ne sera jamais explicite. A vous de la comprendre si vous êtes assez futé !

Ah, je les aime bien, les gens de Chalosse ! Ils savent que le bonheur est fragile, mais que, contrairement à ce que pensent nos sombres voisins d'outre-Pyrénées, le pire n'est pas toujours sûr. Jadis, la nécessité de compter au plus serré, d'éviter à quelques exceptions près toute dépense superflue les liait à cet idéal d'autarcie qui ne se comprend plus de nos jours, mais qu'en 1900 tout agriculteur de chez nous tenait pour obligé. Il fallait vivre des seuls produits de sa terre, d'où une diversité de cultures dont vous ne pouvez avoir l'idée, puisque à présent le maïs est partout. On cultivait le blé, l'orge, l'avoine, le tabac, on faisait pousser des raves et du trèfle pour le bétail, on mangeait ses porcs et ses volailles, on buvait le lait de ses vaches (juste au petit déjeuner) et le jus de sa vigne (à tous les autres repas). Chaque maison avait ses jambons conservés dans des tonneaux de cendres, ses jarres de confit. Le jardin fournissait les légumes pour la soupe corsée d'une cuillerée de graisse. Qu'achetait-on ? Les vêtements, le sel, le poivre, le tabac, les instruments que le forgeron ou le charron réparait ; encore les plus habiles fabriquaient-ils eux-mêmes fourches, râteaux et barriques. On bricolait des chandelles avec du suif ou de la résine. Le vétérinaire, s'il y en avait un, se faisait payer, mais le médecin, la plupart du temps un notable, souvent le maire du village, soignait le plus souvent pour rien. On était pauvre, on vivait juste, mais on était fier de s'en tirer et d'être libre. Il y avait une solidarité intense entre voisins. Votre voisin, c'était presque un parent, car vous l'aviez vu naître et grandir, ou bien vous étiez allé avec lui à l'école. On avait servi la messe avec lui, on était partis ensemble au régiment, on avait dansé et bu à sa noce, porté le cercueil de ses parents au cimetière ; il vous mènerait, s'il était plus jeune que vous, à votre dernière demeure.

On le retrouvait le dimanche au cabaret et au quiller, il vous donnait la main pour la fenaison, le battage du blé et la vendange ; on dépouillait le maïs ensemble lors des longues soirées d'hiver. Il vous secourait en cas d'incendie, allait chercher le médecin. Son aide était sûre, immédiate, puisque c'était à charge de revanche. On avait les mêmes joies, on courait les mêmes dangers, la sécheresse ou la pluie excessive, la grêle qui fauche tout, ces maladies mystérieuses qui attaquent les plantes. Notre monde était limité à un village, pour quelques-uns à un canton, mais on le connaissait dans son intimité, sa complexité prodigieuse. La mer, on la voyait une ou deux fois dans sa vie, ou même jamais, bien qu'elle ne fût qu'à trente-cinq kilomètres. Seulement, on avait son ciel... Les Pyrénées, on les admirait par temps clair, mais il fallait faire son service militaire à Tarbes pour les toucher du doigt. Et nous avions nos bêtes. Qu'ils étaient beaux nos attelages de bœufs et de mules ; nos bœufs lourds, massifs, aux jambes torses, à la force d'arrachement prodigieuse, qui répondaient docilement, sans que l'on eût à appliquer l'aiguillon, à l'appel de leurs noms, Joan et Martin ; nos mules fines comme des danseuses, intelligentes, cabochardes, dures à la tâche. On les parait comme des princesses avec des couvertures bariolées, des clochettes, des protège-mouches en filet d'où filtrait un regard de sultane. Ils me manquent, nos bœufs, et nos belles mules, Dubedout ! Je me languis de ne plus entendre le mugissement des bœufs, de ne plus les voir arracher la charrue à la terre, de ne plus caresser leur museau humide, passer la main sur leur joug au poli incomparable. Dès la fin de la guerre les tracteurs les ont supplantés. Le vacarme de leurs moteurs rompt le silence de nos campagnes, ils ferraillent sur nos routes où autrefois sonnaient les sabots et le tintement argentin des clochettes.

Les sons qui ponctuaient notre vie ont pour la plupart disparu. Grâce au ciel, il nous reste les cloches. Les femmes y étaient plus sensibles que les hommes, dont les dévotions se limitaient déjà au minimum. C'étaient elles qui glissaient le rameau de laurier sous le crucifix de la maison, qui régentaient les grandes cérémonies du baptême, de la communion, du mariage et de la mort. Leur vie de tous les jours, c'était élever les enfants, entretenir la maison, veiller au feu, laver le linge au lavoir, les genoux sur la pierre et les reins moulus par l'effort, nourrir la basse-cour, préparer le confit et le raisiné, les cochonnailles, cultiver le jardin, couper le petit bois, traire les vaches, fabriquer le beurre et le fromage blanc...

— Fichtre ! interjectai-je, avaient-elles parfois le temps de respirer ?

— Pas d'ironie, jeune homme. Ah, c'étaient des gaillardes ! Il fallait aussi aider les hommes aux champs, soigner les malades, secourir les voisins. Si vous rendiez visite à la ferme, l'homme vous faisait asseoir et vous offrait un verre de vin. On parlait. La femme restait debout, appuyée contre la cheminée, silencieuse. Vous auriez pu croire qu'elle ne comptait pas, qu'elle n'avait pas voix au chapitre. Mais soudain elle intervenait, parfois avec véhémence. Et je dois dire que le plus souvent elle parlait raison. Son mari restait coi. A son silence vous compreniez que, s'il régnait, c'était elle qui gouvernait, ou du moins que le pouvoir était plus partagé qu'il n'y semblait. Et c'était mieux ainsi. Les métairies les plus prospères, les familles les plus stables étaient celles où la femme était respectée à l'égal de l'homme. Je ne pense pas qu'il en soit autrement aujourd'hui.

Vous allez me dire que ma peinture est trop belle, que j'incline à ne voir que le bon côté des choses. Vous avez sans doute raison. Ce penchant me maintient en belle humeur et m'évite de trop sentir les misères de l'âge. Il doit nuire à mon objectivité, je l'avoue. Que voulez-vous, je n'ai pas envie de vous parler de nos fanfarons, de nos couilles molles, de nos grincheux, de nos bécasses, de nos punaises, de nos cafards, de nos cagots, de nos tartufes, de nos pègues, de nos couèques, de nos pipelettes et de nos pécores, car nous avions de tout bien sûr... J'ai envie de vous parler... Eh bien, de Latude par exemple.

On ne connaissait pas ses parents. Une veuve, Maria, qui vivait seule en haut de la côte du Cap-du-Pon et louait ses services pour la lessive et le jardinage, l'avait trouvé dans un fossé alors qu'elle allait aux champignons. « Hil de pute, s'exclamait-elle dix ans plus tard, tout émue encore, je n'ai jamais vu un cèpe comme celui-là ! Il pesait ses cinq kilos et braillait comme un perdu — c'est bien le cas de le dire ! » La commune lui avait alloué une pension de nourrice et elle avait élevé l'enfant. Il avait grandi à la diable, réfractaire comme Lalanne à toute étude. Maria était morte et, à seize ans, Latude était resté seul dans sa masure. Le village à son tour l'avait adopté, il était devenu l'homme à tout faire. Latude par-ci, Latude par-là ; on l'appelait, on l'embauchait un jour ou deux, pour la nourriture et une pièce. Il prêtait la main à Michel le charpentier, aidait le charron, secondait le cantonnier ; il était de tous les battages, de toutes les vendanges. Aussi grand et maigre que le tailleur Saubolle et d'une incroyable souplesse, c'était notre Valentin le Désossé. Bien que d'apparence niaise, il avait de grandes ressources de finesse, qu'il cachait, préférant jouer le rôle du simple d'esprit et se régalant de faire rire. De même que Poyanne ne pouvait se concevoir sans la faconde de Piou, de même se fût-il senti incomplet sans les cocasseries de Latude. S'il fallait réparer le coq de l'église, Latude montait sur le clocher avec une agilité de singe et, tout en bricolant, se livrait à ces hauteurs à des facéties, des gambades, des tours d'acrobate qui nous tenaient le nez en l'air, le souffle coupé. Le marquis lui donnait à remplacer les ardoises cassées de ses toits, les notables à scier les branches mortes de leurs arbres. Il excellait à bâtir au sommet d'un chêne un affût pour la chasse à la palombe, ou bien, s'enfonçant au contraire dans les profondeurs, à curer les puits ensablés. Et puis, à dix-huit ans, il avait découvert sa passion ; il était devenu écarteur. Dans un premier temps il avait fait comme tous les jeunes gens du village qui s'amusent, en fin de course landaise, à défier de loin la bête, quitte à y laisser leurs fonds de pantalon. Mais il observait les professionnels et bientôt les imita, les surpassa. Il avait le sang-froid et l'audace, attendant que les cornes fussent quasiment sur sa poitrine pour pivoter soudain ; son coup de reins était vif, sa manière élégante. Surtout, c'était un merveilleux sauteur, s'élevant à pieds joints dans les airs lorsque la vache fonçait sur lui, ou, mieux encore, faisant le saut périlleux au-dessus d'elle, ce qui mettait le public en délire. Les professionnels durent admettre qu'un amateur leur damait le pion ; ils le sacrèrent l'un des leurs. Dès lors, l'été venu, Latude revêtait lui aussi la chemise et le pantalon blancs, ceignait la ceinture rouge, et s'en allait de fête en fête, jusqu'à Pomarez, célèbre pour ses courses landaises, jusqu'à Mont-de-Marsan, jusqu'à Dax. Il devint le meilleur sauteur du pays. Ce fut la gloire, mais il resta fidèle à Poyanne où il revenait, à l'automne, retrouver sa bicoque et ses amis. Lors de notre fête locale, il mettait les bouchées doubles : excellent clown, il mimait la terreur, détalait devant la vache, talons aux fesses, langue pendante et yeux exorbités ; ou bien feignait de se mourir d'amour et, à genoux devant elle, la main sur le cœur, lui offrait un bouquet, le chapeau de Mme la mairesse, un canari en cage, un verre de piquepoult, n'importe quoi. La bête chargeait. En un clin d'œil, Latude était sur ses pieds et, telle une plume, sautait par-dessus ses cornes — le saut de l'ange ! — un sourire lui fendant la tête jusqu'aux oreilles. L'arène croulait sous les bravos.

Aristide Arreguignas, lui, était notre optimiste. Petit, solide, très brun, il avait le masque impassible, ne souriait que des yeux, parlait peu. Mais, dès qu'il ouvrait la bouche, la remarque tombait, inattendue, comique, accompagnée d'un clin d'œil. Étant de ceux pour qui le verre est toujours à demi plein et jamais à moitié vide, il aimait l'hiver parce qu'il exclut les pesanteurs de l'été, et l'été pour n'être pas le temps des froidures. A l'inverse de tous les agriculteurs qui déplorent l'état des récoltes, il se réjouissait, si le blé était gâté, que la vendange fût excellente ou que la qualité du vin suppléât à sa quantité, et vice versa. Advenait-il que ses six enfants eussent ensemble les oreillons, la varicelle ou la rougeole, il les félicitait d'avoir eu l'esprit de prendre le mal ensemble au lieu de l'échelonner dans le temps, ce qui abrégeait la durée de l'épreuve pour la famille, et trouvait positif qu'ils fussent malades, puisque c'est à cet âge qu'il faut avoir les maladies d'enfant. A sa fille lui annonçant qu'elle était enceinte et devait se marier au plus tôt, il répondait avec un grand sourire qu'il était heureux d'apprendre qu'elle n'était pas stérile, demandant toutefois que l'enfant ne naisse pas en mars, qui est, comme chacun sait, le mois des fous. On l'appelait Cligne de l'Œil, ou Je-suis-content. Sa femme s'épanouissait comme une rose, ses enfants chantaient, rarement juste mais toujours à tue-tête. La morosité n'était pas leur fait. En outre, l'optimisme de notre homme était communicatif. Comme l'admettait Plantebroc, qui était pourtant aussi aimable qu'un cactus, à sa vue un picotement vous chatouillait agréablement le coin des lèvres. On lui demandait : « Tu vas bien ? Et ta femme ? Et tes bœufs ? Que penses-tu de ce traître de temps ? » Et même s'il souffrait de rhumatismes, si sa femme s'était démis l'épaule, ou si la grêle sévissait, on était sûr de sa réponse : « Tout va bien, les amis, je suis content. » Au reste, il était ardent au travail et habile en affaires. Il fut le premier à miser sur l'élevage des canards et des oies. On l'en blâma, mais le résultat lui donna raison.

Alfred, qui assumait les fonctions de croque-mort, ce pour quoi on l'appelait le Croque, était l'éternel ahuri, ce qui se dit en gascon « esgalaouchit ». Grand, osseux, il avait des pieds immenses et des mains épaisses comme des battoirs. Son visage, que coiffait une chevelure courte et crêpelée, se creusait d'une infinité de petites rides qui lui donnaient l'aspect d'un vieux Sioux. Une expression d'étonnement profond flottait dans son regard et sur ses traits. Mais il n'était nullement insensible. Oh, elle lui coûtait vraiment la dernière pelletée ! Il lui arrivait de sangloter au bord de la fosse ; la famille du défunt le réconfortait et lui prêtait la main. Il habitait la maison qui jouxte l'entrée du cimetière. Sa femme, la robuste Amélia, élevait bravement leurs quatre fils qui ressemblaient comme des photocopies à leur père. Alfred était responsable du cimetière et à ses moments de liberté — grâce à Dieu, il en avait ! — dirigeait une entreprise de transports. Je veux dire qu'il avait un âne, que l'on appelait Joli Cœur en raison de la touffe de poils fauves qui lui faisait un accroche-cœur sur le front, et une charrette, avec lesquels il opérait des transbordements divers. On faisait appel à lui pour déménager, convoyer des paniers de volailles, amener un porc au marché, ou transporter l'arrière-grand-père si la jument était pleine et ne pouvait être attelée. On voyait donc Alfred marchant à grands pas sur nos routes, suivi de Joli Cœur qui trottinait derrière lui, assuré de son importance et posant sur le monde un regard d'une totale vacuité. Amoureux de la nature comme un simplet de Pagnol, il adorait les libellules, qu'il contemplait pendant des heures, couché près de la source qui est en contrebas du Château. C'est là qu'on allait le chercher s'il n'était pas au cimetière ou en course ; on était sûr de l'y trouver. Je-suis-content l'avait pris en affection. Il lui parlait avec gravité, l'interrogeait sur sa conception de la vie et de la mort, l'invitait au cabaret, ce à quoi Alfred ne pouvait résister malgré les grondements de sa femme. Comment vont tes morts aujourd'hui ? lui demandait Je-suis-content. Très bien et toi ? lui répondait Alfred. Mais ils ont eu froid cette nuit, ajoutait-il, car il tenait les morts qu'il enterrait pour des êtres aussi vivants que les autres, sensibles aux intempéries, encore doués de sentiment et sujets aux préoccupations humaines. Ils discutaient, en buvant un verre de « boun bin blan », sur les fleurs qui poussent le mieux au cimetière, les amours de Joli Cœur, l'état de la route qui mène au moulin d'Arthous, la dernière dépravation de Félicia et les potins du village. D'un bond l'élastique Latude venait se joindre aux deux amis pour former le trio le plus étrange du monde. Bien qu'il aimât sincèrement le Croque, Je-suis-content, qui adorait jouer des farces, abusait de sa naïveté pour l'embarquer dans des entreprises burlesques. Ainsi le persuadait-il, puisqu'il devait remplacer le sonneur de cloches alité, de bien nouer la corde autour de son poignet, et notre Alfred, horrifié, s'élevait dans les airs en sonnant l'appel de la grand-messe. Il lui rapportait d'Orthez ce boudin que les Béarnais appellent le « boun diou » en raison de sa suavité, et lui recommandait de le pendre à la poutre de sa cuisine et de lui faire chaque matin ses dévotions. Notre curé se fâchait et tançait Je-suis-content... qui assurait Alfred que les cloches de verre dont on couvre les melons sont destinées à les protéger du soleil. On vit donc Alfred se promener au mois d'août avec une cloche à melon sur la tête. Tout le monde s'esclaffait et lui demandait : « Eh bien, Alfred, es-tu au frais sous ta cloche ? » « Oh oui, répondait-il, Je-suis-content m'a donné une fameuse recette ! » En fait il était cramoisi et étouffait sous cette loupe. Je dus intervenir pour éviter l'insolation.

Je me rends compte que j'ai oublié de vous parler d'une composante sociologique, comme on dit de nos jours, essentielle à la vie de notre village dans son aspect convivial et biberonnesque, à savoir les aubergistes dont la profession était de faire boire aux autres la plus grande quantité possible de purée septembrale. Je ne m'y attarderai pas, mon cher Dubedout, de peur de m'y noyer !

Il y avait à Poyanne quatre cabarets qui, sous l'apparence de relations enjouées, se livraient à une concurrence acharnée pour capter la clientèle des soiffards, lesquels étaient légion, surtout en été.

Le premier de ces cabarets, dit Chez Alexandre, ou Le Bel Alexandre, tant notre homme avait belle mine, se trouvait à l'entrée du village quand vous venez de Saint-Geours. On aurait pu l'appeler aussi le Cabaret du Bon Accueil, car Alexandre Hazourt, secondé par sa femme Eugénie, était sans doute le plus aimable aubergiste de tous les pays de l'Adour. Il vous recevait avec un immense sourire, vous câlinait, vous caressait, vous chouchoutait, vous faisait mille grâces, vous enveloppait d'une prévenance calibrée en fonction de votre situation sociale, suave pour les notables, cordiale pour les agriculteurs, onctueuse pour les inconnus de passage, mais irrésistible toujours. Il vous donnait le sentiment que le banc sur lequel vous vous asseyiez était non seulement le plus poli, mais aussi le plus policé du monde, que le verre de vin blanc qu'il vous versait n'avait pas son pareil dans tout le Sud-Ouest, que l'auberge où vous aviez eu le bon goût de vous arrêter était bien celle de l'élite, dont vous faisiez naturellement partie, que l'humble aubergiste qui vous servait était, mine de rien, un grand homme, en bref que vous aviez bien de la chance de vous trouver là, et qu'il fallait en profiter pour boire, non point une, mais deux, trois ou quatre chopines — de telles occasions ne se négligent pas. Un symbole attestait de l'excellence de la maison : l'escalier de pierre qui y donnait accès. Il indiquait qu'en pénétrant dans l'auberge vous vous éleviez d'un cran dans la qualité ; à l'inverse qu'en la quittant vous vous rapprochiez du vulgaire. En fait, il était surtout utile aux clients éméchés qui, la loi de la pesanteur aidant, n'avaient plus qu'à débouler dans la rue en s'agrippant à sa rampe. Outre la bonhomie du maître de céans, un autre attrait de l'établissement était le billard qui en occupait l'arrière-salle ; les jeunes gens en raffolaient, qui jouaient leur coup d'un air bravache en se lissant la moustache. Si l'on ajoute que ce cabaret florissant se trouvait situé dans une position stratégique, à l'entrée du village comme je l'ai dit, mais aussi non loin du cimetière, où les visites étaient toujours suivies d'un arrêt prolongé à l'auberge, on pouvait penser qu'Alexandre était un homme heureux. Et c'eût été le cas vraiment si, rien n'étant parfait en ce monde, il ne lui avait fallu subir la présence et la concurrence de son vis-à-vis, Fernand Chouaous, le chuchoteur.

Au type apollinien d'Alexandre celui-ci opposait un caractère nettement saturnien. Il était petit, bancal, de mine triste et n'élevait jamais la voix ; en fait il ne parlait qu'à voix basse, vous forçant à tendre l'oreille, ce qui excluait de sa clientèle tous ceux qui avaient des difficultés d'audition. Vous estimez déjà, Dubedout, qu'un aubergiste aussi maussade ne pouvait concurrencer

Alexandre l'éclatant. Détrompez-vous, mon ami, comme le grand soleil, l'ombre du sous-bois a ses charmes. Fernand Chouaous, qui était malin comme un singe, jouait sur l'attrait du mystère. Ayant fort bien compris qu'il ne pourrait jamais rivaliser avec son voisin, qui le dominait d'ailleurs d'un perron, et le battre sur son terrain, il avait d'un trait de génie choisi de miser sur la face obscure. Si vous vouliez apprendre quelque chose, obtenir un renseignement, tâter le pouls de Poyanne, savoir ce que l'on pensait d'un tel ou un tel, entendre — en dressant l'oreille — ce que l'on ne disait pas ailleurs, c'est chez Fernand Chouaous qu'il vous fallait aller. Car il savait tout. Parlant peu, il écoutait, alors qu'Alexandre s'étourdissait du velouté de ses civilités et de ses propres éclats sonores. Son auberge était une bourse où toutes les valeurs cancanières du pays se négociaient. Il vous suffisait de poser une question à voix basse, et à voix très basse vous étiez servi. Les humains étant ce qu'ils sont, vous ne vous étonnerez pas que l'estaminet de Fernand — nous l'appelions le Chuchoteur ou le Compte-Gouttes — fût toujours plein. Il résultait de tout cela que, si les deux hommes se saluaient civilement chaque matin lorsqu'ils apparaissaient sur le seuil de leur porte, l'un en haut et l'autre en bas, ils ne se portaient point des sentiments d'une amitié profonde. Alexandre n'était pas loin de considérer son concurrent comme un de ces animaux dégoûtants qui vivent toujours dans l'ombre, un cloporte en quelque sorte ; quant à Fernand, il pensait sans le dire, fût-ce à voix très basse, que son brillant voisin était un m'as-tu-vu doublé d'un imbécile.

Il fallait avancer un peu plus loin dans la rue pour trouver sur la droite le troisième cabaret, celui de notre Figaro, le sémillant Arris. Ses yeux pétillants, son visage aux traits mobiles, son aimable sourire annonçaient une grande agilité d'esprit et une suprême débrouillardise. Fort courtois, très actif, il partageait sa vie professionnelle entre le maniement de ses ciseaux de coiffeur, clip, clip, clip, et le service de son comptoir, gloup, gloup, gloup, aidé dans cette dernière tâche par sa femme Rosette, qui ajoutait un atout supplémentaire au commerce de son mari en étant ravissante. Ses deux métiers se complétaient car, les cheveux bien coupés, pommadé, fleurant bon la lavande, on ne pouvait manquer de s'offrir un verre et l'on passait illico du salon de coiffure rustique à l'auberge ; il n'y avait qu'une porte vitrée à pousser. A l'inverse, le buveur, surtout s'il avait mal aux cheveux, s'écriait soudain en reposant son verre : « Dis donc, Arris, et si tu me les coupais ! »

Et puis, tout au bout du village, en face des arènes, il y avait Chez Simone. Ici, c'était un élément de féminité trouble qui attirait. D'où venait-elle, cette Simone ? Avait-elle connu le quartier Mériadeck à Bordeaux ? On n'osait l'affirmer. Mais, selon l'expression consacrée, elle avait sûrement un passé, dont elle gardait d'ailleurs de beaux restes, un corps à la fois solide et souple, des bras appétissants, un visage grave, bien structuré, où les yeux bleus mettaient en valeur la peau mate, une superbe chevelure noire. Elle avait une façon de vous dévisager qui vous laissait tout chose. On se disait : elle connaît les hommes, celle-là, oh, elle les connaît ! Il y avait quelque chose d'émoustillant à aller boire chez elle ; elle intriguait, on la désirait, on la respectait aussi, car elle n'eût toléré aucun geste, aucun propos déplacés. Elle aguichait comme malgré elle, par ses charmes certes, mais surtout par sa réserve. Les femmes de Poyanne la surveillaient et s'en méfiaient, mais ne pouvaient rien lui reprocher. Simone ne recevait aucune lettre, aucune visite, ne disait jamais rien de sa vie antérieure, qui paraissait effacée, abolie. Et pourtant quelqu'un savait tout, qui était toujours là, qui habitait chez elle et partageait son travail et sa vie : la grosse Marthe, présentée comme sa cousine, une masse de chair informe, à la chevelure absalonienne, toujours muette, semblant stupide, et qui s'acquittait de tous les gros travaux, fendait le bois, nettoyait les sols et les tables, lavait les verres des clients. Un couple intime ? Fi donc ! De toute évidence, leur relation était de maître à esclave. Et jamais un mot, une dispute, un éclat de voix entre elles. De la part de Marthe une adoration subjuguée, éperdue. C'était un être fruste, passionné, redoutable à sa façon parce que entièrement instinctif, qui eût tué pour protéger sa patronne. Cette force aveugle, sauvage, impressionnait. Dans quelles circonstances s'étaient-elles rencontrées ? Quelle avait été leur vie commune avant que, venant on ne savait d'où, elles se fussent installées à Poyanne ? Nous l'avons toujours ignoré.

Pour les buveurs de la commune tels étaient les paradis tentateurs dont ils pouvaient user et abuser pourvu qu'ils eussent de l'argent. D'aucuns avaient leurs préférences, voire leurs exclusives ; ils n'accordaient leur clientèle qu'à un seul cabaret pour diverses raisons qui pouvaient être la simple habitude, une affinité psychologique avec le patron, l'existence du billard chez Alexandre, la proximité immédiate du quiller chez Fernand, l'attirance exercée par Simone ou Rosette. Mais l'on pouvait aussi être éclectique, fréquenter plusieurs bistrots selon son humeur du moment, et les jours de tournée des grands-ducs leur faire visite à tous quitte à finir à quatre pattes. Au fond, vous savez, on n'allait pas tellement à l'auberge pour boire. Certes, on s'y saoulait, et même souvent, mais ce n'était qu'un effet secondaire. Car on n'y buvait guère que le vin blanc du pays, et ce vin blanc vous l'aviez déjà au logis, à pleines barriques et futailles. On allait surtout à l'auberge pour s'y retrouver entre hommes — la convenance exigeait que les femmes n'y parussent jamais — y écouter et raconter des histoires, taper du poing sur la table et rire aux éclats. Ce qui frappait d'abord, quand on entrait dans l'un de ces antres de Bacchus, c'était le vacarme des voix, sauf chez Fernand où tout se murmurait, et la lourde fumée des cigarettes que l'on roulait soi-même dans ses doigts.

Voilà, Dubedout, vous savez maintenant tout ou presque de ce microcosme dont les cercles concentriques entouraient le château de notre marquis. J'ai réservé pour maintenant le bouquet final : une fois l'an, tous, aristocrates, bourgeois et paysans se mélangeaient, communiaient soudain dans une occasion solennelle et unique, la fête de Poyanne.

Ah, ce n'était pas une mince affaire ! Bien sûr, tout au long de l'année il y avait d'autres fêtes. Nos gens de Chalosse ont développé au cours des âges, par une évolution familière aux ethnologues, sociologues, psychologues et autres observateurs de la nature humaine, un goût certain pour les réunions où l'on mange, boit, rit et se fait plaisir. Ils en multipliaient les occasions à l'envi : anniversaires, moissons, vendanges, baptêmes, mariages, fêtes pour la Noël, Pâques et le jour des Morts, fête nationale du 14 Juillet. Mais de toutes nos fêtes la plus importante était, et reste de nos jours, celle du village, qui se situe invariablement le dimanche de la Saint-Bathélemy, au mois d'août. Ne vous méprenez pas, cher ami, et ne tressaillez pas en entendant ces deux mots de Saint-Barthélemy qui à tant d'oreilles françaises sonnent comme un glas funèbre. Nous n'avons rien à voir — et saint Barthélemy non plus — avec le jour sanglant où la Florentine scélérate ordonna de tuer les huguenots, crime impardonnable qui, à terme, renforcé par la faute tragique de Louis XIV, l'abolition de l'édit de Nantes, priva la France de milliers de ses enfants parmi les plus remarquables et les plus industrieux. Nous serions d'autant moins enclins à célébrer cet événement que nous sommes compatriotes du bon roi Henri, qui dut bon gré mal gré passer quatre ou cinq fois de la religion protestante à la catholique, pour fixer définitivement son choix sur celle-ci parce qu'il considérait qu'il est indifférent de prier Dieu en latin ou en français et qu'il devait faire son lit à Paris. Notre saint Barthélemy est en fait l'un des douze Apôtres, dont vous n'ignorez pas qu'il évangélisa la Lycaonie et la Phrygie, ou le Pont et le Bosphore, à moins que ce ne soit les Indes (mais Thomas me paraît plus sûr), l'Éthiopie ou l'Arabie. Un Évangile apocryphe porte son nom. Il est le patron des bouchers et des tanneurs. Le Greco lui a consacré l'un de ses plus beaux tableaux, qui est à Tolède. Et notre Barthélemy, dont nous sommes très fiers car il devait avoir un sacré courage, subit le saint martyre et fut écorché vif. Écorché vif, imaginez-vous ça... je me demande quels sont les salopards qui ont inventé cette torture. Et il faut être un fameux gaillard, croyez-moi, avec des couilles superbes, pour continuer à chanter les louanges du Créateur quand on vous l'applique du haut jusques en bas.

La fête du village dure trois jours, du samedi matin au lundi soir, et dès le début de la semaine c'était — c'est toujours — le branle-bas de combat. On vivait dans la fébrilité, les femmes — toujours elles — sortaient les beaux habits des armoires et cuisinaient leurs meilleurs plats, notamment le gâteau traditionnel que nous appelons le pastis. Attention, Dubedout ! Ne pas confondre avec cette boisson alcoolisée à l'anis qui est devenue synonyme d'ennui et d'embarras. Non, pour nous pastis et pâtisserie c'est tout un. Et le gâteau par excellence de la Chalosse, c'est « le » pastis. C'est une sorte de quatre-quarts, où il entre vingt œufs et un kilo de beurre, haut sur pattes, d'un ravissant jaune vif, excellent en vérité, et si dynamique que si vous le quittez de l'œil deux minutes il a déjà levé jusqu'au plafond !

On nettoyait la mairie et l'école.

On sablait les arènes.

On vérifiait les talanquères.

On dressait les tentes pour les cabarets en plein air.

On mettait partout des drapeaux bleu-blanc-rouge.

On parait l'intérieur de l'église de bouquets de fleurs.

Mme la mairesse repassait l'écharpe de M. le maire.

Mme Pédamous empesait le col de chemise de son époux.

M. le curé, lui, brossait tout seul sa soutane.

Il faisait répéter la chorale pour la grand-messe et enrageait parce qu'elle chantait faux comme d'habitude.

Le chantre Henri affûtait sa voix.

Après quoi il essayait les cloches.

M. le receveur-percepteur accordait son violoncelle.

Mon père nettoyait son pipeau.

Tout l'orchestre répétait le morceau qu'il allait jouer à l'église.

Mlle de Caguelitoudsous vérifiait son harmonium.

Les autres moutchourdines repassaient la nappe d'autel, balayaient dans les coins, mettaient les chaises en ordre, faisaient briller les cuivres des fonts baptismaux, déplaçaient et replaçaient les fleurs, époussetaient les statues de la Sainte Vierge, de saint Barthélemy, de sainte Thérèse, de saint Vincent de Paul et de Jeanne d'Arc, fichaient les cierges dans les candélabres, vérifiaient les robes rouges des enfants de chœur, ajustaient...

Le garde champêtre préparait les pétards.

Les filles pensaient au bal et aux garçons.

Les garçons aux filles et au bal.

Les aubergistes mettaient en perce les barriques.

Et quand tout cela était fait, quand tout le monde était prêt, on les attendait. Eux. Eux, les forains, venus de Dax ou d'ailleurs, avec leurs roulottes, leurs manèges, leurs loteries, leurs grandes roues à illusions, leurs stands de tir, leurs jeux, leurs étalages de poupées, leurs musiques, leurs boutiques de friandises, leurs monceaux de pralines, de caramels, leurs coulées alléchantes de pâte de guimauve. Et Elles. Surtout Elles. Elles, les vaches landaises, nerveuses et noires, aux yeux de braise, aux cornes acérées, rapides comme des gazelles et plus méchantes que des teignes. Elles, les vicieuses, les dangereuses, qui allaient mettre à mal les écarteurs.

« Enfants, voici les bœufs qui passent, rangez vos rouges

tabliers ! » a écrit Victor Hugo. Il a bien vu, le bougre, encore que le mot « bœuf » soit ici déplorable, car nos vaches, mordious ! n'ont rien, rien de rien de bovin. On les attendait donc, nos vaches, venues de leur ganaderia, avec leur cuadrilla de teneurs de cordes, d'écarteurs et de sauteurs, et nous pouvions par nos éclaireurs suivre leur progression vers Poyanne. On savait qu'elles avaient quitté Tartas, qu'elles dépassaient Saint-Jean-de-Lier, montaient la colline de Saint-Geours-d'Auribat. Et soudain on les entendait, tout près, qui martelaient sourdement la côte de l'Eyre. Et il était là, le troupeau des vaches sauvages, tenu par des cordes, encadré par ses gardiens, avec en tête la vache la moins coriace, une énorme cloche brinquebalant au cou. Alors les mères saisissaient leurs enfants, se précipitaient en criant dans les maisons, les vieux tout tremblants se hâtaient de rentrer leur chaise, on s'enfermait, se barricadait, se claquemurait, et tous, grands et petits, jeunes et vieux, hardis et poltrons, passaient un œil par l'entrebâillement de la porte, retenant leur souffle, prenant soin de ne faire aucun bruit qui pût provoquer dans le troupeau une réaction de rage, mais jouissant délicieusement d'avoir peur, de contempler les monstres, se régalant à l'avance des courses à venir. On se disait : il fait lourd, il y a de l'orage dans l'air, regardez comme elles soufflent, on dirait que du feu leur sort des naseaux, comme elles fouettent leurs flancs de leur queue, ah ! elles sont meilleures que l'an dernier, elles sont mauvaises, on va avoir du plaisir ! Une vache s'arrêtait soudain et, le cou tendu, mugissait vers le couchant. C'était alors le grand frisson. On tremblait, on était heureux, on en avait pour son argent. Et on se les montrait du doigt, on se murmurait à l'oreille les noms qu'on avait lus dans le journal : regarde, la grande, là, avec les cornes jaunes, c'est Paquita ; et la petite, la quatrième, celle qui a l'air si vicieuse, c'est Dulcinée. Et la dernière, tu vois, la dernière, la plus musclée, la plus forte, c'est la fameuse Dolorès ! Aux fêtes de Souprosse elle a cassé les côtes à deux écarteurs. Ah, ma belle vache ! Au son de l'énorme clarine, le troupeau s'éloignait dans un nuage de poussière, prenait à droite le chemin du Lanot où l'on avait préparé les étables. On enchaînait les bêtes et toute la nuit on entendait leurs meuglements de colère, car elles étaient inquiètes dans ce lieu inconnu, il faisait chaud, les taons les mordaient, et on les tenait sur leur faim pour que le lendemain elles fussent bien pugnaces. Étendus sur leurs lits dans leurs chambres étouffantes, les Poyannais les écoutaient et, les yeux ouverts, ronronnaient de plaisir.

Au Château non plus on ne chômait pas. Le marquis invitait pour la circonstance ses parents et amis, qui pour un jour, qui pour deux, qui pour trois, selon sa faveur du moment. Ils seraient tous là, Oscar s'il ne prospectait pas le Groenland ou le Soudan, le cousin Hadrien, Agate la Divine et son mari, et tous les hobereaux de la Chalosse, du Tursan, du Marsan et du Marensin dont je vous ai parlé, auxquels il faut ajouter M. de Chalibardoun, qui était vieux comme Mathusalem, M. d'Espatrassat, l'ahuri, M. d'Escuragnous, qui bafouillait, M. de Galapiout, le goinfre, M. d'Arraouc, qui était toujours enroué, M. de Chabècques, le babillard, M. d'Escoupit, qui crachait sans arrêt, M. de Las Charpes, qui avait des ongles longs comme des couteaux, M. d'Arrequinca, qui se pavanait comme un paon, M. de...

— Ah, non ! de grâce ! m'écriai-je. Vous y prenez un malin plaisir...

— Soit, soit, concéda le docteur. Et puis il y avait messieurs les notables, et nous les jeunes avec nos amis, et souvent les amis de nos amis, et quiconque du village voulait venir au Château y était accueilli par le marquis lui-même et régalé de piquepoult et de pastis. Bref il y avait tout le monde sauf Félicia la sorcière qui fulminait et nous jetait des sorts dans son coin, et pour ces trois jours le château de Poyanne deviendrait le château de Versailles, on s'y presserait, on y bavarderait, papoterait, cancanerait, on y mangerait, on y boirait, on y écouterait de la poésie et de la musique, on y danserait, on y dormirait n'importe où, en fait on n'y dormirait pas du tout car ce serait une fête merveilleuse et inoubliable, et on ne se lasserait pas d'errer sous les frondaisons du parc dont l'éclat des torchères accroîtrait le mystère, on y évoquerait Henri IV et Corisande, Henri IV et Gabrielle — ah, le diable d'homme ! — et Joseph Bonaparte l'incapable, et tous les grands noms de l'histoire de Poyanne, la gloire des mousquetaires et les grandes heures de la Gascogne, et l'aube se lèverait sur des yeux cernés, des minois fripés, des visages pâles d'insomnie, des faces de vieillards lunaires ou cadavériques — mais tous diraient encore ! encore ! et se rajusteraient pour une autre journée. Alors, pour préparer tout cela, Joseph le maître-queux avait engagé un bataillon de marmitons qu'il houspillait en les traitant de drôles, de paresseux, de gourmands et de lèchefrites (*sic*), des soubrettes par myriades couraient dans les couloirs en balançant leurs jolies hanches, les jardiniers se crachaient dans les mains pour en mettre un coup et forçaient la cadence, la gourde au frais dans le puits car il faisait diablement chaud. Il y avait une tension d'expectative, de plaisir, de nervosité qui survoltait tout le monde. Les soubrettes poussaient des cris de souris, Joseph vociférait, à l'écurie les chevaux hennissaient, les chiens hurlaient dans le chenil. Comme au village on mettait en perce des futailles, on faisait cuire les pastis, on rôtissait les perdreaux, les lapins, que le braconnier Lalanne avait livrés la veille, et tournaient sur les grandes broches, dans les trois âtres de la cuisine, des chapelets de poulardes, de pintades, de canards et d'oies. Des métairies arrivaient des corbeilles de pêches, de raisins et de prunes. Le samedi à onze heures viendrait le moment décisif. Vêtu d'un costume de soie, canne à pommeau d'ivoire en main, le grand cordon de l'ordre du Saint-Esprit barrant sa poitrine, M. de Poyanne paraîtrait sur le perron. D'un œil romain il inspecterait ses murs, ses parterres et ses arbres. Captant les odeurs venant des cuisines, ses narines dilatées lui diraient que le rôt serait bon, des profondeurs souterraines de sa demeure lui parviendrait une Petite Musique pour le Souper du Roy exempte de couacs. Ah, que la vie, que la France, que la Chalosse étaient belles ! Si seulement, songeait-il, ma Corisande daignait prêter l'oreille au cri de ma passion ! Une fois encore elle avait refusé de venir célébrer avec lui les fêtes de Poyanne, préférant le grondement du Gave, le parfum des roses et la prière à ces mondanités. La cruelle... Elle lui déchirait le cœur, la douce, la limpide. Mais l'instant était beau quand même ! Il savait, il sentait qu'en ce moment, par toutes les routes des Landes, des dizaines, des vingtaines de voitures, de cabriolets, de tilburys, de phaétons, d'antiques calèches qui perdaient leurs ressorts en roulant se dirigeaient vers Poyanne, vers le Château, vers Lui ! Il savourait la gloire de ce jour qui compensait au centuple le parti qu'il avait pris de se ruiner. Un frisson lui parcourait l'échine, il cambrait sa petite taille, bombait le torse, respirait largement. Sa jouissance était d'autant plus vive qu'il se disait qu'en cet instant le baron d'Onard se morfondait dans sa tanière, en proie à ses idées fumeuses, assailli par les vapeurs de ses marais. Et le dimanche soir le feu d'artifice qui surgirait du sommet de la colline de Poyanne le ferait cligner des yeux et, telle une taupe, rentrer en hâte dans son trou.

La fête commençait donc le samedi à onze heures et se déroulait selon un ordre immuable. Les Poyannais déferlaient vers les arènes pour le vin d'honneur initial, les invités arrivaient au Château. Devant son portail c'était la cohue. Les voitures traversaient la foule, s'évitaient, s'accrochaient, et le bon peuple s'extasiait : regarde un peu cette voiture ! Reluque-moi ces chevaux ! On dirait des demoiselles qui courent sur la pointe des pieds ! Midi sonnait au clocher et aussitôt les manèges se mettaient à tourner, les forains à bonimenter, la guimauve à couler, les premiers pétards à exploser. Suivi du conseil municipal, M. le maire apparaissait, l'écharpe tricolore sur la taille, et donnait le signal des réjouissances. On se pressait sous les tentes, les voix montaient. Des groupes venaient du Château, qui se mélangeaient à la foule. Le piquepoult coulait à flots, les tranches de pastis circulaient dans de grands paniers. A deux heures les messieurs allaient festoyer chez le marquis au son de la Petite Musique pour le Souper du Roy, les villageois rentraient chez eux pour un plantureux déjeuner suivi d'une courte sieste. A quatre heures tout le monde était de retour aux arènes où les vaches avaient été conduites dès le matin. C'était l'ambiance des grands jours. Les tribunes étaient pleines, des centaines de spectateurs s'accrochaient aux poutres formant l'enceinte. Un grondement assaisonné de sifflets, de pétards, de plaintes de mirlitons, de bruits de trompettes montait de la foule. Sur la piste les écarteurs en rouge et blanc faisaient les jolis cœurs, cambraient la taille et tendaient le mollet. N'y tenant plus, bavant de rage, les vaches ruaient derrière les portes de leurs cellules, sous les gradins de la tribune. Soudain c'était le silence : M. le maire s'était levé et agitait son mouchoir. La clique jouait l'air de l'ouverture, les écarteurs, deux par deux et tête nue, traversaient l'arène pour s'incliner devant le premier magistrat de Poyanne, le teneur de corde était prêt. Un aide choisi pour son agilité ouvrait la porte de la première cellule et courait se réfugier derrière une talanquère. Un grand soupir montait de la foule : le monstre apparaissait. Il était là, noir, clignant des yeux dans la lumière, affamé, énervé, furieux, se demandant où il était, ce qu'on lui voulait, reniflant l'odeur de cette marée humaine qui l'entourait, vociférante. Et voilà que l'un de ces hommes s'avançait vers lui, de blanc vêtu, avec cette ceinture au rouge intolérable, il le narguait, l'excitait, lui débitait des sottises, des injures — le provoquait. Il se rapprochait. Douze mètres. Dix. La vache baissait les cornes, grattait le sable du sabot, sa queue lui battant les flancs. Soudain, aveuglée de rage, elle chargeait. Et l'homme immobile était là, de plus en plus près, tout près, juste au bout de ses cornes... et il n'y avait plus rien, il n'y était plus !

La vache trouvait le vide, freinait des quatre pattes, se retournait, cherchant l'homme, prête à charger à nouveau. La foule éclatait en bravos. On annonçait les prix : deux francs, trois francs pour le prochain écart ! Les vaches se succédaient. On applaudissait les plus méchantes. L'une d'elles, excédée, se ruait sur les barrières à claire-voie de la lice, faisant fuir deux cents spectateurs épouvantés. Les sauteurs s'en donnaient maintenant à cœur joie et c'était le délire. Soudain un ah ! d'horreur et de compassion jaillissait de la foule. Dolorès avait touché l'écarteur et s'acharnait sur lui. Le teneur de corde tirait de toutes ses forces sur la bête, les autres faisaient diversion. On emmenait l'homme sur une civière. Il avait un rein transpercé.

A six heures c'était fini et l'apéritif commençait sous les tentes dans le feu roulant des conversations. Vers les huit heures on rentrait au logis. Des hommes nettoyaient le sable de l'arène, accrochaient des torches. L'orchestre — un cornet à piston, une flûte et un accordéon — s'installait à nouveau dans la tribune. A dix heures, encore émoustillé par l'excitation de la course, un peu gris, nous disons bériacs, d'avoir tant vu de piquepoult, on revenait pour le bal que saluerait l'aurore.

Au Château aussi on allait danser. On avait dîné dans la salle à manger aux belles voûtes, les marmitons habillés de jaune et de bleu — les couleurs de la Maison de Poyanne — avaient circulé entre les tables, portant sur des plateaux les foies gras, les terrines de gibier, les pâtés d'alose, d'anguille ou de volaille, les poissons, les rôtis, les faisans. Dans les cuisines Joseph se démenait comme un diable, la chevelure hirsute, le front moite. Il savait, aux fumets qui montaient des casseroles, à l'aspect des plats qui lui revenaient vides, au cliquetis des fourchettes qui montait de la salle à manger, à la rumeur de gaieté qui émanait des convives, que c'était un autre succès, et il se rengorgeait. Il faut dire qu'à table on s'amusait ferme. M. de Caplheva, l'exalté, se levait pour débiter une harangue. M. de Capbirat, le folâtre, lui coupait la parole et portait une santé au marquis. M. d'Arredit, le cancanier, commençait une histoire. M. d'Espetchade piquait, on ne savait pourquoi, un fou rire. M. de la Cridasse, le grand braillard, vociférait. M. d'Arrebiscoula, l'éternel excité, ne tenait plus en place. D'enthousiasme, M. d'Arrougnous...

— Docteur ! Je vous rappelle à l'ordre !

— Bien... bien... Soudain, quelqu'un criait : « Piou ? Où est Piou ? » M. Pédamous rougissait dans son coin et se mettait à trembler. Et toute la salle reprenait : « Piou ? Où est Piou ? Il nous faut Piou ! » Et c'était vrai qu'il avait disparu, sa chaise était vide, à son habitude il s'était éclipsé entre deux plats pour aller faire un tour. « Allez me chercher Piou », ordonnait le marquis. Nous nous précipitions, François, Gérard et moi, et nous le dénichions du côté des arènes, ou dans un cabaret, tenant quelque discours. « Piou ! Viens ! Tout le monde te réclame ! Si tu refuses ils vont faire un malheur ! » Ses yeux riaient, nous l'amenions et tous les invités s'écriaient : « Piou ! Des histoires ! Piou ! Des histoires ! » Debout près du marquis, il regardait l'assistance. Un rire de ravissement secouait les invités. Puis c'était le silence absolu. Lentement, les yeux rivés sur son auditoire, Piou se mettait à raconter une, deux, dix histoires, en gascon bien sûr. Un large béret retombant des deux côtés de son visage, le regard madré sous ses bords, la lèvre inférieure débordant en gouttière, il était le maquignon qui roule la pratique à la foire aux mules ; les cheveux plaqués de la main sur le front, les yeux écarquillés, la langue pendante, c'était le niais, le simplet, l'ahuri du village ; une serviette sur la tête, nouée sous le menton, tous ses traits, joues, bouche, yeux, resserrés comme les plis d'une bourse autour du nez, il devenait la vieille cancanière, la commère à la langue de vipère ; le regard filtrant, les cils battant, la bouche en cul-de-poule, les hanches arrondies par les mains posées en panier sur la taille, alors c'était la coquette, ou la sainte-nitouche, la fausse rosière. Et le gascon roulait sous sa langue, glougloutait dans son gosier. Il suspendait ses effets — on aurait entendu voler une mouche — et lançait le mot de la fin. Son public s'abattait de rire comme les blés sous la rafale. Il le rattrapait au vol, en cajoleur, et le rire tournait à la crise. Écarlates dans leurs cols empesés, les hommes se tenaient les côtes, les femmes se tamponnaient les yeux du coin de leur serviette. Imperturbable, Piou attisait le feu, enchaînait sur une autre singerie : le fou rire devenait supplice. On se levait, on battait l'air des bras, on s'effondrait dans un fauteuil, plié sur son épigastre douloureux. C'était la débandade des marmitons qui avaient écouté derrière la porte et dégringolaient l'escalier, pliés en deux. Piou lui-même n'en pouvait plus, tombait sur sa chaise et réclamait un verre d'eau. Les hoquets et les convulsions, entrecoupés de rires qui partaient comme des fusées mal éteintes, s'apaisaient enfin.

Nous parvenaient les premières mesures de la danse. Sur l'esplanade du Château qui domine la vallée de l'Adour l'orchestre nous appelait. On sortait dans la nuit. Les torchères éclairaient doucement la terrasse. Au-dessus de nous les constellations du mois d'août déversaient sur Poyanne la mansuétude de leur lumière. M. le marquis s'avançait, tendait la main à Agate et ouvrait le bal. Les messieurs s'inclinaient devant les dames, les dames se levaient en faisant bouffer leur robe. Un, deux, trois... la valse naissait. Robes claires et habits noirs, escarpins vernis et mignons souliers de bal tournoyaient, impeccables. Après quatre danses, l'orchestre s'arrêtait, soufflait un peu. Des couples s'échappaient en riant pour rejoindre le bal du village. En revenant on serrait une main, on s'embrassait un peu sous les arbres. C'était une nuit sereine et pure, pour un temps chacun oubliait les soucis de la vie. Nous étions heureux.

La journée du dimanche était plus belle encore, car, outre l'apéritif d'honneur, la course landaise, les manèges et le bal, il y avait la grand-messe de onze heures et le feu d'artifice. Pour la grand-messe l'église était comble. Les jeunes filles, sur les premiers bancs à droite, juste derrière les fillettes, avaient mis leurs plus belles robes, fait, défait, refait dix fois leurs nattes ou leurs chignons. D'être le point de mire de l'assistance provoquait une certaine nervosité dans leurs rangs. A gauche, les garçons étaient moins dissipés que d'habitude ; ils se tenaient droits dans leurs costumes que leurs mères leur avaient défendu de froisser. Derrière eux trônait M. de Poyanne, entouré de sa famille. Venait ensuite la foule noire des femmes. Et tout au fond les hommes en masse compacte — une fois n'est pas coutume —, pieds douloureux dans leurs chaussures neuves. Les cierges brillaient. L'encens brûlait. Les fleurs embaumaient. M. le curé, qu'assistaient en l'occurrence ses confrères de Laurède et de Saint-Geours, s'était ce matin-là vigoureusement frotté au savon de Marseille et avait revêtu sa plus belle chasuble, don des moutchourdines du village, une merveille en vérité, toute blanche avec une croix en fils dorés. Après la lecture de l'Évangile il prononcerait l'homélie de circonstance. Il célébrerait la gloire du village de Poyanne, aimé du Seigneur, où l'amitié régnait, où les avanies n'étaient pas sanglantes, où les tours qu'on se jouait n'étaient point cruels, où la calomnie était peu fréquente et la médisance tolérable. Un modèle de village en somme. Il adjurerait toutefois ses paroissiennes de tendre à la perfection et les hommes d'être meilleurs chrétiens. Morceau de bravoure attendu et goûté, il évoquerait la grandeur de saint Barthélemy et l'atrocité de son martyre, s'interrogeant à voix haute sur le point de savoir si tous les membres de l'assistance accepteraient, pour affirmer leur foi, de se laisser écorcher vifs. « Mais nous n'en sommes pas là, heureusement, ajoutait-il. Qu'il nous suffise de défendre l'Église et l'École chrétienne. » Il n'insistait pas. En chaire ou ailleurs il ne faisait pas de politique. Pourtant ce qui était à dire était dit — et devant tout le monde ou presque, car, on s'en doute, M. Pédamous était absent. La messe solennelle déroulait ses rites, soutenus par l'orchestre du marquis qui siégeait dans la tribune au-dessus du porche d'entrée. Le chœur des jeunes filles faisait de son mieux, ce qui à vrai dire n'était pas grand-chose. A l'élévation, M. le receveur-percepteur jouait avec beaucoup de vibrato un solo de violoncelle, réitérait à l'*Agnus Dei.* La messe se terminait par un fracas de cuivres administré par la clique de Laurède — rupture de style regrettable, mais telle était la tradition. Et aussitôt, comme des folles, les cloches sonnaient, apportant à tous les villages de Chalosse le message joyeux de Poyanne. On quittait lentement, comme à regret, la fraîcheur odorante de l'église pour retrouver le flamboiement du soleil et le vacarme des forains.

Le feu d'artifice était tiré à minuit. Aidé par les jeunes gens les plus dégourdis, Roger le garde champêtre avait disposé les fusées. On y mettait le feu, en s'enfuyant à toutes jambes pour ne pas être pris. Il y avait des fontaines lumineuses, des croix de feu, des fusées qui grimpaient au ciel, s'y ouvraient en grappes bleues, vertes, rouges, jaunes, et retombaient en cascades. A leurs lueurs la campagne et les visages extasiés de la foule s'éclairaient par à-coups. Posté sur le monticule proche de l'école, entouré de ses invités comme Napoléon de son état-major, M. de Poyanne jubilait. Ces fusées portaient au loin l'éclat de son nom et le faste de sa Maison.

Et venait le lundi, le dernier jour de la fête. Pour conjurer toute mélancolie, pour maintenir le tempo, que dis-je, pour accentuer s'il se pouvait le crescendo, Poyanne, d'immémoriale tradition, en avait fait le jour des fols. Les enfants avaient le droit de se barbouiller de bouchon brûlé et de gâter leurs vêtements. Les adultes, croyez-moi, n'étaient pas en reste. C'était à qui ferait la blague la plus forte, jouerait le tour le plus bouffon. D'accord tacite tous buvaient plus sec, riaient plus fort. Piou était partout, semant la gaieté. Aux arènes, les écarteurs professionnels se retiraient, laissant la place aux drôles. Les jeunes gens envahissaient la piste, bravaient les vaches en faisant les clowns. Latude apparaissait, accueilli par les vivats. Il multipliait les sauts périlleux, les calculant de façon à retomber sur le dos de la bête qui, affolée, sautant des quatre pattes ensemble, le secouait dans le meilleur style texan. On installait Alfred au centre de l'arène dans une barrique ouverte : la vache reniflait l'objet, tournait autour, soudain le chargeait, le roulait des cornes avec furie. Alfred piaillait, poussait des cris d'orfraie. Latude se liait les pieds ou se bandait les yeux avant d'affronter le monstre. On n'en respirait plus ! Et voici qu'il arrivait sur des échasses devant Dolorès ébahie. Ou sur les mains, les pieds en l'air. L'assistance trépignait, hurlait de joie. C'était le plus fort, le plus drôle, c'était le champion, c'était le roi !

Au Château, le dernier bal était costumé, sur le thème invariable de la Gascogne. Il y avait trente Cyrano au nez plus ou moins long, à l'esprit plus ou moins subtil, à la riposte plus ou moins vive ; une forte escouade de Roxane, d'aucunes jeunes et ravissantes, à croquer, à baisoter, à lutiner, mon cher, sans vergogne, d'autres à vrai dire moins appétissantes, telle Mme de Hourehou, la vieille ivrognesse, aussi ridée qu'un dindon, qui n'en jouait pas moins les coquettes ; aucun Christian mais quinze d'Artagnan, douze Aramis, dix-huit Athos (le refuge des quinquagénaires), vingt-quatre Porthos, un setier de Henri IV, des Corisande en pagaille, un quarteron de Montaigne, deux douzaines de Gaston Phœbus et de Gaston de Foix. On ressuscitait les danses anciennes, la pavane, l'allemande, la fissaye, la volte, le trihori, la basse danse, le branle, la gaillarde, le tourdiou. Les poètes taquinaient la viole d'amour, les épées cliquetaient dans les escaliers, les belles plongeaient en révérences, les hommes balayaient le sol des plumes de leurs chapeaux en s'inclinant devant elles. Venait l'aube. On se disait adieu, vite, pour ne pas avoir le temps d'être triste et de sentir que brusquement on avait froid, on s'embrassait, on montait furtivement en voiture. La campagne, le Château retombaient dans la pénombre et le silence.

Le Dr Ducasse fit une pause. Il rêvait. Enfin il leva les yeux et me dit en souriant :

— La nostalgie embellit tout, n'est-ce pas, Dubedout ? Pourtant je crois être dans le vrai quand je pense que notre village recelait bien des vertus. Il n'était pas meilleur que les autres, chacun professait des idées qui envenimaient les discussions de cabaret, il y avait des riches et des pauvres. De très pauvres même et ce qu'on a appelé la Belle Époque n'a été belle que pour certains. Chez nous du moins rien n'était porté au rouge par le mépris ou la haine. Nous formions, c'est vrai, une petite société rurale, stable, quasi familiale : cela nous interdisait l'indifférence à l'égard du voisin. Mais il y avait plus : que l'on fût grand ou petit, à l'aise ou dans la gêne, nous sentions que nous avions ensemble une communauté de destin. Actuellement beaucoup de gens sont condamnés, pour trouver du travail, à vivre dans des ruches, des fourmilières, dans ces conurbations pour employer un mot à la mode qui m'évoque un nœud monstrueux de serpents. Quelle communauté de destin entre voisins qui ne se connaissent pas, se saluent à peine ? Quelle communauté de destin, dites-moi, à part celle sinistre de l'accident, entre automobilistes, chacun enfermé dans sa voiture ? Et comme pour la plupart des gens les heures de détente se limitent à la télévision, la convivialité en prend un grand coup, n'est-ce pas ? La mégapole engendre l'indifférence à autrui dans le meilleur des cas, l'agressivité dans le pire. Chacun pour soi — et je n'ajouterai pas Dieu pour tous, de crainte que Dieu lui-même ne soit devenu une notion désuète. Nous nous sommes, ma foi, fourrés dans de beaux draps ! Pour moi, je suis un privilégié, je l'avoue, et j'ai décrit l'orbe d'une très longue vie. Mais ces enfants... Ils sont légion à pousser sans terreau, espace ni lumière. Légion à ne pas connaître leur sol et l'histoire de leur pays. Pendant des années l'histoire et la géographie ont été passées sous silence dans nos écoles. C'était à n'y pas croire ! Voilà des enfants qui ne savent ni d'où ils viennent ni qui ils sont. Alors pour échapper à l'ennui on sombre dans la violence, pour oublier le réel et atteindre au paradis on se drogue, pour trouver un tuteur, un appui, on fait la fortune des charlatans, faux gourous et autres imposteurs.

J'en ai assez dit. Mais, hil de pute ! à quoi songent donc les princes qui nous gouvernent ?

— L'HOMME est un être ondoyant et fragile, soupira un jour le Dr Ducasse en contemplant son verre d'Ognoas. Il est enclin à la faiblesse aussi bien qu'aux tensions de volonté que lui dictent l'intérêt, l'orgueil, la conscience de son devoir ou le souci de l'harmonie, telle que la concevaient les penseurs de la Renaissance, à moins que ce ne soit au sens chinois du mot. Il lui faut un idéal et une règle. Je me suis efforcé de placer ma vie sous quatre signes : la science, la poésie, la bonne cuisine et l'amour du rugby. Je me demande souvent si j'y ai réussi.

Oh, que si, cher docteur ! me disais-je en moi-même. Vous avez consacré votre vie à la science, la médecine en l'occurrence, que vous avez exercée au service de votre prochain ; vous adorez les belles-lettres et je sais d'expérience que chez vous l'on mange divinement bien.

Quant à l'amour du rugby, le mois de février, qui survenait, allait m'apprendre à quel point il inspirait mon noble ami.

Chaque année, en février et mars, le docteur suivait avec passion les matches du tournoi des Cinq Nations. Ces jours-là, Gaisha débarrassait le poste de télévision de sa housse de velours rouge et le docteur, qui avait confortablement déjeuné, s'asseyait devant le petit écran, une bouteille d'armagnac à la main. La composition des équipes n'avait pour lui aucun secret, il connaissait les noms, prénoms, particularités, qualités et défauts de tous les joueurs du Trèfle, de la Rose, du Poireau, du Chardon et du Coq, et suivait les péripéties du jeu en observateur averti. Peu à peu il s'échauffait, prenait parti, encourageait, blâmait, déplorait, s'exclamait, s'indignait, jubilait, conspuait l'arbitre s'il commettait une erreur, applaudissait un beau coup de pied en touche, une mêlée ordonnée et puissante, s'enthousiasmait pour un essai magistral. La bouteille d'armagnac se vidait à petits coups, au gré de ses déceptions et de ses joies, et, comme la partie, se terminait toujours au coup de sifflet final de l'arbitre.

— Ah, s'exaltait-il, l'admirable sport, Dubedout ! Comme l'éléphant de Buffon il a ses qualités, plus celles de tous les autres. Il y faut puissance, vélocité, résistance, habileté et souplesse. Sport d'équipe, à la discipline stricte, où la prouesse individuelle s'épanouit soudain comme une fleur. Sport de puissance, mais qui requiert subtilité et intelligence. Le bon joueur de rugby est à la fois un stratège et un tacticien qui calcule sans cesse, passe à tout moment de l'attaque à la défense, s'adapte aux retournements les plus subits, aux situations les plus imprévues, à commencer par les rebonds capricieux du ballon ovale qui est la chose la plus vicieuse qu'une cervelle d'homme ait jamais créée.

Il avait un faible pour les Irlandais, ces diables verts capables de toutes les folies, de tous les sursauts, de toutes les audaces ; se méfiait des Écossais comme de la peste depuis qu'Andy Irvine, dans les dernières minutes d'un match mémorable, nous avait coup sur coup assené trois essais ; il prisait les Gallois pour leur passion au jeu, leurs qualités techniques et leur force physique, vibrait en écoutant — les houles de leurs chœurs déferler sur l'Arms Park — un alexandrin, Dubedout ! Quant aux Anglais, attention, avec eux on ne savait jamais ; ils pouvaient paresser sur la pelouse en attendant l'heure du thé ou vous disputer le ballon ovale avec un acharnement de bouledogues affamés.

Le comportement du docteur se chargeait de passion quand l'équipe de France était engagée. Pendant toute la matinée qui précédait le match il était absent et bizarre, se parlant à lui-même, marmonnant des phrases incompréhensibles : il supputait nos chances, récapitulait nos points forts et nos faiblesses, ceux de l'adversaire, se désolait de l'absence de tel joueur qui s'était luxé la rotule dans un tournoi mineur, critiquait le remplacement de tel autre, s'inquiétait du mollet de Blanco, du tibia de Sella, de la cheville de Berbizier, de la troisième lombaire d'Estève, de la cuisse de Rives, s'interrogeait sur ce que serait le temps, l'état du terrain, la force du vent et l'impartialité de l'arbitre. Si possible il invitait quelques joueurs des environs à déjeuner et regarder le match avec lui, ce qui me valut — puisque je fus de la fête — de rencontrer trois fleurs délicates du terroir landais, Lacassagne, Crabos et Lesgourgues.

Lacassagne, surnommé dans le monde du rugby la Castagne, ce qui veut dire en gascon la Châtaigne, mangea comme six, c'est-à-dire deux fois plus que le docteur auquel l'attente d'un match ouvrait l'appétit. Il avait deux mètres de haut et dut étendre ses jambes sous la table jusqu'à la chaise d'en face, ce qui fit — car j'étais assis sur cette chaise — que j'eus l'impression de déjeuner sur ses genoux. Il avait un coffre considérable, qui me donnait le pénible sentiment d'être un gamin souffreteux, et des mains qui ressemblaient à des machines agricoles : à les regarder travailler j'en oubliai de manger, ce qui me valut les remontrances du docteur ; mais j'étais fasciné, je m'étonnais que fourchette et couteau ne cassent point sous leur manipulation frénétique et qu'un seul estomac pût contenir autant de biftecks et de pommes de terre au lard. Au reste il était confiant, sympathique et s'exprimait avec beaucoup de douceur : « Il faut leur apprendre à vivre, docteur, disait-il en commentant son récent match contre le Quinze de Carcassonne. Ces gens n'ont pas d'éducation. J'ai dû leur signifier : " Voyons, messieurs, un peu de politesse ; il ne faut pas nous marcher ainsi sur la gueule et nous enfoncer vos crampons dans l'œil ". Je leur ai fait valoir que le rubi est un sport élégant et ils se sont rendus à mes raisons. » Quelles avaient été les raisons, ou plutôt les arguments de la Castagne, ses mains qui travaillaient sous mes yeux le laissaient deviner et la fascination qu'elles exerçaient sur moi se colorait du respect craintif qu'inspirent à chacun les grands fauves.

Crabos, dit le Crabe, jouait à Mont-de-Marsan. Aussi large que petit, l'encolure puissante, le cheveu roux et dru, il se mouvait penché en avant sur ses jambes courtes, mais portait des bras si longs que ses mains ballantes lui arrivaient à mi-mollet. Il ressemblait bien à un crabe, mais à un crabe cuit, car son père, boucher à Pouillon, l'avait nourri dès l'enfance des sucs de ses viandes les plus riches, d'où ce teint apoplectique qui chantait à tout venant l'excellence et la gloire des rosbifs familiaux. Talonneur émérite du Quinze montois, Crabos excellait à ratisser de ses jambes le ballon ovale sous la mêlée, à donner les coups de genou adéquats dans le mufle du talonneur adverse lorsque l'arbitre ne le voyait pas, à en recevoir autant, cependant que ses bras, servant comme des pinces, plaquaient contre ses flancs ses deux piliers encore plus costauds que lui, poussant, soufflant et ahanant sous l'effort. C'était vraiment impressionnant de le voir, suspendu à la nuque de ses deux acolytes, s'engager dans la mêlée avec l'ardeur brutale d'un jeune taureau en rut. L'habitude des dessous-de-mêlée, où il se passe davantage de choses que dans les profondeurs glauques de la Grande Barrière de Corail australienne, et sa timidité naturelle s'étaient conjuguées pour lui donner, de la façon la plus injuste qui fût, l'air sournois d'un espion maltais. Il parlait peu, ne regardait pas le visage mais les pieds de son interlocuteur, avait toujours l'air de vérifier si quelque chose se cachait et se tramait sous les meubles. Pendant ce déjeuner que nous eûmes ensemble, ses jambes ne cessèrent de crapahuter sous la table ; non point par impatience vésicale ; elles cherchaient instinctivement le ballon. Lorsque enfin il leva les yeux, je vis deux émeraudes enchâssées dans un mur de brique, et je fus surpris par leur gentille gaieté.

Demi de mêlée à l'Union sportive dacquoise, Lesgourgues, dit le Dégourdi ou le Furet, ne tenait pas en place. Vif, curieux, intelligent, disert, toujours en éveil, aux aguets, il sautillait sans cesse, les deux jambes tendues, comme sur des ressorts. Il discutait, discourait, pérorait. Des trois c'était l'intellectuel, le tacticien, le stratège. Il parlait de défense avancée ou profonde, simple ou en accordéon, de systèmes d'attaque avec passes croisées, renversées, crochets intérieurs, feintes, coups de pied à suivre, de déploiements, de concentrations rapides du pack d'avants, de retournements des lignes, d'inversions de l'attaque, de fixations, d'envolées subites, et de je ne sais plus quoi...

Ce fut avec ces trois messieurs que le docteur et moi nous vîmes le match France-Galles qui se jouait à Cardiff.

— L'Arms Park est plein comme un œuf, dit le docteur en regardant le petit écran. Ils vont chanter leurs cantiques pour impressionner nos petits.

— Il me semble que la terre est détrempée et lourde, constata Lacassagne ; mauvais pour nous, nous préférons le sol léger.

Crabos se taisait et regardait l'écran par en dessous.

— D'où souffle le vent ? d'où souffle le vent ? s'inquiétait Lesgourgues. Du nord-ouest, bien sûr. Qui va jouer contre le vent ? Ça y est ! Nous ! Pourvu qu'il ne tourne pas au sud et que nous ne l'ayons pas contre nous en seconde mi-temps. Ces vents gallois n'ont pas de cervelle. Ah, c'est parti !

Le match qui se joua dans la salle à manger du docteur fut aussi éprouvant que celui de l'Arms Park. Lesgourgues commentait la partie sur un ton doctrinal où la passion, d'abord contrôlée, crût en intensité au cours des minutes. Le docteur tressaillait, se raidissait, sursautait, suait à grosses gouttes, ses mains puissantes serraient les accoudoirs de son fauteuil. Au gré de nos attaques et de nos retraites, de nos succès et de nos revers, je voyais le sang affluer ou refluer sur le visage de Crabos qui passait du violet au blanc de cire. Lacassagne dénonçait les obstructions et brutalités galloises : « De quoi... De quoi... On n'y voit plus clair par ici... Oh ! Là ! Oh ! Faites-moi un peu le ménage, s'il vous plaît... Enlevez-moi cette poussière de l'œil, je vous prie... Oh ! Vous avez vu cette manchette ? Ce Davies... Pas possible... Pan ! Il ne l'a pas volée, Davies, celle-là ! Voilà qu'il a la mâchoire de travers. Non mais ! Les gentlemen, je vous le dis, c'est nous les Français ! On est même trop polis. Pan ! Ça recommence ! Et alors, monsieur l'arbitre, vous dormez ? Vous faites votre petite sieste ? » Abandonnant pour la circonstance leur régime de sportifs, nos amis fumaient cigarette sur cigarette et chaque péripétie ou conclusion dramatique était suivie d'une rasade d'armagnac. La mi-temps nous laissa dans une pénible attente, la fin de la partie nous relégua dans la désolation, car nous perdîmes, de peu il est vrai, et si le vent gallois n'avait pas eu une saute d'humeur comme l'avait pressenti Lesgourgues, si le juge de touche n'avait pas commis une erreur im-par-don-na-ble, si Rives ne s'était pas cassé la clavicule, si l'arbitre n'avait pas... En tout état de cause chaque fin de match avait le même effet : le docteur et ses amis se livraient à une libation finale pour célébrer la victoire ou se consoler de la défaite. On se séparait, rayonnant ou atterré, mais toujours excité, électrisé pour des heures. Gaisha n'aimait pas du tout ces parties qui énervaient trop le docteur. « Toute la nuit, me disait-elle, il va sauter dans son lit. C'est trop violent pour un homme de son âge. Il s'emballe comme un enfant ! »

Il est de fait que le docteur fut bouleversé par les fortes péripéties du tournoi des Cinq Nations cuvée 1986 et que le rythme de nos conversations en pâtit. Mais tout s'apaisa d'autant mieux que l'équipe de France fut la meilleure et il reprit le fil de son récit..

— Or donc, je dois vous dire qu'en 1907 et 1908 Gérard, François et moi fîmes notre service militaire. Puisque nous étions tous les trois nés en 1886 et que nous avions bénéficié du même sursis du fait de nos études, nous allâmes ensemble devant le conseil de révision à Mont-de-Marsan, circonstance où nous fîmes l'expérience de nous montrer tout nus à un aréopage de messieurs habillés, galonnés et décorés. François, qui était un excellent cavalier, fut — incroyable mais vrai — affecté au 3ᵉ régiment de cavalerie légère de Toulouse ; il s'y perfectionna au point de devenir, comme son père, un écuyer émérite. Gérard fit son temps, agrémenté d'une péritonite, au 12ᵉ d'infanterie de Tarbes ; il usa plusieurs paires de godillots dans des marches diurnes et nocturnes sur les abords des Pyrénées. Quant à moi, vu mon poids et ma force, je fus envoyé dans le Nord, à Valenciennes, où l'on me transforma en cuirassier. Nul doute — j'adorais charger — que je fusse devenu un sabreur de premier ordre, un émule de Murat ou de Lasalle, si au bout de huit mois la hiérarchie militaire ne s'était avisée qu'il y avait maldonne et je me retrouvai, comme il se devait, dans une unité sanitaire. J'y appris mille choses qui hélas ! me furent utiles plus tard.

Après une séparation de deux ans nous nous retrouvâmes à Poyanne avec la joie que vous pouvez imaginer. Je regagnai ensuite Bordeaux pour y continuer mes études de médecine tandis que François et Gérard, pour lesquels, je vous l'ai dit, Bordeaux n'était qu'une étape, partaient pour Paris.

François fit valoir à son père que la connaissance de la capitale était nécessaire à son avenir, qu'il voyait à la taille de ses ambitions. M. de Poyanne, qui avait lu Balzac lui aussi, écouta la harangue de son fils, les yeux mi-clos, en se disant : il est vif, impétueux, il est charmant. Laissons-le s'épanouir, jeter sa gourme, prendre un peu du vernis parisien. Mais je veillerai à ce qu'il ne s'y brûle pas les ailes. Il gratifia François d'une pension suffisante quoique modeste et, négligeant les discours-fleuves à la Polonius, posa trois conditions précises : François trouverait un emploi dans le cabinet d'un avocat célèbre ; il lui écrirait une fois par semaine et reviendrait chaque été à Poyanne ; si l'expérience était négative, en d'autres termes si les espérances du père et du fils étaient déçues, un terme y serait mis dans trois ans. Toi, mon gaillard, se disait le marquis en dictant cette dernière condition, tu seras Rastignac ou tu te marieras. Et je préférerais mille fois te voir épouser une héritière de Gascogne qu'emberlificoté dans cet embrouillamini d'ambitions, de rivalités, d'astuces, de traquenards et de faux-semblants qui sont le quotidien de notre capitale républicaine. Va. Mais ne te fais pas d'illusions. Je te tiens au bout de ma ligne et tu ne t'en décrocheras pas aisément.

François, auquel la perspective de monter à Paris tournait la tête, promit tout ce que son père voulait.

Je ne dirai pas que pour Gérard la négociation fut ardue ; il n'y en eut pas. Admettons-le crûment, à Paris François voulait s'épanouir, jouir et briller. Gérard, lui, avait besoin de Paris pour vivre. Ses trois années de droit, ingurgitées comme on avale de l'huile de ricin en se pinçant le nez, avaient accru son dégoût du notariat. Il se décida à parler et Jean-Baptiste dut s'incliner. Mais le parfait notaire garda chevillé au corps l'espoir que le fils prodigue, lassé des Lettres et des vanités parisiennes, reviendrait un jour au bercail pour s'asseoir devant le bureau aux seize tiroirs à poignées de cuivre. Gérard embrassa son père, sa mère, sa sœur Yvonne, et s'en fut. Ah, ce fut dur de partir ainsi ! Mais pour devenir lui-même il le fallait. Porte close, sa chambre vide l'attendit dans la maison de Poyanne. Il revenait trois fois par an, à Noël, à Pâques et en août.

Un beau jour d'octobre 1908 mes deux amis, âgés de vingt-deux ans, débarquèrent donc en gare d'Orsay. Ils virent devant eux la Seine, les Tuileries et le Louvre. Ils crurent rêver.

Dites-moi, Dubedout, que fait-on à Paris quand on a vingt-deux ans, que l'on n'a jamais quitté sa province, que l'on est gascon — et de surcroît enthousiaste ? Eh bien, on devient fou. D'Artagnan en a donné l'exemple. Fou d'excitation, de joie, d'envie de tout connaître, de gagner, de réussir, de conquérir le monde. A l'inverse de leur illustre prédécesseur, nos amis ne se battirent pas en duel, ils louèrent deux petits appartements distincts mais voisins, rue François-Ier, et ouvrirent tout grands leurs yeux. Ils vécurent. Ah, je n'étais pas là pour les observer et je ne saurais vous conter avec exactitude leurs découvertes, leurs emballements, leurs aventures, leurs imprudences et leurs fredaines. Mais leurs confidences, et les indiscrétions de ceux qui les approchèrent, me permettent de m'en faire une idée. Comme il l'avait promis à son père, François s'inscrivit au barreau, entra dans l'étude d'un avocat connu. Mais il fit mentir le dicton comme quoi on ne peut être à la fois de jour et de nuit. Rentré chez lui, il s'empressait d'oublier les affaires, faisait une nouvelle toilette, s'habillait et se hâtait de sortir. Le Paris nocturne lui ouvrait ses portes ; il s'y engouffrait. Il allait au café, au théâtre, fréquentait les journalistes, les politiques, les nouveaux riches, le faubourg Saint-Germain et les milieux sportifs. Son élégance plaisait ; on remarquait son intelligence. Un soir, alors qu'il hésitait entre Maryse et Lulu, et que, penché sur sa flûte de champagne, il interrogeait les bulles pour savoir dans quel sens il opterait, un certain Maurice l'aborda. Il avait l'accent du Sud-Ouest, venait de Dax et n'avait peur de rien. Maurice aimait. A la folie. Il parla de son amour à François et insista pour lui présenter sa belle. Le dimanche suivant, François était au rendez-vous et La rencontra. C'est ainsi qu'il devint passionné d'aviation. Le goût de la nouveauté, celui du risque, l'enivrement de la vitesse, les horizons déployés, basculés, l'infini du ciel, la sensation d'être aérien, sans pesanteur, de se mouvoir comme l'oiseau, *mobilis in mobile,* la camaraderie entre pilotes, tout le grisa. Il fut vite excellent et la passion de voler ne le lâcha plus.

Gérard aussi dévorait à belles dents la vie parisienne. Il faisait ses expériences et j'ai cru deviner, à la façon dont il me parla un jour d'une certaine Madeleine, que l'une d'elles fut dure et la blessure longue à guérir. Il tâta de plusieurs métiers. Chez un libraire il mania les livres, observa la production littéraire, s'intéressa aux techniques du relieur ; un passage chez un éditeur lui permit de rencontrer les écrivains de l'époque ; au Mobilier national il apprit à juger des objets et meubles anciens, devint pour ainsi dire antiquaire. Il explorait le Paris des arts et des lettres, courait les musées, les expositions, les conférences, les boutiques des bibliophiles ; par Dupuch qui l'avait précédé sur les bords de la Seine il s'infiltrait dans les milieux de la peinture, par Wlérick, le sculpteur landais, se glissait dans celui des sculpteurs. Mais la passion de la littérature dominait tout. Il lisait avec frénésie, s'effarant des horizons qu'il découvrait, passait des nuits à écrire. Il eut, lui aussi, sa révélation. Une soirée au théâtre, où l'on jouait *Hamlet,* décida de sa vie. Il en sortit exalté, bouleversé, en proie à l'une de ces fièvres de jeunesse où l'on croit avoir trouvé la clef de la connaissance, comprendre enfin le monde, posséder un but, un idéal sûr et certain, où l'on découvre en soi d'infinies puissances, où l'on brûle de joie et pleure de bonheur. Il venait de saisir la grandeur du théâtre, et ce langage ramassé, économe, qui se nourrit de l'essentiel, où la pensée s'intègre à l'action faute de quoi l'œuvre n'est plus dramatique, lui parut être à l'évidence la réponse à ses questions d'apprenti esthète, la formule sacrée qu'il recherchait depuis longtemps. Il ne savait encore comment, mais il se dévouerait à ce langage, lui consacrerait son travail et sa vie. Comme François, il menait une existence folle, prenant sur ses nuits pour travailler et sortir. Et chaque été nous les voyions tous les deux revenir à Poyanne, pâles, maigris, fourbus d'une année de vie parisienne, l'esprit plus ouvert, mûri. Pendant deux mois ils reprenaient le rythme de notre province, s'aéraient, se reposaient, refaisaient leurs forces, puis repartaient pour Paris avec une impatience mal dissimulée.

Ce fut au mitan de leur première année de vie parisienne, au moment où ils s'abandonnaient avec gourmandise aux délices de la capitale, qu'Yvonne la mystérieuse, Yvonne la secrète dit à ses parents qu'elle voulait devenir sœur de charité. Bien qu'ils fussent croyants, Jean-Baptiste et Joséphine en conçurent d'abord une grande tristesse. Madeleine était morte, Gérard lointain, et voici que le dernier enfant qui restât sous leur toit leur annonçait qu'il voulait les quitter. La nouvelle frappa Gérard comme la foudre. Il adorait sa sœur. Il sauta dans le premier train, déterminé à la faire revenir sur sa décision. Il la raisonnerait, lui représenterait qu'elle devait se marier, avoir des enfants, être heureuse, que rester dans le monde ne l'empêcherait pas de faire le bien. Il arriva à Poyanne, la prit dans ses bras, la serra contre lui, l'entraîna dans le parc.

Vous souvient-il ? C'était l'instant de la prière.
Nous marchions rapprochés dans le parc solennel...
Vous, ô ma sœur, ô vous qui fûtes presque moi...

Elle avait mis sa main dans la sienne. Il voulut parler. Mais il y avait une telle sérénité, une telle joie sur son visage, que les mots qu'il avait préparés ne furent jamais dits.

Elle partit.

Oui, ma sœur, j'ai trouvé trop basses vos chapelles.
Ah, ne me jugez pas et sachez seulement
Qu'en effet les splendeurs des astres sont belles.
Mais, ma sœur, qu'il fait froid sous leur haut firmament !

Yvonne notre sœur à tous nous quitta. Elle coiffa les ailes de la cornette d'espérance et donna sa vie aux autres dans un coin de Paris particulièrement disgracié.

Cependant que ces événements survenaient, bouleversant nos vies de jeunes gens, le baron Gaspard, terré dans son Moulin, inconsolable de la mort d'Aliénor, séparé de ses filles, s'efforçait de rendre au sel un peu de sa saveur en se donnant tout entier à sa passion de l'histoire. Il avait conçu le projet de tirer certaines constantes ou lois générales des connaissances encyclopédiques qu'il avait accumulées et d'écrire un ouvrage majeur sur la philosophie de l'histoire. A cet effet il dévorait force livres, accumulait notes et réflexions, dressait d'immenses chronologies avec lesquelles il bâtissait des tableaux synoptiques qui embrassaient l'ensemble des civilisations humaines. Il étudiait les séquences et suites d'événements, recherchait les relations de cause à effet, examinait avec minutie l'action des grands hommes, analysait l'évolution des sociétés, s'efforçant de déceler les raisons de leur formation, de leur essor, de leur apogée et de leur déclin. Et dans ce travail gigantesque, qui lui prenait ses jours et ses nuits, il rencontrait toujours la mort. Elle était là, dans chaque page qu'il lisait, à chaque ligne, tapie dans l'ombre et guettant son heure, ou bien intervenant brutalement, sèchement, au grand jour et à visage découvert, ou bien encore, lors des massacres, des génocides, des guerres, des épidémies, des inondations, des sécheresses, des famines, s'étalant et triomphant sans vergogne, avec un luxe abject de moyens, une suffisance péremptoire et sans appel. La mort, acteur premier de l'histoire. Elle lui avait pris Aliénor. Il sentait qu'elle accompagnait ses travaux et ses veilles, que penchée sur son épaule elle épiait son souffle, son rythme cardiaque, le lent engorgement de ses artères et de ses veines, l'inéluctable dégénérescence de ses tissus, de ses cellules. Il savait qu'elle menaçait les quelques êtres qui lui étaient chers, et qu'ayant aboli le passé elle supprimerait aussi tout ce qui était à venir ; et peu à peu, chez cet être sensible, blessé, cette pensée de la mort triomphante avait tourné à l'obsession. Il la voyait de la façon la plus classique, avec une face osseuse et sinistre, des yeux jaunes et cruels, un sourire grimaçant qui découvrait de longues dents aux racines apparentes ; il entendait son rire de fauve, ses ricanements effroyables, les cliquetis de son épine dorsale, de ses mains et de ses pieds. Parfois il levait les yeux de son livre et l'apercevait, là, dans la pénombre de sa chambre, s'appuyant du coude sur la cheminée, qui l'observait d'un air rusé. Il la haïssait de tout son être. Et puisque, n'étant ni biologiste ni médecin, il ne pouvait la combattre dans le corps de l'homme, il avait décidé de lutter contre elle en s'acharnant à découvrir le mécanisme de ses interventions dans l'histoire. Il voulait la cerner, la saisir, savoir comment elle pousse les hommes à l'affrontement et à la guerre, selon quels procédés elle parvient à ruiner les pays les plus riches, les civilisations les plus belles, comment elle inocule à toutes les organisations humaines, à plus ou moins longue échéance mais sans exception, le virus de la dégénérescence et du déclin. Cet esprit que rien n'arrêtait dans ses errances se découvrit une mission : il apporterait par sa science de l'histoire sa contribution à la lutte que les hommes livrent à la mort. Il se battait au nom d'Aliénor, de ses filles, de tous les hommes. Il se battrait jusqu'à sa propre mort, car il savait qu'infailliblement c'est la mort qui aurait le dernier mot. Du moins aurait-il peut-être découvert une partie du secret et se serait-il ainsi vengé du crime dont le temps n'apaisait pas la douleur. Il vieillissait dans sa chambre où il n'admettait personne à l'exception de la vieille chatte d'Aliénor, Vénus, qui filait sur ses seize ans ; d'où il ne sortait que pour se rendre une fois par jour au cimetière et descendre à la salle à manger quand Eudoxie sonnait la cloche à l'heure des repas. Son dos se voûtait, ses cheveux blanchissaient, des rides profondes creusaient son front et ses joues ; ses yeux fatigués par les travaux nocturnes s'entouraient de cernes noirs. Mais il se raidissait contre la lassitude et le désespoir.

Autour de la chambre du baron s'étendait, la cernant de toutes parts, le royaume d'Eudoxie, celui de la vie. Maîtresse du Moulin depuis que Gaspard avait abdiqué toutes responsabilités dans ses mains, la vieille dame avait assuré avec une énergie incroyable la tâche de faire de ce manoir décrépit, dont les toits fuyaient, où les murs se couvraient de lèpres humides, une demeure saine, et ordonnée. Procédant avec méthode, elle avait d'abord pourvu à la réparation des toitures sur ses deniers, puisque le baron n'avait pas un sou, puis s'était attaquée aux murs extérieurs et aux caves, qui avaient été assainies. Ce gros œuvre achevé, elle avait engagé la bataille au rez-de-chaussée et aux deux étages, en commençant par les points névralgiques de la cuisine et de la souillarde. Tout y était passé, le grand salon, le petit salon, la salle à manger et les chambres, et dans chaque pièce chaque commode, bahut, lit, coffre ou armoire. Tout avait été inspecté, nettoyé, réparé, rangé. Désormais, comme autrefois à Laurède, les cuivres étincelaient, les carrelages et les parquets brillaient, les piles de draps embaumaient la lavande, les mites expiraient par cohortes entières, aucune tache n'humiliait plus tapis et coussins. Étendant son empire comme Napoléon ses conquêtes, Eudoxie avait débordé sur la cour, les dépendances, le jardin potager, le verger. Pour aider François et Françoise, perclus de rhumatismes et d'ailleurs incapables de s'adapter à ce train d'enfer, elle avait engagé deux robustes filles d'Onard, Madeleine et Renée, aux joues rouges comme des pommes, l'une pour la cuisine, l'autre pour le ménage, et un jardinier, dont elle payait les gages. En cinq ans — car il avait fallu cinq années — le Moulin avait changé d'aspect. Il était devenu salubre, rayonnait de clarté. A cette transformation surprenante le baron n'avait trouvé rien à redire pour la raison qu'il ne la voyait pas. Abîmé dans ses pensées, tendu par sa recherche dont il faisait un défi, il ne descendait que pour déjeuner et dîner (on lui montait, le matin, son bol de café au lait que l'on posait sur un guéridon devant sa porte), s'asseyait à côté d'Eudoxie, en face du siège vide d'Aliénor, mangeait à peine, ne disait rien et, saluant sa tante, remontait dans sa chambre sitôt le café pris. Leur seul échange portait sur la lecture des lettres qui leur venaient du couvent. Mais il laissait à Eudoxie le soin d'y répondre et de prendre les mesures matérielles qu'elles demandaient. Dans un premier temps Eudoxie s'était efforcée de le raisonner, de le persuader de mener une vie moins solitaire et physiquement plus active, mais elle avait constaté l'inanité de ses efforts et s'était résignée, le surveillant toutefois et exigeant qu'il changeât de linge et se vêtît proprement. Elle ne se hasardait plus à tenter de pénétrer dans son antre, dont il lui avait, de la façon la plus péremptoire et une fois pour toutes, interdit l'entrée. Elle souffrait de ce qu'au centre du Moulin existât cet îlot de crasse et de poussière, où le ménage n'était jamais fait, où les araignées tissaient leurs toiles, où la poussière s'accumulait, et il y avait eu de la rage dans sa passion à nettoyer et mettre en ordre le Moulin, comme si elle eût voulu investir la chambre du baron et l'entourer d'un cordon de protection sanitaire. Ils se voyaient deux fois par jour, le dimanche allaient ensemble à la messe, mais n'échangeaient pas plus de quarante phrases par semaine, tout en s'aimant beaucoup.

Eudoxie n'était pas malheureuse. Elle parlait d'abondance avec ses domestiques, y compris le jeune Auguste qui faisait office de palefrenier, et les métayers dont elle surveillait les comptes, ce qui est, Dubedout, la chose la plus difficile du monde. Elle pensait à ses trois filles, leur écrivait, préparait leur chambre, les attendait pour les vacances. Elle exerçait de main de maître son pouvoir de régie. En fait, à soixante-dix ans, elle avait commencé une nouvelle vie, atteint un nouvel équilibre, découvert un autre bonheur, celui de travailler pour les autres. La joie aidant, elle était devenue plus exubérante, roulait ses *r* plus fort, s'habillait de couleurs agressives, teignait ses cheveux en violet et se chargeait les avant-bras d'un arsenal de bracelets plus bruyant encore que son trousseau de clefs. Bruissante et cliquetante, fantasque, généreuse et incapable de dissimuler, elle parlait haut et fort, traitant de tout sur le mode passionné, prompte à monter sur ses grands chevaux comme à déborder de tendresse.

A chacune de leurs vacances les filles s'inquiétaient un peu plus de la santé de leur père. Elles le voyaient blafard, lunaire, clignant des yeux dans la lumière comme un hibou au soleil, notaient ses rides plus marquées, les cernes accusés de ses yeux, constataient le début de bégaiement qui rendait son discours difficile. Il leur donnait l'impression de n'exister qu'en marge de la vie, de s'enfoncer dans des contrées obscures où personne ne pouvait le suivre, où il n'eût d'ailleurs accepté la compagnie de quiconque. Dès qu'il les apercevait, il les regardait avec une intensité à peine soutenable — sans doute l'image d'Aliénor lui revenait-elle avec force —, les écoutait rire, plaisanter, les observait avec une timidité apeurée, et l'on ne pouvait savoir s'il était heureux ou s'il souffrait. Peut-être les deux ; peut-être aussi se sentait-il de trop devant ce trio de jeunesse et de joie ; peut-être s'effarouchait-il de cette violente intrusion de vie et de clarté dans son royaume de ténèbres. Il restait quelques instants avec elles, puis esquissait un geste d'excuse et remontait dans son perchoir. Elles le regardaient s'éloigner, le dos voûté, d'une démarche mécanique et lasse, ses flasques pantalons tortillonnant autour des jambes, et elles étaient malheureuses. Que faire pour le divertir, le dérider ? Cédant à leurs instances, il prenait sur lui-même, s'efforçait d'être présent, suivait les conversations, s'appliquait à être attentif. Mais l'effort était manifeste, cela sonnait faux, et les vacances passaient trop vite pour que l'influence des trois filles pût produire un réel effet. Dès leur départ Gaspard se retrancherait à nouveau dans sa solitude et son silence, fuirait tout contact humain. Elles le savaient et se juraient que lorsqu'elles reviendraient définitivement au Moulin, elles l'entoureraient, l'entraîneraient, le forceraient à vivre, chasseraient les funestes idées qui le minaient. Néti pour sa part y pensait beaucoup.

Puisqu'elle était l'aînée, ce fut elle qui, ses études terminées, revint la première au Moulin. Elle avait dix-huit ans. La jeune fille tenait les promesses de l'enfant. Svelte, racée, elle ressemblait plus que jamais à Néfertiti la reine. A la voir, Aliénor eût été fière de sa prescience et se fût rappelé le soir où, devant son époux extasié, elle l'avait coiffée d'un pschent improvisé. Néti avait la taille fine, le port d'une princesse, des attaches délicates et un cou gracile, d'une exquise élégance, aux courbes nobles et sensibles. Chose curieuse, bien que menue, légère, elle ne donnait aucune impression de fragilité. On la devinait habitée par des idées fortes, maîtresse de soi et encline au secret. Elle parlait peu, riait peu, le plus souvent ne relevait pas les propos qui pouvaient lui déplaire, ce qui était façon de les mépriser. Comme souvent les gens doués d'une excellente mémoire, elle oubliait difficilement les offenses. Elle était distante, supportait mal la familiarité. Lorsque, les vacances de l'été 1908 terminées, ses deux sœurs repartirent pour Pau et qu'elle se retrouva seule à Onard avec Eudoxie et son père, elle poursuivit comme si de rien n'était ses occupations ordinaires, aidant sa tante, lisant beaucoup et prenant des notes dans un gros cahier. Eudoxie, qui la savait secrète, l'observait et la laissait venir. Mais rien ne vint. Elle se décida donc à parler :

« Ma petite Néti, lui dit-elle un jour, te voici au Moulin avec ton hibou de père et ta vieille tante qui n'est plus qu'une grosse ménagère. Je crains que tu ne t'ennuies. Dis-moi un peu, as-tu des désirs, des projets ? »

Néti la regarda calmement et lui répondit :

« Je ne m'ennuierai jamais avec vous, tante Eudoxie. Mais je dois réfléchir encore un peu. Nous verrons ensuite. »

Elle réfléchit en effet et, un après-midi d'octobre, monta l'escalier, s'arrêta devant la porte de son père. Elle la regarda un moment, puis, sans hésiter, frappa. Le baron ne répondit pas, personne ne frappait jamais à sa porte et il crut avoir entendu quelque bruit lointain. Les coups reprirent, plus forts. « Qui est là ? demanda-t-il, stupéfait. » « Néti, lui répondit une voix ferme. Ouvrez-moi, père, je veux vous voir. » Le baron sortit le cou de sa vieille houppelande comme un oisillon passe la tête hors du nid, hésita, se leva et ouvrit. Néti entra. D'un regard elle embrassa la pièce où personne n'avait jamais pénétré depuis la mort d'Aliénor, elle vit les livres empilés sur les sièges, le sofa, le plancher, les toiles d'araignées d'où pendaient des lambruches de poussière, les vitres où la crasse filtrait la lumière, la psyché maculée de chiures de mouches, et au milieu d'un fatras de cartes, de parchemins, de rouleaux, de manuscrits, d'ouvrages d'histoire, son père qui la regardait, ahuri, avec ses yeux d'épagneul éploré. Elle le regardait elle aussi, comme seuls savent regarder ceux qui aiment et qui souffrent. Et sans doute y avait-il beaucoup d'amour dans son regard car quelque chose se brouilla dans les yeux du baron. Il ouvrit les bras et elle s'y jeta en sanglotant. Il murmurait : « Ma petite, ma petite ! » en lui caressant les cheveux.

Ils restèrent ainsi, puis Néti se releva, débarrassa une chaise des dossiers qui l'encombraient et s'assit en face du baron. Elle désigna les papiers qui encombraient la table :

« Dites-moi ce que vous faites, père. »

Surpris, Gaspard haussa les sourcils :

« J'écris un ouvrage sur la philosophie de l'histoire, mon enfant. »

« Expliquez-moi », insista Néti qui n'avait jamais entendu parler de cette philosophie-là.

« Je tente d'établir les lois qui régissent l'histoire des hommes. Je m'efforce de découvrir comment et pourquoi les civilisations naissent, grandissent et disparaissent. Surtout comment et pourquoi elles meurent. »

Néti examinait les papiers épars sur la table :

« Quelles sont ces grandes feuilles, père ? »

« Des listes chronologiques et tableaux synchroniques. »

« Synchroniques ? »

« Du latin tardif *synchronus*, expliqua non sans élan le baron. Qui se produit dans le même temps. Ces listes présentent les événements survenus dans le même temps, dans des lieux différents et des domaines séparés. Ainsi peut-on constater qu'en 1600 avant Jésus-Christ Amosis chassa d'Égypte les Hyksos et fonda le nouvel empire des Amosides, cependant que l'Assyrie s'effondrait en Asie occidentale et que se formait l'empire des Hittites en Anatolie ; c'était aussi le début de l'époque mycénienne ; en Asie commençaient sur l'Indus les invasions aryennes ; les quatre Veda étaient composés. Plus on se rapproche de notre époque et plus ces tableaux deviennent complexes, car les faits nous sont davantage connus dans leur diversité. Ainsi, hier, une foule d'événements importants sont certainement survenus en même temps, c'est-à-dire de façon synchrone, dans le monde. Théoriquement on pourrait inscrire sur un même tableau tout ce qui s'est produit en un jour. Mais, outre qu'il serait gigantesque, ce travail serait inutile, parce que trop détaillé ; une infinité d'arbres cacheraient la forêt. L'historien doit avoir du recul. Il faut sélectionner, choisir. Ainsi, pour l'année 1787, je me bornerai à retenir qu'eut lieu une nouvelle guerre gréco-turque, qu'un premier traité fut signé entre la France et l'Annam, que la convention de Philadelphie se réunit aux États-Unis et que les Anglais débarquèrent en Australie. Cependant que se précisait le grondement de la Révolution française menaçante. »

« Vous savez tout cela par cœur ? » murmura Néti, admirative.

« Bien sûr, répondit le baron, pour qui ces choses allaient de soi. Mais ces tableaux ne représentent que la matière brute. Commence ensuite le vrai travail, qui est de rapprocher, de comparer, de noter les concordances, surtout les répétitions de concordances, d'établir si possible des relations de cause à effet similaires. Il faut creuser, aller au fond. Il faut par exemple déterminer si les phénomènes qui ont précédé, accompagné et suivi la réforme religieuse d'Aménophis IV — ou Akhenaton — dans l'Égypte de la XVIIe dynastie, 1372-1354 avant Jésus-Christ environ, ont des points communs avec ceux qui ont entouré la révolte religieuse de Luther. La réflexion pourrait s'étendre à la naissance du bouddhisme et à la contre-attaque des milieux brahmaniques. »

Néti était songeuse. Elle regardait les grands papiers.

« Père, cela doit prendre beaucoup de temps de dresser ces tableaux ? »

« Oh oui, soupira le baron. Il faut écrire très lisiblement, ne pas se tromper de date et de ligne, obtenir un ensemble clair et ordonné qui soit synoptique, du grec *sunoptikos,* qui est embrassé d'un coup d'œil, c'est-à-dire qui saute aux yeux, se lit facilement d'un regard. »

« Chronologique, synchronique, synoptique, soupira à son tour Néti. Père, je veux vous aider. Vous me donnerez vos notes et vos listes, et avec elles j'établirai les tableaux. »

« Mais, mon enfant... », bredouilla le baron.

« Ainsi sauverez-vous du temps que vous consacrerez à la réflexion. Je ne vous dérangerai pas. Je travaillerai dans ma chambre. Vous verrez, mon écriture est nette et je suis très soigneuse. Je vous assure, père, que je raffole de l'histoire ! »

Une collaboration s'instaura donc entre le père et la fille. Le baron dévorait les ouvrages d'histoire, dont l'achat lui coûtait le tiers de son maigre revenu, mais il n'en avait cure car il vivait dans les nuées. De son écriture anguleuse il remplissait des pages de notes qu'il confiait à Néti, laquelle s'en débrouillait. Elle y relevait les événements et les dates qu'elle reportait avec soin sur les grandes pages prévues à cet effet, puis remettait celles-ci à son père. L'examen de la première feuille fut un moment capital dans leurs relations. Le baron la saisit, l'étala sur la table et la regarda. Il resta silencieux ; le cœur lui battait. C'était un tableau admirable qu'il avait sous les yeux, aéré, mais point trop, net, précis, dont l'écriture régulière et moulée était digne d'un chef comptable du ministère de la Guerre au temps de Louvois. Et c'était réellement un tableau à la fois synchronique et synoptique, avec ses divisions par continents, des sous-divisions par pays, les dates à gauche, les faits dans les colonnes du milieu, et à droite une marge blanche qui appelait ses premières intuitions. D'un regard il voyait tout ce qui s'était passé dans le monde entre 1630 et 1640. C'était clair, éloquent ; l'histoire lui sautait aux yeux. Stupéfait d'une telle perfection, ému à en pleurer, il soufflait comme un phoque enrhumé. Il leva enfin la tête :

« Ce travail est remarquable, Néti. Je n'ai jamais fait aussi bien. »

Après un silence il ajouta :

« Sais-tu qu'à ma connaissance personne avant “ nous ” n'a jamais entrepris cette œuvre considérable : mettre toute, je dis bien toute, l'histoire humaine en tableaux synoptiques ? “ Nous ” sommes les premiers. »

Le “ nous » fit rougir Néti de bonheur.

Les tableaux se succédèrent. Mais Néti ne s'en tint pas là. Elle emprunta des livres à son père et, bien qu'ils fussent ardus, sa réelle passion de l'histoire lui commanda et lui permit d'en venir à bout. Ils en parlaient aux repas devant Eudoxie qui, fine mouche, comprenant l'importance de la partie qui se jouait, se gardait d'interrompre et ne soufflait mot. Le temps passa. Néti dit un jour au baron :

« Père, votre bureau est en désordre. Cela gêne votre travail. Je vais le ranger un peu. »

« Fais, ma fille, fais », répondit Gaspard qui était plongé dans Grégoire de Tours.

Néti rangea juste un peu le bureau. Mais l'opération se renouvela chaque semaine. Le balai fit son apparition. Puis la tête-de-loup. Puis la brosse. Puis la cire. Au bout de trois mois on y voyait clair. En six mois tout fut propre et net.

Le baron s'en aperçut-il ? Sans doute, mais il ne dit rien, estimant qu'après tout la chose était assez naturelle. Il s'habilla mieux. Néti lui arrangeait sa cravate. Aux repas il parlait maintenant sans arrêt, uniquement d'histoire, certes, mais il parlait, parlait. Après le café, Néti l'emmenait dans le jardin où ils bavardaient encore. Elle l'interrogeait sur les livres qu'il lisait. Un jour de juin, à brûle-pourpoint, elle lui montra les roses du jardin.

« Des fleurs ? » dit-il. Et il se passa la main sur le front comme s'il sortait d'un égarement. « Oui, ce sont des fleurs. Elles sont belles, ces fleurs. »

Il se pencha pour sentir leur parfum et Néti comprit qu'il allait guérir.

Elle portait à son père un amour passionné et chaque progrès la comblait de bonheur. Ils en vinrent à parler du passé, de la longue rivalité qui opposait Onard à Poyanne. Le baron en évoqua les principales péripéties. Peu à peu le champ de leurs conversations s'étendait. Un sujet néanmoins restait interdit, que Néti n'évoquait jamais : Aliénor. Elle savait d'instinct que le mot devrait être prononcé pour la première fois par son père, non par elle. Ce jour vint aussi. Ils passaient devant un parterre d'iris bleus. Le baron s'arrêta et dit : « Ta mère, mon enfant, aimait les iris bleus. » Elle lui serra le bras et ils s'éloignèrent en silence.

Le mois de juillet arriva, et avec lui Vivi et Gaby. Elles furent stupéfaites de la transformation de leur père. Les vacances furent gaies. Fin septembre, Gaby, au comble de la désolation, repartit seule au couvent. Vivi resta au Moulin.

Par l'amour et la ruse Néti avait sauvé son père. Vivi acheva de le réintégrer dans la vie. De son enfance celle que le baron appelait l'écureuil avait gardé sa tignasse tirant sur le roux, son teint de lait, son petit nez retroussé et ses yeux verts auxquels rien n'échappait. Plus grande et robuste que sa sœur aînée, moins intellectuelle et réservée, toujours active et gaie, elle vivait dans l'enthousiasme et le plaisir d'agir. Des trois sœurs c'était, je vous l'ai dit, la préférée d'Eudoxie, encore que celle-ci eût le bon sens de n'en rien montrer. Elle se retrouvait dans ce sang généreux et chaud, ce bouillonnement de forces qui lui rappelait sa jeunesse. Grâce à elles deux la vieille maison sortit de sa léthargie et crépita de fous rires et d'éclats de voix. On en vint à parler de tout et Néti, qui souffrait elle-même de la trop pesante exclusive à laquelle il lui avait fallu se plier pour ne pas brusquer son père, s'y prêta avec bonheur. L'appétit de vivre et la gaieté de Vivi étaient irrésistibles. Elle aurait déridé un hibou. Insensiblement Gaspard y céda lui aussi, on le vit sourire, et le Moulin fut enfin ce que doit être une maison où vivent deux jeunes filles aimables et jolies, un havre de grâce. Aliénor était présente à chacun sans qu'il fût nécessaire qu'on en parlât souvent. Les deux filles savaient qu'Aliénor eût voulu, qu'Aliénor voulait que sa famille fût heureuse. Et sans doute Gaspard le savait-il aussi.

Il se leva un jour de grand matin, ayant bien dormi. Il était plus dispos, plus alerte que d'habitude. Pour une fois, il avait faim. Il endossa sa houppelande et descendit à la cuisine. Les aiguilles de l'horloge au grand balancier de cuivre marquaient six heures ; le Moulin était encore endormi. Il prépara du café et des tartines de pain grillé, gestes qu'il n'avait pas accomplis depuis le temps où il était célibataire, et mangea de bon appétit. Maintenant je vais aller travailler, pensa-t-il. Mais, au moment de prendre l'escalier, voyant la porte d'entrée, il l'ouvrit. C'était un matin du mois de mars. L'aube pointait à peine. Au bas du perron la cour était encore obscure ; un souffle de vent frais, une odeur humide lui baignèrent le visage. Il tressaillit, aspira profondément, tressaillit encore. Il eut l'impression que d'un coup son sang circulait plus vite. L'aube montait et avec elle la première rumeur des oiseaux : il redécouvrait le monde. Ses yeux s'emplirent de larmes. « Pardon, mon Aliénor, dit-il. Pardon, mon amour. » Il referma la porte sans bruit et monta dans sa chambre. Là, tassé dans un fauteuil, la tête dans les bras, il sanglota, s'accusant de trahir celle qui n'était plus, ne serait jamais plus là. Il se leva enfin. Il faisait jour. Le Moulin, les chênes d'alentour ruisselaient d'une lumière jeune. Un bœuf dans les prairies mugissait comme à la recherche de son âme. Et la voix de Vivi résonna brusquement dans l'escalier. « Père ! A table ! Le petit déjeuner est prêt ! » Il n'avait jamais remarqué à quel point la voix de Vivi ressemblait à celle de sa mère. « Oui, mon Aliénor, je viens, je viens », murmura-t-il. Il descendit, apaisé, pour rejoindre la nichée turbulente et rieuse.

De ce temps il pensa moins à la mort.

Vint celui où il se prit à sortir seul. Il se promenait sur les bords de l'Adour, faisait visite aux métayers, sellait son cheval pour des randonnées en Chalosse. Il revint à Mugron, Montfort et Brassempouy. Sans rien abandonner de sa gigantesque recherche à laquelle il travaillait toujours avec Néti, il se ménageait des plages de respiration, de liberté. Un matin, convenablement habillé, il annonça qu'il se rendait à Dax pour y revoir ses amis de la Société de Borda. Il n'y était pas allé depuis la mort d'Aliénor, depuis six ans. Il sauta en selle et s'éloigna. Néti et Vivi se sautèrent au cou.

Cette résurrection, qui avait pris plus d'un an, laissa pantois les habitants d'Onard. Tous ceux, le curé en tête, qui l'avaient donné pour perdu car ils le jugeaient atteint d'une mélancolie incurable, crurent d'abord au miracle. Mais les confidences des domestiques du Moulin remirent les choses au point. Ce fut un concert de louanges à l'adresse des demoiselles. On épia les jeunes filles quand elles allaient à la messe, au village ; on les estima, avec déférence, de bien « broyes gouyates », de bien jolies filles. Sur ce le baron reparut à cheval. La rumeur avait dit vrai, il était bien « comme avant », vieilli certes, mais à nouveau il sortait, se tenait droit, disait bonjour d'une voix normale, s'enquérait de tous, ce qui prouvait qu'il avait gardé sa tête, et empesait ses moustaches pour les maintenir à niveau.

Ces commentaires gravirent naturellement la colline de Poyanne et parvinrent au marquis, qui les accueillit avec les sarcasmes habituels. Son ennemi se terrait comme une taupe, vivait comme un chat-huant et perdait la tête ; c'était un point acquis. Quant à ses deux filles, il ne pouvait s'agir que de péronnelles malingres, rancies par leur couvent et que les abords marécageux du Moulin promettaient à une phtisie certaine. Que cette folle d'Eudoxie eût remis le Moulin en état le taquinait pourtant. Il y avait là un fait irritant qui l'importunait comme une mouche. Cette originale, disait-on, avait même de l'argent ! Mais après tout pourquoi s'inquiéter ? Qu'était, que serait jamais le Moulin en comparaison du Château ?

AVRIL SURVINT. Le printemps était dans l'air. Une joie travaillait la nature ; on la sentait dans la terre, les jeunes pousses des arbres, les herbes des fossés où pointaient le jaune et le rouge sombre. Les gens semblaient se réveiller, leurs gestes étaient plus vifs, leur regard plus gai. Dans l'air encore frais passaient des bouffées de tiédeur.

Je poussai le portail de l'Oustaou. Bondissant de joie, Rostand se jeta sur ma poitrine. Gaisha passa la tête par la fenêtre et me lança : « Bonjour, Dubedout ! C'est le printemps ! » Je lui décochai un grand sourire et cherchai mon ami des yeux.

Vêtu d'un élégant costume gris, lavallière et pochette bleues, il m'attendait, assis sous ses chênes ; oui, il m'attendait et avec une excitation particulière, je le sentais à la position de son buste, à la nervosité de ses doigts tapant les accoudoirs du fauteuil, à son regard où dansait une lueur d'impatience. Il m'indiqua un siège et me demanda, vite :

— Un café ?

— Oui.

— Un armagnac ?

— Oui.

— Gaisha ! Mon petit ! Deux armagnacs et deux cafés !

Il me fit face et me demanda à brûle-pourpoint :

— Vous êtes d'attaque ?

Je l'observais, interloqué. Il me paraissait plus jeune. Le soleil jouait dans sa chevelure dont il faisait briller les boucles serrées. Il était étonnant d'alacrité et de force.

— D'attaque ? Pourquoi ?

— Pour commencer la seconde partie de notre histoire, milledious ! Celle des événements, des changements, des faits. Jusqu'à présent je vous ai parlé de Poyanne d'une manière descriptive, statique. Il le fallait. Je devais vous introduire dans ce monde qui vous était inconnu, le Poyanne du début du siècle. Je devais vous le faire sentir, vous le faire aimer, ce Poyanne...

— Vous avez réussi. Je le vois, le Poyanne de votre jeunesse. Il m'est familier. Il me semble que j'y ai vécu moi-même.

Il avait l'air rassuré. Il rayonnait.

— Et les personnages, vous les voyez ?

— Je les vois. Vous n'avez pas besoin de m'hypnotiser comme le cousin Hadrien. Je les vois. Tous. Chacun d'entre eux. Ils envahissent ma vie, même. Et je suis impatient de connaître la suite et de savoir ce qu'ils sont devenus.

Il hocha la tête et resta un moment silencieux.

— Ce qu'ils sont devenus, répéta-t-il avec un soupir. Eh bien, voilà justement ce que je vais vous dire.

A nouveau il garda le silence, puis reprit, méfiant :

— Avez-vous compris que les Poyannais d'alors n'étaient pas riches, qu'ils travaillaient dur, mais que somme toute ils étaient heureux ?

— Je l'ai compris, dis-je, un peu impatienté. Et aussi qu'il n'y avait pas de jalousie, *a fortiori* de haine de classe, que chacun faisait son travail, que personne ne méprisait personne. Qu'il y avait certes une hiérarchie sociale, mais ce n'était pas l'essentiel. La qualité humaine, que l'on respectait beaucoup plus que l'argent, mille fois plus que le titre.

Le docteur me décocha un regard admiratif :

— C'est bien, élève Dubedout. Vous aurez vingt sur vingt. Et ils aimaient rire, n'est-ce pas ?

— Ils aimaient rire et boire le piquepoult.

— Ils l'aiment toujours, les bougres, grommela-t-il. Surtout, Poyanne avait ses équilibres. Il y avait l'équilibre de la vie et de la mort. On aimait la vie, ah oui ! Mais on ne craignait pas, comme de nos jours, de regarder la mort en face. On la savait naturelle et inéluctable. Et à tous nos mourants l'abbé Dumas disait en les serrant dans ses bras : « Tu vas faire la grande moisson céleste. Tu vas retrouver les anciens. S'il te plaît, retiens-moi une place. » Il y avait l'équilibre du travail, jugé saint et nécessaire. Il y avait celui des enfants, ce don du Ciel. Il y avait l'équilibre de l'homme et de la femme. Oh, tout n'était point parfait. Y a-t-il jamais eu perfection dans ce domaine ? On se trompait un peu. La chair est faible et le printemps est vif. Mais les hommes aimaient les femmes, et réciproquement, ce qui, en 1986, n'est pas toujours d'évidence. Et nous n'avions pas le record des cocus. Mais revenons à notre Poyanne de l'année 1908. Vous le voyez, n'est-ce pas ? Vous le vivez ? Vous le sentez ? Eh bien, dans ce Poyanne va bientôt survenir, exploser un événement imprévisible, inimaginable, incroyable vraiment.

— Quoi donc ? m'exclamai-je, palpitant.

Le Dr Ducasse me lança un regard sournois :

— Ah, mon ami Dubedout, vous aimeriez le savoir tout de suite, n'est-ce pas ? Vous aimeriez être fixé illico parce que votre petit cœur bat la chamade ? Eh bien, vous ne le saurez pas ! Car une affaire de cette importance, ça ne se produit pas comme ça, *ex nihilo*. Cela germe, cela couve, cela mûrit. Et cela éclate ! Comme un fruit mûr. Comme une figue au soleil. Et il faut l'expliquer.

— Mais encore ? dis-je. Vous me mettez sur des charbons ardents.

— Vous y resterez quelque temps. Oui, mon ami. Ceci étant, que diriez-vous d'une bouteille de cidre bien frappée ?

— Je ne veux pas d'une bouteille de cidre ! m'exclamai-je avec fureur. Je m'en moque de votre cidre ! Je veux savoir ce qui est arrivé !

Le docteur me regardait de biais. Visiblement il se payait ma tête :

— Une fois n'est pas coutume, susurra-t-il d'une voix mielleuse. Du bon cidre bouché, bien entendu. Ça délie la langue, ce qui est bon pour moi. Et ça aiguise l'esprit, ce qui n'est pas mauvais pour vous. Donc une bouteille de cidre, n'est-ce pas ? Ça pétille comme le printemps. Gaisha ! Ma chérie ! Une bouteille de cidre, s'il te plaît.

Je me résignai. Ma curiosité était à vif, il le savait, et il me tenait, il me menait par le bout du nez, il pouvait me lanterner à sa guise.

— J'attendrai, dis-je sur un ton grognon, puisque tel est votre bon plaisir. Buvons une bouteille de cidre, buvons-en deux, trois si le cœur vous en dit. Et ensuite allons faire la sieste !

— Oh, oh, dit-il avec un sourire qui était peut-être malicieux, mais qui me parut exaspérant, on s'apaise, on devient raisonnable. A votre santé ! Or donc, poursuivit-il en savourant son cidre tout autant que mon dépit, en août 1909 eut lieu la fête de Poyanne. Et ce fut une fête remarquable, ex-cept-tion-nel-lement réussie. Je ne vous dirai pas que cette année-là les vaches furent particulièrement vicieuses, que le piquepoult sentait la pierre à fusil, que les pastis levèrent au point de devenir énormes, que notre trio de comiques se surpassa dans son délire drolatique, que tous les forains du Sud-Ouest s'étaient donné rendez-vous sur notre place des arènes bondée de monde à craquer. Non ! Non ! Ne vous énervez pas ! Je ne vous dirai pas non plus que Joseph le maître-queux s'était élevé au sublime de son art, que trente-neuf invités du marquis souffrirent d'indigestion, que les belles pleurèrent aux chants de nos poètes, que la clique tira des sons surprenants de ses cuivres et que l'orchestre du Château réussit un sans-faute qui lui valut une ovation...

— Vous pouvez continuer ainsi pendant trois heures, observai-je d'une voix qui se voulait neutre.

— Que mon père et M. Pédamous eurent une crise d'asthme pour avoir trop soufflé l'un dans son pipeau, le second dans son cor anglais. Et de même passerai-je sous silence que les femmes, radieuses au matin, troublantes l'après-midi, ténébreuses le soir, furent plus que jamais ravissantes, que nous les jeunes en avions les yeux sur pédoncules et l'esprit chaviré, qu'il y eut ces soirs-là autant de cœurs brisés que de pipes en terre au tir à la carabine. Je ne vous dirai pas non plus que, le lundi à minuit, le marquis exultait. Ç'avait été un succès immense, il lui faudrait vendre une métairie de plus, le feu d'artifice avait ébloui la Chalosse entière, illuminant la Grande Lande jusqu'aux faubourgs de Bordeaux, allumant des reflets bleus et roses sur les glaciers des Pyrénées. Irène la cruelle n'était pas venue. Non, une fois de plus... Mais il était heureux quand même. Et le baron Gaspard... Ah, le baron... Non, je ne vous conterai pas tout cela par le détail, il y faudrait autant d'heures que pour réciter le *Mahabaratha* ou déclamer la *Messiade* de Klopstock en la prenant à l'envers. Je vous dirai seulement, en bref...

J'éclatai de rire :

— Là, docteur, permettez-moi d'élever un doute !

— Dites-moi, Dubedout, vous faites dans l'impertinence, maintenant ? Je vous dirai donc que Piou, de retour de Paris où il avait entendu les chansonniers, prié de venir au Château, n'y raconta point des histoires, mais nous fit la plus belle des surprises, le plus somptueux des cadeaux, en nous chantant pour la première fois *La Garonne* de Nadaud.

— La...

— *La Garonne* de Nadaud.

(Silence de ma part.)

— Vous ne connaissez pas *La Garonne* de Nadaud ?

— Non.

Il ne s'amusait plus à mes dépens, il était désemparé.

— Vous vous moquez de moi. Vous voulez vous venger.

— Non ! m'écriai-je. Je ne connais pas *La Garonne* de Nadaud. Vous me dites que c'est une chanson. Je vous crois. Mais je ne l'ai jamais entendue et j'ignore tout de *La Garonne* de Nadaud.

Le teint du docteur devint violet. Sa voix se fit basse comme le calme soudain de la nature précède et annonce le plus violent orage :

— Mais enfin qu'est-ce qu'on vous a appris à l'école ? Vous avez trente ans. Vous vous appelez Dubedout. Vous avez des liens de parenté avec la Gascogne. Vous habitez Poyanne et vous... Gaisha, hurla-t-il en assenant sur la table de fer du jardin un coup de poing qui la laissa durablement incurvée, Gaisha, il ne sait pas chanter *La Garonne !*

Il était tellement outré que je craignis une attaque.

— Docteur..., balbutiai-je.

Gaisha parut sur le pas de la porte et me toisa d'un air de reproche. Rostand gémit et se fourra le museau dans une arrivée de gouttière.

— Il ne sait pas... Il ne sait pas..., clamait le docteur. Il ne connaît pas *La Garonne* de Nadaud... Et *La Marseillaise*, vous savez ce que c'est ? Oui ? Peut-être ? Eh bien, je vais vous la chanter, moi, *La Garonne,* et je vous la copierai pour que vous l'appreniez par cœur. Si du moins, monsieur, vous tenez à mon amitié.

Il se leva et entonna d'une voix de stentor :

Si la Garonne avait voulu,
Lanturlu !

Quand elle sortit de sa source
Diriger autrement sa course
Et dans le Midi s'épancher,
Qui donc eût pu l'en empêcher ?
Tranchant vallon, plaine et montagne,
Si la Garonne avait voulu,
Lanturlu !
Elle aurait traversé l'Espagne !

Si la Garonne avait voulu
Lanturlu !
Pousser au nord sa marche errante,
Elle aurait coupé la Charente,
Coupé la Loire aux bords fleuris,
Coupé la Seine dans Paris,
Et, moitié verte, moitié blanche,
Si la Garonne avait voulu,
Lanturlu !
Elle se jetait dans la Manche !

Si la Garonne avait voulu,
Lanturlu !
Elle aurait pu boire la Saône,
Boire le Rhin après le Rhône,
De là, se dirigeant à l'est,
Absorber le Danube à Pest,
Et puis, ivre à force de boire,
Si la Garonne avait voulu,
Lanturlu !
Elle aurait grossi la mer Noire.

Si la Garonne avait voulu,
Lanturlu !
Elle aurait pu, dans sa furie,
Pénétrer jusqu'en Sibérie,
Passer l'Oural et la Volga,
Traverser tout le Kamchatka,
Et, d'Atlas déchargeant l'épaule,
Si la Garonne avait voulu,
Lanturlu !

Elle aurait réchauffé le pôle.

La Garonne n'a pas voulu,
Lanturlu !
Humilier les autres fleuves.
Seulement, pour faire ses preuves,
Elle arrondit son petit lot.
Ayant pris le Tarn et le Lot,
Elle confisqua la Dordogne.
La Garonne n'a pas voulu,
Lanturlu !
Quitter le pays de Gascogne !

Il se rassit. J'étais tassé dans mon fauteuil, partagé entre le fou rire et la confusion. Mais quelque chose m'impressionnait, me mettait en garde. Le docteur ne jouait pas la comédie. Sa colère n'était pas feinte. Elle n'était pas non plus vaine et ridicule. Il y entrait un élément de gravité que je ne pouvais expliquer. Je l'avais surpris, c'était certain, je l'avais peiné aussi. Pourquoi ? Je me taisais, n'osant bouger. Je levai enfin la tête. Le docteur regardait fixement dans le vide, et ce regard était triste et las. Mes yeux se portèrent sur Gaisha. Elle observait le docteur avec inquiétude. Calé sur son arrière-train, Rostand balayait le sol de sa queue en geignant.

— Je vous demande pardon, dis-je. Cette chanson est excellente. J'aurais dû la connaître.

— Cette chanson..., répéta le docteur en revenant à lui. Oui, elle est bonne. Elle est à la gloire de notre pays.

Il secoua ses épaules comme s'il eût voulu se décharger d'un fardeau, me regarda, sourit enfin :

— C'est moi qui vous demande pardon, Dubedout, de m'être emporté. Je suis un vieux sot qui s'imagine que 1909 c'était hier et que vous êtes, à peu de chose près, mon contemporain. Donc, en cette soirée d'août 1909, Piou nous apprit cette chanson. Nous la répétâmes, strophe après strophe, et, au bout d'une heure, les cent cinquante invités du marquis la chantaient ensemble dans la salle à manger du Château. On reprenait, on applaudissait, on reprenait encore. Et chacun l'a gardée dans son cœur comme un compliment un peu délirant, un chant d'amour à la Gascogne.

Il hésita, secoua à nouveau les épaules et, se tournant vers Gaisha, lui dit d'une voix douce :

— C'est une erreur de boire du cidre quand on chante *La Garonne*. Donne-nous une bouteille de champagne, ma petite, et buvons tous les trois.

Le champagne arrivait. Gaisha s'asseyait près de nous. Le docteur faisait sauter le bouchon, remplissait les coupes. Il leva la sienne, la mira dans le soleil. Son visage s'était rasséréné. Une lueur d'excitation brillait dans son regard. Il poursuivit à nouveau d'une voix ferme :

— Eudoxie était aux anges. Deux de ses filles vivaient avec elle, la troisième reviendrait définitivement à l'été, Gaspard renaissait à la vie, le Moulin brillait d'un éclat qu'il n'avait jamais eu dans sa longue existence. Mais un souci minait son bonheur. Elle observait Néti et Vivi, s'interrogeait sur leur avenir. A première vue rien ne leur manquait. Elles étaient l'une et l'autre en parfaite santé et manifestement heureuses. Mais en serait-il toujours ainsi ? Dans un, dans deux ans, sans divertissements, sans compagnie de leur âge, sans projets, ne s'ennuieraient-elles pas ? Si seulement ils avaient habité Paris ! La folle du logis s'emparait de la tête déjà romantique de la vieille dame qui rêvait bals, théâtre, toilettes et soupers fins. Ses filles étaient recherchées, courtisées ; de beaux partis se présentaient venant du faubourg Saint-Germain. Mais à quoi bon rêver ? Si ses revenus lui permettaient d'entretenir le Moulin et d'y avoir la vie large, ils n'étaient pas suffisants pour financer un établissement convenable à Paris. Il y avait Onard et seulement Onard. Or ses filles n'y rencontraient personne. La jeunesse du pays se ruait au château de Poyanne, où elle trouvait ce que veut la jeunesse, le mouvement et la gaieté. Pour couronner le tout il fallait qu'un antagonisme imbécile opposât le baron et le marquis, interdisant aux filles de fréquenter le Château. Tout cela était par trop bête, mais sur ce point aussi il fallait s'incliner, il n'y avait rien à faire, on ne supprime pas comme ça, d'un trait de plume, une situation qui s'est indurée pendant dix siècles et que personne n'a le pouvoir de changer. Eudoxie remuait donc ces pensées sans y voir d'issue. C'est alors que germa dans son esprit une idée ma foi toute simple — fondée sur le fameux principe de Lagardère, mais inversé : si tu ne vas pas à Lagardère, Lagardère n'ira pas à toi —

qu'elle contempla, d'abord perplexe comme une poule qui a couvé un canard, puis étonnée, enthousiaste, qu'elle examina sous tous ses angles, retourna de tous les côtés. Mais que diraient les filles ? Que dirait cet ours de Gaspard ? N'allait-il pas se mettre en colère, crier au sacrilège ? Tout bien pesé, elle se jeta à l'eau et parla :

« Mes chères enfants, dit-elle à Vivi et Néti, votre père est guéri et nous sommes heureuses. Mais cela manque un peu d'animation par ici. Que diriez-vous d'un bal ? Nous pourrions en donner un. »

« Un bal ? s'écria Vivi dont les yeux étincelèrent. Ici, ma tante, au Moulin ? »

« Pourquoi pas ? »

Néti dévisageait Eudoxie. Elle ne disait rien, mais ses joues se coloraient de rose.

« Nous inviterions les jeunes gens des familles qui ont connu la vôtre. D'autres aussi. Le Moulin est en état. Nous n'aurions pas à rougir. »

« Le Moulin est superbe, tante Eudoxie ! protesta Vivi. Oh, la belle et bonne idée ! Nous donnerions le bal juste après Pâques, lorsque Gaby sera avec nous. »

Elle pouffa :

« En cachette, à Pau, nous avons appris à danser ! »

« Vraiment ? dit en souriant Eudoxie. Je m'en doutais un peu, figure-toi. Mais qu'en dira votre père ? »

« Nous en faisons notre affaire ! » s'exclamèrent en même temps les deux sœurs.

Et elles éclatèrent de rire.

« Je m'attendais à cette réponse, dit Eudoxie toute contente. Eh bien, convainquez-le. Et, s'il dit oui, mettons cela sur pied ! »

Le baron fut entrepris par ses filles dès le lendemain matin. Il dit oui sans réfléchir, juste pour leur faire plaisir, et, avec passion, on dressa la liste des invités.

Gérard et moi nous en fûmes, ce qui nous stupéfia, nous intrigua et nous posa problème. Nous stupéfia, mon ami, car la nouvelle était vraiment fracassante. Comment ! Imaginez un peu ! De mémoire de vivant il n'y avait jamais eu de bal au Moulin, les parents du baron avaient laissé le souvenir de hobereaux sauvages aussi engoncés dans leur amertume et leurs ratiocinations passéistes qu'un zouave dans sa culotte, le baron du temps d'Aliénor déjà avait vécu dans une solitude telle qu'à la vérité on savait à peine à quoi il ressemblait. Quant à ses filles, nous ne connaissions même pas leurs prénoms. Et tout à coup un carton élégant vous apprenait que le lundi de Pâques il y aurait bal à Onard ! Renversant, n'est-ce pas ? C'était plus qu'un événement, c'était une nouvelle proprement incroyable, un retournement, une révolution dans le pays. Si vous me disiez que la mère abbesse de Poyanne et ses vingt nonnes sont allées danser le tango argentin au casino de Biarritz, je n'en serais pas plus stupéfait aujourd'hui. Quant à la question de savoir pourquoi nous étions invités, nous la résolûmes assez vite en estimant, avec la suffisance propre à notre âge, que nos mérites étaient connus et que ces demoiselles voulaient nous rencontrer. Mais fallait-il accepter ? Répondre à cette invitation, c'était outrager le marquis qui nous accueillait toujours à bras ouverts. Refuser... Mais nous avions une envie folle d'y aller, à ce bal ! On nous conviait à pousser les portes du mystère, à entrer dans ce lieu interdit où jamais Poyannais n'avait pénétré, à voir de nos propres yeux la forteresse qui pendant des siècles avait tenu en échec les marquis de Poyanne, à contempler le fauve et ses petits dans son antre, et nous aurions pu dire non ? C'eût été nous demander l'impossible. Nous fûmes honnêtes pourtant et décidâmes de nous en remettre à François qui, pas plus que Gilles ou Gaston, n'était invité. Il nous écouta, rougit d'excitation et nous dévisagea d'un air moqueur :

« Eh bien, que voulez-vous de moi ? »

« Nous voulons savoir, dis-je, si nous devons y aller. »

« En avez-vous envie ? »

« Oui », répondîmes-nous d'une même voix.

« Eh bien, allez-y. »

« Mais, dit Gérard, si nous y allons nous blesserons ton père. »

« Soit. N'y allez pas. »

« Mais, rétorquai-je, si nous n'y allons pas, nous ne saurons pas comment est l'intérieur du Moulin, nous ne verrons pas... »

« Allez-y donc. »

« Mais ton père, criai-je d'énervement, il faut penser à lui ! »

« Eh bien, abstenez-vous. »

« François, dit Gérard en se fâchant tout rouge, nous ne sommes pas des Panurge, tu n'es pas Gargantua, et nous ne voulons pas nous marier ! Alors, ne te moque pas de nous et réponds ! »

« Mais allez-y à pied, à cheval ou en voiture, sur les genoux, à quatre pattes ou sur le ventre, de toute manière allez-y, pauvres imbéciles ! s'écria François en éclatant de rire. Pour rien au monde il ne faut manquer cela. Que ne puis-je vous accompagner ! Quant à mon père, je lui dirai que j'ai insisté pour que vous alliez au bal du baron Olibrius et que vous lui ferez rapport. Il sera ravi. A votre retour nous vous écouterons et nous aurons du bon temps ! »

Ce fut dans cette perspective peu charitable que, le lendemain de Pâques, ayant mis notre plus beau costume et emprunté le phaéton de Jean-Baptiste, riant sous cape, excités comme des collégiens que nous n'étions plus, nous prîmes à huit heures du soir le chemin du Moulin et, pour la première fois de notre vie, nous présentâmes devant la grille, dévorés, je dois le dire, de curiosité.

Nous dûmes attendre, d'autres voitures nous précédant. Des torchères réveillaient dans l'ombre une profusion de fleurs printanières. Les fenêtres du rez-de-chaussée étincelaient de lumières et par la porte ouverte nous parvenait un air de violons. « Fichtre ! » dit Gérard en rajustant son nœud de cravate.

Ce préambule n'avait pas toutefois entamé notre superbe et nous gravîmes le perron avec l'aplomb de jeunes fats... Pour nous retrouver dans le hall d'entrée cloués de stupeur, devant trois filles ravissantes, parfaites. Quoi ? C'étaient là les laiderons étiques que le marquis vouait à nos quolibets, à nos rires ? Les pataudes, les sauvageonnes un peu demeurées sur lesquelles nous devrions dauber dès le lendemain au Château ? Et qui de surcroît avaient la gentillesse de ne pas s'amuser de nos airs stupides et de nos bredouillements, mais nous présentaient simplement aux autres invités et nous indiquaient d'un sourire le buffet ?

Nous nous jetâmes sur le champagne pour cacher notre trouble.

« Quelle leçon, Alphonse ! murmura Gérard en sifflant sa flûte. Nous ne l'avons pas volée. Nous sommes des goujats. Des impertinents. Des sots. Ces filles sont délicieuses. Je ne nous le pardonnerai jamais. »

J'étais hors d'état de répondre, Dubedout. Je n'entendais plus, je ne voyais plus. Rien. Sauf la nommée Vivi.

Ce que fut ce bal au Moulin, je crois qu'il m'est impossible de le décrire. Abasourdis par notre découverte, nous restâmes longtemps dans notre coin. Nous ne pensions qu'à danser avec les trois sœurs, mais il nous semblait que nos arrière-pensées initiales se lisaient sur nos visages et que nous essuierions le plus mérité des refus. Revigoré par le champagne, Gérard s'enhardit enfin et invita Néti à valser. Les voyant, je n'y tins plus, me précipitai vers Vivi qui, par miracle, était libre, me pris les pieds dans un tapis, murmurai une demande inaudible. Elle leva les yeux vers mes hauteurs — je la surplombais de quarante centimètres — et, pouffant de rire, m'entraîna elle-même dans la danse.

Le docteur s'arrêta un instant de parler. Je m'interrogeais sur les raisons de son silence lorsqu'il reprit :

— En fait, nous nous conduisîmes fort mal. Nous n'avions d'yeux que pour nos hôtesses. J'aurais du mal à vous les détailler, à vous décrire leurs toilettes, leurs coiffures : nous étions sous le charme, conquis, fascinés. Nous ne dansâmes qu'avec elles, négligeant nos amies présentes, ce qui nous valut ensuite propos perfides et solides inimitiés. Entre-temps, nous avions le loisir d'examiner ce qui nous entourait. C'était donc là le repaire de l'ogre... Du grand salon transformé en salle de bal, de la salle à manger où était dressé le buffet, du petit salon où nous pouvions nous délasser, se dégageait une féminité exquise. On la sentait à tout, à des riens, aux couleurs douces des rideaux, à la grâce des meubles, à l'abondance des fleurs. Certes, il y avait bien de-ci de-là, repoussées dans les coins, quelques armures du Moyen Âge dont les bosselures évoquaient les coups que s'étaient portés jadis Onard et Poyanne ; mais une main mutine avait fiché des brins de bruyère dans les trous de leur armet, les rendant du coup bonhommes et amicales. C'était moins grand, moins imposant que le Château, mais tellement plus intime, plus chaleureux — et c'était mieux ! Et l'on s'amusait ! Rien d'affecté dans cet air de gaieté naturelle dont on devinait qu'elle était l'ordinaire du Moulin. Quant au buffet, il proposait bien sûr les spécialités de notre Gascogne, mais le bortsch, les cornichons doux, les blinis à la crème, les pirojkis et, délice inconnu jusqu'alors, le caviar, révélaient l'influence de Mme Eudoxie. Elle parut d'ailleurs, Mme Eudoxie, imposante, couverte de bijoux, époustouflante dans sa robe rouge, personnage droit venu de la lointaine Russie... Elle ne fit que passer, s'enquérant si tout allait bien, en fait curieuse comme une chatte, impatiente de jeter un coup d'œil sur la fête, de humer l'odeur du champ de bataille. Nous l'ovationnâmes et elle s'éloigna, confuse mais rose de plaisir, avec la majesté d'un vaisseau de haut bord. Enfin il fallut partir. Gérard et moi, nous fûmes les derniers. Perdus dans notre ravissement, trop comblés pour arrêter notre pensée à la corvée qui nous attendait au Château, nous gardions le silence tandis que notre cheval à moitié endormi gravissait à l'aube la côte de Poyanne.

Nous devions faire rapport au marquis à dix heures, mais à dix heures nous étions encore au lit et les douze coups de midi sonnaient au clocher de Poyanne lorsque nous nous présentâmes chez lui. Une heure plus tôt, mal réveillé, j'étais allé quérir Gérard — il n'était pas plus dispos que moi — et nous nous étions interrogés. Qu'allions-nous faire ? Le marquis, c'était évident, nous attendait pour ouïr avec délectation le récit d'une soirée lamentable. Il s'en régalait d'avance. Le déjeuner prolongerait ce plaisir croustillant. Nous étions ses favoris, ses mignons, qui lui rapportaient de succulentes nouvelles, ce pour quoi il nous presserait sur son cœur en nous appelant ses enfants. Or tout ce que nous avions à lui dire ne pouvait que l'agacer prodigieusement. Nous nous torturions la cervelle, déjà malmenée par le champagne et la vodka, mais il n'y avait pas d'échappatoire. Travestir la vérité, c'eût été défigurer cette nuit merveilleuse qui resterait, nous le sentions, l'un de nos souvenirs les plus lumineux, trahir nos trois hôtesses.

Le marquis faisait le pied de grue dans sa bibliothèque. Il bouillait d'impatience et de jubilation anticipée. Gaston et François étaient avec lui. Son premier mouvement fut de nous tancer pour notre retard, mais il choisit d'arborer un radieux sourire et, frétillant déjà, nous demanda :

« Alors, ce bal ? »

Nous étions, comme on dit, au pied du mur.

Devant notre silence, il répéta :

« Eh bien, ce bal ? »

Et son regard pétillait de rire contenu.

« Eh bien, monsieur le marquis, dit Gérard d'une voix quelque peu traînante, eh bien, nous y sommes allés. »

« Bon. Oui. Je le sais. Alors ? »

« Eh bien — Gérard, manifestement, était au supplice — eh bien, ce bal, ce... Il n'était pas mal. »

Il y eut un silence. Je remarquai que les sourcils de François se levaient en accent circonflexe ; que le visage brutal de Gaston s'empourprait ; le marquis, lui, avait fait la grimace.

« Que voulez-vous dire ? »

« Il y avait beaucoup de monde », hasardai-je.

« Qui ? »

Nous récitâmes la longue liste des invités, heureux de n'avoir point à formuler de jugements personnels. Nous constations, c'était tout. Mais, au fur et à mesure de cette énumération, le marquis devenait rubicond.

« Comment était le Moulin ? » siffla-t-il.

Il n'y avait rien à faire, il fallait y passer.

« Bien, susurra Gérard. Propre... Coquet... Fleuri. »

« Et les trois filles ? »

Silence. Et puis foin de toute prudence ! D'un même souffle, d'un même élan, nous répondîmes avec un sourire émerveillé :

« Elles sont délicieuses. »

Un ange passa. Ses ailes devaient être très longues. Le silence nous parut interminable. Une furieuse envie de rire commençait à tordre la bouche de François. Les yeux de Gaston lançaient des éclairs.

« Avez-vous vu le baron ? »

« Non. »

Pouvoir enfin dire non !

« D'où venait l'orchestre ? »

« De Peyrehorade », répondit platement Gérard, signifiant ainsi que c'était le meilleur du pays.

Je crus que le marquis allait s'étouffer. Il parvint cependant à demander :

« Et le buffet ? »

Étourneau que je fus, je lançai :

« Il y avait du caviar ! Du noir et du rouge ! »

Ce fut le coup de grâce. Du coin de l'œil je voyais François se trémousser d'hilarité réprimée sur son siège. Mais devant moi il y avait deux visages dont les yeux étaient des pistolets.

Gérard s'éclaircit la voix, ouvrit la bouche, mais rien n'en sortit.

« C'est bien, messieurs, dit le marquis qui se contenait avec peine. A l'un de ces jours. »

Nous étions congédiés.

Nous repartîmes sur la pointe des pieds.

« Viens déjeuner chez moi », murmurai-je à Gérard.

Nous marchions en silence, partagés entre la peine et la fureur. Mais qu'avions-nous à faire de ce stupide antagonisme qui depuis des siècles empoisonnait les relations de Poyanne et d'Onard ? On nous avait élevés dans ces calembredaines, on nous les avait rabâchées et serinées. Les démêlés des deux lignées de marquis et de barons étaient devenus notre *Iliade*, la chanson de geste de notre enfance. Nous savions qu'en l'an 982 Tiburce d'Onard avait trucidé Aiglefin de Poyanne en se précipitant sur lui du haut d'un arbre alors qu'il se promenait pacifiquement (voire !) dans la forêt de l'Adour. Qu'en 1021 le loyal Dagobert de Poyanne avait défié Tiercelet d'Onard en combat singulier et l'avait noblement égorgé devant un parterre de dames. Qu'en 1074 Gontrand d'Onard, ayant convié Adémard de Poyanne à un assaut de lutte romaine, l'avait égratigné près du cœur, ce pour quoi le preux Adémard mourut illico, le félon Gontrand s'étant plongé la main dans un concentré de ciguë. Qu'en 1099, l'année où les Croisés prirent Jérusalem, si le bel Adonis de Poyanne ne revint pas de Terre Sainte, ce fut, rapportèrent des chevaliers dignes de foi, parce qu'il fut assassiné par les Hashâshîn, ou consommateurs de haschich, dont le métier, on le sait, était d'assassiner, soudoyés par le perfide Guillaume d'Onard qui, le lendemain de ce forfait, n'en avait pas moins dévotement communié. Si, sautant par-dessus les siècles et les outrages, nous en arrivions au règne de Louis XIII, nous devions savoir... Et zut ! A en croire la chronique locale la lutte cosmique du Bien et du Mal se résumait à l'affrontement d'Onard et de Poyanne, le Bien s'épanouissant au sommet de la colline et le Mal mûrissant ses noirs desseins dans les fonds ténébreux de l'Adour. C'était assez ! Nous en avions par-dessus la tête et ne voulions plus en entendre parler.

A table mes parents nous interrogèrent aussi. Nous leur répondîmes du bout des lèvres, car nous ne voulions pas contribuer à dramatiser une situation dont nous sentions qu'elle pouvait devenir explosive. Ils s'abstinrent de nous harceler, mais comprirent peu ou prou que le bal avait été un succès, ce qui ne laissa pas de les plonger dans des supputations infinies. Nous en étions au café lorsqu'un galop de cheval se fit entendre. C'était François. Nous sortîmes en hâte pour l'accueillir.

Il arborait cet air moqueur qui contribuait à son charme, mais nous le sentions nerveux et dévoré de curiosité. D'un même mouvement nous nous écartâmes sous ces ombrages qui nous dominent en ce moment, Dubedout — ils étaient un peu moins fournis à l'époque — et il nous dit aussitôt :

« Elles sont délicieuses, n'est-ce pas ? »

Nous le regardâmes sans répondre.

« Allons, parlez. Vous savez que je me moque de toutes ces balivernes. Je dois seulement ménager mon père et respecter certaines formes. Alors, comment sont-elles ? »

« Di-vi-nes », répondis-je en martelant le mot.

« Et le Moulin ? »

« Par-fait. »

« J'avais donc bien compris. Nom d'un petit bonhomme ! Nous sommes ici, sur cette colline, plusieurs jeunes gens remarquables à rêver à la lune, à soupirer après la femme idéale, à nous enthousiasmer pour une petite Agate, et à nos pieds vivent trois beautés dont nous nions l'existence ou que nous méprisons *a priori.* Le Prince Charmant refuse de voir le château de la Belle au Bois Dormant. C'est cela ? »

« C'est cela, dit Gérard. Et c'est à se gifler soi-même. Nous sommes des butors et des sots ! Ah, que n'étais-tu avec nous hier soir ! Je brûle de te les faire connaître. »

« Je parie, m'exclamai-je, qu'il y aura un autre bal au Moulin ! Il faudra que tu y viennes ! »

« Ne dis pas de bêtises ! rétorqua François irrité. Je suis ligoté par ces souvenirs, ces préjugés ridicules. Que mon père déraisonne, c'est évident. Cela ne m'autorise pas à le trahir. »

Nous hochâmes la tête.

« Nous provoquerons l'occasion », hasardai-je.

« Allons, dit Gérard, qui voyait la mine de François s'allonger,

Alphonse a raison, d'une façon ou de l'autre tu rencontreras nos belles. »

Et le baron dans tout cela, me direz-vous, vous n'en soufflez mot ? De sa réaction, mon cher Dubedout, nous ne sûmes rien sur-le-champ. Mais Vivi la blonde me fit plus tard ses confidences. Cette nuit-là il resta dans sa chambre, à l'affût de l'animation qui montait vers lui des profondeurs du Moulin, écoutant ces rumeurs, ces airs de violons, ces éclats de rire, ces chocs de verres qui lui rappelaient sa jeunesse. Il était là dans la nuit, seul à sa table de travail, avec la chatte Vénus sur ses genoux, éclairé par une chandelle. Il devait se souvenir de ces bals de Chalosse où il allait autrefois, d'Aliénor dansant, d'Aliénor épanouie et heureuse, Aliénor qui l'avait choisi. Il passa cette nuit en silence, peut-être sans faire un geste, sans pousser un soupir. Vint l'aube et le départ des derniers invités. En bas, ses filles lasses s'étaient déchaussées d'un coup de pied et jetées sur le sofa du petit salon. Et soudain, dans le silence retombé sur le Moulin, s'éleva un éclat de rire. Pour la première fois depuis bien longtemps le baron Gaspard riait. Il riait d'un rire qui reprenait, qui s'enflait, qui n'en finissait pas, car tout d'un coup il venait de penser que ce bal innocent était l'une de ses plus belles revanches sur le Château.

Au petit déjeuner il dit à ses filles :

« Il était bien, votre bal. Nous en aurons un autre en septembre. Ainsi mettrons-nous le point d'orgue à la saison. »

Gaspard ne se trompait pas. Le marquis ne pouvait voir dans le réveil d'Onard qu'un défi, une reprise des hostilités.

Après nous avoir entendus il avait poussé son enquête et ce que nous n'avions fait que suggérer s'était confirmé dans le détail. Le Moulin renaissait de ses cendres, le baron sortait du tombeau, ses filles allaient attirer tout ce que la région recelait de jeune et de brillant. La situation changeait du tout au tout ; il fallait relever le gant et écraser l'adversaire. Pour tuer dans l'œuf les ambitions nouvelles du baron, le marquis résolut de faire donner la grosse artillerie en séduisant définitivement, en éblouissant à vie par sa magnificence les invités aux fêtes de Poyanne de l'année 1910. Il s'y montra royal, superbe, plus louis-quatorzième que d'habitude. Il crut avoir gagné, mais, un mois plus tard, à la mi-septembre, il y eut à Onard un autre bal, plus charmant, plus réussi que le premier. Poyanne y était allé de l'éclat brutal des trompettes, du déferlement des grandes orgues. Onard répondait par la traversière moqueuse et le piano subtil. C'était Wagner contre Debussy. La colère du marquis fut à son comble. Il fulminait contre l'impertinent qui osait lui donner la réplique, s'acharnait à trouver le moyen de le réduire à quia, car il s'estimait en position de force. Un peu de sang-froid lui aurait montré que, s'il avait pour lui la masse du Château, ses troupes étaient faibles et dispersées, en réalité quasi nulles. Gilles fuyait le monde ; Gaston n'était qu'un trousseur de jupons ; quant à François, son meilleur atout, il ne paraissait plus à Poyanne que par intermittence. En face de ce trio désaccordé s'alignaient les filles du baron. Des filles, certes, et dont le marquis ne donnait pas lourd. Mais quels redoutables soldats ! Dans ce combat douteux de moins aveugles auraient parié sur nos trois innocentes qui, du seul fait qu'elles étaient belles et charmantes, et qu'elles aimaient la valse, pouvaient jouer les Horaces au détriment de nos Curiaces éparpillés.

Voilà l'état du champ de bataille, mon cher Dubedout, s'interrompit le docteur. Cela vous fait rire ? Attendez. Car on n'en resta pas à cette rivalité distante, à l'échange de feux d'artifice contre des airs de polka. Mais pour aujourd'hui je m'arrête. La narration des grands événements exige que l'on reprenne souffle et Homère lui-même devait faire la sieste. D'ailleurs je vous en ai tant dit que j'ai un chat angora dans la gorge.

Il tint bon en dépit de mes prières et je regagnai Tilsit, mécontent de ce nouveau suspense.

ROSTAND remuait la queue, mais le docteur n'était pas là.

— Où est-il ? demandai-je, agacé.

— Il a été appelé pour une urgence, me répondit Gaisha. Il ne saurait tarder. Je vous vois contrarié, Dubedout. J'espère que ma présence vous aidera à l'attendre.

Je lui jetai un coup d'œil inquiet, car le persiflage n'était pas dans sa nature. Mais non, j'avais dû me méprendre. Le visage levé, paisible, elle regardait un écureuil qui gambadait dans les branches au-dessus de nous.

Moi, je me disais : voilà deux jours que je me morfonds à attendre la suite de cette histoire, que je me creuse la cervelle à deviner l'événement qu'il m'a annoncé, il me donne rendez-vous et il n'est pas là. Il le fait exprès, ce n'est pas possible ! Et je sentais la moutarde me monter au nez.

— Cette histoire vous intéresse ? demanda Gaisha d'une voix neutre.

— Elle me passionne ! répondis-je avec flamme. Elle occupe toutes mes pensées. L'art de conteur de votre père y est d'ailleurs pour beaucoup. Et il excelle à me faire languir.

— Dans quel Poyanne vivez-vous ? interrogea-t-elle. Celui de 1910 ou celui d'aujourd'hui ?

Je me mis à rire :

— Je ne sais trop. Dans l'un et l'autre, je pense, selon les moments. Il est de fait que tous ces personnages me fascinent.

— Supposons que dans le Poyanne d'aujourd'hui vous rencontriez Néti, Vivi ou Gaby. Leur prêteriez-vous attention ? Ou bien les négligeriez-vous pour le souvenir de leurs aînées ?

Je la regardai avec surprise :

— Voilà une bonne question. Je n'y avais pas pensé. Eh bien, ma foi, pour être franc, je ne sais trop quoi répondre.

— Il faut vivre dans son temps, dit Gaisha. Le passé est le passé.

— Je me le dis souvent, approuvai-je d'un air songeur. Pourtant le passé est dans le présent comme celui-ci contient déjà l'avenir.

— C'est vrai, reconnut-elle. Encore faut-il garder l'équilibre entre les trois.

— L'équilibre ! m'écriai-je dans un accès de mauvaise humeur. L'équilibre de nos cellules, de nos humeurs, de nos vertèbres, bien empilées les unes sur les autres, ou sans quoi gare à la douleur ! Il faut dormir mais point trop, manger et boire avec modération, travailler et éviter le surmenage, aimer mais sans excès. Corrigez les foucades de l'imagination par un bon sens rassis, assaisonnez vos certitudes du piment du doute, soyez à la fois enthousiaste et pondéré. Mais c'est un leurre, l'équilibre ! C'est mouvant, l'équilibre, c'est instable, c'est précaire, c'est savonneux, c'est glissant, c'est transitoire, c'est casse-gueule, c'est un point par lequel on passe, d'où on dérape la seconde d'après et qu'il faut se dépêcher de retrouver, c'est ce qu'on demande, ce qu'on exige de nous, et si vous ne vous rattrapez pas sur les avant-bras, vite fait, bien fait, vous recevez une claque sur les oreilles ! Je ne suis ni trapéziste ni funambule...

— Loin de moi l'idée de vous conseiller de faire carrière dans le cirque, répondit Gaisha avec une sollicitude affectée.

Je me trouvai du coup très stupide. Heureusement le portail s'ouvrit avec fracas, le gravier de la cour crissa sous les pneus d'une voiture et le Dr Ducasse, furibond, en sortit.

— Ce sacré Lavigne le bien nommé ! vociférait-il. Sa chambre est contre le chai. Il a percé un trou dans le mur et y a passé un tuyau qui plonge dans une barrique. Il s'endort le soir en biberonnant son piquepoult. A l'aube il recommence à tirer sur son caoutchouc. Étonnez-vous après cela qu'il voie des langoustes et des rats sur son édredon ! Comment voulez-vous que je guérisse pareil soiffard ? Gaisha, ma chérie, j'ai le moral à zéro ! Donne-moi un remontant, je te prie. Tiens, une bonne fine comme les aime le commissaire Maigret...

Il s'assit. La fine, ou plutôt les fines arrivèrent, car il y en eut une pour moi. J'attendis que le docteur contemple la sienne, la chauffe entre ses mains, la hume, la goûte, fasse claquer sa langue, la sirote à petits coups. Ce rituel commençait à m'énerver. Il s'en rendit compte et me lorgna de biais.

— Ah oui, vous attendez la suite de notre histoire ?

— Plutôt, grognai-je comme un enfant boudeur, retenant un rire nerveux.

— J'y viens, j'y viens, mon cher Dubedout, laissez-moi oublier cet ivrogne de Lavigne et son funeste tuyau. Voilà, je suis prêt.

Je vous ai déjà parlé de Gaby enfant, de sa passion pour la nature et les bêtes. Lorsqu'elle revint pour de bon au Moulin après six années de couvent et de vie citadine, elle eut le sentiment de revivre, se replongea dans sa forêt comme on revient au sein maternel. Jamais lasse, elle se levait avant l'aube pour assister au réveil de ses amis, sortait le soir pour observer leurs activités nocturnes. Elle pouvait se diriger dans l'obscurité avec assurance et deviner les formes et les mouvements là où le commun des mortels n'aurait vu que de noires ténèbres. Mais à la différence de Diane, dont elle évoquait la souplesse et la beauté, Gaby haïssait les chasseurs. Un plat de gibier lui soulevait le cœur au point qu'il lui fallait quitter la table. On l'admettait. Le sujet n'était jamais discuté devant elle, car on savait à quelle profondeur il la meurtrissait. Or donc, lors de ses courses en forêt, Gaby n'avait pas manqué de relever les traces des activités de Lalanne pour lequel elle éprouvait une aversion désespérée. Pour défendre les siens elle détruisait ses lacets, retirait les cordeaux qu'il plaçait dans l'Adour. Elle se cachait la nuit dans un fourré, guettait son passage, repérait ses pièges dès qu'il avait le dos tourné. Lalanne n'avait jamais pu la surprendre. Une nuit que Gaby errait, furtive, le long de l'Adour, elle vit un homme qui, penché sur l'eau, manipulait un cordeau. Elle ne put y tenir, s'approcha à pas de loup et, d'une brusque poussée, projeta l'homme dans la rivière. Elle s'enfuit, comptant que Lalanne, alourdi par l'âge, ne pourrait la rattraper. Dans un réflexe de bête sauvage qui veut protéger son gîte, elle tourna toutefois le dos au Moulin et s'enfonça dans les taillis. Mais elle entendit bientôt un bruit de course qui se rapprochait, une respiration haletante. Elle força l'allure. En vain ; son poursuivant gagnait du terrain. Elle le sentit tout proche, à trois, deux pas derrière elle. Désespérée, elle se retourna, fit front. Une masse s'abattit sur elle. Elle tomba sur le sol et fut prise à la gorge. La lune éclairait vaguement son visage, mais elle ne pouvait voir celui de son agresseur. Soudain l'homme desserra les mains et une voix jeune, naïve, s'écria :

« Mais, par tous les diables, qui êtes-vous ? »

C'était Gilles. Couché sur elle, il scrutait son visage. Puis, brusquement gêné, il se releva d'un bond et lui donna la main. Elle se releva à son tour. Il ruisselait d'eau, les ronces avaient déchiré son front et ses joues, et il était furieux. Il la saisit aux épaules, la secoua rudement et répéta :

« Qui êtes-vous ! »

La peur de Gaby avait disparu, elle ne savait trop pourquoi. Elle riposta :

« Et vous ? »

Il fut interloqué et répondit tout à trac :

« Je m'appelle Gilles. Je suis de Poyanne. »

Elle resta silencieuse, puis elle dit :

« Vous êtes l'un des fils du marquis ? »

« Oui. Vous connaissez le marquis ? »

Elle ne répondit pas.

« Qui êtes-vous ? Si vous refusez de parler, je resterai avec vous jusqu'à demain. Il faudra bien que vous rentriez chez vous. Alors je saurai. »

Mais elle restait toujours muette et il demanda :

« Pourquoi m'avez-vous poussé dans la rivière ? »

Instinctivement elle lui dit la vérité :

« J'ai cru que vous étiez le braconnier. »

« Vous le connaissez ? Et vous connaissez mon père ? Alors vous êtes du pays. Et pourquoi le poussiez-vous dans l'Adour, le braconnier ? »

« Parce qu'il pose des cordeaux. »

« Moi aussi, dit-il d'une voix étonnée, moi aussi j'enlève ses cordeaux. Eh bien, puisque vous ne voulez pas me dire qui vous êtes et que je veux le savoir, asseyons-nous et bavardons. »

Elle frissonna. Un des fils du marquis la raccompagnant au Moulin après une nuit passée avec lui dans les bois... Quelle abomination, quel scandale ! Mais elle baissa la tête comme une mule obstinée et ne dit mot. Ils s'assirent.

« Vous aimez tellement les animaux ? » demanda-t-il.

« Oui. Je ne veux pas qu'on les tue. »

« Moi non plus. »

Elle se disait qu'il eût été beaucoup plus sage de ne pas répondre, mais comment refuser de parler à quelqu'un qui aimait les animaux ? A aucun moment elle ne pensa à un piège et petit à petit s'apprivoisa. Ils parlèrent jusqu'à l'aube, inlassablement. La lumière du soleil pénétra dans la forêt et ils se virent mieux.

« Quel est votre nom ? » demanda-t-il doucement.

« Je m'appelle Gaby. Je suis une des filles du baron. »

Il eut un haut-le-corps de surprise... Il avait pâli et bredouillait :

« Je suis désolé... Pardonnez-moi... Comment pouvais-je savoir ? Puis-je vous raccompagner au Moulin ? »

« Non ! dit-elle vivement. Surtout pas ! Je dois rentrer seule ! »

Ils s'étaient relevés. Il faisait jour maintenant. Elle voyait un grand garçon d'une vingtaine d'années, solide, au visage tanné, au sourire timide. Elle ne comprenait pas : il paraissait franc, son regard était direct et limpide. Elle s'étonna de le voir vêtu pauvrement et plus encore de ce qu'il eût les mains calleuses d'un paysan.

Il la regardait, lui aussi, détaillait ces pommettes un peu hautes qui bridaient légèrement les paupières, cet air hardi, ce teint pâle, ces yeux gris où il voyait se refléter la beauté de la forêt.

« Je voudrais vous revoir, s'entendit-il dire. Dites-moi quand nous nous reverrons ! Quand ? Demain ? Où ? »

« Je ne sais pas. »

« Je veux vous revoir ! »

Il lui saisit la main. Elle la retira brusquement.

« Je ne sais pas... Je ne sais pas », murmura-t-elle.

Et elle s'enfuit vers le Moulin. Sa course était si légère qu'on ne l'entendait pas. Sur elle se refermèrent les fougères.

Gilles regarda la forêt. Le soleil d'octobre perçait la voûte des arbres, allumant dans leurs feuillages rouges un début d'incendie. Des taches de lumière dansaient sur les troncs et le vert profond des mousses. La rivière jasait non loin. Un écureuil passa, queue en panache. Il entendit le rire saccadé d'un pivert. Il leva les yeux vers le ciel. La forêt ne lui avait jamais paru aussi belle. Il n'avait jamais pensé que la vie pût être aussi pleine, aussi riche. Il respira l'air du matin et eut la sensation que quelque chose éclatait entre ses côtes, lui donnant envie de crier de joie. Il regardait les fougères oscillant encore sur son passage. Je veux la revoir, je veux la revoir, se disait-il. Je veux la revoir vite. Très vite ! Je la reverrai ! Il se détourna brusquement et prit sa course vers Barrès.

Le lendemain il la guettait, tapi près du Moulin. Elle sortit dans l'après-midi. Il la laissa s'éloigner, la rejoignit.

Elle se retourna, lui sourit :

« Je savais que vous seriez là. »

Il lui prit la main. Cette fois elle la lui laissa et ils s'enfoncèrent dans la forêt.

Le docteur marqua une pause, puis reprit d'une voix de burgrave :

— C'est tout, Dubedout. Imaginez : en cet automne de l'année 1911, pour la première fois depuis des siècles et des siècles, les deux lignées hostiles d'Onard et de Poyanne couraient les bois, émerveillées, et la main dans la main !

Ils se revirent tous les jours, brouillant leurs traces, se gardant avec une prudence extrême d'être aperçus. Gilles emmena Gaby dans les bois de Laurède, qu'elle connaissait mal ; elle lui fit découvrir l'aval de la rivière, au-delà d'Onard. Elle lui montra le confluent de l'Adour et de la Midouze ; étendus à plat ventre dans l'herbe, le menton dans les mains, ils passèrent des heures à observer les poissons qui peuplaient ces eaux alors pures et limpides. Chacun disait à l'autre les sentiers, le terrier du renard, le coin favori de la loutre, les nids des martins-pêcheurs et des geais, les familles de champignons cachées dans les halliers, qu'ils admiraient sans les cueillir. Les grues et les oies sauvages traversèrent le ciel d'octobre et de novembre. Malgré le froid ils poursuivirent leurs découvertes. Gilles réchauffait les mains menues de son amie dans ses grosses pattes, l'emmitouflait d'autorité dans sa veste. Ils se racontaient leurs bonheurs, leurs chagrins, leurs espérances. Sans les avoir jamais vus, Gilles apprit à connaître le baron, Néti, Vivi et Eudoxie. Il conta sa brouille avec son père et son travail à Barrès. Elle ouvrit de grands yeux :

« Vous avez une maison ? Pour vous tout seul ? Je veux la voir ! »

Il la dévisagea, hésitant :

« Mais c'est misérable, Gaby. »

Elle haussa les épaules :

« Cela m'est égal. Vous avez un chien ? »

« Oui. Un bâtard. Je l'ai appelé Moïse car on allait le noyer. Il était déjà dans un sac. Et un chat. Il est tigré, d'où son nom de Titigre. J'ai aussi mes bœufs, Joan et Martin, une vache, dite Henriette, parce que je l'ai achetée le jour de la Saint-Henri, une chèvre, Biquette, je sais, ce n'est pas original, et un âne gris, Hector. »

« Hector ? Pourquoi Hector ? »

« Je ne sais pas. Il a l'air très digne. J'ai pensé que ça lui allait bien. »

Elle éclata de rire.

« Ah, et puis j'ai apprivoisé un hérisson auquel je donne du lait. Il entre dans la maison, joue avec Titigre et Moïse, mais se met en boule quand ils deviennent trop familiers. L'autre jour Titigre s'est piqué le nez ; vous auriez dû entendre ses miaulements épouvantables. »

« Je veux aller chez vous ! »

« Eh bien, demain ? »

Elle réfléchit :

« Non. Ce doit être une grande fête. Pour moi Noël est le plus beau jour de l'année. J'irai vous voir le lendemain de Noël. A la nuit tombée. C'est bête de devoir se cacher... »

Ils se promenaient un soir près de la Counquie lorsque Gaby souffla : « Attention ! » Blottis dans un fourré, ils virent passer Lalanne portant deux lièvres sur l'épaule. Le braconnier avait un sixième sens et il s'arrêta, aux aguets. Il inspectait la forêt autour de lui, tendant l'oreille. Il repartit, soucieux, en se retournant plusieurs fois. Depuis qu'ils se connaissaient, Gilles et Gaby enlevaient ensemble ses collets. Quelle joie de délivrer un lièvre avant qu'il ne se fût étranglé dans son mortel effort de délivrance ; quelle peine d'arriver trop tard et d'en contempler le corps raidi ! Pour les cordeaux, si l'anguille était déjà prise, ils les coupaient, espérant que l'animal pourrait survivre malgré l'hameçon absorbé. Ils redoublaient de prudence car ils savaient que Lalanne multipliait les stratagèmes pour surprendre ceux qui lui nuisaient. Mais ils étaient deux à monter la garde, à se méfier. Ils déjouèrent ses ruses. Noël vint et Gaby se rendit à Barrès. Quelques jours plus tôt, Gilles l'avait conduite à la lisière de la forêt et lui avait montré la maison à flanc de colline : c'est là. « C'est donc vrai, avait-il ajouté, que vous n'êtes jamais allée à Poyanne ? » Elle avait secoué négativement la tête. Sans mot dire ils s'étaient regardés.

Vers les neuf heures du soir Gaby gravissait donc la colline. Son cœur battait. Elle savait qu'en pénétrant sur le territoire de Poyanne elle commettait une faute grave que, s'il venait à l'apprendre, son père ne lui pardonnerait jamais. Elle était la première femme de sa race à enfreindre cet interdit séculaire, ce tabou que tous ses ancêtres avaient respecté. C'était une trahison, un sacrilège. Une voix lui disait : tu ne dois pas... Tu ne dois pas. Mais le mal n'était-il pas déjà fait puisque depuis trois mois elle voyait Gilles en secret ? Et puis, rien n'y faisait. Il fallait qu'elle connût la maison de Gilles. Cela seul importait. Une force irrésistible la poussait. Et elle se glissait, tremblante, dans les champs, car ils avaient décidé par prudence qu'elle ne suivrait pas la route et aborderait la maison par le bas.

A Barrès, fébrile et quelque peu inquiet, Gilles mettait la dernière main à ses apprêts. Il avait balayé le sol au point d'en écraser son balai, pendu un bouquet de gui à la poutre maîtresse, peigné le chien et le chat, allumé un grand feu. Sur la table poussée devant la cheminée et recouverte d'un drap une dînette était servie. Ayant une dernière fois tout inspecté du regard, rechargé le feu et rectifié à trois reprises la position d'une fourchette, il se coula lui aussi dans la nuit, fit le tour de la maison et commença son guet. Il perçut bientôt le pas léger de Gaby et siffla doucement. Elle fut là, dans l'obscurité, près de lui. Il la prit par la main et la guida vers la maison.

Il s'effaça pour la laisser entrer. Gémissante d'affection, une boule de poils se jeta sur elle. Tout en caressant Moïse, elle regardait la pauvre pièce où son ami vivait : une table, deux chaises, un lit, une vieille armoire, des poêles et casseroles au-dessus de l'évier, des sabots dans un coin. La seule chose belle et colorée dans cette misère était le grand feu dont les flammes léchaient la marmite pendue à la crémaillère. Il l'aida à enlever sa cape, l'installa près de la cheminée, lui servit une assiette de soupe brûlante, car il gelait dehors et elle était transie de froid. Il la contemplait avec des yeux éperdus, comme s'il eût douté de ses sens, comme s'il se demandait s'il rêvait, si c'était bien elle qui était là, ce soir, partageant sa pauvreté et sa solitude.

« Gaby... »

« Oui ? »

« Je dis votre nom pour me convaincre que vous êtes bien là... »

« Je suis là, dit-elle. Avec vous. »

« Vous devez vous dire : quel drôle de garçon... Préférer cette masure à un château... »

« Non ! protesta-t-elle en secouant la tête. Je ne me dis pas cela. Je vous comprends. Il faut choisir ce que l'on aime. Mener la vie que l'on veut. Vous avez eu raison. Êtes-vous heureux ? »

« J'aime cultiver la terre, faire pousser des récoltes, soigner les animaux. Ce soir je suis le plus heureux des hommes » — il n'osa pas ajouter : « Puisque vous êtes avec moi. »

Ils se regardèrent. Titigre sauta sur les genoux de Gaby et se mit à ronronner.

« Qui voyez-vous ? »

« Mes voisins. Parfois des amis me rendent visite, par exemple Alphonse et Gérard, que vous connaissez. Mais l'un étudie à Bordeaux et l'autre travaille à Paris. Mon frère François vient aussi, quand il est à Poyanne. »

« Et votre père ? »

« Il m'invite au Château une fois par an, pour la Saint-Barthélemy. Ne parlons pas de lui, voulez-vous ? »

« Montrez-moi vos animaux ! »

« Venez ! Ils vous attendent ! »

Il prit une chandelle, poussa une porte au fond de la pièce et ils passèrent dans l'étable. Joan, Martin et Henriette ruminaient dans l'ombre.

« Pour vous honorer ils ont fait toilette. Voyez comme ils sont propres ! »

Il flatta Joan de la main et le bœuf mugit en se tournant vers lui.

« On dirait qu'il vous parle. »

« Il est heureux. Ce soir, vous l'avez voulu, c'est la fête. Ils ont eu double ration. »

« Oh, voici la chèvre ! »

« Oui, et Hector derrière la claire-voie. »

Gilles lui avait accroché une cocarde rouge sur le front.

« Il est adorable ! » s'écria Gaby.

Le petit âne gris frotta sa tête contre son épaule.

« Un jour, j'aurai un cheval, dit Gilles gravement. Laissons-les dormir et allons dîner ! »

A minuit Gilles raccompagna Gaby au Moulin. Au moment de la quitter il l'attira contre lui et referma ses bras sur elle. Elle noua les mains derrière sa nuque.

Elle revint plusieurs fois à Barrès. Personne ne les avait encore surpris ; ils étaient protégés par l'obscurité de la saison, la pluie et la froidure. Au Moulin on s'inquiétait des absences de Gaby, mais elle avait tellement habitué les siens à ses escapades qu'on lui posait peu de questions. « Tu es une sauvageonne, lui disait tendrement Eudoxie, quel besoin as-tu d'aller courir la forêt alors qu'il fait nuit noire, presque aussi froid qu'à Moscou, et qu'ici tu serais avec nous à te réjouir près d'un bon feu en buvant ma liqueur de cassis ! Au moins, couvre-toi bien, fille des bois, ne prends pas froid. Sinon je te forcerai à garder la chambre, et en pantoufles ! » Les journées s'allongèrent et le printemps vint. Ils redoublèrent de prudence et se rencontrèrent dans l' « île de la digue ».

C'est l'endroit le plus secret de l'Adour, Dubedout. Juste après la digue celle-ci se divise en deux bras, l'un torrentueux où la lamproie abonde, l'autre, du côté de la rive concave, profond, ombragé, repaire favori des loutres et des anguilles. Pour atteindre l'île, à moins de nager, il faut traverser le bras profond en barque, ou bien passer par la digue dans les champs de la rive nord et, de là, franchir le torrent avec l'eau à mi-ventre ; entreprise parfois difficile, car au printemps et en automne le courant est d'une telle force qu'il vous emporte aisément. L'île est sauvage, d'abords escarpés ; elle est couverte d'épineux très denses. Mais Gaby s'y était frayé un chemin et avait découvert, juste en son centre, cernée par les ronces et visible du ciel seulement, une adorable clairière, une arène de sable blanc où, l'absence de toute trace l'attestait, personne, même Lalanne, ne venait jamais. Pour passer le bras profond, elle prenait une barque qu'elle cachait sous les arbres de l'île. Gilles traversait le torrent et abordait du côté opposé. Ils se retrouvaient dans l'arène de sable et s'allongeaient côte à côte, éloignés, isolés de tout, les yeux perdus dans le ciel. C'est là qu'ils devinrent homme et femme, là qu'ils cachèrent leur amour.

Vingt ans, dix-huit ans... Ils savaient, car ils étaient tous deux de la campagne, que fatalement ils seraient découverts. Nul dans un village ne peut se soustraire indéfiniment aux yeux des autres. Un jour le hasard ferait qu'un chasseur, un pêcheur de lamproies ou d'aloses, un cueilleur de champignons ou de mûres, un fermier qui irait chercher du sable ou du gravier à la rivière les verrait. Et le bruit étonnant, surprenant, courrait tout le pays : Mlle Gaby, vous savez, la petite dernière de M. le baron, eh bien, elle fréquente M. Gilles ! Je les ai vus dans les bois de l'Adour. Et ils n'avaient pas l'air de s'ennuyer !

Ce serait le scandale des scandales. Et au-delà que leur réservait l'avenir ? Gilles et Gaby ne se berçaient pas d'illusions ; ils couraient droit à l'abîme. Gilles se disait qu'un jour Gaby serait compromise et qu'il ne se le pardonnerait jamais. Il se disait aussi qu'il ne saurait vivre sans elle, qu'elle était la seule femme au monde qui pût compter pour lui, qu'il devait l'épouser au plus tôt. Mais il pouvait imaginer le refus brutal de son père. Au besoin le marquis le chasserait de Barrès, ferait de lui un vagabond réduit à offrir de-ci de-là ses services et incapable de construire un foyer. Le désespoir le gagnait. Il se cognait à ces difficultés comme le frelon à la vitre.

Gaby voyait aussi l'obstacle, mais, plus audacieuse et sans doute plus réfléchie, au lieu de s'épouvanter, s'acharnait à le contourner. Elle comptait ses partisans possibles et ses adversaires certains. Son père serait de ces derniers, et sans doute Néti dont l'orgueil refuserait toute réconciliation avec Poyanne. Eudoxie et Vivi, en revanche, la comprendraient peut-être, l'une par bonté, l'autre parce qu'elle abhorrait tout ce qui était triste et figé, et qu'entre un amour et une tradition poussiéreuse son choix serait vite fait. Mais quel serait leur poids en face d'un baron implacable ? A force de réfléchir deux idées s'ordonnèrent dans son esprit : pour imposer Gilles il fallait créer le fait accompli ; pour éviter le grand scandale il fallait en provoquer un petit. Comment atteindre ces deux buts ? Elle crut avoir trouvé.

Au centre de l'île, dans leur refuge, elle attendait Gilles et d'impatience marchait de long en large.

Il arriva, ruisselant d'eau, car l'Adour était en crue et il avait dû traverser le torrent à la nage. Hors d'haleine, il se laissa tomber sur le sable.

« J'ai trouvé ! dit-elle en se blottissant contre lui. J'ai trouvé le moyen de forcer mon père à t'accepter et nos deux pères à consentir à notre mariage. »

Il la regarda, stupéfait. Il était pendu à ses lèvres.

« Dans dix jours, juste après Pâques, nous allons, comme l'an dernier, donner un bal au Moulin... Je t'invite et tu viens. »

« Moi ?... Mais je ne sais pas danser », balbutia-t-il.

Elle éclata de rire :

« Il ne s'agit pas de cela, mon grand idiot ! Et je peux t'apprendre à danser. Non ! Tu viens au bal. Tout le monde t'y voit. C'est un petit scandale. Et je te présente à Eudoxie. »

« Et elle me met à la porte. »

« Eudoxie ? Jamais de la vie ! Je déclare que je te connais, que nous nous voyons souvent et que tu es mon ami. Lorsque tous les invités, toi y compris, seront partis, au moment même où elle montera sur ses grands chevaux, je dis à Eudoxie que nous sommes fiancés et que nous voulons nous marier. »

« Et mon père ? »

« Le lendemain matin, dès huit heures, tu devances tous les racontars et tu vas le voir au Château. Tu lui dis que tu viens de passer la nuit au Moulin et que tu veux m'épouser. Es-tu prêt à le faire ? »

« Oui ! dit-il avec violence. Que ne ferais-je... ! Mais ton père dira non, mon père dira non, et tout sera terminé. »

« Ils diront non, bien sûr ! Ils seront furieux, ils casseront quelques vitres, mais rien ne sera terminé. Car le scandale existera et il sera public. Il n'est plus question de l'éviter, il existe, et il faut en prendre son parti. Seulement, ce sera un petit scandale, car il aura été révélé par nous-mêmes. On ne nous a pas surpris et dénoncés. C'est nous qui l'exposons au grand jour. Qui réclamons. Qui exigeons ! Et il leur faut discuter. »

Il hésitait :

« Tu crois ? »

« Oui ! Je suis sûre ! »

Et ainsi fut fait.

J'étais présent à ce troisième bal du Moulin lorsque Gilles se présenta à l'heure dite. Il parut. En deux secondes ce fut le silence, tous les visages se tournèrent vers lui. Néti et Vivi s'interrogeaient du regard, se demandant qui était cet inconnu. Il était là, livide, brossé et rebrossé, une maigre cravate noire barrant son col trop large. Je n'oublierai jamais l'expression de ses yeux, agrandis par la peur et le courage, et qui cherchaient Gaby. La voix de celle-ci s'éleva, un peu tremblante :

« Je vous présente mon ami, Gilles de Poyanne ! »

Elle alla vers lui, l'embrassa. La musique reprit, un peu hâtivement me sembla-t-il ; trois secondes plus tard Gaby initiait Gilles à la mazurka et, les yeux dans les yeux, ces deux enfants n'existaient plus que pour eux-mêmes. Cela valait mieux, l'assistance restait pétrifiée. Néti regardait Gaby d'un air incrédule et dur, elle avait oublié ce qui se passait autour d'elle, n'entendait pas le cavalier qui l'invitait à danser. Vivi semblait plongée dans un étonnement indicible. Gérard me murmurait à l'oreille : « Gilles au Moulin ! Le malheureux ! » Quant à moi, je ne pouvais même pas répondre ; la stupéfaction des habitants de Jéricho lorsque leurs murailles tombèrent n'était rien auprès de la stupeur qui m'étreignait. Mais voici que Gaby se rapprochait de Vivi et lui glissait quelques mots. Vivi la regardait, hochait la tête, disparaissait pour revenir avec Mme Eudoxie. Tout cela se passait devant nous comme un film muet. Gaby présentait Gilles à Eudoxie comme si cela eût été la chose la plus naturelle — voyez-vous ça, à dix-huit ans ! — et l'entraînait pour une autre danse. Eudoxie en restait bouche bée, regardait autour d'elle d'un air égaré et s'effondrait sur la première chaise. Vivi se hâtait de lui donner à boire. Eudoxie retrouvait ses sens et quittait le salon. Néti n'avait pas bougé.

J'avoue, mon cher Dubedout, qu'après ce coup de théâtre je ne me rappelle plus très bien comment se passa la suite de la soirée.

Sitôt le bal fini, Eudoxie quitta sa chambre, descendit l'escalier avec un port de princesse outragée et demanda à Gaby :

« Pourrais-tu, mon enfant, m'expliquer cette extraordinaire conduite ? Est-ce bien l'un des fils du marquis de Poyanne que tu as invité chez nous ? »

« Oui, tante Eudoxie, c'est Gilles. »

« Et tu connais ce Gilles ? »

« Oui, tante Eudoxie, nous sommes fiancés. »

« Fi... »

La vieille dame ouvrit des yeux immenses, agita l'air de ses mains, sentit le sol lui manquer sous les pieds.

« Nous voulons nous marier », ajouta calmement Gaby.
« Au secours ! » cria Eudoxie en perdant l'équilibre.
Les filles se précipitèrent et l'assirent dans un fauteuil. Vivi saisit une serviette et s'employa à l'éventer.
Trois visages hagards étaient tournés vers Gaby.
« Sais-tu ce que tu dis ? » demanda Néti d'une voix glaciale.
« Gilles est mon amant et nous voulons nous marier. »
Eudoxie se mit à pleurer.
On n'entendait que ses sanglots dans le silence.
« Monte dans ta chambre, dit-elle entre deux hoquets. Je dois réfléchir avant de parler à ton père. »
Gaby s'éloigna. Les trois femmes se regardaient, consternées.
A huit heures du matin, Gilles, qui n'avait pas dormi, se présenta au Château. Il était aussi pâle que lorsqu'il était arrivé dix heures plus tôt au Moulin et aussi raide que s'il avait avalé le manche de sa faux. Le marquis faisait seller son cheval.
« Je voudrais vous parler, père. »
« Parle », dit le marquis surpris de le voir.
« Seul à seul, père », dit Gilles en regardant le jeune palefrenier qui tendait les rênes au marquis.
« Tu peux parler devant Simon, coupa le marquis. Je n'ai de secret pour personne. » Et il leva le pied vers l'étrier.
« J'étais au bal du Moulin, cette nuit. »
« Quel moulin ? » demanda le marquis, distrait.
« Le Moulin d'Onard, père. »
Le marquis reposa le pied par terre :
« Que fais-tu là ? cria-t-il à Simon. Veux-tu déguerpir, sacripant ! »
Et à son fils :
« Tu veux dire que... »
« Que j'ai été invité par Mlle Gabrielle, l'une des trois filles du baron, que je la connais depuis six mois, et que je veux l'épouser. »
Le marquis rejeta les rênes et regarda son fils comme si celui-ci eût été dément :
« Viens avec moi », dit-il doucement.
Il l'emmena à la bibliothèque dont il ferma les doubles portes et là, me dit Gilles plus tard, eut lieu la pire scène qu'il ait jamais vécue de sa vie. Le marquis lui demanda s'il pensait ce qu'il disait,

s'il était sain d'esprit. Gilles réitéra scrupuleusement sa triple formule. Son père fut pris d'une rage folle. Il le menaça de lui enlever Barrès, de le réduire à la mendicité, pis encore de le faire enfermer à l'asile de Mont-de-Marsan — il se faisait fort de convaincre les juges. Il jura, tempêta, invoqua les mânes des ancêtres, leva plusieurs fois la main, mais sans se résoudre à frapper. Gilles fut stoïque sous l'orage. Adoptant une autre tactique, le marquis le cajola, le caressa, en appela à son amour filial pour repiquer aussitôt une colère terrible qui, un moment, le laissa sans souffle ni voix. Gilles quitta son père accablé, la tête enfouie dans les mains et gémissant comme un enfant. Au moment où il allait passer la porte, le marquis se dressa comme un diable à ressort et, les yeux injectés de sang, lui jeta :

« Je te maudis ! »

Effrayés par les cris, les domestiques s'étaient rassemblés dans l'antichambre. Ils craignaient quelque excès. En silence ils regardèrent Gilles partir. Il s'éloigna sans savoir où il allait.

Au Moulin cependant le baron venait de recevoir le ciel sur la tête. Il restait devant sa table, hébété, pétrifié de désarroi et de stupeur. Obéissant à son devoir, mais avec répugnance, j'en suis certain, Eudoxie avait parlé. Elle avait tout dit, sauf les quatre mots terribles : il est mon amant. Et le baron regardait dans le vide, assommé comme un boxeur qui va s'écrouler.

Il se leva, sortit de sa chambre, et du palier cria :

« Gaby ! »

« Oui, père. »

« Monte. »

Il se rassit à sa place et Gaby entra. Elle se tenait debout devant lui de l'autre côté de la table et il la regarda longtemps. Il observait ces yeux brillants qui plongeaient dans les siens et le défiaient, ce corps tendu comme un arc. L'idée lui traversa l'esprit qu'Aliénor eût été fière de sa fille et son cœur se serra. Mais Aliénor tenait à l'honneur plus qu'à tout. Il pensa aussi qu'il s'agissait d'une aberration, d'une bêtise de jeunesse et que tout pouvait rentrer dans l'ordre, encore que le dommage — l'invitation d'un fils du marquis au Moulin — fût déjà considérable.

« Eudoxie m'a raconté, dit-il d'une voix morne. Te rends-tu compte de ce que tu as fait ? Tu m'as déshonoré. »

« Non ! »

C'était dit nettement, avec une pointe d'agressivité qu'il n'avait jamais perçue chez ses filles et qui le blessa.

« Tu introduis ici le fils de mon ennemi mortel, ancestral, et... »

« Gilles et moi n'avons rien à voir avec ces affaires. C'est le passé, père. »

La moustache du baron se hérissa :

« Pour de tels mots on t'eût fouettée autrefois. Nous n'en sommes pas là. Mais j'exige des excuses et que tu ne voies plus ce garçon. »

« Nous voulons nous marier, père, dit Gaby d'une voix calme. Il n'est pas possible que nous ne nous voyions plus. »

Une colère sourde gagnait Gaspard. Il s'efforça de la contenir :

« Je n'accepterai jamais ce mariage. »

« J'attendrai d'être majeure. »

La colère explosa :

« Et à vingt et un ans tu te passerais de l'autorisation paternelle ? Dis ! Dis-le ! »

« Oui. »

« Tu attendras donc trois ans dans ta chambre ! Finies les courses, les promenades dans les bois ! Quel aveuglement, quelle complaisance, quelle imprudence furent les miens ! Ta chambre, ma fille ! Ta chambre ! Immédiatement et pour trois ans ! »

Elle le regarda bien en face, salua de la tête et se retira.

Il l'observa pendant qu'elle quittait la pièce, se passa la main sur le front.

Les dés jetés par la petite main de Gaby roulaient, roulaient sur le tapis vert de la vie.

— LE SOIR de ce même jour, poursuivit le docteur, je me rendis à Barrès. Pendant tout le bal ni Gérard ni moi n'avions pu avoir un aparté avec Gilles, car Gaby et lui ne s'étaient pas quittés un instant. Je ne l'avais pas revu de la journée et j'étais terriblement inquiet. La maison était fermée. Je cognai quand même à la porte et, au-dedans, Moïse hurla à la mort.

« Gilles, es-tu là ? m'écriai-je, alarmé. C'est moi, Alphonse ! »

« Entre », répondit une voix que j'eus de la peine à reconnaître.

Il était couché sur son lit, le visage enfoui dans l'oreiller. J'ouvris la fenêtre et vis qu'il avait pleuré. Je lui mis la main sur l'épaule :

« Raconte. »

Il me conta son histoire et s'écria, en proie à une agitation extrême :

« Tout est contre nous, Alphonse ! Mon père, le sien, moi-même, puisque, tu le sais, à part mes deux bras je n'ai rien. Mais tout cela importe peu ! C'est elle. C'est elle, elle seule qui compte ! Où est-elle ? Que lui ont-ils fait ? Elle est prisonnière, j'en suis sûr ! »

Il se remit à pleurer et j'étais navré de voir mon Gilles, d'ordinaire si brave, si dur avec lui-même, sombrer ainsi dans le désespoir.

« Cela s'arrangera, murmurai-je. Tu verras... »

« Oh, Alphonse, supplia-t-il, tu es si bon... Va au Moulin, je t'en prie. Renseigne-toi. Dis-moi où elle est, ce qu'elle fait... Je t'en supplie, je t'en supplie... »

« Moi, me défendis-je, mais... »

« Vas-y ! Va ! Va ! Je t'en prie ! »

« Bon, dis-je en maugréant. J'y vais. Mais je ne vois pas... »

Il se levait d'un bond, me poussait aux épaules :

« Va ! Va ! Reviens vite ! Je t'attends ! »

Je sortis et remontai sur mon cheval. Je pestais contre moi-même. Quel prétexte trouver ? Comment me renseigner ? Et Gilles allait m'attendre, torturé, en comptant les minutes !

Le soir tombait lorsque j'arrivai à Onard. Dès l'abord je fus saisi par une atmosphère pesante, comme si une mort soudaine avait endeuillé la maison. Je sonnai la cloche. Néti m'ouvrit, une Néti raide, sèche, aux traits tirés, qui me demanda sans aménité ce que je voulais. J'inventai une histoire de portefeuille perdu qui avait pu glisser de ma poche. J'avais le sentiment de tomber au plus mal, d'être l'importun par excellence. De fait, après m'avoir assuré qu'il n'y avait pas plus de portefeuille au Moulin que de nid de cigogne sur le clocher de l'église, Néti, loin de me retenir, me ferma la porte au nez.

Je partis tout penaud, furieux de m'être risqué dans une situation aussi difficile, mais la pensée de Gilles me rappela à mon devoir. Je m'éloignai de façon ostensible, parcourus quelque distance, dissimulai mon cheval et revins à pas de loup. Des lumières brillaient au second étage du Moulin. J'attendis et la chance me sourit : j'aperçus Vivi qui allait et venait derrière une fenêtre. Je lui fis des signes, de grands gestes, lançai des graviers, mais en vain. J'avisai un arbre et décidai d'y grimper pour me trouver à sa hauteur. Je m'élevai donc dans les branches et, parvenu au faîte, voyant Vivi à mon niveau mais à quelque vingt mètres, multipliai les appels, sifflements, roucoulements et cocoricos. J'en étais là de mon concert lorsqu'une fenêtre s'ouvrit avec fracas ; le baron furieux parut avec une carabine et s'écria : « On ne peut donc pas être tranquille, aujourd'hui ! Les oiseaux eux-mêmes s'en mêlent ! » Il tira dans l'arbre où j'étais. Une grêle de plombs m'encadra dans le feuillage.

Je me tins coi, fort alarmé. J'allais descendre de mon perchoir lorsqu'une voix s'éleva au pied de l'arbre :

« Qui est là-haut ? »

Des gouttes de sueur me perlèrent au front. J'aurais tout donné pour avoir des ailes et m'envoler.

« Qui est là-haut ? répéta la voix. Ici, en bas, c'est Vivi. »

Je respirai, un peu rassuré.

« C'est Alphonse », dis-je d'une voix lamentable.

« Descendez donc, Alphonse, dit Vivi. Et cessez de faire un tel vacarme sinon mon père va sortir avec son fusil. »

Je descendis. Elle me regardait avec un curieux sourire où je crus voir de l'attendrissement mêlé de moquerie.

« Gilles est votre ami, n'est-ce pas ? »

« Euh... Oui... », bredouillai-je.

« Eh bien, dites-lui que Gaby va bien et que je veille sur elle. »

Elle me tourna le dos, fit quelques pas, revint vers moi :

« A l'avenir, si vous voulez avoir de ses nouvelles, venez me voir. Ne montez plus sur cet arbre. Vous êtes trop lourd et vous casseriez le cou. »

Tel fut, Dubedout, le début de ma connivence avec Vivi.

Je repartis telle la flèche pour Barrès et transmis le message à Gilles. Bien que laconique, il était plutôt rassurant. Pour mon ami ce fut une lumière dans les ténèbres. Il me sauta au cou, m'appela son sauveur et décida que désormais je serais son messager. Je lui fis remarquer que je devais repartir pour Bordeaux, il en fut atterré, mais je lui promis de revenir sitôt mes examens passés. C'est ainsi que le 20 juin, de retour à Poyanne, je repris mon rôle d'intermédiaire et de confident, ce qui me permit de suivre par le menu l'évolution de l'Affaire. Et quand je dis Affaire, j'y mets un A majuscule, Dubedout, car tout le pays en fut bouleversé.

A peine arrivé, j'allai à Barrès. J'y trouvai Gilles maigre comme un clou, des cernes dévoraient son visage, et je compris qu'il luttait contre le chagrin et le désespoir avec tout ce qui lui restait de volonté. Il se jeta dans mes bras.

Il me raconta que son père, alternant les cajoleries et les menaces, avait exercé sur lui une pression formidable pour qu'il renonce à épouser Gaby. Quant à elle, il en savait peu de chose, sinon rien. A trois reprises il s'était glissé jusqu'au Moulin et avait pu rencontrer Vivi. Elle l'avait accueilli avec bonté, mais s'était bornée à lui dire que d'ordre du baron Gaby gardait la chambre, qu'elle allait bien et qu'il n'y avait rien à ajouter.

La détresse de mon ami, sa confiance en moi, son abandon me bouleversèrent. Je résolus d'interroger Vivi au plus tôt. Le lendemain, qui était un mercredi, comptant qu'elle se rendrait à la foire de Montfort, je me postai sur la route et la guettai. Elle parut, seule dans son petit tonneau, et d'un bond de mon cheval je fus près d'elle. Vivi la vivante, Vivi la rieuse avait perdu ses couleurs, sa gaieté, et je lus du désarroi dans ses yeux.

« Vivi, que se passe-t-il ? »

Elle fondit en larmes. Ah, mon cher Dubedout, que j'eusse voulu la prendre dans mes bras pour la consoler ! Mais j'étais là, sur mon bidet, je la dominais de mes deux mètres, et c'était une situation impossible où je me sentais aussi inefficace que désemparé. Une rage folle m'envahissait contre ceux qui faisaient pleurer Vivi, car les Vivi ne sont pas faites pour pleurer, c'était un spectacle que je ne pouvais supporter. Nous entendîmes le bruit d'une voiture qui se rapprochait, elle se ressaisit, sécha ses larmes et me dit :

« Retrouvez-moi à Montfort, Alphonse. Au bout de la place aux platanes, près de la maison en ruine. Là, nous pourrons parler. »

Je l'attendis comme convenu, elle vint et, avec une confiance qui me toucha, me conta ce qui se passait au Moulin.

Le baron avait eu plusieurs entretiens avec Gaby, mais chacun était resté sur ses positions. A dire vrai, Gaspard donnait parfois l'impression d'hésiter, car il aimait sa fille, il souffrait de la voir souffrir, au fond de lui-même il admirait son obstination et son courage — une vraie fille d'Onard ! — mais il ne pouvait accepter qu'elle lui tînt tête et surtout qu'elle affichât le plus complet mépris pour les sentiments et les traditions qui avaient inspiré sa vie et celle de ses aïeux. Que sa fille se fût compromise avec l'un des fils du marquis le faisait voir rouge et occultait en lui toute autre considération. Il imaginait son ennemi triomphant, goguenard, et cette vision le rendait frénétique. Il était alors inutile d'essayer de lui parler raison. Un jour, Vivi l'avait surpris en train de caresser la lame de son meilleur sabre et elle avait craint qu'il ne montât au Château pour s'y livrer à quelque excès. Parfois, dans le silence de la nuit, les habitants du Moulin étaient réveillés par des cris épouvantables : le baron Gaspard se débattait dans un cauchemar qui lui montrait M. de Poyanne superbe et insolemment satisfait. Tout cela pouvait sembler ridicule. En fait la situation tournait au tragique. Il y allait à présent de la santé de Gaby, qui faisait la grève de la faim, et du bonheur de tous.

Néti contribuait à ancrer le baron dans sa position de rigueur. Elle ne pardonnait pas à Gaby de s'être liée avec Gilles et de l'avoir introduit au Moulin. Quant aux quatre mots prononcés, et avec quelle fierté, par sa sœur — il est mon amant — elle les avait entendus avec horreur. Une fille de la Maison d'Onard se donnant à un fils de Poyanne, c'était pour elle la conclusion abominable de dix siècles de lutte et de résistance orgueilleuse. Ses recherches spéculatives et désintéressées en matière historique l'avaient *a contrario* amenée à creuser les arcanes de ces luttes picrocholines entre Poyanne et Onard. Peu à peu elle s'était identifiée à ses ancêtres, elle avait assumé leurs passions et leurs préjugés, vécu leurs malheurs et leurs jours de gloire. Elle les avait ressuscités et sublimés, ils étaient devenus pour elle ce qu'ils étaient pour le baron, auquel elle ressemblait tant, non point des personnages historiques plus ou moins flous ou falots, mais des êtres de chair et de sang. Cette jeune fille belle, intelligente et sensible, qui aimait la toilette et la danse comme toutes les filles de son âge, se trouvait stupidement engloutie, dévorée par le passé. L'aventure de Gaby l'avait donc meurtrie, horrifiée. Elle réagissait avec un orgueil et une violence dans lesquels le baron trouvait la justification de sa sévérité et le supplément de force qui lui permettait d'écarter ses propres doutes et de résister aux assauts de Vivi et d'Eudoxie.

Car Vivi ne me cacha point qu'après un temps de surprise elle avait pris le parti de Gaby. Gilles lui paraissait sympathique et honnête, le contraire de ce qu'elle eût attendu d'un fils du marquis. Il aimait Gaby, celle-ci l'aimait, qu'ils fussent donc heureux ! Il fallait aller dans le sens de la vie, oublier ces histoires malfaisantes. Elle l'avait dit à son père. Le baron lui avait demandé si, elle aussi, songeait à le trahir. La réaction de Néti avait été non moins cruelle : elle l'avait toisée avec mépris et lui avait tourné le dos. Ainsi, me dit Vivi dont le chagrin faisait peine à voir, une famille naguère unie, où régnait l'affection, s'était divisée en deux camps. Néti ne lui parlait plus, son père lui adressait à peine la parole, bonjour, bonsoir, et c'était tout. Gaby ne quittait pas sa chambre et maigrissait à vue d'œil. Il n'y avait qu'Eudoxie pour réconforter les deux sœurs.

Après avoir parlé au baron, Eudoxie avait été prise de scrupules. Elle se reprochait d'avoir agi trop vite. Et tout d'un coup une pensée lui avait traversé l'esprit : mais enfin, Eudoxie, l'histoire de Gaby, c'est ta propre histoire ! Pour l'amour de ton bel Adolphe n'as-tu pas abandonné tes parents ? Ne les as-tu pas trompés en t'enfuyant avec lui ? Cette petite aime son Gilles. Et c'est toi, gourgandine, qui lui ferait la leçon ? Par saint Basile, tu n'es qu'une vieille bique, vive l'amour, cette petite a raison ! De ce moment Eudoxie ne tint plus en place. Elle se jeta sur Vivi pour lui faire part de sa découverte, monta quatre à quatre chez Gaby pour l'étouffer de baisers et lui jurer qu'elle l'aiderait. Elle traita Néti d'insensible et d'orgueilleuse. Enfin elle fit irruption chez le baron qui plia sous le choc :

« Vous avez la puissance, lui dit-elle tout d'un trait, mais votre dignité de pater familias ne vous autorise pas à vous montrer sot et cruel. Cette petite aime, c'est certain. Elle aime profondément, durablement, donc saintement. Je m'y connais, j'y suis passée, je suis orfèvre en la matière. Elle tient à l'élu de son cœur, ne renoncera pas, n'en démordra pas. Elle n'est pas la fille d'Aliénor pour rien, n'est-ce pas ? (Le baron broncha.) Alors, que voulez-vous, vieux hibou que vous êtes ? La réduire au désespoir ? La tuer ? La sacrifier à vos pâles ancêtres, même pas des princes, même pas des ducs, même pas des marquis (Gaspard gronda sourdement), juste des petits barons inconnus à cinq lieues d'ici ? Allez-vous l'immoler comme ce scélérat d'Agamemnon qui sacrifia sa fille Iphigénie, pauvre chérie, pour obtenir du dieu des vents qu'il gonfle un peu la joue ? Rappelez-vous Clytemnestre ! Votre Aliénor, belle et noble femme, n'est plus ici, mais elle vous juge du haut du ciel. Allons, prenez ce chapeau, mettez vos chaussures, sellez votre cheval et allez dire au marquis que c'en est fini de ces fariboles, que vous enterrez la hache de guerre et que vos deux enfants doivent être heureux ! »

Lorsqu'il put ouvrir la bouche le baron, courroucé, rétorqua qu'il détenait en effet l'autorité paternelle, n'avait que faire de ses conseils et la priait de se taire. Le ton monta, les voix s'enflèrent et le vacarme de leur querelle emplit bientôt le Moulin. Gaspard tint bon et Eudoxie, refoulée mais non point vaincue, redescendit l'escalier en proie à la plus vive indignation. « Par tous les enfants que je n'ai pas eus, criait-elle, vous êtes un père cruel ! » Depuis lors, conclut Vivi, chacun campait sur ses positions, on ne se parlait plus, Gaby allait tomber malade. C'était à désespérer.

Je m'aperçus que le drame qui opposait à nouveau les Maisons de Poyanne et d'Onard était devenu la fable du pays. On en parlait dans les chaumières et sur la place publique, on prenait fait et cause, on se passionnait. Les jeunes gens qui se trouvaient au bal du Moulin avaient décrit, en forçant le trait, l'arrivée soudaine de Gilles, livide et balbutiant, dans l'antre du baron Gaspard, et la façon dont Gaby, perdant toute retenue, s'était littéralement jetée à son cou. Par les domestiques du Château on apprit qu'entre le père et le fils il y avait eu une scène terrible ; par ceux du Moulin que Gaby était consignée dans sa chambre, que Mme Eudoxie avait traité M. Gaspard de tous les noms et que la famille vivait désormais dans une atmosphère de rancune et de soupçon. On prenait parti pour ou contre Gilles et Gaby, pour ou contre le marquis, le baron. Le patriotisme poyannais s'enflamma, celui d'Onard flamba aussi haut. On s'échauffa au cabaret et dans les bals ; il y eut des injures et des coups. A la fête de Saint-Jean-de-Lier des jeunes gens de Poyanne se gaussèrent de la petite vertu des filles d'Onard ; les gars d'Onard répliquèrent et on en vint aux mains. Il y eut des blessés ; les gendarmes de Montfort intervinrent. D'une façon générale, les jeunes, les femmes, les pauvres gens prenaient le parti de l'amour ; les bourgeois, les nantis approuvaient la sévérité des pères ; mais ils n'étaient pas unanimes ; il y avait parmi eux des cœurs tendres qui penchaient pour les deux enfants.

Fait remarquable, dans la famille de M. de Poyanne les réactions furent favorables aux jeunes gens. Apprenant la façon dont était traité son cousin, Agate quitta un instant Gédéon le bien-aimé, descendit en Chalosse et fit une scène à son oncle. « Vous n'avez aucun droit de vous opposer à l'amour ! lui dit-elle en l'incendiant de ses yeux verts. A votre âge surtout ! C'est une dureté impardonnable et en plus c'est ridicule ! » Vexé, le marquis le prit de haut et ils se séparèrent sur une nouvelle brouille.

Oscar, qui passait par Bordeaux, alerté par Agate, se hâta lui aussi de descendre à Poyanne :

« Mais enfin, mon cher frère, dit-il au marquis, c'est la première bonne nouvelle depuis la nuit du 4 Août ! Donne, je te prie, ton consentement à ce mariage. Il te faut des petits-enfants. Cela manque de bébés par ici ! »

« Nos ancêtres..., commença le marquis, outré que l'on pût

approuver l'abolition des privilèges de la noblesse... nos ancêtres... »

« Adieu ! dit brusquement Oscar. Tu devrais voyager pour t'aérer la cervelle. Dis oui, et viens avec moi. »

Et il s'en fut en Patagonie.

Survint le cousin Hadrien qui faisait tourner son pendule :

« J'augure, cousin, que ce mariage sera heureux. Les forces telluriques me le disent. Regarde ! »

Et il lui mit sous le nez son pendule qui vrombissait comme une toupie.

Le marquis lui répondit par le mot de Cambronne et Hadrien s'en alla, tout froissé.

Ces scènes étaient pénibles. Elles irritaient d'autant plus le marquis qu'il n'avait pas envisagé cette réprobation. Il se sentit moins sûr de lui. Un jour de colère et de doute, il dut se rendre à Mont-de-Marsan, où il tomba sur Jean Rameau. L'illustre poète avait daigné quitter son appartement parisien pour se commettre dans la préfecture des Landes parce que les Autorités donnaient son nom, ce jour-là, au parc qui jouxte le lycée.

« Maître, lui dit le marquis, voici où j'en suis. Que faut-il faire ? »

Le Victor Hugo des Landes, qui méditait sur le Cosmos bien qu'il fût au milieu de la chaussée et que deux charretiers l'injuriassent d'abondance, leva un sourcil, pointa le doigt vers le ciel et répondit :

Et l'atome vole vers l'atome
Comme l'abeille vers la fleur.

Puis il se replongea dans sa méditation panthéiste.

Il entend, se dit le marquis, qu'il est dans l'ordre des choses que Gilles butine cette sacrée Gabrielle et que, donc, ce mariage doit avoir lieu.

Il fut courroucé mais non point convaincu.

Son désarroi grandissait. Il lui fallait un secours spirituel. Il demanda à l'abbé Dumas de l'entendre en confession, lui exposa les faits, que bien entendu notre curé connaissait déjà, et lui demanda ce qu'il devait faire.

« Récitez le Pater, dit l'abbé.

« Maintenant ? Ici ? »

« Oui, tout de suite. »

Le marquis s'exécuta. L'abbé l'arrêta soudain :

« Répétez cette phrase : “ Pardonnez-nous nos offenses comme nous pardonnons... ” Voilà, monsieur le marquis, ce que vous devez faire. »

« Pardonner au baron ? »

« Précisément. »

« Mais, s'exclama le marquis, il n'y a pas que moi d'offensé ! Ses ancêtres ont offensé tous mes ancêtres ! »

« Vous êtes leur héritier, leur représentant et leur dépositaire. En leur nom pardonnez. »

« Je ne puis ! s'écria le marquis, horrifié. Ce serait les trahir ! »

Il planta là notre curé. En sortant de l'église il tomba sur M. Pédamous qui faisait sa promenade.

« Et vous, l'interpella-t-il, excédé, allez-vous me chanter aussi qu'il faut dire amen au baron ?

L'instituteur sursauta et, ne sachant que répondre, susurra :

« Pascal, lorsqu'il évoqua l'infiniment petit... »

M. de Poyanne leva les bras au ciel et tourna les talons.

Il ne savait plus à quel saint se vouer. Il fut tenté, comme d'autres interrogeaient autrefois la Pythie, d'aller consulter Félicia, au risque d'être accueilli par des jets de carcasses de poulets et de tronçons de grenouilles. Mais une idée lui vint, lumineuse : « C'est cela, murmura-t-il. C'est cela. J'irai voir M. de Nobleprépuce et lui demanderai conseil. »

Le Savonarole de l'aristocratie gasconne le reçut dans son bureau aux murs constellés de blasons. Une lumière de fin du monde filtrait à travers les vitres violettes des fenêtres gothiques maculées de fiente de pigeon. Le mobilier était de haute époque, mais noirci par la crasse autant que par les ans. Sur la table épaisse de vingt centimètres se dressait un encrier superbe, en onyx sur piédestal de marbre vert, où trempait une plume d'oie. Un rat musait dans un coin. Le Grand Maître, qui était vêtu de noir, se leva d'une cathèdre et lui désigna un siège dont il se plaisait à dire qu'il datait d'Otton Ier, roi de Germanie.

« Quel bon vent vous amène, mon cher Arthur ? » lui demanda-t-il, et son visage de cire se crispa dans un rictus — c'était sa façon de sourire.

« Un vent de drame et de tragédie, répondit pathétiquement le marquis. Mon fils Gilles s'est toqué d'une fille de Gaspard d'Onard et veut l'épouser. »

« Qu...oi ! » s'écria le Grand Maître. Et d'horreur il se leva de la cathèdre où il s'était solennellement rassis. « Ce jeune homme serait-il fou ? »

« Il l'est, en effet, dit le marquis, piteux. Et c'est bien ce que je lui ai dit. »

« Et qu'avez-vous fait ? »

« Je l'ai convoqué. Je lui ai lavé la tête. Je lui ai dit que je ne consentirais jamais à ce mariage. Je lui ai interdit d'y penser plus avant. Et, devant son obstination, je l'ai déshérité, maudit et chassé. »

« Ce n'est pas mal, dit le Grand Maître qui se rassit. Et le baron ? »

« J'ignore ce qu'il pense et dit. J'ai tout lieu de croire qu'il exulte du tour qu'il me joue. Mais je suis troublé. »

« Troublé ? »

« Tout le monde me conseille de consentir à ce mariage et de prêter la main à la réconciliation de nos Maisons. »

« Réconciliation ? siffla le Grand Maître. Qui parle de réconciliation ? Réconcilie-t-on dix siècles de sang et de haine ? »

« L'amour, me fait-on valoir... » (et le marquis brusquement se rendit compte que depuis le début de cette histoire il écartait de son esprit ce que pourrait être la réaction d'Irène).

« L'amour ? s'écria M. de Nobleprépuce en croassant comme un corbeau. Ne mêlons pas, je vous prie, la bagatelle à l'important. L'amour a-t-il jamais été de quelque poids ? Considérez l'histoire, mon cher. Nos rois se mariaient-ils par amour ? L'amour est acceptable, mais en dehors du mariage. Ce qui compte, et cela seulement, c'est l'alliance juste et bénéfique de deux Maisons. Hors cela il n'y a que mésalliance. Votre cas est des plus clairs. Poyanne hait Onard autant qu'Onard hait Poyanne. Tout est dit. »

« Justement... Remarquez que je me fais l'avocat du diable... Mais enfin, me dit-on, ne serait-il pas temps... L'occasion n'est-elle pas propice pour... »

« Et la tradition ? Ah, les traîtres ! Les gougnafiers ! Les perdus d'honneur ! Les sans-foi-ni-loi... »

M. de Nobleprépuce se leva derechef. Ses yeux étincelaient. Ses cheveux, ce qu'il en restait du moins, se hérissaient sur sa tête. Il allait jeter l'anathème :

« Font-ils fi de dix siècles... »

« Bien ! s'écria le marquis. Vous me confortez, vous m'ancrez dans ma conviction. Dois-je provoquer le baron en duel ? »

Le Grand Maître se rassit, songeur. Une lueur jaune, perfide et satisfaite, dansait dans ses yeux.

« Peut-être, murmura-t-il avec gourmandise. Peut-être... Ce serait un geste... Un geste noble... Vous y pensez, marquis ? »

« Oui, dit le marquis, sa rage retrouvée. Palsambleu, j'y pense, et bougrement ! »

« C'est bien, mon ami, c'est bien, opina le Grand Maître. Un peu de sang sur l'herbe verte, voilà un beau blason d'honneur. Pensons-y... Pensons-y... Mais attendons un peu que les choses se décantent. »

Sa voix mollit, devint doucereuse, et il ajouta avec un sourire d'alligator :

« Et empirent... »

Le marquis le quitta, rasséréné. Le Grand Maître lui donnait raison. Il convenait d'attendre... Mais en s'exerçant à l'épée.

De retour à Poyanne il rencontra son ami le notaire :

« Eh bien, Jean-Baptiste, que pensez-vous de tout cela ? » lui demanda-t-il, guilleret.

« Cette jeune fille est charmante », me dit-on, commença le notaire...

« Ta... ta... ta... Mais elle n'a pas de dot ! »

Et il le planta là.

La Saint-Barthélemy arriva. Comme d'habitude le marquis convia ses connaissances à la fête de Poyanne, mais le cœur n'y était pas. Il était soucieux, savait la société landaise partagée, ses propres amis divisés. Il décida pourtant de faire front, de porter beau, par principe et par bravade. Les uns étant pour lui, les autres contre, mais tous dévorés de curiosité, les invités affluèrent. La journée du samedi se passa sans encombre, encore que tendue, fertile en allusions, en cancans, en clins d'œil sarcastiques. Vint le grand dîner du premier soir. On interpella : « Piou ! Piou ! Piou ! Une histoire ! Piou ! Piou ! Une histoire ! »

Piou ne bougeait pas, refusait de se lever.

« Piou, lui dit le marquis, raconte-nous des histoires. Tu vois bien que tout le monde te réclame. »

« Je ne puis, dit Piou sur un ton singulier. Je ne connais pas d'histoires nouvelles et je n'ai qu'une chanson. »

« Eh bien, chante-la ! »

« Elle ne vous plairait pas, monsieur le marquis. »

« Que me dis-tu là ! S'il s'agit de moi, crois-tu que je ne puisse m'amuser de moi-même ? Je ne crains pas la critique et j'ai de l'humour. »

« Monsieur le marquis, je ne chanterai pas. »

« Je te l'ordonne ! dit le marquis en colère. Chante ou je suis offensé ! »

« Vous le voulez ? »

« Oui ! »

« Bien. Mais vous vous rappellerez que je n'ai fait que vous obéir. »

Il se leva et, de sa belle voix de baryton, chanta :

Chantons la triste histoire
De malheureux amants
Qui sont, chose notoire,
Dans les plus grands tourments.

Une chape de plomb tomba sur la salle.

Il poursuivit :

Ils vivaient leur idylle
Dans les bois de l'Adour
Lorsque deux imbéciles
Leur dirent : coupez court !

Furieux et pleins de haine
Vous devez exécrer,
Vouer à la géhenne
Celui que vous aimez !

Sachez que vos ancêtres
Gaiement se massacraient.
Qu'ils demeurent vos maîtres
En l'art de s'étriper.

Depuis lors ces pauvres âmes
N'ont plus aucun repos,
Pleurent à chaudes larmes
Au fond de leur cachot.

Princes qui m'écoutez,
A l'Amour soyez doux !
Vos ordres révoquez...
Vierge, priez pour nous...

Piou n'était pas poète. Ce sont des vers de mirliton. Mais ils furent d'un prodigieux effet. Les regards de l'assistance allaient de Piou au marquis, du marquis à Piou. Au premier quatrain le marquis sursauta. Au second son visage exprima une fureur intense. Il pâlit au troisième, s'empourpra au quatrième. Au cinquième il inclina la tête au-dessus de son assiette et l'on ne vit plus que la coupole dégarnie de son crâne. Au dernier il repoussa sa chaise, jeta sa serviette et sortit.

Des cris suivirent son départ. Les grincheux interpellaient Piou : n'as-tu pas honte, chenapan, d'insulter ainsi ton hôte ? Que te mêles-tu de ses affaires ? Mais il se croit tout permis, vous savez ! Pour qui te prends-tu ? Retourne donc à l'école te faire une conduite ! Les autres, ravis et béats, l'encourageaient : bravo, Piou ! Il fallait que cela fût dit ! Bravo, mon fils ! Tu es un vrai Gascon, un vrai fils de la Chalosse ! Vive Piou ! Hil dou diable, vive l'Amour !

On en vint aux mains. Ce fut, Dubedout, la plus belle bagarre que j'aie jamais vue de ma vie, même dans les westerns spaghettis ! Cambré, les yeux luisant de fanatisme, M. de Nobleprépuce faisait tournoyer un gigot qui fauchait douloureusement l'adversaire. Dans l'autre camp, M. de Caupenne s'était saisi d'une pile d'assiettes et les lançait avec la rapidité d'une mitrailleuse à la tête des partisans de la sévérité. On s'empêtrait dans les nappes, les bancs et les chaises. M. Pédamous pleurait de honte dans un coin. Levant ses petits bras, M. de la Soieblanche s'efforçait de rétablir le calme, mais il s'effondra, estourbi d'un moulinet de carafe. Les coups, les horions pleuvaient. Les plats volaient dans les airs, arrosant les combattants de crème à la vanille et de sauce tomate. On s'attaquait à la fourchette, au couteau, on se bastonnait au saucisson, on s'assommait au jambon de Bayonne. Je saisis plusieurs fanatiques de la tradition par le cou — lesquels, je ne sais plus — et les lançai en haut des bahuts, où ils restèrent, geignant, me couvant de regards assassins. Un concert de plaintes, d'injures et de malédictions s'élevait de l'immense salle. Chacun rentra chez soi pour y panser ses plaies. A l'exception du marquis, de Gaston qui avait le nez cassé et de François à l'arcade sourcilière fendue, au matin le Château était vide. En cette année 1912 les fêtes de Poyanne s'achevaient sitôt commencées. De mémoire de Chalossais on n'avait jamais vu cela !

La zizanie grandit, flamba comme une torche de résine, alluma, dévora tout. On se querellait, on s'invectivait, on se haïssait entre voisins, entre amis, entre frères. Il y eut des brouilles, des inimitiés, des empoignades. Félicien Gabaret, restaurateur à Poyartin, perça la joue d'un client d'un coup de lardoire. M. de Bouheroc, champion de l'autorité paternelle, se battit avec M. de Gahus, défenseur des libertés, et lui fendit le nez. Mais M. d'Escarniou rétablit l'équilibre en coupant la couille gauche de M. d'Escarmalat, qui depuis lors fut appelé Demi-Portion. Comme les incendies de la Lande, la folie collective, incontrôlable, incontrôlée, progressait par bonds. C'est dans ces circonstances dramatiques que le trio sacré — François, Gérard, et moi — se réunit pour délibérer.

François attaqua sans ambages :

« Je crois que nous sommes tous les trois consternés : nos parents s'étripent, les familles se disputent, notre Chalosse sombre dans l'hystérie. Et cela à cause d'un amour que chacun d'entre nous s'accorde à trouver normal. Que pouvons-nous faire ? Pour une fois appliquer les ressources de notre intellect à un problème concret... Et navrant. »

J'intervins :

« Sauf ton respect, il faut essayer d'infléchir deux bourriques sclérosées. Il faut agir sur ton père et le baron ! »

« Comment pourrions-nous agir sur le baron puisque nous ne le connaissons pas, que nous n'avons aucune relation avec lui ? rétorqua Gérard. Comment le toucher, par quel biais l'atteindre, comment l'influencer ? »

« C'est donc sur ton père qu'il faut agir, dis-je à François. Parle-lui. »

« Hé, je lui ai déjà parlé ! s'exclama-t-il. Il n'a rien voulu entendre, s'est mis dans une colère noire et m'a flanqué à la porte ! Si je récidive, il m'expulse pour de bon. Nous serons bien avancés ! »

« Qui donc pourrait lui parler ? interrogea Gérard. Qui pourrait le convaincre ? »

« L'abbé Dumas ? » suggérai-je.

« Il l'a vu et ne l'a pas écouté. Il n'écoute personne. Le voici brouillé avec Agate, Oscar est en Patagonie, il a vexé Hadrien et ce n'est pas Jean Rameau qui plane dans les astres qui nous sera utile. Il ne croit que ce funeste Nobleprépuce, cet Armorial ambulant, cette statue du Commandeur mangée des mites, qui lui a joué son numéro sur les Ancêtres et la Tradition. »

Qui ? Qui ? nous demandions-nous. Tout à coup le visage de François s'éclaira et un espoir timide s'alluma dans ses yeux...

« Il y aurait peut-être quelqu'un, dit-il d'une voix hésitante. Quelqu'un peut-être... Ma foi... Oui... Il existe une personne qui pourrait... »

Nous étions, Gérard et moi, pendus à ses lèvres.

« A laquelle il ne pourrait refuser... »

« Mais qui ? Qui ? »

« Son grand amour, dit François d'une voix tremblante. Sa Dulcinée... La dame de Sorde. Irène de Fonjuzan. »

Gérard et moi nous nous regardâmes. L'idée était géniale.

« C'est la solution, souffla Gérard d'une voix altérée. Oui ! Tu vas lui rendre visite. Tu vas lui parler. Tu vas lui expliquer. Lui demander d'intervenir, de persuader ton père qu'... »

« Moi ? s'écria François. Et pourquoi moi ? Je ne la connais pas ! Je ne l'ai jamais vue ! »

« Tu le dois ! intervins-je à mon tour. Il n'y a pas d'autre moyen. Si c'est une grande dame... »

« Si elle a le cœur noble, l'âme haute, enchaîna Gérard, elle comprendra. Elle nous aidera ! »

« Pourquoi pas nous trois ? » se défendit François.

« Et pourquoi pas une délégation de Poyanne, une ambassade de toute la Chalosse ! explosa Gérard. Pourquoi pas une procession avec l'abbé Dumas en tête, les bannières, les enfants de chœur, l'ostensoir et l'encensoir ? Ne soyons pas ridicules. Il s'agit d'une affaire importante et dangereuse qui ne peut être traitée qu'en tête à tête. »

« Absolument », dis-je avec force.

« Soit, soupira François. J'irai donc à Sorde. Puisse Mme de Fonjuzan accepter de m'entendre. Puisse-t-elle comprendre que le bonheur de deux amoureux et — ajouta-t-il en riant — le salut de la Chalosse est dans ses mains ! »

Et voilà comment, le lendemain de ce conseil, François piqua des deux sur Sorde, se demandant dans quel guêpier il allait se fourrer. De quoi a-t-elle l'air ? se disait-il. On la dit séduisante et belle, mais sait-on jamais ? Est-ce une Junon autoritaire ? Une Minerve froide et musclée, dépourvue de sensibilité ? Va-t-elle monter sur ses grands chevaux ? Me faire honte de trahir mon père et m'indiquer la porte d'un sourcil courroucé ? J'ai deux chances sur trois d'aller au casse-pipe. Mais baste ! Advienne que pourra ! Il faut tenter la chance. Le bonheur de Gilles et de bien d'autres est à ce prix.

Ayant dit, il décida de penser à autre chose et, avec l'insouciance de la jeunesse, réussit à savourer la fraîcheur du matin. Il atteignit Sorde vers les onze heures et, le cœur battant, tira la sonnette de Mme de Fonjuzan. Après un moment qui lui parut sempiternel, il perçut le bruissement d'une lourde robe et le portail s'ouvrit :

« Monsieur ? » demanda l'austère Henriette. Et elle le toisa avec suspicion.

Bigre ! pensa François. La camériste est revêche. Qu'en serat-il de la patronne ?

« Je suis le fils de M. de Poyanne, se hâta-t-il de répondre avant que le portail se referme. Je m'appelle François et souhaiterais parler à Mme de Fonjuzan. »

Le goitre d'Henriette se gonfla sous l'effet de l'étonnement.

« Madame ne reçoit pas à cette heure, dit-elle sèchement. Mais on va voir. »

Elle claqua le portail et l'attente reprit. A mesure que les minutes passaient, François se sentait de moins en moins à l'aise. Il se reprochait d'avoir accepté la responsabilité d'une démarche aussi scabreuse et fulminait contre nous.

« Entrez ! Et ne salissez pas mes carreaux ! »

Henriette le précéda dans un boudoir aussi bleu que charmant.

« Attendez ! »

Il attendit encore, prêt à subir les pires avanies. Un pas léger. Une porte qui s'ouvre. Elle parut.

En dépit de la différence d'âge il tomba sous le charme.

« Asseyez-vous, dit Irène en désignant un siège. Vous êtes donc un fils d'Arthur ? »

« Oui, madame, balbutia-t-il. Je m'appelle François. »

« Il m'a parlé de vous. Serait-il souffrant qu'il vous envoie vers moi ? »

« Euh..., dit François. C'est que... C'est qu'il ne m'envoie pas. »

« Vraiment ? » dit Irène, surprise. Et les fins sourcils se levèrent quelque peu. « Vous venez donc... de votre chef ? »

« Avec votre permission, oui, madame. »

« Eh bien, je vous écoute », dit-elle. Et le ton était un peu sec.

François nous avoua plus tard qu'il sentit la sueur lui perler à la nuque. Mais il pensa à Gilles, à la Chalosse, et se jeta à l'eau.

« Connaissez-vous l'inimitié qui oppose les Maisons de Poyanne et d'Onard, madame ? »

« J'en ai entendu parler », répondit Irène avec lassitude. Et François crut comprendre que le sujet ne la passionnait pas.

« Eh bien, madame, cette inimitié prend en ce moment des proportions monstrueuses. Qui plus est, elle déborde sur nos villages, sur notre pays, elle...

« Mon Dieu ! s'écria Irène, moqueuse. Que me contez-vous ? Vous parlez, monsieur, comme s'il s'agissait des huguenots et de la Ligue. J'espère que nous n'en sommes plus là. Et pourquoi, s'il vous plaît, ce tintamarre ? »

« Mon jeune frère, Gilles, aime éperdument l'une des filles du baron et il est aimé d'elle. »

« Mais c'est très bien, cela, dit Irène dont l'intérêt s'aiguisa. Voilà qui va réconcilier vos deux Maisons. »

« Au contraire, madame ! Car le baron d'Onard et — il hésita avant de poursuivre — et mon père refusent ce mariage. »

« Et pourquoi ? »

« Sans raison, madame. »

« Arthur... Votre père... Enfin, monsieur, il doit bien y avoir une raison. Vous ne la connaissez pas, voilà tout ! »

Le ton était sévère et François se vit perdu.

« Non, madame, je le jure ! Il n'y a qu'une explication : la haine des deux familles, le respect des ancêtres. Et mon frère est chassé, maudit, déshérité ! »

« Comment ? »

Ce cri d'un cœur fraternel avait porté et Irène s'était levée d'un coup. Debout derrière son fauteuil, elle étudiait François. Ses doigts battaient la charge sur le velours du dossier. Ce garçon n'est pas sot, pensait-elle. Il ne ment pas. Le désarroi lui va bien... Mais quelle mouche pique Arthur ?

Elle questionna calmement :

« Pourquoi me racontez-vous tout cela ? »

« Pour que... »

Elle comprit tout de suite :

« Qu'attendez-vous de moi ? »

« Que vous raisonniez mon père ! »

Ils se regardèrent et François sentit qu'il avait gagné.

« J'y réfléchirai, monsieur. Vous pouvez aller. »

François se leva :

« C'est urgent, très urgent, madame. »

« J'ai dit que j'y réfléchirai. Au revoir, monsieur. »

Le ton était courtois mais ferme. François se retira.

Seule dans le boudoir bleu, Irène restait songeuse. « Mon petit Arthur... Mon petit Arthur... », murmurait-elle, les dents serrées.

Dans l'après-midi, elle lui envoya un billet : « Arthur, je veux vous voir ! »

Ce billet, M. de Poyanne le lut avec bonheur. C'était le premier qu'il eût jamais reçu d'elle et son laconisme comminatoire lui apportait la plus douce des joies. Elle l'appelait Arthur, lui donnait un ordre — quel délice de recevoir un ordre d'Irène ! —, lui signifiait qu'elle avait besoin de lui, tout de suite, qu'il lui était indispensable. Indispensable à Irène ! Dans la pénible tension où il vivait depuis plusieurs mois, ce message était une porte ouverte sur l'espérance. Il replia la feuille d'un bleu pastel — cette femme austère avait un papier d'amoureuse ! — et le plaça dans la poche intérieure de sa veste, sur son cœur. Il donna l'ordre de préparer son cheval pour le lendemain à l'aube, puis se retira dans sa bibliothèque où, fumant un cigare, le regard perdu dans le chatoiement des reliures anciennes, cet homme dur se prit à rêver.

A quatre heures il était debout. Il se rasa de près, s'aspergea d'eau de lavande, but un café et, à cinq heures précises, droit comme un « i », l'œil vif et le cœur à vingt ans, dévala l'escalier pour se rendre aux écuries. Il y trouva Quadragant piaffant, jarret nerveux et bouche frémissante (comme moi ! comme moi ! pensa-t-il) et, dédaignant l'étrier que le palefrenier lui tendait, sauta d'un bond en selle. Il enfila au trot la grande allée du Château, fit claquer les sabots de Quadragant dans la rue du village et prit la route de Montfort. L'aurore blanchissait les cimes des pins. C'était le début d'une journée d'août où la vie s'accomplit dans une chaude plénitude. Parvenu au pont du Louts, il rendit les rênes et se donna un temps de galop. Puis il remit Quadragant au trot et adopta le rythme soutenu de sa course.

Par Montfort, Ozourt, Estibeaux, Habas et Labatut, il atteignit Sorde-l'Abbaye. « Fernand, dit-il à son métayer, trouve-moi des fleurs, beaucoup de fleurs, une profusion de fleurs. Pas de roses, Mme de Fonjuzan n'en a que faire. Des pivoines, des œillets, des dahlias. Tout ce que tu as. Enfin, fais pour le mieux ! » Il se rendit dans la chambre qui lui était réservée, fit une seconde toilette, s'habilla de frais et, son bouquet à la main, se présenta chez Irène.

M. de Poyanne était debout, le cœur battant, dans le boudoir bleu, avec son gros bouquet. Il était prêt à tout. A se jeter aux pieds d'Irène, à lui ouvrir les bras pour qu'elle s'y blottisse, un immense espoir lui dilatait le cœur, oui il était prêt à tout, aux plus grandes effusions, au plus beau bonheur, aux plus suaves caresses, mais pas à affronter ce visage d'une telle sévérité.

« Enfin, vous voilà, monsieur ! »

« Mais... », balbutia-t-il.

« Il faut donc que je prenne la peine de vous écrire pour que vous daigniez venir vous expliquer ! »

« Mais... »

« Est-ce là le respect, la confiance, l'amitié, l'amour, oui je dis bien l'amour, dont vous me rebattez les oreilles ? »

« Mais Irène, ma chère Irène..., proféra-t-il, éperdu. Je ne vois pas... Je ne comprends pas... »

« N'aggravez pas votre cas, je vous prie. Vous prétendez ne pas comprendre ? La renommée aux cent bouches, qui a trop souvent la bouche mauvaise, m'apprend que vous maltraitez votre fils, que vous agissez en père cruel, que vous condamnez le juste amour de deux enfants, que... »

Le marquis se ressaisit. C'était donc cela ? Il se cabra, proféra d'une voix digne :

« Vous êtes mal informée, ma chère. L'honneur d'une lignée... »

« L'honneur ! s'écria-t-elle sur un ton sarcastique. L'honneur commande-t-il d'être dur ? »

« Cette fille... »

« Cette jeune fille », corrigea-t-elle.

« Cette jeune fille, le savez-vous, est la fille de mon ennemi mortel, le baron d'Onard, l'ennemi des miens, de mes ancêtres, depuis des générations et des siècles. »

« Cette jeune fille, m'assure-t-on, est honnête et bonne. Elle aime votre fils. Et vous traquez cet amour comme s'il était criminel. L'amour ! Vous n'avez que ce mot à la bouche ! Et montre-t-il le nez, vous le canardez comme un chasseur ! »

« Irène, permettez... »

« Il m'est arrivé, savez-vous, de me reprocher de ne point vous écouter lorsque vous me parliez de votre passion. Oui, je vous fais, mon cher, cet aveu. Mais les femmes, grâce à Dieu, ont de fines antennes. Heureuse ai-je été de ne point vous croire. »

Le bouquet chut à terre. Le marquis, accablé, se laissa tomber dans un fauteuil.

« Irène ! s'exclama-t-il. Ma chère Irène ! Irène, ma chérie, que dois-je faire ? Mettez-vous à ma place ! Je suis écartelé... »

« De grâce ne vous prenez pas pour le Cid ! »

« Ne vous moquez point, dit le marquis, d'une voix qui exprimait une réelle souffrance. L'honneur me commande de dire non. Au nom de l'amour vous m'enjoignez de dire oui. Je ne sais plus... Faut-il donc, pour apaiser votre colère, pour vous prouver combien le sentiment que je vous porte est fort, faut-il que je dise oui ? »

« Dire oui pour me plaire ? Je ne veux point, Arthur, de cette soumission. Que faites-vous de l'élan du cœur, la réponse immédiate de qui ne voit et n'aime que le bien ? C'est ce oui que j'aurais voulu. Votre oui personnel, instantané et intime. Non point un oui de complaisance destiné à me plaire et à servir vos intérêts. »

« Je suis donc perdu... Je suis donc perdu... Irène, que dois-je faire pour retrouver votre estime ? Dites ! Rien ne sera assez dur, aucune épreuve ne sera assez difficile... Dieu ! Personne au monde ne pourrait me faire rendre les armes comme vous le faites... »

Une lueur de triomphe brilla dans les yeux noirs d'Irène et en fit, le temps d'un éclair, la plus belle des femmes. Elle se recueillit et dit d'une voix calme :

« Je veux votre adhésion, votre conviction pleine, entière, sans restriction aucune. »

« Comment l'aurai-je, s'écria le marquis, tout déchiré que je suis !

« Je ne suis qu'une pauvre femme, dit Irène avec une simplicité qui bouleversa le marquis. Je sais peu de chose. Mais j'ai un conseil que je veux que vous alliez voir. Il s'agit de mon directeur de conscience. C'est un homme éminent et saint. Il me guide. En lui j'ai pleine confiance. Il vous aidera. Voyez l'estime que je vous porte pour vous parler de la sorte. »

« Qui est-ce ? dit le marquis, surpris. Vous ne m'en avez jamais parlé. »

« A vous ni à quiconque. Vous êtes la première et vous serez probablement la dernière personne à qui j'en révèle l'existence. »

« Où est-il ? Où est-il ? demanda anxieusement le marquis. Où est-il que je lui rende visite ? »

« Il mène une vie érémitique dans la forêt de la Mâture. Vous l'y trouverez. »

« La forêt..., s'étonna le marquis. Je n'ai jamais entendu parler de cette forêt-là. »

« La forêt de la Mâture se trouve au sud d'Oloron, dans la vallée d'Aspe, non loin du village de Bedoux. Allez-y. Vous demanderez le père Antoine. Les bergers connaissent sa retraite, encore qu'il en change parfois. Sa grotte est dans les rochers. Vous vous présenterez de ma part. Il vous conseillera. Allez ! »

« Quand ? »

« Tout de suite, bien sûr. »

« Maintenant ? »

« Sur l'heure. Vous ne voyez donc pas comme le mal vous a déjà pris trop de temps ? Au revoir. Je vous attends. »

Elle le regarda et lui sourit avec une telle bonté qu'il se sentit dépossédé de lui-même. Il baisa sa main et se retrouva sur la place de Sorde dans un grand désordre de pensées. M'aime-t-elle ? se demandait-il. Dans sa colère elle s'est montrée dure et cruelle, mais elle s'est confiée à moi comme un petit enfant, me révélant son secret, l'existence de ce directeur de conscience qui lui dicte sa conduite. Il connaît le chemin de son cœur. Si j'obtenais qu'il la dispose en ma faveur... Il faut que je voie ce père Antoine. En avant pour la forêt de la Mâture !

Il était si ému que Fernand tint à lui offrir la goutte.

« Je m'en vais dans les Pyrénées, lui dit le marquis. Envoie ton fils à Poyanne avertir que je serai absent quelques jours. Qu'on ne s'inquiète pas. As-tu de l'argent à me prêter ? Donne. Adieu, mon brave Fernand, je ne sais plus où j'en suis. Adichats ! »

Il se changea en un tournemain, sauta à cheval et disparut dans la poussière du chemin.

De Sorde il n'avait qu'à suivre le Gave jusqu'à Oloron, où il trouverait la vallée d'Aspe qui s'enfonce dans les Pyrénées jusqu'en Espagne. En allant vite il lui faudrait presque deux jours pour effectuer cette longue traite, d'autant qu'au-delà d'Oloron la route lui était inconnue. Mais il n'en avait cure. Il ne pensait qu'au père Antoine. Son trouble était tel qu'il oublia d'avoir faim. Il trottait vivement sur le chemin qui longe le Gave, se réjouissant de la fraîcheur de l'air et des beautés qui l'entouraient. Il traversa Sauveterre aux belles portes et, sans se donner un temps d'arrêt sinon pour faire boire Quadragant, continua sur Navarrenx, qu'il atteignit au soir. La journée avait été superbe, le couchant fut glorieux. De temps à autre la pensée de l'amour criminel de son fils venait le harceler, mais il la chassait comme une mouche importune, ne voulait avoir à l'esprit qu'Irène et l'espoir qui lui gonflait le cœur. Il serait humble, souple, obéissant à l'ermite ; d'avance il abdiquait sa volonté dans ses mains puisque Irène le voulait. Il trouva une auberge à Navarrenx, dîna de façon frugale et s'endormit d'un sommeil heureux, rêvant qu'Irène était dans ses bras, qu'Irène était enfin sienne, qu'elle lui appartenait. Il se réveilla à l'aube, sella son cheval, paya son écot et, dans un état d'excitation fébrile, reprit la route du sud.

Les Pyrénées l'entouraient de leurs masses couvertes de pâturages et de forêts. Il dépassa Oloron, trouva le gave d'Aspe qui bouillonnait sur ses rochers. Le paysage devint sévère. La vallée se rétrécissait et, à mesure que le soleil gravissait son orbe, la chaleur ardente s'y concentrait. La robe de Quadragant s'humecta de sueur ; il le mit au pas et s'arrêta pour l'abreuver. Il atteignit Asasp, passa le défilé d'Escot où la chaleur était torride, fit une halte à Sarrance pour s'y restaurer. Et dire qu'Irène — ah, la cachottière ! — prenait cette route une fois l'an ! Il traversa Bedoux, Accous, d'où on le renvoya sur Athas. Il approchait du but. Vers les trois heures il parvint à un hameau de quelques maisons aux fortes charpentes, aux toits de lauses, qui l'hiver devait être enseveli sous la neige. Et la belle Irène venait dans ce désert ! Il mit pied à terre, écarta rudement un chien furieux et avisa un vieil homme qui somnolait sur le pas de sa porte :

« Holà, mon brave ! où se trouve la forêt de la Mâture ? »

L'homme, qui faisait semblant de dormir, cligna des yeux, l'observa et répondit :

« Vous voulez dire la forêt d'Issaux ? »

« Je dis : la forêt de la Mâture. »

« La forêt de la Mâture, c'est la forêt d'Issaux. Et pourquoi voulez-vous donc aller à la forêt de la Mâture ? »

Il faisait une chaleur insupportable, le marquis mourait de soif, de grosses mouches sortaient des étables et attaquaient Quadragant qui ruait. Il se mit en colère :

« Qu'est-ce que ça peut vous faire pourquoi je veux aller à la forêt de la Mâture ? »

Les yeux de l'homme se rétrécirent :

« Vous me demandez une chose, je vous en demande une autre, c'est juste, non ? »

Un coup de tonnerre roula sur des cimes lointaines.

« C'est bien, dit le marquis, excédé. Je suis à la recherche du père Antoine. »

L'homme émit un long sifflement :

« Et pourquoi voulez-vous donc le voir, le père Antoine ? »

« Mon brave, dit le marquis en faisant effort pour se maîtriser, je vous dirai que cela ne vous regarde pas. »

« Ah bien, alors cela ne me regarde pas que vous cherchiez le père Antoine et que vous vouliez aller à la forêt d'Issaux. »

Le marquis regarda autour de lui avec l'espoir d'apercevoir un autre indigène.

« Le village est vide, dit le vieux. Ils sont aux pâturages. »

Et on aurait juré qu'il y avait un petit rire dans sa voix.
Le marquis prit sur lui-même :

« Je dois voir le père Antoine pour une affaire importante. »

« Ah ? Et quelle affaire ? »

« Mais enfin, gueula le marquis, je vous répète que cela ne vous regarde pas ! »

Son interlocuteur hocha la tête :

« Le père Antoine est un saint homme. Il vit là-haut, dans la forêt, et n'aime pas qu'on le dérange. Il me tirerait les oreilles s'il savait que j'indique à tout un chacun l'endroit où il se trouve. Alors, moi, je ne sais pas où est le père Antoine. »

Le marquis, accablé, s'assit sur une pierre. Il eut une inspiration :

« Je viens de la part de Mme de Fonjuzan qui lui rend visite chaque année. »

« Ah, moussu, pourquoi ne pas l'avoir dit tout de suite ? s'écria le vieux rusé. Je la connais bien, hil dou diable ! C'est une dame généreuse. Bien généreuse assurément ! »

Et il loucha sur le gousset du marquis.

Celui-ci lui glissa quelques pièces.

« Une bien belle dame aussi ! Tenez, rentrez chez moi et désaltérez-vous. Qué calou ! Et mettez votre cheval à l'ombre. Il va y avoir un orage, pour sûr. »

M. de Poyanne reprit des forces dans l'ombre fraîche de la maison, but trois pichets d'eau et se fit expliquer le chemin de la forêt de la Mâture :

« Vous prenez ce sentier-là qui monte dans les pâtures. Vous le suivez jusqu'en haut. Vous arrivez à la lisière d'une première forêt, vous prenez le chemin de droite qui la longe et court à flanc de montagne. Vous marchez une heure environ. Et tout d'un coup vous la verrez. Vous la reconnaîtrez. »

« Pourquoi l'appelle-t-on la forêt de la Mâture ? » demanda le marquis.

« Il y a très longtemps c'est le grand ministre Colbert qui l'a fait planter pour construire les vaisseaux du roi. Il y a d'autres forêts de la Mâture dans nos montagnes, mais je ne les connais pas. On raconte que dans la nôtre il y avait de grands pins pour les mâts et des chênes pour les carènes. Maintenant il ne reste plus que des chênes. Ah, ils travaillaient en ce temps-là ! Ils ont creusé une galerie dans le rocher pour évacuer les troncs coupés. Les hommes s'accrochaient dans le vide à des cordes pour placer les barres de mine. Macaréou, voyez-vous ça ! En est-il parti d'ici des arbres pour Toulon et pour Nantes ! On taillait les chênes quand ils étaient petits en ne laissant que le tronc et deux branches qui montaient à la verticale de chaque côté. Et puis l'exploitation s'est arrêtée. Elle meurt, la forêt d'Issaux. Une fois devant la forêt, vous y entrez. Vous verrez des éboulis de roches. Vous cherchez le plus grand. C'est là qu'habite le père Antoine, s'il n'a pas changé d'avis. Dépêchez-vous. Il y aura de l'orage. Ah, dites, il n'est pas bavard le père Antoine ! »

Le marquis arrosa de nouveau le vieillard et, remontant a cheval, s'éleva dans les prairies. La chaleur était toujours aussi lourde, il n'y avait pas être vivant à l'horizon. Parvenu à la première forêt, il prit à droite, mais le terrain était si raboteux qu'il craignit que Quadragant ne se blesse et il poursuivit sa route à pied en le menant par la bride. Il marcha longtemps, avec la pente raide de la montagne qui filait sur sa droite, certainement plus d'une heure. Il lui était pénible de progresser en déclivité comme un boiteux, ses bottes de cavalier le gênaient. Il s'étonna encore une fois qu'Irène se soumît chaque année à pareille épreuve ; décidément ce père Antoine était bien important pour elle, il avait hâte de le rencontrer. Les roulements de tonnerre se firent plus fréquents. Il s'inquiétait de la longueur du trajet quand soudain il La vit.

Face à lui, sur un front d'une lieue, se dressait l'armée des candélabres à trois branches. C'étaient des chênes deux fois centenaires, modelés, en effet, de façon identique : le fût central et deux branches puissantes, courbes au départ, puis parallèles au tronc. Des centaines de vaisseaux, une armada jamais vue, une flotte gigantesque se trouvaient là en puissance de par la volonté de Colbert. Quel rêve avait caressé le ministre sinon d'ouvrir toutes les mers du monde aux flottes de son roi, d'imposer le drapeau à fleur de lys du rio de la Plata à l'Insulinde ? Ambition souveraine, plus impressionnante que Versailles, car elle visait la conquête des océans, des marchés, des îles, l'annexion de contrées inconnues, la découverte de continents. Le marquis contemplait avec respect cette multitude de géants, d'une altière et bouleversante grandeur. Mais ce n'avait été qu'un rêve, la mort avait frappé, Colbert n'avait pu achever son œuvre, et la forêt ne serait bientôt qu'un souvenir. Si de nombreux arbres étaient encore dans leur force, d'autres succombaient au poids des ans. Ils lançaient au ciel l'appel muet de leurs bras morts, s'enveloppaient d'immenses lambruches livides comme de suaires végétaux. La foudre en avait brisé d'autres. Ils s'effritaient, pourrissaient, et leur agonie était déchirante, car ils avaient incarné l'orgueil, la volonté de puissance et de gloire. Dans cinquante ans, la forêt de la Mâture ne serait plus qu'une ruine. Un cimetière d'éléphants.

Menant toujours Quadragant par la bride, M. de Poyanne s'enfonça dans la forêt. Pygmée, il avançait entre les troncs énormes, au travers des branches cassées blanches comme des os, les lambruches le frôlaient de leurs toiles râpeuses, les mousses gorgées d'eau lui montaient à la cheville. Tamisée par les hauts feuillages, la lumière devenait pénombre, il se mouvait dans un glauque demi-jour. De nouveau il pensa à Irène : était-il possible qu'elle vînt seule ici ? Le silence le happa et il eut presque peur. De toutes ses forces il cria : « Père Antoine ! Père Antoine ! » Mais il n'y eut pas de réponse et sa voix se perdit dans la forêt. Il rencontrait des rochers çà et là, certains d'un noir luisant, d'autres couverts de mousses, mais aucun éboulis d'importance tel que l'avait évoqué le vieillard. Il se retourna, ne vit plus la lisière. Il appela encore : « Père Antoine ! » Un coup de tonnerre, plus proche, lui répondit. Nerveux, il hâta le pas. Il se gourmandait : j'irai, j'irai au diable s'il le faut pour trouver ce père Antoine ; au besoin, je la traverserai, je la quadrillerai cette forêt ! Dussé-je y passer huit jours, je trouverai ce moine ! Il nota que les arbres s'espaçaient, que les rochers devenaient plus nombreux. Il en vit plusieurs amas, qu'il explora, espérant y découvrir l'ermite. Tout d'un coup il eut le sentiment d'atteindre au but : là, devant lui, à quelque vingt mètres, se dressait un amoncellement de roches impressionnant.

Il se faufila entre les pierres, parvint à une arène vide. « Père Antoine ! » appela-t-il. Pas de réponse, mais Quadragant se mit à hennir. Il se retourna et vit un homme agenouillé qui priait. Malgré lui un murmure sortit de ses lèvres : « Père Antoine... » Et ce murmure presque inaudible eut l'effet que n'avaient pas eu ses cris : comme s'il se réveillait, l'ermite tourna la tête, le regarda et se leva.

« Qui êtes-vous ? » dit-il à voix basse.

Il était de taille moyenne, mais la largeur de ses épaules suggérait une force imposante. Une barbe blanche rehaussait la couleur basanée de son teint cuit par le soleil. Il avait des mains puissantes et difformes, portait une robe de capucin d'une indéfinissable couleur ; ses pieds étaient nus dans des sandales de cuir. Ses yeux bleus, limpides, étudiaient le marquis.

Celui-ci déclina son nom.

« Qui vous envoie ? »

« Ma cousine, Irène de Fonjuzan. »

Le visage de l'ascète resta placide.

« De quoi s'agit-il ? »

Le marquis parla. Il parla pendant un quart d'heure. Pendant une demi-heure. Il parla de lui-même, de sa famille, de sa défunte femme, de ses fils, de ses projets, de son amour pour Irène, du baron d'Onard, de Gilles et de Gabrielle, de son désarroi, des reproches d'Irène. Il ne cessait de parler, cela ne lui était jamais arrivé de parler ainsi, il avait l'impression d'être un tonneau qui se vide, de se débonder, de devoir parler sans fin, sans jamais s'arrêter, comme si l'homme qui l'écoutait avait le pouvoir de faire sortir de lui le pur et l'impur, l'important et le négligeable, le bon et le mauvais, le risible et le sérieux, tout ce qu'il était, tout ce qu'il avait dans le cœur, dans les tripes, dans l'esprit, le noble et le trivial, tout cela mis en vrac sur la table, à l'ermite de trier, de peser, de juger. Et M. de Poyanne termina dans un cri : « Mon père, que dois-je faire ? »

L'ermite le regardait dans les yeux et il semblait à M. de Poyanne qu'il était tout petit, inconsistant, risible, nauséabond et lamentable — une crotte quoi ! C'est le mot qu'il employa quand il me raconta la scène plus tard.

Et l'ermite ouvrit la bouche et dit :

« Aime et fais ce que veux. »

« Comment ? » dit le marquis.

Mais le père Antoine ne lui répondit pas.

A ce moment le tonnerre éclata juste au-dessus de la forêt et de larges gouttes de pluie se mirent à tomber.

« Mon père ! cria le marquis désespéré, répétez, je vous prie ! Je n'ai pas compris ! »

Le père Antoine se tourna vers lui, le regarda de façon à lui faire comprendre qu'il ne devait pas insister et, détachant les syllabes, dit à nouveau : « Aime et fais ce que veux. » Puis il reprit son oraison.

La foudre tomba sur un chêne et M. de Poyanne sursauta au craquement du tronc qui se fendait. Saisi d'effroi, il tira sur la bride de Quadragant et s'éloigna aussi vite qu'il le pouvait. Avant de quitter les rochers il risqua toutefois un coup d'œil en arrière : à l'abri d'une roche, le père Antoine priait.

L'orage se déchaînait sur la forêt de Colbert. Il tordait les branches des chênes, les attaquait de ses foudres, secouait les lambruches qui claquaient au vent comme des voiles de navires. L'obscurité tomba sur les arbres livrés au déluge et le marquis vit qu'il s'était perdu. La pluie le transperçait, il ne savait où aller parmi ces milliers de candélabres parallèles, ces troncs détruits, ces lambruches qui le fouettaient, ces éclairs aveuglants. Il trouva un rocher en surplomb et, grelottant de froid, s'y réfugia avec Quadragant. Peu à peu l'orage espaça ses coups de tonnerre, ses éclairs, ses rafales de vent fou, le calme revint sur la forêt. Il faisait nuit. Il s'endormit contre Quadragant, se réveilla à l'aube. Une clarté pénétrait le sous-bois, les mousses luisaient d'un vert acide et là-haut, au-dessus de sa tête, les ramures des arbres s'épanouissaient dans le soleil levant. Il vit des chênes terrassés par la foudre, mais l'armée des arbres centenaires était toujours debout, sereine, altière, comme une cohorte de vieux légionnaires rescapés d'un dur combat. Il se frotta vigoureusement le corps et, s'orientant sur le soleil, regagna la lisière, déboucha sur les prairies qui buvaient la lumière. Quadragant s'ébroua, hennit. Le marquis le caressa et lui dit : « Nous en sommes sortis, Quadragant, mon ami. Et nous avons rencontré le père Antoine. Mais, je te le confie entre nous, que le diable m'emporte si je comprends ce qu'il m'a dit ! »

Il se répétait les cinq mots de l'ermite et s'efforçait d'en préciser le sens. *Aime et fais ce que veux*. Bon. Et après ? Qu'avait voulu signifier le moine ?

Au village il tomba sur le petit vieux stupéfait :

« Té, vous voilà, moussu ! Macaréou, je m'en faisais du souci ! Je croyais que vous étiez redescendu de l'autre côté de la montagne qui est un véritable casse-cou ! Vous vous êtes perdu ? Vous avez vu le père Antoine ? »

« J'ai faim, grogna le marquis. Donne-moi à manger. N'aie crainte, je paie. »

Il mangea un quignon de pain, but en se pinçant le nez du lait de chèvre qui sentait l'urine et reprit la route. Chemin faisant, il se répétait : *Aime et fais ce que veux, aime et fais ce que veux*, qu'est-ce à dire ? J'aime tout le monde, moi, sauf le baron, et je fais ce que je veux. Alors ?

D'une façon, il revenait bredouille. Qu'allait dire Irène ?

Il était si las en arrivant à Sorde qu'il alla droit à la métairie, se jeta sur un lit et fit le tour de l'horloge. Furieux de ce retard, mais habillé de frais et fleurant bon la lavande, il se présenta devant sa belle.

Elle coupait les roses flétries, juste au-dessus de l'œil comme il se doit afin de ménager une autre floraison, et les jetait dans un panier. Elle le regarda venir avec une grande attention et à brûle-pourpoint demanda :

« Alors ? »

« J'ai vu le père Antoine, dit-il tout à trac. L'orage m'a surpris dans la forêt de la Mâture et je m'y suis perdu. Je... Je ne conçois point, ma chère, que vous vous risquiez seule en ces lieux. »

Elle eut un geste d'impatience et répéta :

« Alors ? Que vous a-t-il dit ? »

« Il m'a, dit le marquis décontenancé, répondu par cinq mots dont le sens m'est obscur. *Aime et fais ce que veux.* Il n'a rien voulu ajouter. »

« N'est-ce pas transparent ? s'écria Irène. Cela veut dire : tu es libre de faire tout ce que tu veux pourvu que tu agisses par amour. Et dans le cas particulier : fais ce que tu veux pourvu que tu agisses par amour du baron, de sa fille Gabrielle et de ton fils Gilles.

« Ah bah ! s'étonna le marquis, croyez-vous que cela veuille dire tout cela ? »

« C'est clair comme de l'eau de roche. Et cette eau, marquis, il vous reste à la boire. »

Le marquis resta silencieux. Il pensait que l'interprétation d'Irène était la bonne, mais cela ne faisait pas du tout son affaire. Il était prêt à aimer tout le monde, c'était entendu, mais pas le baron et ses filles. Un ermite qu'il n'avait jamais vu, qui ne connaissait rien de ses affaires (là il sentait bien qu'il se mentait à lui-même, car il avait eu cette certitude bouleversante que le père Antoine avait lu en lui à livre ouvert) venait, comme ça, soudain, tout de go, lui dire qu'il devait aimer le baron... Comme si c'était simple et évident ! Il savait bien, lui...

« ... Vous hésitez ? »

« Non... Euh... Je... C'est que... »

« Arthur ? »

Il sursauta en entendant cette apostrophe qui le fit rougir de plaisir.

« Arthur, un homme qui voit la vérité et s'en détourne est un fruit sec, un figuier stérile, et voilà ce qu'on en fait... »

Elle coupa une rose fanée et la jeta dans le panier. Il en eut froid dans le dos.

« C'est difficile, Irène... », parvint-il à articuler.

« Qu'est-ce qui n'est pas difficile ! trancha-t-elle. Quel âge donnez-vous au père Antoine ? »

« Soixante-dix ans. »

« Il en a cinquante-huit. »

Et elle ajouta avec une spontanéité d'adolescente :

« Savez-vous qu'il fut mon premier amoureux ? »

Le marquis écarquilla les yeux.

« Il avait quarante-cinq ans. J'en avais vingt. La différence est fort grande, je l'admets. Mais il était beau, énergique, ardent, brillant. Il me demanda de l'épouser. Je n'avais d'yeux que pour Louis. J'ai refusé. Par la suite j'ai appris qu'il était entré dans les ordres. Depuis lors, bien des fois, j'ai regretté mon choix. »

M. de Poyanne n'en croyait pas ses oreilles.

« Ce... »

« Oui, ce... Maintenant, il ne m'aime plus. Ou plus exactement il m'aime absolument, comme il aime tout le monde. Comme il vous aime, vous ! »

« Moi ? »

« Oui, vous ! Il aime. Les hommes, les bêtes, les arbres, les plantes de sa forêt. Il aime la création, tout ce qui vit, tout ce qui est. Et il vous aime, vous, Arthur de Poyanne, en dépit de vos défauts et mesquineries. »

Le marquis fit grise mine.

« Ne vous vexez pas ! Il m'aime bien, moi. En dépit du mal que je lui ai fait, malgré ma futilité, mon inconstance, mes petites lâchetés confortables. Alors, une fois l'an, je vais le voir. Je reste avec lui quelques minutes. Combien de temps vous a-t-il donné ? Il me dit deux mots. Vous en avez eu cinq, vous êtes comblé ! Mais ce sont des mots essentiels, parfaits, que lui seul peut trouver et j'ai l'impression en redescendant de la montagne que je porte une lumière fragile dans mes mains. Arthur, cette fois je vous ai dit tout mon secret. Gardez-le. Comprenez-vous que vous m'êtes cher ? Partez maintenant ! Pensez à ce que vous a dit le père Antoine. »

En rentrant chez lui le marquis soliloquait sur son cheval : « Tel l'âne de Buridan, je suis placé devant le plus épouvantable dilemme. Si je n'obéis pas à ce diable de père Antoine (voilà qu'il le vouait à la géhenne maintenant !), je perds Irène. Quoi ? Comment ? Oh, non, non, non ! Je ne puis supporter cette idée ! Comment vivrais-je sans ma Corisande ? Exige-t-on d'un homme qu'il se prive de son âme ? Or n'est-elle pas mon âme, cette femme idéale découverte en mon âge mûr ? Sans elle, que me reste-t-il ? Rien ! L'un de mes fils me trahit, un autre, le butor, ne pense qu'à trousser les fermières, le troisième s'est envolé à Paris, envolé est le mot puisqu'il ne vit plus que pour l'avion ! Oui... mais si j'obéis à cet ermite, je trahis ma lignée, je souille mon blason, je forfais à l'honneur, me conduis en couard, suis odieux à mes pairs, me couvre de ridicule. Il me faut cajoler le baron, caresser ses petits-enfants, qui seront aussi les miens, et les prendre sur mes genoux. Oh là ! Oh ! Oh ! C'est impossible ! Monstrueux ! Exclu ! Seulement, si je n'accepte pas... Ah, que me donne-t-elle, la tigresse ? Des sourires, de belles paroles, le bout de ses doigts à baiser... C'est tout ! Oui, c'est tout... Je suis le parfait nigaud, l'amoureux transi. A mon âge ! Et pourtant ne plus la voir, ne plus contempler son visage, ne plus entendre sa voix, le bruissement de sa robe... Ô, Dieu ! Quelle misère ! »

On vit bien, lorsqu'il arriva au Château, que M. de Poyanne était tourneboulé. Il semblait ne reconnaître personne, se parlait à lui-même, et il se claquemura dans sa bibliothèque avec une provision d'armagnac.

L'alcool aidant, il s'apitoyait sur lui-même : mon pauvre Arthur, tu es né trop tard. Ah, ils avaient la bonne vie tes ancêtres ! Ils n'avaient qu'à ferrailler contre les gens d'Onard, faire bombance et procréer. Ils pillaient pèlerins et marchands qui passaient les gués de l'Adour, mais n'est-ce pas l'origine de toute noblesse ? Leur chapelain avait l'absolution automatique. Une fois absous d'avoir un peu violé, volé et tué, on recommençait. Heureux temps... Et toi, te voici fait comme un rat, tenu à la longe comme un poulain cabochard qu'on ramène devant l'obstacle. Tout cela à cause de mon crétin de fils qui s'est acoquiné avec une sorcière...

Et il vidait la bouteille en s'efforçant de ne plus penser.

Une énième gorgée d'armagnac mit un terme à ces lamentations intérieures et M. de Poyanne s'endormit, la lippe boudeuse, une ride profonde entre les deux sourcils.

C'ÉTAIT un beau dimanche de la mi-avril. Nous achevions de déjeuner à l'Oustaou. Accompagnées d'un pouilly-fuissé qui eût ouvert l'appétit au père Antoine lui-même, les aloses (mot d'origine gauloise, précisa le docteur) avaient été délectables et nous terminions sur un franco-russe, chef-d'œuvre de Gaisha. Il fut servi sur des assiettes d'époque dont les images naïves célébraient l'alliance franco-russe de 1891.

— Voici, dit le docteur sur un ton sarcastique, tout ce qui reste de cette fameuse alliance : un gâteau, inventé par nos pâtissiers pour la circonstance et délicieux ma foi, et quelques piles d'assiettes, extraites des vaisseliers de nos grand-mères, célébrant la rencontre de nos pompons rouges et des braves Popov en rade de Toulon. Depuis lors il y a eu la Grande Guerre avec la capitulation russe de mars 1918 qui réduisit l'alliance à néant, les convulsions de la révolution bolchevique, le pacte germano-soviétique de 1939, coup de poignard dans notre dos, et la Seconde Guerre mondiale. Des misères, des horreurs à n'en plus finir qui vous laissent un goût de sang et de fiel dans la gorge, pain quotidien hélas ! de l'histoire des hommes. Et survivant à tout cela, impérissable, semble-t-il, dans sa fragilité, ce gâteau à la crème au beurre, modeste monument de volupté gastronomique, et ces assiettes provinciales. Symbole ironique et sublime sur lequel j'écrirais assurément un traité si j'étais un philosophe de l'histoire. Je me demande ce que Gaspard en aurait pensé. Un cigare, Dubedout ?

Gaisha servait le café et je me prenais à rêver. Un rayon de soleil jouait sur les meubles, j'avais avec moi mes deux amis, Rostand ronflait dans son coin, l'Ognoas allait apparaître et le docteur reprendre la parole pour me conter l'histoire de Gilles et de Gaby. Je ronronnais et ma rêverie, suivant le fil de la fumée de mon cigare, se perdait dans les solives du plafond.

— Un peu plus de café, Dubedout ? demanda Gaisha.

— Avec plaisir, Néti, répondis-je.

Le choc de la cafetière contre ma tasse me rappela soudain au présent. Gaisha me regardait, furieuse, sa main tremblait et le café, débordant de ma soucoupe, coulait sur la table et de là sur mes genoux.

— Je... je... je m'excuse ! bredouillai-je en me levant. Je ne voulais pas... C'est un lap... un lapsus...

— Ne vous excusez pas, Dubedout. Vous avez raison d'être naturel.

Je ne savais où me fourrer. Le docteur avait piqué du nez dans sa tasse. Il se racla la gorge pour rompre le silence, chercha désespérément quelque chose à dire, et, ne trouvant mieux, proféra :

— Et si tu nous chantais un air, ma chérie ?

— Une chanson ? Pourquoi pas ? répliqua Gaisha avec véhémence. Oui, je vais chanter une chanson pour réveiller M. Dubedout !

Elle s'assit au piano, l'ouvrit avec violence, fourragea dans ses partitions. Elle en prit une, la plaqua sur le pupitre.

— Je pourrais tourner les pages..., susurrai-je.

— Mais voyons, bien sûr, bien sûr, tournez, monsieur Dubedout !

Et elle attaqua sa chanson.

C'était une mélopée sauvage, la version basque de la *Chanson de Roland,* où les cruels guerriers des montagnes célèbrent le massacre de Roncevaux :

Un cri s'est élevé
Des montagnes des Escualdunacs ;
Et l'Etcheco Yauna, devant sa porte,
A tendu l'oreille, et il a dit : Qui va là ? Que me veut-on ?
Et le chien qui dormait aux pieds de son maître
S'est levé, et il a rempli les environs d'Eltabiçar de ses aboiements.

La voix de Gaisha s'était faite gutturale. Ses mains plaquaient les accords sur le clavier :

Au col d'Ybaneta un bruit retentit ;
Il approche en frôlant à droite, à gauche, les rochers.
C'est le murmure sourd d'une armée qui vient.
Les nôtres y ont répondu du sommet des montagnes ;
Et ils ont soufflé dans leurs cornes de bœufs,
Et l'Etcheco Yauna aiguise ses flèches.
Ils viennent ! Ils viennent ! Quelle haie de lances !
Comme les bannières diaprées flottent dans les rangs !
Quatre éclairs jaillissent des armes !
Combien sont-ils ? Enfant, compte-les bien !
Un, deux, trois, quatre, cinq, six, sept, dix-huit, dix-neuf, vingt.
Vingt et des milliers d'autres encore !

Parfois elle levait les yeux sur moi et son regard me signifiait clairement d'aller au diable avec mes rêvasseries :

Unissons nos bras nerveux, déracinons ces rochers,
Lançons-les du haut des montagnes
Sur leurs têtes.
Écrasons-les, tuons-les !
Et qu'avaient-ils à faire dans nos montagnes, ces hommes du Nord.
Pourquoi sont-ils venus troubler notre paix ?
Quand Dieu fait des montagnes, c'est pour que les hommes ne les franchissent pas.

Pourquoi êtes-vous venu à Poyanne ? semblait-elle me dire. Nous n'avons besoin ni de regrets ni de mélancolie. Nous aimons la vie. La Vie !

Les rochers en roulant tombent ; ils écrasent les troupes ;
Le sang ruisselle, les chairs palpitent.
Oh ! combien de broyés ! Quelle mer de sang !
Fuyez, fuyez, ceux à qui il reste de la force et un cheval.
Fuis, roi Carloman, avec tes plumes noires et ta cape rouge.
Ton neveu, ton plus brave, ton aimé, Roland, est étendu mort là-bas.
Son courage ne lui a servi de rien.
Et maintenant, Escualdunacs, laissons les rochers ;
Descendons vite et décochons nos flèches sur ceux qui fuient.

Ils fuient ! Ils fuient ! Où donc est la haie des lances !
Où sont ces bannières diaprées flottant au vent ?
Les éclairs ne jaillissent plus de leurs armes souillées de sang.
Vingt, dix-neuf, dix-huit, dix-sept, seize, quinze, quatorze, treize,
Douze, onze, dix, neuf, huit, sept, six, cinq, quatre, trois, deux, un,
Un, il n'y en a même pas un !

Elle acheva sur ce cri, referma brusquement le piano, se leva et monta dans sa chambre.

Le dernier accord mourut dans le silence.

— J'ai gaffé, dis-je, lugubre.

— Certes, dit le docteur d'une voix triste, vous avez gaffé. C'est aussi ma faute, à vrai dire. Mais je ne pouvais pas deviner à quel point mon histoire vous impressionnerait.

Il y eut un autre silence, pénible. Puis le docteur se secoua :

— Eh bien, mon cher, quand le vin est tiré il faut le boire. Je continuerai donc mon récit, à charge pour vous évidemment de faire effort pour ne pas vous ensevelir sous la poussière du passé. Vous risqueriez de vous momifier... ce qui ferait peine à plus d'un, ajouta-t-il d'un air préoccupé. Nous avons donc laissé le marquis confronté à un dilemme que l'armagnac ne pouvait que très provisoirement occulter. Il souffrait et ne quittait pas sa bibliothèque. Nous avions marqué un point en le soumettant aux feux croisés de Mme de Fonjuzan et du père Antoine. Il était en crise, il hésitait. Mais, paralysé par ses démons, il ne tranchait pas et nous pouvions craindre qu'il ajournât par trop l'échéance ou même qu'il ne se décidât point du tout et, malgré Irène, persévérât dans sa première résolution. Cette perspective était dangereuse ; elle nous poussa à nous remuer les méninges et à tenir un autre conseil.

« Et si nous invitions votre amie Vivi ? suggéra François. N'est-elle pas notre allié objectif ? »

Gérard se tourna vers moi :

« Qu'Alphonse soit notre émissaire. En dépit de sa masse, il a les souplesses du diplomate. Et je lui soupçonne un faible pour la-dite Vivi. »

« Je... », commençai-je à protester.

Mes deux amis se mirent à rire et je jugeai préférable de ne pas insister.

Je pus rencontrer Vivi et lui exposai notre requête en l'assurant que nous prendrions soin de ne pas la compromettre, qu'au reste cette rencontre serait tenue secrète. Il nous paraissait toutefois nécessaire de confronter nos idées aux siennes, d'évaluer ensemble la situation. Elle réfléchit et accepta.

Le lendemain à neuf heures du soir nous l'attendions à Barrès. Elle parut. François rosit de plaisir et s'inclina :

« Nous vous sommes reconnaissants, mademoiselle, de nous faire confiance. Soyez certaine que nous ne vous demanderons pas de vous désolidariser de votre père, de même que vous ne m'entendrez formuler aucune critique envers le mien. Notre espoir est que de notre dialogue surgira peut-être un indice, une lumière, car, à ne rien vous cacher, nous marchons à l'aveuglette et commençons à nous décourager. »

Vivi acquiesça et François se mit à parler. Sans souffler mot de notre alliance avec Irène, il décrivit l'incertitude de son père. « Il vacille, dit-il, nous le sentons hésiter entre le consentement à ce mariage, et le maintien, avec tout ce que cela implique, d'une attitude de rigueur. Mais nous ne pouvons trouver l'argument qui emporterait sa décision. Il est secret, s'enferme en lui-même, ne laisse rien percer de ses intentions. »

Vivi s'expliqua à son tour. « En bref, résuma-t-elle, mon père souffre de voir ma sœur malheureuse, mais persiste dans sa sévérité par sentiment de l'honneur. Une pensée, je le crains, oblitère toutes les autres. Il se représente le marquis jubilant, triomphant, ravi de lui jouer le méchant tour de s'introduire dans sa Maison. Son orgueil ne le supporte pas. »

Il y eut un silence.

« Mais, objecta Gérard, cette imagination du marquis triomphant ne correspond en rien à la réalité. »

« Mon père souffre, renchérit François. Il soupçonne dans cette affaire une ruse de votre père. »

Gilles ne disait rien, mais je voyais à son visage qu'il était frappé lui aussi par cette contradiction flagrante dont il s'efforçait de préciser l'implication.

« Votre père, dis-je à Vivi, s'imagine que le marquis se réjouit de prendre barre sur lui. Or... »

« Or, coupa-t-elle, le marquis, d'après ce que vous me dites, souffre et craint... »

« Qu'en l'occurrence votre père ne l'emporte ! » acheva François.

« L'un et l'autre se trompent, résuma Gérard. Mais alors... Alors... Supposons la situation... »

« Inverse, voilà le mot ! s'exclama François. Supposons... »

« Que mon père, dit Vivi avec une grande excitation, en vienne à s'imaginer que par ce mariage il prend avantage sur Poyanne... »

« Et que le mien se persuade qu'il remporte une victoire sur Onard... », compléta François.

Radieux, nous nous dévisageâmes.

« C'est vu, c'est clair, dis-je. Il faut les persuader tous deux qu'en acceptant ce mariage ils sont gagnants. »

Gilles sauta d'un bond de sa chaise et se mit à tourner en rond en se rongeant les ongles.

Nous n'osions plus parler tant notre découverte nous paraissait importante. Ce fut François qui rompit le silence :

« Je vais inoculer cette pensée à mon père, dit-il froidement. Je jure qu'elle fera son chemin. »

« Eudoxie m'aidera, murmura Vivi. Nous avons, je crois, touché juste. »

Nous nous séparâmes. Je raccompagnai Vivi au Moulin.

« Bonne chance, Vivi, dis-je en la quittant. Peut-être allons-nous réussir après tout. »

« Dieu vous entende ! » s'écria-t-elle. Et, d'un seul élan, elle m'embrassa sur la joue. Confuse, elle s'enfuit. J'étais aux anges.

Pendant ce temps, me raconta Gérard, François donnait libre cours à son enthousiasme. « Quelle jolie fille ! s'exclamait-il. Quel charme ! Quelle simplicité ! Quelle santé ! Vous ne m'aviez pas raconté d'histoires. Je brûle de rencontrer ses deux sœurs ! »

Notre plan fut mis à exécution.

Un soir, vers les six heures, François frappa à la porte de son père et, sans attendre la réponse, entra. M. de Poyanne, qui n'avait pas fait sa toilette, tourna vers lui un visage bouffi, blafard, au regard éteint ; il n'était pas beau à voir.

« Que veux-tu ? grogna-t-il, mécontent d'être vu dans ce

débraillé. Lorsque tu frappes à une porte, ne peux-tu attendre que l'on te dise d'entrer ? Je dormais. »

« Mais vous m'avez répondu d'entrer », dit François en s'asseyant cavalièrement dans un fauteuil.

« Je t'ai répondu, moi ? »

« Oui. Sans doute étiez-vous dans un demi-sommeil. »

Et il se lança illico dans un immense discours sur l'aviation qui n'intéressait pas du tout son père. Celui-ci grommelait, somnolait, louchait vers la bouteille, puis regardait son fils d'un œil morne en se demandant quand il voudrait bien s'en aller. Il se trouvait dans cet état d'indifférence ennuyée lorsqu'un nouveau développement de François sur le bonheur lui fit dresser l'oreille.

« Que dis-tu ? » demanda-t-il.

« Je dis que nous devons nous estimer heureux de ne pas être malheureux. »

« Parole d'une originalité remarquable et que je citerai à l'occasion. Mais après cela, qu'as-tu dit ? »

« Qu'il suffit d'ouvrir les yeux pour voir autour de nous tant de gens que le sort accable. »

« Je sais que tu as dit cela, décidément tu m'agaces avec tes lieux communs. Mais n'as-tu pas donné un exemple ? »

« Je ne crois pas »

« Si ! Si ! N'as-tu pas parlé du baron ? »

« Je ne me rappelle plus. »

« Mais si ! N'as-tu pas dit qu'il est malheureux ? »

« Ah, je me souviens, concéda François sur un ton négligent. Je l'ai cité parmi d'autres parce qu'on dit qu'il est malheureux comme les pierres. »

« Tu vois bien, nota le baron qui avait repris toute sa lucidité. Et pourquoi ce sacripant serait-il malheureux ? »

« C'est évident, dit François. Vous lui prenez sa fille préférée. »

« Je... », commença le marquis. Mais il s'arrêta court tant il était surpris. « Je... »

« Il paraît que vous avez plongé ce sacripant, comme vous dites, dans le pire des désarrois. Par Gilles interposé vous lui enlevez son joyau, la prunelle de ses yeux, et vous voulez qu'il soit heureux ? »

Le marquis détourna son regard de François et contempla le

ciel par la fenêtre. Son visage exprimait la plus intense des stupéfactions, mais celle-ci, peu à peu, faisait place à un air goguenard, à une expression de cautèle.

« Comment sais-tu cela ? » demanda-t-il.

« Vous apprendrai-je que tout se sait dans un petit pays comme le nôtre ? A commencer par les domestiques, les gens d'ici n'ont pas les yeux dans leur poche. A vous bien sûr ils ne diront rien. Mais comme je ne suis qu'un simple figurant dans cette affaire ils me parlent plus librement. »

J'ai tout du traître de mélodrame, se dit François, gêné. Je plante la semence du mal et j'en surveille la croissance.

« Les affres que connurent les Sabins quand on leur enleva leurs Sabines ne furent que mélancolie passagère auprès du tourment qu'endure de votre fait le baron », poursuivit-il en se demandant s'il ne lançait pas le bouchon un peu loin. « Vous introduisez le loup dans la bergerie et ce pauvre homme tremble que par ce mariage vous n'annexiez sa famille. Ce qui illustre ce que je vous disais : le bonheur ne se remarque point ; nous sommes de si grands aveugles que nous n'en reconnaissons l'existence qu'*a posteriori*, par défaut, lorsque précisément il a cessé. »

« Oui, oui, je sais cela, coupa le marquis, impatient. Nous reprendrons cette conversation. J'ai à faire... Dis à Joseph que je descendrai dîner. Et que j'ai faim ! »

François se retira.

Le marquis se leva très doucement. Il regardait dans le vide en se pressant les mains. Ses yeux brillaient ; son visage tout d'un coup s'était comme dégonflé ; il se tenait à nouveau très droit et faisait les cent pas dans la bibliothèque, perdu dans ses réflexions.

« Je n'y avais pas pensé », murmura-t-il.

Une idée lui traversait l'esprit : le baron n'a pas de fils. J'installe Gilles au Moulin. J'investis Onard. De l'intérieur. Ce qu'aucun de mes ancêtres n'a pu faire, je le fais, moi. Les mariages ont toujours été de haute politique. C'est ainsi que nos rois ont étendu leur pré carré... Et Irène est satisfaite !

Il donna un coup de pied dans le cadavre d'une bouteille et s'en alla procéder à sa toilette. Il se rasa, se lava en chantonnant, choisit un costume avec soin. A huit heures il était à table, débordant de bonne humeur. Ses domestiques n'en revenaient pas.

« Qu'on ouvre une excellente bouteille ! clama-t-il. Du château-margaux ! Et je veux d'autres bougies ! Quantité de bougies ! On n'y voit goutte ici ! On se croirait dans le trou d'une taupe ! »

Gaston en était bleu, François jouait la surprise. Le marquis fut enjoué, pétillant d'esprit. Avec l'inconséquence qui le caractérisait, il reprochait à ses fils de n'être pas au diapason et leur versait force rasades. Mais il eût été bien surpris de savoir que, sitôt passé la porte de la salle à manger, François faisait des entrechats dans l'antichambre et sautait à cheval pour aller nous rendre compte.

Les nouvelles tardaient à venir du Moulin. Le baron était sans doute plus coriace. Nous attendîmes six jours. Enfin, un billet de Vivi, non signé mais j'aurais reconnu son écriture entre mille, nous apprit que la partie était gagnée. « Vendanges difficiles, mais finalement réussies », disait-on laconiquement. Il me fallut attendre deux autres jours pour rencontrer Vivi et apprendre ce qui s'était passé.

Admise dans la confidence, Eudoxie avait trouvé notre idée excellente — géniale, par saint Basile, simplement géniale ! s'était-elle écriée — et les deux femmes s'étaient employées à l'appliquer. Pour ne pas éveiller les soupçons du baron qui sous ses airs naïfs pouvait être des plus méfiants, elles avaient mis au point un dialogue qu'elles lui feraient croire avoir surpris. Un jour donc, sachant Gaspard au salon, elles avaient simulé de revenir du jardin en tenant la conversation que voici :

Vivi : Je suis désolée, ma tante, de voir mon père si malheureux.

Eudoxie : Mon pauvre petit, que pouvons-nous y faire ? Il s'obstine et ce que nous dirons n'y changera rien. Passe-moi l'expression, mais il est plus têtu qu'une mule.

Vivi : Je crains pour Gaby, tante Eudoxie. Tout ceci finira mal.

Eudoxie : Que veux-tu, les gens font leur propre malheur. Et ce qui se passe chez nous n'est pas très différent de ce qui arrive à Poyanne, paraît-il.

Vivi : A Poyanne ? Au village ou au Château ?

Eudoxie : Au Château bien sûr. Je le tiens de plusieurs personnes, en particulier de cette pipelette de Mme Ducournau, la femme du vétérinaire de Mugron. Le marquis boit et ne sort plus de sa chambre. Il est fou de rage et de peur.

Vivi : De peur ? Je ne comprends pas.

Eudoxie : Mais, mon petit, réfléchis un peu. Le marquis voit Gaby s'installant un jour au Château avec Gilles et pour lui c'est la catastrophe, la fin du monde.

Les deux femmes entendirent le bruit d'un livre qui tombait sur le parquet du salon.

Vivi : Au Château ? Mais comment ?

Eudoxie : Au Château et en châtelaine. Car c'est Gilles qui aura le Château. A force de cocufier les maris Gaston recevra quelque jour un coup de fusil. Le second, François, vit à Paris et ne rêve que de voler. Il s'y rompra le cou. En tout état de cause il n'habitera jamais Poyanne. Je connais ces lapins-là, ma petite, ils ne peuvent vivre qu'en dehors du terrier. Reste Gilles, qui connaît et aime la terre. Fatalement il sera l'élu. Et voilà pourquoi le marquis tourne en rond et boit comme un trou.

Vivi : Cette histoire me navre, ma tante. Parlons d'autre chose, voulez-vous ?

Les deux femmes s'éloignèrent et le baron remonta chez lui à pas de loup. Il était perplexe. Les révélations d'Eudoxie l'intriguaient. Emporté par son aversion pour Poyanne, il n'avait pas considéré la situation sous cet angle. Il se tenait pour l'offensé, et voilà qu'à en croire les commères son ennemi voyait en lui l'offenseur. Somme toute en refusant ce mariage il faisait le jeu de l'adversaire. Bizarre... Quant à la possibilité que Gaby devînt un jour marquise de Poyanne, il n'y fallait point rêver. Rêver ?... Il avait pensé ce mot : rêver ? Était-ce à dire qu'en son for intérieur il désirât ce dénouement ? Bizarre... encore plus bizarre... Mais le baron Gaspard n'avait pas le tempérament sanguin du marquis. C'était, je vous l'ai dit, Dubedout, un être lymphatique chez qui les évolutions mûrissaient avec lenteur dans le silence de sa chambre et l'obscurité de son subconscient. Lové sur lui-même, l'œil atone, il pétrit et malaxa ces éléments nouveaux, les rumina longuement. Deux, trois jours passèrent ; il était muet, pensif ; Eudoxie et Vivi s'inquiétaient. Avaient-elles fait fausse route ? Leur supercherie était-elle éventée ? Elles n'en respiraient plus ; le Moulin semblait peuplé d'âmes mortes ; on y eût entendu le souffle d'une souris. Soudain la voix du baron leur parvint du palier supérieur :

« Que l'on m'envoie Gaby ! J'ai à lui parler. »

Elle était si faible, Gaby, que Vivi dut l'aider à se rendre chez son père. Elle l'y installa dans un fauteuil et, sur un signe du baron, se retira. Mais vous ne serez pas surpris d'apprendre qu'elle resta dans le couloir, l'oreille collée à la porte. Le baron considéra sa fille. Elle avait maigri, ses mains tremblaient ; ce n'était plus qu'un enfant épuisé et malade, au reste désespéré. Mais les yeux gris gardaient leur éclat et elle ne cilla pas en le regardant. Elle se laisserait mourir plutôt que de céder, pensa-t-il. Inflexible comme Aliénor la douce. Il la vit soudain à cheval dans le parc de Poyanne, regagnant le Château et gravissant les degrés du perron pour rentrer — chez elle. Était-ce possible ? Ne fallait-il pas tenter cette chance ? Qu'eût fait Aliénor ? Sa fille marquise de Poyanne... Quelle revanche... Quel incroyable retournement... A réveiller tous les ancêtres dans leur tombe... Il interrompit sa rêverie et à nouveau regarda Gaby. Il fallait qu'elle reprît du poids, des couleurs, qu'elle retrouvât sa beauté.

« Mon enfant, dit-il, j'ai réfléchi. »

Le petit visage se durcit.

« J'ai pensé à toi. A ton bonheur. Tu aimes ce garçon, épouse-le. Je ne m'oppose plus à ce mariage. Mais il convient... »

Il ne put achever. Gaby se tassait sur elle-même et glissait sur le sol.

« Vivi ! » hurla la baron épouvanté.

Vivi n'avait qu'à tourner la poignée de la porte. Déjà elle était là, courait à sa sœur.

« Est... est... elle... mor... morte ? » hoqueta le baron.

Eudoxie arrivait en trombe, bousculait Gaspard.

« Mais non, papa, elle n'est qu'évanouie ! criait Vivi. Tante Eudoxie, de l'eau, des sels, s'il vous plaît, quelque chose !...

Agenouillée, Eudoxie tapotait les joues de Gaby, lui réchauffait les mains, lui soufflait au visage. Elle ouvrit les yeux.

Gaby regarda son père et ses yeux se remplirent de larmes.

« Vite, mettons-la sur le divan ! ordonna Eudoxie. Vivi, prends-la par les pieds. Vous, Gaspard, poussez-vous ! Bien. Je vais lui préparer un bol de bouillon. Et vous, Gaspard, quittez cette pièce ! Allez ! Ouste ! Allez rêvasser ailleurs ! Elle vous a assez vu pour l'instant. »

En grondant elle poussa le baron sur le palier et descendit à la cuisine. On l'entendit clamer des ordres sur un ton triomphal.

Nous étions fiers de notre œuvre. Grâce à notre savoir-faire la situation était radicalement transformée. Nous avions retourné MM. d'Onard et de Poyanne. Ils voulaient désormais ce mariage avec autant d'ardeur qu'ils en avaient mis à l'exclure. Surgissait alors une difficulté. De notre fait, chacun d'eux considérait que l'autre n'y consentirait jamais, qu'il le redoutait comme la peste. Était-il dans ces conditions concevable que le marquis prît son chapeau et sa canne et se rendît au Moulin pour y demander la main de Gaby, que le baron envoyât un message au Château pour proposer une rencontre ? Impossible. Inimaginable. Or il fallait bien qu'ils se missent d'accord. A nouveau nous nous concertâmes avec Vivi.

« Ce sera un événement historique, dit gravement Gérard. Il s'agit de rien moins que de ménager une rencontre entre César et Vercingétorix, Octave et Marc Antoine. De telles occasions se préparent. Sinon c'est l'échec sanglant. »

Comment franchir ce nouvel obstacle ? Nous réfléchissions.

Un visage, un nom me vinrent à l'esprit :

« Il faudrait qu'une personnalité hors pair, indiscutable, au-dessus de tout soupçon, un intermédiaire agréé par les deux parties, puisse provoquer et diriger leur dialogue... »

« Tu parles comme un notaire », maugréa Gérard.

François s'énerva :

« Eh bien, à qui penses-tu ? »

J'hésitai, puis me tournai vers Vivi :

« Connaissez-vous M. de la Soieblanche ? »

Une lueur d'approbation brilla dans les yeux de mes amis.

« Mon père ne voit plus personne, répondit-elle. Mais il a prononcé ce nom, de façon positive je crois. M. de la Soieblanche élève des abeilles, n'est-ce pas ? Habite-t-il Laurède ? »

« C'est lui, dis-je. Alors ? »

« L'idée est bonne, approuva François. Mais la démarche est risquée. Gérard s'en chargera. Il est son préféré. »

Gérard ouvrit la bouche pour protester, puis se résigna. C'était son tour de monter au créneau.

Démarche scabreuse en vérité, car elle revenait à demander à un honnête homme de s'entremettre sur un mensonge. Ce que nous ne savions pas, c'est que quelques jours plus tôt M. de la Soieblanche, qui se rendait à Mimbaste, était assis dans le tortillard, dit « Mattie-cul », en français mâche-cul, en raison de la dureté de ses banquettes, qui desservait alors la Chalosse. La cheminée évasée vomissait un torrent de fumée, il y avait une petite côte et la locomotive harassée se plaignait : *trop carcat n'en pouch pas mé, n'en pouch pas mé, n'en pouch pas mé* (trop chargé, je n'en puis plus, je n'en puis plus, je n'en puis plus...). M. de la Soieblanche regardait par la fenêtre du compartiment les paysages de sa Chalosse bien-aimée, mais bousculée, déboussolée, déchirée par notre affaire, et il poussait de gros soupirs. Il était prêt à tous les dévouements.

Il accueillit Gérard dans son rucher, à l'ombre de son chapeau de paille.

« Si je comprends bien, dit-il en hochant la tête avec tristesse, vous me demandez de les tromper tous deux en attisant leurs passions, en jouant sur leur certitude que chacun dame le pion à l'autre. On ne bâtit pas sur le mensonge et je me demande si, en employant cette ruse, nous ne semons pas la graine des zizanies futures. Mais je vous comprends. Si rien n'est fait, c'est le malheur certain. Ces deux enfants connaissent un destin tragique et l'inimitié de Poyanne et d'Onard en est perpétuée. Par ce mariage nous créons en revanche du bonheur et provoquons le rapprochement des deux Maisons. La Chalosse se calme. Si des traverses surviennent plus tard, il sera toujours temps d'aviser. Voilà votre calcul, n'est-ce pas ? »

« Vous l'exposez parfaitement », dit Gérard.

« Eh bien, répondez à vos amis que j'accepte. *Augusta per angusta !* Je ferai de mon mieux. Dès demain matin j'irai voir le marquis, puis me rendrai au Moulin à cinq heures. Venez dîner chez moi, je vous ferai rapport. Ma femme dit que quand je mens mon nez remue. Je surveillerai mon nez. A demain ! »

Le lendemain à onze heures M. de la Soieblanche se présentait donc au Château. Il trouva le marquis brillant, pétulant, mais, lui sembla-t-il, fort nerveux.

« Quel plaisir de vous voir, mon cher Alexandre, lui dit celui-ci en l'introduisant dans sa chère bibliothèque. Comment vont les ruches ? Mais donnez-moi d'abord des nouvelles de votre bosse. »

« Ma bosse va bien, mon cher Arthur, répondit Alexandre en se tâtant le crâne. Elle va bien en ce sens qu'elle a disparu. En fait, c'est d'elle que je viens vous entretenir. »

« De votre bosse ? » s'étonna le marquis.

« Ou plus exactement des circonstances qui l'ont produite. Écoutez-moi. (M. de la Soieblanche enveloppa son interlocuteur de la douce et lumineuse chaleur de son regard myosotis.) Je précise que je ne suis mandaté par personne (ce qui était faux) et surtout point par le baron que je n'ai pas vu depuis vingt ans (ce qui était vrai). Si je viens vous voir, c'est de ma seule initiative (second mensonge) et mû par ma conscience qui me reproche de rester passif quand tout va à vau-l'eau. Ne vous énervez pas, ne vous irritez pas, laissez-moi aller jusqu'au bout. Voyez-vous, poursuivit le bon vieillard, ma vie est déjà longue, mon expérience ne l'est guère moins, et je puis affirmer que je ne me suis jamais mêlé des affaires des autres. Si j'enfreins aujourd'hui cette règle, c'est que de puissantes raisons m'y contraignent : mon dévouement à votre famille, mon amitié pour vous (quel prologue ! soupirait intérieurement le marquis, la péroraison doit encore traîner à dix kilomètres), l'affection que je porte à vos enfants, et j'irai jusqu'à dire l'amour de notre petite patrie. Or, je vous le demande, Arthur, que voyons-nous ? »

Et M. de la Soieblanche, la voix tremblante, les yeux humides, traça des familles divisées de Poyanne et d'Onard, de la société de Chalosse éclatée, un tableau qui eût arraché des larmes à une pierre. Son regard devenait de plus en plus implorant, sa voix se faisait de plus en plus chevrotante, il agitait avec désespoir sa chevelure blanche qui s'accordait si bien à son nom, et personne, non personne, n'eût manqué d'être ému jusqu'au fond des entrailles par le spectacle de ce Jérémie pleurant sur Israël.

M. de Poyanne l'observait avec attention et il ne savait s'il était irrité ou ému par la rhétorique de son vieil ami. Si je ne le connaissais, se disait-il, si je ne savais qu'il est l'honnêteté même, la droiture incarnée, je me demanderais s'il ne joue pas la comédie. Bon, bon, à l'entendre nous sommes au tréfonds de la misère, au cœur de la géhenne, et le choléra lui-même n'est que bagatelle auprès des temps cruels que nous vivons. Mais où veut-il en venir ?

« Or, poursuivit l'intarissable vieillard, il est un remède à tout cela. Oui, Arthur, il en est un et il se trouve dans cette main-là que je vous prends. Il est dans cette main, mon cher. Il y est ! Je le vois ! »

Et il saisit la main droite du marquis et la secoua avec véhémence.

« Eh bien, quel est-il, ce remède ! » demanda le marquis en essayant de rattraper sa main, mais M. de la Soieblanche la serrait et s'y cramponnait de toutes ses forces.

« Vous voulez le savoir, Arthur ? »

« Oui, oui, je veux le savoir ! »

L'innocent, le délicieux regard l'enveloppait de sa caresse.

« Consentez à ce mariage, Arthur. Oh, consentez-y, mon cher, et tout s'arrange ! Finie la haine, terminés les soupçons, les rancœurs, les rivalités, les reproches... »

Mais il tombe à pic, celui-là..., songeait le marquis. Il pourrait m'être utile.

Non sans peine il récupéra sa main, joua la plus vive surprise et, dévisageant son ami, s'écria :

« Eh bien, mon cher Alexandre, je vais vous surprendre ! J'ai réfléchi, voyez-vous. Oh oui, j'ai beaucoup réfléchi. J'y consens, à ce mariage. Vous allez vous demander pourquoi ce revirement. Quelqu'un m'a ouvert les yeux : *Aime* : voilà le grand précepte. J'aime, moi. Je suis débordant d'amour, moi. Je l'aime, cette petite Gaby qui doit être jolie comme un cœur et qui me donnerait de mignons petits-enfants. Je l'aime, ce vieux larron, ce loup, ce carnassier, cette hyène, ce vautour, ce... bref, je l'aime, ce baron ! »

« Vous aimez le baron ! » s'exclama M. de la Soieblanche qui n'en demandait pas tant.

« J'aime tout le monde, trancha le marquis. Donc j'aime cette canaille de baron. »

« Et vous voulez ce mariage ? »

« Oui. »

« Mais alors tout est résolu ! »

« Non.

« Comment, non ? »

« Mais, mon cher, pour cette simple raison que le baron n'en veut pas. »

M. de la Soieblanche parut sidéré :

« Je n'y avais pas pensé. »

« C'est là le hic », dit le marquis en hochant la tête (et en lui-même il ajoutait : ah, si tu y pouvais quelque chose, mon cher Alexandre !).

Il y eut un silence.

« Et si je tentais de le convaincre ? » suggéra timidement le vieillard.

« Vous ? »

« Je m'y emploierais de toutes mes forces. »

« Je n'en doute pas, mais vous n'y parviendrez pas. Cet homme est une brute. D'ailleurs il ne veut pas qu'on l'aime. »

« J'essaierai. »

« Bien. »

« Vous me donnez carte blanche ? »

Le marquis hésita. C'était dur de déléguer ses pouvoirs, fût-ce pour une réconciliation qui n'était qu'une ruse. Mais il comprit que le destin lui faisait signe et dans un sursaut de volonté franchit le Rubicon :

« Soit. Mais vous reviendrez bredouille. »

« Peut-être, en effet, soupira M. de la Soieblanche. Adieu, cher, cher Arthur, je vais faire de mon mieux. »

Ils se quittèrent. « Dieu me l'envoie ! s'exclamait M. de Poyanne. Puisse-t-il réussir, cet innocent ! » Et M. de la Soieblanche s'installait dans son cabriolet en jubilant : « Je dois avoir des dispositions naturelles pour faire le sot. Si Mireille m'avait vu, elle aurait été fière de moi ! Et maintenant, le baron ! »

Ce que fut la conversation de M. de la Soieblanche et de Gaspard, je ne vous le dirai pas, Dubedout, il y faudrait une heure. Elle dura un temps infini, car s'il était vrai que le baron estimait plutôt son visiteur, il n'y avait entre eux ni amitié préalable ni confiance réelle préétablie. M. de la Soieblanche dut multiplier les précautions, les approches, avancer pas à pas. Il désespéra plusieurs fois en voyant le soupçon poindre dans les yeux de son vis-à-vis. Mais à dix heures du soir, épuisé et suant à grosses gouttes, il pouvait remonter dans sa voiture sur un constat de succès : il avait pratiquement deux accords en poche.

Talleyrand ! se disait le brave homme en se frottant les mains. M. de Talleyrand-Périgord n'eût pas fait mieux !

Ce ne fut pas sans un brin de coquetterie que M. de la Soieblanche nous fit part du résultat de ses négociations. Nous le comblâmes d'éloges et le suppliâmes de persévérer dans ses bons offices jusqu'à ce que l'affaire fût terminée. Se piquant au jeu, il fit de nombreuses navettes entre Poyanne et Onard. Dans l'attente de l'issue tant souhaitée nous avions retardé nos départs pour Paris ou Bordeaux et suivions avec anxiété les progrès, les piétinements, les reculs de cette négociation. Il faisait preuve d'une grande finesse, louvoyait entre les écueils, respectait le caractère, les humeurs, les caprices de chacun, les utilisait au besoin. Avec une infinie patience il érodait les aspérités, contournait les obstacles, conciliait les points de vue. Son sourire inspirait la confiance, le suave regard de ses yeux bleus conviait à l'apaisement. Mais les deux hommes n'en restaient pas moins des plus méfiants, faisant de tout un point d'honneur et s'alarmant au moindre soupçon d'avantage qui eût pu favoriser l'adversaire.

Il s'agissait à présent de les amener à se rencontrer pour échanger leurs paroles, ce qui, croyez-moi, Dubedout, n'était pas une mince affaire. En anticipant sur l'événement Gérard l'avait qualifié d'historique, en quoi il avait raison, mais l'exemple de Jules César et de Vercingétorix était mal choisi car l'on sait que notre chef gaulois se présenta devant César en vaincu et jeta ses armes, qui devaient être fort lourdes, sur ses pieds, dans l'intention manifeste de les lui casser — d'où vient, je suppose, l'expression courante de casser les pieds à quelqu'un. Excusez cette mauvaise astuce, mais elle était irrésistible. Dans le cas original qui nous occupe il n'y avait ni vainqueur ni vaincu, puisqu'en son for intérieur chacun se croyait vainqueur et tenait l'autre pour vaincu. Pour que cette ambiguïté fragile mais nécessaire persistât, il fallait maintenir une situation de stricte égalité, et c'est à quoi M. de la Soieblanche s'employa avec un soin qui lui eût valu les félicitations du chef du protocole du Quai d'Orsay si celui-ci avait eu le privilège de l'observer dans son action. Nos ancêtres excellaient dans ces sortes d'affaires. Voyez le dispositif parfaitement équilibré de l'entrevue de Louis XIV, roi de France et de Navarre, et de Philippe, roi d'Espagne, en l'île des Faisans, située dans la rivière Bidassoa, pour la paix générale et le mariage de Louis avec l'infante, le 6 juin 1660. Ou la rencontre de Napoléon et du tsar à Tilsit, dont la gravure se trouve chez vous. Dans le premier cas, une île au milieu d'une rivière, équidistante des deux rives où des forces militaires égales se faisaient face. Dans le second, un radeau au centre du courant avec, de chaque côté, pour appuis et spectateurs, les plus beaux régiments des armées française et russe.

M. de la Soieblanche, qui n'ignorait rien de ces précédents, songea bien à situer la rencontre au milieu de l'Adour, sur le plan d'eau de la Counquie, mais nous n'avions que de rustiques barcasses et la construction d'un radeau luxueux eût surpris nos populations. Or il importait que l'entrevue eût lieu dans un endroit neutre qui n'avantageât aucune des parties, sacré, pour parer à toutes les éventualités de pugilat, mais aussi discret pour le cas où l'entreprise — nous ne pouvions l'exclure — tournerait au fiasco. Après mûre réflexion, son choix se porta sur l'église de Notre-Dame-de-Maylis — en gascon la Mère des Lys — dont vous savez qu'elle est à vingt kilomètres d'ici. Avec Buglose c'est le grand pèlerinage de Chalosse. Choix admirable en vérité, auquel le baron et le marquis ne purent que souscrire. Le lieu était assez éloigné de Poyanne et d'Onard pour que la cérémonie s'entourât du plus grand secret (le curé de Maylis jura de n'en souffler mot à quiconque). L'église — pas l'actuelle, l'ancienne, celle que des barbares en soutane n'avaient pas encore détruite ! — comportait deux portes latérales d'égales hauteurs et largeurs par où le marquis et le baron pourraient entrer simultanément. Enfin l'idée n'était-elle point sublime de placer la réconciliation des deux vieux adversaires sous le regard bénin de Notre-Dame des Lys, reine des cieux et empérière de Chalosse ? Mais la patience et l'ingéniosité de M. de la Soieblanche furent soumises à bien d'autres épreuves. On discuta de la suite de chacun et, faute de pouvoir s'entendre, on décida que l'un et l'autre viendraient seuls. A cheval d'autre part et non en voiture, pour ne point avantager le marquis dont les attelages étaient plus luxueux que ceux du baron. Chacun s'habillerait à sa guise. Le baron déclara qu'il se présenterait l'épée au côté pour honorer ses ancêtres, sur quoi le marquis rétorqua qu'il ceindrait aussi la sienne. Rêvaient-ils inconsciemment d'en découdre ? La question la plus délicate fut de savoir qui prendrait la parole en premier. M. de la

Soieblanche évoqua divers critères, l'ordre alphabétique, l'âge (à quelques mois près), que sais-je... Ses suggestions soulevant des objections véhémentes, il supplia les deux parties de s'en remettre à lui : il s'adresserait en premier à l'un ou à l'autre après avoir tiré au sort. Cette proposition fut acceptée et l'habile négociateur s'enferma dans son cabinet pour mettre au point les questions qu'il allait poser.

Ainsi, le 13 octobre 1913 au soir — retenez cette date, Dubedout, elle vaut bien celle de 1515 ! — peu avant dix heures, M. de la Soieblanche se trouvait seul dans le sanctuaire de Notre-Dame-de-Maylis. Il attendait. Placées sur l'autel, des bougies éclairaient la statue de la Vierge qui, elle, en avait vu bien d'autres. Tout le reste de l'église était plongé dans l'obscurité, à l'exception de deux énormes cierges, de la taille du cierge pascal, fichés sur des candélabres devant le chœur. M. de la Soieblanche se tenait debout devant ces cierges et il se mit à prier : « Souveraine du Ciel, patronne de la Chalosse, Mère aimante qui pose toujours un regard compatissant sur tes enfants, écoute-moi et exauce-moi. Je sais que j'ai mal agi, que j'ai menti et me suis employé à enfoncer ces deux hommes dans leur erreur. Je n'ai pas dit la vérité, au contraire je l'ai cachée ; et j'ai misé sur leur crédulité et leur esprit de convoitise. Mais tu sais que j'ai agi ainsi pour le bien de notre Chalosse divisée, celui de deux familles jusqu'à ce jour hostiles, de deux enfants malheureux qui voudraient pouvoir s'aimer. Étends ta main de grâce sur mon péché et daigne soutenir jusqu'au bout cette entreprise, afin que d'un peu de mal surgisse beaucoup de bien, si c'est possible, et si telle est la volonté de Notre Seigneur Jésus-Christ, ton Fils et notre Maître à tous, qui vit et règne dans les siècles des siècles. Amen. »

M. de la Soieblanche était anxieux et tendu, comme s'il était électrisé par la solennité de l'instant et l'importance de l'enjeu. Ses mains se crispaient sur une Bible. Il s'était habillé de noir, couleur qui marquait à la fois l'effacement de sa personne et le sérieux de sa fonction, et n'eût été la lumière des deux cierges qui éclairaient son visage, on ne l'eût point distingué des ténèbres environnantes. Sa face rose, ses yeux bleus et sa chevelure blanche semblaient ainsi flotter, indépendamment de tout corps, dans l'obscurité de la nuit.

Il tressaillit. Venant d'horizons opposés, le bruit de deux

chevaux lancés au galop grandissait dans le silence de la campagne, se rapprochait, éclatait soudain devant les portes latérales. L'horloge du clocher sonna dix heures et, au dixième coup, ainsi que prévu, les deux portes s'ouvrirent. Ils étaient là.

M. de la Soieblanche crut que son pouls s'arrêtait de battre. « Sainte Mère, implora-t-il, donnez-moi du courage. »

Il ne les voyait pas. Il entendait seulement le glissement de leurs pas sur les dalles. Et tout d'un coup ils furent près de lui, dans la lumière des deux cierges. Leurs têtes absolument dissemblables surgirent de la nuit, celle chauve, glabre, volontaire, impérieuse du marquis, un masque à la Mussolini voyez-vous, et celle du baron, à la longue chevelure de Chouan, aux traits lourds, aux grandes moustaches en l'occurrence fermes et brillantes, aux yeux noyés de mélancolie.

« Je vous salue, messieurs, et vous donne la bienvenue dans ce sanctuaire d'amour et de paix, dit-il d'une voix chevrotante. Prenez chacun un cierge, je vous prie. »

Ils obéirent et l'éclat de la lumière soudain rapprochée révéla leur mise. Sans s'être consultés, ils avaient tous deux revêtu un habit de cérémonie et portaient le grand collier de l'ordre du Saint-Esprit. Ils avaient leur épée au côté.

Impressionné, M. de la Soieblanche tira de sa poche un louis d'or (il avait, pour cette occasion, cru devoir négliger les deniers de la République) et dit : « Pile pour Poyanne, face pour Onard. » Il jeta la pièce d'or en l'air et réussit par miracle à la recevoir sur sa Bible.

« Pile, dit-il. Je m'adresserai donc d'abord au marquis. Vous êtes bien Arthur, Richard, Alexandre, Philippe, marquis de Poyanne, quatre-vingt-quatorzième tenant de ce titre ? »

« Je le suis », répondit le marquis d'une voix tendue.

« Vous êtes bien, poursuivit M. de la Soieblanche en se tournant vers le baron, Gaspard, Armand, Dieudonné, Hercule, baron d'Onard et quatre-vingt-douzième tenant de ce titre ? »

« Quatre-vingt-onzième », corrigea sèchement le baron.

« Exact, dit le marquis. Quatre-vingt-onzième. J'en fais foi (et il pensait sarcastiquement : quatre-vingt-onze de trop, mais toi, tu es le dernier). »

« Excusez-moi, bredouilla, tout malheureux, M. de la Soieblanche. Êtes-vous, l'un et l'autre, sains de corps et d'esprit ? »

« Certainement », protesta le marquis d'un air choqué.

« Mais oui, mais oui, je le suis », psalmodia le baron sur un ton lugubre.

« Reconnaissez-vous que vous êtes venus ici, l'un et l'autre, librement et de votre seule et pleine volonté ? »

« Oui ! » dirent-ils ensemble.

« Que vous m'avez choisi pour être votre intermédiaire, au besoin votre conciliateur, qu'en conséquence vous me faites pleine et entière confiance ? »

« Nous le faisons ! »

« Que vous êtes tous deux conscients de la sainteté de ce lieu et de l'importance de cette rencontre ? »

« Nous le sommes ! »

« Que vous êtes venus animés par la volonté de faire table rase des hostilités, combats, conflits, traquenards, complots, guet-apens, embuscades, arquebusades, trahisons, pièges, ruses, zizanies, viols, vols, calomnies et chicaneries juridiques du passé, et uniquement inspirés par l'Esprit Saint qui commande aux hommes de s'aimer comme des frères ? »

Il y eut un silence.

« Je suis dans ces dispositions », grogna le marquis.

« J'y adhère », renchérit le baron sur un ton de plus en plus lugubre.

« Maintenant regardez-vous dans les yeux. »

Ils le firent et ce fut merveille s'ils ne tombèrent pas foudroyés.

« Tendez-vous chacun la main droite. Serrez-vous la main au-dessus du Livre Saint. »

Le moment décisif était venu. Les yeux des deux hommes luisaient comme des escarboucles, leurs mâchoires se contractaient sous l'effort, mais les deux mains avançaient. Elles se rapprochaient, se touchaient, s'agrippaient sous le regard éperdu de M. de la Soieblanche qui croyait voir l'accouplement de deux pieuvres. Il eut l'impression que ces deux mains allaient se serrer à se briser, qu'une partie de bras de fer était imminente, mais ce ne fut qu'une crainte imaginaire due sans doute à l'excès de son émotion.

« Parlez-vous l'un à l'autre en répétant après moi : sous le regard de la Vierge de Maylis que je prends à témoin, et sur la

Sainte Bible que voici, je jure de t'aimer à l'avenir comme un frère... »

Ils répétèrent. Leurs voix étaient sépulcrales mais ils répétèrent.

« ... de t'aider en toute circonstance... »

« ... de t'aider en toute circonstance... »

« Et pour sceller la réconciliation définitive et sans arrière-pensée aucune de nos deux Maisons... »

Ils répétaient et M. de la Soieblanche se disait en lui-même : les lascars, ils n'en pensent pas un traître mot !

« Je te donne — pour vous, marquis : mon fils Gilles pour ta fille Gabrielle ; pour vous, baron : ma fille Gabrielle pour ton fils Gilles. Qu'ils soient heureux et prospères. »

Ils répétèrent jusqu'à la dernière syllabe.

Dans les hauteurs de l'église une chouette se mit à ululer.

C'était fini. M. de la Soieblanche s'inclina avec grâce. Les deux hommes se saluèrent d'un brusque mouvement de tête, tournèrent les talons et s'en furent. Le galop de leurs chevaux s'éloigna dans le silence de la nuit.

Tandis qu'il chevauchait en direction d'Onard, le baron se léchait les babines en ricanant : je t'ai bien blousé, marquis de mon cœur. Et penché sur l'encolure de sa bête le marquis triomphait : ah, ah, mon vieux baron, te voici couillonné !

M. de la Soieblanche s'employa à éteindre les cierges. Avant de souffler le dernier il leva les yeux vers la statue de la Vierge et lui dit : « Nous avons réussi, Madame. Merci. Vous voyez qu'avec ces lascars il fallait bien tricher un peu ! »

QUE faire lorsqu'on a appelé une femme par un autre prénom que le sien ? Dire que la langue vous a fourché, plaider la distraction pathologique, voire héréditaire, prétendre avoir oublié l'incident, faire un cadeau très cher ou se jeter aux pieds de l'offensée ? Je retournais toutes ces solutions dans ma tête, la maladroite, la médicale, la désinvolte, la fastueuse ou la passionnelle, sans pouvoir en retenir aucune. J'avais fait de la peine à Gaisha et ne me pardonnais pas ma balourdise. La seule attitude à adopter était de m'excuser très sincèrement et de dire combien je regrettais.

L'idée qu'elle pouvait garder quelque ressentiment à mon égard balaya mes dernières hésitations. Je me précipitai à l'Oustaou, entrai dans la maison. La porte de la salle à manger était entrouverte, Gaisha disposait des fleurs dans un vase. Elle me tournait le dos.

— Bonjour, Gaisha.

— Bonjour, Dubedout.

Elle ne se retourna pas. Mais sa voix était calme, unie. Je pris une grande aspiration.

— Je viens m'excuser...

— Et de quoi donc ?

— De mon lapsus. J'ai été tellement stupide...

— Je vous en prie. Cela n'a pas d'importance.

Le bouquet commençait à prendre forme, mais la nuque de Gaisha demeurait inexpressive. J'étais dérouté.

— J'espère... J'espère ne vous avoir pas fait de la peine.

— Aucune !

Le petit mot claqua sèchement à mes oreilles. C'était trop, mais avant que j'aie pu riposter elle se retourna, les joues en feu, les yeux étincelants :

— Imbécile ! me lança-t-elle.

Puis, se ressaisissant avec une rapidité qui me laissa stupide, elle m'assena d'une voix sifflante :

— Il y a pour déjeuner une salade de piments doux dont vous raffolez et du filet mignon.

Le choc me fit reprendre mes esprits. Navré et furieux, je lui répondis avec un calme forcé :

— Je n'étais pas venu pour déjeuner. Maintenant je m'en vais.

Et je tournai les talons.

Je la sentis voler derrière moi et, avant que j'aie pu atteindre la porte, elle m'avait agrippé par la manche. Ses doigts s'enfonçaient durement dans mon bras. Leur contact me fut doux.

— Je vous interdis, vous m'entendez, je vous interdis, murmurait cette furie, le souffle court, de faire de la peine à mon père. Il vous attend au jardin. Si vous ne le rejoignez pas, je ne sais pas ce que je vous ferai...

Elle lâcha prise.

— Allez-y tout de suite, s'il vous plaît.

Elle recula un peu et ajouta en me regardant tristement

— Espèce de Jean de la Lune !

Je lui obéis. Avant d'arriver au fauteuil d'où dépassait le grand chapeau de paille du docteur j'eus le temps de modifier mon visage. Et quand je m'assis en face de lui je ne crois pas qu'il devina à quel point j'étais malheureux.

Le déjeuner fut étrange... Entre Gaisha et moi, d'une nervosité acidulée... Le docteur s'en aperçut et, pour dissiper la tension, choisit de reprendre son récit :

— Le marquis était aux anges. Il estimait qu'il avait introduit le cheval de Troie dans la place et que bientôt il annexerait Onard en installant son fils Gilles au Moulin. Il ne tarissait pas d'éloge sur le savoir-faire de M. de la Soieblanche, tout en se gaussant intérieurement de son innocence, estimant qu'il l'avait manœuvré de main de maître et que l'honnête vieillard avait sans le savoir admirablement servi ses desseins. Il se disait qu'il allait pouvoir paraître le front haut devant sa Corisande et cueillir le fruit de son habileté ; il en rêvait, se voyait aux portes du Paradis. Dans un premier temps toutefois il devait s'acquitter de certaines obligations de protocole dont le détail avait été soigneusement mis au point. Je dois m'imprégner de l'idée que je n'ai plus d'ennemi, se répétait-il ; Onard n'est plus hostile et le Moulin m'est ouvert. Ceci admis, la comédie est facile à jouer. Mais d'abord il faut avertir Gilles.

Le lendemain de sa rencontre historique avec le baron, il envoya donc un messager à Barrès pour prier son fils à déjeuner. A midi, celui-ci était chez son père. Il savait bien sûr de quoi il retournait et joua son rôle à la perfection. Il vint en amant malheureux, en fils maudit, en pauvre hère, et lorsque le marquis, rayonnant de bonté, lui annonça que, soucieux de son bonheur avant tout, il le réintégrait dans l'affection paternelle et bénissait son amour, il parut stupide, abasourdi, et se jeta dans ses bras en pleurant de joie. Ils s'étreignirent avec passion. Le marquis, en fait, était ému, car si les hommes sont des comédiens, Dubedout, ils se laissent prendre aux apparences qu'ils ont eux-mêmes créées, même s'ils connaissent l'envers du décor, souvent misérable, devant lequel ils jouent. Et puis les hommes sont complexes, le marquis tout comme un autre. Son air d'assurance, la dureté style talon rouge qu'il affectait cachaient mal un besoin de chaleur humaine qui grandissait avec l'âge. Il retrouvait son fils, l'embrassait, se comportait en père noble. Tout cela le remuait. Le déjeuner fut donc charmant, délicieux, et, au dessert, une coupe de champagne à la main, M. de Poyanne se leva pour annoncer la grande nouvelle devant Gaston sidéré, François qui feignait de l'être, et deux domestiques qui n'en croyaient pas leurs oreilles. Ils se hâtèrent de revenir à l'office pour annoncer l'événement et, deux heures plus tard, jusqu'à la plus lointaine chaumière, jusqu'à l'antre de Félicia la sorcière, tout le monde était au courant. Avant de passer au café, le marquis avait ajouté : « Cet après-midi, à cinq heures, je me rendrai au Moulin, où, pour toi mon fils, je demanderai la main de Mlle Gaby. »

A Onard, de son côté, le baron nourrissait des pensées similaires. Il souriait, lui aussi, de la naïveté de M. de la Soieblanche, se réjouissait du tour qu'il jouait au marquis et jubilait à l'idée de Gaby régnant sur le Château qu'elle peuplerait de ses enfants. Il pourrait alors, l'âme apaisée, s'endormir dans la paix du Seigneur et rejoindre sur les parvis célestes la cohorte de ses ancêtres qui l'accueilleraient en agitant des palmes, en chantant ses louanges, cependant qu'une Aliénor émerveillée de son intelligence et de son savoir-faire lui ouvrirait les bras. Dans l'immédiat il avertit les siens qu'il avait obtenu l'accord du marquis et que celui-ci viendrait dans l'après-midi demander la main de Gaby. Lorsqu'elle apprit cette visite imminente, celle-ci acheva en trois secondes de reprendre les couleurs qu'elle avait perdues en trois mois — ce qui confirme l'adage que l'amour sied aux filles — et sauta au cou de son père. Eudoxie et Vivi simulèrent la surprise la plus vive et l'admiration la plus entière pour les talents de négociateur du baron. L'annonce des fiançailles prochaines de Mlle Gaby et de M. Gilles se répandit dans Onard avec la rapidité du feu qui dévore le cordon Bickford. En fait les deux nouvelles se croisèrent, l'une cascadant de Poyanne jusqu'à l'Adour, l'autre gravissant la colline jusqu'à Poyanne, et des deux villages elles fusèrent dans toute la Chalosse, provoquant étonnement, excitation, réprobation parfois, mais le plus souvent approbation et joie. A Poyanne l'abbé Dumas voulut sonner les cloches, nous l'en dissuadâmes en faisant valoir qu'il se rattraperait au centuple le jour des noces.

— Et Néti ? demandai-je.

— J'y viens. Elle accueillit la décision de son père comme une trahison, une capitulation exécrable, lui fit une scène dont la violence les brisa. Puis elle se mura dans un silence méprisant et hautain. Cette attitude affecta terriblement le baron qui ne pouvait plus se passer d'elle. Il pensa lui exposer le calcul secret qui avait déterminé sa volte-face, mais ne put s'y résoudre ; inflexible, jalouse à l'excès de l'honneur familial, Néti n'aurait pu comprendre et accepter ses raisons. Elle resta donc sur ses positions et, quand elle apprit la visite du marquis, voyant que tout était consommé, que son sentiment était négligé et ses objections tenues pour lettre morte, elle tourna les talons et disparut. On ne la revit qu'à la nuit. Le baron en fut irrité, car il voulait présenter à M. de Poyanne le trio dont il était si fier. Il l'appela, la chercha, mais en vain. Les larmes aux yeux, Néti marchait dans la forêt, bouillante de colère et accablée de honte. Elle s'était saisie d'une baguette de chêne et, dans sa fureur, fouettait les arbres sur son chemin.

Cependant Gaby s'habillait dans sa chambre tandis qu'Eudoxie, Vivi et les servantes faisaient au Moulin sa toilette des jours de fête dans l'attente de leur redoutable visiteur.

Le marquis monta dans sa voiture et donna au vieux Jean, le

cocher, le signal du départ. Celui-ci était encore plus impressionné que son maître. Il avait été élevé à l'ombre du Château, dans ses traditions, ses légendes, ses amours et ses haines, il n'avait jamais mis les pieds au Moulin et la perspective de franchir le seuil fatidique lui paraissait blasphématoire.

« Eh bien, Jean, lui dit le marquis, nous y allons enfin ! »

« Nous y allons, moussu, rétorqua le vieux Jean avec véhémence, mais si moussu votre père m'avait dit que je vivrais assez pour voir cela, hil de pute, je ne l'aurais jamais cru ! Mais nous y allons, nous y allons, macareou, puisque vous le voulez. Et hue donc, Germaine ! »

« Que veux-tu, il faut tourner la page. Il y a un temps pour tout, disent les Écritures. Vient celui où la haine n'est plus de mise, où il faut se réconcilier entre voisins. »

« Pour se réconcilier, à ce qu'on m'a dit, il faut être deux. »

Le marquis resta songeur. Et si le baron lui préparait quelque tour... Mais il chassa cette pensée importune. Toutes ses précautions étaient prises et il fallait jouer le jeu.

Ils abordaient la grande descente et tout d'un coup, juste après la croix dans le tournant, le panorama immense lui sauta aux yeux, la lande infinie, et, tout près, à ses pieds en quelque sorte, la forêt de l'Adour où se cachait le Moulin. Et il accomplissait en ce moment ce qu'aucun de ses ancêtres n'avait fait avant lui, il se rendait au Moulin, il allait à l'ennemi, mais en invité pacifique, les mains nues, sans épée, sans coutelas, sans fusil, il s'y rendait non point pour sommer, non point pour exiger, mais pour demander, oui pour demander, pour solliciter la main d'une fille d'Onard pour son propre fils, un Poyanne ! Rome contait fleurette à Carthage, sainte Clotilde faisait la bise à Attila, François Ier invitait Charles Quint à souper puis lui bassinait son lit, l'Empereur mignotait Albion... Était-ce bien lui qui se trouvait dans cette voiture ? Tout se passait comme dans un mauvais rêve... Il sentit la respiration lui manquer et se dressa sur son siège, happant l'air, suffoquant.

« Cela ne va pas, moussu ? » s'inquiéta le vieux Jean.

Il se reprit, retomba sur la banquette, secoua la tête comme un chien secoue ses tiques. Non, il ne renoncerait pas ! Il ne laisserait pas passer cette occasion unique ! C'était lui qui avait raison, mille fois raison ! Il était le plus intelligent de tous, il allait réussir là où tous ses ancêtres avaient échoué.

« Cela va bien, répondit-il d'un air sombre. Très bien, ma foi. Très bien, mordious ! En vérité, très bien. »

Ils tournèrent à gauche au bas de la côte et progressèrent parallèlement à l'Adour. Le marquis ouvrait les yeux tout grands. Ils étaient à présent sur le territoire d'Onard et il savait que chacun de ces champs avait été le théâtre d'un combat, d'un duel, d'une escarmouche.

En d'autres temps j'eusse déjà reçu trente coups d'arquebuse, pensa-t-il. Et il serra les dents.

Il vit des silhouettes qui se cachaient derrière des arbres, mais c'étaient seulement des gens d'Onard qui, sidérés, les épiaient.

On apercevait non loin les toits de quelques maisons.

« Nous approchons, moussu, dit le vieux Jean d'une voix mal assurée. Il est encore temps de s'en retourner. »

« Avance ! » dit nerveusement le marquis.

Ils atteignirent les maisons, passèrent sur le petit pont. Et le Moulin fut devant eux.

« Arrête ! » souffla M. de Poyanne.

Enfant, le cœur battant, il s'était glissé de nuit jusque-là pour le voir. Mais c'était la première fois qu'il le regardait en plein jour, au vu et su de tout le monde, et il ne pouvait détacher ses yeux des nobles murs en pierre de taille, de la puissante toiture d'ardoises, des aubes mortes qui depuis bien longtemps avaient cessé de tourner. Sa tension était telle qu'il faillit abandonner.

« Entre », dit-il tout d'un coup, comme on se jette à l'eau.

La voiture passa le portail.

Le baron était là, vêtu de gris, qui l'attendait sur le perron. Un garçon se précipitait pour abaisser le marchepied de la voiture. Le marquis montait les degrés et se prenait à serrer avec effusion la main de celui auquel il aurait aimé tordre le cou. Le baron s'effaçait, l'introduisait dans le grand salon où se trouvaient Mme Eudoxie, silhouette qu'il avait aperçue de loin en loin dans les foires, et deux jeunes filles : l'une blonde, à l'expression ouverte et un tantinet moqueuse, l'autre brune, qui se tenait en retrait, svelte, à vrai dire un peu trop maigre, ce devait être Gaby. Avec toute la grâce dont il était capable il s'inclinait sur la main de la noble dame qui avait connu les fastes de Saint-Pétersbourg, saluait les jeunes filles d'une inclinaison de tête, soupesant toutefois du regard la pauvre Gaby. Il s'asseyait sur un canapé, posait son chapeau claque et ses gants en peau de chamois près de lui, regardait vaguement à l'entour, glissait prudemment sur les portraits des ancêtres, acceptait une tasse de thé. Et il répondait benoîtement aux questions. Oui, cette journée était bien belle. Assurément il avait fait bonne route. Il y avait beaucoup de cèpes cette année. La vendange serait chiche mais de qualité supérieure, le piquepoult en remontrerait au jurançon. Soudain il murmurait quelques mots à l'oreille du baron. Celui-ci se penchait vers Eudoxie, qui se levait, se retirait suivie des deux filles, dont Gaby rouge cerise. La porte du grand salon se refermait et il restait seul avec le baron.

Ils se regardaient. Le marquis détaillait le baron, son vaste front ridé par l'étude, ses lourdes paupières en coquille d'œuf, ses fantastiques moustaches (à la Salvador Dali, Dubedout), ses yeux de cocker éploré. Il pensait : dire que je devrais l'étrangler, l'étriper, lui faire sauter la cervelle... Pauvre type... Mais je l'aurai quand même ! Et le baron Gaspard le contemplait en se disant qu'il avait bien vieilli depuis le régiment avec son teint couperosé, sa calvitie, et cette tension trop manifeste dans tout le corps dressé contre la montée insidieuse des ans. Quoi, assassiner ce petit homme ? Le pendre par les pieds, le nez dans un lit de braises, comme l'eussent fait ses ancêtres ? Fi donc ! Il suffisait de le berner.

Le marquis se levait, droit comme un « i » pour ne pas perdre un dixième de pouce de sa taille, s'entendait dire : « J'ai l'honneur, cher baron, de vous demander la main de votre fille Gabrielle pour mon fils Gilles. » Et le baron lui répondait mécaniquement : « Je vous l'accorde volontiers, cher marquis ; c'est un bonheur de faire alliance avec votre Maison. » Ils se regardaient encore, ils n'en croyaient pas leurs oreilles. On introduisait alors Gaby le visage en feu. Le baron résumait la situation. Le marquis embrassait Gaby sur le front. Elle fondait en larmes, faisait une révérence, bas, très bas, et se sauvait. Les deux hommes ne pouvaient s'empêcher d'échanger un regard. Le baron reconduisait le marquis. On appelait le vieux Jean ; il arrivait, la démarche hésitante car Eudoxie avait recommandé de lui verser du piquepoult à volonté. Germaine, bonne fille, acceptait toutefois d'obéir à ses ordres imprécis et la voiture du marquis de Poyanne s'ébranlait, repassait le portail, cependant que sur le perron la maisonnée lui disait au revoir de la main.

« Ces traîtres, moussu, hoquetait le vieux Jean, ces traîtres, ils ont essayé de me faire boire ! »

Tassé sur son siège, le marquis récupérait comme un boxeur.

Le lendemain, le baron lui rendit sa visite. Lui non plus n'était jamais entré au Château. Oh, il le connaissait, il ne le connaissait que trop puisqu'il dominait les alentours et qu'il était impossible de ne pas le voir depuis le bas de la colline. Comme le marquis, quand il était gamin, il s'était glissé dans la nuit pour épier, par-dessus le mur d'enceinte, la maison abhorrée d'où fusaient les rires et ruisselaient les lumières. C'était le repaire du Mal et il avait pour lui le regard de Calvin et des Messieurs de Genève pour la Cité maudite, la Rome des scandales. Ah, le détruire, l'incendier, et se repaître du spectacle des fenêtres vomissant le feu, du toit s'effondrant dans les flammes ! Et voici que dans son cabriolet il passait paisiblement la grille de Poyanne devant un attroupement de badauds, s'engageait dans l'allée des platanes centenaires. Ses ancêtres lui gigotaient dans le sang, tout son être en était révulsé, et il avait envie de sauter de sa voiture pour détaler à toutes jambes. Mais, les ongles enfoncés dans les paumes, il tint bon.

Il était cinq heures juste — pour l'horaire aussi une symétrie parfaite avait été respectée — lorsque son cabriolet décrivit une courbe devant le Château et s'arrêta au bas du perron. Ce n'était pas M. de Poyanne qui l'attendait, mais deux veneurs en tunique rouge, avec culotte blanche, bottes et bombe noires, qui, dès qu'il eut mis pied à terre, firent tournoyer leurs cors et entonnèrent à pleins poumons l'air de l'offertoire de la grand-messe de saint Hubert. Aussitôt la porte du Château s'ouvrit et le marquis parut. Il le prit par la main, le fit entrer. Ils traversèrent la galerie des portraits — le baron préféra regarder droit devant lui. Au dernier tableau le marquis lui dit simplement : « C'est moi », et l'introduisit dans sa bibliothèque où flambait un grand feu ; trois jeunes gens s'y trouvaient. « Je vous présente mes fils, mon cher baron. Gaston, qui m'aide au domaine, François, l'aviateur, et Gilles, celui qui nous intéresse le plus, n'est-ce pas ? Il est expert en agriculture et n'a pas son pareil pour faire rendre une terre. »

Il saluait Gaston, François, ne pouvait résister à une subite impulsion et serrait Gilles dans ses bras. Ce geste surprit. François était aux anges et le marquis, la voix un peu rauque, s'exclamait :

« Que diriez-vous, baron, d'un petit armagnac ? »

On s'assit au coin du feu. On parlait mais les regards en disaient plus long que les paroles. Une heure passa et le baron prit congé. Il défila à nouveau devant les ancêtres, outrés dans leurs cadres dorés, il se sentait léger, espiègle, il avait envie de leur faire un pied de nez, des grimaces, un bras d'honneur, de se déculotter pour leur montrer son derrière, tout seul il n'eût pas hésité, mais la présence du marquis rendait la chose impossible. On se sépara tandis que les veneurs embouchaient à nouveau leurs instruments et le baron s'éloigna sous les fanfares. Derrière la grille, sur la route, l'attroupement avait grossi. Des applaudissements crépitèrent. Quelqu'un cria : « Vive le baron ! » Gaspard se sentit fourbu.

Je sais que dans cette partie qui se jouait les dés étaient pipés des deux côtés, Dubedout. Chacun se disait : je n'ai pas trahi — et même j'ai gagné. Substituons l'adresse à la force, Ulysse à Achille, soyons renard et non plus lion. Mais à ce jeu-là, voyez-vous, on risque d'être pris : on se voit, on se parle, on est bien obligé de se serrer la main, on boit ensemble. C'est beaucoup plus difficile ensuite de s'étriper. Sans très bien s'en rendre compte, le marquis et le baron avaient mis la main dans un engrenage. Leur auriez-vous dit que leurs relations changeaient, que les glaces commençaient à craquer, ils vous eussent sauté au visage. Et pourtant...

La nature humaine étant ce qu'elle est, ce cessez-le-feu n'était d'ailleurs pas du goût de tout le monde. Gaston l'obtus n'y trouvait pas son compte. Mais la réaction la plus violente fut sans conteste celle de M. de Nobleprépuce.

Le surlendemain de la visite du baron à Poyanne, ce Grand Maître de l'ordre de la Traditionnelle Triste Figure se présenta au Château, vêtu de noir et de rigueur, les décorations royalistes de ses ancêtres épinglées sur sa poitrine, et tenant à la main le jonc à pommeau d'or qu'il n'utilisait que dans les grandes occasions. Lorsqu'on l'annonça, le marquis pensa : Diou biban, je l'avais prévu ! Il va falloir que j'endure ses sornettes ! Elle était en effet inévitable, cette visite, elle lui pendait au nez. Il lui faudrait donc subir la tornade, sans dire mot de son stratagème, sans se défendre, car il lui était impossible de révéler ses raisons secrètes à son visiteur qui, pas plus que Néti, ne les eût acceptées. Sitôt entré, M. de Nobleprépuce marcha vers lui et, sa poitrine touchant la sienne, s'exclama d'une voix de fausset :

« Qu'ouïs-je, marquis ? Vous capituleriez ? »

M. de Poyanne répondit avec fermeté :

« Je ne capitule jamais, comte. Je marie mon fils, c'est tout. »

« Avec la fille du baron... »

« D'Onard, oui. Nous nous sommes réconciliés. »

« Réconciliés ! fulmina le grand homme dont les yeux lancèrent des éclairs. Peut-on se réconcilier avec son ennemi naturel ? Qu'en disent vos ancêtres, monsieur ? »

« Rien. Ils sont morts.

Le marquis se mordit la langue, comprenant qu'il venait de blasphémer, mais c'était trop tard, cela lui avait glissé des mains, en quelque sorte.

M. de Nobleprépuce en eut le souffle coupé. Il devint gris et une peine immense parut dans ses yeux :

« Nos ancêtres ne meurent jamais, monsieur. Ils sont en nous, vivent en nous, ils sont nous. La tradition... »

« Elle évolue, mon cher. Vous vous servez maintenant d'une fourchette, ce que ne faisaient point nos rois avant Henri III, et vous fumez le cigare de Havane. »

M. de Nobleprépuce balaya ces arguments spécieux d'un revers de main :

« Broutilles que cela ! La tradition maintient l'essentiel. Et je puis vous dire que tous vos pairs de Chalosse... »

« ... seront, j'en suis sûr, enclins à m'approuver. »

« En leurs personnes vous m'offensez, monsieur ! »

« A Dieu ne plaise ! Les fiançailles ont lieu dans six jours, le mariage est prévu pour février. Vous y serez cordialement invité. »

« Cornebleu ! vous m'offensez doublement ! »

« Vous m'échauffez les oreilles, monsieur, répliqua le marquis. » Et il fit un grand effort pour ne point perdre son sang-froid.

« Vous m'insultez ? »

« Je n'en ai point l'intention. Mais prenez-le comme bon vous semble. »

« Je le prends pour une offense, monsieur ! »

Le marquis soupira. Fallait-il vraiment en venir là ?

« Dois-je donc vous demander vos conditions ? »

« Demain, à l'aube, derrière l'église de Gamarde, le curé étant absent, à l'épée. »

« Jusqu'au premier sang ou à mort ? »

« Jusqu'au premier sang », répondit assez prudemment le Grand Maître.

« J'y serai avec mes témoins. A demain. »

« A demain. »

Ridicule ! s'écria le marquis en s'affalant sur son siège. Ridicule ! Il est connu que M. de Nobleprépuce se sert d'une épée comme d'une poêle à frire et je ne cours aucun risque avec lui. Pour ce foutu baron — oh, il commence à me taper sur les nerfs, celui-là ! — je me brouille avec le Mentor de la Chalosse et dois me battre avec lui ! Impensable et ridicule ! Mais puisque le vin est tiré il faut le boire, et le boire jusqu'à la lie. Eh bien, crevons l'abcès !

Il lui fallait deux témoins, Il galopa jusque chez M. de Caupenne qui, ravi d'assister à une passe d'armes, accepta sur-le-champ. La perspective d'un joyeux petit déjeuner emporta l'adhésion de M. de Bâfreton. Le lendemain, au premier chant des merles, tout le monde était sur le pré. M. de Nobleprépuce, l'œil furieux et la mine hautaine, était flanqué de MM. d'Estoubiat et d'Arroumega, deux racornis de la meilleure cuvée. Les adversaires prirent leurs distances et se défièrent du regard. Je vais le tuer ! se disait M. de Nobleprépuce, il faut arrêter le flot montant de la décadence ! Je vais lui piquer la cuisse, pensait le marquis, il souffrira peu et le sang coulera. Il y eut un rapide échange. M. de Nobleprépuce s'écroula, le muscle de la cuisse transpercé. « Je meurs pour la Noblesse ! » s'écria-t-il en tournant de l'œil. Mais en tombant il leva le bras automatiquement et taillada la figure du marquis qui se mit à saigner comme un bœuf. Oh ! pensa-t-il, ravi, je verse mon sang pour Irène. J'irai le lui montrer !

Ce duel secoua la Chalosse. Le baron fut stupéfait. En toute hâte il monta au Château et s'enquit, avec une inquiétude non feinte, de la santé du marquis. Celui-ci, qui arborait son estafilade comme une auréole, fit le dolent. Les deux hommes se quittèrent un peu gênés, moins à l'aise dans leurs arrière-pensées et leurs mauvaises fois réciproques.

Le marquis brûlait d'aller voir Irène pour lui montrer sa blessure, une belle ligne rouge qui sabrait sa joue droite du coin de l'œil jusqu'au menton, et lui annoncer qu'elle était obéie. Il jugea pourtant plus efficace de ne paraître devant elle qu'après les fiançailles, dont il pourrait ainsi se targuer. Elles eurent lieu chez la fiancée, comme il se doit, dans l'intimité, et furent des plus réussies. C'était un beau matin de novembre, quand la limpidité d'un ciel froid précise les lignes douces de nos collines et découpe les silhouettes des arbres jusque dans leurs plus fines ramilles. Des feux vifs, avec de grandes flammes bleues et jaunes, réchauffaient les salons du Moulin, et tout le monde était sur son trente et un. Le marquis arriva avec Gilles, un peu guindé dans le costume neuf commandé au tailleur Saubolle, et tous les siens. Du côté du baron, la famille était au complet, Eudoxie pétulante dans sa robe couleur crème brûlée (« Kriem brûlée », disait-elle à la russe), Gaby qui — alléluia ! — avait repris ses formes, ravissante en blanc, la délicieuse Vivi en bleu, et même, oui, nous ne rêvions pas, Néti, rétive, Néti le visage fermé, mais Néti quand même présente, dans une robe couleur d'eau qui lui allait à ravir. Le baron avait dû insister, et combien ! je le sus par la suite, adjurer, finalement ordonner. Il y avait aussi, bien sûr, M. et Mme de la Soieblanche, Gérard et votre serviteur. Le baron, très ému, fit un discours expurgé pour une fois de références historiques, exaltant la réconciliation des deux Maisons concrétisée par ces fiançailles. Le marquis répondit sur un ton léger, mais d'où toute pointe amère, toute allusion perfide étaient exclues. Tremblant, Gilles passa la bague de fiançailles au doigt de Gaby, tout le monde applaudit — sauf Néti — et le champagne monta dans les flûtes. Nous nous séparâmes à midi.

Je pris place avec François dans le cabriolet de Gérard qui s'était offert à nous ramener à Poyanne.

« Et voilà ! dit-il, tout heureux, en activant son cheval. Les fiancés sont presque au pied de l'autel. Le marquis et le baron se font des grâces en apparence, Onard et Poyanne ont rentré les armes. Nous pouvons être fiers de notre œuvre. En ce qui me concerne, je suis amoureux d'Eudoxie ! Cette grande dame russe m'a séduit. Je trouve à son accent, à sa flamme, à son rire tonitruant, à son opulente poitrine des charmes certains. Quel personnage de théâtre ! Sa présence nous éclipse tous. Elle a pourtant un défaut. Elle n'aime pas Dostoïevski et ne jure que par Tolstoï !

« Elle n'a rien de dionysiaque, dis-je. C'est une apollinienne pur sang. »

« J'ai aimé ces fiançailles courtes et simples, poursuivit Gérard. Tout le monde était heureux. Gaston n'a pas fait l'imbécile. Néti elle-même était là ! Ton père, ajouta-t-il à l'adresse de François, et le baron doivent être satisfaits. Qu'en penses-tu ? »

François ne répondit pas.

« Mais, ma parole, il ne supporte plus le champagne ! Il dort à moitié ! » remarqua Gérard.

« Ho ! fis-je à François en le poussant du coude, on te parle ! »

Il tressaillit et nous dévisagea :

« Il fait très beau, en effet », murmura-t-il.

Nous éclatâmes de rire.

« Au fait, dis-je, le bon Théo s'est proposé pour nous conduire demain à la gare. Retrouvons-nous chez lui à dix heures. »

Le lendemain, à l'heure dite, bagages en main, Gérard et moi nous étions chez Théo qui s'affairait autour de sa prestigieuse De Dion-Bouton à douze cylindres rotatifs. François se faisait attendre et nous devenions nerveux.

« Allons le chercher, proposa Théo. Avec ces routes semées de clous de fers à cheval une crevaison est toujours possible et il faut une demi-heure pour réparer. En route, messieurs ! »

Nous montâmes en voiture et allâmes jusqu'au Château. Pas de François. Je sautai à terre et courus sonner à la porte.

« M. François ? demandai-je au vieux Jean qui m'ouvrait. C'est urgent ! Nous allons rater notre train !

François parut après cinq minutes. Il n'avait aucun bagage et nous regardait, interdit.

« Eh bien, nous partons ! Qu'attends-tu ? » m'exclamai-je.

« Nous partons ?... »

« Oui, à Bordeaux, à Paris ! »

Il secoua la tête :

« Je ne vais pas à Paris. »

« Mais... »

Nous n'y comprenions plus rien et nous regardions, Gérard et moi, stupéfaits.

« Mais ton entraînement de pilote... », dis-je.

« Il attendra », répondit-il en haussant les épaules.

« Et... et Lulu ? » risqua Gérard.

François rougit :

« Tu... tu lui diras que je suis retenu par une affaire de famille. »

« Et que tu lui écriras ? »

« Oui... Enfin, peut-être... »

« Tu nous écriras, à nous ? »

« Oui... Bien sûr... »

« Ecoute, François... »

Théo actionna sa trompe :

« C'est le dernier carat, mes amis ! »

Indécis, nous regagnâmes la voiture. Théo tournait vigoureusement la manivelle. Le moteur pétarada.

« En avant ! » cria-t-il.

En nous éloignant nous observions François qui avait repris son air lunaire.

« Que se passe-t-il ? murmura Gérard. Il a l'air malade... »

Nous étions décontenancés.

A ce même moment le marquis trottait déjà depuis longtemps sur la route de Sorde, aux approches de Labatut. La veille avait été une journée merveilleuse, illuminée par la perspective de revoir Irène ; et ce matin-là, en se rasant devant sa glace, il avait admiré sa blessure dont le rouge vif était d'un superbe effet. La vivacité de l'air matinal, les reniflements joyeux de Quadragant avaient contribué à l'entretenir dans une excitation délectable qui depuis son départ ne s'était pas démentie un instant. Co-ri-sande, Co-ri-san-de, Co-ri-san-de, chantonnait-il au rythme de son trot. Il se sentait vigoureux, jeune, porté à aimer la nature entière. « Aime ! Aime ! Aime ! » prononça-t-il. Puis il lia les deux mots ! « Aime Corisande ! Aime Corisande ! » et sa joie était infinie.

Il piaffait d'impatience en sonnant à la porte de sa Dulcinée.

« Mon Dieu, marquis, que se passe-t-il ? s'écria Irène en laissant choir son livre. Maladroit, vous seriez-vous coupé en vous rasant ? »

De toutes les interprétations possibles le marquis n'avait pas prévu celle-là et il fut vexé.

« Il eût fallu un bien grand rasoir, ma chère. Cette estafilade est le résultat d'un coup d'épée. »

« D'épée ? Vous seriez-vous battu en duel ? » Et ses yeux s'assombrirent.

« Ce fut pour une noble cause, ma chère. »

« On en dit autant de tous les duels, releva-t-elle avec sévérité. Auriez-vous tué quelqu'un ? »

« Blessé seulement. Blessé à la cuisse. »

« Blessé seulement, persifla-t-elle. Blesser un homme, d'honneur j'en suis sûre, fût-ce à la cuisse, pour vous ne serait donc rien ? »

« Irène ! explosa le marquis, je n'ai pu éviter ce duel. J'ai d'ailleurs pris soin de blesser seulement (il appuya sur le mot) — et fort peu, croyez-moi — mon adversaire, qui est orgueilleux et méchant ! Et je me suis battu parce que je marie mon fils ! »

Sous le coup de la surprise les grands yeux noirs se radoucirent et M. de Poyanne y décela une nuance de velours délectable.

« Vous mariez votre Gilles ? »

« Oui ! »

« Avec... la petite Gaby ? »

« Oui ! »

« Comme je vous l'avais demandé ? »

« *Aime et fais ce que veux*. Nous les avons fiancés hier. »

Le velours décidément gagnait du terrain.

« Et vous vous êtes réconcilié avec le baron ? »

« Nous devenons les meilleurs amis. »

« Arthur ! Est-ce possible ? Oh, Arthur ! je n'ai jamais douté de votre noblesse ! »

Elle alla vers lui, mit ses mains sur ses épaules, et se produisit la plus merveilleuse chose du monde, celle dont il avait rêvé, elle posa un baiser long, appuyé, sur sa cicatrice.

« Irène, ô Irène », balbutia-t-il.

Il la prit, la serra contre lui, elle le laissa faire, il caressait la belle chevelure en répétant : « Irène, ô Irène, ô Irène », il était follement heureux, le plus heureux des hommes, les yeux de velours étaient levés sur les siens, il effleura ses lèvres...

« Oh ! s'écria-t-elle en s'arrachant à lui, il faut avertir le père

Antoine ! Il sera si heureux ! Allez, mon cher, très cher Arthur. Allez ! Dites-le-lui de notre part ! »

« Comment ça ? demanda le marquis abasourdi. Maintenant ? Sur l'heure ? »

« Tout de suite, Arthur. Vite, mon ami, à cheval ! Oh, le saint, le très saint homme, ne le faites pas attendre ! »

Elle l'entraînait vers la porte, le tirait dans le couloir, le poussait dehors. Debout sur le seuil elle le regarda enfourcher son cheval et lui envoya un baiser du bout des doigts.

Les femmes... les femmes..., fulminait-il en galopant ventre à terre. Il ne savait pas s'il était furieux ou ravi, fou de joie ou malheureux comme les pierres. Il sentait seulement qu'il avait besoin de hurler. D'amour ? De bonheur ? De rage ? Non, il ne savait pas. Mais, sauvage, une pensée l'incendia : mordious ! Je reviens ! Je la colle au lit ! Et nous n'en sortons plus de huit jours !

Il reprenait à nouveau le chemin de la forêt de la Mâture, mais cette fois c'était en novembre, il ferait froid dans les Pyrénées et les journées étaient courtes. Au reste il était parti sur-le-champ et n'avait ni argent ni manteau. Se rappelant que le beau-frère de M. Dubroca, le receveur-percepteur de Poyanne, habitait Salies-de-Béarn où il tenait les pompes funèbres, il fit un détour, lui emprunta de l'argent et une peau de bique, puis fila vers le sud. La nuit tombant, il dut coucher à Sauveterre. Le lendemain soir il était à Asasp où il dormit dans une méchante auberge en compagnie des punaises. A l'aube il était de nouveau sur les routes, mais de fort mauvaise humeur. Le baiser d'Irène n'était plus qu'un souvenir, il avait les reins moulus et la peau taraudée par ses visiteuses nocturnes. Il s'engagea dans la vallée d'Aspe sous un ciel bas et plombé. A neuf heures la neige se mit à tomber. Le paysage lui paraissait lugubre et il fulminait contre le père Antoine auquel on l'envoyait s'expliquer comme un vulgaire collégien. Le froid se fit très vif, il avait les doigts gourds, le nez et les oreilles gelés, et le mouvement du trot ne parvenait pas à le réchauffer. Diou biban ! se dit-il en pensant au bon feu qui crépitait dans sa bibliothèque et à son armagnac, on ne m'y reprendra pas une troisième fois ! Enfin, se dit-il pour se consoler, pense à ce qui t'attend à Sorde ! La peine avant le plaisir, hélas ! A onze heures, la neige tombant toujours, il était à Bedoux, à midi à Accous. Il atteignit le hameau, descendit de cheval aussi raide qu'un morceau de bois, gravit péniblement les marches qui menaient à la maison du vieux bonhomme et cogna à la porte. Le veillard lui ouvrit :

« Té ! C'est encore vous ? Entrez donc ! Vous êtes tout vert. On dirait le printemps ! Dites donc, qu'est-ce qui vous a égratigné comme ça la figure. Elle doit en avoir, madame votre épouse, du tempérament ! »

M. de Poyanne se précipita vers le foyer en jouant des coudes au milieu d'une cohue familiale qui comprenait, outre le maître du logis, une vieille toute cassée qui devait être sa femme, deux couples d'adultes et une dizaine d'enfants, dont trois bébés coléreux.

« Vous revenez voir le père Antoine ? » demanda le vieux, incrédule.

« Ou... oui..., bégaya le marquis dont les dents claquaient. Mon... mon... che... val... peut... peut... on... »

« J'y vas », dit un des deux hommes.

« Donne du lait à moussu, Agnès, commanda le pater familias. Il faut le réchauffer. »

Il but un bol de lait fumant relevé de quelques poils de chèvre et en eut la nausée. Mais la chaleur du logis agissait et il se sentait mieux.

« Il faut que vous ayez foutument besoin du père Antoine pour venir le voir par un temps pareil », dit sentencieusement le vieillard.

« Où est-il ? » demanda le marquis.

Le vieux haussa les épaules :

« Dans ses rochers, bien sûr. »

« Il va mourir de froid ! »

Le vieux hocha la tête :

« C'est un miracle, moussu. Il supporte tout, ce saint homme. Quand il gèle à pierre fendre, il ne s'enrhume même pas. Mais tout est couvert de neige, vous ne vous y retrouverez pas. »

« Fais-moi accompagner. Je paie. Cinq francs. Ça va ? »

Une lueur de convoitise, presque aussi brillante que la flamme du foyer, dansa dans les yeux de son hôte.

« Six francs ! »

« Soit. »

« Robert, dit le vieux à son second fils qui avait tout du contrebandier, accompagne moussu. Et ne vous perdez pas. »

Ils montèrent dans la neige où ils s'enfonçaient jusqu'au genou. Robert ne soufflait mot. Il leur fallut plus de deux heures pour atteindre la forêt de la Mâture. Les lambruches chargées de neige enveloppaient d'immenses voiles de mousseline blanche les vieux chênes de la forêt de Colbert. Mais le marquis n'était pas d'humeur à s'émerveiller. Ils pénétrèrent dans la futaie, parvinrent à la zone des roches.

« Je vous attends ici, moussu, dit Robert. Quand vous aurez fini, appelez. »

Le marquis s'éloigna. Sous la couche de neige il ne retrouvait plus ses repères. A force d'errer il parvint pourtant au cercle de roches dont le père Antoine avait fait son ermitage et le chercha des yeux. Il était bien là, perdu dans sa prière, agenouillé à l'entrée d'une petite caverne. Il ne bougeait pas et cette immobilité absolue paraissait inconcevable par un froid si vif.

« Père Antoine ? » appela-t-il doucement.

L'ermite revint au réel, tourna la tête, le reconnut et sourit.

« Père Antoine, ne mourez-vous pas de froid ? »

« Fait-il très froid, mon frère ? » demanda le père Antoine sur un ton surpris. Et il regarda la forêt autour de lui, s'apercevant peut-être qu'elle était ensevelie sous la neige.

« Irène m'envoie vous dire, mon père, que j'ai autorisé le mariage de mon fils et que je suis réconcilié avec le baron. »

Le père Antoine approuva de la tête et marqua son contentement par un autre sourire. Mais celui-ci disparut soudain pour laisser place à une expression grave et soucieuse.

« Vous auriez pu, mon frère, dit-il en plantant son regard dans les yeux du marquis, vous abstenir de faire ce long voyage si c'est pour me mentir. Je voudrais être sûr que vous avez agi par amour et sans arrière-pensée ni calcul. »

Le marquis eut l'impression de recevoir un coup sur la nuque.

« C'est-à-dire... », commença-t-il à expliquer.

Il avait devant lui un regard parfaitement clairvoyant et calme. Toutes les raisons soi-disant raisonnables, toutes les excuses, les justifications qu'il aurait pu présenter, tous les faux-fuyants lui parurent dérisoires. Ses défenses s'écroulèrent d'un coup.

« Mon père, murmura-t-il, c'est vrai ! Je ne peux vous le

cacher. J'ai agi par orgueil et par convoitise. Et avec fourberie. C'est vrai que j'ai trompé M. de la Soieblanche et le baron, et tout le monde. Je voulais duper le baron et m'emparer d'Onard ! Mais tout cela est dépassé, père Antoine, je vous le jure ! Tenez, je renonce au Moulin ! Je dirai tout au baron et lui demanderai pardon ! »

« C'est bien, dit le père Antoine dont les yeux perspicaces ne le lâchaient plus. Parlez au baron et devant lui battez votre coulpe. Mais je crains que vous ne puissiez en rester là. »

« Je ne vois pas... », dit le marquis désemparé.

« Comment a réagi Irène au spectacle de votre générosité et de votre noblesse de cœur ? »

Le marquis se vit tout nu sur la neige. Il était tout petit, tout transi, tout ratatiné. Il était plumé, découpé, désossé par ce regard aigu. Il ne savait à quoi s'agripper, se raccrocher.

« Mon père ! J'aime Irène ! »

Il y avait une telle vérité dans ce cri arraché à son cœur, à ses tripes, à son âme, que l'expression de l'ermite changea du tout au tout. Un sourire d'une merveilleuse humanité éclaira son visage :

« Irène est aimable, mon cher, je l'ai su. Mais vous ne sauriez mentir qu'enfin elle ne s'en aperçoive. Elle attend beaucoup de vous ; d'abord que vous la respectiez. Allons, il n'est qu'un moyen de sortir de l'impasse. Dites-lui tout. Adieu. »

Il reprit son immobilité de statue et M. de Poyanne, comme pétrifié lui aussi, resta à le contempler. Les flocons de neige tombaient, mais il n'en avait cure, il ne pouvait bouger.

« Moussu ! Moussu ! » cria la voix lointaine de Robert.

Il tressaillit, se secoua, se dirigea vers la lisière. Il ne pensait pas. Il était assommé.

« J'ai cru que vous étiez perdu, soupira Robert. Vite ! La nuit va tomber ! »

Il faisait nuit depuis longtemps quand ils atteignirent le hameau. On les y attendait dans l'inquiétude.

« Rentrez ! dit le vieillard qui était aux cent coups. Vous allez attraper la mort ! »

Le marquis ôta sa peau de bique et s'assit devant le feu. Il regardait les flammes sans les voir. Il se sentait rompu, usé, dépouillé de lui-même et faible comme un nourrisson. Déjà, lors de sa première entrevue avec le moine, son âme avait subi un léger décapage. Mais cette fois-ci c'était un récurage à fond, la grande lessive, on l'avait retourné et vidé comme un sac. Il n'existait plus, ou plutôt il vivait juste assez pour souffrir et trembler à la perspective de ce qu'il avait à faire, tout dire au baron, tout dire à Irène. Tout dire au baron, soit. Mais à Irène ? A cette pensée, il perdait pied, se noyait dans un océan d'humiliation et de souffrance. A Irène qu'il avait tenue dans ses bras...

Le vieillard s'approcha :

« Vous ne pouvez pas repartir, moussu. Il fait noir, les chemins sont pleins de neige. La lune se cache et il y a des loups. Voulez-vous souper et dormir ici ? »

« Oui, dit le marquis d'une voix distraite. Combien veux-tu ? »

« Dix francs pour vous et cinq pour le cheval. »

« Prends. »

Il mangea avec la famille une soupe de fèves et un plat de haricots. Couché sur de la paille, il ne ferma pas l'œil de la nuit. Le vieillard rêvait à voix haute, calculant sans doute le moyen de lui prendre ses derniers francs, la vieille claquait des dents qui lui restaient à croire qu'elle avait avalé une paire de castagnettes, Robert et son frère ronflaient, les nouveau-nés braillaient alternativement.

Le lendemain il partit de bonne heure après avoir payé leur pesant d'or un morceau de pain rassis et un autre bol de lait de chèvre. Le vieillard le regardait s'éloigner et se disait : Ce moussu-là, il a des problèmes ; le père Antoine lui a sonné les cloches.

Trop éreinté pour galoper ou trotter, il allait au pas. Le premier soir il coucha dans une auberge, mais faute d'argent il n'eut pas à manger. Les deux jours suivants il but de l'eau et dormit dans des meules de paille. Il n'eut pas l'esprit et la force de s'arrêter quelque part et d'y demander crédit ; il avait honte et ne voulait voir personne. La fièvre le prit.

Lorsqu'il atteignit Sorde il ne conduisait plus son cheval et c'est celui-ci qui trouva tout seul le chemin de la ferme. La bête s'arrêta et il tomba dans la cour, avec le bruit d'un sac de pommes de terre.

« Oh, hil de pute ! s'écria Maria, la femme de Fernand, qui plumait un poulet. Qu'est-il arrivé au marquis ! » Et elle appela son époux à cor et à cri.

Le médecin parla vaguement d'une très grande fatigue et d'un refroidissement. Mme de Fonjuzan s'installa au chevet du malade et le veilla.

Quand, deux jours plus tard, il émergea de son sommeil comateux, le beau visage d'Irène se penchait sur lui. Sa peur de l'affronter fut telle qu'il se rejeta en arrière et cogna de la tête le bois du lit.

« Voyons, voyons, mon ami, calmez-vous », lui dit-elle avec douceur.

Mais il se tourna vers le mur sans dire un mot.

Irène l'embrassa légèrement et lui dit :

« Reposez-vous. Je vous laisse. Je reviendrai cet après-midi. »

Seul, il n'eut plus qu'une idée : fuir. Ses vêtements étaient pliés sur une chaise. Il se leva en chancelant, s'habilla vaille que vaille et sortit de la chambre. Il n'y avait personne dans la cour de la ferme ; Fernand et Maria étaient au bourg. Il réussit à gagner l'écurie, sella Quadragant avec grand-peine et, s'aidant d'un escabeau, monta à cheval. Dolent, mais tremblant qu'on le découvre et le retienne, il prit au pas la direction de Poyanne.

Il vacillait sur sa selle et Quadragant, inquiet, s'arrêtait alors d'avancer. Il mit un temps infini pour atteindre le Château, où il arriva livide et l'air égaré. On le coucha et pendant deux autres jours il ne voulut voir personne, juste Joseph qui lui apportait du bouillon. Le troisième il se leva, fit sa toilette et envoya un mot au baron : « A la suite de certaines circonstances que je ne saurais vous expliquer, maintenant du moins, j'ai de graves révélations à vous faire. Il m'est difficile de me déplacer. Venez, je vous prie, dès que vous le pourrez. »

Le baron lut le billet et accourut.

« Asseyez-vous, mon ami, lui dit le marquis. Je crains que cette entrevue ne vous soit pénible, car vous m'avez témoigné ces temps-ci des égards que je n'étais pas en droit d'espérer et auxquels, croyez-le, j'étais, je reste très sensible. Mais un remords bien tardif et l'estime où je vous tiens me commandent de parler. Il le faut. »

Et debout devant le baron assis, faisant parfois quelques pas dans la pièce, il avoua tout. Il dit comment l'idée lui était venue d'annexer Onard à Poyanne en se servant de Gilles, puis d'utiliser à ses propres fins les bons offices de M. de la Soieblanche. Il reconnut qu'il s'était parjuré dans l'église de Maylis en affirmant son oubli du passé et sa volonté d'aimer désormais le baron comme un frère, qu'il avait persévéré dans sa ruse, son dessein restant de le duper.

Au début de ce discours le baron blêmit et le marquis pensa : voilà il va annuler les fiançailles. Puis il rougit, grimpa jusqu'à la couleur de la tomate. Maintenant il se levait. Allait-il le souffleter ? Une humidité lui brouillait le regard. Était-ce dépit ou de rage ? Il tendait les mains, mais ce n'était pas pour le frapper puisqu'il le prenait dans ses bras.

« Arthur... Arthur... », répétait le baron, la respiration entrecoupée.

Et il lui avoua tout, lui aussi. Ils avaient eu la même idée, fait le même calcul. Lui aussi s'était flatté de berner l'autre.

Ils étaient face à face. Ils se dévisageaient, stupéfaits. Et en une fraction de seconde, comme il arrive parfois, ils se virent mutuellement empêtrés dans leurs mesquineries et leurs sottises.

Notez, Dubedout, qu'en de telles circonstances il n'y a guère que deux attitudes possibles : se rouler par terre en se traitant de chien pourri, de vipère lubrique, et s'accuser de tous les péchés du monde, ou éclater de rire. Ils choisirent la seconde et ils eurent raison.

« Attendez ! Attendez ! mon ami, hoqueta le baron entre deux crises. Puisque nous nous avouons nos turpitudes, j'irai... j'irai jusqu'à la lie. Non seulement j'escomptais que Gaby deviendrait la marquise de Poyanne, mais... mais j'avais également la bassesse de calculer que ce mariage la rendrait riche... »

« La rendrait... »

Le marquis aspira un grand coup, s'affala dans un fauteuil et agita follement ses jambes :

« Mais... mais... », essayait-il de dire.

Dans un grand effort il lâcha l'énorme vérité :

« Mais, baron, je me ruine ! »

Gaspard le regarda, incrédule.

« Je vends... Je vends... Oh ! Oh ! Oh ! Oh ! Je vends mes métairies l'une après l'autre... Ha ! Ha ! Ha ! Ha ! Ha !... Savez-vous... Savez-vous... qu'à chaque fête de Poyanne... Ha ! Ha ! Ha ! Ha ! Ha !... je vends une propriété pour... Hou ! Hou ! Hou !

Hou ! Mon Dieu que cela fait mal... Pour payer le feu d'artifice ! »

Les yeux du baron s'étaient démesurément ouverts, on eût dit ceux d'une chouette myope.

« Oui... Le feu d'artifice... Pour vous humilier... Il me coûtait... Hé ! Hé ! Hé ! Hé !... la moitié... la moitié... d'une terre... Ho ! Ho ! Ho ! Ho ! Ho ! »

Une brève saccade secoua les moustaches du baron. Son visage se plissa comme celui d'un très vieux Chinois et, pris de la même hilarité, il s'effondra dans l'autre fauteuil en se tenant les côtes.

« Donn... donne-moi à boire..., bégaya-t-il, tutoyant pour la première fois son complice. Il faut... il faut célébrer ça, mordious ! »

Ils burent sec, échangèrent maintes claques dans le dos, et se quittèrent compères pour la vie.

Cette heureuse issue avait un peu réconforté le marquis. Mais, comme l'en avait averti le père Antoine, il n'était pas tiré d'affaire pour autant. Restait à parcourir le plus dur du chemin et il n'en devinait que trop où il allait le conduire. Aussi remettait-il chaque jour sa démarche auprès d'Irène qu'il avait trompée de bien vilaine façon. Mais il ne pouvait temporiser davantage et, un matin, il se contraignit à partir.

Ah, il était moins glorieux que la fois précédente, quand il arborait sa cicatrice comme le grand cordon de l'ordre du Saint-Esprit. Cent fois l'envie lui prit de tourner bride, de renoncer. Il ne prit pas la peine de se changer à la ferme, négligea de s'asperger de lavande, et c'est couvert de poussière, en sueur, las et résigné, qu'il se présenta devant son juge.

« Que de temps passé depuis votre maladie, mon cher, lui dit Irène d'une voix plutôt fraîche. Je ne vous attendais plus. »

« Pardonnez-moi, dit-il avec humilité. Il m'a fallu dix jours pour me remettre. Mais enfin me voici. »

« Vous voici, en effet. Je vous vois. »

Le marquis lutta contre la tentation de tourner les talons et de s'enfuir.

« Je viens, dit-il à voix basse, presque inaudible, vous demander pardon. »

Elle lui jeta un regard acéré :

« Pardon ? »

« Oui, je viens faire amende honorable. »

« Amende honorable, vraiment ? »

« Je viens devant vous battre ma coulpe. »

« Eh bien, battez, battez, mon cher (la voix d'Irène se faisait de plus en plus froide). Puis-je savoir de quoi il s'agit ? »

« Je suis allé voir le père Antoine. »

« Je le sais. »

« Je lui ai annoncé le mariage, ma réconciliation avec le baron. D'un seul regard il m'a percé à jour. Il a compris... »

D'un cœur navré, les yeux baissés, sans plus de retenue, il dit tout.

Quand il eut terminé, il attendit la sentence. Il n'osait relever les yeux. Il restait immobile, absolument immobile, c'était tout ce qu'il pouvait faire. En vérité, il avait placé sa tête sur le billot et attendait le coup de hache. Qu'il vienne vite, suppliait-il, qu'il vienne vite ! Mais la sentence ne tombait pas, non plus que le coup fatal. Son instinct l'avertit de lever les yeux. Il le fit. Il rencontra un regard mi-tendre, mi-railleur. Un regard indulgent et doux. Un regard à ne pas y croire. Et Irène était dans ses bras, qui lui disait : « Arthur, vous vous répétez. Vous êtes un imbécile. Vous m'avez déjà raconté tout cela pendant vos deux jours de fièvre. S'il vous plaît, embrassez-moi. »

Et il embrassa Corisande.

Ah, Dubedout, s'écria le docteur, dites-moi, que serions-nous sans les femmes ? Des malheureux, des avortons, des misérables, des laissés-pour-compte, des trous-du-cul, des je-ne-sais-quoi qui se mordraient les poings d'ennui et d'angoisse en se demandant ce qu'ils font sur notre sphère terrestre, laquelle, vous le savez, a la forme d'une patate. Ne me parlez point d'un monde sans femmes : je suis mort ! Elles sont notre meilleure moitié, ce qui signifie que nous sommes la pire, et ce n'est pas étonnant puisque le Seigneur les a tirées de notre filet, qui est le morceau de choix chez les mammifères. Elles sont notre salvation, notre recours, notre étoile polaire, notre havre de grâce, notre sagesse, notre ivresse, la perle de tout Orient, notre phœnix, notre zénith, elles sont tout cela et bien plus encore. Sans les femmes je ne suis rien ! Et nous devrions tous — j'excepte les fols, les idiots, les sauvages et les macaques — baiser la trace de leurs pas !

— Vous allez fort, dis-je, agacé. Il y en a qui sont de fieffées garces !

— Quoi ! sursauta le docteur, révolté. Oui, quelques-unes, peut-être... Mais si peu... Si peu... Ce n'est pas la peine d'en parler !

Puis, se radoucissant :

— Irène de Fonjuzan était une vraie femme.

Et dans un sursaut d'enthousiasme :

— Gaisha, ma chérie, apporte du champagne ! Trois flûtes, s'il te plaît. Nous allons boire aux femmes. Donc à toi !

Nous bûmes.

— Aux femmes ! dit le docteur en levant sa flûte.

— Aux femmes ! répondis-je.

En buvant son champagne, Gaisha regardait le docteur. Je regardais le docteur. Le docteur me regardait et la regardait. Je ne sais pourquoi, je me sentais très embarrassé.

Sa flûte de champagne finie, Gaisha nous quitta sans mot dire.

Le soir tombait. Le docteur contemplait ses chênes d'un air pensif.

— Dubedout, me dit-il, vous avez une grande capacité d'abstraction, n'est-ce pas ?

— Comment ?

— Je modifierai légèrement ma question : avez-vous lu *Le Savant Cosinus ?*

— Certes, dis-je, mortifié, mais je ne vois pas...

— C'est cela, vous ne voyez pas, dit le docteur avec une trace d'exaspération dans la voix.

Il y eut un silence.

— Bien, dis-je, je crois qu'il est temps que je me retire.

Le docteur ne broncha pas.

— Je voudrais vous remercier encore et vous dire — ma confusion grandissait — que vous êtes un excellent conteur, ajoutai-je platement.

— Je n'excelle en rien, dit le docteur avec une certaine lassitude, sinon à déguster les morilles. C'est mon seul terrain d'excellence. Félicien, le garde-champêtre, m'en a apporté. Venez les manger demain.

LORSQUE, le lendemain, je retrouvai le docteur, il m'accueillit en brandissant un livre :

— Ah, Dubedout, j'ai découvert hier soir chez Cioran dix lignes sur le Gascon qui ont fait mon bonheur au point que j'ai dormi comme un Jésus. Écoutez : « Le bonheur d'avoir fréquenté un Gascon, un vrai. Celui auquel je pense, jamais je ne l'ai vu abattu. Tous ses malheurs, qui furent insignes, il me les annonçait comme des triomphes. L'intervalle entre Don Quichotte et lui était infime. Cependant il tentait, lui, de temps en temps, de voir juste mais ses efforts ne devaient pas aboutir. Il demeura jusqu'à la fin un velléitaire de la déception. »

— Il y aurait beaucoup à dire sur ce texte. Nous pouvons, nous aussi, être des réalisateurs. Mais « un velléitaire de la déception », n'est-ce pas admirable ?

Le docteur me regarda soudain en dessous, d'un air méditatif :

— Nous, déçus ? Nous, abattus ? Jamais ! Au contraire, l'espoir chevillé au corps. Le coup dur nous atteint comme les autres, mais il y a toujours une force qui nous pousse au cul pour remonter à la surface, quitte à reboire le bouillon la minute d'après. Nous sommes incorrigiblement confiants, même à l'égard de ceux qui ont des yeux et ne voient point, des oreilles et n'entendent point.

Cette allusion m'était vraisemblablement destinée, mais je ne la compris guère. Tout à la hâte de le voir reprendre son récit, je répondis avec un sourire qui se voulait cajoleur :

— A propos d'entendre, je suis tout ouïe. Voyez, les oreilles m'en poussent de chaque côté du visage !

Le docteur soupira :

— Je sais, dit-il en me regardant avec gravité, que je dois m'exécuter. Je n'y rechigne pas. Ce qui est dit est dit ; je ne suis pas de ces Gascons malhonnêtes — il y en a, hélas ! — qui appliquent la maxime dont notre réputation a tant souffert : Bien malheureux qui ne peut promettre ! Allons-y donc.

J'étais à Bordeaux, en dernière année de médecine, lorsqu'une lettre de mon père m'apprit la formidable nouvelle : le marquis épousait Irène de Fonjuzan et leur mariage aurait lieu en même temps que celui de Gilles et de Gaby, le 15 février. Coup double ! J'en restai pantois. Je relus quatre fois la phrase avec un bonheur croissant. Je me jetai sur ma plume et écrivis à Gérard pour lui faire part de cet événement grandissime. Nos lettres se croisèrent, il venait d'être informé par ses parents. Quant à François, qui ne nous avait écrit ni à l'un ni à l'autre, nous n'en savions presque rien. Il était toujours à Poyanne où il semblait mener une vie de reclus. Dès lors, nous vécûmes Gérard et moi dans l'impatience. Nous comptâmes les quelques jours qui nous séparaient de Noël et, le moment venu, sautâmes dans le train, avides de retrouver nos amis et d'en apprendre davantage.

Les deux villages étaient en effervescence, tendus vers cette date du 15 février où allaient s'unir les deux couples. Nous ne fîmes qu'entrevoir le marquis, plus exactement nous ne le saisîmes qu'au vol, sinon à la voltige, car il passait ses journées à cheval, faisant la navette entre Poyanne, où les préparatifs des noces requéraient sa présence, et Sorde, où l'attendait Irène aux beaux yeux. La jubilation, le bonheur, l'exercice de ces courses constantes le rajeunissaient. Il sauta à cheval devant nous en négligeant l'étrier, signe qu'il était dans sa meilleure forme, nous lança un juvénile « Bonjour, les garçons ! » et dévala l'allée à fond de train dans le style Trois Mousquetaires. Au Moulin, à l'exception de Néti froide et fermée, tout le monde était heureux. Le baron plaisantait sur la nouvelle jeunesse du marquis qu'il qualifiait de diable à quatre et se réjouissait de le conduire à l'autel en même temps que sa fille, puisque M. de Poyanne lui avait demandé d'être son témoin. Eudoxie, rayonnante, commençait à coudre la robe de mariée de Gaby, et ses discours roulaient davantage de *r* que le Gave de cailloux. Gilles et Gaby se buvaient des yeux et se tenaient la main ; Vivi s'épanouissait dans le bonheur des autres. Mais François nous inquiéta. Il avait maigri, son entrain s'était envolé, il était pâle, tendu, d'une nervosité extrême, et nous surprîmes dans ses yeux une expression de souffrance que nous ne pouvions nous expliquer. Il négligea nos allusions, refusa de répondre aux questions. Gilles, que nous interrogeâmes aussi, prétendit ne rien savoir ; il avait manifestement juré le secret.

Ce fut le hasard qui nous mit sur la piste. Le lendemain de notre arrivée nous avions fait une visite au Moulin. Nous y revînmes et, cette fois, Gilles et François y étaient aussi. Dans une embrasure de fenêtre, François parlait à Néti à mi-voix, la regardait d'un air tendre et douloureux, et elle, les yeux ailleurs, lui offrait son profil le plus sec, le plus dur. Le contraste était si fort entre le bonheur qui brillait dans les yeux de Gaby quand elle regardait Gilles et la réserve glaciale de Néti vis-à-vis de François, qu'il en était pénible. Sous le coup de la surprise j'eus sans doute quelque mal à composer mon visage, car Vivi remarqua mon trouble et je lus dans son regard qu'elle savait aussi. Notre présence gênait et nous écourtâmes notre visite. Dehors, sans rien me dire, Gérard me serra le bras. Nous avions la même pensée. Alors que le bonheur frappait à plusieurs portes, il fallait que le malheur réapparût aussitôt. Nous fûmes pensifs et chagrins pendant le trajet du retour.

Le lendemain un billet de François nous pria de le rencontrer dans le parc du Château. Ce procédé inhabituel — à tout moment nous faisions irruption les uns chez les autres — nous indiquait que ce rendez-vous serait d'importance, qu'il y serait question de choses sérieuses, et sans doute de Néti. A seize heures nous étions au lieu convenu, la charmille de droite qui domine la pente de la colline en direction de l'Adour. Il parut. Pour cette rencontre entre amis qui avaient usé leurs culottes sur les bancs de la même école, et qui en outre se trouvaient en vacances, ce qui autorise quelque laisser-aller, il s'était habillé avec une recherche surprenante. Il portait un complet de drap gris dont la veste laissait paraître un gilet rose framboise, une lavallière de soie noire bouffait sous son menton et il se drapait dans une cape romantique dont l'élégance contrastait avec nos vieux manteaux. A un autre moment cette élégance nous eût fait sourire. Cette fois-là ce surcroît de formalisme ne nous fit augurer rien de bon : la toilette, parfois, permet de mieux tenir debout.

« Eh bien, nous dit-il d'un air ironique, vous cherchiez, vous vouliez savoir. Vous savez à présent. Je ne vous dirai donc rien que vous n'ayez déjà deviné. J'aime Néti de toute mon âme. J'en ai eu la certitude brutale dès l'instant où pour la première fois je l'ai vue ; c'était aux fiançailles de Gilles. Le choc fut rude. Vous avez devant vous l'esprit fort, l'amateur des Mariette et Lulu, pris au piège. Je suis devenu l'un de ces amants, de ces rêveurs de clair de lune, dont j'aimais tant à me gausser ; c'est un comble. Je suis vaincu, réduit à quia, et tel est pris qui croyait prendre. J'aime à la folie et sans retour. Je suis objet, non point d'indifférence, mais d'aversion. Vous avez vu. Deux fois par semaine je vais au Moulin car je ne supporte pas de ne pas la voir. Entre-temps je me ronge les sangs, me désespère, c'est à devenir fou. Et lorsque, après deux jours d'attente interminable, je parais devant elle, le moins qu'on puisse dire est que je l'importune. Ses yeux me disent clairement : encore vous ! Vous m'ennuyez. Vous me lassez. Me laisserez-vous jamais tranquille ? Alors je pâlis, quelque chose se lève en moi qui m'épouvante, qui me donne envie de la tuer. Mais je ne suis pas dupe. Pour un mot, un geste d'elle, je tomberais à ses genoux. »

Il respirait avec peine. Gérard et moi gardions le silence. Mais il fallait répondre :

« Je te reconnais bien là, dis-je. Tu es toujours excessif. Tu dramatises. Néti a été élevée dans la haine de ta famille. Et d'un jour à l'autre elle devrait changer ? »

« Ses sœurs l'ont bien fait », observa-t-il, sarcastique.

Gérard réfléchissait :

« Tu es objet non point d'indifférence, mais d'aversion, as-tu dit. C'est mieux. »

Une lueur ironique brilla dans les yeux de François :

« Ah vraiment ? J'aimerais bien que tu m'expliques... »

Son regard lui échappa, glissa le long de la colline vers ces bois de l'Adour où se trouvait le Moulin :

« Je la veux, dit-il d'une voix neutre. Si je ne l'ai pas, je me tuerai. »

Il nous tourna le dos et s'en fut. Nous étions sans voix. Nous le connaissions assez, ce désinvolte, pour savoir qu'il n'avait pas parlé à la légère.

Nous ne le revîmes pas durant notre séjour. Sans doute se tenait-il pour quitte. Il nous évita et, lorsque nous demandâmes à lui dire au revoir, s'excusa sous un prétexte.

Entre-temps je voyais Vivi. La cruauté de sa sœur l'offusquait. « Dès que François paraît, me dit-elle, son visage se ferme, elle tente de le fuir et, s'il insiste, l'éconduit avec brutalité. Il faut qu'il soit bien épris pour supporter ces avanies. Je rougis de ces affronts que, chose étrange, personne autour de moi ne paraît remarquer. Mon père rêve. Eudoxie ne pense qu'au mariage et Gaby est trop heureuse pour suspecter un désespoir à ses côtés. Elle vit dans un bonheur que Gilles n'a pas le cœur d'abîmer. »

« Ils sont aussi myopes au Château, dis-je. Le marquis est au septième ciel et Gaston, à son habitude, est absent. Sa présence, d'ailleurs, ne servirait à rien. »

Nous connaissions François, nous le savions sensible et passionné, nerveux, entier, ombrageux comme un pur-sang. Il aimait, il aimait pour la première fois de sa vie et souffrait comme une bête. Quant à Néti... Dans ce désert où la trahison des siens la laissait, elle se voulait l'ultime fidélité aux ancêtres, le dernier dépositaire de l'honneur. Elle devait accepter la vie commune, l'amour coupable de sa sœur pour un Poyanne, les préparatifs du mariage qui devenaient l'unique souci du foyer. La rage au cœur, elle supportait tout cela. Mais qu'un autre Poyanne eût l'audace de lever les yeux sur elle, osât l'aimer, voilà qui était intolérable et lui donnait l'occasion de se venger. Humilier, désespérer un Poyanne lui apportait une délectation amère. Nous savions peu de chose d'elle, au fond. Mais nous pouvions penser que la graine était tombée en terrain fertile, que son éducation avait déformé son esprit, rendu sa probité fanatique, son orgueil démesuré.

Nous quittâmes Poyanne fort inquiets. Nous écrivîmes l'un et l'autre à François, mais en vain. J'écrivis aussi à Vivi. Elle me répondit que les choses étaient stationnaires. J'en conclus que la situation empirait et mes alarmes en furent plus vives. Cinq semaines passèrent et, le 13 février, deux jours avant les mariages, nous revînmes, Gérard et moi, à Poyanne.

Le marquis piaffait de bonheur. La robe de Gaby était prête ; à l'exception des habitants du Moulin personne ne l'avait encore vue, mais l'on savait par les domestiques qu'elle était d'une somptueuse beauté ; Eudoxie se rengorgeait. Nous apprîmes quantité de choses. Le marquis et le baron avaient d'abord pensé qu'en hommage à la Madone le double mariage devrait avoir lieu à Maylis. Mais les difficultés pratiques les firent renoncer à ce projet. Il fut décidé que tout se passerait à Poyanne, le mariage civil à dix heures trente, la messe à onze, suivie d'un grand buffet dans la salle à manger du Château. La famille du marquis arrivait. Agate, de nouveau réconciliée, et Gédéon étaient là ; on attendait Oscar revenu de Californie. A la grande joie d'Eudoxie, Irène s'installait au Moulin, car il n'eût pas été convenable qu'elle vînt au Château avant les noces. Mgr l'évêque d'Aire et de Dax célébrerait la messe, secondé par l'abbé Dumas, et la bénédiction nuptiale serait donnée par le père Antoine, oui, vous m'entendez bien, par le père Antoine qui avait accepté de quitter un instant ses hauteurs. Une indication nous fit dresser l'oreille : pour divertir les invités, François se livrerait à une démonstration de voltige aérienne, après le déjeuner, sur le biplan que lui prêtait Maurice, son ami de Dax et Paris. Cette perspective suscitait l'enthousiasme général, surtout chez les bonnes gens de nos villages ; il y aurait foule pour admirer les voltiges de François. Il recommençait donc à piloter. Était-ce un signe faste ?

Nous n'eûmes pas longtemps à nous interroger, car, le 14, veille du mariage, François demanda à nous voir au plus vite. Il nous donnait rendez-vous dans les bois de La Toudaye, lieu solitaire et éloigné que longe le ruisseau du Louts.

Pour cette seconde rencontre il avait négligé tout effet d'ordre vestimentaire. Il portait un costume sombre qui accentuait sa maigreur. Son regard nous fit peur. Nous le sentions tendu à l'extrême, mais aussi fort d'une détermination qui lui donnait l'apparence du calme. Dès les premiers mots il s'exprima sur un ton définitif et précis qui excluait toute effusion d'amitié.

« Mes amis, nous dit-il, excusez-moi de vous convoquer une seconde fois et dans ce lieu écarté. Mais ce que j'ai à vous dire exige la discrétion et je suis sûr qu'ici nous ne serons pas dérangés. Me voici parvenu maintenant au stade de la décision finale, et c'est de cela que je veux pour parler. En outre, le parti que j'ai pris m'oblige à vous demander service. Lors de notre dernier entretien je vous ai dit que je ne supporterais pas de vivre sans Néti. Or depuis janvier mes affaires n'ont nullement progressé. Je me heurte toujours au même refus de m'accueillir, de me tolérer, de m'écouter. Tu avais voulu me consoler, Gérard, en me disant que l'aversion est préférable à l'indifférence. Je me suis bercé de l'espoir, je devrais dire plutôt l'illusion, que, peut-être, ce sentiment se transformerait peu à peu ou soudain — cela s'est vu — en curiosité, en intérêt, voire en estime. Pourquoi pas en amour ? Je me leurrais. L'aversion est restée ce qu'elle était, elle a crû jusqu'à devenir insupportable. Ma présence désormais contrarie Néti à ce point que je ne peux plus paraître au Moulin. Il fallait en tirer la conséquence et je l'ai fait. J'ai contraint Néti à m'accorder un entretien en jouant sur son orgueil, qui est immense. Je lui ai dit que j'attribuais à la lâcheté, à la peur, son refus de m'affronter dans une explication en tête à tête. Mon calcul était juste. Elle s'est dressée sous l'insulte, toutes griffes dehors : jamais je ne l'avais vue aussi belle ; j'aurai au moins obtenu cela. Nous nous sommes rencontrés dans les bois de l'Adour. Je n'ai pas prononcé une phrase inutile. Je lui ai dit que je l'aimais et voulais l'épouser. Je n'attendais pas d'elle une réponse immédiate ; elle me la donnerait le jour du mariage de sa sœur ; et ce serait une réponse silencieuse. " Ce jour-là, lui ai-je dit, je me livrerai à des exercices de voltige aérienne. Vous serez présente, que vous le vouliez ou non, parce que vous ne pourrez pas refuser. Quelqu'un vous remettra une écharpe blanche. A la fin de mes exercices j'effectuerai le plus difficile et le plus risqué : trois vrilles, c'est-à-dire que je me laisserai tomber du ciel, moteur coupé, tourbillonnant sur moi-même, ne me redressant qu'à une courte distance du sol. Chaque fois, en reprenant de l'altitude, je regarderai si vous agitez l'écharpe, ce qui voudrait dire : j'accepte de vous épouser. Si vous ne l'avez pas fait à la troisième vrille, j'en effectuerai une quatrième et m'écraserai sur le sol. " Ayant dit, je lui ai tourné le dos et l'ai quittée sans lui laisser le temps de dire un mot. Voilà. »

Nous étions horrifiés. Nous ouvrîmes la bouche pour protester, lui dire qu'il était fou, que nous ne le laisserions pas faire, mais il nous prévint :

« Je ne vous ai pas demandé de venir ici, dit-il sèchement, pour écouter vos commentaires, je les devine, je les connais comme si vous les aviez déjà exprimés. Ce qui est dit est dit. Je me suis engagé sur l'honneur devant celle que j'aime et rien, à supposer que je pusse le souhaiter, ce qui n'est pas le cas, ne me permettrait de reprendre ma parole, car j'agirais alors en lâche et Néti serait justifiée de me mépriser. J'ai coupé les ponts derrière moi, avec soin. Mais j'ai besoin de l'un de vous. Je te demande, Gérard, d'être auprès de Néti lors de mes exercices de voltige et, lorsque j'amorcerai la première vrille, de lui remettre ceci. »

Il sortit une écharpe blanche de sa poche et la tendit à Gérard.

« Moi ! dit celui-ci d'une voix altérée. Moi... »

Il n'osait prendre l'écharpe, qu'il regardait avec horreur.

« Ou toi, Alphonse, peu importe », dit François. Et il me la tendit.

J'étais, moi aussi, incapable de bouger.

« Décidément, s'exclama François, il faudra que je mette tout le monde devant le fait accompli ! Décidez-vous, débrouillez-vous, mais rappelez-vous que si je ne vois pas cette écharpe, je tiendrai parole. »

Il la jeta dans l'herbe, sauta à cheval et s'éloigna.

Un grand moment passa avant que Gérard et moi pussions réagir. Fascinés, nous regardions ce morceau de tissu blanc qui nous paraissait effrayant.

« Il est vraiment fou, murmurai-je. Prêt à tout. »

« Oui, dit Gérard à voix basse, je suis sûr qu'il le fera. »

« A moins, ajoutai-je après un bref silence, que nous ne l'en empêchions par la force. Je l'assomme et nous l'enfermons quelque part. »

« Et Néti le croira lâche, objecta Gérard en haussant les épaules. Il ne pourra le supporter et se tuera. Il a bien monté son piège sans se garder de porte de sortie. »

« Tu as raison, reconnus-je. Il a tout prévu. Il s'est enfermé. Et il nous enferme, Néti, toi et moi, avec lui. »

« Les rôles sont distribués, il faut que la pièce se joue, dit Gérard. Rien n'y fera. Mais je ne puis prendre cette écharpe. Je ne puis la donner à Néti. Cela, non ! C'est impossible ! »

Son visage exprimait la plus vive répulsion.

« Ne compte pas sur moi ! » protestai-je.

Nous nous tûmes.

« Si Néti, dit Gérard, n'agite pas l'écharpe, elle sera responsable de la mort de François. Si nous ne donnons pas l'écharpe à Néti, c'est nous qui en serons responsables. »

« Écoute, dis-je, tirons au sort. Pile, tu donnes l'écharpe. Face, c'est moi. D'accord ? »

« D'accord. »

Je tirai une pièce de ma poche, la jetai très haut.

« Face », dis-je en pâlissant.

Nous restâmes longtemps silencieux, regardant le petit disque d'argent qui brillait sur les feuilles mortes. J'explosai soudain :

« Mais cela frise le chantage à la fin ! François dit à Néti : épousez-moi ou je me tue. Elle n'est quand même pas inhumaine et doit passer par des affres terribles... Et si elle l'épousait sans amour ? Juste par pitié ? »

« Je n'en sais rien, observa Gérard avec lassitude. Non, je ne crois pas au chantage. C'est un duel. L'un impose sa loi à l'autre. Qui nous dit qu'emportée par sa haine Néti ne décidera pas de tuer un fils de Poyanne ? François, de son côté, est prêt à tout pour avoir Néti. Ou bien elle cédera, et il l'aura... »

« Ou bien elle ne cédera pas, et François mourra. »

« Oui, il mourra. Rien ne pourra l'empêcher. Alors... »

Le ton de sa voix était étrange. Je le regardai :

« Que veux-tu dire ? »

Gérard hésitait à parler. Il s'y décida pourtant :

« Si Néti cède, François possède Néti. Si elle ne cède pas, il la possède aussi. Peut-être davantage... »

« Comment cela ? » m'exclamai-je.

« Je ne voudrais pas prêter à François une pensée qui n'est peut-être pas la sienne. Et pourtant... Si Néti tue François, elle ne pourra jamais l'oublier. Son souvenir vivra toujours avec elle. Il devient sa culpabilité, son remords. Une pensée ineffaçable, obsédante, dévorante. François habite Néti, et pour toujours. »

« C'est cela, murmurai-je, stupéfait. C'est cela... Tu as raison... Il l'a pensé. Il le pense certainement. Il le veut ! »

Je frissonnai :

« Et c'est moi qui vais devoir donner l'écharpe à Néti, lui rappeler, lui expliquer, lui montrer les trois vrilles... C'est moi qui serai là, à côté d'elle, avec elle, si... quand... »

« Je ne vais pas te laisser seul. Je serai avec toi. »

« Merci, dis-je en lui serrant le bras avec émotion. Eh bien, faisons ce que nous avons à faire. »

Avec répugnance je ramassai l'écharpe et la fourrai dans ma poche.

Je ne puis vous dire, Dubedout, dans quelles transes nous vécûmes les vingt-quatre heures suivantes. Notre joie s'était envolée. Ce mariage de Gilles et de Gaby qui était un peu notre œuvre, cet autre mariage du marquis et d'Irène qui nous comblait d'aise, nous eussions voulu qu'ils fussent renvoyés aux calendes grecques, que le temps soit suspendu et que par quelque miracle la nuit ne devienne jamais jour. Nous être acharnés à rapprocher les deux familles pour aboutir à la rencontre de François et de Néti ! Sans nous François baguenauderait en ce moment parmi les fanfreluches parisiennes et ferait le fou dans son petit avion. C'était à se taper la tête sur les murs ! Nous étions consternés, saisis d'une rage impuissante contre Néti, que nous vouions aux gémonies, contre François le superbe qui ne pouvait accepter un échec. Se tuer pour une femme... Quelle bêtise ! Ce secret, que nous étions les seuls à partager avec les deux protagonistes, était trop lourd à porter. Nous pensâmes nous en ouvrir à quelqu'un. Mais à qui ? A l'abbé Dumas qui pouvait tout comprendre ? Au sage M. de la Soieblanche ? Mais leur vendre la mèche, c'était fatalement provoquer leur intervention, laquelle se retournerait contre François, qui — nous retombions toujours sur le même obstacle — devrait disparaître dans le déshonneur. François nous avait corsetés dans sa logique. Il nous tenait. Nous étions impuissants.

Nous assistâmes donc, étouffés par l'angoisse, aux derniers préparatifs des mariages. Larribau en tête, tous les poètes assemblés à Poyanne accordaient leur lyre pour un épithalame qui se muerait, ils ne le savaient pas, en chant de deuil. A l'église l'orchestre du Château répétait avec application la *Marche nuptiale* de Mendelssohn sans se douter qu'à ses accents de joie succéderait le *Dies Irae*. Tout se liguait pour nous provoquer, nous révolter. Henri le maçon, qui faisait office de sonneur, essaya ses cloches et nous crûmes entendre les premiers sons du glas qui dans deux jours annoncerait les obsèques de François. Pourquoi ces fleurs à l'église et au Château, pourquoi cette nappe d'autel brodée, don d'Eudoxie, alors que nous porterions bientôt sur nos épaules le cercueil de notre ami ? Oui, tout cet affairement nous paraissait absurde et grotesque : les deux piqueurs du marquis qui s'exerçaient sur le perron, cette nuée de marmitons houspillés par Joseph, ces cavalcades des soubrettes. Nous avions l'impression que dans tout ce qui nous entourait, ces préparatifs fébriles, les visages épanouis des passants, la force des arbres, la sérénité de ce ciel d'hiver, se cachait le sourire ironique et cruel du génie de la dérision.

« Voici la nef des fous, me dit Gérard. Ils ne s'aperçoivent de rien, ils chantent au-dessus de l'abîme, ils rient inconscients de la mort, ils ne savent pas où ils vont. L'un monte la voile, l'autre l'abat, le troisième tourmente le gouvernail dans tous les sens, le quatrième pêche à la ligne sans ligne, le cinquième rêve à la lune, le sixième monte dans la grande hune, se déculotte et chie sur le pont, le septième prend une bouteille pour un astrolabe, le huitième marche sur les mains, le neuvième ricane avec suffisance, le dixième se coiffe d'un entonnoir, le onzième crie " terre " devant l'horizon vide, le douzième... »

« Arrête, m'écriai-je. Tu me mets les nerfs à vif ! »

Et là-haut, au premier étage du Château, il y avait François. Que faisait-il ? Le monde devait lui paraître dérisoire, dévoré qu'il était par son exclusive passion. Il était trop sincère pour songer à une quelconque mise en scène et la souffrance exclut le superflu. Peut-être ne voyait-il rien au-delà de ce petit geste de la main qui le précipiterait au sol, et qui, pour nous, ferait perdre au monde ses couleurs, étoufferait la musique, flétrirait les bouquets de fleurs, marquerait tous les visages de l'empreinte de l'horreur.

« Il doit penser à Néti, murmurai-je, il doit imaginer l'expression de son visage quand il s'écrasera dans le champ. »

C'était odieux de regarder cette croisée. Tout d'ailleurs nous était insupportable. Il nous était impossible de rester là, de répondre aux plaisanteries et aux saluts, de paraître normaux, enjoués, d'être courtois et gais.

Il valait mieux partir.

« Adieu ! dis-je brusquement à Gérard. Je n'en puis plus ! A demain. A demain, Gérard. »

Je l'attirai vers moi et le serrai dans mes bras. Il était livide.

Je passai une nuit épouvantable, m'enfonçant parfois dans le sommeil pour y trouver le même cauchemar, me réveillant pour comprendre que ce n'en était pas un. Au matin j'avais la mine défaite au point que mes parents s'inquiétèrent. J'alléguai une migraine et m'habillai avec l'entrain du condamné que l'on mène à l'échafaud. Un dernier espoir me restait, fou, irraisonné : quelque chose se produirait qui, au dernier moment, écarterait l'issue fatale. Je ne savais quoi, l'avion serait en panne, François renoncerait ou serait malade. Malade ! Tu aurais dû soudoyer un marmiton ! me dis-je. Lui administrer un somnifère à le faire dormir pendant huit jours ! Mais je butais toujours sur l'obstacle de son déshonneur. Ou bien Néti agiterait l'écharpe blanche ; elle dirait oui. Ou bien... L'écharpe ! Il était dix heures et quart et j'approchais du Château avec mon père et ma mère lorsque je m'aperçus que je l'avais oubliée !

« Excusez-moi ! m'écriai-je. J'ai oublié quelque chose ! Je vous rejoins ! »

« Alphonse, me gronda mon père, tu vas être en retard. Tu es le témoin de Gilles. A-t-on jamais vu un témoin en retard ? »

Je ne répondis pas et m'en fus en courant. J'étais si ému que je ne la trouvai nulle part. Je retournai tout, bousculai tout. Une sueur froide me prit aux tempes. Enfin je la vis, tombée derrière un meuble. Je la saisis comme j'eusse fait d'une vipère, repartis comme un fou et atteignis le Château au moment où le cortège se formait. J'y pris place près de Vivi.

« Qu'avez-vous ? me demanda-t-elle. Vous êtes dans tous vos états. »

Je passai la main sur mon front d'un air égaré.

« Regardez les Pyrénées. Elles sont radieuses. Je ne les ai jamais vues aussi belles. »

« Où est Néti ? » murmurai-je.

« Là... Devant vous. »

Horrifié, je vacillai. Elle était là, oui, juste devant moi. Et elle était au bras de François !

Elle était avec François, vous dis-je, Dubedout, et elle lui tenait le bras parce que la situation l'exigeait. M. de la Soieblanche, qui faisait office de chef de protocole en l'absence de M. de Nobleprépuce, les avait placés ensemble sur sa liste, il les avait appelés en même temps pour former le cortège, comme il venait de m'appeler avec Vivi. Et ils formaient un couple. Un couple, mon pauvre ami ! Ils ne se regardaient pas, ils ne se parlaient pas, mais ils étaient unis par cette main droite de Néti passée sous le bras gauche de François. Et moi je regardais ce lien charnel, ces deux têtes et ces deux corps rapprochés, et je ne pouvais détacher mes yeux de cette image car il me paraissait avec évidence que là, juste devant moi, François donnait le bras à la Mort. A sa mort. Et sa mort, c'était cette silhouette ravissante dans sa redingote mauve, avec ses épaules larges mais délicates, son cou gracile et le lourd chignon noir sous la toque de fourrure.

« Que pensez-vous de mon manteau ? » demanda Vivi.

« Splendide », répondis-je machinalement, sans même le regarder.

Je n'aurais pu dire de quelle couleur il était, Dubedout, et Vivi eut une petite moue. Elle lâcha mon bras et se détourna pour que je ne puisse voir son visage. Je le notai, mais n'eus pas la force de réagir, de dire quoi que ce fût pour m'excuser. J'étais hypnotisé par le couple qui nous précédait.

Soudain les deux piqueurs du marquis firent tournoyer leurs cuivres, la fanfare de la Saint-Hubert nous fracassa les oreilles, et Irène, calme, merveilleusement belle, parut au bras d'un vieil oncle tout décati. Elle nous salua d'un air digne et débonnaire, comme nos reines autrefois devaient saluer le bon peuple qui les acclamait, et M. de la Soieblanche, ému, les joues roses d'émotion, s'empressa de les placer en tête du cortège. Les piqueurs, qui avaient fait silence, embouchaient à nouveau leurs instruments pour annoncer M. de Poyanne donnant le bras à Gaby. L'air absent, extasié, Arthur marchait sur la pointe des pieds, comme s'il se mouvait sur des nuages qu'il avait peur de crever. Mais la foule n'avait d'yeux que pour Gaby et sa robe, un bouillonnement de velours blanc, avec une traîne immense, digne de la cour de Saint-Pétersbourg assurément, portée par un essaim de petits garçons et petites filles dont on se demandait lequel était le plus mignon.

Ce que furent les cérémonies, Dubedout, je ne puis vous le dire avec exactitude. On me l'a raconté maintes fois par la suite, mais je n'en ai pas un souvenir personnel. Il paraît que les mains d'Onésime Dupeyron, qui était alors maire de Poyanne, tremblaient tellement d'émotion en tenant les feuillets de son discours qu'il ne pouvait le lire, qu'à l'église le solo de violoncelle de M. Dubroca humidifia les yeux des moins mélomanes, que l'orchestre exécuta la *Marche nuptiale* de Mendelssohn de façon magistrale ; que l'homélie de Mgr l'évêque fut aussi onctueuse que subtile, entrelaçant sans surprise les thèmes de l'amour humain et de l'amour divin, de l'Éros et de l'Agapé, avec un brio digne des Jeux floraux de Toulouse ; mais aussi qu'un silence solennel écrasa l'assistance lorsqu'un homme rude, dont le teint basané tranchait sur le surplis blanc qu'il portait, se leva de la stalle où il priait pour unir les deux couples. Il y avait une telle force dans ce corps osseux, robuste comme les chênes des montagnes, dans ces traits dépouillés, dans ces yeux élargis comme ceux d'une icône, que toutes les personnes présentes, y compris, prétendit-on malignement, Mgr l'évêque, se sentirent bien petites.

Ne m'interrogez pas non plus sur le buffet qui suivit. Je ne mangeai ni ne bus, ce qui n'est pas mon ordinaire, au point que Vivi s'inquiéta de savoir si j'étais malade. Oh oui, je l'étais, d'anxiété, de peur, de chagrin. Je pétrissais l'écharpe qui gonflait la poche de mon habit, consultais ma montre à tout instant, calculant le temps qui nous séparait de l'heure fatidique — trois heures et demie — où François commencerait sa démonstration. Je le surveillais du coin de l'œil, ainsi que Néti, et quêtais le regard de Gérard, aussi défait que moi, pour y puiser quelque courage. Contrairement à mon ultime espoir, rien ne survenait, rien ne se produisait qui pût couper court à la tragédie. Inexorables, les minutes passaient. J'avais les paumes moites et les yeux hagards.

« Alphonse ? » interrogea la voix, cette fois acerbe, de Vivi.

« Oui ? »

« Si vous n'êtes pas souffrant, alors vous êtes exécrable. Trouvez-vous, je vous prie, une autre cavalière ! »

Elle me jeta un regard furibond et me planta là.

Je gémis intérieurement, mais une main glacée me tordit soudain l'estomac. François avait disparu.

Les invités passaient dans la galerie pour prendre le café. Du haut de mes deux mètres j'inspectai la foule, courus de-ci, de-là, heurtai les marmitons chargés de paniers, bousculai plusieurs personnes.

« Alphonse ! »

C'était Gérard, aussi pâle que moi.

« Il a disparu ? »

« Oui ! »

Je sortis précipitamment ma montre :

« Trois heures moins dix », constatai-je, accablé.

« Il se prépare », dit Gérard.

Et ce mot nous parut si lugubre que nous baissâmes la tête.

A cet instant nous entendîmes, venant de l'ouest, un bruit de moteur lointain qui peu à peu se précisait, grandissait. « L'avion ! L'avion ! » cria quelqu'un. Nous nous portâmes tous sur la terrasse. Le vacarme éclata au-dessus de nos têtes et nous vîmes le biplan de Maurice surgir de la cime des arbres, frôler les toits du Château et incliner plusieurs fois ses ailes pour nous saluer. Il décrivit un cercle, revint vers nous à trente mètres d'altitude — nous apercevions la tête casquée dans la carlingue — et une pluie de confettis tomba en tourbillonnant. On applaudit à tout rompre. Maurice à nouveau salua des ailes, prit de la hauteur et disparut derrière les toits des dépendances pour se poser dans le champ voisin. Deux minutes encore et le moteur s'arrêtait.

« L'oiseau de mort », murmura Gérard.

Je regardai à nouveau ma montre : il était trois heures cinq.

« Moussu Gérard ? Moussu Alphonse ? »

Un marmiton nous tendait une lettre :

« C'est de la part de moussu François. »

L'angoisse se desserra dans ma poitrine. Gérard déchirait l'enveloppe, lisait le mot de François, me le tendait. Je lus à mon tour : « On ne saurait penser à tout, mes chers amis. J'ai failli oublier ! S'il en est besoin, demandez, je vous prie, à mon père de rembourser à Maurice le prix de son avion. Salut ! »

Je ne pus retenir un juron. Relevant les yeux, je détaillai la foule. Et une seconde fois la panique me prit.

« Néti ! Où est Néti ? » soufflai-je à Gérard.

Elle était là tout à l'heure, à six mètres de moi, bavardant avec Agate. Et elle n'y était plus ! Et si je ne la trouvais pas, si je l'avais laissée s'échapper, si je... Un cri puissant et douloureux sortit de ma gorge, une sorte de barrissement énorme, comme d'un éléphant blessé : « Où est Néti ? » — si fort que tous les invités se retournèrent, interloqués ou choqués. Juste derrière moi une voix nette s'éleva :

« Ici. Que me voulez-vous ? »

Nous fîmes volte-face. Néti était là, qui nous regardait, les yeux durs, la bouche serrée.

J'avais envie de la prendre sous un bras, de m'asseoir sur une chaise et, devant monseigneur, devant le marquis, le baron, les trois cents invités, de lui administrer une superbe fessée.

« Néti... », pus-je articuler d'une voix rauque. Et je me tus.

« On nous envoie vers vous », dit Gérard, glacial.

« Je m'en doute », rétorqua-t-elle sèchement.

Gérard me lança un regard.

« J'ai ceci pour vous », dis-je.

Je sortis l'écharpe de ma poche et la lui tendis.

Elle la contempla, je crus un instant qu'elle refuserait de la prendre. Finalement elle avança la main et s'en saisit.

« Que dois-je faire ? » demanda-t-elle avec un sourire railleur.

Et pour ce sourire je l'eusse volontiers giflée à tour de bras.

« Les invités se dirigent vers le champ, dit Gérard. Accompagnez-nous. Nous resterons à vos côtés et vous donnerons des explications, si besoin. »

Elle ne dit rien, nous l'encadrâmes et nous dirigeâmes ainsi vers le champ. Nos mines étaient si sévères qu'elle avait l'air d'un criminel entre deux gendarmes. Sans doute le comprit-elle, car elle nous dit :

« Avec votre permission, je marcherai devant. »

Nous la suivîmes et tout dans la raideur de sa marche, dans son maintien, dans le port de sa nuque, nous disait qu'elle ne céderait pas.

Un espace enclos de cordes avait été délimité pour le public sur un côté du champ. La foule s'y pressait nombreuse, car aux invités de la noce s'étaient joints quantité de badauds des villages d'alentour. A l'une des extrémités du champ, près de l'appareil, s'affairaient les silhouettes de François et de Maurice. Des messieurs consultaient leur montre ; je tirai la mienne, il était trois heures vingt-cinq.

« Venez », dis-je à Néti, et jouant des coudes je me frayai un chemin jusqu'au premier rang. Elle saisit nerveusement la corde dans ses mains ; seul ce geste trahit sa tension, son visage restait de marbre.

Le ciel était pur, il n'y avait aucun vent, c'était le temps parfait pour une démonstration aérienne. Il me semblait que j'étais dans un état second, que tout cela était irréel, que je rêvais. Mais Néti était bien près de moi, tenant l'écharpe blanche, et le biplan se trouvait dans le champ. La demie de trois heures sonna au clocher de l'église et un grand silence se fit. Je vis François serrer la main de Maurice et monter dans l'avion. D'un coup brusque, Maurice fit tourner l'hélice, qui cafouilla, vrombit. François donna les gaz et nous entendîmes le rugissement du moteur. L'avion roula sur l'herbe, passa rapidement devant le public — à notre hauteur François fit un geste de la main —, roula de plus en plus vite et décolla sans encombre au-dessus des haies qui fermaient l'autre bout du champ. Il prit de la hauteur en décrivant un cercle et le festival commença.

Je ne connais rien, Dubedout, à ces acrobaties, mais je puis vous dire que c'était une démonstration remarquable. François régalait son public, qui poussait des exclamations admiratives ou angoissées, de chandelles, feuilles mortes, loopings, passages en rase-mottes, sauts-de-mouton et je ne sais plus quoi encore, bref toutes les figures que nos petits avions d'alors étaient capables d'effectuer. Gérard et moi nous étions en sueur, tendus comme des cordes de violon, et nos regards se portaient alternativement sur l'avion et sur Néti. Elle était pâle comme une morte, elle pétrissait l'écharpe entre ses mains comme je l'avais fait moi-même, mais son visage fermé ne livrait rien de ses sentiments. Soudain François s'éloigna, prit de l'altitude, revint à la verticale du champ, nous n'entendîmes plus le moteur, et l'avion piqua en tournoyant sur lui-même. Je crus que mon cœur s'arrêtait de battre et je fis un grand effort pour me pencher vers Néti. Mais Gérard m'avait devancé et j'entendis sa voix rauque : « C'est la première vrille, Néti. » Elle ne broncha pas, ne cilla pas. On eût dit une statue. L'avion approchait du sol, soudain le moteur vrombit à nouveau, l'appareil se redressa, arrachant un soupir à la foule. François remontait vers le ciel.

Néti, elle, ne soupira pas. Je la voyais de profil. Son visage paraissait de pierre. Mais sa main crispée sur l'écharpe était aussi blanche que le tissu.

François amorçait la seconde vrille.

« Deuxième vrille », dis-je à Néti. Et je crus que j'allais lui arracher l'écharpe et l'agiter frénétiquement vers le ciel. Mais quelque chose m'arrêta, comme une sorte de refus de commettre un sacrilège. Je sentais mes yeux se brouiller, des larmes de chagrin et de rage coulaient sur mes joues.

Ha ! soupira la foule, et François remonta une nouvelle fois vers le ciel.

Je ne pouvais plus parler ni agir et je jetai un regard suppliant à Gérard. J'entendis sa voix hoquetante, sanglotante, qui criait :

« Maintenant c'est la troisième, Néti ! C'est la dernière pour le signal, Néti ! »

Nous perçûmes entre nous comme un râle, un cri de femme déchirée qui va mourir. L'avion piquait vers le sol, remontait, et Néti passait sous la corde, elle courait au milieu du champ, elle agitait l'écharpe blanche, toute tendue des orteils aux poignets, et nous croyions entendre un sanglot qui sortait de sa gorge. Je vis Gérard, les genoux sciés, s'affaler dans l'herbe, et moi je pressais mes mains sur ma bouche pour réprimer une envie de vomir.

L'avion faisait le tour du champ en perdant de l'altitude, se posait, s'arrêtait près de Néti. Comme un diable jaillit de sa boîte, François sortait de la carlingue, arrachait son casque et prenait Néti dans ses bras. Ils n'en finissaient pas de se tenir enlacés. Autour de nous les gens ne comprenaient pas. Mais ils sentaient qu'il venait de se passer quelque chose. Et une formidable ovation monta de l'assemblée.

Alors, Dubedout, me dit le docteur, je vis la chose la plus fantastique, la plus inattendue, celle que je n'eusse jamais imaginée cinq minutes auparavant, nous vîmes François saisir Néti par la main et l'entraîner vers nous en courant. Le visage transfiguré, il avait l'air d'un fou, d'un illuminé. Il cherchait le baron des yeux. Il le vit, courut à lui, haletant, et lui dit :

« J'ai l'honneur, monsieur le baron, de vous demander la main de Néti. »

Le baron cherchait à reprendre ses esprits.

« Mais... mais... ma fille est-elle consentante ? » parvint-il à articuler.

« Je le suis », dit Néti d'une voix brisée.

Elle tremblait des pieds à la tête et ne tenait debout qu'appuyée contre François et son visage, soulagement infini, joie profonde, ressemblait à celui d'une accouchée.

« Mais alors, balbutia le baron, nous allons avoir une troisième noce ? »

Une nouvelle ovation jaillit de la foule.

Chère Néti ! Son premier geste fut d'aller vers nous et de nous prendre la main. Au milieu de cette foule en liesse nous ne parlions pas. Des naufragés qui retrouvent la terre ferme ne font pas de discours. J'aurais voulu lui demander pardon de n'avoir pas deviné qu'elle aimait mon ami, qu'elle avait lutté sauvagement contre elle-même et qu'il avait fallu cette épreuve pour lui arracher un cri de bête mise à mort dans lequel s'étaient effondrées ses défenses. Mais à quoi bon ! Nos regards convalescents et nos mains unies en disaient assez long.

Ce qui suivit est par force moins mémorable. Le marquis et Irène comptaient partir dans la soirée, mais ce coup de théâtre les incita à surseoir et à passer la nuit à Poyanne. Gérard et moi fûmes invités à rester au Château dans l'intimité des deux familles. Nous ne nous lassions pas de regarder le couple dont nous pensions quelques heures plus tôt qu'il serait horriblement soudé par la mort. J'avais mis Vivi dans la confidence. Avec François, Néti, Gérard et moi, elle serait la seule à savoir. Elle m'avait écouté en silence, puis avait fondu en larmes. Puis s'arrêtant tout net : « Et moi qui vous reprochais de ne pas faire attention à ma toilette ! » Du coup elle m'avait embrassé. C'était la seconde fois, Dubedout, et pour un tel bonheur j'eusse à nouveau enduré mon calvaire.

Le marquis — il ne quittait pas Irène d'un pouce (de crainte qu'elle ne s'envole ?) — était encore muet sous le choc de la surprise. Il échangeait avec le baron de longs regards dubitatifs, chacun se pinçait pour y croire. Les eût-on poussés à commenter le double lien qui unissait désormais leurs familles, ils eussent évoqué gravement le verdict du destin ou les insondables desseins de la divine Providence. Je les imaginais — de quoi n'est point capable un cœur jaloux ? — se disant : jamais deux sans trois, pourquoi pas Gaston et Vivi ? J'épiais le reste de l'assistance et lançais autour de moi des regards meurtriers. Et ce minable cavaleur ne se mettait-il pas à tourner autour de Vivi, qui le fuyait et venait se réfugier sous ma forte carrure ? J'étais partagé entre le soupçon le plus noir et la plus intense jubilation.

Eudoxie, elle, faisait la roue. Non seulement elle venait de marier l'une de ses trois filles, non seulement tout le monde s'était récrié d'admiration devant la robe de Gaby, non seulement on l'avait entourée et félicitée, mais encore elle était le témoin jubilant d'un second coup de foudre, ce qui la faisait exulter jusqu'au fond de ses entrailles, elle voyait s'annoncer un autre mariage qu'elle accueillait avec ravissement, car elle ne vivait que dans un climat de passion, et — c'était évident — François et Néti formaient un couple passionné. Alors elle rayonnait en cette soirée de Poyanne, vidait flûte sur flûte et, sous le coup de l'émotion et l'influence du champagne, perdait momentanément son usage du français. Elle parlait à tout le monde mais personne ne la comprenait. De sa gorge majestueuse sortaient des gloussements, de petits cris, des roucoulements enamourés. Dans ce discours surgissaient parfois des mots connus : saperlipopette, saint Serge, mes petites poulettes, bébés, petits culs adorables de bébés, mon trésor, mon chou, mais tout le reste n'était qu'une litanie d'expressions insaisissables, où le russe, le gascon et le français se mélangeaient. Le cousin Hadrien, complètement gris, rôdait autour de François et Néti en faisant tourner son pendule, supputant leur bonheur, leur longévité, le nombre de leurs enfants. Agate, ravie, faisait feu des quatre fers et son époux, Gédéon, en grande forme, ébranlait les vitres de la bibliothèque sous le choc de ses éclats de voix et la houle de ses périodes. Quant à l'oncle Oscar, une bouteille d'armagnac en main, il exultait. Il ne tarissait pas d'éloges sur Néti qu'il trouvait fine, racée, et dont il assurait à voix basse à des confidents occasionnels qui essayaient de le faire taire, qu'elle serait fougueuse dans la bataille amoureuse. Il ressassait sa découverte : « Néti ? Qu'est-ce cela, mon petit ? D'où tirez-vous ce nom-là ? » lui avait-il demandé. « C'est un diminutif de Néfertiti », avait-elle répondu. Il avait pris du recul, l'oncle Oscar, il avait mis sa main en visière sur son front, plissé les yeux comme un peintre qui étudie la lumière, et il s'était écrié : « C'est cela ! C'est bien cela ! Hil dou diable, nous épousons Néfertiti ! » Et il s'était lancé dans le récit de sa dernière campagne d'Égypte où, à l'en croire, d'ondulantes créatures se promenaient sous les palmiers, drapées de lamé or, l'incendiant de leurs regards brûlants. Bien qu'ils participassent à la joie générale, Gilles et Gaby cherchaient une excuse pour s'enfuir à Barrès. Ce ne serait point le rossignol de Juliette qui les réveillerait au matin, mais le braiment d'Hector, les meuglements de Joan et Martin, le bêlement de Biquette. Ils en rêvaient à l'avance. Ainsi se passa cette soirée et tout le monde se quitta, emportant avec lui son amour ou son rêve.

Le lendemain, l'oncle Oscar partait pour Tahiti. Théo emmena le marquis et Irène à Laluque, où ils prirent le train pour Arcachon. A deux heures, Gérard et moi leur succédâmes dans celui pour Bordeaux et Paris. Gaston s'était déjà envolé vers

Souprosse à la poursuite de quelque jupon. Dans le Château soudain désert François attendait l'heure de se présenter au Moulin. Tapi dans ses bois, celui-ci couvait sa joie comme une glouque — une poule, Dubedout — ses poussins. Le baron contait pour la sixième fois à Aliénor les événements de la veille. Eudoxie se remettait au régime sec et bénissait le Seigneur. Vivi rêvait — et à quoi rêvent les jeunes filles ? Pour la première fois de sa vie Néti regardait dans la joie la colline de Poyanne. Et à Barrès, après avoir soigné leurs bêtes, Gilles et Gaby s'étaient remis au lit. Etes-vous satisfait, Dubedout ?

— Oui ! Oui ! m'écriai-je. Et le voilà donc cet âge d'or de Poyanne ! Le voilà enfin !

— Oui, le voilà.

— S'il vous plaît, parlez-m'en encore !

— Demain, mon cher, demain, me répondit le docteur avec un sourire. Il y faudra demain, car, croyez-moi, il y a encore beaucoup à dire. ... Avant la fin, ajouta-t-il en se rembrunissant.

C'ÉTAIT une magnifique matinée de juin. J'arpentais en sifflotant le chemin qui mène de Tilsit à l'Oustaou. La campagne perdait de son acidité printanière et mûrissait au soleil déjà chaud. Je poussai la grille. Le docteur m'attendait.

— Quelle belle journée ! m'écriai-je.

— Oui, mon ami. Et, savez-vous, c'est presque un anniversaire.

— Comment cela ?

— Il y a neuf mois exactement — le temps de faire un enfant — que nous nous connaissons.

— Pas possible ! Neuf mois ! C'est ma foi vrai. Je suis arrivé à Poyanne en septembre. Docteur, vous êtes un magicien ! Grâce à vous, ces neuf mois ont passé comme l'éclair !

— Vraiment, Dubedout ? Vous le pensez réellement ?

— Vous m'avez tenu en haleine. Vous avez annulé le temps.

Le docteur m'observait :

— Dubedout, me demanda-t-il tout à trac, avez-vous lu les contes des *Mille et Une Nuits* ?

— Oui... Enfin... Des fragments...

— Connaissez-vous la sultane Shéhérazade ?

— C'est elle, je crois, qui raconte toutes ces histoires au sultan.

— Mais pourquoi les raconte-t-elle ?

— Je ne me rappelle plus. Peut-être pour le divertir ?

— Peut-être, en effet.

Il me considérait d'un œil matois.

— Eh bien, reprit-il avec un soupir, décrivons-le, cet âge d'or de Poyanne et, à tout seigneur tout honneur, si vous le permettez, commençons par moi. A Bordeaux, j'eus du mal à me remettre au travail. J'avais la tête échauffée par les événements que je venais de vivre, je pensais à mes amis. Mais il me fallait passer mes derniers examens. Je pris le parti de m'immerger dans mon travail, je traçai mon sillon comme un bœuf de labour sans mettre le nez dehors sinon pour me rendre à l'hôpital et, grâce à cet ultime effort, j'obtins mon diplôme sans encombre. J'étais donc médecin, j'avais vingt-huit ans et me trouvais à un tournant de ma vie. La jeunesse est imaginative et avide d'horizons nouveaux. Peut-être influencé par les contes de l'oncle Oscar, encore que je les prisse avec un grain de gros sel, mais assurément par l'exemple de mon illustre ancêtre, Jean-Baptiste Ducasse, qui fut directeur de la Compagnie du Sénégal, gouverneur de Saint-Domingue et prit Carthagène d'Amérique aux Espagnols avant de faire le siège de Barcelone, je m'étais souvent dit que j'irais tâter de l'outre-mer. L'Annam m'attirait avec une force particulière. Mais, en ce début de l'été 1914, je constatai avec surprise que ces velléités d'évasion s'étaient dissipées comme fumerolles et que je n'avais plus qu'un désir : vivre dans le village de mon enfance auprès de ceux que j'aimais. Je savais que je comblerais ainsi le vœu de mes parents. Mais, dois-je vous dire, Dubedout, que cette rupture avec les rêves de ma jeunesse ne s'expliquait pas seulement par la piétié filiale et l'amour du clocher natal. Un autre désir me poussait, que vous avez déjà deviné. J'allais habiter près de Vivi et la verrais à tout instant. Son image ne me quittait plus. Je ne pouvais plus voir une jeune fille blonde sans la comparer — à son désavantage bien entendu — à celle que j'aimais. Mais je suis un homme lent, prudent à se mouvoir dans les choses d'importance. Timide aussi, bien que je m'efforce de le cacher. J'attendais de mon retour à Poyanne et des mois à venir une confirmation de mes sentiments et un éclaircissement définitif sur les siens.

Dès mon arrivée à Poyanne je constatai un changement remarquable. Le Château n'était plus une demeure commandée par un homme, à l'usage exclusif des hommes ; une femme y régnait. Et avec quel art ! Il avait pris ce charme délicat et doux qui, vous vous le rappelez, nous avait conquis lors de notre premier bal au Moulin.

Il va sans dire que cette transformation, qui n'avait épargné ni le paratonnerre étincelant dans le soleil, ni les derniers recoins des plus profondes caves où les salamandres s'étaient hâtivement terrées dans leurs trous, ne s'était point réalisée sans révolution interne. En prenant en main la haute direction des affaires, Irène avait empiété sur les attributions de Joseph qui, vous le savez, cumulait les fonctions de cuisinier et de majordome, et à ce dernier titre régentait le personnel du Château. Voyant son autorité mise en question, cet être susceptible avait manifesté sa rancœur en confectionnant à la suite quatre repas malignement exécrables qui avaient provoqué chez ses maîtres un désordre intestinal corsé d'incoercibles nausées. S'était ensuivie une explication en trois points où Irène n'avait pas mâché ses mots : elle commandait à présent ; Joseph, que tout le monde portait au pinacle, se consacrerait désormais à la seule pratique de son art culinaire qui lui valait renom et gloire de Saint-Jean-de-Luz à Tarascon ; au reste il ne chômerait guère, le Château allait ouvrir toutes grandes ses portes, les invités affluer. Joseph, qui n'eût pas quitté sa place pour un empire, car il tenait cette maison pour la sienne et s'enorgueillissait de lui appartenir, dut gober cette habile mercuriale qui limitait son pouvoir tout en le mettant à l'honneur. « Voilà une femme, reconnut-il, monsieur le marquis a fait le bon choix ! » Il se retira dans sa cuisine, résigné à s'y cantonner, mais prêt à y pousser les feux.

Irène de Fonjuzan, désormais Irène de Poyanne, était en effet décidée à recevoir beaucoup et sans délai. Elle considérait que sa destinée était désormais de rendre le marquis heureux. Or elle connaissait l'ambition de celui-ci, qui était de faire de Poyanne un nouveau Nérac dont la renommée franchirait les limites de notre province. Elle s'était donc hâtée de se documenter sur la cour de la reine Marguerite, avait lu *Peines d'amour perdues* de Shakespeare, et, brûlant de rassembler autour d'elle hommes célèbres et beaux esprits, avec leur suite obligée d'artistes et de jolies femmes, avait dressé son plan d'action. Ce faisant, la belle Irène ne forçait point sa nature. Elle appartenait à cette catégorie d'individus qui excellent à tout ce qu'ils font.

Irène avait une devise, *Age quod agis,* fais bien ce que tu fais. L'échec de son précédent mariage la servait, l'expérience aidant. L'harmonie physique du nouveau couple ne faisait d'ailleurs aucun doute, comme en témoignait la mine tour à tour rêveuse, exaltée ou franchement abattue du marquis ; ce succès provoquait une satisfaction égrillarde chez Eudoxie, qui savait néanmoins brider sa langue et mater sa curiosité naturelle. Irène donc s'était attaquée au Château avec méthode, analysant ses points faibles —

proximité immédiate du village, pas assez de chambres d'amis, exiguïté des parterres de fleurs —, et ses points forts — renom, noblesse d'allure et vue superbe. Sa réflexion l'avait ensuite amenée à évaluer les qualités et les défauts du marquis du point de vue de l'entreprise qu'ils souhaitaient conduire ensemble : sens de la grandeur, énergie, générosité, connaissance de l'histoire, mais en revanche susceptibilité, irascibilité et culture assez lacunaire. Son autocritique avait été également sans faiblesse et son miroir, qu'elle avait interrogé en s'interdisant toute complaisance, lui avait répondu : de beaux restes. Ce qui doit et peut s'entretenir. Par ailleurs, conséquence d'une trop exclusive fréquentation de saint François de Sales, de Mme Acarie et des écrits psychologiques de Fénelon, une lamentable méconnaissance de l'art contemporain qui pouvait l'exposer à commettre les pires bévues. Ce diagnostic imposait plusieurs conclusions : reprendre le Château en main (à mon arrivée c'était déjà fait), aménager des chambres confortables dans la plus grande des dépendances dite Maison Longue (les travaux étaient en cours), prévoir une vaste roseraie autour du Château (on commencerait en avril). Une influence apaisante de tous les jours, accompagnée d'un régime moins riche en armagnac et en viandes, atténuerait peu à peu la propension de son époux à la colère. Enfin, venues de Paris, plusieurs caisses de livres choisis par Gérard, et des abonnements aux revues de la capitale, leur permettraient de remédier au plus tôt à leur ignorance.

Elle gardait cependant un souci.

« Mon bien-aimé, dit-elle un matin au marquis qu'elle venait d'enlever au septième ciel, je voudrais que vous m'accordiez une faveur. »

« Voilà qui est fait ! s'écria le marquis tout enamouré. Dites, dites, mon amour, vous êtes exaucée ! »

« Depuis votre réconciliation avec le baron, vous n'êtes plus en froid qu'avec deux personnes en Chalosse, M. de Nobleprépuce et le célèbre Piou. Mon amour, réconciliez-vous avec eux. »

« Palsambleu ! s'exclama le marquis en faisant la grimace, vous me demandez un bien grand sacrifice. Mais soit ! Vous avez ma promesse. »

Il demanda un entretien avec M. de Nobleprépuce, qui refusa avec hauteur. C'était s'en tirer à bon compte.

Pour Piou l'entreprise était délicate. Le rang, la dignité, et toutes les vertus que la maturité est censée impliquer, lui interdisaient de s'abaisser devant un jeune homme. Il se méfiait en outre de la faconde de son interlocuteur, à laquelle il n'était pas en mesure de faire pièce. Ayant considéré la question et sachant que Piou était à Poyanne, il lui envoya un billet le priant de venir au Château. Piou se présenta.

Lorsqu'ils eurent dégusté leur verre de porto en silence, le marquis dit à Piou :

« Vous me chantâtes une rude complainte, mon ami, lors d'un certain banquet. »

« Je pense en effet... », commença Piou.

« Je crois bien que vous nous y traitiez, le baron et moi, d'imbéciles. »

« C'est-à-dire que... »

« En quoi vous aviez raison, si, si, ne protestez pas, car tous les deux, et moi plus que lui, nous nous sommes conduits comme des faquins. »

« J'aurais dû... », se hâta d'avancer Piou, dans un vain effort pour placer un mot.

« Je tiens donc, mon cher Piou, non, non, ne protestez pas, à vous féliciter de votre clairvoyance. Je vous ai prié de venir ici pour vous remercier... »

« Monsieur le marquis... »

« Vous dire mon estime... »

« Monsieur le... »

« Ma reconnaissance... »

« Mon... »

« Et vous serrer très cordialement la main. »

Le marquis saisit la main de Piou, la secoua avec vigueur, enveloppa son interlocuteur d'un regard qui exprimait une considération nuancée d'un brin de condescendance, se leva soudain et disparut.

Notre ami se retrouva aussi seul qu'une chaussette dépareillée et, pour la première fois de sa vie, muet comme une carpe de la Counquie. Il était abasourdi par ce torrent verbal. Puis il sourit : bien joué, monsieur le marquis !

La belle Irène décidait cependant d'employer les grands moyens pour prévenir l'outrage des ans, en appliquant les recettes de l'illustrissime duchesse de Valentinois, Diane de Poitiers. Un beau matin du mois de mars — à moins que ce ne fût une nuit, car c'était encore le moment où la lumière lutte avec les ténèbres — le marquis sentit la marquise quitter la couche conjugale et, tout ensommeillé, lui demanda :

« Il fait à peine jour, que faites-vous, mon amour ? »

« Je me lève, lui répondit la voix apaisante d'Irène. Le soleil ne va pas tarder et j'ai appris, quand j'étais petite, que les bons soldats de Dieu se lèvent à l'aube. »

Recroquevillé au plus moelleux du lit, le marquis quelque peu surpris méditait sur cet aphorisme aussi arbitraire que redoutable, en notant d'ailleurs avec satisfaction que la nuit n'avait pas été si inactive, lorsqu'il entendit un grand bruit dans la salle de bains.

« Que faites-vous, ma mie ? » demanda-t-il à nouveau, vaguement inquiet.

« Je prends un bain d'eau glacée, répondit Irène. Cela affermit les chairs, témoin la belle Diane de Poitiers qui jusqu'à sa mort garda ventre, cuisses et seins d'une fermeté sans pareille. »

D'émoi, le marquis s'assit dans le lit.

« D'eau glacée ! » s'exclama-t-il.

« Oui, mon amour. »

Et Irène, doucement, se mit à chanter. Le marquis, pour le coup perplexe, ouvrait tout grands les yeux dans l'ombre de la chambre. Affermir les chairs, se répétait-il. Y a-t-il là une allusion ? Ma femme n'a pourtant point raison de douter que, pour citer le grand Shakespeare dont je lis les œuvres, je suis encore un morceau de chair à tenir bon...

« Et que ferez-vous ensuite ? questionna-t-il d'une voix un peu troublée. Il doit être cinq heures. Notre maison dort encore. Nos domestiques ne se lèvent qu'à sept. »

« J'irai chevaucher dans la campagne, mon cher amour, dit la voix suave d'Irène. Venez-vous avec moi ? Vous vous sentiriez bien. Rien ne vaut un bain glacé suivi d'un bon galop. »

Le combat qui se livra dans l'âme du marquis fut violent mais bref. Galoper, bien sûr, se disait-il. Je galope tous les matins. Mais ce bain glacé... Pourtant, comment refuser ? De quoi aurais-je l'air ? D'un grand effort il se leva et s'immergea à son tour en serrant les dents. Les coqs se mettaient à chanter quand ils poussèrent la porte de l'écurie pour seller eux-mêmes leurs chevaux.

Chaque jour, à l'admiration des populations, M. et Mme de Poyanne se levèrent dès lors avec le soleil, prirent leur bain d'eau glacée, et firent leur temps de galop dans la campagne. De retour au Château, le marquis déjeunait avec mesure (soupirant après les copieuses cochonnailles qu'il absorbait à l'époque de son célibat), cependant qu'Irène observait une diète fort stricte. Elle consommait en revanche force gelée royale. On se mettait ensuite au travail. Les deux époux administraient leurs biens avec une rigueur qui comblait d'aise le notaire Jean-Baptiste, lequel ne tarissait pas d'éloges sur le sérieux de la nouvelle marquise, recevaient régisseurs, contremaîtres et visiteurs. L'après-midi, le marquis compensait par une sieste ce que sa valeur et l'horaire draconien d'Irène avaient enlevé à la nuit, inspectait les travaux, puis s'absorbait dans la lecture des ouvrages littéraires auxquels il prenait sur le tard un plaisir d'autant plus vif qu'il avait été longtemps ignoré.

D'aucuns s'étonnèrent que le marquis eût si vite permis à son épouse de régir sa vie et régler son emploi du temps. Ils y voyaient un regrettable abaissement de l'homme par rapport à la femme et l'en blâmaient, surtout s'ils avaient eux-mêmes peu de goût pour l'eau froide et l'équitation au petit matin. Chez le marquis l'amour expliquait tout, il était bleu de sa femme et s'étonnait quotidiennement qu'une telle créature eût pu l'élire pour époux.

Dans ce château habité par des hommes Irène avait besoin d'une amitié féminine. Elle n'eut ni à attendre ni à chercher. Dès son arrivée au Moulin, l'avant-veille de son mariage, Eudoxie avait été conquise par le charme de cette jolie veuve. Elle comprit aussi que le sourire d'Irène cachait une volonté de fer et un sens de l'organisation où elle se reconnaissait. Ces constatations l'ancrèrent dans la conviction que les femmes sont supérieures aux hommes, et que Dieu les a créées pour veiller sur ces éternels petits garçons que la vie ne mûrit guère et qui se croient toujours dans une cour de récréation. Son instinct maternel étant inépuisable, elle l'adopta comme sa quatrième fille, plus âgée que les autres sans doute, mais également digne d'être protégée. Irène, soudain plongée dans ce milieu étranger, fut sensible à cette chaleur. Elle y répondit avec gratitude. Les deux femmes se voyaient souvent. Elles parlaient des leurs, de leurs travaux, du prochain mariage de Néti et de François, des gens de la Chalosse, de ces touts et de ces riens qui tissent maille par maille la trame de l'amitié. Ainsi s'établit entre elles une connivence bénéfique à tous qui vint doubler l'amitié du baron et du marquis.

Irène s'ouvrit à Eudoxie de son grand projet : faire de Poyanne un autre Nérac. Il séduisit aussitôt cette femme ardente à l'action et friande, bien qu'elle s'en défendît, de mondanités. Sa réaction fut enthousiaste et elle promit son concours. Mais en y réfléchissant un obstacle leur apparut : le baron n'en prendrait-il pas ombrage ? Quelles que fussent son amitié pour le marquis et la force des liens qui unissaient désormais les deux familles, accepterait-il qu'Onard restât dans l'ombre alors que Poyanne serait hissé sur le pavois ? Les deux femmes butaient sur ce problème lorsque Eudoxie s'écria soudain : « Sommes-nous sottes, ma chérie ! Créons un double Nérac ! Unissons, jumelons Onard et Poyanne ! Poyanne, ma poulette adorée, dominera sur terre et Onard régnera sur les eaux ! » Et d'imaginer une double cour, celle d'Irène en haut, d'Eudoxie en bas, la première servie par la majesté du Château et l'infini de ses horizons ; la seconde, plus modeste mais non moins attrayante, ayant pour cadre le Moulin, ses promenades dans les bois, sur les eaux de l'Adour. En haut, le royaume des tilleuls, des pins, des platanes ! En bas, celui des chênes et des saules ! En haut, la plénitude de la colline, le ciel, le vent, la tête dans les étoiles ! En bas, la poésie des ombrages, des eaux courantes, les mystères de la forêt...

Il fallait passer à l'action. Irène en parla au marquis ; il exulta. Restait à entreprendre le baron.

Depuis quelques mois Gaspard avait le sentiment de vivre dans un rêve. Les événements survenaient invariablement à l'opposé de ce qu'il attendait. Il y avait de quoi vous tourner la tête, et effectivement la tête lui tournait. Il vivait dans un tourbillon quotidien où chaque instant apportait un démenti à sa mélancolie et à ses prévisions pessimistes. Son *Traité sur la décadence et la mort des civilisations* prenait du retard, d'autant que cette folle de Néti, à laquelle l'amour tournait aussi la tête, se souciait maintenant des listes chronologiques et synoptiques comme d'une guigne. Elle rêvait, passait un temps considérable à sa toilette, volait à la porte au moindre bruit de cheval ; arrivait François et on ne la voyait plus. A dire vrai, le baron se préoccupait assez peu de ce que son œuvre avançât désormais à une allure de tortue. Au lendemain de la mort d'Aliénor, le désespoir avait allumé en lui la flamme vengeresse et créatrice. Mais voilà, il n'était plus tout à fait malheureux. Certes la mort de sa femme l'avait mutilé à jamais. Mais, au-delà de ce jardin d'éternité où il entretenait un dialogue passionné avec elle, il y avait tout le reste, le vaste espace de sa vie quotidienne peuplé de ses enfants, d'Eudoxie, de ses amis. Il aimait son pays, la campagne de son enfance, le vieux Moulin qui n'avait jamais été aussi gai. Il aimait les soirs et les aurores sur les bois et les champs de l'Adour, et le feu qui flambe dans l'âtre, et l'air vif, la bouche tendre de son cheval quand il lui passait le mors, ses livres d'histoire dont le dos brillait doucement à la lumière de la lampe.

Il se disait aussi, en pensant à ses futurs petits-enfants, qu'il allait jouer à la Mort un autre tour en peuplant le Moulin et le Château de têtes blondes et de fesses roses. Mais le soir, dans le silence de sa chambre, ou dans la journée quand on le voyait muet, le regard perdu, il retrouvait Aliénor. Il lui parlait, lui disait tout. Il y avait en lui deux hommes. Celui qui aimerait Aliénor jusqu'à son dernier souffle et sans doute, il y comptait bien, au-delà. Et celui qui vivait avec les autres et par les autres. Et qui s'attendait à tout puisque rien n'advenait tel qu'il l'attendait, ce qui lui permettait de dire une nouvelle fois à Aliénor : ma bien-aimée, je vais vous faire une autre surprise.

Le baron ne se doutait donc de rien lorsque, un jour, le marquis lui demanda devant Irène et Eudoxie attentives :

« Mon cher ami, que pensez-vous de la cour de Nérac ? »

« Ah, ah, dit le baron, dont l'esprit évoqua aussitôt de splendides images. L'un des grands moments de notre belle Aquitaine... »

« Où tout prince n'avait point encore sa tour abolie », s'empressa d'intercaler le marquis, qui l'avant-veille s'était initié à Gérard de Nerval. Et il lança un regard en coulisse à sa femme.

Irène battit des cils de satisfaction et le marquis en fut tout joyeux.

« Un grand moment, répéta le baron, songeur. Quoi que l'on puisse dire de la reine Marguerite, qui avait un appétit solide pour les réalités (oh ! oh ! fit Irène qui voulait paraître choquée ; hi ! hi ! gloussa Eudoxie, frétillante), mais aucun sens politique, la preuve en est sa conduite exécrable à l'égard de son frère, le pauvre Henri III, et de son noble époux, nouste Henrik, cette diablesse, dis-je, avait des talents, notamment celui d'attirer... les talents. Sous les ombrages de Nérac se pressait la fine fleur des beaux esprits, François de Foix-Candale, philosophe, savant et pionnier de la haute montagne, le poète Du Bartas, d'Aubigné, et combien d'autres, sans oublier l'illustre Michel de Montaigne. On en parlait dans toute l'Europe. Savez-vous que Shakespeare... »

« Nous le savons, se hâta de dire le marquis en surveillant Irène du coin de l'œil. Il s'est inspiré de Nérac dans *Peines d'amour perdues.* »

« Que penseriez-vous, mon cher baron, intervint Irène, de créer un autre Nérac ?

« Un autre Nérac ?... », demanda le baron.

« Oui, oui, vous avez bien entendu. »

« Mais Nérac n'existe plus... »

« Je parle bien d'un nouveau Nérac. »

Gaspard fixa la marquise avec toute l'affectueuse galanterie dont il était capable :

« Si un nouveau Nérac devait naître, il ne saurait, ma chère, se mieux placer que sous votre charmante égide. »

Irène rougit de plaisir, mais le marquis gaillardement sautait dans la brèche :

« Eh bien, supposons un premier Nérac à Poyanne. Que diriez-vous d'un second, son frère jumeau, à Onard ? »

« Chez moi ? » s'exclama le baron, stupéfait.

« Oui, chez vous, reprit Irène. Admettons qu'une fée (elle lança un regard complice à Eudoxie) crée cette merveille : un nouveau Nérac au Moulin. Qu'en diriez-vous ? »

« Ma foi, dit le baron qui ne savait que dire... Je crains que mon essai philosophique n'en pâtisse un peu plus... »

« Vous accueilleriez, dit Irène, des historiens, des philosophes de renom. »

« Ils feraient la navette entre Poyanne et Onard », précisa le marquis.

« Nul doute, observa Irène, que ces contacts ne soient profitables à votre œuvre. »

« En outre, vous vous feriez connaître, souligna Arthur. Sur ces cervelles parisiennes — qui, soit dit entre nous, ont plus de brillant que de fond — vos travaux ne manqueraient pas de faire impression. »

« Mon cher, mon cher, vous abusez », bafouilla le baron.

« Si, si, je sais ce que je dis. »

« Songez encore, souligna Irène, au profit intellectuel qu'en tireraient vos filles et vos gendres. »

« Croyez-vous ? » émit le baron, sceptique. Mais il était déjà entamé dans ses défenses.

Il secoua ses épaules, se tourna vers Eudoxie :

« Qu'en pensez-vous, ma chère ? »

« Je pense, explosa Eudoxie qui n'en pouvait plus de garder le silence, je pense qu'il faut dire : oui ! »

Ils lui exposèrent leurs plans. Quand ce fut fini, le baron resta silencieux. Eudoxie, Irène, le marquis étaient suspendus à ses lèvres. Quelle sentence allait-il proférer ?

« Unissons donc à jamais, dit lentement le baron, Onard à Poyanne. Créons le double mais indissoluble Nérac. Commençons à la prochaine Saint-Barthélemy, fête de Poyanne. Je vais proposer à mon conseil municipal de confondre nos deux fêtes : nous n'en aurons plus qu'une, ensemble, au mois d'août. Elle durera, non point trois jours, mais six. A la corrida de Poyanne nous ajouterons des joutes aquatiques et nautiques. Au feu d'artifice de Poyanne répondra celui d'Onard. Vos fusées magnifiques, mon cher marquis, jailliront de votre colline et retomberont sur l'Adour. Les nôtres surgiront de l'Adour pour illuminer votre Château. Elles se croiseront en chemin. Ce sera l'union, pour les siècles futurs, de nos villages. »

Ils se regardèrent tous les quatre, les yeux brillants, se levèrent et solennellement s'embrassèrent.

« Mes enfants, dit le marquis, je vais demander du champagne. »

Les deux conseils municipaux, éclairés par le baron et le marquis, votèrent à l'unanimité la réforme fondamentale. Pour la première fois, cœurs confondus, Poyanne et Onard allaient célébrer une fête commune. Le temps pressait. De part et d'autre, dans l'enthousiasme, on se mit au travail.

Cette grande nouvelle atteignit notre bande de jeunes alors que nous nous ébattions en plein bonheur. Nous participâmes à la préparation des fêtes en mettant au point les épreuves aquatiques qui seraient l'apport original d'Onard. Nous mesurâmes avec exactitude, afin de disposer de repères précis pour les records à venir, les parcours de la course de vitesse, toutes catégories et tous styles, cent mètres sur la longue ligne droite qui précède la digue, puis de la course d'endurance, de la Gravière à la digue, et retour s'il vous plaît ! Pour le plongeon, nous choisîmes les eaux profondes de la Counquie ; nous y bâtîmes un plongeoir dont je fus chargé de vérifier la solidité en y effectuant le premier saut. Les planches de chêne gémirent, mais tinrent bon et j'enlevai mes cent dix kilos dans les airs. J'évitai la disgrâce d'un plat, abordai comme il se doit l'élément liquide en oblique, mais lorsque je remontai à la surface je me trouvai nez à nez avec un serpent d'eau (j'ai horreur de ces bêtes) qui me parut courroucé. Je m'en éloignai avec une telle vitesse que mes amis, qui ne pouvaient apercevoir l'animal, crurent à une démonstration remarquable et éclatèrent en bravos. Le fait est que je n'ai jamais nagé aussi vite, Dubedout. Lorsque je remontai sur la berge, François me dit, tout étonné : « Mais tu es un champion ! Je ne m'en rendais pas compte ! Il faut cultiver ça ! Je ne vais pas aussi vite en aéroplane ! » Le compliment était un peu appuyé, mais je l'empochai quand même d'autant que Vivi était rose d'admiration. Précurseurs, nous inventâmes des épreuves que les Jeux olympiques n'ont pas encore homologuées : ainsi la nage à contre-courant dans le torrent qui traverse le goulot de la digue une fois les poutres de fermeture enlevées. Nous prévîmes des joutes nautiques sur nos gabares décorées, les adversaires étant montés sur échasses, ou sur des troncs d'arbres qui roulent sous les pieds ; concours de canoë, d'aviron, que sais-je... Un prix serait remis au vainqueur de chaque épreuve et les temps de parcours déposés dans les deux mairies. Mais notre contribution s'arrêta là ; nous étions trop occupés à être heureux.

Quel mois de juillet ! Pour la première fois de notre courte vie nous vivions dans un Poyanne apaisé, aérien, libéré de ses pesanteurs ancestrales. L'esprit en repos, puisque ceux que nous aimions et pour lesquels nous avions tremblé étaient heureux, nous pouvions dévorer la joie du monde avec l'appétit de nos vingt-huit ans : galoper sur les sentiers du matin quand la rosée aiguise l'herbe, ce qui excite les chevaux ; piquer une tête dans l'Adour quand nos chemises étaient à tordre ; organiser d'invraisemblables pique-niques où les filles nous paraissaient belles comme le jour ; le soir, déclamer des poèmes que nous pensions immortels ou danser au son d'un phonographe à pavillon, merveille des temps nouveaux. Il y avait beaucoup de baisers volés ou rendus, et nos bois de l'Adour virent naître des amourettes sans lendemain et des passions graves. Vivi accepta de m'épouser au cours d'une gigantesque partie de cache-cache au Moulin.

Jamais vacances ne nous parurent plus belles. Le matin du 2 août, douze jours avant les fêtes, j'essayai des chevaux avec Gilles et François sur les terres de Salle, lorsque les cloches de Poyanne se mirent à sonner. C'était un appel pressant et pathétique. Intrigués, nous levâmes les yeux vers la colline. A ce moment un son identique nous parvint du clocher d'Onard. Laurède et Saint-Geours répondirent.

« Il se passe quelque chose », dit François.

De l'autre côté de l'Adour nous parvint l'appel d'un tocsin.

« Oui, quelque chose, répétai-je. Remontons ! »

Nous sautâmes à cheval et retournâmes à Poyanne.

Une petite foule se pressait devant la mairie. Sur la porte était affichée une feuille barrée de tricolore. C'était l'avis de mobilisation générale.

C'était la guerre.

Notre siècle d'or était terminé, Dubedout.

J'OUVRIS de grands yeux :

— Mais...

— Terminé ! répéta-t-il doucement. Et par conséquent mon récit aussi.

— Mais enfin, docteur, je veux savoir...

— Quoi ? Je vous ai promis de vous parler de l'âge d'or de Poyanne. J'ai tenu parole. C'est fait.

— Ce n'est pas possible ! m'exclamai-je. Vous ne pouvez pas me traiter ainsi ! Vous évoquez tous ces personnages. Grâce à vous je les connais, ils me deviennent familiers, j'apprends à les aimer. Je les aime. Et tout d'un coup...

— Que voulez-vous savoir d'autre, mon pauvre ami ? demanda-t-il patiemment.

— Ce qu'ils sont devenus ?

— Ils sont morts. Je suis le seul survivant. Ils sont tous morts, vous le savez bien.

Il y avait une telle douleur contenue dans sa voix que je me tus un instant.

— Ils sont morts, repris-je avec un entêtement puéril. Soit. Mais ils ont encore vécu. Leur vie ne s'est pas arrêtée le 2 août 1914. Ils ont...

— Ceci est une autre histoire, Dubedout. Sans doute faudrait-il neuf autres mois pour la raconter. Il reste que l'âge d'or de Poyanne était terminé et qu'ensuite ils sont morts.

Il se leva lentement en me regardant dans les yeux.

— Neuf autres mois ! m'écriai-je. Soit ! Je vous prends au mot ! J'ai tout mon temps. Je reste à Poyanne. Je ne vous quitte pas. Mais je veux savoir !

— Écoutez, Dubedout, me dit-il avec la patience que l'on a vis-à-vis d'un enfant, je vous ai dit tout ce que j'avais à vous dire.

A quoi vous attendiez-vous d'autre, rêveur que vous êtes ? Comprendrez-vous jamais que le passé est mort et qu'il faut vous réveiller ?

Il me tourna brusquement le dos et rentra dans l'Oustaou.

Je restai seul, stupéfait. Pendant un moment je regardai la porte qui s'était refermée sur lui.

Soudain je partis vers le village en courant. J'arrivai au monument aux morts, en fis le tour. Il y avait là des dizaines de noms d'hommes jeunes, et parmi eux quelques-uns que je connaissais.

Je repris ma course, manquai de bousculer M. le curé qui lisait son bréviaire sous les tilleuls, ignorai le salut interloqué de Lanusse qui m'observait du seuil de sa boutique, parvins au cimetière. J'errai entre les tombes, relevant des noms, des prénoms, des dates. Ils étaient presque tous là, ces êtres de chair, de joie et de souffrance avec lesquels je venais de vivre.

Je repris le chemin de Tilsit. Il devait être sept heures lorsque j'arrivai chez moi. J'ouvris les fenêtres, fis un grand feu dans la cheminée malgré la douceur du soir, allumai les lampes à pétrole et tout ce que j'avais de bougies. Je remontai de la cave quelques bouteilles de piquepoult, les disposai sur la table, face au feu.

Je m'assis.

La Botte brillait sous son abri de verre. Au-dehors les oiseaux pépiaient dans les chênes et le prunier.

C'était comme le jour de mon arrivée, il y avait neuf mois, à cette différence près qu'alors, pour moi, ils n'existaient pas. Pendant neuf mois je les avais recréés, ils vivaient en moi. Et maintenant il fallait les arracher de moi, les détruire.

De temps en temps je me levais, portais une santé : « A toi, Gaspard ! A toi, Néti ! A toi, François ! A toi, Gérard ! A vous, belle Aliénor ! A vous, noble Eudoxie ! » Je buvais avec eux, je leur tenais des discours interminables.

Enfin, je m'écroulai sur la table.

Il faisait grand jour quand je m'éveillai. Le feu, les bougies s'étaient consumés, les lampes à pétrole brûlaient encore. J'avais un mal de tête à crier.

Je me levai en trébuchant, pris trois cachets d'aspirine et bus un pot de café. Avec effort j'actionnai le treuil, remontai de l'eau et me lavai.

C'était une matinée merveilleuse. Le ciel était sans nuages, les Pyrénées semblaient proches à les toucher.

Je pris une chaise et m'assis derrière la maison, au soleil. A mes pieds les champs dévalaient la colline, traversaient la petite route, remontaient allégrement vers Poyanne. Je voyais tout le village, au centre les toits du Château et le clocher, la maison de Gérard à gauche et, à droite, dans cette masse de verdure, il y avait l'Oustaou.

« Voilà, dis-je à mes amis d'autrefois. Je vous aime et vous aimerai toujours. Mais il faut que je vous quitte, que je vous laisse à votre repos et que je parte. Je n'irai pas bien loin puisque vous m'avez donné une petite patrie et que je crois que désormais je ne pourrai vivre ailleurs. Mais je dois me défaire de vous qui m'avez enchanté. »

Je revoyais sans déchirement tous ces visages pâlis comme sur une très ancienne photo. Ils étaient graves et attentifs.

Je continuai : « Je sais maintenant. J'y vais. Vous pouvez partir, apaisés. »

Il y eut comme un soupir sous les arbres et ils disparurent silencieusement comme la rosée au soleil.

Je pris la route de l'Oustaou. Le docteur était là, assis sous ses chênes, et pour la première fois je vis qu'il était très âgé et très vulnérable. Je m'assis près de lui. Je devais avoir changé, moi aussi, car il me regarda, interdit.

— Docteur, lui dis-je, je sais pourquoi Shéhérazade racontait toutes ces histoires au sultan. Ingénument, vous m'avez tendu le plus délicieux des pièges.

— Je vous assure, Dubedout..., essaya-t-il de protester. Si vous voulez je puis poursuivre...

— Non, lui dis-je en lui prenant la main. Ce n'est plus la peine. Je reste. Mais pas à cause d'un conte. A cause d'elle.

Je me levai et j'allai vers la maison où j'entendais chantonner Gaisha.

La composition de ce livre
a été effectuée par Bussière à Saint-Amand,
l'impression et le brochage ont été effectués
sur presse CAMERON
dans les ateliers de la S.E.P.C. à Saint-Amand-Montrond (Cher)
pour les Éditions Albin Michel

AM

Achevé d'imprimer en avril 1988
N° d'édition : 10139. N° d'impression : 3236-2478.
Dépôt légal : avril 1988